조선의 숨은 고수들

지은이 ●

장지연(張志淵, 1864~1921)

대한제국기 및 일제강점기 언론인 · 학자. 호는 위암(韋庵) · 숭양산인(崇陽山人). 독립협회 · 대한자강회 위원으로 참여하고, 평양일신학교 · 휘문의숙에서 교육사업을 펼쳤으며, 《시사총보》· 《황성신문》·《해조신문》·《경남일보》 등의 주필로 활동하였다. 이와 더불어 『여자독본』, 『일사유사』, 『대동시선(大東詩選)』, 『대동문수(大東文粹)』, 『동국역사(東國歷史)』, 『조선유교연원(朝鮮儒敎淵源)』 등 문학 · 역사 · 철학 분야에서 많은 저술을 남겼다.

옮긴이 ●

김석회(金碩會)　인하대학교 사범대학 국어교육과 명예교수
조지형(趙志衡)　인천가톨릭대학교 신학대학 강사
허희수(許熙數)　인하대학교 대학원 한국학과 박사
유석종(劉錫鍾)　고려대학교 대학원 국어국문학과 박사수료

조선의 숨은 고수들

2019년 10월 17일 1판 1쇄 인쇄 / 2019년 10월 29일 1판 1쇄 발행

지은이 장지연 / 옮긴이 김석회 조지형 허희수 유석종 / 펴낸이 임은주
펴낸곳 도서출판 청동거울 / 출판등록 1998년 5월 14일 제406-2002-000128호
주소 (10881) 경기도 파주시 문발로115 (파주출판도시 세종출판벤처타운) 201호
전화 031) 955-1816(관리부) 031) 955-1817(편집부) / 팩스 031) 955-1819
전자우편 cheong1998@hanmail.net / 네이버블로그 청동거울출판사

편집 서강 / 제작 상지사P&B

ISBN 978-89-5749-215-4 (93810)

이 도서의 국립중앙도서관 출판시도서목록(CIP)은 서지정보유통지원시스템 홈페이지
(http://seoji.nl.go.kr)와 국가자료공동목록시스템(http://www.nl.go.kr/kolisnet)에서
이용하실 수 있습니다. (CIP제어번호: CIP2019041104)

조선의 숨은 고수들

장지연의 『일사유사』

장지연 지음

김석회 · 조지형 · 허희수 · 유석종 옮김

청동거울

이 책은 〈일사유사(逸士遺事)〉를 오늘의 독자가 읽을 수 있도록 세심한 노력을 기울인 번역서다. 1922년에 출간된 이 책은 순전한 한문을 번역한 것은 아니지만 고투(古套)의 한주국종체(漢主國從體)여서, 오늘의 독자가 읽을 수 있도록 옮기는 일은 매우 까다롭고도 어려운 일이었다.

번역을 주도한 조지형 박사는 이러한 어려움을 감안하여 번역강독회를 통한 집단 검토, 상호 토론을 십분 활용하여 어려운 번역을 완성해 내었다. 1년 2개월에 걸쳐 '동락재학술세미나'라는 모임을 통해 초벌 번역을 마무리하고, 마지막에는 나까지 합류를 시켜서 1년여의 점검 과정을 거친 후에 이제 탈고가 되어 출간을 앞두게 된 것이다.

마침 강독회원들이 모두 나와는 사제의 연이 있어, 참여 요청을 받고 막바지 검토 과정에서 합류하게 되었는데, 내가 시시콜콜 여러 가지 주문을 하는 바람에 작업 기간이 예상보다 훨씬 길어져 출간도 한정 없이 늦어지게 된 것이다. 이미 충분히 검토하고 가다듬은 것임에도 불구하고, 나는 문맥이 이상한 곳은 〈일사유사〉가 인용한 원전을 반드시 찾아보도록 주문을 하고, 원전이 이끌어 들인 전고(典故)까지도 꼭 확인해 둘 것을 주문하였다. 이것은 마치 '뒷좌석 운전자(back seat driver)'의 간섭과도 같이 성가시고 번거로운 일임이 분명하였지만, 다들 충실히 검토에 검토를 거듭하여 번역의 적확성은 물론 문장 하나하나까지 충실히 가다듬었다.

원래 중학생 정도라도 충분히 이해할 수 있도록 정확하고 친절한 번역을 하자는 목표 아래 진행된 번역작업이어서 문장 자체는 이미 잘 다듬어져 있었는데, 이런 번거로운 주해(註解) 작업까지 곁들이다 보니 전체적으로 재조정이 필요했다. 번역문으로 대번에 이해가 가지 않은 부분에 대해서는 충실하게 각주를 달아 내용을 설명하였고, 전고(典故)가 있는 부분에는 반드시 해당 원전 자료의 출처 및 대목까지를 밝혔다. 또 근대 활자본이라서 인쇄상의 오탈자도 많았는데, 이 또한 수록 원전을 찾아서 본문의 글자가 맞는지 누락된 내용이 있는지를 확인하여 바로잡았다. 그 결과 이 책은 전문 연구자들도 믿고 참조할 수 있는 수준에까지 끌어올려지게 되었다.

미안한 감이 없지 않지만 한편 잘했다는 생각이 들고, 이제 검토 정리가 완결이 되어 출간을 한다니 반갑기 그지없다. 강독회원들 모두 묵묵히 따라 준 것이 고맙고, 특히 포스트닥터 과정에 초보 아빠로서 눈코 뜰 새 없이 바빴던 조박사가 이렇게 막바지 작업까지 충실히 종합하여 완성해 낸 것을 치하하지 않을 수 없다.

　연구점수라는 물량적 수치가 절대적으로 중요해진 시대이기 때문에, 요즘의 젊은 연구자들은 어떻게든지 요령을 피워 논문을 양산해 낼 궁리만 하는 이들이 적지 않은데, 연구점수에는 별 도움이 되지 않는 이런 자료의 발굴 및 번역에 이처럼 묵묵히 매진할 수 있다는 것은 가상한 일이 아닐 수 없다. 이는 조박사의 단단한 학문적 입지와 자료의 중요성에 대한 인식이 기반이 된 결과인데, 특히 기러기가 힘을 모아 높은 하늘, 먼 길을 동행하듯이, 그렇게 동학 후배들을 보살피며 이끄는 정성과 열의도 높이 사지 않을 수 없다.

　모쪼록 이 책이 우리 인문학계를 위해서도 좋은 이바지가 되어 잘 활용될 수 있기를 바라고, 참여했던 강독회원들 모두가 좋은 연구자로 성장해 나가는 길목에서도 새로운 이정표로 작용할 수 있기를 기대한다.

2019년 2월 17일
인하대학교 국어교육과 명예교수　김석회

| 차 례 |

장지연(張志淵)과『일사유사(逸士遺事)』

1. 머리말

이 책은 숭양산인(崇陽山人) 장지연(張志淵,1864~1921)의 편저『일사유사(逸士遺事)』를 우리말로 옮긴 것이다. 두루 알려져 있듯이, 장지연은 1907년 신채호(申采浩,1880~1936)가 〈이태리건국삼걸전(伊太利建國三傑傳)〉을 번역하여 간행할 때 서문을 써 주었으며, 같은 해 자신이 직접 잔 다르크의 구국전사(救國戰史)를 중심으로 하여 그 생애를 전기화한 〈애국부인전(愛國夫人傳)〉을 역술(譯述)하여 간행하였다. 또 이듬해인 1908년에는 삼국시대부터 조선시대까지 이르는 기간 동안 이상적인 여성상을 갖춘 42명의 여성 인물들을 수록한『여자독본(女子讀本)』을 간행하기도 하였다. 이는 이른 시기부터 장지연이 역사 인물 전기에 큰 관심을 지니고 있었음을 보여주는 사례라 할 것이다.

이러한 작업의 연장선상에서 장지연은『매일신보』에 '숭양산인(崇陽山人)'이라는 필명으로 1916년 1월 5일부터 동년 9월 5일까지 9개월 동안 총 179회에 걸쳐 '송재만필(松齋漫筆)'이라는 코너에 '일사유사(逸士遺事)'라는 제목으로 글을 연재하였다. 연재하는 기간 동안 장지연은 조선

시대 여러 부분에서 뛰어난 행적을 보였던 한미한 선비 및 중인들을 비롯한 하층민 372명의 인물 전기를 정리해 내었다. 그리고 이를 출간하기 위해 겸산(兼山) 홍희(洪憙,1884~1935)에게 서문을 구하는 등의 작업을 하며 1918년 3월 경 출간을 시도하였다. 그러나 무슨 연유 때문인지 정확히 알 수는 없지만 끝내 자신의 손으로 출간을 마무리 짓지는 못하였다. 이후 『일사유사』는 장지연 사후에 그의 아들인 장재식(張在軾)에 의해 1922년 회동서관(匯東書館)에서 유작으로 출간되었다. 본서는 1922년 회동서관본 『일사유사』를 역주의 대본으로 삼았다.

2. 『일사유사』의 편찬 동기

『일사유사』를 기획하고 편찬하면서 장지연이 지니고 있었던 직접적인 동기와 문제의식은 그가 남긴 서발문을 통해 확인할 수 있다. 참고로 장지연은 매일신보에 '일사유사' 연재를 시작하면서 「일사유사서술(逸士遺事敍述)」(1916.01.11.)을, 연재를 마치면서 마지막으로 「일사유사설(逸士遺事說)」(1916.09.05.)을 각각 썼다. 이 두 글은 단행본으로 출간될 때 「일사유사서(逸士遺事序)」와 권1의 소서(小序)로 각각 정리되어 수록되었다.

　　①

　　조선은 고려 말의 폐단을 이어받아 인재를 등용하는 길이 지극히 좁았으니, 높은 벼슬을 지낸 세족의 가문은 자손들이 비록 보잘 것 없더라도 대대로 벼슬을 이어받았다. 하지만 한미한 선비들은 영재·준걸이라 하더라도 대체로 부침을 겪으면서 한산하게 지냈으며, 더욱이 신분적으로는 중인·서인, 평민·천민을 구별하여 벼슬길에 오르지 못하였고 지역적으로는 평안도·함경도를 구분하여 앞길이 막혀버렸다. 아, 원통한 기운에 화기(和氣)가 상하고 뭇사람들의 원한이 하늘을 찌르니, 이와 같이 사백여 년을 내려오다가 나라가 마침내 망하고 말았다. 내가 서촌(西村)에 우거하던 이듬해 마을의 인사들 중에 나를 따라 노닌 자들이 많았는데, 서촌의 옛이야기를 해 주면서 나에게 책을 엮어 묻히고 숨은 선비들이 매몰되지 않고 세상에 전해지게 해달라 하였다.

②

우리 조선은 단군(檀君) 이래로 삼한의 끝에 이르기까지 위아래로 수천여 년 사이에 문헌이 없어져서 기(杞)·송(宋)의 유감이 있다. 신라·고구려·백제 삼국은 겨우 역사기록이 있지만 당시의 뛰어나고 기발한 영웅호걸들은 귀족 계층이 아니면 대체로 초야에서 사라져 고요하고 쓸쓸히 전해짐이 없다. 고려 이후로는 문풍(文風)이 차츰 진작되어 국사(國史)와 야승(野乘)이 자못 많이 기술되었으나, 여항 사이의 기이한 자취들이 비속한 책에 매몰된 것을 이루 다 헤아릴 수 없으니 애석함을 이길 수 있겠는가. 아, 저 뛰어나고 기발한 선비들은 매양 대체로 불우하고 강개하여 벼슬길에 나가는 것을 달가워하지 않았기 때문에 세상에서 그들의 뜻을 이해하는 자들이 적으며 그들의 자취를 기록한 것도 드물다. 우연히 간혹 당시 명사(名士)들에게 알려져 약간의 시문과 행실이 더러 문집과 전기(傳記) 사이에 드러날 뿐이요, 그렇지 않으면 모두 사라지고 없어졌다.

위 인용문 ①은 장지연의 「일사유사 서술」의 일부이다. 『일사유사』의 연재를 시작하면서 장지연은 과거 조선의 인재 등용 정책을 비판하는 것으로 말문을 열고 있다. 그것은 양반사대부라 하더라도 명문세족 출신만을 우대하여 한미한 가문의 선비들은 중용되지 못했으며, 더욱이 신분과 지역을 가지고 드러내놓고 차별함으로써 중인 이하의 인물이나 지방의 인사들은 설령 뛰어난 능력을 지니고 있어도 그 능력을 펼칠 기회조차 주어지지 못했다는 것이다. 장지연은 이러한 조선의 인재 등용

정책의 결과가 망국(亡國)으로 이어지는 계기가 되었다며 한탄하고 있다. 바꾸어 말한다면 만일 조선에서 능력에 따른 인재 등용 정책을 펼쳐서 여항의 일사(逸士)들에게도 능력을 펼칠 기회가 주어졌다면 망국으로까지는 이어지지 않았을 것이라는 아쉬움을 토로한 것이라 할 수 있다.

이러한 발화는 자연스레 장지연이 세간에 널리 알려지지 않은 일사들에 주목하는 이유와 그 의의를 피력하고, 나아가 일사들의 행적을 정리하여 사라지지 않게끔 전하게 하는 일이 매우 가치 있는 행위라는 것으로 이어지게 마련이다. 인용문을 통해 파악할 수 있듯이 장지연이 생각한 일사의 범주는 ①한미한 가문 출신의 선비, ②중인 이하의 인물, ③함경도 · 평안도 등의 지방 인사로 정리될 수 있을 것이다. 이러한 문제의식은 장지연 개인이 지니고 있던 것일 뿐만 아니라 당시 그와 교유를 하던 주변 인사들의 공통된 생각이기도 하였음을 알 수 있다.

인용문 ②는 장지연이 『일사유사』 연재를 마치면서 쓴 「일사유사설」의 일부로서, 기나긴 연재를 끝내면서 그간 자신이 지니고 있었던 입장과 소회를 밝힌 부분이기도 하다. 장지연은 우리나라의 경우 옛 문헌이 부족하여 여러 역사 인물들의 행적을 충실히 재구하기 어렵다고 하며 유감을 표한다. 이는 『일사유사』의 서술 범위가 왜 고려나 삼국시대까지 올라가지 못하고 조선으로 한정되어 기술되었는가 하는 점을 추정케 한다. 그것은 과거에 뛰어난 여항의 인물이 없어서가 아니라 그런 인물의 행적을 기록하고자 하여도 현재 전하는 문헌이 부족하기 때문이었다. 하지만 장지연은 이처럼 문헌이 부족하다 하더라도 사라져 가는 일사들의 행적을 그대로 방치해 둘 수 없다는 입장을 피력하고 있다. 『일사유사』에서 대상으로 삼은 조선 일사들의 경우에는 다행히도 당대 명사(名士)들의 문집이나 여러 문헌 기록을 통해 부분적으로나마 행적이 전하기 때문에 초록을 통한 편찬이 가능했음을 밝히고 있다. 일사들에 대한 자료의 부족함 속에서도 장지연은 문헌 실증주의자의 면모를 발휘하여 여러 문헌 기록을 초록하여 일사들의 삶을 충실히 재구하려 노력하였음을 알 수 있는 대목이다.

결국『일사유사』편찬의 기저에 깔려 있는 장지연의 문제의식 가운데 가장 중요한 부분은 가치를 지니고 있는 역사적 자취가 점차 사라지고 사람들에게 잊혀져 가는 것에 대한 우려였던 것이다. 이 같은 장지연의 문제의식은 1918년에 편찬한『대동시선(大東詩選)』에서도 엿보이는바,『일사유사』편찬의 문제의식과 좋은 상호 참조가 된다. 장지연은 〈대동시선 서문〉에서 "국가의 운명이 위급한 때를 당하여 시(詩)가 급한 일은 아니지만 지금 시세가 변하고 시도(詩道)가 쇠약해져 이를 그대로 방치해 둘 경우 우리나라가 수천 년에 걸쳐 축적해온 시가(詩歌) 작품들이 민멸될 것이고 그렇게 되면 과거의 정교(政敎)와 풍기(風氣)를 후인들이 살펴볼 수 없게 될 것"이라고 말한다. 즉『일사유사』는 물론이요『대동시선』의 편찬에 있어서도 과거로부터 이어져 오는 유산을 제대로 정리해 놓지 않으면 사라져 없어지고 말 것이라는 문제의식이 크게 작동하고 있었던 것이다. 아울러 이러한 과거의 유산을 후인들이 살펴볼 수 있도록 해야 한다는 일종의 사명감 같은 것이 발현되고 있었던 것이 아닌가 한다. 이는 흡사 과거 동아시아 역사가들이 지니고 있던 의식과도 대동소이하다.

3. 참고 도서와 수록 인물

장지연은 「일사유사서술」에서『일사유사』의 편찬 과정에서 인용한 여러 서목들을 직접 밝히고 있다. 그 서목은『희조일사(熙朝軼事)』,『침우담초(枕雨談草)』,『추재기이(秋齋紀異)』,『위항쇄문(委巷瑣聞)』,『어우야담(於于野談)』,『진조속기(震朝續記)』,『호산외기(壺山外記)』,『앙엽기(盎葉記)』,『겸산필기(兼山筆記)』등이다. 또한 여러 문인들의 문집 기록을 살폈다고 하였는데 본문에 인용된 대표적인 것들을 살펴보면 허목(許穆)의『미수기언(眉叟記言)』, 김육(金堉)의『기묘록(己卯錄)』, 서명응(徐命膺)의『보만재집(保晩齋集)』, 신위(申緯)의『경수당전고(警修堂全藁)』, 김희령(金羲齡)의『소은고(素隱稿)』, 박영석(朴永錫)의『만취정집(晩翠亭集)』, 정래교(鄭來僑)의『완암집(浣巖集)』, 홍세태(洪世泰)의『유하집(柳下集)』, 김낙서(金洛瑞)의『호고재고(好古齋稿)』, 박지원(朴趾源)의『연암집(燕巖集)』, 유득공(柳得恭)의『고운당필기(古芸堂筆記)』, 남공철(南公轍)의『금릉집(金陵集)』등이 대표적이다. 더욱이 장지연은 여기에 더하여 자신과 동시대 창강(滄江) 김택영(金澤榮)의『숭양기구전(崧陽耆舊傳)』까지 참고함으로써 명실공히 당대까지 간행된 이 방면의 유서(類書)들을 총망라하여 수록 인물의 외연을 최대한으로 확장해 놓았다.

『일사유사』는 이러한 특성에 걸맞게 18세기 후반 이후 편찬된 역사 인물 전기집 중에 가장 많은 인물을 찬집하여 수록하고 있다. 예컨대 수록 인물 수를 비교해 보면 조수삼의『추재기이』는 76명, 조희룡의『호산외기』는 42명, 이경민의『희조일사』는 85명이며 가장 많은 인물을 수록하고 있는 유재건의『이향견문록』이 310명인데 비하여 장지연은 매일신보에『일사유사』를 연재하면서 모두 372명에 달하는 인물의 전기를 정리하였다. 다만 꼭 언급하고 넘어가야 할 것은, 실제로 이토록 많은 인물의 전기를 정리하였음에도 불구하고 정작 1922년 회동서관에서 간행된 책에 수록된 인물은 모두 210명뿐이라는 점이다.『매일신보』에 연재할 때보다 무려 162명이라는 많은 수의 인물 전기가 빠지게 된 셈인데, 어떠한 이유에서 어떠한 기준을 가지고 이러한 산삭(刪削) 작업을 진행한 것인지, 또 이러한 작업을 장지연의 손으로 직접 한 것인지 아니면 그의 아들 장재식이 출간 과정에서 한 것인지에 관해서는 현재로서는 명확히 파악할 수 없으므로, 이 문제에 대해서는 향후 보다 면밀한 연구가 요청된다 하겠다.

『일사유사』의 인물 수록 양상과 특성은 다음의 몇 가지로 정리할 수 있다. 첫째, 이전 시기부터 간행된 여러 역사 인물 전기를 수렴하면서 여러 유형의 일사들을 총망라하고 있다. 이는 372명에 달하는 많은 인물을 수록하고 있다는 점과 무관하지 않다. 이전 시기에 간행된 인물 전기집의 경우에는 대체로 편찬자들의 신분적 특성과 관련을 맺으면서 주로 중인층 여항 인물이 근간을 이루고 있다. 그러나 『일사유사』의 경우에는 중인층 여항 인물 뿐만 아니라, 여기에 더하여 소위 한미한 몰락 양반이나 하층 양반 및 각 지방의 향반은 물론이요, 천민층인 노비, 기녀 등에 이르기까지 남녀노소를 막론하고 다양한 인물을 아우르고 있다. 아울러 유형원(柳馨遠)·정약용(丁若鏞)·박제가(朴齊家) 등의 실학자들까지 포함함으로써 회재불우(懷才不遇)하였던 인물들을 최대한으로 섭렵한 가장 방대한 인물 전기집을 이루었다.

둘째, 중인·평민층 인물에 대한 각별한 관심을 가지고 새로운 인물 유형까지 포괄하였다. 이전 시기 가장 많은 인물들을 다룬 『이향견문록』의 경우, 그 수록 인물 유형을 살펴보면 학행, 충효, 지모, 열녀, 문학, 서화, 의학, 바둑, 승려 및 도가류 등 나름대로 체계적인 분류를 시도하고 있다. 여기에 수록된 인물들은 일반 서민도 다수 포함되어 있지만 대부분은 중인층이다. 『일사유사』는 가장 후대에 편찬된 역사 인물 전기집으로서 수록된 인물 유형의 범위를 한층 더 확장시켜 놓았다. 예컨대 조선 후기 시사(詩社)를 통해 문학적 역량을 보여준 김낙서(金洛瑞)·김희령(金羲齡)·유재건(劉在健) 등의 여항 문인들을 대거 포함시키는 한편, 화가, 서예가, 의원, 바둑 고수, 악사, 신선 등의 기존 인물 유형에 해당하는 일사들을 한층 보완하였다. 주목할 점은 역관, 의협, 가객, 산학가, 아전 및 서리 등 기존 인물 전기에서 다루지 않았던 새로운 인물 유형까지도 아우르고 있다는 점이다.[1] 이는 『일사유사』가 이전 시기부터 편찬된 여항 인물 전기 자료를 아우르면서 거의 모든 유형의 중인 · 평민층 인물을 포괄한 것으로 평가할 수 있는 대목이다.

셋째, 여성 인물을 집대성하고 새로운 여성 형상을 그려내고 있다. 장지연은 『일사유사』를 연재하면서 모두 106명에 이르는 여성 인물 전기를 다루었으며, 이후 책으로 간행되는 과정에서도 81명의 여성 인물 전기를 수록하였다. 회동서관 간행 『일사유사』는 총 6권 1책으로 구성되어 있는데, 이 가운데 권5와 권6은 모두 여성 인물들만을 다루고 있다. 즉 책의 구성상 전체 분량의 1/3을 여성 인물에 할당하고 있다. 주지하듯이 장지연은 『여자독본』을 간행하면서 삼국시대부터 조선시대까지 이상적인 여성상을 갖춘 42명의 인물을 수록하였다. 『일사유사』에서는 이보다 더 많은 여성을 다양하게 수록함으로써 뛰어난 여성 인물들을 한층 더 발굴함과 동시에 이들을 통해 새로운 여성상을 창출해내고 있다. 『일사유사』에서 입전한 여성 인물의 경우, 남자 못지않은 군공(軍功)을 세우고 나라의 기강을 확립하는 등의 정치적이고 사회적인 역할을 수행한 여성 인물, 문자와 학술로 세상에 명성을 떨친 여성 등 새로운 시대에 걸맞는 여성의 전범(典範)을 드러내고 있기도 하다. 기실 그 어느 시대에도 여성 인물 전기를 이처럼 집성한 사례는 발견할 수 없다는 점에서 『일사유사』가 갖는 위상은 특별하다.

넷째, 지역적으로 평안도 · 함경도 지역을 위시하여 전국 각 지역의 일사들을 두루 포괄하고 있다. 종래 『추재기이』, 『호산외기』 등은 대체로 서울과 도성 주변의 여항 인물들을 위주로 다루고 있는데 비하여, 『일사유사』는 전국적으로 일사들을 주목하고 있다. 특히 조선시대 상대적으로 차별을 겪었던 서북 지역 일사들, 그중에서도 평안도 지역 출신 인물들을 적극적으로 발굴한 흔적이 엿보인다. 또한 『일사유사』는 김택

---

1 반대로 줄어든 항목 유형도 있는데, 『이향견문록』에 있던 '승려 류'는 모두 배제하고 있다.

영의 『숭양기구전』을 참고함으로써 개성을 중심으로 한 황해도 지역 인사들도 두루 섭렵하였다. 뿐만 아니라 이전 시기 그 어느 역사 인물 전기집에서도 다룬 바 없는 함경도 출신 최신(崔愼)·이재형(李載亨)·한몽린(韓夢麟), 영남 출신 박손경(朴遜慶)·남한조(南漢朝), 호남 출신 위백규(魏伯珪), 호서 출신 정윤(鄭潤)·홍차기(洪次奇) 등을 새롭게 발굴하여 주목함으로써 특정 지역으로 편중되지 않고 수록 인물의 지역적 분포를 전국적으로 확대시켰다.

4. 서술상의 특징

『일사유사』는 이처럼 여러 인물들을 가려뽑기도 하고 새로 발굴하기도 하였지만, 여타의 역사 인물 전기집의 경우처럼 선행하는 여러 원전 자료에서 해당 인물에 관한 내용을 그대로 인용하여 정리하기만 한 것은 아니었다. 『일사유사』에서는 선행 기록을 참고하면서도 사실 그대로 믿기 어려운 불합리적인 내용은 삭제를 가하기도 하고 선행 기록에서 미비한 내용은 다른 자료를 활용하여 보완하기도 하였다. 이를 통해 해당 인물의 행적이 충실하게 드러나도록 하였다. 또 알려지지 않은 다른 일화 등을 추가하여 인물의 삶이 한층 입체적으로 구현되도록 서술하고 있다. 이로 인해 여타의 문헌과 동일한 인물을 입전한 경우에, 『일사유사』의 해당 인물에 대한 서술 분량은 상대적으로 긴 편이다. 이는 선행하는 다양한 문헌들을 종합적으로 참고하여 서술할 수 있었던 상황적 요인이 크게 작용한 결과라 할 수 있다.

『일사유사』의 서술상의 특징에서 더욱 주목해야 하는 점은 다음의 두 가지 측면이다. 첫째, 『일사유사』에 입전한 거의 모든 인물에 대해 찬(贊)과 논평을 붙이고 있다. 『일사유사』에서는 각각의 인물에 대해 서술

하고 난 후 마지막 부분에는 '외사씨왈(外史氏曰)'로 시작하는 인물평을
덧붙여 해당 인물에 대한 인상을 집약하고 나아가 그들이 보여준 삶의
모습에 대해 적극적으로 의미부여를 하고 있다. 특히 장지연의 논평은
간단한 인상 비평 수준이 아니라, 자신이 왜 해당 인물에 주목하였으며
해당 인물로부터 우리가 배울 수 있는 점이 무엇인가 하는 점을 분명히
밝혀주는 적극적인 면모를 띠고 있다. 아울러 자신의 논평 뿐만 아니라
이전 시기 여러 문인들이 행한 다양한 논평들을 함께 덧붙인 사례도 많
은데, 이 경우 해당 인물에 대해서는 2~3개의 논평이 붙기도 한다. 이
는 해당 인물에 대한 평가가 자신의 주관적인 것만이 아니라 여러 문인
들이 공히 긍정적으로 평가하고 있다는 나름의 객관성을 담보하기 위
한 방편이라 할 수 있다. 또한 독자들에게 해당 인물이 보여준 행적을
통해 드러나는 교훈적 메시지를 명확히 전달하여 『일사유사』의 효용성
을 높이고자 한 것이라 할 수 있다. 한편 이전 시기 유재건의 『이향견문
록』의 경우에는 오히려 기존의 논찬을 삭제하거나 줄인 경우가 많고,
유재건 자신이 직접 논평을 붙인 사례도 없다는 점을 떠올린다면, 『일
사유사』의 이러한 특징은 여타 인물 전기집과는 분명하게 차별되는 점
이라 할 수 있다.

둘째, 여러 인물을 입전하면서 인물의 세계관이나 가치관 또는 삶의
지향을 드러내는 시문(詩文)을 적극적으로 삽입하고 있다. 『일사유사』에
삽입된 시문은 한시, 시조, 각종 산문 등을 합쳐 모두 130여 편에 달한
다. 선행 문헌의 인물 전기에는 분명 시문이 없는데 『일사유사』에 재입
전 되는 과정에서 시문이 삽입된 경우가 많다. 또 시문을 포함하고 있는
인물 전기의 경우에는 『일사유사』에 재입전 되는 과정에서 시문의 수가
더 늘어나고 있다. 대체로 해당 인물들이 창작한 작품을 인용하거나 삽
입한 것이 일반적이지만, 인물에 대해 논평하는 과정에서 여러 문인들
의 시문을 가져와 덧붙인 경우도 많다. 한시의 경우 한 인물에 1~2수의

작품을 인용하는 것이 보통이지만 여러 편의 작품을 인용한 인물도 쉽게 찾아볼 수 있는데, 예컨대 현기(玄錡)는 6수, 최수성(崔壽峸)은 5수, 여성 인물 중에서도 정부인(貞夫人) 장씨(張氏)는 7수, 서영수합(徐令壽閤)은 5수를 인용하였다. 이옥봉(李玉峯)의 경우에는 무려 10수를 인용하기도 하였다. 주지하듯이 장지연은 『대동시선(大東詩選)』을 편찬하기도 하였던 바, 한시에 대한 폭넓은 식견과 감식안을 갖추고 있었기 때문에 『일사유사』에 이러한 양상이 반영된 것으로 보인다. 한편 여항 가객 중에 우평숙(禹平叔) 부분에서는 시조를 인용하기도 하였다. 산문의 경우에는 제문(祭文), 서간(書簡), 전(傳), 명(銘) 등이 인용되어 있다. 이처럼 많은 시문을 인용하여 삽입한 것은 해당 인물의 뛰어난 문학적 역량을 드러내는 한편, 인용 시문을 통해 인물이 지닌 특성을 압축적으로 표현하고자 하는 전략적 선택으로 생각된다. 이러한 측면은 다른 역사 인물 전기에서는 찾아보기 어려운 요소로서 장지연의 개성을 보여주는 것이라 할 수 있다.

5. 문학사적 의의와 가치

『일사유사』는 19세기 이래로 편찬되기 시작한 역사 인물 전기집, 예컨대 조희룡의 『호산외기』, 이경민의 『희조일사』, 유재건의 『이향견문록』 등의 전통을 충실히 따르고 있다. 또한 가장 후대에 편찬된 자료집인 만큼 이전 시기의 성과들을 모두 포괄하면서 그 외연을 최대치로 확장해 놓은 결과물이라 할 수 있다. 앞에서 언급한 내용을 상기해 본다면, 『일사유사』는 수록된 인물의 수도 가장 많고, 수록 인물에 대한 유형 분류 범주와 체계성에 있어서도 이전 시기의 성과를 훨씬 능가하고 있다. 특히 수록 인물들에 대한 적극적인 논평을 통해 전통 시기 역사가들의 포폄 행위를 방불케 하는 강렬한 작가 정신을 발휘하고 있기도 하다.『일사유사』에서는 조선 왕조가 멸망하고 일제강점기에 들어간 시대적 특성을 반영하여 봉건 사회의 불합리한 요소들을 통렬히 비판하기도 하고, 입전한 여러 인물들을 통해 새로운 시대에 걸맞는 다양한 가치를 고양하고자 하는 계몽적인 색채도 지니고 있다. 따라서『일사유사』는 20세기에 이르러 이전 시기부터 전해오던 여러 역사 인물 전기집의 제 성과를 종합적이고 발전적으로 계승한 이 방면 유서의 결정판이라고 평가할 수 있다.

  그동안 장지연의 문학적 성과 중에 〈애국부인전〉·『여자독본』·『일사유사』로 대표되는 서사문학이 연구의 중심부를 차지하고 있었다. 그중에서도 〈애국부인전〉은 애국계몽기 역사 전기 문학으로서의 성격과 근대 초기 서사로서의 위상 등에 대해 논의가 비교적 활발하게 이루어졌다. 하지만 다른 문학적 성과들은 장지연의 친일 행적과 맞물려 대체로 부정적 평가가 우세하였다. 한때 장지연은 〈시일야방성대곡(是日也放聲大哭)〉의 논설을 게재하며 을사조약의 부당성을 강하게 비판하기도 하였지만, 1910년 강제 병합 이후에는 친일로 전향하여 식민통치를 찬양하고 새로운 총독의 부임을 환영하는 등 여러 편의 친일 시문 및 논설을 남기기도 하였다. 장지연의 친일 행적과 관련 시문은 비판받아 마땅한 일이지만, 그의 저작 전부를 부정적인 시각으로만 바라보고 더욱이 친일 행위 일색으로 비끄러매어 재단하는 것은 온당한 이해의 관점이라 할 수 없다. 장지연의 만년기 3대 저작물『일사유사』(1916),『조선유교연원(朝鮮儒敎淵源)』(1917),『대동시선』(1918)은 민족적 가치를 지닌 과거 유산을 정리하려는 문제의식에서 출발한 것인 만큼, 친일이라는 딱지와는 일정한 거리를 두고 저작 자체의 가치를 새롭게 조명하는 시도가 필요하다고 생각된다. 본 역주서가 이러한 시도에 작은 밑거름이 되기를 희망한다.

참고문헌

강명관, 「장지연 시세계의 변모와 사상」, 『한국한문학연구』 9, 한국한문학회, 1987.

권영민, 「개화기의 문학사상 연구(1)-韋庵 張志淵의 文學思想」, 『震檀學報』 55, 진단학회, 1983.

노관범, 「대한제국기 朴殷植과 張志淵의 自强思想 연구」, 서울대학교 박사학위논문, 2007.

박희병, 『韓國古典人物傳研究』, 한길사, 1992.

서신혜, 「『逸士遺事』 여성 기사로 본 韋庵 張志淵의 시각, 그 시대적 의미」, 『한국고전여성문학연구』 8, 한국고전여성문학회, 2004.

안영훈, 「『逸士遺事』의 『壺山外記』·『里鄕見聞錄』 수용 양상」, 『語文研究』 136, 한국어문교육연구회, 2007.

이강옥, 「張志淵의 의식 변화와 서사문학의 전개(上)」, 『한국학보』 60, 일지사, 1990.

이강옥, 「張志淵의 의식 변화와 서사문학의 전개(下)」, 『한국학보』 61, 일지사, 1991.

이지양, 「『이향견문록』 해제」, 『이향견문록』, 글항아리, 2012.

조지형, 「『逸士遺事』의 편찬 의식과 인물 수록 양상」, 『동양고전연구』 70, 동양고전학회, 2018.

일러두기

1. 이 책은 1922년 회동서관(匯東書館)에서 출간된 장지연(張志淵)의 『일사유사(逸士遺事)』를 대본으로 번역한 것이다.
2. 대본의 오기, 누락 부분은 원용한 원전을 찾아 바로잡은 후 번역하였다.
3. 번역은 원의에 충실하기 위해 축자역(逐字譯)을 위주로 하면서도, 고지식한 직역이나 지나친 의역은 피하고 가급적 쉬운 우리말로 옮기고자 고심하였다.
4. 번역문에 대한 이해를 돕기 위해 필요한 곳에 주석을 달았다. 특히 고사(故事)나 전고(典故), 인용문의 경우 반드시 원전과 원작의 출처를 표기하였다.
5. 번역문의 각 편에는 순차대로 일련번호를 붙여 찾아보기 쉽게 하였다.
6. 번역문의 각 편마다 해당 인물의 특성을 드러내고 내용의 핵심을 전달하는 제목을 달아두었다.
7. 이 책에 나오는 기호는 다음과 같다.
   『 』: 책명「 」: 편명
   〈 〉: 작품명
   [ ]: 음은 다르지만 뜻이 통하는 한자.
   ' ': 강조 인용
   " ": 대화

逸士遺事

일사유사(逸士遺事) 서문 1

선비들이 세상을 유지해온 것은 삼고(三古) 적부터 말세에 이르기까지 모두 그러하였다. 그런데 또 일사(逸士)들의 이름이 있는 것은 어째서인가? 『주역(周易)』에 이르기를 '그 뜻을 고상하게 하고 공후를 섬기지 않는다.'[1] 하였으니, 저 일사들은 자신의 뜻을 고상하게 하는 부류일 것이다. 대체로 풍속이 각박해지고 도가 사라지면서 사람들이 도깨비나 귀신에게 동화되어 지렁이·여우·쥐 같은 행동을 면치 못하였다. 이에 학식을 쌓고 도를 품은 선비들이 관문을 지키고 목탁을 치는 부끄러움[2]을 참고서 그 자취를 없앴으며, 또 신선이나 부처가 되는 데 마음을 써서 그 뜻을 편안히 하기도 하였으며, 또 밭두렁이나 산과 계곡에서 힘들게 일을 하고 짐수레와 상점에 몸을 숨긴 채 구차스럽게 나날을 보내기

---

1 그 뜻을……않는다 : 『周易』 본문과 약간 표현이 다르다. 「蠱卦」 상구(上九)에는 "왕후를 섬기지 않고 그 일을 고상히 하도다.[不事王侯, 高尚其事.]"라고 하였다.

2 관문을……부끄러움 : 미관말직(微官末職)을 뜻하는 말이다. 『孟子』「萬章 下」에 "높은 자리를 사양하고 낮은 자리에 처하며, 부유함을 사양하고 가난함에 처함은 어떻게 하여야 마땅한가. 관문을 지키고 목탁을 치는 일을 해야 한다.[辭尊居卑, 辭富居貧, 惡乎宜乎, 抱關擊柝.]"라고 하여, 벼슬에 욕심이 없는 현자(賢者)가 집이 가난하여 부모를 봉양하기 위해 본의 아니게 벼슬을 할 경우에는 이런 직책이나 맡는 것이 좋다고 하였다.

도 하였다. 또 스스로를 시(詩)와 술에 내맡기거나 거문고와 바둑을 즐기면서 제멋대로 어떠한 일도 살피지도 않는 자도 있었으며, 또 궁벽한 산골이나 절해고도로 쫓겨나고 유배되었으나 종신토록 원망하지 않는 자도 있었으며, 또 그렇지 않으면 짐짓 우활하고 괴이한 태도와 졸렬하고 외설적인 모습으로 답답하고 불평스런 기운을 쏟아내는 자도 있었으니, 요컨대 이들은 모두 본원(本源)을 지키면서 초야에 은둔한³ 군자들이었던 것이다.

혹자가 말하였다. "이리저리 오고가면서 용납되기를 구하는 것은 중용(中庸)이 지극해서요, 기구하게 살다가 구원받는 것은 덕업(德業)이 드러나서이니, 일사들로 하여금 세상에 참여하여 막힘이 없도록 할 수 있겠는가. 또 이러한 일을 잘 처리할 수 있겠는가." 내가 대답하였다. "그러한 일에 무슨 어려움이 있겠는가마는, 그들이 기르고자 하고 지키고자 하는 것이 과연 무슨 일이었겠는가. 일사들은 한결같이 멀리 떠나가서 참여할 바가 없었던 것이라네." 혹자가 다시 말하였다. "아니네. 그 마음에 행함을 얻어 부끄러운 바가 없기를 구했기 때문에 몸은 깨끗함에 맞았고 그만둠은 권도(權道)에 맞았으니⁴ 그들은 모두 성인의 무리일세. 우리나라의 다스림과 교화는 예부터 뛰어났지만, 또한 재주를 품고도 세상에 쓰이기를 달가워하지 않는 선비들이 있어 고통스럽고 시름겨운 나날 속에서도 자신의 명을 편안케 하며 스스로를 후세에 드러낼 수 없었던 자가 많았던 것이라네."

위암(韋菴) 장공(張公, 장지연)은 그것들이 오래되면 혹 사라질까 염려하여 이미 『매일신보』에 게재하여 세상 사람들의 이목을 끌었으며, 또 손

---

3 초야에 은둔한 : 원문의 '肥遯'은 초야에 은둔하여 여유롭게 사는 것을 말한다. 『周易』「遯卦」 상구(上九)에 "살지는 은둔이니 이롭지 않음이 없다.[肥遯, 無不利.]"라는 말이 나온다.

4 몸은…… 맞았으니 : 『論語』「微子」에 공자가 우중(虞仲)·이일(夷逸) 같은 일민(逸民)을 평하기를 "숨어 살면서 말을 함부로 하였으나 몸은 깨끗함에 맞았고, 그만둠은 권도(權道)에 맞았다.[隱居放言, 身中淸, 廢中權.]"라고 하였다.

수 편집하고 분류하여 일가언(一家言)으로 삼았다. 아, 그 마음이 어찌 다만 깊은 생각을 드러내고 펼쳐서 세상을 떠난 자들의 혼백을 위로하려는 것일 뿐이겠는가. 온 세상을 둘러보아도 마음에 차는 것이 없으니, 옛사람을 그리워하는 데에 마음을 둘 뿐 다시 무엇을 높이겠는가. 책이 만들어지자, 장공이 나에게 서문을 써 달라 요구하는데 감히 거절할 수 없어서 대략 이와 같이 논한다.

겸산(兼山) 홍희(洪熹)[5]가 쓰다.

---

5 홍희(洪熹) : 대한제국과 일제강점기의 유학자 겸 역사가로, 자는 복경(復卿), 호는 겸산(兼山)이다. 유학자 전우(田愚)로부터 가르침을 받았으며, 조선총독부 중추원 편집과 촉탁, 조선사편수회 수사관을 역임하면서 『조선사』를 서술하는 데에 관여했다. 저서로 『동유일초(東遊日艸)』가 있다. 민족문제연구소의 친일인명사전 수록자 명단의 교육 · 학술 부문, 친일반민족행위진상규명위원회가 발표한 친일반민족행위 704인 명단에 포함되었다.

일사유사(逸士遺事) 서문 2

위(魏) · 진(晉) 이후로 문벌을 숭상하는 풍조가 성행하여 인재들이 하류에 묻혀 버렸다. 조선은 고려 말의 폐단을 이어받아 인재를 등용하는 길이 지극히 좁았으니, 높은 벼슬을 지낸 세족의 가문은 자손들이 비록 보잘 것 없더라도 대대로 벼슬을 이어받았다. 하지만 한미한 선비들은 영재 · 준걸이라 하더라도 대체로 부침을 겪으면서 한산하게 지냈으며, 더욱이 신분적으로는 중인 · 서인, 평민 · 천민을 구별하여 벼슬길에 오르지 못하였고 지역적으로는 평안도 · 함경도를 구분하여 앞길이 막혀 버렸다. 아, 원통한 기운에 화기(和氣)가 상하고 뭇사람들의 원한이 하늘을 찌르니, 이와 같이 사백여 년을 내려오다가 나라가 마침내 망하고 말았다.

내가 서촌(西村)[1]에 우거하던 이듬해에 마을의 인사들 중에 나를 따라 노닌 자들이 많았는데, 서촌의 옛 이야기를 해 주면서 나에게 책을 엮어 묻히고 숨은 선비들이 매몰되지 않고 세상에 전해지게 해달라 하였다.

---

1 서촌(西村) : 조선시대 경복궁 서쪽에 있는 마을을 일컫는 별칭. 구체적으로는 인왕산 동쪽과 경복궁 서쪽 사이로 현재 청운동, 효자동, 사직동 일대를 뜻한다. 이곳은 조선시대 역관이나 의관 등 전문직 중인들이 모여 살던 곳이다.

그리하면 그들의 혼백이 실로 구천의 아래에서도 감격하여 눈물을 흘릴 것이라고. 내가 이에 『희조일사(熙朝軼事)』, 『침우담초(枕雨談草)』, 『추재기이(秋齋紀異)』, 『위항쇄문(委巷瑣聞)』, 『어우야담(於于野談)』, 『진조속기(震朝續記)』, 『호산외기(壺山外記)』, 『앙엽기(盎葉記)』, 『겸산필기(兼山筆記)』, 『숭양지(崧陽志)』 및 기타 여러 선배들의 문집을 살피고 초록한 뒤 몇 년에 걸쳐 6책으로 편집하여 이를 '일사유사(逸士遺事)'라 이름하였다. 그러고는 겸산(兼山) 홍희(洪熹)에게 서문을 써 달라 부탁하고 나도 그 아래 글을 써서 적어둔다.

무오년[1918] 3월 보름날 숭양산인(嵩陽山人)이 쓰다.

상서(尙書) 남병길(南秉吉)[2]의 〈『희조일사(熙朝軼事)』서문〉에 다음과 같이 말하였다.

역사서에 궐문(闕文)이 있는 것은 역대에 면할 수 없는 바요, 초야에 버려진 현자가 있는 것은 태평성세에도 그러하였다. 이 때문에 고사(高士)·일민(逸民)의 전(傳)은 숨겨진 이를 드러내는 것이 되고, 패관(稗官)·야승(野乘)의 기록은 문헌을 보충하는 것이 된다. 그러나 오랜 세월 묻히고 잊혀진 부류들을 상고해 보면, 역사 기록에 오르고 이름이 후세에 전하는 자가 몇 명이나 되는가! 이일(夷逸)·주장(朱張)[3] 같은 무리들도 오히려 경적(經籍)에 전하는 것이 없는데 하물며 이들보다 하수로서 초야에 묻혀 쓸쓸히 자취도 없는 이들을 어찌 이루 다 말할 수 있겠는가.

우리나라는 문치(文治)가 아름답고 밝아서 대각(臺閣)과 산림이 빛나고 조화를 이루어 모두 드러남이 있으며, 여항과 시골에 이르기까지 뛰어나고 재주가 있어서 기록할 만한 자들을 모두 문서에서 모아보면 지사(枝史)·총편(叢編)이 서가에 넘칠 만큼 많다. 그러나 옥을 품은 선비가 자신의 광채를 거두어 매양 상자 속에 넣어 감추어두기에[4] 글을 쓰는 자들이 널리 찾고 구해도 오히려 유주지탄(遺珠之歎)[5]이 생기니, 이것이 뜻 있는 자가 개연히 감회를 일으켜 『희조일사』를 지은 까닭이다.

책 가운데 실려 있는 사람들은 모두 여항에 숨고 쑥대 사이에서[6] 늙어

---

2 남병길(南秉吉) : 조선 말기 천문역법학자로 자는 자상(字裳), 호는 육일재(六一齋) 또는 혜천(惠泉)이다. 관직은 예조판서에까지 달하였으며 관상감제조도 겸하였다. 수학과 천문학의 천재라고 불리었으며, 특히 천문은 당시의 제1인자라고 알려졌다. 저서로 『시헌기요(時憲紀要)』, 『양도의도설(量度儀圖說)』, 『산학정의(算學正義)』 등이 있다. 원문에는 남병철(南秉哲)로 되어 있으나, 『희조일사』를 살펴 남병길로 바로잡는다. 남병철은 그의 형이다.
3 이일(夷逸)·주장(朱張) : 『論語』「微子」에서 공자가 일민(逸民)으로 일컬은 이들이다.
4 옥을……감추어두기에 : 탁월한 재능을 지니고 있으면서도 그것을 숨기고 있음을 말한다. 『論語』「子罕」에 자공(子貢)이 공자에게 "여기에 좋은 옥이 있으면 상자에 넣어 감추어 두시겠습니까, 좋은 값을 구하여 파시겠습니까?[有美玉於斯, 韞匵而藏諸, 求善賈而沽諸.]"라고 하였다.
5 유주지탄(遺珠之歎) : 원뜻은 훌륭한 인재를 빠뜨리고 등용하지 못함에 대한 탄식을 뜻하나, 여기서는 훌륭한 인재를 빼놓고 기록하지 못함을 뜻한다.

죽어 당세에 능력을 펼침이 없었으며 또 명장(名場)[7]에서 명성을 다투지도 못하였다. 그 근본과 말단, 처음과 끝이 어떠한지 비록 그 대략을 얻지는 못하였으나 일부분의 절조와 재능, 한 마디 말과 문자를 얻었으니, 그것을 전하는 자가 대롱으로 표범 무늬를 엿보듯 하여 우연히 반점 하나를 얻더라도[8] 또한 사람들의 눈과 마음을 감동시킬 수 있을 것이다. 이것을 미루어 논한다면 그 사람들은 곰도 아니고 말곰도 아니며[9] 유하혜(柳下惠)도 아니고 백이(伯夷)도 아니거늘[10] 누가 그들을 헤아릴 수 있겠는가.

애석하도다, 그들은 예리한 칼날을 가지고도 능력을 펼칠 기회[11]를 만나지도 못하고 붉은 먼지 속에서 답답하게 파묻혀 살았으니, 그들의 고상한 풍모와 우아한 운치가 구름과 연기처럼 모두 흩어졌음에도 사라지지 않은 것은 비취가 금을 부스러뜨리고[12] 타다 남은 오동나무에서도

---

6 쑥대 사이에서 : 후한(後漢)의 은자 장중울(張仲蔚)이 학문에 널리 통달하고 시문을 잘 지었는데, 늘 궁핍하게 사는 가운데 쑥대가 자라나 사람 키가 넘도록 집을 덮었다고 한다.

7 명장(名場) : 명성을 서로 겨루는 장소란 뜻으로, 과거 시험장이나 혹은 문단(文壇)을 의미한다.

8 대롱으로……얻더라도 : 진(晉)나라 왕헌지(王獻之)가 소년 시절에 장터에서 도박 놀음을 옆에서 지켜보다가 훈수를 하자, 그 어른들이 "대롱으로 표범을 보고는 그 반점 하나만을 보는 격이다.[管中窺豹, 見一斑.]"라고 비웃었던 고사가 있다. *『世說新語』「方正」참조.

9 곰도 아니고 말곰도 아니며 : 주(周)나라 문왕(文王)이 어느 날 사냥을 나가면서 점을 쳐보니, 점사(占辭)에, "용도 아니요, 이무기도 아니요, 곰도 아니요, 말곰도 아니요, 범도 아니요, 비휴도 아니요, 얻을 것은 패왕의 보좌로다.[非龍非彲, 非熊非羆, 非虎非貔, 所獲霸王之輔.]"라고 했는데, 과연 위수(渭水) 가에서 태공망(太公望) 여상(呂尙)을 만나 그를 수레에 태우고 돌아왔던 데서 온 말이다. *『史記』「齊太公世家」참조.

10 유하혜(柳下惠)도 아니고 백이(伯夷)도 아니거늘 : 춘추 시대 노(魯)나라의 유하혜는 세 번이나 파직을 당했어도 떠나지 않았으므로 화성(和聖)이라 일컬어지고, 은나라 말기의 백이는 주(周)나라 조정에 벼슬하지 않고 굶어 죽었으므로 청성(淸聖)이라 일컬어지는데, 한나라 양웅(揚雄)의『법언(法言)』에 "백이의 청(淸)도 아니고 유하혜의 화(和)도 아니요, 옳다고 하고 그르다고 하는 그 사이에 처해야 할 것이다.[不夷不惠, 可否之間也.]"라는 말이 나온다.

11 능력을 펼칠 기회 : 원문의 반착(盤錯)은 서린 뿌리와 얼크러진 마디라는 뜻으로, 일이 복잡해서 처치하기 곤란한 상황을 비유하는 말이다. 이는 곧 뛰어난 능력을 지니고 있었음에도 불구하고 그 능력을 펼칠 기회를 얻지 못하였음을 말한다.

12 비취가 금을 부스러뜨리고 : 구양수(歐陽脩)의 〈귀전록(歸田錄)〉에 보면, "구양수가 어느 날 뜻하지 않게 금팔찌를 비취로 만든 병에 문질렀는데, 금가루가 부슬부슬 떨어져 깜짝 놀라면서 비취가 도리어 금을 부스러뜨리는 것을 알았다."고 하였다.

좋은 소리가 나는 것[13]과 같다. 죽은 후에라도 지음(知音)에 의탁하고 구천 아래에서나마 숨겨진 광채를 드러낸다면, 이는 또한 저 아득하고 적막한 사이에서는 위로가 될 만하고 암혈(巖穴) 사이에서는 영광스러운 일이 될 것이다.

---

13 타다……나는 것 : 후한(後漢) 때 채옹(蔡邕)이 이웃집 부엌에서 오동나무가 타는 소리를 듣고 그것이 좋은 나무임을 알고는 그 타다 남은 나무를 얻어서 거문고를 만들었는데, 과연 아름다운 소리가 나와 명금(名琴)으로 일컬어진 데서 온 말이다. 이 거문고는 꼬리 부분에 타다 남은 흔적이 있으므로, 당시 사람들은 이를 초미금(焦尾琴)이라 불렀다 한다.

逸士遺事

우리 조선은 단군(檀君) 이래로 삼한의 끝에 이르기까지 위아래로 수천여 년 사이에 문헌이 없어져서 기(杞)·송(宋)의 유감[1]이 있다. 신라·고구려·백제 삼국은 겨우 역사기록이 있지만 당시의 뛰어나고 기발한 영웅호걸들은 귀족 계층이 아니면 대체로 초야에서 사라져 고요하고 쓸쓸히 전해짐이 없다. 고려 이후로는 문풍(文風)이 차츰 진작되어 국사(國史)와 야승(野乘)이 자못 많이 기술되었으나, 여항 사이의 기이한 자취들이 비속한 책[2]에 매몰된 것을 이루 다 헤아릴 수 없으니 애석함을 이길 수 있겠는가.

아, 저 뛰어나고 기발한 선비들은 매양 대체로 불우하고 강개하여 벼슬길에 나가는 것을 달가워하지 않았기 때문에 세상에서 그들의 뜻을 이해하는 자들이 적으며 그들의 자취를 기록한 것도 드물다. 우연히 간혹 당시 명사(名士)들에게 알려져 약간의 시문과 행실이 더러 문집과 전기(傳記) 사이에 드러날 뿐이요, 그렇지 않으면 모두 사라지고 없어졌다. 아, 「백이전(伯夷傳)」에 이르기를 '여항사람들 중에 행실을 닦고 명성을 세우고 싶은 자가 청운(靑雲)의 선비를 만나지 못한다면 어떻게 자신의 이름을 후세에 전할 수 있겠는가.'[3]라고 하였는데, 과연 그러할 것이다!

---

1 기(杞)·송(宋)의 유감 : 선대(先代)의 일을 상고할 만한 문헌(文獻)이 없는 것을 뜻한다. 『論語』「八佾」에 공자(孔子)가 이르기를 "하나라의 예법을 내가 말할 수 있지만 하나라의 후예인 기나라가 내 말을 증거낼 만하지 못하고, 은나라의 예법을 내가 말할 수 있지만 은나라의 후예인 송나라가 내 말을 증거낼 만하지 못하다. 그것은 문헌이 부족하기 때문이니, 문헌이 넉넉하다면 내가 내 말을 증거낼 수 있을 것이다.[夏禮吾能言之, 杞不足徵也, 殷禮吾能言之, 宋不足徵也, 文獻不足故也, 足則吾能徵之矣.]"라고 한 데서 온 말이다.
2 비속한 책 : 원문의 토원(兔園)은 속된 말로 쓰인 비속한 책을 이르는 말로, 중국 양(梁)나라 효왕(孝王)의 장서가 모두 속어로 쓰인 데서 유래한다.
3 여항사람들……있겠는가 : 이 구절은 『史記』「伯夷傳」에 보인다.

01.

뛰어난 무용으로 임금을 호위한 장사 김여준

　장사 김여준(金汝俊)은 김해(金海) 사람이다. 그의 집안은 대대로 무예를 업으로 삼았는데, 여준은 스무 살에 무과에 등제하여 용력으로 소문이 났다. 인조(仁祖) 정축년[1637] 효종(孝宗)이 당시 봉림대군(鳳林大君)으로서 인평대군(麟坪大君)과 함께 심양(瀋陽)으로 입조하였는데, 여준은 군관으로 선발되어 정성을 다하여 수행하고 호위하였다. 옥하관(玉河關)[4]에 도착하여 밤에 기러기가 달빛에 우는 소리가 들리자, 효종이 「월명비안가(月明飛雁歌)」를 지어 그에게 부르도록 명하고는 자기도 모르게 처연하여 눈물을 흘렸다.

　심양에 도착하자 여준은 아침저녁으로 봉림대군을 시위(侍衛)하여 무용으로 칭송받으니 오랑캐 사이에서 김장사라 불렸다. 오랑캐 중에 우거(禹巨)라는 자는 생김새가 매우 사납고 덩치가 몹시 크며 힘이 아주 세었는데, 여준과 더불어 각저(角觝)[5]를 벌여 승부를 가리기를 원하였다. 여준이 오랑캐 대장에게 청하기를 "그러다가 만약 상대를 죽이게 되면 어

---

4 옥하관(玉河關) : 의주에서 심양으로 가는 길목의 관문이다.
5 각저(角觝) : 두 사람이 띠나 샅바를 서로 잡고 힘과 재주를 부려 먼저 넘어뜨리는 것으로 승부를 겨루는 우리 고유의 운동이다. 여기서는 수박(手搏)과 유사한 유술의 일종으로 보인다.

찌합니까?" 하자, 대장이 말하기를 "이는 또한 군법(軍法)이니, 비록 죽게 되더라도 어찌 원망하겠는가." 하였다. 여준은 우거의 콧구멍이 넓고 큰 것을 보고 주먹으로 곧장 그의 콧구멍을 찌르자 우거는 고개를 돌려 몸을 피하였다. 이에 여준이 그의 허리를 부여잡고 섬돌 모서리에 내려치니 그 자리에서 피를 토하고 죽었다. 대장은 매우 안타까워하였으나 죄를 묻지 못하였다.

하루는 대장이 여러 신료들과 연회를 벌였다. 여준은 평소 술을 좋아하였으나 심양에 들어온 뒤로부터는 술을 끊고 입에 대지도 않았다. 이때에 대장이 마시기를 강권하니 여준이 사양하며 말하였다. "저는 성질이 사납고 망령스러운데 술을 마시면 더욱 심해집니다. 비록 법도에 저촉되거나 비위에 거슬리는 것이 있더라도 혹여 용납하시겠습니까?" 그러자 대장이 답하였다. "술 마시고 실수하는 것을 누가 신경 쓰겠는가." 이에 여준이 곧바로 몇 말의 술을 잔뜩 마시고는 잔을 집어던지며 크게 소리쳤다. "조선은 예의의 나라이다. 우리나라가 네놈들에게 빚진 것이 없거늘 누린내 나는 오랑캐 놈들이 어찌 감히 우리를 능멸하는가! 내가 네놈들의 고기를 씹지 못하는 것이 한스럽구나!" 그러고는 추태를 부리니 대장이 좌우를 시켜 그를 만류하고 멈추게 하였다. 대장은 비록 유쾌하지 않았으나 이미 자신이 술 마실 것을 허락한 까닭에 어찌 하지 못하였다.

여준은 을유년[1645]에 이르러 조선으로 돌아와 더는 벼슬하지 않고 호남의 영암(靈巖)으로 물러나 거처하며 삶을 마쳤다. 효종이 즉위하자 사람을 보내 그를 불렀는데 당시에는 여준이 이미 죽은 다음이었다. 효종은 슬픔을 이기지 못하여 여준에게 관작을 추증하고 그의 자식들을 돌보아주었다. 또 '달 밝고 기러기 날아가는 밤에 김장사를 생각한다.'는 시제로써 여러 선비들을 시험하기도 하였다.

외사씨는 말한다.

김장사의 절개는 뇌해청(雷海淸)[6] 같았지만 결국에는 호랑이와 이리의 아가리에서 스스로를 보전할 수 있었다. 조선으로 돌아온 뒤에는 편안하게 스스로 벼슬을 그만두고 시골 구석진 곳에서 늙어 죽으면서도 이를 근심하지 않았으니 개자추(介子推)[7]의 부류라고도 할 만하다. 그렇지만 내가 야승(野乘)[8]에 실려 있는 기록을 본 적이 있는데 '정축년에 효종이 심양으로 갔을 때에 능천군(綾川君) 구인후(具仁垕)[9]가 박배원(朴培元)·조양(趙壤)·신진익(申晉翼)·장애성(張愛聲)·오효성(吳孝誠)·김지웅(金志雄)·박기성(朴起星)·장사민(張士敏) 등 여덟 장사를 천거하여 이들이 효종을 모시고 호종케 하였다. 우리나라로 돌아온 뒤에는 특별히 별군직청(別軍職廳)[10]을 설치하여 여덟 장사가 밤낮으로 시위하도록 하고 또 그 모습을 병풍에 그리게 하였다.'라고 하였으니, 유독 김장사의 이름만 보이지 않는 것은 어째서인가? 이는 아마도 그가 조선으로 돌아와 바위 틈 사이에서 늙어 죽은 까닭에 마침내 자취가 사라지고 전해지는 것이 없어서 그런 것일 것이다. 내가 이에 김장사의 지조를 더욱 슬퍼하고 그가

---

6 뇌해청(雷海淸) : 당나라 현종(玄宗) 때의 악사이다. 안녹산(安祿山)이 난을 일으키고 나서 악공들을 불러 연주를 하게 하였는데, 뇌해청이 안녹산 쪽으로 악기를 던지고 황제가 몸을 피한 서쪽 땅을 향해 절하고 통곡하자 분노한 안녹산이 그를 죽여 목을 희마전(戱馬殿) 앞에 걸어두었다고 한다.

7 개자추(介子推) : 춘추시대 진문공(晉文公)이 망명생활을 할 때 19년 동안 보필하며 충성으로 섬겼으나, 문공이 귀국하여 왕위에 오르자 그를 잊고 봉록을 주지 않자 면산(綿山)에 숨어들었다. 문공이 잘못을 뉘우치고 불렀지만 나오지 않았으며, 그를 나오게 하려고 산에 불을 질렀는데도 기어이 나오지 않고 불에 타 죽었다.

8 야승(野乘) : 이 내용은 이덕무의 「앙엽기(盎葉記)」4」〈팔장사(八壯士)〉 항목에 보인다.

9 구인후(具仁垕) : 조선 중기 무신으로 자는 중재(仲載), 호는 유포(柳浦)이다. 1603년 무과에 급제하여 비변사제조, 판의금부사를 거쳐 좌의정을 역임하였다. 1644년에는 심기원(沈器遠)의 모역 사건을 적발, 처리한 공으로 영국공신(寧國功臣) 1등에 책록되고 능천부원군(綾川府院君)에 봉해졌다.

10 별군직청(別軍職廳) : 효종이 병자호란 이후 심양에 볼모로 잡혀갈 당시에 그를 배종했던 8장사군관(八壯士軍官)의 노고를 생각해 즉위 이후에 신설한 별군직(別軍職)의 직무를 관장하기 위해 설치되었던 관서이다.

스스로 자취를 감춘 것을 안타까워하노라.

근세에 만성(晚醒) 박치복(朴致馥)[11]이「대동속악부(大東續樂府)」에 김장사에 대한 노래를 지었다.

옥하관 어귀엔 달빛이 서리 내린 듯하고	玉河關頭月如霜
청성령[12] 밖엔 기러기 우는 소리 길도다.	靑城嶺外雁聲長
고단한 만 리 길에 어가 호위 맡았으니	零丁萬里負驪緤
외로운 신하에겐 임금만이 있을 뿐 제 몸은 없었도다.	孤臣有君無其身
범 같은 용력이 진실로 태양을 꿰뚫으니	有力如虎誠貫日
임금의 마음이 산에 의지하는 듯 그대를 의지하도다.	君心倚汝如倚山

---

11 박치복(朴致馥) : 조선 후기 학자 · 문인으로 자는 동경(董卿), 호는 만성(晚醒)이다. 성재(性齋) 허전(許傳)에게 수학하며 기호노론계의 성리설 등을 받아 들여 조선 말기 경상우도의 학문을 대표하는 학자였다. 저서로『만성집(晚醒集)』이 있다.

12 청성령(靑城嶺) : 중국 요녕성에 있는 고개로, 원래 이름은 청석령(靑石嶺)이다. 효종이 봉림대군 시절에 심양으로 볼모로 잡혀가면서 이곳을 지났다고 한다.

02.

청나라 장수를 쏘아 죽인 포수 박의

　박포수는 호남 고창(高敞) 사람으로 이름은 의(義)이다. 사람됨이 날래고 용맹스러웠으며 말 타고 총 쏘기를 잘한 까닭에 사람들이 박포수라고 불렀다. 그는 인조 초에 무과에 뽑혀 부장(部將)에 제수되었다. 병자년[1635]에 청나라 사람들이 멀리까지 쳐들어와 서울에 들이닥치니 어가가 갑작스레 남한산성으로 파천하게 되었다. 이때 전라병사 김준용(金俊龍)이 군대를 몰고 와서 임금을 보필코자 하였는데, 수원(水原)에 이르러 오랑캐와 만났다. 광교산(光敎山)에서 크게 싸워 여러 번 유리한 상황을 얻었지만, 때마침 하늘에서 크게 눈이 내려 대낮인데도 어두컴컴해지자 양측의 군대가 서로 맞붙어 있다가 우리 군대가 무너졌다. 이때 박의는 절벽 옆에 숨어 있다가 몰래 총을 들어 우두머리를 맞추니 그 우두머리가 총알을 맞고 죽었다. 그가 쏘아 죽인 오랑캐 우두머리의 이름은 양굴리[揚古利]로 『청사(淸史)』에서 다음과 같이 언급하였다. '양굴리는 만주 정황기(正黃旗) 사람으로 사납고 날래며 공주인 누르하치[奴兒哈赤]의 딸에게 장가를 들었다. 양굴리가 명나라의 창평(昌平) 지역을 공격한 적이 있었는데 쉰여덟 번을 싸워 모두 이기니 황제의 은총이 지극히 성대하였다. 이 전쟁에서 예친왕(豫親王) 도도[多鐸][13]를 따라 와서 산봉우리로 추격

43

하다가 죽으니, 청나라 태종(太宗)이 애통하게 울고는 무훈왕(武勳王)으로 봉하여 태묘에 배향하였다.'

비연옹(斐然翁) 장지완(張之琬)[14]이 「포사전(砲士傳)」을 지어 말하였다. "아, 우리나라가 정녕 백륙회(百六會)의 액운[15]을 맞아 나라를 위한 계책에 경황이 없었으며, 중신들은 놀기만 하고 게을러서 달포 만에 성 아래의 맹약(城下之盟)[16]을 맺었으니, 백 년이 지났건만 오히려 주먹을 쥐고 팔을 걷어 부치며 눈물이 흐르는 것을 금할 수가 없다. 이때에 만약 머리를 북쪽으로 하고 싸워 한 번 죽더라도 수급 하나만이라도 베어 바쳤다면 오히려 나라와 집안의 광영이 되었을 것이다. 하물며 그 우두머리를 죽이고 또 죽인 우두머리가 청 태종이 아끼는 심복이었으니, 곧 박포수의 공은 병자년의 으뜸이 됨을 알 수 있다."

또 말하였다. "『청사』에 또 이르기를 '양굴리가 죽자, 그를 죽인 사람을 찾았는데, 당시 산을 뛰어넘어 달아나는 자가 있었다. 어떤 사람이 말하기를 저 사람이 바로 양액부(揚額駙)[17]를 상하게 한 사람이라고 하였다. 이에 태종이 활을 잘 쏘는 액륵(額勒)[18]에게 명하여 쫓게 하자, 다음날 달아났던 자의 수급을 가지고 돌아와서 바쳤다.'고 하였다. 아! 박포수가 죽은 것이다. 그러나 처음에 이르기를 박포수가 절벽 옆에 숨어서 몰래 총을 겨누었다고 하였으니 그의 얼굴을 자세히 알 수는 없었을 것이고, 당시 달아난 자가 있어 찾았다면 그 가리킨 자가 반드시 진짜는 아니었

---

13 도도[多鐸] : 청태조 누르하치의 15남으로, 청나라 개국 당시 공이 매우 컸던 인물이다.

14 장지완(張之琬) : 조선 후기 문인으로 자는 옥산(玉山), 호는 비연(斐然)이다. 중인 집안에서 태어나 장혼(張混)에게 학문을 배우고 중인 출신의 문인들과 교유하였다. 문장이 뛰어나 제술유사(製述有司) 12인의 한 사람으로 선발되었다. 저서로『침우당집(枕雨堂集)』이 있다.

15 백륙회(百六會)의 액운 : 106년 마다 맞게 되는 액운의 시대를 말한다.

16 성 아래의 맹약(城下之盟) : 스스로 항복하여 성 아래에서 맺는 굴욕적인 강화(講和)를 말한다.

17 양액부(揚額駙) : '액부'는 '부마(駙馬)'의 만주어로, 양액부는 양굴리를 가리킨다.

18 액륵(額勒) : 청나라 장수로 활을 매우 잘 쏘았는데, 병자호란 당시 조선의 국서를 가지고 명나라로 가던 사신을 쏘아 맞추기도 하여 청나라 태종이 가상하게 여겼다.

을 것이다. 액륵이 쫓아갔으나 그를 맞추지 못한 채 다음날이 되었으니, 수급을 바쳤다는 것은 혹 듣기 좋게 꾸며서 스스로 해명한 말인지 또한 알 수 없는 것이다. 어쩌면 박포수는 죽지 않았을지도 모르겠다. 만약 그가 죽었다면 곧은 마음으로 나라를 위해 죽은 것이니 충(忠)이요, 죽지 않았다면 스스로 자신의 공을 말하지 않은 것이니 또 얼마나 개결한 것인가!"

외사씨는 말한다.

박의는 이러한 기이한 공이 있었는데도 스스로 말하지 않았으며, 당시에 또한 쏘아서 죽인 사람이 누구인지도 몰랐으니, 이러한 까닭에 그가 자취를 감추고 풍문도 없었던 것이다. 만약 그때 쏘아서 죽인 사람이 귀하고 중한 신분의 사람임을 일찌감치 알았다면 반드시 쏘아 맞춘 자를 찾는 데 응하였을 것이며 이처럼 자취를 감추지는 않았을 것이다. 수백 년이 지나 『청사』를 본 연후에야 비로소 쏘아서 죽인 사람이 양굴리라는 실로 높은 사람임을 알았지만 오히려 쏜 사람이 어떤 사람인지는 알지 못하였던 것이다. 그러므로 비연옹이 전을 지을 적에 다만 호남의 포수라고만 부르며 탄식과 한탄을 그치지 못한 것이다.

영재(冷齋) 유득공(柳得恭)이 다음과 같이 평하였다. "고려의 김윤후(金允侯)는 처인성(處仁城)에서 두타(頭陀)[19] 수행 중에 몽고의 대원수 살리타[撒禮塔]를 쏘아 죽이고 대장군에 제수되었는데, 박의 같은 사람은 벼슬이 직동만호(直洞萬戶)에 지나지 않았다. 사람들이 이 때문에 더욱 슬퍼하지만 그의 기이한 공은 김윤후와 더불어 대등하다."

또 영재 유득공의 『고운당필기(古芸堂筆記)』에 다음과 같이 말하였다. "『섭창하집(葉蒼霞集)』[20]의 「도어사왕공묘지(都御史王公墓誌)」에 '임진왜란

---

19 두타(頭陀) : 불교에서 의식주에 대한 집착을 버리고 심신을 수련하는 수행법을 말한다.
20 섭창하집(葉蒼霞集) : 명나라 만력제(萬曆帝) 때의 재상인 섭향고(葉向高)의 문집이다.

중에 조선 사람 정육동(鄭六同)이 적군에게 잡혔는데 적장에게 친애와 신임을 받았다. 하지만 육동은 아군과 내응하며 노량해전에서 급히 적의 화약을 태우고 아군에 응하였으니 이 때문에 적군을 크게 패퇴시켰다.' 하였다." 정육동이 어떤 사람인지는 모르지만 이 같은 기이한 공을 세웠음에도 우리나라 사람들 중에 아는 사람이 없으니 슬픈 일이다. 아, 우리나라 사람들이 역사를 기록하는 데 소홀함이 대체로 이와 같다. 우리나라 기인들의 숨은 행적을 매양 중국의 역사서에서 발견하니 어찌 심히 부끄러운 일이 아니겠는가. 고구려 때 안시성주 양만춘(楊萬春)의 성명과 위대한 공적 또한 당사(唐史)에서 구하였으니 아, 그 내력이 오래되었도다!

03.

고집스레 자기 삶의 원칙을 지킨 황고집

황고집(黃固執)은 평양(平壤) 사람으로 이름은 순승(順承)이다. 그의 선조 황을구(黃乙耉)[21]는 고려 때 제안군(齊安君)에 봉해져 황주(黃州)를 관향으로 삼다가 평양 인현리(仁賢里)에 옮겨 살았다. 그의 겨레붙이는 매우 번성하여 세상에 외성 황씨[22]라 일컬어지는 자들은 평안도의 명족이 되었다. 순승의 성품은 융통성이 없고 강직하여 말을 반드시 미덥게 하고 행실을 반드시 과단성 있게 하며 거침이 없었기에 당시 사람들이 '고집'이라는 이름을 지어주었다. 이에 남녀노소 할 것 없이 모두 황고집이라 불렀는데, 순승도 흔연히 개의치 않고 인하여 '집암(執庵)'이라 자호하였다.

순승이 사는 집의 길목에 사람들이 다리를 놓으면서 오래된 광회(壙灰)[23]를 가지고 기둥을 세우자, 그는 묘지에 썼던 흙을 밟고 다닐 수 없다 하여 매양 그 다리를 피해 물을 가로질러 다녔다. 하루는 밤늦게 집으로 돌아오는데, 한 도둑이 다리 곁에서 틈을 엿보며 옷을 훔치려고 하다가

---

21 황을구(黃乙耉) : 고려 문과에 급제하여 소윤(少尹)과 이조참의(吏曹參議)를 역임하였고 조선 개국공신으로 나라에 훈공을 세워 태종 때 제안군(齊安君)에 봉해졌다. 제안황씨(齊安黃氏)의 시조로 받들어진다. 제안은 황주의 별칭이다.
22 외성 황씨 : 평양의 외성(外城) 일대에 세거한다 하여 붙여진 별칭이다.
23 광회(壙灰) : 광중의 시체를 덮었던 횟가루.

순승이 다리를 두고 물로 건너는 것을 보고는 도둑이 혀를 내두르며 "이 자가 바로 황고집이로구나!" 하고는 숨을 죽인 채 그가 빨리 지나가기를 기다렸다고 한다.

한번은 순승이 일 때문에 서울에 올라간 적이 있는데, 마침 서울에 사는 친구가 죽었다는 소식을 듣게 되자 동료들이 함께 문상하러 가자고 하였다. 그러자 그가 거절하며 말하기를 "내가 이번에 서울에 온 것은 친구의 상사 때문이 아니니, 어찌 편의에 따라 조문하리오?" 하고는 끝내 고향으로 돌아갔다가 이후에 다시 와서 조문하였다고 한다. 그의 행동에는 이 같은 일이 많았다.

어느 날 순승이 밭에서 김을 매다가 인근 밭에 해충을 풀어놓으니 밭 주인이 화를 내었다. 그러자 순승이 말하기를 "그대도 거꾸로 내 밭에 풀어놓으면 되잖소. 내가 풀어 놓든 그대가 풀어 놓든 단지 이삭만 상하지 않게 하면 될 뿐이니 굳이 그놈들을 죽일 필요가 있겠소?" 하였다.

간혹 관부(官府)에서 초청하여 연회에 나아가더라도 그는 한 번도 기녀나 악공에게 곁눈질하지 않았으며, 혹 시험 삼아 억지로 취하게 만들려고 해도 또한 그렇게 할 수 없었다. 매양 제사가 있으면 반드시 몸소 제수용품을 샀는데, 비록 바가지를 썼더라도 더불어 다투지 않았으니 이는 그 선조를 잘 받들기 위해서였다.

예전에 아들을 위해 며느리를 맞아들였는데, 새로 시집을 왔기에 다음 날 아침 예법에 따라 마땅히 시부모에게 절을 올려야 했다. 순승이 일찍 일어나 의관을 정제하고 내당으로 들어가 마루에 올라 앉아 한참을 기다렸는데도 신부는 아직 나오지 않았다. 순승이 의아하게 여겨 종을 불러 "신부가 세수하고 단장을 하였느냐?" 묻자, 종이 "날이 밝기 전에 이미 단장을 마쳤습니다요." 하고 대답하였다. 다시 묻기를 "그렇다면 어찌하여 나와서 인사를 올리지 않는 게냐?" 하자, 종이 대답하기를 "장차 어르신께옵서 사당에 배알하기를 기다렸다가 그 후에 나와서 인사를 올리려 하십니다요." 하였다. 이에 순승이 놀라 말하기를 "그렇지, 그 말이 맞다. 날마다 사당에 참배하는 것이 본래 예법이거늘, 단지 내가 제대로 실행하지 않았던 것이로구나. 오늘부터는 나도 예법을 행하리라!" 하고는 즉시 웃옷을 갖춰 입고 가묘(家廟)에 나아가 참배하였다. 그런 연후에 신부가 나와서 절하고 인사를 올리니, 순승이 기뻐하며 말하였다. "신부가 예법으로써 나를 제대로 가르치니, 참으로 우리집 며느리답구나!" 이로부터 그 며느리를 더욱 아끼고 소중히 여겼다.

순승은 늘그막에 또 책 읽기를 좋아하여 경서(經書)의 뜻을 탐구하였는데, 자못 마음에 자득한 바가 있어 자신을 단속하기를 매우 엄격하게 하고 이를 집안을 다스리는 법도로 삼았다. 이에 그의 자손들이 번성하여 가정에서 가르침을 받을 적에는 또한 조상의 유풍이 많았다.

후에 그의 증손자인 황염조(黃念祖)는 문학(文學)으로 명성을 얻었다. 재상 심상규(沈象奎)[24]가 어린 시절 염조에게 수업을 받았는데, 자신의 부친 이름과 같다며[25] 스승에게 개명을 청하였다. 그러자 염조가 청을 거절하며 "자기 아버지의 이름과 같다고 해서 웃어른의 이름을 바꾸라고 요구하는 법도가 어디에 있느냐!" 하고 꾸짖었다. 그러자 상규는 입을 꾹 다문 채 스승에게 하직인사를 하고 떠나갔다. 훗날 상규가 평안도관찰사가 되었을 때 스승이었던 염조를 죄로 얽어매어 곤장을 쳐서 죽이니, 지역 사람들이 이 때문에 그를 원망하였다.

외사씨는 말한다.

우리나라 사람들은 고집불통인 자가 있으면 반드시 '황씨 고집'이라

---

24 심상규(沈象奎) : 조선 후기 문신 · 학자로 자는 치교(穉敎), 호는 두실(斗室)이다. 1789년 문과에 급제하여 병조판서에 올라 홍경래의 난을 수습하였으며 우의정에 올랐다. 어릴 때부터 시문에 뛰어난 재질을 보였으며, 해박한 지식으로 『만기요람(萬機要覽)』을 편찬하기도 하였다. 저서로 『두실존고(斗室存稿)』 등이 있다.
25 자신의 부친 이름과 같다며 : 심상규의 부친이 심염조(沈念祖)이다.

놀려댄다. 이처럼 그의 이름은 온 나라에 두루 미치면서 여항의 예사말이 되어버렸다. 그러나 그의 행실을 살펴보면 자못 사람들이 행하기 어려운 것이 많았으니, 그는 좋은 것만을 골라 고집한 군자[26]라 할 만하다. 그러니 어찌 꽉 막혀 고집스럽다고 배척하겠는가. 심상규의 행위는 매우 잘못되었다. 후에 또 배막동(裴莫同)이란 자의 행실이 자못 황고집과 비슷하였다고 한다.

---

26 좋은…군자 : 『中庸』 20장에 "참되고자 하는 자는 선을 택하여 굳게 잡고 행하는 자이다.[誠之者, 擇善而固執之者也.]"라고 한 데서 연유한 말이다.

04.

의로운 도적의 우두머리 박장각

　박장각(朴長脚)은 어느 지역 사람인지도 모르고, 또한 그가 본래 무슨 이름이었는지도 모른다. 그의 다리가 길었기 때문에 사람들이 그렇게 부른 것이다. 장각은 체구가 장대하였고 몸집이 건장하였으며 힘이 아주 세었다. 일찍 아버지를 여의고 집이 매우 가난하여 막일을 업으로 삼아 어머니를 봉양하면서도 맛있는 음식을 항상 갖추었으며 어머니의 명을 어김이 없었다. 그는 총각 시절 어떤 사람과 치고받으며 싸움을 벌이다가 죽음에 이르게 하자, 어머니를 등에 업고 산속으로 도망치고는 땔감을 하고 짐승을 잡아서 어머니를 모셨다.

　하루는 어떤 떼도둑이 이르러 장각의 모습이 비상함을 보고는 그를 겁박하여 자신들의 무리로 끌어들이려 하였는데, 그는 연로한 어머니를 이유로 거절하였다. 그러자 도둑들이 말하였다. "아무개 산은 우리들의 본거지로 우리 가속들은 모두 그곳에 있다네. 그대가 어머니를 모시고 가면 편안히 봉양할 수 있을 것이요 또한 쓸쓸하지도 않을 터이니 속히 행장을 꾸리게!" 하지만 장각은 어머니가 기꺼워하지 않으실 것을 짐작하여 간청하기를 "늙은 어머니께서 다른 곳으로 옮겨가는 것을 편치 않아 하신다오. 그러니 어머니께서 돌아가신 이후에 그대들에게 내 몸을 허락하더라도 오히려 늦지 않을 것이요." 하며 계속 거절하였다. 이에 도둑들이 장각의 지극한 정성을 보고는 금과 비단을 주었지만 그는 사양하고 받지 않았다.

어머니가 세상을 떠나자, 장각은 도적의 무리에 가담하여 부안(扶安) 지역의 변산반도에 근거지를 두고 전라도와 충청도 일대를 횡행하였다. 그 무리의 수가 300명이나 되었는데, 도적들은 장각을 추대하여 두령(頭領)으로 삼았다. 장각은 가장 용감하고 날렵하여 네댓 길 높이도 훌쩍 뛰어넘을 수 있었으며 달리기를 잘하여 하루에 사오백 리를 가도 피곤해하지 않았다. 게다가 거침없는 언변으로 설득을 잘하였으며 지략을 이용하여 교묘히 훔쳐내되, 자질구레한 것을 훔치려 하지 않고 때때로 거마와 무리들을 이끌고 백주대낮에 인가로 쳐들어가 금과 비단을 겁취하기도 하고 혹 관가에서 수송하는 짐과 여러 지역으로 운반하는 화물을 약탈하기도 하였다. 장각은 자신의 무리를 경계하여 절대로 국고로 들어가는 조세·공납의 물자 및 보부상이나 나그네의 봇짐을 범하지 못하도록 하였으며, 오직 관리들이 주고받는 뇌물이나 부유한 상인들의 부정축재를 빼앗도록 하였다. 또 마을을 노략질하더라도 가난한 집이나 주막은 침범하지 말고 오직 부호가만을 취하되, 강하게 저항하는 자가 아니면 몽둥이나 칼을 대지 못하게 하고 다만 위력을 보여 멈추게 하였다. 장각은 이따금 그렇게 얻은 금전을 가지고 가난한 백성들을 구제하였으며 정작 자신의 평소 행색은 해진 옷을 입고 찢어진 갓을 쓴 차림일 뿐이었다. 이로 말미암아 장각의 이름이 온 나라에 두루 퍼져 거도(巨盜)로 일컬어졌으나 사람들은 오히려 그를 의로운 도적으로 여겼다.

전라도관찰사가 주변의 병영(兵營)·수영(水營) 및 각 진(鎭)의 토포사(討捕使)[27]에게 명을 내려 해마다 기포(譏捕)[28]를 매우 삼엄하게 하였지만

---

27 토포사(討捕使) : 조선시대 지방의 도적을 잡기 위하여 두었던 벼슬.
28 기포(譏捕) : 조선시대에 강도나 절도를 탐색하여 체포하던 일.

그 무리만을 붙잡을 뿐, 장각이 누구인지조차 알 수 없었다. 영조(英祖) 26년 경오년[1750]에 병사(兵使) 이관상(李觀祥)[29]이 전주영장(全州營將)이 되었는데, 장각이 그 무리 수십여 명을 이끌고 공북루(拱北樓) 위에서 술에 취해 잠이 들었다는 첩보를 듣고는 군교(軍校)를 보내 체포하게 하였다. 이에 여러 도적들은 모두 붙잡았으나 장각은 누각 위로 훌쩍 뛰어올라 사라져 버렸다. 얼마 후 문졸(門卒)이 들어와 아뢰기를 "장각이 찾아와 뵙기를 청합니다." 하자, 관상이 편한 옷차림으로 주위 사람들을 물리고 만나보았다. 장각이 이르렀을 때는 시절이 한여름이라 무명 적삼과 홑바지를 입고 미투리를 신고 패랭이를 쓰고 정강이에 행전(行纏)[30]을 한 차림으로 느릿느릿 걸어 들어오는데 허리 아래의 길이가 보통 사람에 가까웠다.

장각이 허리를 굽혀 깍듯이 절하고 일어나 뜰 가운데 서자 관상이 꾸짖으며 말하였다. "너는 도적이요, 나는 도적을 다스리는 관원이거늘 어찌하여 제 발로 사지에 들어왔느냐?" 장각이 웃으며 대답하였다. "제가 듣기에 공북루 위에 23명의 도적이 있다는 것을 사또께서 가만히 앉아서도 아셨다 하니 얼마나 신기한 일입니까! 그래서 한번 우러러 뵙고자 이처럼 당돌하게 굴었습니다. 하지만 사또께서도 저를 죽이시지는 못할 것입니다. 예전에 제가 이 뜰에 들어온 것이 한두 번이 아닙니다. 매양 새로 사또께서 진영에 부임하셨다는 소식을 듣고 번번이 찾아와 알현을 청하면, 반드시 성대하게 위의를 차리고는 명을 전하여 들어오게 하였으니 언뜻 보기에도 그 사람됨을 알 만합니다. 그리하여 장교와 병졸들이 분주하게 호령을 하더라도 두렵지 않으며, 칼[31]과 항쇄가 번갈아 몸

---

29 이관상(李觀祥) : 조선 후기 무신으로 자는 국빈(國賓)이며 이순신(李舜臣)의 5세손이다. 26살에 무과에 급제하여 여러 무관직과 지방관을 거쳐 가선대부(嘉善大夫) 오위도총부의 부총관(副摠管)에 올랐다.

30 행전(行纏) : 바지나 고의를 입을 때 정강이에 감아 무릎 아래 매는 물건. 반듯한 헝겊으로 소맷부리처럼 만들고 위쪽에 끈을 두 개 달아서 돌라매게 되어 있다.

에 가해져도 어리석은 듯 고개를 떨군 채 그들이 하는 대로 내맡겨 두지요. 잠시 후 아전이 나와 '하옥하랍신다!' 하고 말하면, 이에 제가 하품하고 기지개를 켜면서 포승줄을 끊어버리고 눈 깜빡할 사이에 칼을 벗어던지지요. 그러고는 자리에 침을 퉤 뱉고 담벼락을 발로 뻥 차고 나가면 감히 저를 어찌하지 못한 것이 벌써 여러 해째 됩니다."

관상이 말하였다. "내 손의 검으로 너를 참하면 어찌하겠느냐?" 장각이 답하였다. "사또께서 저를 죽일 계책이 있는지 그것은 제가 알 수 있는 바가 아닙니다. 하지만 살기를 도모할 방도는 또한 스스로 행하는 것이니, 두 마리 호랑이가 함께 싸우면 그 세력이 모두 온전할 수 없습니다. 얼핏 풍문으로 듣기에 '백금의 재물을 지닌 사람은 대청마루 끝에 앉지 않는다.'[32]라고 하니, 저 같은 천한 목숨이야 실로 염려할 거리도 못 되지만 사또께서는 어찌 용맹한 혈기로서 필부 같은 짓을 행하고자 하십니까? 기어이 이처럼 스스로 가볍게 처신하시렵니까?"

이에 관상이 낯빛을 바꾸고 자리를 내주고는 의(義)로써 깨우치니, 장각이 감개무량하여 감복하였다. 관상은 즉시 장각을 토포군관에 임명하여 가서 그 무리들을 잡아오게 하였는데, 달포 가량 아무런 소식이 없었다. 사람들은 모두 그를 믿지 않고 도적에게 속임을 당하였다고 여겼다. 얼마 후 장각이 과연 이르렀는데, 그 무리 백여 명을 이끌고 귀순하였다. 관상은 이들을 사실대로 자세히 조사하여 모두 양민(良民)이 되게 하였다. 이로부터 귀신처럼 기포를 행하니 사특한 무리들이 숨죽인 채 지냈으며 백성들은 부당한 처벌을 받지 않아 사방이 편안해졌다.

---

31 칼 : 죄인에게 씌우던 형틀로 두껍고 긴 널빤지의 한끝에 구멍을 뚫어 죄인의 목을 끼우고 비녀장을 질렀다.

32 백금의……않는다 : 자신의 몸을 아끼는 사람은 위험한 곳에 처하지 않는 것을 말한다. 『한서(漢書)』「원앙전(爰盎傳)」에, "천금의 재물을 지닌 사람은 대청마루의 가에 앉지 않고, 백금의 재물을 지닌 사람은 궁전의 난간 끝에 서지 않는다.[千金之子不垂堂, 百金之子不騎衡.]"라고 한 데서 온 말이다.

관상이 다른 군으로 임지를 옮겨 떠나려 할 적에 장각에게 물었다. "너는 장차 어디로 갈 것이냐? 이후에도 계속 선한 사람으로 살 것이지?" 장각이 대답하였다. "이미 사또의 알아줌을 입었으니 제 마음은 변함이 없을 것입니다. 다만 지금부터는 다른 도(道)로 지역을 피하려 하니 사또께서 훗날 제가 다시 도적이 되었다는 이야기를 들으시면 만 번 죽여도 달게 받겠습니다."

후에 들리는 소문에, 장각은 온양군(溫陽郡) 북야촌(北野村)으로 이주하여 짚신 짜는 것을 업으로 삼았는데 몇 년 뒤 홀연 떠나간 곳을 알 수 없다 하니, 혹자는 머리를 깎고 중이 되었다고도 한다.

외사씨는 말한다.

아, 한번 문벌에 따라 사람을 등용한 이후로부터는 여항의 한미하고 천한 사람들은 비록 영재·준걸이라 하더라도 세상에 능력을 발휘하거나 쓰일 수 없었다. 그러므로 예전부터 뛰어난 능력을 가지고서도 불우하게 지내는 선비가 이따금 녹림(綠林)·양산(梁山)[33]의 소굴로 빠져들어 그 답답하고 울울한 마음을 풀어내었다. 그러다가 요행이 때를 만나면 왕상(王常)·이적(李勣)[34]처럼 소상(塑像)이 만들어지고 초상이 그려지는 영예[35]를 얻기도 하였고, 그렇지 않으면 끝내 묻히고 사라질 뿐이었다. 박장각 같은 자는 강호의 의협심이 많은 자라 할 수 있는데 불행히도 도

---

33 녹림(綠林)·양산(梁山) : 화적이나 도둑의 소굴을 이르는 말이다. 녹림은 후한 말 왕광(王匡)·왕봉(王鳳) 등 망명자가 녹림산에 숨어든 데서, 양산은 산동성(山東省)에 있는 지명으로 『수호전(水滸傳)』의 송강(松江) 등 호걸들이 모여든 데서 기인한다.

34 왕상(王常)·이적(李勣) : 왕상은 왕망(王莽) 말기에 녹림산(綠林山)에서 거병한 도적이었으나 후에 광무제 유수(劉秀)를 만나 장군이 되어 후한을 세우는 데 큰 공을 세운 인물이며, 이적은 호족의 가문에서 태어나 수(隋)나라 말기에 군도(群盜)에 가담하였으나 후에 당에 항복, 태종에게 등용되어 대제국 건설에 공헌한 인물이다.

35 소상(塑像)이……영예 : 나라에 큰 공을 세운 인물을 기념하기 위해 해당 인물의 소상을 만들고 초상을 그려 전시하는 것을 말한다. 한무제 때 곽광 등의 11명의 공신을 기념하기 위한 기린각(麒麟閣)과 당나라 때 개국공신을 기념하기 위한 능연각(凌煙閣) 등이 대표적이다.

적의 무리로 잘못 떨어져 한때 호쾌함을 취하였으나 요행히 이관상 같
은 이를 만나 번연히 마음을 고쳐먹었지만 또한 세상에 쓰일 수는 없었
다. 이에 깊은 산골에 몸을 맡긴 채 일생을 마쳤으니 슬프도다!

05.

문무를 겸비한 대쪽 같은 무장 진종환

진종환(秦鐘煥)의 자는 중경(重磬)으로 교릉(嶠陵)이라 자호하였으며 서울 사람이다. 그는 힘이 아주 세어 스무 근짜리 쇠몽둥이를 휘두르고 몇 장(丈) 높이를 뛰어오를 수 있었다. 근육이 단단하여 손으로 만져보면 철판을 만지는 듯하였고, 강한 활을 당겨 다섯 발을 쏘면 번번이 네 발씩은 적중하였으며, 담력과 지략이 있었다. 언젠가 밤중에 숲속에서 맨손으로 호랑이와 싸운 적도 있다. 특히 무예에 정통하여 창술과 곤봉술은 모두 신묘한 경지에 이르렀다. 한번은 달 밝은 밤에 몇몇 사람들과 함께 시종들을 물리고는 만수대(萬壽臺)[36]에 올라서 간단하게 무예 시범을 보였다. 철장(鐵杖)을 들고 힘차게 뛰어다니며 간략하게 십팔법(十八法)[37]을 선보였는데, 날아다니는 듯 재빠른 모습에 산새들이 모두 지저귀고 사람들도 모두 식은땀이 흘러 등줄기를 적셨다.

상서(尚書) 우당(羽堂) 조병현(趙秉鉉)[38]이 중국 사신을 안내하며 의주(義

---

36 만수대(萬壽臺) : 평양에 있는 야트막한 언덕으로 모란봉과 이어져 있고 대동강을 끼고 있어 풍광이 수려하다.

37 십팔법(十八法) : 『무예도보통지(武藝圖譜通志)』에 수록된 무예의 명칭으로, 조선 후기 무장(武將)과 병사들의 선발 및 훈련의 표준이 되었다.

州)에 머물렀는데 종환이 그를 호종하였다. 조 상서가 여우·담비 부류에 대해서 언급하자, 종환이 생김새와 특성을 모두 말하고는 여러 짐승들을 품평하였다. 이에 『본초강목(本草綱目)』을 가져다가 이름을 살피면서 시험해 보니 대답하는 데 머뭇거림이 없었다. 조 상서가 크게 놀라고 집으로 돌아와서 사람들에게 말하기를 "천재로다!" 하였다.

종환은 도성으로 돌아와 필원정사(筆園精舍)에 머무르며, 맑은 날에는 창가에서 고요히 안석에 기대어 홀로 시를 읊조리고 글씨를 썼다. 문밖을 나가 사람들과 교제하지는 않았지만 이따금 벗들을 모아서 퉁소를 불고 질장구를 두드리며 노래를 부르기도 하였다. 그는 바둑을 매우 좋아하였는데 적수가 거의 없을 정도였으나 연거푸 이긴 적은 없었으며, 국수(國手)와 대국하면 반드시 한 집 정도를 져줬다. 고관대작이 만나자고 하면 기꺼워하지 않으며 말하기를 "쌀 닷 되에 허리를 굽히는 일[39]을 옛 사람이 부끄러워하였거늘, 하물며 나는 평원군(平原君)의 문하[40]를 구하지도 않는 사람임에랴. 남들이 혹 나를 헐뜯고 비방하더라도 끝내 가지 않을 것이다."라고 하였다.

그가 예전에 다음과 같이 말한 적이 있다. "조부 때부터 나라의 은혜를 입은 것이 태산과 같고 하해와 같지만 내가 어리석어서 털끝만큼도 보답한 것이 없다. 하지만 내 분수에 따라 먹고 마시며 세상의 법망에

---

38 조병현(趙秉鉉) : 조선 후기 문신으로 자는 경길(景吉), 호는 성재(成齋)이다. 1822년 문과에 급제하여 이조판서, 평안도관찰사 등을 역임하였다. 풍양 조씨 세도정치의 중심인물로 안동 김씨와 권력투쟁을 벌였으며, 대대적으로 천주교를 탄압하여 기해박해를 일으키기도 했다. 저서로 『성재집(省齋集)』이 있다.

39 쌀……일 : 재물 때문에 윗사람의 비위를 맞추는 것을 뜻한다. 도연명(陶淵明)이 팽택령으로 있을 적에 군(郡)의 장관이 순행을 오자 아전이 도연명에게 의복을 갖추고 뵈어야 한다고 하였다. 이에 도연명이 탄식하며 "내 어찌 다섯 말의 쌀을 위하여 향리의 소인배에게 허리를 굽히겠는가."라고 한 데서 온 말이다.

40 평원군(平原君)의 문하 : 권세가 문하의 식객이 되는 것을 가리킨다. 평원군은 전국시대 조(趙)나라 공자로, 평소 사람 사귀는 것을 좋아하여 당시 그의 휘하에 몰려든 식객이 수천 명에 이르렀다 한다.

저촉됨이 없으면 아마도 은혜를 갚지 않아도 은혜를 갚는 것이 되리니, 두보(杜甫)가 이른바 '비와 이슬이 적셔줌에 달고 쓴 열매들이 맺혀 있네.'[41]라고 한 것이 바로 이런 걸 두고 말한 것일 테지."

혹자가 "그대의 재주를 장차 어디에 쓰고 싶은가?" 하고 묻자, 대답하기를 "만일 내게 남은 세월을 늘려주고 군중에 처하게 한다면 병사들을 용맹하게 만들고 또 의로움을 알게 하겠네!"[42] 하였다. 이어서 비장한 노래를 구슬프게 부르며 얼굴 표정을 곁들였는데, 청아한 목소리가 옥구슬 굴러가는듯 세속의 소리가 아니었다.

종환은 음서로 보한학생(補漢學生)이 되었다가 후에 세 품계가 올랐는데, 철종(哲宗) 갑인년[1854] 가을에 병들어 죽으니 나이가 쉰둘이었다. 그는 임종할 때 놀라거나 두려워하는 뜻이 없었다. 부인 한씨가 울면서 작별을 고하자 종환이 말하였다. "그대의 명도 거의 다하였으니 서로 다시 만날 날이 멀지 않았소." 그러고는 손을 내저으며 말렸는데, 과연 이해 겨울에 종환의 처도 세상을 떠났다.

종환은 또 글씨에도 뛰어나 종요(鍾繇)[43]·왕희지(王羲之)[44]의 서첩에 견주어도 거의 흡사하였다. 그는 특히 김생(金生)[45]을 좋아하였는데 필의(筆意)가 웅장하고 고아하여 마치 깎아지는 절벽에서 바위가 떨어지는 기세가 있었다. 시에도 능하여 두보의 풍골(風骨)을 배우기를 좋아하였는데, 그가 남긴 여러 악부(樂府) 작품들은 모두 연(燕)·조(趙)의 비분강개하는

---

41 비와……있네 : 당나라 두보의 시 〈북정(北征) 2〉의 구절이다.
42 병사들로……것입니다 : 『論語』 「先進」에 공자가 제자들의 포부를 물으니, 자로(子路)가 대답하기를 "저는 백성들을 용맹하게 만들고 또 의를 알도록 하겠습니다.[可使有勇, 且知方也.]"라고 하였다.
43 종요(鍾繇) : 삼국시대 위(魏)나라의 정치가·서예가로 팔분(八分)·해서(楷書)·행서(行書) 등의 글씨에 뛰어났다. 왕희지(王羲之)가 특히 그의 글씨를 존경하였다 한다.
44 왕희지(王羲之) : 동진(東晉)의 서예가로 중국 고금의 첫째가는 서성(書聖)으로 일컬어진다. 해서·행서·초서의 각 서체를 완성함으로써 예술로서의 서예의 지위를 확립하였다.
45 김생(金生) : 신라 후기의 서예가로 여러 서체에 모두 뛰어났다. 탄연(坦然)·최우(崔瑀)·유신(柳伸)과 함께 신품사현(神品四賢)으로 일컬어진다.

기풍[46]이 있었다.

그의 선조 중에 진재해(秦再奚)[47]는 화원(畵員)으로서 영조 때 그림으로 이름을 떨쳤으며 특히 영정을 잘 그렸다. 판서 서 아무개가 언젠가 연회 중에 임금에게 아뢰었다. "진재해는 목호룡(睦虎龍)의 공신 초상을 그릴 적에 거듭 사양하고 붓을 잡지 않으며[48] 말하기를 '제 손으로 이미 선대왕의 화상(畵像)을 그렸으니 어찌 차마 다시 다른 사람을 그릴 수 있겠습니까.'라고 하였으니, 그의 기풍과 절개가 늠름합니다. 듣자하니 지금 그의 손자가 곤궁하여 스스로 살아갈 수 없는 형편이라 하는데, 군문에 명하시어 무과에 응시케 하고 관직을 제수하여 진재해의 충의에 조금이나마 보답하기를 청합니다." 이에 임금이 이 말을 옳게 여겨 종환을 별군직(別軍職)에 임명하였다.

---

46 연(燕)·조(趙)의 비분강개하는 기풍 : 옛날 중국의 연(燕)나라와 조(趙)나라 땅에는 백절불굴의 기개를 지니고 비분강개하는 사람들이 많았는데, 특히 진시황(秦始皇)을 죽이려고 자객 형가(荊軻)가 떠나면서 부른 〈역수한풍(易水寒風)〉의 비장한 노래가 유명하다.

47 진재해(秦再奚) : 조선 후기 화가로 자는 정백(井白), 호는 벽은(僻隱)이다. 초상을 특히 잘 그려 숙종어진(肅宗御眞) 도사(圖寫)의 주관화사로 활약하였다. 산수에도 능하였다고 하나, 현존하는 유작으로는 〈월하취적도(月下吹笛圖)〉 1점만이 알려져 있다.

48 목호룡(睦虎龍)의……않으며 : 목호룡은 '경종 시해 모의가 있었다'는 고변으로 신임사화를 일으키게 한 장본인으로서 공신 칭호를 받은 인물이다. 당시 소론의 영수 김일경(金一鏡)이 진재해에게 공신의 칭호를 받게 된 목호룡의 초상을 그리라고 강청과 협박을 하였으나 끝내 응하지 않은 일화가 있다.

06.

호걸스럽고 의협심이 강했던 효자 김대섭

김대섭(金大渉)은 평양 사람이다. 못생긴 얼굴에 올챙이 수염이 났는데, 기력이 정정하고 인상이 특이하였다. 그는 성격이 고집스럽고 강직하였으며 『손자병법』을 읽기 좋아하여 밤중에 술상을 차려두고 책을 읽으며 술을 마셨다. 그는 관례를 치르기도 전에 관찰사의 통인(通引)이 되었는데, 일찍 어머니를 여의고 아버지는 늙고 병들어 문밖을 나서지 못하였다. 대섭은 힘을 다해 아버지를 봉양하며 극진히 받들고 공경하기를 생각하였으나 그 방도를 알지 못하였다. 이에 관찰사를 섬기는 예로써 아버지를 섬겼으니, 부지런히 시중들기를 관부에서와 똑같이 하였다. 이에 아버지에게 고할 것이 있으면 '쇤네'라 칭하였으며 아버지께서 명하시면 곧바로 큰 소리로 대답하였다.

세시명절에 동료들이 아버지를 뵈러 오면, 대섭이 문밖에서 동료들을 멈춰 세우고 무릎으로 기어들어와 아뢰었다. "쇤네가 황공하옵게도 삼가 아룁니다. 제 동료들이 명절인사를 올리려 하오니 재결해주십시오.[取進止]-우리나라 말로 존경을 표하는 말이다-" 아버지가 들어오라고 명하자 대섭이 큰 소리로 대답하고는 몸을 숙이고 나갔다가 동료들을 인도하여 들어오면서 소리쳐서 발걸음을 재촉하여 질서정연하게 절하게 하

였다. 일제히 예를 마치자 대섭이 엎드려 아뢰기를 "쇤네가 황공하옵게
도 삼가 아룁니다. 이들이 이미 절을 올렸으니 물러남을 허락하심이 어
떠하올지 감히 여쭙습니다."라고 하였다. 공이 "알았다."고 하자, 대섭이
동료들을 즉시 일어나게 하여 일제히 절하도록 하고는 뒤돌아 물러가게
하였다. 그의 동료들은 모두 군영에 속한 자들과 무뢰배들이라 대섭의
풍채를 보고 기러기나 집오리가 대오를 갖추는 것처럼 하지 않는 자가
없었으며 숙연하여 감히 떠드는 자가 없었다.

보통 관찰사가 행차할 적에는 통인이 아전들의 맨 앞에 섰는데, 대섭
이 관찰사를 따라나설 때는 반드시 아버지에게 달려와 가는 곳을 고하
였으며 만약 일정이 바뀌어 다른 곳으로 가게 되면 또한 황급히 달려와
임무를 띠고 나가는 바를 고하였다.

대섭은 술에 취하면 호협심이 강해졌다. 혹 불공평한 처사를 당하면
자신과 전혀 관계가 없는 일에도 기운이 부르르 떨리고 눈썹이 거꾸로
서서 수염을 떨치고 주먹을 내지르다가 결국에는 겉옷을 벗어던지고 나
쁜 행동을 하는 자들을 두들겨 팼다. 한창 싸움을 벌일 적에는 참새가
폴짝폴짝 뛰듯 곧장 앞으로 나아가 그 자리에서 죽여 버릴 듯이 하다가
도, 아버지가 그 소식을 듣고서 싸움을 그만두라고 하면 이내 손을 떼고
미련을 두지 않았다. 이 때문에 사람들이 간혹 아버지의 명이라 속이고
다툼을 말리기도 하였는데, 대섭은 그들이 자신을 속이는 게 아닌가 의
아해하면서도 싸움을 멈추곤 하였다.

평양의 풍속은 화려하고 사치스러워 기녀들이 지나치게 방종한 경우
가 많았는데, 대섭은 그들을 더러운 똥처럼 여겼다. 그는 남들과 말할 적
에 제멋대로 말하기를 "술집이라는 말은『수호전(水滸傳)』에서 보면 관서
(關西) 지역에서 생겨난 말이라고 하였지."라며 떠벌였다. 대섭은 술을 지
나치게 마셔대어 스스로를 통제하지 못하는 지경이었는데, 아버지가 술
을 그만 마시라고 하자 대번에 끊고 마시지 않았다. 아버지가 죽자 상을

치르면서 매우 슬퍼하였으며 그 뒤로 하급군관을 지내다가 삶을 마쳤다.

비연옹 장지완이 대섭의 전을 지어 말하였다. "내가 패수(浿水, 대동강)에서 노닐 적에 처음 김대섭을 보았는데 그의 용모가 전혀 단정하지 않았으나 때때로 그와 더불어 이야기를 하면 한 마디 말에도 번번이 서너 가지의 전고를 인용하여 나도 모르게 놀람을 금치 못했다. 하지만 그는 공손하고 착실하여 거친 말버릇 때문에 그가 몸가짐을 잃었다고는 할 수 없었다. 한참 뒤에 그에게 뛰어난 행실이 있음을 듣고서 더욱 친해졌는데 과연 괜찮은 사람이었다. 대섭은 의연하고 흔들리지 않는 기상이 있었지만, 애석하게도 머나먼 벽지에 살아서 군자다운 풍모를 듣지는 못하였던 듯하다. 관서 지역은 풍속과 지기가 매우 뛰어나서 걸출한 인재가 많으며 무예를 사용할 만한 땅이라고 들었다. 그러나 중도(中道)를 행하지 못한다면 그 재주를 제대로 쓸 수 없는 것이다. 그러니 교화에 뜻을 둔 자들이 이들의 결점을 고치고 바로잡기를 생각한다면 나라에 쓸 만한 인재들이 어찌 다소간에 보탬이 된다고만 할 수 있겠는가!"

외사씨는 말한다.

효자가 부모를 섬길 적에 지극하게 해야 하나, 의리에도 마땅하게 해야 한다. 옛날 한나라 때 정란(丁蘭)[49]이 부모를 일찍 여읨을 슬퍼하여 나무를 깎아 부모의 형상을 만들고는 아침저녁으로 절하고 아뢰며 봉양하기를 마치 살아있는 사람을 대하듯이 하였으니, 이는 사람으로서 행하기 어려운 것이라 할 만하다. 하지만 군자들은 오히려 그가 중도에 맞지 않는다고 비판하였다. 지금 대섭은 자신의 아버지를 높이려고만 하고 예법에 지나친 것은 알지 못하였으니, 또한 정란과 같은 부류라 하겠다.

---

[49] 정란(丁蘭) : 후한 때의 효자로 어렸을 때에 부모를 여의고 애통해한 나머지 나무로 부모님의 모습을 조각하고 늘 부모님 같이 섬겼다고 한다.

07.

단벌치기 녹림호걸 갈처사

갈처사(葛處士)는 성명도 거처도 잘 모르지만 대체로 기이한 사람이었다. 평생 추위와 더위에 구애받지 않고 갈옷 한 벌만을 입으며 다른 옷으로 갈아입지 않았기 때문에 세상 사람들이 그를 '갈의처사' 또는 '갈처사'라 불렀으니, 인하여 이를 자호로 삼았다. 그는 용모가 단아하였고 우스갯소리를 잘하였다.

일이백 년 전에 조선은 태평한 시절을 맞아 당쟁이 불길같이 일어났다. 그래서 선비들은 기이한 재주를 지니고서도 시대를 답답해 하였으며, 구슬프게 노래 부르며 떠도는 자들은 갑작스레 닥쳐올 재앙을 두려워하여 몸을 숨기고 세상을 도피한 채 종종 초택(草澤)을 전전하며 일생을 마치는 경우가 많았으니, 갈처사가 바로 이러한 부류의 사람이었다.

갈처사는 곤궁하여 자급자족할 수 없었으며 또한 아내와 즐겁게 지낸 적도 없었다. 이에 개연히 나라 안의 명승지를 주유하였는데, 괴나리봇짐 하나와 대나무 지팡이 하나만 가지고 산천을 두루 돌아다녔다. 그러던 중 갑자기 길에서 도적떼를 만났다. 도적들이 갈처사의 의관이 남루한 것을 보고 의아해하며 봇짐을 빼앗아 펼쳐보았더니 다만 옷과 버선뿐이었다. 도적들은 갈처사가 의지할 곳이 없음을 불쌍히 여겨 그를 데려다가 도적떼에 가담시켰다.

갈처사는 도적들을 따라다닌 지 수년이 지나자 도둑질이 교묘해져서 궤짝의 자물쇠를 잘 땄으며 대들보를 타고 담벼락을 뚫는 등 능하지 않은 것이 없었는데, 얼마 후 탄식하며 말하였다. "내가 불행히도 초야를 떠돌다 도적이 되었지만 어찌 사내대장부의 명성을 좀도둑질에나 파묻히게 하리오! 마땅히 세상 사람들로 하여금 내 본모습이 녹림의 호걸이라는 것을 알게 할 것이다." 그러고는 마침내 그 무리들을 배치하여 각 구역을 나누어 맡게 하고 스스로 두령이 되어 책략을 일러주었는데, 여러 고을을 횡행하면서 마을을 겁탈하니 한 지방 전체가 시끄러워졌다. 이에 관교(官校)들이 힘을 합쳐 추적하며 사방으로 포위하고 기포(譏捕)하기를 매우 엄하게 하였으나 도적들을 붙잡을 수 없었다.

그러던 어느 날 갈처사가 홀연 관아에 제 발로 나타나서 말하였다. "내가 바로 갈처사요! 나 한 사람으로 말미암아 무고한 사람들이 마구잡이로 잡혀 들어가는 까닭에 내 스스로 법정으로 나온 거요." 사또가 꾸짖으며 말하였다. "네 몸뚱이와 손발로 어찌 할 짓이 없어 감히 강도 짓을 하였느냐! 이미 국법을 범하였으니 네 죄는 실로 용서할 수 없다!"

그러자 갈처사가 어이가 없어 크게 웃으며 말하였다. "옛말에 이르기를 '큰 도둑은 나라를 도적질하고 작은 도둑은 재물을 도적질한다.' 하였으니, 내가 강도란 말이요? 지금 세상에는 온 나라가 다 도적들 판이니, 조정의 고관대작들은 임금의 총기를 흐리며 권세를 도적질하고 농단하여 같은 당파의 인사만을 천거하고 자기와 다른 당파는 배척하지요. 그리하여 그들의 자제와 친척들은 요직에 늘어서 있지만 충신·호걸들은 불우하고 곤궁한 처지에 빠져 있소이다. 백성들을 도탄에 빠뜨리고 나라 상황을 위태롭게 만들었는데도 그들은 오히려 편안하게 부귀를 누리기만 할 뿐 형벌은 가해지지 않으니, 이들은 진실로 강도 중에도 우두머리라 할 것이오!

그 다음은 여우처럼 알랑거리고 개처럼 구차하게 구는 무리들이 권문세가에 아첨하며 용납되기를 구하는데, 요행히 병사(兵使)·수령의 직임을 맡게 되면 재물을 탐하고 제멋대로 처결하며 불법을 자행하면서 백성들의 살갗을 벗기고 고혈을 빨아 제 호주머니만 불리고 법망을 문란하게 하지요. 널리 전답과 택지를 사들이고 공공연히 뇌물을 주고받건만, 이들은 형법으로 처벌을 받지 않을 뿐만 아니라 도리어 고위 관직으로 승차하기까지 하니, 이들은 강도의 졸개들이라 할 것이오!

또 그 다음은 토호들이 위세를 떨면서 스스로 양반들의 권세를 믿고 헐벗은 백성들을 토색질하는 것이오. 그들이 행패를 부리고 난동을 벌이는데도 관리들은 감히 무어라고 말하지도 못하니, 이들은 강도에게 빌붙어서 그 세력을 믿고 죄를 저지르는 자들이라 할 것이오!

그 다음은 안으로는 각 영(營)·사(司)와 밖으로는 각 부(部)·군(郡)에서 서리들이 붓대를 놀려가며 과도하게 착취하는 것이오. 그들은 이치에 맞지 않는 일과 명목에도 없는 돈으로 온갖 물의를 일으켜 그 폐단이 한두 가지가 아니건만, 관에서는 감히 그들에게 죄를 묻지도 않으니, 이들은 강도에게 빌붙어서 좀도둑질 하는 자들이라 할 것이오!

또 그밖에 스스로 산림학자(山林學者)라 칭하는 자들이 큰 관을 쓰고 넓은 도포를 입고서 공손한 모습으로 천천히 걸어 다니며 무릎 꿇고 꼿꼿이 앉아 『근사록(近思錄)』[50]이나 정자(程子)·주자(朱子)의 책을 읽으면서도 세상을 속이고 명성을 도적질하는 것이오. 본래 남대(南臺)[51]·좨주(祭酒)[52]라는 직책은 임금의 은혜가 곡진한 자리인데도 실제로는 아무 짝에도

---

50 근사록(近思錄) : 송나라 때 주희(朱熹)가 친구인 여조겸(呂祖謙)과 함께 주돈이(周敦頤)·정호(程顥)·정이(程頤)·장재(張載) 등 네 학자의 글에서 학문의 중심 문제들과 일상생활에 요긴한 부분들을 뽑아 편집한 신유학의 지침서이다.
51 남대(南臺) : 초야의 산림(山林) 가운데 학식과 덕망이 뛰어나 이조(吏曹)에서 사헌부 대관(臺官)으로 천거한 사람을 말한다.
52 좨주(祭酒) : 석전(釋奠)의 제향을 맡아 하던 직책으로, 주로 나이가 많고 학덕이 높은 사람 가운데서 뽑았다.

쓸모가 없으니, 이들은 또 강도 곁에서 호응하는 자들이라 할 것이오! 그렇게 온 세상이 휩쓸려 강도들이 가득하건만 법을 제대로 행하지도 않고 형벌을 알맞게 시행하지도 않으면서 어찌 유독 우리들만 가리켜 강도라고 하는 것이오!

내 옷을 한번 보시오. 여름이나 겨울이나 오직 이 한 벌의 갈옷만을 입을 뿐이고, 망가진 갓과 미투리, 봇짐 하나, 지팡이 하나가 내 평생의 차림이외다. 옷은 몸뚱이만 가리고 음식은 배부르기만 구할 뿐이니, 어찌 금은보화만이 귀중하겠소? 곤궁한 백성들이 매양 배고픔과 추위에 절박하여 부득이하게 도적질을 하였으나, 잔인하고 경박한 행동을 어찌 장부로서 감히 행하였겠소? 나는 부하들을 엄히 경계하여 부호가에서 남아도는 돈과 비단을 가져다가 밑천으로 썼으며, 또한 이따금 그것을 가지고 가난한 백성들을 구제하였을 뿐 분수에 넘치거나 이치에 어긋나는 일을 한 적이 없소이다. 세상 사람들이 갈처사는 의적이라고 칭하는 것은 바로 이 때문이라오. 내가 만약 죽는 것을 두려워하였다면 무엇 때문에 스스로 법정에 나왔겠소이까? 이제 오직 사또의 처분을 기다릴 뿐, 더 이상 드릴 말씀이 없소이다."

이에 사또가 의로움으로써 권면하여 갈처사로 하여금 무리들을 이끌고 나와서 양민이 되도록 하였다. 그런 연후에 갈처사는 어디론가 떠나버려서 그 끝을 알 수가 없었다. 이후로 호남 지역에서는 도적에 대한 경계가 영영 사라졌다고 한다.

외사씨는 말한다.

호남의 산택(山澤) 사이에는 예부터 기이한 남자들이 많았는데 종종 그 기상과 절개에 의지하여 한때 쾌락을 만끽하였지만, 번번이 자신의 절조를 꺾고서 선량한 사람이 되었다. 예컨대 박장각·갈처사 같은 부류가 바로 이러한 경우이다. 만약 그들이 품성과 학문을 도야하여 조정에 출사하였다면 필시 본바탕과 꾸밈이 조화를 이루어 볼 만한 점이 있었을 터인데 끝내 초야를 떠돌다 사라졌으니 슬프고 애석하도다!

08.

송석원시사를 결성한 장혼과 그의 후손들

　장혼(張混)의 자는 원일(元一)이며 결성군(結城君) 장하(張夏)[53]의 후손으로 대대로 서울에 살았다. 그의 증조부 장한필(張漢弼)은 시문이 『소대풍요(昭代風謠)』[54]에 실려 있으며, 부친 장우벽(張友璧)은 뜻이 크고 기개가 높았으나 벼슬을 하지 않고 늘 인왕산(仁王山)으로 들어가 하루 종일 노래를 불렀으니, 지금까지도 그곳을 가리켜 가대(歌臺)라고 한다.

　장혼은 어려서부터 중후하고 머리가 명석하여, 아버지가 혹 총명과 지혜가 지나칠까 염려되어 배움에 나아가지 못하게 하였다. 그런데 어머니 곽씨(郭氏)가 경서와 역사서를 읽을 줄 알아서 그에게 책을 보여주기 시작하자 훤하게 이치를 깨달아 한 번 눈으로 보기만 하면 그대로 외워버렸다. 그는 집안이 가난하여 몸소 땔감을 하고 물을 길어 어머니를 봉양하는 처지였는데도, 겨우 15세에 사부(四部)[55]에 널리 통달하였으며 특

---

53 장하(張夏) : 결성 장씨(結城張氏)의 시조로, 공민왕 당시 홍건적(紅巾賊)이 침입했을 때 개경을 수복한 공으로 공신에 오르고, 평양부윤을 거쳐 문하평리(門下評理)가 되었다. 공양왕 때 이초(彝初)의 옥사에 연루되어, 우현보(禹玄寶) 등과 함께 유배되었다가 곧 풀려났다. 조선이 개국한 뒤 결성군(結城君)에 책봉되었다.

54 소대풍요(昭代風謠) : 1737년 간행된 조선 후기 여항시인들의 시선집으로 홍유손(洪裕孫)·박계강(朴繼姜) 등의 중인과 서인을 비롯하여 상인·천예까지 망라된 162인의 시편 685수가 시체에 따라 선집되어 있다.

히 시에 뛰어나 그가 시를 한 번 읊으면 사람들이 앞다투어 서로 전해가며 외고자 하였다.

정조(正祖) 때 감인소(監印所)를 세워 어정 서적(御定書籍)을 인쇄하여 반포하려 할 적에 교감 및 교정 작업을 할 인재들을 구하였는데, 순암(醇庵) 오재순(吳載純)[56]이 제일 먼저 장혼을 천거하여 직책을 주었다. 이에 장혼이 이본을 살피고 오류를 바로잡기를 파죽지세로 하니, 관각(館閣)의 여러 사람들이 모두 그의 능력을 인정하여 장혼에게 전적으로 일을 맡겼다. 그리하여 매양 한 가지 일을 끝마치면 으레 품계가 오르는 은전이 있었지만 번번이 사양하고 받아들이지 않으며 말하기를 "적은 녹봉이나마 어버이를 봉양할 수 있으니, 지위가 높아지는 것은 제가 바라는 바가 아닙니다." 하니, 정조가 그의 뜻을 통촉하여 후하게 상을 내려주었다.

인왕산 옥류동(玉流洞)[57]은 계곡이 깊고 깨끗하여 장혼이 항상 집을 짓고 살 뜻이 있었지만 가난하여 뜻을 이루지 못하다가 마침내 시내 동쪽에 작은 집을 짓고 이이암(而已庵)이라 편액을 걸었다. 이에 같은 시사(詩社)의 여러 벗들과 함께 송석원(松石園)[58]에서 수계(修禊)[59]를 하고 봄가을로 술 마시고 시를 읊조리기를 해마다 상례로 행하니, 여항의 뛰어난 자들 중에 흥기하여 교유하는 자들이 거의 천여 명이나 되었다.

장혼은 평소 저술이 매우 많았다. 그는 역대 시선집(詩選集)을 통섭하

---

55 사부(四部) : 중국 서적의 네 갈래인 경부(經部)·사부(史部)·자부(子部)·집부(集部)를 통틀어 이르는 말.
56 오재순(吳載純) : 조선 후기 문신으로 자는 문경(文卿), 호는 순암(醇庵)이다. 음보로 관직에 나갔다가 문과에 급제하여 대사헌, 홍문관·예문관의 대제학을 지냈으며, 이조판서에 올랐다. 학문에 뛰어나 제자백가에 두루 통하였고, 특히 『주역』에 뛰어났다. 저서로 『주역회지(周易會旨)』·『순암집(醇庵集)』 등이 있다.
57 옥류동(玉流洞) : 현재의 서울 종로구 옥인동·통인동 일대 지역을 가리킨다.
58 송석원(松石園) : 인왕산 아래 옥류동에 있었던 여항시인 천수경(千壽慶)의 거처이다. 이곳에서 조선 후기 중인 계층 시인들이 모여 시사를 결성하고 시문을 읊조리며 문학적 교유를 이어갔다.
59 수계(修禊) : 물가에서 노닐면서 불길한 재앙을 미리 막던 풍속으로, 보통 음력 삼월 삼일에 행하였다.

기가 어려우므로 이에 위로는 고대로부터 아래로는 명나라 말기에 이르기까지의 작품들을 폭넓게 가려 뽑고 분류하여 『시종(詩宗)』 26권을 편집하였다. 아울러 『소대풍요』는 영조(英祖) 정사년[1737]에 만들어졌으나, 60년 이래로 흩어지고 사라진 작품이 많아서 천수경(千壽慶)[60]과 함께 두루 수소문하고 널리 채집하여 『풍요속선(風謠續選)』[61] 6권을 간행하였다. 또 『정하지훈(庭下至訓)』·『당률집영(唐律集英)』·『아희원람(兒戲原覽)』·『소단광악(騷壇廣樂)』·『제의도식(祭儀圖式)』 등의 서적이 있으며, 그가 궁궐에서 교감한 책에는 여러 경서강의(經書講義) 및 역사서, 『사기영선(史記英選)』·『주서백선(朱書百選)』·『당송팔자백선(唐宋八子百選)』·『두륙천선(杜陸千選)』 등의 선집과 『오륜행실도(五倫行實圖)』·『사부수권(四部手圈)』 및 정조 어제 『홍재전서(弘齋全書)』 등이 있다.

장혼의 문집은 8권이 있는데, 이는 연천(淵泉) 홍석주(洪奭周)[62]가 편집한 것이다. 강산(薑山) 이서구(李書九)[63]가 평하여 말하기를 "그의 고체시(古體詩)는 한(漢)·위(魏)의 여향(餘響)을 깊이 터득하였으며 칠언시는 조금 약하다."라고 하였으며, 또 말하기를 "텅 빈 산을 홀로 걸어가는데 외로운 꽃 한 송이가 봄을 알리는 듯하다."라고도 하였다.

치수(痴叟) 홍기섭(洪起燮)[64]이 예전에 객들과 서벽정(棲碧亭)에 모여 단풍

---

60 천수경(千壽慶) : 본서 권3-07 항목 참조.

61 풍요속선(風謠續選) : 『소대풍요』가 간행된 지 60년 만에 송석원시사가 중심이 되어 『소대풍요』 이후의 여항시인 333명의 시 723수를 실어 간행한 책으로 천수경이 편집을 맡고 장혼이 교열을 담당하였다.

62 홍석주(洪奭周) : 조선 후기 문신으로 자는 성백(成伯), 호는 연천(淵泉)이다. 약관에 『모시(毛詩)』·자사(子史)·백가(百家)의 글을 모두 읽어 일가를 이루었으며 한번 읽은 글은 평생 기억할 정도로 총명하였다. 1795년 문과에 급제하여 요직을 두루 거쳐 이조판서, 좌의정에 올랐다. 저서로 『연천집』·『학강산필(鶴岡散筆)』 등이 있다.

63 이서구(李書九) : 조선 후기 문신으로 자는 낙서(洛瑞), 호는 척재(惕齋)·강산(薑山)이다. 외숙으로부터 당시(唐詩)·『사기』 등을 배우고, 박지원(朴趾源)을 만나 글 쓰는 법을 배웠다. 1774년 급제하여 한성부판윤·평안도관찰사·형조판서 등의 벼슬을 역임하였으며, 이서구·이덕무·박제가·유득공과 함께 사가시인(四家詩人)으로 불렸다. 저서로 『척재집(惕齋集)』·『강산초집(薑山初集)』이 있다.

을 감상하다가 장혼이 상복을 입고 있다는 소식을 듣고는 놀라 말하기를 "장선생님께서 상복을 입고 계신 날에 어찌 우리들이 시를 읊조리고 술을 마실 수 있겠는가!" 하며 마침내 단풍놀이를 그만두었다고 한다. 장혼은 순조(純祖) 무자년[1828]에 죽었으니 그의 나이 일흔이었다.

장혼은 시인 천수경·왕태(王太)[65]·김낙서(金洛瑞)[66] 등과 함께 송석원시사를 창도하고, 술에 거나하게 취하여 시를 읊조리며 호방한 풍류를 즐겼다. 장혼과 천수경이 종장(宗匠)이 되어 소단(騷壇)을 주관하면 문인들이 일시에 휩쓸려 모인 자들이 늘 수백 명이나 되어 그의 명성이 인구에 회자되었다. 그가 송석원에서 다음과 같은 시를 지었다.

술을 실컷 한량없이 마시기를 기약하니	痛飲期無量
우스갯소리 뒤섞여 점잖지 못하네.	俳詠雜不經
예전에 시를 지었던 섬돌 대나무는 길고	舊題階竹長
새로 딴 남새밭의 호박은 푸르구나.	新摘圃苽青
죽으나 사나 늘 시편을 손에 쥐고	生死携詩草
이리저리 다니면서 항상 술병을 찼다네.	行居帶酒星
저 고상한 선비들을 보며 탄식하노니	顧嘆高蹈士
그들은 반평생을 아득한 임천에서 늙어갔다네.	一半老林坰

또 이런 시도 있다.

---

64 홍기섭(洪起燮) : 조선 후기 문신으로 자는 희재(喜哉), 호는 치수(痴叟)이다. 1802년 문과에 급제하여 대사간, 대성성을 거쳐, 형조판서·예조판서 등을 두루 역임하였다.

65 왕태(王太) : 본서 권3-07 항목 참조.

66 김낙서(金洛瑞) : 조선 후기 문인으로 자는 문초(文初), 호는 호고재(好古齋)이다. 한미한 집안에서 태어났으며 규장각 서리를 역임하였고 시문에 능하였다. 정조 때 천수경·조수삼(趙秀三) 등과 교류하면서 송석원시사의 동인으로 시와 풍류를 즐겼다.

길이 숨고자 하나 별다른 계책이 없고	長往知無策
뜬구름 인생은 끝이 보이네.	浮生歎有涯
이따금 임천의 흥취를 가지고	時將林下趣
돌아와 친구 집에서 모였다네.	來會故人家
비 내리는 우물가엔 개구리 펄쩍 뛰고	雨井蛙翻出
바람 부는 시냇가엔 제비가 비스듬히 나누나.	風溪燕掠斜
그대 머물러 한 밤을 지내니	留君同夜宿
내 방에 난초 향기 가득하구나.	吾室蓄蘭花

또 「아침 일찍 천수경의 집에 들러서[早過千氏]」라는 시도 있다.

고대광실은 외면하고 사립짝으로만 향했더니	朱門不向向柴門
그대 집에 경치 좋은 줄 익히 알게 되었네.	慣識君家景物繁
구름 낀 높은 나무에선 꾀꼬리 노래하고	雲曙高林鶯滑滑
이슬 걷힌 붉은 작약엔 나비가 춤을 추네.	露晴紅藥蝶翩翩
좋은 날씨에 정히 싯감을 얻었으니	正逢詩料好天氣
내 말을 따라 술값을 아끼지 말게나.	莫惜酒錢從我言
속세의 뜨내기로 부질없이 늙어가면서	塵內浮生空自老
이 같은 산골짝을 좋아하는 자 몇이나 되리오.	愛玆邱壑幾人存

비연옹 장지완이 장혼에게서 수업을 받은 적이 있는데, 그의 전을 짓고 기려 말하였다. "시도(詩道)는 또한 세교(世敎)와 관계되니, 겉만 화려하게 꾸미는 것을 버리고 바른 소리를 되돌려야 한다. 선생은 문장도 뛰어나고 행실도 뛰어났으니 누가 이보다 더하리오."

장혼의 아들 장창(張昶)의 자는 영(詠), 호는 주려(周旅)로 또한 시에 능하다 일컬어졌으며 일찍이 무과에 급제하여 서진 첨사(西鎭僉使)가 되었다. 장창의 아들 장효무(張孝懋)의 자는 면여(勉汝), 호는 옥천(玉泉)으로 또한 시로써 가문의 명성을 이었다. 그는 단천(丹泉) 임유(林瑜), 난고(蘭皋) 고진원(高晉遠)과 함께 시사를 결성하고 봄날 밤 산수간에서 같이 모여 시문을 연마하였는데, 재주가 영특하고 문장에 기세가 흘러넘쳤다. 그런데 도리어 무예로 천거되어 수문장(守門將)에 임명되었다가 중시(重試)에 합격하고 승륙(陞六)[67]하였으며 절충장군(折衝將軍)에 가자(加資)되어 오위장(五衛將)에 제수되었다. 그러나 본디 활쏘기나 말타기에 익숙지 않기에 벼슬에 제수되어도 번번이 나아가지 않았다. 그는 임인년[1842]에 죽었는데 그의 나이 서른여섯이었다.

---

67 승륙(陞六) : 조선시대 참하(參下)에서 6품으로 승급하던 일.

09.

시재를 다 펼치지 못하고 요절한
여항시인 임유, 고진원

임유(林瑜)의 자는 원유(元瑜), 호는 단천(丹泉)이며 관향은 나주(羅州)이다. 고진원·장효무·장지완과 함께 시사를 결성하고 같이 시를 배워 재주와 명성이 서로 대등하였는데 서른 즈음에 죽었다. 고진원이 그의 상례를 치르고 유고(遺稿)를 간행하여 전하였다. 그의 다음과 같은 시가 있다.

방초 따스한 긴 모래톱에는 해가 저무는데	草暖沙長日欲斜
버들가지 드리운 강가에는 두세 집이 있구나.	柳條垂岸兩三家
한 줄기 꾀꼬리 울음소리에 봄도 끝나 가고	一聲黃鳥春歸盡
앉은 자리 가득이 살구꽃 떨어지누나.	滿座落來山杏花

또「문산(文山) 유기성(柳基成)[68]에게 주고 겸하여 장지완에게 보이다[贈柳文山兼示張之琬]」라는 시도 있다.

---

[68] 유기성(柳基成) : 조선 후기 여항시인으로 호는 문산(文山)이다. 서울 인왕산 자락의 일섭원(日涉園)·칠송정(七松亭) 등에서 지석관(池錫觀)·김희령(金羲齡) 등과 서원시사(西園詩社)를 결성하였다.

두 사람은 시에 능하고 뛰어나서	二子詩能善
드높은 재주로 내뱉으면 한(漢)·당(唐)이 되네.	高才吐漢唐
이리저리 떠돌며 작은 벼슬에 얽매여 있지만	飄零羈小宦
당당하고 호방하게 타향에 누워 있지.	磊落臥他鄕
삼경의 달이 창을 비추고	窓映三更月
반 묘 연못엔 이끼가 앉았구나.	苔侵半畝塘
그리워하면서도 외로이 만날 수 없어	相思獨不見
그윽한 꿈만 빗속에 길어지누나.	幽夢雨中長

고진원(高晉遠)의 자는 근재(近哉), 호는 두은(斗隱)이다. 임유와 함께 장혼에게서 수학하였다. 그는 옥 같은 얼굴과 큰 키에, 말을 잘 못하는 듯하였으나 붓 잡고 시를 쓰면 동료들보다 뛰어났다. 어려서부터 가난하였지만 배움을 좋아하여 평소 책 한 권을 손에 들고 문을 닫은 채 조용히 앉아 있었으며, 몇몇 사람 이외에는 종유(從遊)하는 것을 허여하지 않았다. 그는 스스로 먹고 입는 것을 매우 박하게 하였지만 손님이 찾아오면 반드시 술상을 차려 내었다. 부모를 섬김에 효성스러워 갖가지 물건을 갖추어 극진히 봉양하니, 아버지가 남들을 대할 적에 번번이 "내 늘그막에 아무런 걱정이 없다."고 말하였다. 진원은 몸이 약하고 병이 많아서 서른아홉에 죽었다.

외사씨는 말한다.

저 두 사람은 재자(才子)라 할 것이요, 또 효성과 우애로도 일컬어질 만하였다. 애석하게도 중도에 요절하여 꽃은 피웠으나 열매를 맺지 못하였으니, 그들은 또한 최전(崔澱)[69]·우상(虞裳)[70] 같은 부류라 하겠다.

69 최전(崔澱) : 조선 중기 문인으로 자는 언침(彦沈), 호는 양포(楊浦)이다. 어려서부터 재주가 뛰
어나 신동이라 불렸고, 이이(李珥)의 문하에 들어가 수학하면서 시문뿐만 아니라 그림과 글씨
에도 뛰어났으며, 음악에도 천부적 재질을 발휘하였으나 일찍 요절하였다.

70 우상(虞裳) : 조선 후기 역관 · 시인인 이언진(李彦瑱)을 가리킨다. 대대로 역관을 지낸 집안에
서 태어났으나, 어려서부터 재주가 뛰어나고 시문 · 서예에 능하여 스승 이용휴(李用休)에게 천
재로 인정받았으나 27세의 나이로 요절하였다.

10.

불우한 삶을 시로 승화시킨 현기

현기(玄錡)의 자는 신여(信汝)로 그의 선조는 고려 때 영동정(令同正)[71]을 지낸 현수(玄守)이다. 처음에는 여주(驪州) 천녕현(川寧縣)에 거처하였는데, 이로 인하여 자손들이 여주를 관향으로 삼았다. 현기는 태어나면서부터 총명하고 기억력이 뛰어나 열두 살에 『통감강목(通鑑綱目)』을 배웠는데 날마다 수백 줄씩 외웠으며, 자라서는 수많은 책을 널리 섭렵하였다. 아울러 재기가 뛰어나 시를 지을 때 문장만 꾸미려는 습속을 배격하였다. 한번은 남산(南山) 정자에서 노닐었는데, 이때 여러 선비들이 성대하게 모여 봄을 전송하는 시를 지었다. 현기가 밤에 등불을 켜고서 낙화시(落花詩) 30수를 지으니, 모인 자들이 놀라고 감탄하며 그를 가리켜 시신(詩神)이라고 하였다. 그의 시는 다음과 같다.

한바탕 꿈속인 듯 제비 지저귀고 꾀꼬리 울더니　　燕語鶯啼一夢中
석양빛 하염없이 동쪽 담장[72]을 비추네.　　　　　夕陽無限在墻東

---

71 영동정(令同正) : 시재(試才)한 뒤 아직 서용(敍用)하기 전의 영직(影職)을 동정(同正)이라고 하는데, 그 가운데서도 1등을 가리켜 영동정(令同正)이라고 하였다.

탁문군(卓文君)의 노래[73] 읊자 머리 더욱 세는 듯   吟成卓調頭逾白

우희(虞姬)의 노래[74] 끊어지자 선혈이 낭자한 듯.   歌斷虞兮血漫紅

흩날리는 버들개지도 아녀자 같은 흰 꽃잎 사랑하고   飛絮同憐兒女雪

나부끼는 마름풀도 대왕의 바람[75] 원망하네.   吹蘋只怨大王風

황금을 녹여 이 꽃다움을 새겨두고 싶건만   黃金欲鑄芳菲印

빛깔도 모양도 다르니 부질없고도 부질없구나.   色相奈他空復空

또 다음과 같은 시를 읊었다.

연기도 비도 아닌 것이 이리저리 흩날리며   非烟非雨轉霏微

천리를 떠돌다가 이렇게 저물어 가누나.   千里飄零已落暉

패옥 그림자는 아득히 청총(靑塚) 달빛[76]에 드리우고 珮影遙還靑塚月

비단 무늬는 처량히 벽창(碧窓) 베틀에서 끊어지누나. 錦紋凄斷碧窓機

---

72 동쪽 담장 : 시정(市井)에서의 은거지를 의미한다. 후한 때 은사(隱士) 왕군공(王君公)은 난리를 만나서 홀로 멀리 피란하지 않고 시장 바닥에서 소거간꾼 행세를 하면서 숨어 살았으므로, 당시 사람들이 그를 두고 논평하기를 "담장 동쪽에서 난세 피하는 이는 왕군공이다.[避世牆東 王君公]"라고 한 데서 온 말이다. *『後漢書』「隱逸傳」 참조.

73 탁문군(卓文君)의 노래 : 버림받은 여인이 이별을 슬퍼하며 부르는 노래로, 헤어지는 섭섭한 감정을 드러내는 노래이다. 한나라의 문장가 사마상여(司馬相如)가 무릉(茂陵) 땅의 여자를 첩으로 맞이하려 하자, 그의 아내인 탁문군(卓文君)이 〈백두음(白頭吟)〉을 지어서 결별의 뜻을 드러내니, 상여가 그만 취소하고 말았다는 고사가 있다.

74 우희(虞姬)의 노래 : 항왕(項王)이 해하(垓下)에서 한나라 군사들에게 겹겹 포위 되었을 때 형세가 이미 기울어짐을 비분강개하며 〈해하가(垓下歌)〉를 부르자, 그의 애첩인 우희가 항왕을 격려하고자 부른 〈답항왕가(答項王歌)〉를 말한다. 우희는 이 노래를 부르고는 술을 마시고 자결하였다.

75 대왕의 바람 : 초나라 양왕(襄王)이 난대궁(蘭臺宮)에서 노닐다 갑자기 바람이 불어오자 옷깃을 열어젖히면서 "쾌재라, 이 바람이여. 과인이 서민들과 공유하는 것이로다." 하니, 송옥(宋玉)이 곁에서 응대하기를, "이는 오직 대왕의 바람일 뿐입니다. 서민들이 어찌 공유할 수 있겠습니까." 하며 왕을 풍자하였다. *『文選』 卷13 〈風賦〉 참조.

76 청총(靑塚) 달빛 : 왕소군(王昭君)이 한나라 원제(元帝)의 후궁(後宮)에 들어왔다가 선우(單于)에게 시집가서 그곳에서 죽었는데, 백초(白草)만 생장하는 그곳에 유독 왕소군의 무덤에만 청초(靑草)가 자랐으므로 이를 청총이라 한다. 그런데 그 무덤에는 달밤이면 패옥 소리가 난다고 전한다. *『西京雜記』 참조.

오랜 세월 박명한 팔자에도 향골(香骨)을 슬퍼하고	多生命薄悲香骨
곧 죽을 하찮은 신세에도 무의(舞衣)를 그리워하네.	抵死身輕戀舞衣
이런 나의 끝없는 한을 생각하노라니	我有想思無限恨
지팡이와 나막신으로 사립 주위를 계속 맴돌기만.	百回筇屐繞柴扉

　이처럼 그의 시는 대체로 기괴하고 농염(穠艶)하였다. 어떤 부유한 상인이 그의 시를 보고는 책으로 출간하겠다며 가져가 버렸기에 전편(全篇)은 전하지 않는다. 이 해에 현기의 아내 박씨가 세상을 떠났는데, 혹자는 이를 시참(詩讖)[77]으로 여기기도 하였다. 아내가 세상을 떠나자 집안이 더욱 가난해졌지만, 그는 천성이 개결하여 권문세가에는 얼씬거리지도 않았다. 사람들과 함께 이야기꽃을 피우다가도 못된 자를 만나면 번번이 꾸짖고 욕하며 소매를 떨치고 일어나 자리를 떠났다. 또 술이 거나해지면 우스갯소리를 잘하였는데, '백옥 술통 앞이 내 세상이요, 벽사창 밖은 곧 아득한 저 세상이라.[白玉樽前是吾世, 碧紗窓外卽天涯.]'는 시구를 길게 읊조리면서 "내 일생은 이와 같을 뿐이다."라고 하였다. 그가 이르는 곳마다 사람들이 다투어 시 한 수 지어주기를 구하면 붓을 잡고 즉시 써주되 매양 스스로 "나는 꼭두각시처럼 시를 쓰는 것에 불과하다."고 칭하였다.

　어떤 사람이 시를 짓는 법에 대해 묻자 현기가 답하였다. "무릇 시를 배우는 사람은 마땅히 경전에서 구하여 그 근본을 견고히 하고 역사서를 참고하여 그 화려함을 펼쳐내며, 명산대천을 두루 다니며 배포를 키우고 각종 동식물을 직접 살펴 견문을 넓혀야 한다. 아울러 『시경(詩經)』, 『이소(離騷)』, 고악부(古樂府) 및 한(漢)·위(魏)·당(唐)·송(宋)의 여러 작품을 읽어 그 연원을 깊이 탐구한다면 그 변화상을 모두 살펴볼 수 있을

---

77 시참(詩讖) : 우연히 지은 시의 내용이 훗날 벌어지는 일과 꼭 맞아 떨어지는 것.

것이다."

현기의 재종형 교정(皎亭) 현일(玄鎰)[78]은 그가 아내도 없고 거처도 없고 이리저리 떠돌며 곤궁하게 지내는 것을 근심하여 여러 번 재물을 보태 주며 집도 사고 장가도 가도록 권하였다. 그러자 현기가 웃으면서 "제가 어찌 종형께 누를 끼쳐가며 제 뜻을 해칠 수 있겠습니까!"하고는, 끝내 현일의 말을 듣지 않았다. 그러고는 받은 재물을 전부 다 술집으로 가지고 가서 실컷 술을 퍼마셨다. 어느 해 겨울에는 현기가 어린 종을 시켜 술항아리를 짊어지게 하고는 눈길을 뚫고 산속 정자에 이르러 홀로 술을 따라 마시며 한뎃잠을 자다가 자기가 읊은 시를 벽에 써놓고는 주인에게 아무 말도 하지 않고 돌아왔다.

그는 하원(夏園) 정지윤(鄭芝潤)[79]과 절친하여 서로를 '세한붕(歲寒朋)'[80]이라 불렀다. 정지윤이 죽자 현기는 그의 집 문밖에서 이레 동안 거적때기를 깔고 앉아 술만 마셔대며 곡을 하고는 "나는 이제 벗이 없도다."라고 말하였다.

한번은 금강산에 유람을 갔다가 돌연 불가(佛家)에 몸을 의탁하려는 뜻이 생겨 스스로 '추담선자(秋潭禪子)'라 칭하고는 다음과 같은 시를 지었다.

> 배고플 땐 밥 먹고 배부를 땐 잠만 자니　　　　飢時噉飯飽時眠
> 좁쌀 같은 이 세상 묘연함에 맡기려네.　　　　一粟人間寄渺然
> 발걸음은 한운처럼 무심히 산을 나서고　　　　蹤跡閑雲空出岫

---

78 현일(玄鎰) : 조선 후기 문신으로 자는 만여(萬汝), 호는 교정(皎亭)이다. 문음(門蔭)으로 관직에 나아가 중추원지사에 올랐으며, 시문에 뛰어난 자질을 보여 주위 사람들로부터 칭송을 받았다. 저서로『교정집(皎亭集)』이 있다.
79 정지윤(鄭芝潤) : 조선 후기 여항시인으로 별칭은 정수동(鄭壽銅)이다. 본서 권1-11 정수동 참조.
80 세한붕(歲寒朋) : 고난과 역경에도 변치 않는 우정을 지닌 절친한 벗이라는 뜻이다.

성정은 고목 같아 참선을 행하려네.   性情枯木已爲禪

오랜 세월 흐르고 흘러 그른 것이 옳게 되고   千秋滾滾非還是

삼라만상 분분하여 추한 것이 곱게 변했네.   萬象紛紛醜更姸

눈에 가득한 매화 이제 네 곁을 떠나니   滿眼梅花今負汝

맑은 향을 더 이상 시문에 담을 수 없으리.   淸香不與八詩篇

현기는 경신년[1860] 겨울에 술을 마시다 갑자기 세상을 떠났으니 그의 나이 쉰둘이었다. 그는 평생 외롭고 쓸쓸하게 살면서 온갖 고생을 겪었으며, 뛰어난 재주를 지니고 있었음에도 불우하였기 때문에 시와 술 사이에서 방랑했다. 그의 일구(逸句)·영편(零篇)은 인구에 회자될 만큼 뛰어났지만, 정작 시를 읊고 나서는 번번이 "누가 또 나를 알아주리오." 하며 던져버렸다. 소당(小棠) 김석준(金奭準)[81]이 그의 문하에서 배운 적이 있기에 그가 남긴 시를 모아서 『희암집(希庵集)』 1권을 간행하였다.

외사씨는 말한다.

연농(硏農) 최성학(崔性學)[82]이 그의 행적을 정리하고 다음과 같이 논하였다. "선비 중에 큰 뜻을 품었던 자는 자질구레한 행동에 구애받지 않았기 때문에 기인(畸人)·명류(名流)로서 종종 제멋대로 행동하면서도 풍절(風節)을 세우고 자신의 뜻을 굽히지 않았으니, 선생은 아마도 이런 부류에 가까웠던 듯하다. 선생은 본디 외롭고 가난하였으며, 곤궁과 액운에 맞닥뜨린 채로 삼십 년을 지내면서 유독 시로써 자신의 마음을 드러

---

81 김석준(金奭準) : 조선 후기 시인·서예가로 자는 희보(姬保), 호는 소당(小棠)이다. 역과에 올라 벼슬이 첨지중추부사(僉知中樞府事)에까지 올랐다. 역관으로서 중국을 내왕하며 청나라의 문인들에게 조선의 시를 소개하기도 하였다. 저서로 『홍약루시초집(紅藥樓詩初集)』·『회인시록(懷人詩錄)』 등이 있다.

82 최성학(崔性學) : 조선 후기 시인·역관으로 자는 연농(硏農)이다. 김석준(金奭準) 등과 함께 추사 김정희에게서 수학하였으며, 당대 중국 문인들과 활발하게 교류하였다.

내었다. 선생의 학문은 드넓고도 자유분방하였으나 가는 곳마다 불우하였으니 어찌 술에 의탁하여 호방하게 마음껏 즐기지 않으리오! 바야흐로 선생이 두 다리를 뻗고 앉아 사람들을 흘겨볼 적에는 완적(阮籍)[83]의 오만방자한 기골과 흡사하였으며, 빈천을 근심하지 않는 태도에서는 검루(黔婁)[84]의 풍모를 발견할 수 있었다."

소당 김석준의 『홍엽루집(紅葉樓集)』에 「현희암(玄希庵)을 떠올리며[懷玄希庵]」라는 시가 있다.

살아서는 집도 절도 없고 죽어서는 자식도 없어	生無家室死無子
평생을 술에 빠져 미친 듯이 노래만 불렀지.	痛飮狂歌五十秋
뒤엉킨 마음속의 근심을 씻어내기 어려웠으나	槎枒肝肺愁難滌
한 편 시로 만호후를 가벼이 여겼네.	一首詩輕萬戶侯

비연옹 장지완이 그를 술회(述懷)한 시가 있다.

낙백한 영웅의 말로는 비슷하니	落魄英雄末路同
송나라 시구에 진나라 풍류도다.[85]	宋人詩句晉人風
오늘날 미천한 자들 중 이름자 아는 이들은	如今走卒知名字

---

83 완적(阮籍) : 위·진의 정권교체기에 부패한 정치권력에는 등을 돌리고 죽림에 모여 거문고와 술을 즐기며 청담(淸談)으로 세월을 보낸 죽림칠현의 대표 인물이다. 그는 태도가 거만한 사람을 만나면 눈을 흘겨보아서 '백안시(白眼視)'라는 말이 생겼다.
84 검루(黔婁) : 춘추시대 제(齊)나라의 은사(隱士)로 제나라 위왕(威王)의 스승이기도 하다. 평생을 가난하게 살면서도 걱정하지 않았고 제후들의 녹봉도 거절하면서 오직 인의만을 구하였다고 한다.
85 송나라 시구에 진나라 풍류도다 : 위진남북조 시기 죽림칠현처럼 산림에 모여 거문고와 술을 즐기며 청담(淸談)으로 세월을 보낸 선비들이 많았는데, 현기의 인물됨이 이들과 비슷하였다는 말이다. 또 이 시기 시문학에서는 진(晉)에서 송(宋)에 걸쳐 도연명(陶淵明)·사영운(謝靈運) 등이 나타났으며, 귀족사회의 풍조를 반영하여 화려한 수사를 중용한 문장이 널리 확산되었다.

현기(玄錡)·정수동(鄭壽銅)을 다투어 말한다네.　　爭說玄錡鄭壽銅

또 손암(蓀庵) 나기(羅岐)[86]는 현기가 입산하여 머리를 깎았다는 소식을
듣고 다음과 같은 시를 지었다.

갈옷 한 벌로 몇 년 동안 옷깃을 날리더니　　短褐幾年颺蛛塵
시 짓던 끝에 불가에 몸을 맡겼네.　　文章末路托空門
뛰어난 재주로 정처 없이 떠돌다 시와 인연 끊었으니　鸞鳳漂泊詩緣斷
서쪽 바람에 고개 돌려 자주 눈물 떨구네.　　回首西風彈淚頻

---

86 나기(羅岐) : 조선 후기 시인으로 자는 봉래(蓬萊), 호는 손암(蓀庵)이다. 평생을 관직에 나아가
　지 않고 시인으로 자부하였으며, 그의 집안 역시 정조 연간에 다수의 여항시인을 배출하였다.

11.

천성이 활달하여 거리낌이 없었던 정수동

정수동(鄭壽銅)의 이름은 지윤(芝潤), 자는 경안(景顔), 관향은 동래(東萊)이다. 그의 집안은 대대로 사신의 행차를 보좌하는 역관 일을 맡아왔다. 태어날 때부터 손바닥에 글자가 있었는데 '목숨 수[壽]'자였다. 이에 어른이 되어서 『한서(漢書)』의 '지생동지(芝生銅池)'[87] 사례에서 취하여 '수동(壽銅)'이라 자호하니, 귀천(貴賤)과 원이(遠邇) 및 아는 사람, 모르는 사람할 것 없이 모두 정수동이라 불렀다.

수동은 일찍 아버지를 여의었는데, 어머니 최씨가 굳은 절개로써 수절하며 삯바느질로 공부를 시켰다. 장성하자 그의 성품은 시류에 영합하지 않고 제멋대로 행동하여 평소 남들에게 구속되기를 달가워하지 않고 스스로 세속의 규범 밖에서 노닐었다. 그러나 신실하고 겸손하여 말을 하지 못하는 듯 행동하였으며, 자신이 가진 것으로 남에게 해코지 하려하지 않았다. 그는 총명함이 문자에 모여서, 대체로 궁벽하고 기괴하기도 하며 오묘하고 번잡하기도 하여 알아낼 수 없는 것이라 하더라도 한번 보면 그때마다 요지와 핵심 및 중요한 대목을 훤히 꿰뚫었다. 특히

---

87 지생동지(芝生銅池) : 『漢書』「宣帝紀」에 "금지(金芝) 아홉 줄기가 함덕전(函德殿) 동지(銅池) 안에서 자라났다."라고 하였다. 이는 나라가 창성할 징조를 말하는 것이다.

시에 가장 장점을 보였는데, 귀와 눈으로 수집·섭렵한 작품들과 고금의 뛰어나고 정밀한 작품들 중 마음에 들어맞는 것들을 모아서 손질하고 가다듬어 내놓았다. 또 술 마시기를 잘하여 그것을 천성으로 삼다시피 하면서 슬픔과 기쁨, 얻음과 잃음, 눈물과 웃음, 심란한 마음과 괴로움 일체를 술에 의지하여 시로 표현하였다.

당시 시랑(侍郎) 추사(秋史) 김정희(金正喜)가 그를 기이하게 여겨 자기 집에 머물며 소장한 그림과 사서를 읽게 함으로써 박학다식으로 나아가기를 기대하였다. 이에 수동은 수개월 동안 서적에 마음을 쏟고 주의 깊게 살피며 마치 대문 밖의 일을 모르는 듯이 하였다. 그러던 중 갑자기 어디론가 나가버리고 다시 돌아오지 않았다. 그의 종적을 수소문하여 찾아서 데리고 오자, 추사는 그를 가두고 갓과 두루마기를 착용하지 못하게 하였다. 그러나 이후로도 다시 뛰쳐나간 것이 한두 번이 아니었다.

상국(相國) 유관(游觀) 김흥근(金興根)[88]이 특히 그의 재주를 아껴 그를 위해 술과 안주를 차려주면서 포용하고자 하였으나, 수동은 이를 달가워하지 않았다. 일전에 흥근이 외출하면서 그의 옷과 삿갓을 거두어 감춰두고 시종들을 경계하여 그가 달아나지 못하도록 방비하라 하였는데, 집에 돌아와 보니 수동이 떠난 곳을 알지 못하였다. 이에 그를 찾다가 술집에서 발견하였는데, 수동은 쪽빛 도포에 붉은 띠를 묶고 상을 당한 사람들이 쓰는 방립(方笠)을 쓴 채 얼큰히 취하여 뻗어 있었다. 이는 사람들이 없는 때를 틈타 상국의 도포와 띠를 차려 입은 것이며, 또 방립은 청지기들이 쓰던 것을 가져다 쓴 것이었다.

한번은 흥근이 수동의 곤궁함을 가엾게 여겨 엽전 50관[89]을 주었더니,

---

88 김흥근(金興根) : 조선 후기 문신으로 자는 기경(起卿), 호는 유관(游觀)이다. 1825년 문과에 급제하여 전라도·평안도관찰사 등을 역임하고, 이조판서·좌의정에 올랐다. 『헌종실록』·『철종실록』의 편찬을 담당하기도 하였다.
89 엽전 50관 : 관은 조선시대에 엽전을 묶어 세던 단위로, 한 관은 엽전 열 냥을 이른다.

곧장 포목전으로 가서 모두 석새삼베[90]로 바꿔 집으로 돌아왔다. 그러고는 온 가족의 옷을 이것으로 만들고 그 나머지는 모두 외상 술값을 갚았다. 또 언젠가는 세밑에 큰 술통에다 몇 말의 술을 가득 담고 아울러 물고기·꿩 등의 음식물을 종들에게 나누어 짊어지게 하고는 수동을 좇아 집으로 옮기게 하였다. 그런데 당시에 밤이 깊어지고 눈이 내리자 수표교(水標橋) 위에 이르러 짊어진 물건들을 내려놓고 인가에서 사발을 빌려오도록 하였다. 종들이 싫어하는 기색을 보이자, 강제로 등짐을 부리게 하고는 술통을 열어 종들과 함께 마시다가 몇 통을 비우고서야 멈추었다.

한번은 그의 아내가 임신을 하여 출산을 앞두자 수동이 의원을 찾아가 약을 지어―약의 이름은 불수산(佛手散)[91]이다―소매에 넣고 오다가 길에서 금강산(金剛山)을 유람하러 가는 친구를 만났다. 그러자 그는 집으로 돌아오지 않고 흔연히 친구의 여행길을 따라갔다가 수개월 동안 관동(關東)의 여러 명승지를 둘러보고 돌아왔으니, 그의 데면데면하고 방자한 것이 이와 같았다.

정수동의 아내 김씨는 성품이 맑고 순하여 집안에는 단지 벽뿐이었는데도 베를 짜고 수를 놓아 남편을 뒷바라지하면서도 조금도 싫어하거나 힘들어하는 내색을 보이지 않았다. 이것은 남편이 사대부들과 교유하면서 문장으로 명성을 드날리는 것을 영광으로 여겼을 뿐 다른 것은 아쉬워하지 않았기 때문이다. 수동이 거듭 묘향산(妙香山)으로 들어갈 적에는 도성에 갑자기 소문이 돌기를 '그가 이미 머리를 깎고 중이 되었다.'고 하였다. 그런데 그가 다시 집으로 돌아오자 부인 김씨가 반갑게 맞이하며 "저는 애간장이 다 녹는 줄 알았어요."라고 하였더니, 수동이 "여자의

---

90 석새삼베 : 240올의 날실로 짠 베라는 뜻으로, 성글고 굵은 베를 가리킨다. 품질이 그다지 좋지 않은 베이다.
91 불수산(佛手散) : 당귀·천궁을 넣은 약으로 임신부의 해산 예정일에 앞서 순산을 위하여 쓰는 약이다.

애간장은 작을수록 더 좋은 거야."라고 하였다.

　수동은 말이 어눌한 듯하였지만 손뼉을 치며 농담을 할 적에는 겨우 한두 마디가 흘러나왔을 뿐인데도 듣는 사람들이 깔깔대고 웃었다. 이처럼 그의 뜻은 풍자를 담아 세상을 조롱하는 데 있었다. 그러나 술에 취하면 바닥에 드러누워 잠을 자고 더 이상 아무 말도 하지 않았다. 투전·골패 같은 내기 놀음판에서는 마음 내키는 대로 하였으나 잘 차려진 연회자리에서는 문아(文雅)함이 빛났으니, 사람들이 일컫기를 "사람은 진(晉)나라 때 같고 시는 송(宋)나라 때 같구만!"[92]이라고 하였다. 그는 가고 싶은 곳이 있으면 곧장 넓은 옷과 큰 신발을 신고 훌쩍 홀로 길을 떠나 천릿길도 지척으로 여겼다. 먼 지방의 만난 적도 없는 사람들도 그를 평소 지우처럼 칭송하고 사모하였으며, 비록 아녀자라 하더라도 그를 만나면 번번이 쌈짓돈을 털어 술과 밥을 차려주었다.

　어떤 문객 중에 수동을 미워하여 비방하는 자가 있었는데, 상국(相國) 심암(心菴) 조두순(趙斗淳)[93]이 말하였다. "그대는 자줏빛 허리띠를 차고 금관자를 달고서 세상을 살아가는 재주 있고 총명한 자이지만, 백세(百世) 이후에는 사람들이 정수동 같은 이는 알아도 자네 같은 이는 모를 것이니 더 이상 말하지 말라!" 이에 문객이 부끄러워하며 물러났다.

　수동은 만년에 더욱 술에 빠져 혹 열흘 남짓 굶어도 오히려 느긋하였다. 조상국이 사역원 제조(司譯院提調)를 겸할 적에 운영비를 헤아려 보니 역관의 녹봉이 제법 많았다. 이에 수동에게 "그대도 꼭 오언시 백운배율(百韻排律)을 바치게나." 하고 말하였다. 수동이 밤을 새워 시를 지으니 마치 구슬을 꿴 듯하였다. 그 시는 대략 다음과 같다.

---

92 사람은……같군 : 각주 85) 참조.
93 조두순(趙斗淳) : 조선 후기 문신으로 자는 원칠(元七), 호는 심암(心菴)이다. 1826년 문과에 급제하여 영의정으로 치사(致仕)하기까지 40년 동안을 줄곧 벼슬하면서 순조·헌종·철종·고종을 보필하였다. 『헌종실록』·『동문휘고(同文彙考)』·『대전회통』의 편찬을 주관하였다. 저서로 『심암집』이 있다.

인생이 백년도 못 되는데	人生不滿百
근심스레 또 무엇을 슬퍼하리오.	戚戚復何傷
옛 선현들도 이미 멀리 떠나갔거늘	前哲旣云邈
우리들은 부질없이 바쁘기만 하구나.	吾曹空自忙
이런 어리석음 치료에 누가 좋은 약을 알까나	療痴誰得劑
세상을 살면서 아직도 처방을 모른다네.	涉世未諳方
내 외상 술값에 글빚도 많건만	酒債饒詩債
꽃에 빠지고 또 달빛에 빠져 살았네.	花荒復月荒
어려서는 본래 성현을 사모하였으나[94]	孩提元慕藺
근심과 고난으로 어머니 힘들게 하였지.[95]	憂故始驚姜
명예를 훔친 것은 반악(潘岳)[96]보다 적었으나	譽竊潘安少
인근으로 이사 다닌 건 맹자(孟子)보다 많았네.	隣遷孟氏芳
형주서(荊州書)[97]처럼 인정받고자 한 것은 아니나	荊州書非借
노국(魯國) 벽간서(壁間書)[98]처럼 빛을 보긴 했지.	魯國壁同光
걸음걸이 미약할 때는 준마처럼 되기를 생각했고	弱步思騏驥
애송이 시절엔 봉황처럼 될 것을 기대했었네.	雛毛待鳳凰

---

94 성현을 사모하였으나 : 원문의 '慕藺'은 모현(慕賢)과 같은 말이다. 한(漢)나라 사마상여(司馬相如)에게 부친이 원래 견자(犬子)라고 이름을 지어 주었는데, 나중에 전국 시대 조(趙)나라 인상여(藺相如)의 인품을 흠모하여 상여(相如)라고 개명한 고사에서 유래한 것이다.

95 어머니 힘들게 하였지 : 원문의 '驚姜'은 난산으로 인하여 산모가 몹시 고통을 받은 것을 말한다. 춘추시대 정나라 장공(莊公)의 어머니 무강(武姜)이 장공을 낳을 때 난산으로 놀랐기 때문에 나온 말이다. ☞『春秋』「隱公 元年」 참조.

96 반악(潘岳) : 서진(西晉) 때의 시인 겸 문인으로 자는 안인(安仁)이다. 어릴 때부터 총명한 데다 미남이어서 기동(奇童)이라는 소리를 들었다. 문학적 재능이 뛰어나 육기(陸機)와 함께 서진문학의 대표적 작가로 병칭되며, 당시의 권세가 가밀(賈謐)의 문객 '24우(友)' 가운데 제1인자였다.

97 형주서(荊州書) : 당나라 이백(李白)이 형주자사(荊州刺史) 한조종(韓朝宗)에게 보낸 편지[與韓荊州書]를 말한다. 이 편지에서 이백은 '살아서 만호후(萬戶侯)에 봉해지는 것보다 다만 한 번 한형주에게 알려지기를 원한다.'라고 하였는데, 이는 훌륭한 현인을 만나 자신의 능력을 인정받기를 바란다는 뜻이다.

98 노국(魯國) 벽간서(壁間書) : 후한 때 노공왕(魯恭王)이 공자(孔子)의 옛집을 헐다가 벽 속에서 여러 고문(古文) 경전들이 쏟아져 나와 비로소 세상에 빛을 보게 된 것을 말한다.

띳집이 죽을 곳은 아니었으니	茅茨非死所
문장으로 주린 배를 비웃다 보니	文字笑飢腸
세월의 흐름은 매우 빨랐고	烏兎流雙疾
문자에 파묻힌 채 영욕을 모두 잊었다네.	蟲魚注兩忘
썩어빠진 선비들의 기풍을 싫어하여	厭他腐儒氣
인간다운 교분을 맺는 장으로 나아갔으니	追彼結交場
쌍륙·장기판에서 어찌 한 말 양식이 있었으리오	陸博寧擔石
허나 명성은 크게 얻고자 하였다네.[99]	聲名欲楚梁
이에 한 번 말하면서도 세 번씩 탄식하고	一言三太息
십 년 중 구 년은 타향을 떠돌았다네.	十載九他鄉
북으로 가서 국토 끝자락을 더듬고	西去探窮域
남으로 놀러 가서 큰 바다를 바라볼 적에	南遊犯大洋
험준한 숲에서 설피를 부딪치고	虎林衝雪屐
사나운 파도에 돛대 부러지니	鯨窟折風檣
주뼛대는 머리카락 더욱 헝클어지고	竪髮增蕭颯
열나는 가슴 한층 격앙되었네.	熱腔添激昂
사신 역할을 해 보지는 못하였지만	燕雲來未了
봉래·방장을 가리키며 바라보았지.	蓬丈指相望
신라의 옛터에서 조문도 하고	羅代遺墟吊
중향성(衆香城)[100]에선 불공도 드렸네.	香城宿願償

---

99 명성은 크게 얻고자 하였다네 : 원문의 '楚梁'은 높은 명성을 얻음을 말한다. 한나라 때 조구(曹丘)가 계포(季布)에게 말하기를 "초나라 사람들의 속어에 '황금 100근을 얻는 것보다 계포의 승낙을 한 번 얻는 것이 낫다' 하였으니, 족하는 어떻게 이러한 명성을 양(梁)·초(楚) 지역에서 얻으셨소?"라고 한 데서 온 말이다. *『史記』「季布傳」 참조.

100 중향성(衆香城) : 금강산 내금강 구역 백운대의 북쪽에 있는 봉우리로 늘 구름에 잠겨있는 모습이 불경에 나오는 '중향성'을 연상시킨다 하여 붙여진 이름이다. 중향성은 부처에게 불공을 올리느라 피우는 향불연기로 성처럼 겹겹이 둘러싸여 있었다는 봉우리로서『마하반야경(摩訶般若經)』에 보인다.

높은 곳에 오르면 한갓 감개무량할 뿐	登臨徒感慨
이에 이곳저곳을 두루 거쳐 떠돌아다니며	閱歷只回徨
일장춘몽은 시구로 풀어내고	春夢方抽緒
가을 회포는 한잔 술로 달랬지.	秋懷遽濫觴
하늘 끝으로 떠돌기를 인형목[101]처럼 하니	天涯流似梗
지난 자취는 부상(扶桑)처럼 그립다네.	往迹戀如桑
이따금 풍환(馮驩)의 검[102]을 떠올렸지만	回憶馮驩劍
애초에 마씨 집안 아들[103]을 좇으려 하였지.	初從馬氏堂
근골은 안진경(顏眞卿)·유공권(柳公權)[104] 비슷했고	骨筋帶顏柳
어투는 소동파(蘇東坡)·황정견(黃庭堅)[105]을 닮았다네.	口吻入蘇黃
요즘엔 새 잡는 그물을 쳐 놓은 듯하지만[106]	此日門羅雀
당시엔 원앙새를 수놓으려[107] 노력하였지.	當時繡度鴦
관부(灌夫)[108]는 권세가에게도 욕을 해댔으며	灌夫猶罵坐
가의(賈誼)[109]는 장사(長沙)로 좌천도 되었다네.	賈傅已浮湘

---

101 인형목 : 정처 없이 떠도는 인생을 말한다. 복숭아나무 막대기를 조각하여 장승을 만들었는데 비가 와서 치수(淄水)로 떠내려가 어디로 가버렸는지 알 수 없었다고 한 우언(寓言)에서 나온 말이다. *『戰國策』「齊3」참조.

102 풍환(馮驩)의 검 : 풍환은 전국시대 맹상군(孟嘗君)의 식객이었는데, 자신에 대한 대우에 불만을 품고 검을 두들기며 물고기 반찬과 수레와 집이 없다고 노래했다고 한 고사가 있다.

103 마씨 집안 아들 : 삼국시대 촉(蜀)의 마량(馬良)을 가리킨다. 마씨 형제 다섯이 모두 재주로 이름이 있었는데 그가 가장 어질고 덕이 높았다.

104 안진경(顏眞卿)·유공권(柳公權) : 당나라 때의 명신이자 명필로 이들은 모두 서예의 대가이다.

105 소동파(蘇東坡)·황정견(黃庭堅) : 소동파는 송나라 때의 대시인이자 문장가였고, 황정견은 소식의 제자로 강서시파의 시조이다.

106 새……듯하지만 : 그를 찾는 사람이 없음을 비유한 말이다. 한나라 책공(翟公)이 정위(廷尉)로 있을 때에는 찾아오는 사람들이 문전성시를 이루다가 관직을 그만두자 대문 앞에 새 잡는 그물을 칠 정도가 되었다[門外可設雀羅]고 한 고사에서 연유한다.

107 원앙새를 수놓으려 : 자신의 실력을 닦고 연마하여 훌륭한 경지에 올라서는 것을 원앙새를 수놓는 일에 견주어 말한 것이다.

108 관부(灌夫) : 한나라 때 유명한 협사로 신분이 귀하고 권세 있는 사람일수록 반드시 능멸하고 마는 강직한 성격의 소유자였다. 당시 승상인 무안후(武安后)에게도 술이 취한 상태에서 심하게 욕을 한 적이 있다.

예법에 저촉되어 살다보니 세상과 합치될 수 없어   歷抵宜無合

온갖 고난과 근심 빠짐없이 맛보았다네.   艱虞實備嘗

시를 읽고는 조상국이 칭찬해 마지않으며 그를 역관시험에 응시토록 하였다. 시험장으로 들어와 마주하자 역서(譯書)를 하나 뽑아 읽어보라고 하였는데, 수동은 놀란 토끼눈을 하고 두리번거리기만 할 뿐 소리 내어 읽지 못하였다. 그러고는 "저는 이 책을 이해하지 못합니다."라고 하였으니, 그는 본래 역관이 되는 것을 달가워하지 않았던 것이다. 이에 그를 사역원 참봉(參奉)으로 기용하였다. 규정에 따르면 어가(御駕)가 행차할 때 낭관(郎官) 중에 배종하지 않는 자는 전통(箭筒)을 차고 본사(本司)를 지켜야 하는데, 수동은 자리를 떠나 관악산(冠岳山)에 가서 놀다가 결국 파직되고 말았다.

수동은 예전에 규재(圭齋) 남병철(南秉哲)[110]에게 능력을 인정받았다. 이에 수동이 찾아오면 번번이 술상을 차려 대접하였다. 간혹 술에 취해 이부자리나 방석에 토하기도 했는데 그 냄새와 더러움을 사람들은 견디지 못했지만 남공은 오히려 웃기만 할 뿐 성내지 않았으며 되레 시까지 지어 주었다.

천하에 뜻을 둔 것은 왕장사(王長史)[111]로되   有情天下王長史

강남에 떠도는 두목지(杜牧之)[112] 같도다.   落魄江南杜牧之

---

109 가의(賈誼) : 한나라 때의 문인·학자로 시문에 뛰어나고 제자백가에 정통하여 문제의 총애를 받아 약관으로 최연소 박사가 되었다. 그러나 당시 고관들의 시기로 장사왕(長沙王)의 태부(太傅)로 좌천되었다. 자신의 불우한 운명을 굴원(屈原)에 비유하여 〈복조부(鵩鳥賦)〉·〈조굴원부(弔屈原賦)〉를 지었다.

110 남병철(南秉哲) : 조선 후기 문신이자 대표적인 천문학자·수학자로 자는 원명(元明), 호는 규재(圭齋)이다. 1837년 문과에 급제하여 예조판서·대제학을 지냈다. 박학다식하고 문장에 능하였을 뿐 아니라 수학에 뛰어나 수륜지구의(水輪地球儀)와 사시의(四時儀)를 제작하였다. 저서로『의기집설(儀器輯說)』·『규재유고(圭齋遺稿)』등이 있다.

또 항상 지기(知己)로 삼아 더불어 이야기하였다. 하루는 강변 정자에서 유숙하다가 일찍 일어났는데 매우 목이 말랐다. 이에 맨상투를 드러낸 채 주막으로 가서 잔뜩 술을 마시고는 뒤도 안 돌아보고 나가려 하자 주모가 술값을 내라 닦달을 하였다. 이에 크게 소리치며 "남상서, 날 좀 구해주시오. 정수동이 붙잡혀 있소이다." 하자, 주모가 정수동이라고 외치는 소리를 듣고는 미안하다고 하며 그냥 보내주었다.

한번은 시회(詩會)에서 큰 술병 두 개를 준비해서 숨겨두었는데, 수동이 몰래 숨겨둔 곳으로 들어가 연거푸 두 병을 다 마시고는 술에 취해 잠이 들어 코를 드렁드렁 골았다. 잠시 후 안주가 나오자 사람들이 술을 마시고자 술병을 찾았는데 술이 남아 있지 않으니 그의 소행인 줄 알고 따져 말했다. "한 병까지는 그래도 괜찮지만 두 병을 다 마시다니 참으로 뻔뻔하구먼!" 이에 수동이 웃으며 말하기를 "오른손으로 술 한 병을 들고 마시면서, 왼손으로 안주 삼아 또 한 병을 들고 마신 것일세. 어찌 술을 마시는데 안주가 없어서야 되겠는가?" 하자 좌중이 모두 포복절도하였다.

심암 조상국이 여러 재상들과 모여 세간의 무섭고 두려운 것들에 대해 이야기를 하는데, 어떤 이는 사나운 호랑이가 두렵다 하고, 어떤 이는 도적떼가 두렵다 하고, 어떤 이는 양반네들이 가장 두렵다 하였다. 갑자기 수동이 아뢰기를 "저는 호랑이를 탄 양반 도적이 가장 두렵습니다." 라고 하였다. 이는 그들을 풍자한 것이었다.

또 아무개 재상가의 행랑 아래에서 한 어린애가 엽전 한 닢을 실수로

---

111 왕장사(王長史) : 본명은 왕몽(王濛)으로 동진(東晉)의 학자·정치가이다. 젊었을 때는 마구잡이로 행동하여 마을 사람들이 사람 취급도 하지 않았다. 뒤늦게 반성하고 행실을 바로잡아 청약(淸約)하다는 칭송을 들었다. 시문과 서예에 능했으며, 특히 청담(淸談)에 뛰어났다.
112 두목지(杜牧之) : 만당(晩唐)의 시인으로 이상은(李商隱)과 더불어 이두(李杜)로 불리며, 또 작품이 두보(杜甫)와 비슷하다 하여 소두(小杜)로 불린다. 양주의 회남절도사 우승유(牛僧孺)의 밑에서 3년 동안 서기를 맡을 적에 밤만 되면 기루를 드나들며 풍류를 즐긴 일로 유명하다.

삼키자 그의 어미가 근심하고 있었다. 수동이 마침 그곳을 지나가다가 그 어미를 불러 묻기를 "아이가 삼킨 엽전이 누구의 돈인가?" 하니, 대답하기를 "아이의 돈입니다."라고 하였다. 그러자 수동이 말하였다. "그렇다면 근심하지 마시오. 다만 배를 어루만져주면 될 것이오. 지금 남의 돈 칠만 냥을 삼키고도 자기 배만 어루만지는 사람도 있는데, 하물며 이 아이는 자기 돈 한 닢을 삼켰을 뿐이니 크게 배앓이야 하겠소?" 이는 당시 영상(領相)이 칠만 냥의 뇌물을 받았다는 이야기가 있었기에 이를 비꼰 것이다. 그는 비록 술을 많이 마시고 행동에 거리낌이 없었지만 이따금 우스갯소리로 비꼬고 풍자하기를 이같이 하였다.

수동은 매양 물을 건널 적에 외나무다리가 기울어 위태로운 곳을 만나면 번번이 다리를 놔두고 옷을 벗고 건넜으니, 그가 평탄한 길을 걷고 위험한 길을 경계했음을 상상해 볼 수 있으리라. 수동은 어느 날 저녁 폭질(暴疾)을 얻어 죽었으니 곧 철종(哲宗) 무오년[1858]으로 그의 나이 쉰하나였다. 이에 유관 김흥근은 비용을 내어 장례를 치러주었으며 심암 조상국은 전(傳)을 지어주었다. 수동은 하원(夏園)이라 자호하였으므로 최성환(崔瑆煥)[113]은 그의 시고(詩藁)를 수집하여 『하원시초(夏園詩鈔)』 1권을 만들어 간행하였다.

외사씨는 말한다.

내가 『하원시초』를 읽은 적이 있는데, 정묘하고 면밀하며 기괴하고 화려한 것이 절대로 행동에 거리낌이 없는 자의 말투 같지 않았다. 그런데 심암 조상국에게 올린 백운배율을 읽어 보고서야 속마음을 표출하여 비

---

[113] 최성환(崔瑆煥) : 조선 후기 학자·시인으로 자는 성옥(星玉), 호는 어시재(於是齋)이다. 고종(高宗) 때 중추부 전행도사(前行都事)를 지내고, 이후 선략장군(宣略將軍)에 봉해졌다. 시학에 조예가 깊었으며 경학 및 역사에도 밝아 『효경대의(孝經大義)』·『고감(古鑑)』 등의 저술을 남겼다.

분강개하고 억눌린 소리가 마치 연가(燕歌)·초조(楚調)[114] 같아서 읽는 사람으로 하여금 탄식하고 눈물짓게 하였으니, 이는 스스로 자기 평생의 포부와 의지를 밝힌 것이었다. 애석하게도 수동은 끝내 여기저기를 떠돌다가 중년의 나이로 갑자기 죽었으니, 그래도 옛날의 이른바 혜강(嵆康)·완적(阮籍)[115], 부혁(傅奕)[116] 같은 부류라 할 것이다.

---

[114] 연가(燕歌)·초조(楚調) : 연나라 노래, 초나라 악조라는 뜻이다. 연나라 지역은 백절불굴의 기개를 지닌 비분강개하는 노래가 많았고, 초나라 지역은 실의에 빠지고 불우한 처지를 비관하는 슬픈 곡조가 많았다. *각주 46 참조.

[115] 혜강(嵆康)·완적(阮籍) : 위·진의 정권교체기에 부패한 정치권력에는 등을 돌리고 죽림에 모여 거문고와 술을 즐기며 청담(淸談)으로 세월을 보낸 죽림칠현의 대표 인물들이다. 이들은 정치에 등을 돌리고 노장의 무위자연 사상을 심취했던 지식인들로서 지배 권력이 강요하는 유가적 질서나 형식적 예교(禮敎)를 조소하고 그 위선을 폭로하기 위하여 상식에 벗어난 언동을 하기도 하였다.

[116] 부혁(傅奕) : 당나라 초기의 학자·문신으로 당나라 고조 때 태사령(太史令)을 지냈다. 평생 병이 생겨도 의원을 부르거나 약을 먹지 않았고, 음양술수(陰陽術數)의 책을 공부하기도 하였다.

12.

반란군을 맞아 장렬하게 산화한 정시와 그의 부친

정시(鄭蓍)의 자는 덕원(德園), 관향은 청주(淸州)이며 한강(寒岡) 정구(鄭逑)[117]의 8세손으로 영남 땅 성주(星州)에 살았다. 정조(正祖) 기미년[1799] 무과에 급제하여 6년이 지나 선전관(宣傳官)으로 벼슬길에 오르고 훈련원(訓練院) 주부(主簿) 및 판관(判官)으로 자리를 옮겼다가 신미년[1811] 가을 가산군수(嘉山郡守)로 있었다. 이 해 겨울에 토적(土賊) 홍경래(洪景來) · 이희저(李禧著) 등이 금을 채굴하는 광산의 인부들을 모아 평안도에서 봉기하자 가산군은 적의 소굴이 되고 말았다.

반란이 처음 일어날 적에 적들과 내응한 관리가 으름장을 놓고 을러대었지만, 정시는 성내어 말하기를 "나에게는 한 번 죽음이 있을 뿐이다."라고 하였다. 잠시 후 관아 안에는 이졸(吏卒)들이 달아나 인기척조차 없었다. 정시는 밤에 홀로 고을을 걸어 다니면서 백성들에게 나라를 위하는 일에 죽음을 함께하자고 효유(曉諭)하였다. 아울러 손수 편지를 써

---

117 정구(鄭逑) : 조선 중기 문신으로 자는 도가(道可), 호는 한강(寒岡)이다. 조식(曺植)과 이황(李滉)에게 성리학을 배웠다. 경학을 비롯하여 산수(算數) · 병진(兵陣) · 의약 · 풍수에 이르기까지 정통하였으며 특히 예학에 조예가 깊어 여러 예서(禮書)를 편찬하였다. 저서로 『한강집』 · 『심경발휘(心經發揮)』 등이 있다.

서 자기 집 하인에게 주고는 급히 달려가 병마영(兵馬營)에 보고하게 하였다. 그러고는 의관을 가지런히 하고 바르게 앉아 반란군을 기다렸는데, 과연 얼마 지나지 않아 적들이 들이닥쳤다. 적들은 시퍼런 칼날로 정시를 무릎 꿇으라고 위협하며 부인(符印)[118]을 빼앗으려 하였다. 정시가 꼿꼿이 선 채로 꿈쩍도 하지 않자 적들은 검으로 그의 무릎을 냅다 후려 갈겼는데, 땅바닥에 엎어지면서도 그는 부인을 오른손 안에 꽉 움켜쥐었다. 이에 적들이 그의 오른팔을 칼로 베었는데 부인이 땅에 떨어지자 정시는 재빨리 왼손으로 부인을 다시 잡아채며 말하였다. "차라리 내 목을 내줄지언정 부인은 내줄 수 없느니라!" 그러자 적들은 그를 난도질하였는데 목숨이 다할 때까지 적들을 꾸짖는 소리가 그의 입에서 끊이지 않았다. 이때는 12월 18일이었다.

그 당시 정시의 부친 정로(鄭魯) 또한 관아에 있었다. 적들이 또 그를 끌어내 항복하라 협박하면서 "너 또한 항복하지 않을 것이냐?"라고 하며 검으로 내리치려 하였지만 끝내 뜻을 굽히지 않은 채 적들을 욕하다가 죽임을 당하였다. 정시의 아우 정저(鄭著)는 자신의 몸으로 아버지를 보호하려다가 여러 군데를 칼로 베이고 쓰러져 다시 깨어나지 못하였다. 이러한 사실이 알려지자, 임금이 크게 애도하며 하교하기를 "부자·형제 온 가족이 화를 당하면서도 어찌 그리 장렬하였단 말인가! 늠름한 충절(忠節)이 마치 그 사람을 보는 듯하도다."라고 하며 관작을 추증하고 제사를 지내주며 그 가족들을 돌보아주도록 명하였다.

정시는 키가 크고 얼굴이 검었으며 힘이 아주 세었다. 처음 무과에 응시하였을 때 그의 부친 창파공(蒼坡公)이 주역점(周易占)을 쳐서 점괘를 얻었는데 그 점사에 '범의 꼬리를 밟아 사람을 무니 흉하고, 무인(武人)이 대군(大君)이 되었도다.'[119]라고 하였다. 이에 창파공이 말하기를 "이 아

---

118 부인(符印) : 지방 수령이 지니고 있는 부절(符節)과 관인(官印)을 말한다.

이는 재능과 도량이 뛰어나니 처음에는 흉하더라도 결국에는 길할 것이다!"라고 하였다.

정시는 비록 활쏘기와 말타기를 익혔으나 언행이 간중(簡重)하고 위의가 있어 담박하고 말수가 적었다. 사람들과 더불어 교유할 적에 항상 스스로를 절제하고 낮추었으며, 함께 활을 쏘는 자들이 떼로 모여 우스갯소리를 주고받더라도 홀로 떨어져 앉아 못 본 듯이 하였다. 벼슬길에 올라 도성에 있을 때에도 공적인 일이 아니면 문밖출입을 거의 하지 않았으니, 요직을 맡은 고관들 중에 그를 아는 사람이 드물었다. 고을 수령으로 있을 때는 문교(文敎)를 우선시하여 반드시 매달 향교(鄕校)를 두 번씩 찾았다. 한번은 고을 안에서 숙질간에 적미(糴米)[120] 두 섬 때문에 서로 송사를 벌이자, 스스로 부끄러워하며 말하기를 "이는 나의 잘못이다!" 하고는 창고의 곡식을 내어주고 송사를 끝냈다.

창파공을 관아에서 봉양할 적에는 아침저녁으로 의관을 갖추고 문밖에서 문안을 올렸으며, 음식 공양을 풍성하게 하지 못할까 염려하면서 늘 풍성한 반찬을 갖추었다. 하루는 부친의 밥상을 물리면서 갑자기 심각한 표정을 짓고 "이는 모두 임금의 은혜 덕분이다."라고 말하면서 눈물을 흘리기도 하였다. 하지만 정작 자신을 챙기는 데는 상례(常例)보다도 간소하게 하며 "내가 어머니를 잘 봉양하지 못했거늘 어찌 차마 홀로 편안함을 누리랴!"라고 하였다.

정시의 부인은 일선 김씨(一善金氏) 양화(養和)의 딸이었다. 그가 언젠가 도성에서 벼슬을 하다가 휴가를 얻어 고향집으로 돌아왔는데, 부인이 자신이 입고 있는 남루한 옷을 가리키며 말하였다. "아니, 남편이란 사람이 관직에 종사하는데 비록 가난하다고는 하나 부인 하나를 제대로

---

119 범의……되었도다 : 이는 『周易』「履卦」 육삼(六三)의 효사이다. '범의 꼬리를 밟아 사람을 문다'는 것은 위험한 곳을 밟아 재앙과 근심이 이를 것이라는 뜻이고, '무인이 대군이 되었다'는 것은 무력을 행사하는 포악한 사람이 윗자리에 처하여 위세를 부릴 것이라는 뜻이다.

120 적미(糴米) : 환곡으로 빌려준 곡식을 받아들인 쌀.

건사할 수 없단 말이오?" 공이 말하였다. "그렇소. 여러 제수(弟嫂)들도 변변한 옷이 없는데, 어찌 유독 내 아내에게만 후하게 할 수 있단 말이오!" 그러자 부인이 마음을 풀고 더는 섭섭한 기색을 보이지 않았다.

연홍(蓮紅)이란 자는 가산군의 방기(房妓)[121]로 반란이 일어나던 날 밤 여인의 몸으로 밖에서 번을 섰는데 정시의 아우 정저가 적들의 칼에 베인 채 쓰러져 죽자 몰래 달아나 자신의 집에 숨었다가 끝내 목숨을 보전할 수 있었으니, 사람들이 의로운 기녀[義妓]라 여겼다. 정시는 평소 타고 다니던 준마가 있었는데 반란이 일어난 후 적들에게 포획을 당하였다. 송림(松林) 전투[122]가 한창일 무렵 갑자기 말 한 마리가 울부짖으며 우리 군중으로 뛰어 들어왔는데, 앞발을 치켜들며 장수 하나를 땅바닥에 떨어뜨렸다. 이에 그 수급을 취할 수 있었으니, 사람들이 의로운 말[義馬]이라고 여겼다. 이처럼 그의 충의(忠義)는 천한 자와 동물까지도 감동시켰다.

정시가 순국한 지 28일 후에 안주(安州)에서 염을 하는데도 그의 얼굴빛은 아직 살아있는 듯하였다. 이후 성주(星州)로 관을 옮길 적에는 지나가는 천여 리 길에서 그를 맞이하여 통곡하는 자들이 서로 마주보고 끝없이 이어져 수레가 제대로 지나가지 못할 지경이었다. 도성을 지나는 날에는 도성 전체가 슬퍼하였으며, 장사지내는 날에는 의관을 차려 입고 상엿줄을 잡은 자가 팔백여 명이나 되었다. 정시는 후에 병조판서에 추증되고 충렬(忠烈)이란 시호를 받았으며, 그의 부친은 이조판서에 추증되었다. 이에 부자 모두 정려(旌閭)가 세워졌다.

정시의 부친 정로의 호는 창파(蒼坡)로 성품이 강개하여 책 읽기를 좋아하고 문사(文詞)에 뛰어났으며 작은 예절에 얽매이지 않았다. 그가 어릴 적 진주(晉州)에 놀러갔다가 의로운 기녀 논개(論介)의 사당에 가서 참

---

121 방기(房妓) : 잠자리 시중을 드는 기생을 말한다.
122 송림(松林) 전투 : 1811년 12월 29일 평안도 박천군 송림동에서 벌어진 관군과 홍경래 반군간에 벌어진 전투로, 이 전투에서 홍경래 반군은 관군에게 패하여 전세가 급속히 꺾이게 되었다.

배하니 동행한 자들이 모두 뜨악해 하였다. 그러자 창파공이 말하였다. "나는 논개에게 참배한 것이 아니라 그의 의로운 절개에 참배한 것이네." 가산군에 변란이 닥치던 날 밤에 두 아들이 부친 앞에 엎드려 목숨을 보전하시라 청하자 청파공이 말하였다. "국난에 임하여 목숨을 바치는 것은 백성된 자의 본분이니라. 너희들은 늙은 아비를 염려치 말고 너희들의 직분에 최선을 다하라!" 적들이 협박하며 항복하라고 할 적에도 청파공은 분연히 적들을 꾸짖으며 뜻을 굽히지 않았다. 공의 작은 아들 정저가 그의 몸을 가리며 대신 죽기를 원하자 적들은 부자를 난자하여 모두 죽였다. 이에 적들이 서로 돌아보며 말하기를 "거사를 시작하는 날부터 충신·효자 두 명을 모두 죽였으니 거사에 혹 이롭지 못할까 염려스럽다."라고 하였다.

당시 기녀 연홍은 통인(通引) 한 명과 함께 방에 들어와 번을 서고 있었다. 정로·정시 부자는 모두 사지가 잘려 죽었으나, 정저만은 온몸에 피를 흘린 채 쓰러져 있었지만 가슴에 맥이 뛰고 아직 체온도 남아 있었다. 이에 정저를 들쳐 업고 자신의 집으로 돌아와 다행히도 그를 살려낼 수 있었다. 그러나 정저는 몸에 여덟 군데나 자상을 입어 후에 조정에서 참봉직에 제수하였으나 나아가지 못하고 삶을 마쳤으니, 세상 사람들이 '여덟 군데를 베인 참봉[八創參奉]'이라고 칭하였다. 후에 부친 정로는 이조판서에 추증되고 충경(忠景)이란 시호를 받았으며, 정저는 지평(持平)에 추증되었고 기녀 연홍도 특별히 포상을 받았다. 평안도관찰사 정만석(鄭晩錫)[123]이 지은 만사(輓詞)에 '만고의 삼강오륜은 세 부자가 지키고, 다섯 고을의 변란은 한 사내가 지켰네.[萬古綱常三父子, 五城風雨一男兒.]'라는 구절이 있다.

---

123 정만석(鄭晩錫) : 조선 후기 문신으로 자는 성보(成甫), 호는 과재(過齋)이다. 1783년 문과에 급제하여 호남·호서 암행어사로 나가 명성을 떨치고 홍경래의 난이 발생하자 관서위무사(關西慰撫使)로 파견되었다가 평안감사가 되었다. 이후 여러 요직을 거쳐 우의정에 올랐다. 저서로 홍경래 관련 죄인들을 문초한 『관서신미록(關西辛未錄)』이 전한다.

정시는 아들이 없고 단지 딸만 하나 있었기에, 임금이 특별히 재종숙 (再從叔)의 아들 주석(胄錫)에게 명하여 후계자가 되게 하고 관직에 임명 하였는데, 그의 벼슬은 과천현감(果川縣監)에 이르렀다. 정시는 영조 무자 년[1768]에 태어나 마흔넷의 나이로 죽었다. 가산·정주의 백성들이 사 당을 세우고 그의 제사를 지냈다고 한다.

외사씨는 말한다.

내가 듣기에 충간공(忠簡公) 조종영(趙鍾永)[124]이 그 당시에 안주목사(安州 牧使)였는데 사람들에게 말하기를 "내가 일개 서생으로 군사들과 백성들 의 마음을 잘 붙잡은 채 이 위태로운 성을 지켜낼 수 있었던 것은 가산 군수 정시 덕택이었다."라고 하였다 하니, 이 말이 실로 그 시절의 공통 된 논의였다.

당시 조선은 일이백 년 동안 태평세월을 지냈기에 백성들이 눈으로 병란을 보지 못하다가 갑자기 반란 소식을 듣고는 모두 갈팡질팡하며 새파랗게 질려버렸다. 이에 고을을 맡은 신하들 중에 부인(符印)을 내맡 기고 적의 뜰에서 머리를 조아린 자가 계속 이어져 청천강(淸川江) 이북 은 너도나도 휩쓸려 적의 손아귀에 넘어가고 말았다. 하지만 정공이 적 들을 꾸짖다가 죽임을 당하자 원근 일대가 모두 늠름하게 풍동(風動)하 여 의기를 떨친 선비들이 잇달아 일어났으니, 적들이 청천강 이남을 지 나지 못하고 결국에는 세가 꺾여 패퇴하다가 섬멸을 당한 것은 실로 정 공의 공로라 할 것이다.

아, 정공의 명성이 온 세상에 떨쳐지고 국사(國史)에 이름을 드리운 것 은 실로 일사(逸士)들에게 비할 바가 아니지만, 세상 사람들은 단지 그가

---

124 조종영(趙鍾永) : 조선 후기 문신으로 자는 원경(元卿)이다. 1799년 문과에 급제하여 안주목 사가 되었는데, 이듬해 홍경래의 난이 일어나자 민병을 규합, 난의 평정에 진력하였다. 이후 조정으로 돌아와 이조·예조판서를 지냈다. 성력(星曆)·복서(卜筮)·용병(用兵)의 요체에도 밝았다.

국난을 위해 목숨을 바친 절개만을 들었을 뿐 그의 실제 사적이나 감춰진 행실은 자세히 알지 못하며, 더욱이 그 부자·형제의 충효가 이처럼 밝게 빛나는 줄도 잘 모른다. 그러므로 여기에 특별히 드러내어 서술하는 것이다. 아울러 당시 충의지사들이 정공의 풍문을 듣고 떨쳐 일어난 것은 공이 앞장서서 큰 절개를 세우고 고무한 효험 때문일 것이다. 이에 당시 충의지심과 적개심을 지닌 선비의 입장에서 서술하여 이를 알리노라.

13.

기녀의 몸으로 절의를 지킨
연홍·계월향 및 논개·금섬·애향·홍랑

연홍(蓮紅)의 초명은 운낭(雲娘)이다. 평안도 가산군(嘉山郡)의 관기(官妓)로 군수 정시(鄭蓍)의 총애를 받았다. 신미년[1811] 겨울에 토적(土賊) 홍경래(洪景來)가 반란을 일으켰는데, 연홍은 적들이 밤중에 쳐들어올 것이라는 사실을 알아채고 정시에게 은밀히 고하였다. 그러자 정시가 말하기를 "헛된 죽음은 아무런 이익도 없으니, 너는 몸을 피하는 것이 좋겠다."라고 하며 떠나게 하였다. 정시와 그의 아버지 정로(鄭魯), 동생 정신(鄭藎)—초명은 저(蓍)다—은 모두 적에게 해를 당했다.

당시에 연홍의 집은 관아와 울타리 하나를 사이에 두고 있었는데, 밤이 깊어지자 연홍은 적들이 산만한 때를 틈타 관아에 가서 그 참상을 보았다. 이때 정시의 동생은 적들의 칼에 베였으나 아직 죽지는 않았는데, 연홍이 그를 집까지 업고 와서 치료하여 목숨을 살렸다. 또 관아를 찾아왔던 손님 박생과 함께 가산을 털어 사사(死士)를 모아 정시 부자의 시신을 거두어 염습하고 관에 안치하였다. 얼마 후 관군이 도착하여 정시의 상여를 호송해서 남쪽으로 돌려보냈는데, 연홍은 상여를 떠나보내며 대동강까지 이르러 통곡하다가 돌아왔다. 이에 조정에서 연홍의 행적을 가상하게 여겨 그 이름을 기적(妓籍)에서 빼주고, 토지를 주어 살림에 보태게 하였다. 상국(相國)

경산(經山) 정원용(鄭元容)[125]이 연홍을 위해 시를 지어 주었는데, 당시의 사대부들 가운데 그 시에 화답한 사람들이 많았다. 헌종 병오년[1846]에 연홍이 늙어 죽으니, 평양의 부로(父老)들이 말하기를 "연홍은 천기(賤妓)의 몸으로 대의에 힘쓸 줄 알았으니 그녀의 훌륭함을 기려야 할 것이다." 하고는 연홍의 모습을 그림으로 그려 의열사(義烈祠)에 배향하였다.

의열사는 평양의 기녀 계월향(桂月香)의 영령이 안치된 곳이다. 임진왜란 때 왜장 고니시 유키나가[小西行長]의 부장 중에 용력이 아주 센 자가 있었는데, 계월향을 한번 보고는 그녀의 미색에 반하여 총애하였다. 계월향은 이를 마음속으로 매우 불쾌하게 여겨 은밀히 양의공(襄毅公) 김응서(金應瑞)[126]에게 연통을 넣었다. 이에 응서가 밤에 단도를 지니고 성벽을 넘어 왜장의 처소에 도착하여 그가 취해 있는 틈을 타서 찔러 죽였는데, 이때 계월향도 함께 죽었다. 이후 조정에서는 계월향의 의로움을 가상히 여겨 의열사에 배향하였는데, 이때에 이르러 연홍이 함께 배향된 것이다. 경산 정원용이 평안도관찰사를 맡고 있을 적에 사당을 세우고 그녀의 영혼을 떠나보내는 노래를 지어 뜰에 있는 비석에 새기기도 하였다. 『평양지(平壤志)』에는 계월향의 이름이 '계화월(桂華月)'로 되어 있다.

외사씨는 말한다.

화란(禍亂)의 때를 당하여 기녀로서 절의를 지키다 죽은 자로는 진주(晉州)의 논개(論介), 동래(東萊)의 금섬(金蟾) · 애향(愛香), 홍원(洪原)의 홍랑(洪娘), 평양의 계월향, 가산의 연홍 등이 있다. 이들은 모두 사대부들이 읊조리는 노래에 오르내리다가 성률(聲律)로 전파되어 악부(樂府)에 등재되었으며, 지

---

125 정원용(鄭元容) : 조선 후기 문신으로 자는 선지(善之), 호는 경산(經山)이다. 1802년 문과에 급제하여 정승의 반열에까지 올랐고, 1863년 철종이 승하하자 원상(院相)이 되어 고종(高宗)이 즉위하기 전까지 국정을 관장하였다.
126 김응서(金應瑞) : 조선 중기 무신으로 자는 성보(聖甫)이다. 임진왜란 당시 병마절도사로서 평양성을 탈환하는 등의 전공을 세웠다.

금까지도 사당에서 배향되는 자들이 있으니 누가 '부녀자들은 소장부의 절의밖에 안 된다.'고 한단 말인가! 내가 이 때문에 충렬공 정시의 뒤에 연홍과 계월향을 덧붙이고, 또 여러 의로운 기녀들로써 마무리 짓는다.

논개(論介)는 본래 전라도 장수현(長水縣)의 양갓집 규수로 재주와 용모가 뛰어났는데, 어려서 부모를 잃고 집안이 가난하여 의탁할 곳이 없었던 나머지 기적(妓籍)에 올라 기녀가 되는 신세로 전락하였다. 그녀는 현감 황진(黃進)[127]에게 사랑을 받았는데, 진주성 전투에서 황진이 전사하자 논개는 그를 따라 강물에 빠져 죽고자 하였다. 이에 홀로 곱게 화장하고 단정하게 차려 입고는 절벽 끝 바위 위에 서있었는데, 왜장 하나가 논개의 미색을 보고는 반하여 그녀를 꾀어 데리고 갔다. 왜장이 술에 잔뜩 취하자 논개는 대뜸 그의 허리춤을 끌어안고 바위 아래로 몸을 던져 함께 죽었다. 그러므로 그 바위를 '의암(義巖)'이라 하고 바위 위에 비석을 세워 논개를 표창하였다. 또 진주 사람들이 촉석루(矗石樓) 서쪽에 사당을 세워 매년 6월 29일에 반드시 제사를 지내니, 이날은 계사년[1593]에 논개가 의롭게 죽은 날이다.

금섬(金蟾)은 충렬공(忠烈公) 천곡(泉谷) 송상현(宋象賢)[128]의 첩이다. 임진왜란 당시 송상현은 동래부사(東萊府使)로 재직하다가 순절하였다. 그 당시 금섬은 송공의 곁에 남아 있었는데, 송공이 금섬에게 도망가라고 하였음에도 금섬은 울며불며 떠나지 않다가 결국 송공을 따라 죽었다. 이에 적들은 송공의 시신을 거두어 금섬과 함께 동문 밖에 묻고 나무를 세

---

127 황진(黃進) : 조선 중기 무신으로 자는 명보(明甫), 호는 아술당(蛾述堂)이다. 충청도 병마사를 지냈으며, 임진왜란 당시 진주성 전투에서 혈전을 벌이다 전사하였다.
128 송상현(宋象賢) : 조선 중기 문신으로 자는 덕구(德求), 호는 천곡(泉谷)이다. 1576년 문과에 급제하여 동래부사가 되었는데, 임진왜란 당시 동래성으로 쳐들어온 왜적에 맞서 싸우다가 전사하였다.

워 표시하고 시를 지어 제사를 지냈다. 이후 조정에서는 이들을 표창하고 충렬사에 배향하였다.

애향(愛香)은 충장공(忠壯公) 정발(鄭撥)[129]의 첩이다. 임진년에 정발이 부산첨사(釜山僉使)로 재직하다가 적에 맞서 힘껏 싸우다가 죽었는데, 애향 또한 그의 곁을 떠나지 않고 정발과 함께 죽었다. 이에 조정에서는 애향을 정발과 함께 표창하고 충렬사에 배향하였다.

홍랑(洪娘)은 함경도 홍원(洪原) 출신의 관기로 어려서부터 시인이었던 고죽(孤竹) 최경창(崔慶昌)[130]의 눈에 들었다. 훗날 최경창이 도성으로 돌아가 병에 걸려 위독해지자, 홍랑은 이 소식을 듣고 이레를 꼬박 걸어 도성에 가서 그를 보살폈다. 그 후 최경창이 홍랑을 떠나보내며 시를 지어 주었다.

물끄러미 서로 바라보며 유란을 주니	相看脈脈贈幽蘭
지금 하늘 끝으로 떠나가면 언제 다시 돌아올꼬.	此去天涯幾日還
함관령(咸關嶺)에서의 옛날 노래 부르지 마오	莫唱咸關舊時曲
지금까지도 비구름에 청산이 어둡나니.	至今雲雨暗青山

최경창이 죽자 홍랑은 더는 자신의 용모를 가꾸지 않고 파주(坡州)에서 시묘살이를 하였다. 임진왜란이 일어나자 홍랑은 최경창의 시고(詩稿)를 짊어지고 피난을 가서 마침내 그의 시고가 병화(兵火)를 면할 수 있었다. 홍랑은 죽어서 최경창의 묘 아래에 묻혔으며, 아들 하나를 두었다.

---

129 정발(鄭撥) : 조선 중기 무신으로 자는 자고(子固), 호는 백운(白雲)이다. 임진왜란 당시 부산진첨사로 있었는데 왜적을 막다가 전사하였다.
130 최경창(崔慶昌) : 조선 중기 문신·시인으로 자는 가운(嘉運), 호는 고죽(孤竹)이다. 1568년 문과에 급제하여 사간원 정언에까지 올랐으나 이후 좌천과 사직, 복권을 반복하면서 가난한 삶을 살았다. 당시(唐詩)에 뛰어나 백광훈(白光勳)·이달(李達)과 함께 삼당시인으로 불렸다.

逸士遺事

권2

01.

정조가 아낀 화가 김홍도,
주량을 채워야 붓을 든 김명국

김홍도(金弘道)의 자는 사능(士能), 호는 단원(檀園)이다. 잘생긴 외모에 성격이 호방하고 얽매임이 없어 사람들이 그를 가리켜 신선 같은 사람이라고 하였다. 그는 산수·인물·화훼·영모(翎毛)를 모두 잘 그렸는데 특히 신선을 더욱 잘 그렸다. 명암·윤곽·구도·옷주름을 표현하는 기법은 앞사람들을 답습하지 않고 스스로 천기(天氣)를 운용하였다. 그리하여 그림의 정신과 생리가 깔끔하고 선명하며 광채가 빛나 보는 사람들을 기쁘게 하였으니 예원(藝苑)에서도 특별한 솜씨였다.

홍도는 정조(正祖) 때 도화서 화원으로 근무하였는데, 매번 한 폭의 그림을 올릴 때마다 번번이 임금의 마음에 들었다. 정조가 한번은 회칠한 궁궐 벽에 여러 신선들이 바다 위에서 노니는 모습을 그리라고 명하였다. 이에 홍도가 환관에게 짙은 먹물 몇 되를 들고 있게 하고는 모자를 벗고 옷을 걷어붙이고 서서 붓을 휘두르기를 풍우처럼 빠르게 하여 몇 시간도 안 되어 그림을 완성하였다. 바닷물은 넘실넘실 건물을 무너뜨릴 듯하고 신선은 생동하는 모습으로 구름을 뚫고 하늘을 올라가려는 듯하니, 옛날 대동전(大同殿)의 벽화[1]가 이보다 더 낫다고 할 수 없을 정도였다. 또 한번은 정조가 홍도에게 금강산 사군(四郡)[2]의 산수를 그리라고 명하였다. 아울러 금강산 주변 여러 고을에는 그에게 음식을 제공하라 명하였으니, 이는 특별한 대우였다.

그는 음직으로 벼슬에 나아가 연풍현감(延豐縣監)에 이르렀으나, 집안이 가난해서 간혹 끼니를 잇지 못하기도 하였다. 하루는 어떤 사람이 매화한 그루를 팔았는데 매우 특이하였다. 당시 홍도에게는 매화를 살 만한 돈이 없었는데 마침 삼천 전에 그림을 그려달라는 사람이 생겼다. 이에 이천 전을 떼어 매화를 사고, 팔백 전으로는 술 몇 말을 사서 동인들을 모아 매화음(梅花飮)³을 마련하고, 이백 전으로는 쌀과 땔감의 비용을 삼았으니 삼천 전이 하루도 가지 못하였다. 그의 소탈하고 통 큰 면모가 이와 같았다. 그는 늘 긍재(兢齋) 김득신(金得臣)⁴, 호생관(毫生館) 최북(崔北)⁵, 고송유수관(古松流水館) 이인문(李寅文)⁶과 왕래하며 서화를 품평하였다.

그의 아들 김양기(金良驥)⁷의 자는 천리(千里), 호는 긍원(肯園)이다. 그의 그림은 부친의 정수를 물려받아 산수와 초목은 모두 묘경(妙境)에 이르렀다고 한다.

화사 김명국(金鳴國)은 연담(蓮潭)이라 자호하였다. 그의 그림은 옛것을

---

1 대동전(大同殿)의 벽화 : 당나라 오도자(吳道子)가 촉땅 가릉강(嘉陵江) 300리의 비경을 그린 흥경궁(興慶宮) 대동전(大同殿)의 벽화를 말한다. 이때 현종(玄宗)이 하루 만에 그림을 완성한 것에 대해 의아해하자 오도자는 밑그림 없이 마음속에 있는 형상들을 바로 그려내었기 때문이라고 하였다.
2 금강산 사군(四郡) : 금강산에 걸쳐 있던 회양(淮陽) · 통천(通川) · 고성(高城) · 인제(麟蹄)를 말한다.
3 매화음(梅花飮) : 매화를 곁에 두고 벌이는 술자리를 말한다.
4 김득신(金得臣) : 조선 후기 화가로 자는 현보(賢輔), 호는 긍재(兢齋)이다. 도화서 화원으로 정조어진(正祖御眞)을 그리는 데 참여하였다.
5 최북(崔北) : 본서 권3-01 항목 참조.
6 이인문(李寅文) : 조선 후기 화가로 자는 문욱(文郁), 호는 고송관유수도인(古松館流水道人)이다. 도화서 화원으로 김홍도 · 강세황 · 박제가(朴齊家) 등과 친하였으며, 그림에 있어서 전통적 소재를 주로 다루었다.
7 김양기(金良驥) : 조선 후기 화가로 자는 천리(千里), 호는 긍원(肯園)이다. 김홍도의 아들로 조희룡(趙熙龍) 등과 교유하였다. 가법을 전수받아 산수와 수목을 잘 그렸다.

본뜨지 않고 마음에서 얻어진 것이었다. 특히 인물과 수석을 잘 그렸는데, 수묵과 담채를 잘 이용하여 풍취(風趣)·신운(神韻)·기개(氣槪)·격조(格調)를 위주로 하였으며, 세속의 그림처럼 알록달록 화려하게 꾸며서 사람들의 이목을 끄는 일은 절대로 하지 않았다.

그는 사람됨이 소탈하고 우스갯소리를 잘하였으며, 술을 좋아하여 몇 말의 술을 마실 수 있었다. 그는 그림을 그릴 때 반드시 크게 취한 뒤에야 붓을 휘둘렀는데 필치가 거침없이 나아갈수록 의경이 더욱 녹아들었으며, 술에 취하면 취할수록 신운이 유동하였다. 그의 집에 가서 그림을 구하는 자는 반드시 술항아리를 짊어진 채 직접 가지고 가야 했으며, 사대부가 그를 집으로 맞아들일 때에도 또한 술을 많이 준비하여 그의 주량을 흡족하게 한 연후라야 기꺼이 붓을 들려고 하였다. 그러므로 세상 사람들은 그를 '주광(酒狂)'이라고 불렀고, 그를 아는 사람들은 더욱 기이하게 여겼다.

한번은 영남의 어떤 중이 큰 폭의 비단을 가지고 와서 명사도(冥司圖)[8]를 그려 달라 부탁하며 베 수천 필을 예물로 주었다. 명국은 그 베를 집사람에게 주면서 모두 술 담그는 데 충당하여 몇 달 동안 원 없이 마실 수 있도록 해달라고 당부하고서 중에게는 "내 뜻이 내킬 때까지 기다려 주시오."라고 하였다. 그러고는 어느 날 술을 진탕 마시고 취하자 마침내 비단을 펼쳐놓고 한참을 뚫어지게 바라보다가 단번에 붓을 휘둘러 그림을 완성시켰는데, 그 전우(殿宇)의 위치와 귀물의 형색에 삼엄한 기운이 있었다. 그런데 그림에는 머리털을 붙잡혀 끌려가는 자, 그렇게 끌려가서 형벌을 받는 자, 토막이 쳐져 불에 태워지는 자, 방아에 찧기고 맷돌에 갈리는 자들이 모두 화상과 비구니들이었다.

중이 그림을 보고 뜨악해 하며 말하였다. "아, 공께서는 어찌하여 우리의 대사를 그르쳐 놓았습니까?" 그러자 명국이 두 발을 쭉 뻗고 웃으

---

8 명사도(冥司圖) : 명부전(冥府殿)에 걸리는 불화의 하나로, 저승에서 죄인들이 염라대왕에게 심판을 받는 내용을 담은 그림이다.

며 말하였다. "너희들이 일생 동안 저지른 악업은 세상을 미혹시키고 백성들을 속이는 것이었으니, 지옥에 들어갈 자가 너희가 아니면 누구란 말이냐!" 중이 얼굴을 일그러뜨리며 "이런 그림은 원치 않으니 제가 드린 베를 돌려주십시오."라고 하자, 명국이 웃으며 말하였다 "네가 술을 더 사들고 온다면 내가 너를 위하여 그림을 고쳐 놓겠다."

이에 중이 술을 사가지고 오자, 명국이 고개를 들고 다시 웃더니 술을 가득 따라 마시고 취기에 의지해서 붓을 잡았다. 그리고서 머리털을 깎은 자에게는 머리털을 그려주고, 수염이 없는 자에게는 수염을 그려주고, 치의와 납의를 입은 자는 채색하여 그 색을 바꿔놓았다. 잠깐 사이에 그림을 완성하였는데 필치와 의경이 더욱 새로워 고친 흔적을 찾아볼 수 없었다. 그림을 마치자 붓을 내던지고 크게 웃고는 술을 가득 따라 마시니, 중이 그림을 둘러보고 감탄하며 "공께서는 진실로 천하의 신필(神筆)이십니다." 하고는 절하여 사의를 표하고 물러갔다. 그 그림은 지금까지도 남아서 사문(沙門)의 귀한 보물이 되어 있다고 한다.

명국이 죽은 뒤 패강(浿江) 조세걸(趙世傑)[9]이라는 자가 명국의 유법을 전수받아 수묵화와 인물화로 알려졌으나 그의 신운과 정수는 얻지 못하였다.

외사씨는 말한다.

김홍도와 김명국은 자기 마음 내키는 대로 그리면서 옛 사람들의 화법을 본받지 않았지만 모두 이름난 화가로 온 세상에 이름이 떨쳐졌으니 이들은 하늘이 내린 뛰어난 재주의 소유자였던 것이다. 솔거(率居)[10]가 어찌 앞사람들의 화법을 답습하였겠는가!

---

9 조세걸(趙世傑) : 조선 후기 화가로 호는 패주(浿州)이다. 김명국에게 사사받았으며, 정교하고 섬세한 필치로 산수와 인물에 뛰어났다.

10 솔거(率居) : 신라 때 화가로 어려서부터 그림을 잘 그려 황룡사(皇龍寺) 벽에 그린 노송도(老松圖)에 새들이 앉으려다 부딪혀 떨어졌다는 일화가 있다.

02.

천부적 자질로 화법을 터득한 장승업

장승업(張承業)은 오원(吾園)이라 자호하였으며, 그의 선조는 대원인(大元人)으로 대대로 무반 가문이었다. 그는 어려서 부모를 여의고 집안이 매우 가난하여 의탁할 곳이 없었다. 총각시절 각지를 전전하다가 서울에 와서 수표교 근처에 있던 동지(同知) 이응헌(李應憲)[11]의 집에서 기식하였다.

승업은 어릴 적에 제대로 배우지 못해서 문자에 어두웠으나 총명하고 명민하여, 이따금 주인집의 책 읽는 아이들을 따라 곁에서 읽는 소리를 들으면 제법 많이 이해하였다. 주인집에는 원(元)·명(明) 이후의 서화가 많이 쌓여 있었는데, 종종 화첩을 펼쳐보고 그림을 연습하였다. 승업이 매양 그림을 뚫어지게 바라보면, 볼 때마다 황홀하여 마치 숙업(宿業)이 있는 듯하였고, 정신과 뜻이 딱 들어맞았다. 그는 평소 붓대를 잡는 방법도 몰랐는데 어느 날 문득 붓을 잡고 손 가는 대로 휘두르니, 그가 그리는 매화·난초·돌·대나무·산수·영모가 모두 천부적인 자질로 완성이 되어 신운(神韻)이 깃든 듯하였다. 주인이 그림을 보고는 크게 놀라 "이 그림을 누가 그렸는가?" 하고 묻자, 승업은 사실대로 고하였다. 주인은

---

11 이응헌(李應憲) : 조선 말기 역관으로 서화금석 수장가였던 이상적(李尙迪)의 사위이다. 대대로 서화를 많이 접하여 감식안이 뛰어났으며, 중국을 오가며 많은 서화를 수집하였다.

그에게 천지신명의 도움이 있었다고 여기고 종이, 붓, 먹 등 제반 도구를 마련해주어 그림 그리는 것에만 전념하도록 하였다. 이로부터 그림으로 세상에 이름이 알려져 원근에서 그의 그림을 구하려는 사람들이 길게 이어져서 거마로 집 앞이 미어터질 듯했다.

그는 성품이 제 목숨만큼이나 술을 좋아하여 한번 마시면 번번이 몇 말을 마셨다. 흥건히 취하지 않으면 그치지 않고 계속 술을 마셔서, 간혹 여러 달 동안 깨지 못한 적도 있다. 이 때문에 매양 그림 한 폭을 그리려다가 반폭만 그리고 그만둔 경우가 많았다. 또 벌어들인 돈을 모두 술집에다 맡겨두고 매일 연거푸 마시면서 돈이 얼마나 남았는지는 따지지도 않았다. 간혹 술집에서 맡겨놓은 돈이 다 떨어졌다고 하면 그는 "알겠네, 알겠어."라고 하며 "일단 내가 마시고 싶은 만큼 가져다주게. 어찌 그리 돈타령인가!" 하였다.

그의 화명(畵名)이 대궐에까지 알려지자 임금이 궁중으로 불러들여서 그를 방에 가두어 놓고 병풍 십여 폭을 그리게 하였다. 찬감(饌監)에게는 술을 많이 주지 말고 하루에 두세 잔만 주되 그마저도 몇 번 주지 말라고 주의를 내렸다. 이렇게 열흘 남짓 지내다보니 승업은 몹시 목이 타서 도망치려 하였으나 경계가 삼엄하여 어찌할 수가 없었다. 이에 채색 도구를 구해야 한다고 속이고는 몰래 파수병을 꾀어 밤을 틈타 대궐을 벗어났다. 그러자 임금이 그 소식을 듣고 그를 붙잡아 오라고 명하였다. 그가 다시 이르자 더욱 경계를 엄히 하며 그림을 마저 다 그리게 하였다. 그러나 승업이 그의 망건과 도포를 벗어놓고 별감들의 모자와 복장을 훔쳐 입고서 달아나기를 두세 번하자, 임금이 진노하여 포도청에 명하여 승업을 잡아들여 가두게 하였다. 이때 충정공(忠正公) 민영환(閔泳煥)[12]

---

12 민영환(閔泳煥) : 조선 말기 문신으로 자는 문약(文若), 호는 계정(桂庭)이다. 구한말 주미 전권 대사 등의 요직을 두루 거쳤으나, 1905년 을사조약이 강제로 체결되자 유서를 남기고 자결하였다.

이 곁에 있다가 아뢰기를 "신이 평소 승업과 친하게 지냈습니다. 청컨대 그를 소신의 집에 붙잡아두고 그리던 그림을 끝마치게 하였으면 합니다." 하자, 이에 임금이 윤허하였다.

민공은 사람을 시켜 그의 뜻을 전달하고 타일러서 승업을 자신의 집으로 오게 하고는 의관을 벗겨 감추어놓고 별채에 가두어 놓았다. 그리고는 하인들에게 승업을 단단히 지키라고 하고, 매일같이 술상을 풍성하게 차려주되 그가 깊이 취하지는 못하게 하라고 하였다. 그러자 승업이 처음에는 민공의 대우에 감격하여 정신을 집중하고 자취를 감추지 않으려는 듯하였지만, 얼마 지나지 않아 민공이 입궐하여 지키는 자들의 경계가 느슨해진 틈을 엿보았다. 이때 문득 술집에서 주모와 마주하여 진탕 술을 마시고 미친 듯이 노래 부르던 것이 떠올랐다. 승업은 안절부절 어쩔 줄을 모르다가 지키는 자들이 낮잠에 곯아떨어진 때를 틈타 방립(方笠)과 상복을 훔쳐 입고 달아나 술집에 숨어버렸다. 민공이 여러 차례 하인들을 시켜 그를 찾아 붙잡아 와서 이전처럼 가두어 놓았으나 끝내 그리던 그림을 마치게 할 수는 없었다.

승업은 또 여색을 좋아하여 매양 그림을 그릴 때마다 반드시 곱게 단장하고 차려입은 미인을 불러서 술을 따르라 명한 연후에 붓을 휘둘러 그림 그리기를 좋아하였다고 한다. 그는 나이 마흔 살 즈음에 비로소 장가를 갔는데, 첫날밤만 치르고는 부인에게 소박을 맞히고 평생토록 다시 장가를 들지 않았다. 승업은 광무(光武) 정유년[1897]에 죽었으니 그의 나이 쉰다섯이었다.

외사씨는 말한다.

우리 조선에는 예부터 그림으로 이름을 떨친 자들이 대대로 적지 않았으나 장승업에 이르러 사람들이 한목소리로 치켜세우며 "이 사람은 하늘이 내려준 재주라서, 우리는 그림을 배우더라도 그렇게 할 수 없다." 하였으니, 이는 육조(六祖) 혜능(慧能)[13]이 선(禪)을 깨달음에 스승의 불법을 전수받지 않고 대번에 정혜(定慧)를 깨달아 스스로 삼매(三昧)에 이른 것과 같을 것이다. 아, 오원 같은 자는 선가의 숙업(宿業)이나 인과 (因果)라고 해야 할 것이다. 애석하게도 그가 남긴 그림과 글씨 중에 민멸 된 것이 많고 전해지는 것이 적으니 슬프도다!

---

13 혜능(慧能) : 중국 선종의 제 6대 조사로 남종선(南宗禪)을 창시하였다. 젊었을 때 가난하고 무식하였으나 불교의 귀의하여 선종의 5대 조사인 홍인(弘忍)에게 법맥을 전수받았다.

03.

문장과 서화에 모두 뛰어났던 천재 최수성

최수성(崔壽峸)의 자는 가진(可鎭)으로 강릉인(江陵人) 최치운(崔致雲)[14]의
증손자이다. 어려서부터 의기가 남달랐으며 매우 총명하고 명민하여 아
홉 살에 문예(文藝)를 이미 이루었으니 천재라 할 것이요, 배워서 터득한
자가 아니었다. 수성은 시문에 능하고 그림도 잘 그렸으며 호방하고 얽
매임이 없었다. 그의 집은 진위현(振威縣)[15] 남쪽 탄현(炭峴)에 있었는데 집
에서 원숭이 한 마리를 길렀다. 이 원숭이는 서찰을 전하기도 하고 우물
물을 들이마셨다가 벼루를 적셔주기도 하는 등 사람처럼 부릴 수가 있
었다. 이에 자신의 집에 자그마한 정자를 짓고는 '원정(猿亭)'이라 이름
지었다. 당시 풍속은 넓은 소매의 옷을 좋아하였는데 그 복식은 너무 헐
렁하였다. 이에 수성은 자기 혼자만 겨우 팔이 들어갈 정도의 좁은 소매
옷을 입었다.

하루는 제현(諸賢)이 정암(靜庵) 조광조(趙光祖)의 집에 모였는데, 수성이

---

14 최치운(崔致雲) : 조선 전기 문신으로 자는 백경(伯卿), 호는 경호(鏡湖) · 조은(釣隱)이다.
1417년 문과에 급제하고 집현전에 들어가서 학문을 연구하였으며, 평안도도절제사 최윤덕(崔
潤德)의 종사관이 되어 야인정벌에 공을 세우기도 하였다. 왕명으로『무원록(無寃錄)』을 주석
하고 율문(律文)을 강해하는 등 학문정비에 기여하였다.
15 진위현(振威縣) : 경기도 평택 지역의 옛 지명.

밖에서 들어오면서 말도 제대로 못할 정도로 숨을 헐떡이며 급히 마실 물을 달라고 하였다. 물을 마시고 이내 말하기를 "내가 한강을 건널 적에 파도가 크게 일어나 배가 거의 부서졌는데 겨우 살아서 왔다네. 그래서 가슴이 내내 벌렁거렸는데 이제야 냉수를 마시니 좀 풀리는구먼!"[16] 하였다. 그러자 조광조가 웃으며 말하였다. "이는 우리를 풍자하는 게야. 다만 제군들이 알아채지 못했을 뿐이지." 수성은 이내 붓을 잡고 벽에다가 산수도(山水圖)를 그리고는 제화시(題畵詩)[17]를 지었다.

맑은 새벽 바위 산 봉우리 우뚝한데,	淸曉巖峯立
흰 구름이 산기슭에 비꼈네.	白雲橫翠微
산기슭엔 사람 모습 보이지 않고	翠微人不見
강가의 나무만 저 멀리 아득하구나.	江樹遠依依

이처럼 그는 문장과 서화와 음률이 당대 최고였다. 수성은 나이 스물도 되지 않았는데 문득 산림으로 들어가서는 거문고와 책만 지닌 채 베옷을 입고 거닐다가 경치가 빼어난 곳을 만나면 술병을 꺼내 홀로 따라 마시고 주변을 서성이며 시를 읊고 노래를 불렀다. 이렇게 나라 안의 금강산·지리산·오대산·속리산 등 명산을 두루 유람하였다. 매양 그를 부르라는 명이 있었지만 고개를 내저으며 벼슬에 나아가지 않았다.

하루는 호당(湖堂)에 가서 충암(冲菴) 김정(金淨)[18]을 찾았는데, 김정이 술

---

16 내가……풀리는구먼 : 강의 풍파는 일반적으로 험난한 벼슬생활을 일컫는 바, 이는 당시 조광조를 중심으로 한 사림파들이 훈구세력과의 갈등을 빚고 있었던 상황에 대한 불안감을 넌지시 드러낸 것이다.

17 제화시(題畵詩) : 허균(許筠)의『성수시화(惺叟詩話)』를 참고하면, 당시 조광조 등의 제현들이 모였을 때 그림은 최수성이 그리고 제화시는 김정(金淨)이 지은 것으로 되어 있다.

18 김정(金淨) : 조선 전기 문신 · 학자로 자는 원충(元冲), 호는 충암(冲菴)이다. 조광조와 함께 사림파의 대표적인 인물로서, 왕도정치의 실현을 위한 여러 개혁정치를 폈다. 기묘사화 축출되어 제주도로 유배되었다가, 신사무옥에 연루되어 사사되었으나 이후 복관되어 영의정에 추증되었다. 저서로『충암집』이 있다.

상을 차려 크게 환대하고는 송죽도(松竹圖)를 그려 달라고 부탁하였다. 수성이 술에 취해 자리에 드러누운 채로 붓을 잡고 그림을 그렸는데 김정이 즉석에서 족자를 만들어 호당에 걸어두었다. 이에 그림을 볼 줄 아는 자들은 "참으로 천하의 뛰어난 그림이로다!" 하며 찬탄하였다.

남곤(南袞)[19]이 한번은 산수도를 가지고 와서 김정에게 제화시를 지어 달라고 하였는데, 수성이 그림을 보고는 자신이 제화시를 지어버렸다.

떨어지는 해는 서산으로 내리고	落日下西山
외로운 연기는 먼 숲에서 일어나네.	孤煙生遠樹
복건을 쓴 서너 사람 중	幅巾三四人
누가 망천(輞川)[20]의 주인인가.	誰是輞川主

남곤이 이것을 보고는 수성에게 원한을 품게 되었다. 수성의 그림은 내장고(內藏庫)에도 들어가 있었다. 한번은 일본 사람이 사신으로 조선에 와서 여러 그림들을 살펴보았는데 모두 마음에 들지 않았다. 그런데 수성의 그림을 보고는 보검(寶劍) 한 자루와 바꾸기를 요구하며 "이 보검은 삼백 금의 값어치가 있습니다." 하였으나, 임금이 윤허하지 않았다. 또 명나라의 사신이 그 그림을 보고 말하기를 "이는 실로 천하의 절보(絶寶)로다!" 하였다.

수성은 훗날 남곤 등이 모함으로 죄를 꾸미고 덮어 씌워 극형에 처해졌으니, 이때는 신사년[1521] 10월로 그의 나이 겨우 서른다섯이었다. 수

---

19 남곤(南袞) : 조선 전기 문신으로 사화(士華), 호는 지정(止亭)·지족당(知足堂)이다. 1494년 문과에 급제하여 대사헌·이조판서 등을 역임하고 영의정까지 올랐다. 문장에 뛰어나고 글씨에도 능했으나, 기묘사화를 일으켜 조광조·김정 등 사림파를 숙청한 것이 문제가 되어 후대 사림의 지탄의 대상이 되었다. 저서로 『지정집』이 있다.

20 망천(輞川) : 당나라 시인 왕유(王維)가 만년에 은거하여 별장을 짓고 자연의 청아한 정취를 노래하며 높은 예술적 성취를 이룬 장소이다.

성이 처형된 뒤 그의 시신을 거두어 장사지내려는 사람이 없었다. 수성의 문하 제자 한 사람이 호남(湖南)에 살았는데, 꿈에 수성이 나타나 시를 한 수 주었다고 한다.

내 무덤 뉘라서 찾아오리	玄室誰相訪
처량한 원숭이의 소리나 벗하런다.	淸猿獨可親
발에 싸여 골짜기에 온 후로는	自從簾谷後
멀리서 시체 덮어 줄 사람을 생각하노라.	遙憶蓋骸人

그가 이를 이상하게 여겨 한밤중에 수성을 찾아갔으나, 그때는 이미 화를 당하여 발[簾]에 시신이 둘둘 말린 채로 골짜기 한복판에 던져진 후였다. 이에 즉시 관을 준비하고 염을 하여 시흥(始興)에다 장사를 지냈다. 그는 아들이 없어 양자를 들여 후사를 이었다.

수성은 예전에 다음과 같은 시를 지었다.[21]

해 저문 푸른 강물 위에	日暮滄江上
날은 차고 물은 절로 일렁이누나.	天寒水自波
외로운 배 얼른 정박해야 할 텐데	孤舟宜早泊
밤 되면 풍랑이 더 높아지리니.	風浪夜應多

충암 김정이 제주도로 유배 갔을 적에 지어 보낸 시도 전한다.

그리던 가인(佳人)을 꿈속에서 만났건만	情裏佳人夢裏近

---

21 수성은……지었다 : 허균의 『학산초담(鶴山樵談)』을 참고하면, 이 시는 나식(羅湜)의 작품으로 되어 있다.

옛 얼굴 초췌해짐에 서로 놀랐네.　　　　　　相驚憔悴舊形容
깨어보니 몸은 높은 누대 위에 누웠는데　　　覺來身在高樓上
바람은 긴 강을 치고 달은 봉우리에 숨었구나.　風打長江月隱峯

수성은 부모를 섬길 적에 부드러운 낯빛을 하고 부모님 말씀에 순종하며 양지(養志)를 자신의 임무로 여겼다. 부모님이 돌아가시자 죽만 먹으면서 여막을 짓고 무덤을 지키며 삼 년을 하루같이 행하니, 마을 사람들이 모두 그에게 감화되었다고 한다.

외사씨는 말한다.
수성은 시문·서화·음률에 모두 지극히 뛰어났으니 이는 천재의 비범한 기상이었다. 청송(聽松) 성수침(成守琛)[22]이 기묘사화(己卯士禍) 때의 인재를 논할 적에 수성을 첫손가락에 꼽으며 말하기를 "만약 이런 사람이 뜻을 얻었더라면 임금을 성군으로 만들고 백성들에게 많은 은택을 내릴 수 있었을 터인데, 끝내 간사한 자들의 손에 죽임을 당하고 말았으니 참으로 안타깝도다!"하였다. 아, 이 말이 그를 잘 드러내 준다 하겠다. 수성은 비록 낮은 벼슬도 하사받지 못하였으나 그의 명성은 한 세상에 두루 퍼져 일사(逸士)들에게 비할 바가 아니었다. 그렇지만 애석하게도 후대로 오면서 점점 잊혀지고 아예 사라져 전하지 않을까 염려되기에 특별히 여기에서 알리노라.

---

22 성수침(成守琛) : 조선 중기 학자로 자는 중옥(仲玉), 호는 죽우당(竹雨堂)·청송(聽松)이다. 조광조의 문인으로 현량과(賢良科)에 천거되었으나 기묘사화가 일어나 많은 사림들이 처형당하자 벼슬을 단념하고는 청송이라는 편액을 내걸고 두문불출하였다. 저서로 『청송집』이 있다.

04.

필법과 서화에 뛰어났던
이서·윤두서 및 여러 화가들

이서(李漵)의 자는 징지(澄之), 호는 옥동(玉洞)으로 여주인(驪州人)이다. 현종(顯宗) 임인년[1662]에 태어났으며 매산(梅山) 이하진(李夏鎭)[23]의 아들이다. 스물한 살 때 매산공이 평안도 운산(雲山)의 유배지에서 죽자 이서가 밤낮으로 달려가다가 청천강(淸川江)에 이르렀는데, 당시는 6월이라 홍수 때문에 물이 불고 풍랑이 거세게 일었다. 이에 다른 사람들은 감히 강을 건너려 하지 않았는데, 이서가 눈물을 머금고 배에 오르니 갑자기 한 줄기 바람이 불어와 순조롭게 강기슭에 배를 댈 수 있었다. 그러자 사람들이 모두 효심에 하늘이 감동한 것이라 하였다.

이서는 서화에 뛰어났으며 필법에 조예가 깊고 정묘하여 악의론(樂毅論)[24]에서 필력을 얻었으니, 우리 조선의 진체(眞體)는 옥동 이서로부터 시작되었다고 할 수 있다. 공재(恭齋) 윤두서(尹斗緒), 원교 이광사(李匡

---

23 이하진(李夏鎭) : 조선 후기 문신으로 자는 하경(夏卿), 호는 매산(梅山)이다. 1666년 문과에 급제하여 도승지·대사헌에 이르렀다. 그는 시에 뛰어난 재능이 있었으며 또한 명필이었다. 저서로 『육우당집(六寓堂集)』이 있다.

24 악의론(樂毅論) : 삼국시대 위나라 하후현(夏侯玄)이 지은 〈악의론〉이라는 글을 왕희지가 해서(楷書)로 쓴 것이다. 이 글씨는 왕희지의 정서 제일(正書第一)로 꼽히는데, 진적(眞迹)은 없어지고 후세에 모사본이 많이 유행하였다.

師)[25], 백하(白下) 윤순(尹淳)[26] 등의 필법은 모두 옥동 이서에게 배운 것이다. 그의 종조부(從祖父) 이지정(李志定)의 자는 정오(靜吾), 호는 청선(聽蟬)으로 초서와 예서에 뛰어나 세상 사람들이 초성(草聖)이라 칭하였으니, 이서는 그 집안에서 얻은 것이 많았다. 이지정의 증손 이진휴(李震休)의 자는 백기(伯起), 호는 성재(省齋)로 관직은 참판(參判)에 이르렀는데 또한 필법으로 당대에 이름이 났다.

이서는 아우 이익(李瀷)과 함께 모두 문학·독행(篤行)으로 평판이 높았다. 이에 숙종(肅宗) 연간에 당시 재상이었던 명곡(明谷) 최석정(崔錫鼎)과 현석(玄石) 박세채(朴世采)가 임금에게 천거하여 기린도찰방(麒麟道察訪)으로 불렀으나 나아가지 않았다. 종친 남원군(南原君) 이흘(李憰)은 이서의 집 대문 앞을 지날 때면 번번이 말에서 내려 말하기를 "대현(大賢)의 거처를 어찌 감히 불경하게 지나가리오."라고 하였다 한다. 그는 예순둘의 나이로 계묘년[1723]에 죽었다. 그의 아들 원휴(元休)는 진사가 되었다.

윤두서(尹斗緒)의 자는 효언(孝彦)으로 해남인(海南人)이다. 호는 낙봉(駱峰)·공재(恭齋)로 영조(英祖) 때 진사이다. 서화에 뛰어났는데 특히 인물화를 잘 그렸으며, 문장 또한 훌륭하였다. 이는 그의 증조부 고산(孤山) 윤선도(尹善道)의 유풍을 이어받았기 때문이라고 한다. 그는 원교 이광사, 표암(豹菴) 강세황(姜世晃)[27]과 함께 당대에 이름을 나란히 하였으나, 끝내

25 이광사(李匡師) : 조선 후기 문인·서화가로 자는 도보(道甫), 호는 원교(圓嶠)이다. 윤순(尹淳)의 문하에서 필법을 익혀 시·서·화에 모두 능하였으며, 특히 글씨에서 그의 독특한 서체인 원교체(圓嶠體)를 이룩하고 후대에 많은 영향을 끼쳤다. 저서로 서예의 이론을 체계화시킨 『원교서결(圓嶠書訣)』 등이 있다.

26 윤순(尹淳) : 조선 후기 문신·서화가로 자는 중화(仲和), 호는 백하(白下)이다. 조선 양명학의 태두인 정제두(鄭齊斗)의 문인으로 문과에 급제하여 대제학·예조판서에 올랐다. 시문은 물론 산수·인물·화조 등의 그림에 뛰어났으며, 조선 후기를 대표하는 서예의 대가로 우리나라의 역대서법과 중국서법을 아울러 익혀 한국적 서풍을 일으켰다.

27 강세황(姜世晃) : 조선 후기 문인·서화가로 자는 광지(光之), 호는 노죽(路竹)·표암(豹菴)이다. 어려서부터 시문과 글씨에 재능이 뛰어났지만, 집안이 가난하여 벼슬에 뜻을 두지 않고 학

한 번도 급제하지 못하고 불우한 처지에서 속박 없이 살다가 삶을 마쳤으니 그의 나이 오십여 세[28]였다. 슬하에 9남 3녀를 두었다.

김시(金禔)는 김안로(金安老)[29]의 아들로 서화에 뛰어났으며 호는 취면자(醉眠子)이다. 세상 사람들이 '동국신화(東國神畵)'라 칭하였다.

허한(許澣)의 자는 호부(浩夫)로 양천인(陽川人)이다. 성품이 느긋하고 마음이 넓어 세세한 예절에 얽매이지 않았다. 시문에도 능하고 서화에도 뛰어났는데 특히 호랑이 그림이 신묘한 경지에 이르렀기에 '허호(許虎)'라 일컬어졌다.

이정(李楨)의 자는 공간(公幹), 호는 나옹(懶翁)이다. 산수화에 뛰어나 세상에 이름이 났다. 그의 집안은 할아버지, 아버지까지 삼대가 모두 그림에 뛰어났다.

강진(姜溍)의 자는 진여(進汝), 호는 대산(對山)으로 진주인(晉州人)이다. 표암 강세황의 증손으로서 순조(純祖) 정묘년[1807]에 태어났다. 헌종(憲宗) 때 규장각 검서관이 되었으며 벼슬이 안협현감(安峽縣監)에 이르렀다. 그는 증조부 강세황의 유법(遺法)을 배워 시·서·화에 모두 뛰어난 삼절(三絶)이라 일컬어졌으나 지위가 낮아 그 재주를 다 펼칠 수 없었으니, 세상에서 애석해 하는 사람들이 많았다. 철종(哲宗) 무오년[1858]에 죽었다.

문과 서화에만 전념하였다. 시·서·화의 삼절로 불렸으며, 그림 제작과 화평(畵評)에 식견과 안목이 뛰어난 사대부 화가였다.

28 오십여 세 : 실제로 윤두서는 1668년에 태어나 1715년 47세의 일기로 세상을 떠났다.

29 김안로(金安老) : 조선 중기 문신으로 자는 이숙(頤叔), 호는 희락당(希樂堂)·용천(龍泉)이다. 문과에 장원급제하여 청환직을 두루 거쳐 좌의정에 올랐다. 하지만 국정을 장악한 뒤 옥사를 여러 차례 일으켰으며, 문정왕후(文定王后)의 폐위를 기도하다 발각되어 사사되었다. 저서로 『용천담적기(龍泉談寂記)』·『희락당고(希樂堂稿)』 등이 있다.

아들 귀수(龜秀)가 그의 유집(遺集) 4권을 간행하였다.

　이상권(李尙權)은 영천인(永川人)으로 자는 윤중(允中), 호는 임고자(臨皐子)이다. 어려서부터 글씨를 잘 쓰자 그의 아버지가 종이를 많이 사서 글씨를 연습하게 하였는데, 상권이 그림과 글씨는 신묘한 이치가 서로 통하니 겸하여 배울 수 있다 여기고는 틈틈이 몰래 그림을 연습하자 종이가 얼마 가지 못하고 떨어졌다. 그러나 그의 재능은 그림에 더욱 뛰어나 여러 화법 중 오묘함에 이르지 않은 것이 없었는데, 특히 초충(草蟲)을 가장 잘 그렸다. 그리하여 당시에 한재렴(韓在濂)[30]의 시와 임경한(林景翰)[31]의 글씨와 이상권의 그림을 삼기(三奇)로 쳤다. 그러나 상권은 사람됨이 고지식하고 과묵하여 남과 어울리는 것을 전혀 좋아하지 않았다. 평소 오랜 친구들과 풍류를 즐기거나 술잔을 기울일 적에도 그의 마음이 내키는 경우는 아주 간혹 있었을 뿐이다. 그러므로 세상에 전하는 그의 그림이 매우 드물었다. 이에 그의 그림을 얻은 자가 있으면 번번이 사람들에게 "내가 바로 임고자의 그림을 소장하고 있는 자요!" 하고 말하며 자랑을 하였다고 한다.

　외사씨는 말한다.
　『미수기언(眉叟記言)』의 「낭선공자(朗善公子)[32] 화첩(畵貼) 서문」에 다음과 같이 말하였다. "석양정(石陽正) 이정(李霆)[33]의 대나무, 소정(少正) 어몽룡

---

30 한재렴(韓在濂) : 조선 후기 문사로 자는 제원(霽園), 호는 심원당(心遠堂)이다. 문사(文詞)가 뛰어나 박지원 · 정약용 · 신위(申緯) 등과 교유하였으며 특히 시명(詩名)이 높았다. 벼슬은 하지 않았으며, 저서로『심원당시문초(心遠堂詩文抄)』· 『서원가고(西原家稿)』등이 전한다.
31 임경한(林景翰) : 조선 후기 서예가로 자는 군간(君幹), 호는 향천(香泉)이다. 어릴 때 소동파의 글씨를 보고 감탄한 나머지 전답을 팔아 필묵을 준비하여, 평생을 오로지 서예에 전심하여 예서 · 초서의 대가가 되었다.
32 낭선공자(朗善公子) : 낭선군(朗善君) 이우(李俁)를 가리킨다. 선조의 열두째 아들인 인흥군(仁興君) 영(瑛)의 큰아들로 자는 석경(碩卿), 호는 관란정(觀瀾亭)이다. 서화에 뛰어났다고 한다.

(魚夢龍)[34]의 매화, 허주(虛舟) 이징(李澄)[35]의 영모(翎毛)·산수, 김명국의 인물, 조운지(趙耘之)[36]의 매화, 홍수주(洪受疇)[37]의 포도는 모두 묘경(妙境)으로 들어갔으며, 이상좌(李上佐)[38]의 인물, 사포(司圃) 김식(金埴)[39]의 목우유마도(牧牛游馬圖)는 천고의 빼어난 그림이다."

아, 서화는 비록 한 가지 기예에 지나지 않으나 또한 천고에 명성을 떨칠 수 있는 것이다. 하지만 지금까지 삼백여 년을 거치는 동안 자취가 사라지고 이름이 전하지 않는 자들이 많으니, 여기서 또 몇 백 년이 지나면 그 이름을 알 수 있는 자들은 더욱 드물 것이다. 그러니 슬퍼하지 않을 수 있겠는가!

---

33 이정(李霆) : 조선 중기 화가로 자는 중섭(仲燮), 호는 탄은(灘隱)이다. 묵죽화에 있어서 유덕장(柳德章)·신위(申緯)와 함께 조선 3대 화가로 꼽힌다. 묵죽화 뿐만 아니라 묵란·묵매에도 조예가 깊었고, 시와 글씨에도 뛰어났다.

34 어몽룡(魚夢龍) : 조선 중기 선비화가로 자는 견보(見甫), 호는 설곡(雪谷)이다. 묵매(墨梅)를 잘 그려서 이정(李霆)의 묵죽(墨竹)과 황집중(黃執中)의 묵포도와 함께 당시 삼절로 불렸다.

35 이징(李澄) : 조선 중기 화가로 자는 자함(子涵), 호는 허주(虛舟)이다. 16세기 문인화가 이경윤(李慶胤) 아들로 산수·인물·영모(翎毛)·초충(草蟲)에 모두 능하였다. 특히 수묵 산수화와 함께 장식적인 취향이 짙은 이금 산수화(泥金山水畵)를 잘 그려 이 방면의 일인자로 알려져 있다.

36 조운지(趙耘之) : 조선 후기의 문신화가로 호는 매창거사(梅窓居士)이다. 조선 중기 화가였던 조속(趙涑)의 손자로 글씨와 그림에 모두 뛰어났다. 특히 묵매(墨梅)로 명성을 얻었다.

37 홍수주(洪受疇) : 조선 후기 선비화가로 자는 구언(九言), 호는 호은(壺隱)이다. 매화·대나무·포도를 잘 그렸는데, 특히 포도에 뛰어났으며 글씨는 전서를 잘 썼다.

38 이상좌(李上佐) : 조선 중기 화가로 자는 공우(公祐), 호는 학포(學圃)이다. 본래 노비였으나 그림에 뛰어나 중종의 특명으로 도화서(圖畵署) 화원이 되었다고 한다. 인물화에 뛰어나서 중종 어진(中宗御眞) 및 공신들의 초상을 그렸다.

39 김식(金埴) : 조선 중기 선비화가로 자는 중후(仲厚), 호는 퇴촌(退村)·청포(淸浦)이다. 김시(金禔)의 손자로서 인물·산수를 잘 그렸으나, 특별히 소 그림 전문화가였기 때문에 웬만한 소 그림은 모두 그의 작품으로 불리어왔다.

05.

침술로 종기를 치료한 수술의 원조 의사 백광현

태의(太醫) 백광현(白光炫)은 인조(仁祖) 때 태어났다. 그 사람됨이 순수하고 조심성이 있어 시골에 사는 수더분하고 어리숙한 사람 같았다. 그는 키가 크고 수염이 아주 멋있었으며 눈에서 광채가 빛났다.

본래는 말[馬]을 잘 치료하였는데, 오로지 침만 써서 낫게 하였다. 처방책에 근거하지는 않았지만 오래될수록 더욱 손에 익숙해지자 시험 삼아 사람의 종창(腫瘡)에도 적용해 보았는데 이따금 신기한 효험이 있었다. 결국에는 오로지 사람을 치료하는 데만 힘을 기울이게 되었다. 이에 여염마을을 두루 돌아다니며 사람들의 종창을 살핀 사례가 매우 많아지자, 그 앎이 더욱 정치해졌으며 침도 더욱 잘 놓게 되었다.

무릇 종기 중에 독이 성하고 뿌리가 깊은 것은 옛 처방책에도 치료법이 없었는데, 광현은 그러한 상황을 만나면 반드시 큰 침을 써서 째고 터트려 독을 헤치고 뿌리를 뽑아서 죽어가던 사람도 살려낼 수 있었다. 처음에는 침을 쓰는 것이 지나치게 맹렬하여 간혹 사람을 죽이는 데 이르기도 하였다. 그러나 그 효험을 바탕으로 살아난 자 또한 많았기 때문에 병자들이 날로 그의 문전에 모여들었다. 광현도 자신의 치료법에 만족하여 더욱 열심히 노력하고 게을리하지 않았다. 이 때문에 명성을 크게 떨쳐 '신의(神醫)'라 불리게 되었다.

광현은 숙종(肅宗) 초기 어의(御醫)에 임명되었는데, 공이 있을 때마다 번번이 품계를 더해주어 숭품(崇品)에 이르고 여러 직책을 거쳐 현감(縣監)이 되니, 여염에서 그를 영광스럽게 여겼다. 그러나 그는 병자를 만나면 귀천과 친소를 가리지 않았고 청하기만 하면 곧장 달려갔으며, 그렇게 달려가면 반드시 마음을 다하고 능력을 펼쳐 병세에 차도가 있는 것을 본 후에야 그쳤다. 아울러 자신이 늙고 또 귀하게 되었다는 것을 핑계로 게으름 피우지 않았으니, 이는 단지 의술에만 이끌려 그렇게 한 것이 아니라 그의 천성이 본래 그러하였던 것이다.

완암(浣巖) 정래교(鄭來僑)[41]가 말하였다. "내 외삼촌이 입술에 종기를 앓게 되어 백태의(白太醫)를 모셔다가 살피게 하였는데, 태의가 말하기를 '어찌 할 수 없습니다. 이틀 전에 보지 못한 것이 한스럽습니다. 급히 상구(喪具)를 준비하십시오. 오늘 밤에 필시 죽을 것입니다.'라고 하였다. 밤이 되자 외삼촌은 과연 세상을 떠났다. 당시 백태의는 이미 매우 연로하였음에도 정신과 지각은 아직 온전하여 병세와 살고 죽는 것을 훤히 꿰뚫고 털끝만큼도 틀리지 않았으니, 그가 전성기 때 신기한 효험을 얻어 죽은 자를 일어나게 하였다는 소문이 거짓은 아닌 듯하다."

백태의가 죽자 그의 아들 흥령(興齡)이 가업을 이어받아 그런대로 유능하다는 명성이 있었으며 제자 박순(朴淳) 또한 종기를 잘 치료한다고 세상에 이름이 났으나 백태의의 신술(神術) 같을 수는 없었다.

외사씨는 말한다.

우리 조선에서 종기를 째고 터트려 치료하는 방법이 백태의로부터 시작되었다고 하니, 요즘 세상의 서양 의사들이 행하는 수술이 바로 이것

---

40 숭품(崇品) : 조선시대 종1품의 다른 이름.
41 정래교(鄭來僑) : 본서 권2-24 항목 참조.

이다. 다만 그런 치료법을 발명한 후에 세상에서 권하거나 장려하는 자도 없고 또한 깊이 연구하고 잘 배운 자도 없다보니 더는 백태의 같은 사람이 나올 수 없었던 것이다. 지금은 그런 치료법을 서양 사람들에게 양보하는 격이 되었으니, 안타깝도다!

06.

독창적인 처방으로 병을 치료한 안찬

　안찬(安瓚)은 중종(中宗) 때 이름난 의원이다. 의술에 뛰어나 옛 처방책에 구애되지 않고 스스로 직접 처방을 생각해 내서 병을 치료하였는데 매우 신통하여 세상 사람들이 유부(兪跗)와 편작(扁鵲)[42]이 다시 살아온 듯하다고 하였다.

　한번은 어떤 사람이 저녁 무렵 외출을 하였다가 눈이 갑자기 감기더니 이 때문에 눈이 멀어 맹인이 되었는데, 안찬이 약을 써서 치료하니 즉시 나았다. 또 어떤 여자가 음문(陰門)에 갑자기 통증이 오면서 마소의 털 같은 누렇고 검은 털이 우후죽순 솟아나기 시작하더니 밤낮으로 멈추지 않았다. 이에 혈병(血病)을 치료하는 처방을 쓰자 즉시 멈추고 마침내 병이 나았다. 또 한번은 어떤 여자가 어느 날 아침 양치질을 하다가 혀끝에서 피가 나기 시작하더니 연일 멈추지 않았다. 이에 심장을 다스리는 약을 투여하자 곧바로 멈추었다. 이처럼 그의 의술은 신묘하고 헤아릴 수 없는 것이었다. 그의 일화는 잠곡(潛谷) 김육(金堉)[43]이 쓴『기묘록

---

42 유부(兪跗)와 편작(扁鵲) : 유부는 황제(黃帝) 때의 의원이고 편작은 전국시대 때의 의원으로, 모두 뛰어난 명의(名醫)이다.
43 김육(金堉) : 조선 후기 문신으로 자는 백후(伯厚), 호는 잠곡(潛谷)이다. 인조반정 후 문과에

(己卯錄)』[44]에 실려 있다.

외사씨는 말한다.

치료[醫]는 뜻[意]에서 나오니, 뜻이 이르는 곳에서 신묘한 이치를 통달하고 깨치게 된다. 만약 한갓 옛 처방에만 얽매인다면 그것은 훌륭한 치료가 아닐 것이다. 우리 조선사람 중에 박세거(朴世擧)[45] · 손사명(孫士銘)[46] · 안덕수(安德壽)[47] · 양예수(楊禮壽)[48] · 허준(許浚)[49] 등이 모두 의술로써 이름이 났지만 저술한 의서는 없는데,[50] 오직 허준만이 『동의보감(東醫寶鑑)』을 저술하여 세상에 가장 유명하니 그는 여러 의서(醫書)를 집대성한 자라고 할 만하다. 그 후에 약간의 의학 관계 저술이 있지만 이는 모두 『동의보감』의 여파일 뿐이다.

백광현 · 안찬은 중국의 편작 같은 부류로서, 옛 처방을 따르지 않고도 홀로 그 묘함을 터득하였으니 참으로 신통한 의원이라 할 것이다. 그 후에 또 이익성(李益成) · 조광일(趙光一) · 이동(李同) 같은 의원이 또한 의술로 저명하였다.

장원급제하여 요직을 두루 거쳐 영의정까지 올랐다. 대동법 시행, 구황서 및 의서의 간행 보급, 화폐의 주조 · 유통, 수레의 제조 · 보급 및 시헌력(時憲曆)의 시행 등 당시 현실 문제 해결을 위한 일들에 앞장섰다. 저서로 『잠곡유고』 등이 있다.

44 기묘록(己卯錄) : 김정국(金正國)이 지은 『기묘당적(己卯黨籍)』과 안로(安璐)가 저술한 『기묘록보유(己卯錄補遺)』를 바탕으로 김육이 기묘사화 때 화를 당한 218명의 인물들의 행적과 시문을 모아 편찬한 책이다.

45 박세거(朴世擧) : 조선 중기 의관으로 『간이벽온방(簡易辟瘟方)』을 편찬하였다.

46 손사명(孫士銘) : 조선 중기 의관으로 양예수 · 박세거 등과 함께 『의림촬요(醫林撮要)』를 저술하였다.

47 안덕수(安德壽) : 조선 중기 소문난 의원으로 그가 진찰하고 약을 쓰면 단 한 번의 실수도 일어나지 않았다 한다.

48 양예수(楊禮壽) : 조선 중기 의관으로 명종의 어의를 지냈으며 박세거 · 손사명 등과 함께 『의림촬요』를 저술하였다.

49 허준(許浚) : 조선 중기의 의관으로 선조와 광해군의 어의를 지냈으며 『동의보감(東醫寶鑑)』을 완성했다.

50 저술한 의서는 없는데 : 이는 장지연이 잘 모르고 한 말이다. 위의 주석에서도 알 수 있듯이 이들은 조선 중기 한의학을 대표하는 인물들로 중요한 저작을 남기고 있다.

07.

자신의 직감으로 처방을 한 이익성

이익성(李益成)은 정조 때 사람이다. 그는 어린 시절 가난하여 한 벼슬아치의 집에서 식객으로 지냈다. 어느 날 집주인이 병이 있어 허조(許照)[51]를 맞이하여 병을 살피게 하였는데, 그는 당대 양의(良醫)로 저명한 자였다. 허조가 익성에게 담배피우는 일을 수발들게 하자 익성이 화를 내고 기꺼워하지 않으며 말하기를 "내가 비록 미천하지만 어찌 저런 사람을 위해 종노릇까지 하겠는가!" 하고는 하직하고 떠나버렸다. 이후 익성은 의술을 전공하여 10년 만에 양의로 평판이 났다.

한 귀인이 경맥에 병이 들어 허조가 그를 여러 달 동안 치료했으나 차도가 없었다. 그가 익성에게 청하여 진찰을 하였는데 그 자리에는 허조도 있었다. 익성이 짐짓 모르는 체하며 말하기를 "치료할 처방이 있기는 합니다. 그러나 허조는 의술로 나라 제일인데 어찌 그에게 치료받지 않으십니까?" 하자, 귀인이 말하였다. "병이 심해서 죽을 것 같으니 농담하지 말고 어서 처방을 말해보게." 이에 익성이 붓을 잡고 백호탕(白虎湯)[52]이라고 쓰자, 허조가 자리에서 일어나 익성의 손을 잡고 사례하며

---

51 허조(許照) : 조선 중기의 의원이나 자세한 행적은 미상이다.
52 백호탕(白虎湯) : 석고(石膏)·지모(知母)·감초 등을 달인 약으로, 오한발열과 함께 맥이 불

말하였다. "내가 바로 허조일세. 내 어찌 이 처방을 알지 못하였겠는가마는 늙고 겁이 나 감히 처방하지 못하고 있었네." 그러고는 소매에서 종이 한 장을 꺼내 보여주는데 과연 백호탕이라고 쓰여 있었다. 허조가 말하였다. "내가 이 사람에게 자리를 양보해도 괜찮을 듯합니다. 이제부터 더는 의원노릇을 하지 않을 것입니다." 과연 약을 달여 올리자 병이 곧 나았다. 이로부터 익성의 이름이 더욱 유명해졌다.

어느 벼슬아치의 아들이 나이 겨우 스물에 어느 날 저녁 갑자기 벙어리가 되어 백방으로 치료하였으나 효험이 없었다. 익성이 그를 살펴보러 가다가 안뜰을 지나는데, 남쪽 처마 위에 구리 그릇 대여섯 개를 늘어놓고 엽전을 가득 채워둔 것을 보았다. 익성이 괴이하게 여겨 물으니, 그의 아버지가 답하였다. "늙은 마누라가 자식을 불쌍히 여겨 점쟁이에게 점을 치게 하였는데, 이는 귀신이 재앙을 내린 것이니 이 방도로써 액땜을 해야 한다고 하더랍니다." 익성이 웃으며 말하였다. "저는 단지 의술에만 능한 것이 아니라 겸하여 양법(禳法)[53]에도 능하니, 반드시 멀리까지 점쟁이를 찾아 갈 필요가 없습니다." 그러고는 그릇들을 옮겨다가 앞에다 늘어놓고 작은 동전 하나로 파두(巴豆)[54]씨 두 알을 사서 벙어리의 콧구멍에 넣으니, 환자가 잠시 후에 재채기를 한 번 하고는 곧 말을 하였다. 그 아버지가 기뻐하며 연유를 묻자 익성이 답하였다. "젊은이가 밤마다 방사(房事)에 힘써 정욕의 화기(火氣)가 올라와 폐의 금기(金氣)를 억누른 까닭에 벙어리가 된 것입니다. 파두는 성질이 뜨거우니 이 처방은 화기로 화기를 다스리는 방법입니다." 그의 정밀하고 명민함이 이와

안정할 때 사용한다.

53 양법(禳法) : 사람이 아플 때 일정한 주술 의례를 하고 사용된 음식을 짚으로 된 꾸러미에 넣어 길거리에 버려 액운을 떠나보내는 의식을 말한다.

54 파두(巴豆) : 중국 파촉(巴蜀) 지방에서 생산되고 형태가 콩처럼 생겼기 때문에 붙여진 이름이다. 냄새가 거의 나지 않고 맛은 매우며 기운은 뜨겁고 독성이 강하다. 인후와 관련된 병, 호흡 곤란, 악창(惡瘡), 사마귀 등에 쓰인다.

같았다.

익성은 기개와 절조가 있었으며 비록 빈천하고 보잘 것 없는 사람이라도 반드시 힘을 다하여 치료하였다. 예로 대하지 않으면 비록 높은 벼슬에 있는 귀인이라도 그를 불러오게 할 수 없었다.

찬하여 말한다.

처방은 일정하지만 병은 일정하지 않다. 그러므로 좋은 의사는 자신의 의도대로 행하여 효험을 취하지만, 모름지기 물성(物性)에 널리 통달하고 맥리(脈理)를 깊이 이해한 이후에야 의도대로 행할 수 있는 것이다. 그렇지 않으면 망령되이 시험해 보고 경솔하게 투약하여 오로지 사람의 목숨을 가지고 놀 뿐인 것이다. 옛날 어떤 사람이 갑자기 손가락 하나가 아프더니 몇 촌 길이의 산호(珊瑚) 가지 같은 것이 생겼는데, 그 기운이 끊이지 않고 계속 이어져 그 사람을 짐승의 형상처럼 만들었다. 의원이 말하기를 "이는 화기에 의한 소치이니 대황(大黃)[55]을 투약하면 곧 나을 것입니다."라고 하였으니, 이는 의도대로 처방을 얻은 것이다. 익성이 병어리에게 파두를 써서 콧구멍을 막은 처방은 어떤 의서에도 나와 있지 않으며, 화기로 화기를 다스리는 것은 더욱 뛰어난 판단인 것이다.

---

55 대황(大黃) : 색깔이 누렇고 약효가 매우 빠르다는 의미를 담아 대황(大黃)이라 한다. 오래된 것을 배출시키고 새로운 것을 공급하는 특성을 지녔다. 특이한 냄새가 있으며 떫고 쓴 맛이 나고 찬 성질을 가지고 있다. 체내의 독(毒), 열(熱)을 없애는 데 두루 사용한다.

08.

하찮은 재료들로 병을 고친 이동

이동(李同)은 이름을 몰라 아명으로 부른다. 글자는 한 자도 몰랐지만 신의로 일세에 이름을 날렸다. 그의 치료법은 침·뜸 외에는 손톱, 머리털, 오줌, 똥, 침, 때 등속을 약재로 쓰는 것에 불과했다. 비록 풀, 나무, 벌레, 물고기도 약재로 사용하였지만 모두 한 푼어치도 안 되는 것들이었다. 그는 항상 사람들에게 말하기를 "사람의 몸속에 스스로 좋은 약을 갖추고 있는데 어찌 외물을 빌리겠는가?" 하였다.

정조(正祖)가 치질을 앓은 적이 있는데 이동에게 명하여 진찰하게 하였다. 이동이 갓을 벗고 엎드려 병세를 살피는데, 머리털이 다 빠져 상투를 틀 수 없었다. 이에 임금이 웃으며 탕건을 하사하고는 그것을 쓰게 하였다. 병이 회복된 뒤에는 돈 십만 전을 내려주었다.

한번은 이동이 어떤 집에 갔다가 여인의 기침 소리를 듣고 말하였다. "이는 안으로 종기를 앓는 사람입니다." 주인이 놀라 말하였다. "이는 내 누이요. 아직 건강한데 무슨 병이 들었다는 말이오?" 그러자 이동이 말하였다. "그 기침 소리를 들어보니 종기가 한창 곪았습니다. 며칠만 더 지나면 고칠 수 없습니다." 이에 이동이 갈빗대 사이에 침을 놓으니 과연 누이가 몇 되의 고름을 토하고서 나왔다. 그의 신술은 대체로 이와 같았다. 늙어서 눈이 어두워지자 손으로 더듬어서 치료하는데도 백에 하나 실수함이 없었다.

　이동은 젊었을 적에 가난하여 생계를 꾸려갈 방법이 없어서 의사 임국서(林國瑞)[56]의 마부가 되었는데, 대강의 말만 듣고도 의술을 터득했다고 한다. 그는 소 오줌, 말똥, 찢어진 북의 가죽 따위를 가지고서 옥찰(玉札)·단사(丹砂)·적전(赤箭)·청지(靑芝)[57]와 같은 약재의 효과를 냈으니, 아! 기이하도다.

---

56 임국서(林國瑞) : 정조 때의 종기 치료의 명의로, 횟가루를 이용하여 종기를 치료했다고 한다.
57 옥찰(玉札)·단사(丹砂)·적전(赤箭)·청지(靑芝) : 모두 값 비싸고 귀한 약재이다.

09.

의술과 시문을 겸비한 오창렬

오창렬(吳昌烈)의 자는 경언(敬言), 호는 대산(大山)이며 또 다른 호는 우매도인(又梅道人)이다. 어려서 홀몸으로 가난하였으나 독서를 좋아하여 초목과 조수의 이름을 많이 알았다. 만년에는 의술(醫術)에 정진하여 약원(藥院)⁵⁸에 들어가게 되었는데 임금의 총애가 높고 지극하여 여러 번 승진하여 과천현감(果川縣監)에 이르렀다.

창렬은 겸하여 시도 잘 지었다. 그는 두 차례 연경(燕京)에 들어가 이름난 석학들과 교유하였는데, 이후로 중국인이 조선 사람을 만나면 창렬의 안부를 물으며 그의 시를 외우고 탄식하는 자도 있었다. 그는 시로써 의술을 감추기도 하고 의술로써 시를 감추기도 하였으나 모두 왕의 인정을 받았다. 내전에 들어가 진료하는 여가에 그에게 시를 짓게 한 적이 많았는데 그때마다 왕의 뜻에 잘 맞았다.

창렬은 나이 예순여섯에 죽었으며, 시집 몇 권이 전한다. 그는 세 명의 아들을 두었는데, 맏아들 규일(圭一)은 철필(鐵筆)⁵⁹에 정밀하여 내부(內部)에 소장된 인장 중에는 그가 손수 새긴 것이 많았다.

---

58 약원(藥院) : 내의원(內醫院). 조선 시대 궁중의 의약(醫藥)을 맡아보던 관아이다.
59 철필(鐵筆) : 도장을 새기는 새김칼을 말한다.

10.

곤궁한 백성을 돌본 침술 명의 조광일

조광일(趙光一)의 선조는 태안(泰安)의 지체 높은 대성(大姓)이었는데, 집이 가난해져 객지를 떠돌다가 합호(合湖)[60] 서쪽 물가에 살았다. 그는 침술로 이름이 나서 침은(鍼隱)이라 자호하였다. 그는 고관대작의 집에는 출입한 적이 없으며 그의 집에도 현달한 사람들이 이른 적이 없었다.

어느 날 새벽에 한 노파가 남루한 옷차림으로 기어와 문을 두드리며 자기 아들의 목숨을 살려 달라고 애걸하자, 광일은 "어서 가시오. 내가 뒤따라가겠소." 하고는 즉시 일어나 노파의 뒤를 좇았다. 그는 아무런 준비 없이 걸어가면서도 어려워하는 기색이 없었다.

한번은 그의 친구와 길에서 만난 적이 있었는데, 때마침 하늘에서 비가 내리고 길이 질퍽하여 광일은 머리에는 삿갓을 쓰고 발에는 나막신을 신고서 종종걸음으로 뛰어가고 있었다. 친구가 묻기를 "어디를 그리 급히 가는가?" 하니, 광일이 대답하였다. "아무개가 병이 들어 지난번에 내가 침을 한번 놓았는데 효험이 없기에 오늘로 약속을 정하고 다시 침을 놓으러 가는 길일세." 친구가 다시 묻기를 "자네에게 무슨 이득이 되

---

[60] 합호(合湖) : 현 충남 연기군 금강유역 일대를 가리킨다.

기에 이리 몸소 고생하며 다니는가?" 하니, 광일은 그저 웃기만 할뿐 아무런 대답도 않고 가버렸다. 이처럼 그의 성품은 소탈하고 너그러워 남을 거스르는 일이 없었다.

그는 의술을 좋아하였지만 옛 처방을 따르거나 탕제(湯劑)를 쓰지 않고 항상 가죽주머니 하나만을 가지고 다녔는데 그 안에는 길이와 모양새가 각기 다른 동침(銅鍼)과 철침(鐵鍼) 십여 개가 있었다. 그것을 가지고 종기를 째고 상처를 치료하며 어혈을 빼내고 풍기(風氣)를 트이게 하며 절름발이와 곱사등이를 일으켜 세우는 등 효험이 나타나지 않는 곳이 없었기에 세상에서 '명침(名鍼)'이라 하였다.

혹자가 묻기를 "그대의 재능으로 어찌하여 존귀하고 현달한 자들과 사귀면서 명성을 취하지 않고 여항의 서민들을 따라 노닐기만 한단 말인가?" 하니, 광일이 웃으며 대답하였다. "나는 세상의 의원들이 의술을 가지고 남들에게 교만을 떨어, 문밖에 수레와 말을 대고 집안에 술과 고기를 차려 대접하겠노라며 서너 번을 청한 연후에야 겨우 가려고 하며 또 그들이 가는 곳은 귀하고 권세 있는 가문이 아니면 부잣집인 것을 매우 싫어한다네. 이것이 어찌 어진 사람의 마음이겠는가! 만약 가난하고 세력이 없는 자이면 병을 핑계로 거절하고 집에 없다고 둘러대면서 백번을 간청해도 한 번도 나서지 않는다네. 그러므로 내가 오로지 민간으로만 돌아다니고 귀하고 권세 있는 자들에게 신경 쓰지 않는 것은 이런 무리들을 경계하고자 해서라네. 저 존귀하고 현달한 자들에게야 어찌 의원이 없겠는가. 불쌍한 것은 오직 여항의 곤궁한 백성들뿐이라네. 그간 내가 침을 놓으면서 사람들과 접촉한 것이 수십 년인데, 날마다 여러 명을 진료하고 달마다 십수 명을 치료하여 온전히 살려낸 사람을 헤아려보면 수백 수천에 달하네. 다시 수십 년을 더하면 만 명은 살릴 수 있겠지. 그러면 나의 일이 끝날 것일세."

이계(耳溪) 홍양호(洪良浩)[61]가 말하였다. "조생은 의술이 높건만 명예를 구하지 않았으며 널리 은택을 베풀었지만 보답을 바라지 않았다. 급한 환자들이 있으면 달려가되 반드시 곤궁하고 힘없는 자들을 우선하였으니 그는 일반 사람들보다 크게 어질도다!"

외사씨는 말한다.

내가 듣기에 종기 치료의 명의 이동(李同)은 당시에 '신의(神醫)'라 일컬어졌으나 지위가 천하고 또 성격상 말 타는 것을 두려워하여 부잣집이나 권세가에서 급히 부르는 경우에도 반드시 도보로 나아가고 스스로 말의 세전(貰錢)만을 취하였으니 사람들이 그의 질박하고 촌스러움을 비루하게 여겨 '마각의(馬脚醫)'라 불렀다고 한다. 아, 그는 조광일과 같은 일을 하였으나 어찌 그리도 상반되었단 말인가. 그렇지만 이동에게는 늙고 아들도 없는 과부 누이가 있었는데, 그는 누이를 봉양하며 함께 살았으니 그의 행실은 매우 착하였다. 사람들이 이 때문에 그의 우제(友悌)를 칭찬하였다고 한다.

이석간(李碩幹)·채득기(蔡得己)·박렴(朴濂)·허임(許任)[62]은 모두 신의로 이름이 났지만, 그들이 시험한 바는 초근(草根)·목피(木皮)와 침·뜸뿐이었다. 이들은 『사의경험방(四醫經驗方)』[63] 1권을 세상에 간행하였다.

---

61 홍양호(洪良浩) : 조선 후기 문신으로 자는 한사(漢師), 호는 이계(耳溪)이다. 1752년 문과에 급제하여 대사간·대사헌·이조판서 등의 요직을 두루 거쳤다. 사신으로 연경을 다녀오면서 중국의 석학들과 교유하여 문명(文名)을 날렸으며, 『영조실록』·『국조보감』 각종 편찬사업을 주관하기도 하였다. 학문과 문장이 뛰어나 『이계집』·『육서경위(六書經緯)』·『해동명장전(海東名將傳)』·『북새기략(北塞記略)』 등 많은 저술을 남겼다.

62 이석간(李碩幹)·채득기(蔡得己)·박렴(朴濂)·허임(許任) : 생몰년 미상의 조선 중기 선조~인조 때 의관들이다. 자세한 행적은 전하지 않으며, 이들이 편찬한 의서 『사의경험방』이 전한다.

63 사의경험방(四醫經驗方) : 조선 중기 사의(四醫)라 불린 이석간·채득기·박렴·허임 등이 자신들의 경험방을 모으고, 그밖에 『본초서(本草書)』·『동의보감』·『문견방(聞見方)』 등의 여러 가지 서적을 인용하여 편집한 책이다.

11.

바둑에도 점술에도 능했던 이필

이필(李泌)의 자는 치문(稚聞)으로 합천인(陝川人)이다. 남다른 재능이 있어 여러 방면에서 이름이 났는데, 특히 점술·산수·바둑에 뛰어나 삼절(三絶)이라 불렸다.

한번은 서울에 놀러갔는데 한 권세가가 그의 소문을 듣고 불러서 매우 친근하게 대하였다. 그 자리에는 국수(國手)로 명성이 자자한 한 바둑꾼이 있었는데, 권세가가 이필에게 말하기를 "내가 그대를 저 국수와 대국하게 하려는데 어떠시오?" 하니, 이필이 대답하였다. "한 판은 괜찮지만 두 판은 안하겠습니다." 권세가가 "어째서요?" 하고 묻자, 이필이 대답하였다. "제가 국수의 바둑 실력을 보아하니 저보다 한 수가 낫지만 정신이 약합니다. 저와 처음 두면 국수의 정신이 필시 들뜰 것이니 제가 이때 기이한 수를 쓰면 이길 수 있습니다. 그렇지만 다시 두면 들떴던 정신이 안정되어 반드시 국수가 이길 것입니다." 드디어 한 판을 두어 이필이 이기니 권세가가 기이하게 여겼다.

정조(正祖)가 한번은 광릉(光陵)에 행차하고자 유사에게 명하여 길일을 정하게 하였는데, 이필이 산가지로 점을 쳐보고 권세가에게 말하였다. "불길합니다. 큰 비가 내릴 것입니다." 권세가는 이미 이필이 남다른 재주를 갖고 있음을 알고 있던 터라 다음날 임금에게 고하였다. "신의 문객 가운데 이필이라는 자가 있는데 점을 잘 칩니다. 그가 신에게 말하기를 거둥 날짜에 큰 비가 온다고 하였습니다. 만약 그의 말이 맞는다면 어찌 함부로 수레에 오를 수 있겠습니까?" 그러자 임금이 날 잡는 것을 그만두라 명하고 그 말을 시험하고자 하였는데, 그 날짜에 과연 큰 비가 내렸다. 임금이 기이하게 여겨 이필을 편전으로 불러 가까이 오게 하고 『주역(周易)』을 이야기하다가 돌려보내니, 사람들이 이르기를 이필은 반드시 관직을 받을 것이라고 하였다. 그러나 얼마 후에 임금이 승하하자 이필은 마음속으로 상심하여 집안에 머물며 항상 우울하게 지내다가 생을 마쳤다. 그는 상청자(上清子)라 자호하였다.

외사씨는 말한다.

세상에는 본래 이필처럼 기이한 재주와 술수를 지닌 자들이 있으나 이는 단지 자질구레한 재주일 뿐이다. 저 권세가는 어찌 초야에 묻힌 선비 중에 효성스럽고 독실한 자를 구하여 조정에 출사시키지 않고 유독 방술을 일삼는 술사를 드러내었단 말인가! 아, 예부터 올바른 선비가 출사하기 힘들었던 것은 다 이유가 있었던 것이다.

12.

바둑계의 고수 김종귀, 김한흥 등

김종귀(金鍾貴)는 바둑으로 세상에 이름을 날렸는데 사람들이 우리나라 최고의 고수라고 하였다. 종귀는 구십여 세에 죽었다. 그 뒤에 고수가 세 사람 있었는데 김한흥(金漢興)·고동(高同)·이학술(李學述)이었다.

김한흥은 종귀와 나란히 이름을 날렸는데 나이가 더 어렸다. 그는 스스로 적수가 없다고 여기다가 한 번 종귀와 바둑을 둔 적이 있었는데 구경꾼이 고슴도치 털처럼 빽빽이 모여들었다. 한흥의 눈빛은 바둑판을 꿰뚫을 듯하였고 종횡으로 끊고 찌르기를 준마가 내달리는 듯 굶주린 매가 덮치는 듯하였다. 그런데 종귀는 손을 한껏 움츠린 채 바둑돌을 놓을 때도 그 무게를 이기지 못하는 듯했다. 그 판의 형세를 살펴보니 바둑을 반쯤 두었는데 구경꾼들이 귀에 대고 "오늘 대국은 한흥에게 그 자리를 양보해야겠네."라고 하며 수군거렸다. 잠시 후 종귀가 바둑판을 밀치며 탄식하기를 "이제 늙으니까 눈까지 침침해지는군. 이대로 놓아두고 내일 아침에 정신이 조금 맑아지면 다시 두세나."라고 하였다. 사람들이 말하기를 "고래로 고수들이 바둑 한 판을 이틀씩 둔다는 말은 듣지 못했는데……." 하였다. 그러자 종귀는 손으로 눈을 비비고서 다시 바둑판을 끌어당기고 앉았다. 한참동안 바둑판을 물끄러미 바라보다가 갑자기 묘수를 내니, 마치 거세게 흐르는 물을 끊어내는 듯 막힌 관문을 깨부수고 나가는 듯하였다. 마침내 다 진 것 같은 바둑에서 승리를 얻어내니 온 좌중이 놀라 감탄하였다.

고동과 이학술도 국수로서 명성이 자자하여 가는 곳마다 공경과 사대부들이 모두 신발을 거꾸로 신은 채 앞다투어 모여들어 바둑 두는 법을 보고자 했다.

외사씨는 말한다.

우리나라에서 바둑을 잘 두는 자로는 현종(顯宗)·숙종(肅宗) 때에 종실(宗室)의 덕원군(德源君)[64]·술부(述夫) 유찬홍(庾纘弘)·윤홍임(尹弘任)이 있었고 그 뒤에 또 최칠칠(崔七七)·자산(子山) 지석관(池錫觀)[65] 등 여러 사람이 있었으며, 근래에는 지우연(池遇淵)·김만수(金萬秀)[66] 등이 모두 국수로 명성을 떨쳤다. 그러나 바둑은 노름이나 유희의 도구일 뿐이니 어찌 여기에만 전적으로 매달려서 정신을 소모하고 일을 망칠 수 있단 말인가! 근래 정씨 집안의 시어머니와 며느리에 대한 기이한 이야기를 들었는데 시어머니와 며느리가 함께 바둑을 두었다 하니 자못 왕적신(王積薪)[67]이 깊은 산골짜기에서 대화로 바둑을 두던 시어머니와 며느리를 만난 고사와 비슷하니 또한 기이하도다. 유찬홍은 따로 전을 지었다.

---

64 덕원군(德源君) : 조선 인조 때의 공신 이서(李曙)로, 자는 인숙(仁叔). 호는 월봉(月峯)이다. 인조반정 때에 공을 세워 호조판서가 되고, 1626년 수어사(守禦使)가 되어 남한산성을 축성하였다. 병자호란 때에 남한산성의 북문(北門)을 지키다가 죽었다. 저서로 『화포식언해(火砲式諺解)』가 있다.

65 지석관(池錫觀) : 조선 후기 시인으로, 김희령(金羲齡) 등과 함께 서원시사(西園詩社)를 결성하였다.

66 지우연(池遇淵)·김만수(金萬秀) : 모두 조선 말기에 바둑으로 이름이 난 사람들이다.

67 왕적신(王積薪) : 당나라 현종(玄宗) 때의 국수이다. 안록산의 난을 피해 어떤 산골 집에 피신하였는데, 그 집의 시어머니와 며느리가 말로만 주고받으며 바둑을 두는 광경을 보고 배우기를 청하였다. 이에 고부가 정석과 포석 등 몇 가지 기술을 가르쳐주고 나서 홀연히 자취를 감추었다고 한다. *陳耀文,〈天中記〉참조.

13.

어린 나이에 국수에 오른 유찬홍

    유찬홍(庾纘弘)의 자는 술부(述夫)로 평소 자로 일컬어졌다. 술부는 어려서부터 총명하고 명민하여 암송을 잘하였다. 한번은 글방 스승을 따라 글을 배웠는데, 이때 여러 학생들이 무리를 나누어 과업을 받았다. 스승이 학생들에게 말하였다. "내일 아침에 〈이소경(離騷經)〉을 외울 수 있는 사람이 있으면 백 번을 읽었다고 인정해서 상을 줄 것이다." 이에 술부는 학사 정두경(鄭斗卿)[68]의 집으로 곧장 달려가 문지기에게 말하였다. "유찬홍이라는 자가 〈초사(楚辭)〉[69] 배우기를 원한다고 아뢰어 주시오." 정공은 평소 사람을 매우 가려 평상시에 잘 만나볼 수가 없었다. 이날 그를 만나서도 가르침이 매우 간략하였는데, 술부는 돌아오자마자 〈초사〉를 읽었다. 날이 밝자 학생들이 다시 모두 모였다. 술부가 소매에서 〈초사〉를 꺼내 돌아앉아 외웠는데 한 글자도 틀리지 않으니 스승이 크

---

68 정두경(鄭斗卿) : 조선 후기의 문인으로 자는 군평(君平), 호는 동명(東溟)이다. 이항복의 문인으로 1629년 별시문과에 장원으로 급제하여 홍문관대제학, 예조참판 등을 역임하였다. 저서로 『동명집(東溟集)』 26권이 있다.

69 초사(楚辭) : 초나라의 노래를 모은 책으로 한나라 때 유향(劉向)이 편집하였다. 굴원(屈原)의 글 25편을 중심으로 제자 송옥(宋玉)의 글이 몇 편 더 실려 있다. 이소경은 초사의 첫 번째 노래이다.

게 경탄하였다.

하지만 술부는 스스로 자신의 재능을 믿고 더는 배움에 힘쓰지 않았다. 그러고는 이따금 바둑 두는 자들과 어울려 놀며 그의 재주를 다하였다. 매일 아침 강의할 적에 스승이 번번이 목찰(木札)로 그의 오른손 손가락을 때리며 "너에게 책을 읽지 못하게 하는 것은 바로 이 손가락이다." 하였으나 그는 바둑에 더욱 빠져들었다. 밖에 나가 여러 바둑 고수들과 겨루더라도 감히 그와 대적할 만한 자가 없어 일시에 국수(國手)로 추대되었다.

이보다 앞서 종실(宗室)의 덕원군(德源君)이 신혁(神奕)이라고 불렸고, 당시 윤홍임(尹弘任)이라는 자 또한 바둑에 뛰어났지만 덕원군보다 한 수가 뒤졌다. 그래서 덕원군이 늙고 나서야 홍임이 겨우 그를 이길 수 있었다. 그런데 술부가 젊은 나이의 후배로서 하루아침에 홍임의 위에 올라서게 되자, 사람들이 '덕원군이 늙고 나서야 홍임이 겨우 그를 이길 수 있었는데, 술부는 어린 나이에도 한창 강성한 홍임을 압도하였으니 술부야말로 덕원군의 맞수라고 할 만하다.' 하였다.

술부는 젊었을 때 기운이 몹시 호방하여 술을 좋아하였고 시를 잘 지었다. 이에 자신의 기예를 가지고 공경대부들 사이에서 노닐었다. 여러 고관들은 그의 소문을 듣고 다투어 초대하여 윗자리로 맞아들여 바둑 두는 것을 보고자했으므로 비는 날이 없었다. 아래로는 여항의 부호가들까지도 또한 모두 성대한 술과 음식으로 그를 모셔갔다. 술부가 한번 바둑돌을 놓으면 좌우에서 구경하는 자들이 담장처럼 에워싸고 발을 포개 서 있을 지경이었지만 하루 종일 떠나지 않았다.

술부는 성품이 거들먹거리고 오만하여 술에 취해 간혹 좌중의 사람들을 꾸짖으면 모두 귀를 막고 피하였다. 또 어떤 사람이 화를 내면 되레 그를 헐뜯고 욕을 하기도 하였다. 하지만 술이 깨었을 때 그와 함께 말해보면, 말하는 것이 모두 남의 뜻을 압도하여 듣는 이들이 기뻐하지 않는 자가 없었기에 차마 술로 인한 과실 때문에 그를 버리지 못하였다. 그러나 술부는 마침내 이러한 성격 때문에 기구한 삶 속에 자주 곤궁을 겪으며 세상에서 뜻을 얻지 못하였다.

늘그막에는 더욱 술을 좋아하여, 제멋대로 살면서 집안 식구들의 생업은 돌보지 않았다. 평소 친한 친구 두세 사람과 더불어 서로 좇아 시주 (詩酒)의 모임을 가지며, 여항의 사이를 떠돌며 밤낮으로 즐거이 술을 마셨다. 술이 없으면 이따금 남의 집에서 술을 찾았고, 술이 얼큰하게 취한 이후로는 곧 땅바닥에 주저앉아 노래하고 소리 지르며 밤새도록 그치지 않았다. 한번은 술에 취하여 이웃집에 들어갔다가 그 집에서 고소하여 남한산성(南漢山城)으로 유배를 갔다. 부윤이 평소 술부의 재주를 들었으므로 보자마자 앉으라 하고는 그에게 술을 마시게 하였다. 그런데 술부가 취하여 간혹 부윤을 흘겨보며 '너', '나'라고 부르기도 하였다. 이에 그 광경을 지켜보던 주위 사람들이 어쩔 줄 몰라했다. 훗날 어떤 재상이 임금에게 고하여 그를 풀어주도록 하였다.

집으로 돌아온 후 술부는 사역원 판관(司譯院判官)이 되어 동지사(冬至使)를 따라 연경(燕京)에 가면서 옛 장성(長城)과 발해(渤海), 갈석산(碣石山)의 승경들을 두루 구경하였다. 감회가 깊은 곳은 만나면 문득 잔에 가득 술을 부어 흠뻑 마시고는 사신들과 시를 주고받으며 동료 역관 보기를 깔보는 듯하였다. 집에 돌아온 뒤로는 이십여 년을 우울하게 살다가 세상을 떠나니 나이 일흔이었다. 그는 춘곡자(春谷子)라 자호하였는데, 지은 시는 대부분 흩어지고 없어져 거두지 못했고 겨우 수백여 수만이 그 집에 남아있다.

유하(柳下) 홍세태(洪世泰)[70]가 찬하여 말하였다. 술부는 옛날에 이른바 방자하고 얽매이지 않는 선비라 할 만하다. 재주를 품었으나 발휘할 곳

---

[70] 홍세태(洪世泰) : 본서 권2-20 항목 참조.

이 없었기 때문에 답답하게 불편한 심기를 한결같이 모두 시와 술에 의
탁하였으며, 실의에 빠져 여기저기 떠돌다가 삶을 마쳤다. 어떤 사람은
그를 망령된 사람이라고 하였으나 그 재주가 실로 기이하고 지혜와 사
려가 밝았으니 당시에 쓰였더라면 어찌 남들보다 못하였겠는가! 그러나
빈천하고 곤궁하게 살다가 끝내 떨쳐 일어나지 못하고 죽었으니, 슬프
도다.

14.

조선후기를 주름잡았던 여항의 가객들

장우벽(張友璧)의 자는 명중(明中), 호는 죽헌(竹軒)으로 고려(高麗) 태사(太師) 장길(張吉)[71]의 후손이다. 재주가 남보다 두드러지게 뛰어나고 효성과 우애로 소문이 났다. 읽고 쓰는 것을 일삼지 않았지만 때때로 문장을 지으면 훌륭하고 우아하여 외울 만하였다. 음보(蔭補)로 통례관(通禮官)[72]에 올랐는데 일 년도 채 못 되어 관직을 버리고 떠나며 말하기를 "부모님이 살아계시지 않는데 녹봉은 받아 무엇하랴?"라고 하였다. 그러고는 산수 사이에서 방랑하여 언덕과 골짝을 빠짐없이 다녔다.

우벽은 음률에 밝아서 스스로 노래 박자인 매화점(梅花點)[73]을 만들었는데, 노래 반주의 훌륭한 지침이 되었다. 우벽은 날마다 인왕봉(仁王峰)에 올라 마음껏 노래하고 돌아오곤 하여, 사람들이 그곳을 가리켜 가대

---

71 장길(張吉) : 안동 장씨의 시조이다. 930년 고려군과 후백제군 사이에 전투가 벌어졌을 때 김선평(金宣平)·권행(權幸)과 함께 그 동안 양성했던 병사를 이끌고 고려군을 도와 큰 승리를 거두었다. 이 공으로 태조로부터 대상(大相)의 벼슬에 임명되었으며, 그 후 고려를 도와 여러 차례 공을 세워 관직이 태사(太師)에 이르렀다.

72 통례관(通禮官) : 조선시대 조회와 제사에 관한 의식을 담당한 통례원(通禮院)의 관원.

73 매화점(梅花點) : 조선시대 가곡(歌曲)·시조(時調)의 악보에 쓰이는 소리북의 타점(打點)으로, 세 개의 음점(陰點)인 왼편과 두 개의 양점(陽點)인 오른편을 합하여 모두 5점으로 만들어진 것이다.

(歌臺)라고 하였다. 그는 나이 팔십에 집에서 죽었다. 서벽정(栖碧亭) 서쪽에 단풍나무 한 그루가 있는데, 드리운 그늘이 몇 이랑이나 되어 서울에서 단풍숲으로 큰 구경거리가 되었으니, 이는 우벽이 어릴 적에 손수 심은 것이었다. 그의 아들 장혼(張混)[74]에 대해서는 별도로 전(傳)을 지었다.

우평숙(禹平淑)의 자는 이형(而衡)이며 단양인(丹陽人)이다. 그는 외모가 기이하고 못생겼다. 젊은 시절 동년배들과 함께 기녀를 데리고 술을 마실 적에 다른 사람들은 모두 노래를 잘 불렀지만 평숙 홀로 잘 부르지 못하였다. 기녀가 비꼬며 말하기를 "외모도 출중한데다가 또 능력도 많으니 어찌 호미와 쟁기를 잡는 일에 적합하겠습니까?" 하였다. 이에 평숙은 매우 부끄럽게 여겨 발분하여 노래를 배웠다. 그는 날마다 송악산(松岳山)에 들어가 바람과 물소리 속에서 연습을 하였는데, 얼마 뒤에 목구멍에서 피 덩어리를 토하고 발성을 하니 지극히 오묘하였다. 평숙이 "내가 이제 작은 시험을 해보리라!" 하고는, 평양(平壤)으로 갔다. 평양은 세속에서 여인들이 아리땁고 가무(歌舞)에 능하다고 하였기 때문이다. 평숙이 해진 갈포에 짚신 차림으로 걸어가서 노래를 부르고 다니자, 며칠 안 되어 평양성 안의 사람들이 모두 그에게로 기울었다. 당시 평안도관찰사에게 사랑을 받는 기녀가 있었는데, 평숙의 노래를 듣고는 기뻐하여 몰래 정을 통하였다. 그러고는 병을 핑계로 모시러 들어가지 않은 일이 많았다. 이에 관찰사가 그 사실을 알아차리고 크게 노하여 평숙을 잡아들여 옥에 가두고는 죽이려 하였다. 평숙이 감옥의 벽에 황룡도(黃龍圖) 하나가 걸려 있는 것을 보고는 강개한 마음을 의탁하여 노래하였다.

하우씨(夏禹氏) 제강(濟江)할 제 부주(扶舟)하던 저 황룡(黃龍)아

---

74 장혼(張混) : 본서 권1-08 항목 참조.

북해(北海) 천지(天池) 어디 두고 네가 예 와 걸렸느냐

아마도 들어온 곳 못 나기는 네나 내나 다르랴.[75]

감옥에서 관찰사가 머무는 선화당(宣化堂)까지의 거리는 제법 멀었으나 당시 고요한 밤에 달이 밝은 터라 노랫소리가 날아들어 들보를 감도는데 가락이 매우 맑고 기운찼다. 관찰사가 그 노랫소리를 듣고는 사람을 시켜 소리의 진원지를 찾게 하였는데, 평숙의 노래임을 알게 되자 탄식하며 말하였다. "아, 천하의 훌륭한 실력이로다!" 그러고는 그를 사면하여 풀어주었다.

평숙은 숙종(肅宗) 때 사람으로 송악산(松岳山) 쌍폭동(雙瀑洞)에 그가 노래하던 곳이 있다. 평숙이 예전에 스스로 자신의 실력을 시험하고자 박연폭포(朴淵瀑布) 범사정(泛斯亭)[76]에서 노래를 부르고 사람들에게 성거관(聖居關)[77] 위에 앉아 듣게 하였는데 노랫소리가 폭포소리를 뚫고 나왔다고 한다.

왕석중(王錫中)은 개성인(開城人)으로 정조(正祖) 때 생원 왕윤각(王允恪)의 아들이다. 젊어서 여러 유생들과 산간 오두막과 절 암자를 왕래하였지만 그가 노래에 능하다는 것을 알지 못하였다. 하루는 문득 헌의(軒衣)를 입고 소매를 떨치고는 용모를 다듬고 앞으로 나와 스스로 박자를 맞춰 노래를 부르는데 여러 유생들이 붓을 놓지 않는 이가 없었다. 이에 경청하기를 오래도록 하여 학업을 놓치는 때가 많아 유생들이 종종 서

---

75 하우씨(夏禹氏)……다르랴 : 본문의 시조는 한역된 형태로 되어 있다. 이를 우리말로 옮기면 『고시조대전』 #5263.3 유형과 일치한다. 본문에서는 한역을 참고하여 현대국어 표기에 맞게 옮겼다.

76 범사정(泛斯亭) : 박연폭포 아래 고모담(姑母潭)이라는 연못이 있고 고모담 서쪽에 범사정이 있다.

77 성거관(聖居關) : 박연폭포 부근에 있는 대흥산성(大興山城) 북문의 문루(門樓)를 말한다.

로를 경계하여 소매를 끌어 데리고 가기도 하였다. 그러나 석중은 천성이 음률에 밝고 소리 또한 지극히 맑아서 한번 다른 사람의 노래를 들으면 물러나서 사람들에게 불러준 것이지, 기실 따로 노래를 배운 적은 없었다.

한번은 어떤 가객이 개성을 지나가다가 석중의 노래를 듣고 "참 좋구나!" 하고는 잠시 후 다시 "안타깝도다, 이 사람의 재주로도 이르지 못하는 부분이 있구나!" 하였다. 그러고는 석중을 위해 대신 노래 부르며 그로 하여금 살펴보게 하니, 반을 채 부르기도 전에 석중이 말하기를 "그게 무엇인지 깨달았습니다!" 하였다. 이에 스스로 헤아려 노래를 부르는데 가객이 퉁소를 불며 화음을 넣으니, 사람들이 비 오듯 눈물을 흘리며 옷깃을 적셨다.

안민영(安玟英)은 요즘 사람으로 자는 형보(荊甫)이며 광주인(廣州人)이다. 술을 잘 마셨으며 성격이 호방하고 얽매임이 없었다. 그는 직접 노래를 잘 부르지도 못하였고 또한 음률을 잘 아는 것도 아니었다. 하지만 노랫말을 잘 지어서 관현(管絃)의 박자에 올리면 모두 절조(節調)에 딱 들어맞았으니, 이는 오묘한 이치를 천부적으로 아는 것이었다.

외사씨는 말한다.

가곡(歌曲)과 음률은 한낱 기예와 재능에 지나지 않을 뿐이다. 그러나 옛날 노래를 잘 부른 함흑(咸黑)[78] · 진청(秦靑)[79] · 한아(韓娥)[80] · 왕표(王豹)[81]

---

78 함흑(咸黑) : 제곡(帝嚳) 때의 악사로 〈구초(九招)〉· 〈육렬(六列)〉· 〈육영(六英)〉 등의 곡조를 노래하였다고 한다.

79 진청(秦靑) : 전국시대 진(秦)나라의 명창으로 그가 노래를 부르자, 떠가던 구름도 그 소리를 듣고 멈춰 섰다는 이야기가 전한다.

80 한아(韓娥) : 전국시대 한(韓)나라의 명창으로 그가 제나라로 가다가 재난을 만나 노래 한 곡을 슬프게 불렀는데 그 소리가 사흘 동안 대들보를 맴돌았다는 고사가 전한다.

의 무리들은 하늘로부터 신기한 깨달음을 부여받은 것이 아니라면 어찌
그리도 오묘한 경지에 이를 수 있었겠는가. 노래는 자질구레하고 작은
기예이지만 사람의 마음을 기쁘게 만들기도 하고 신기한 변화에 통달하
게도 하니 또한 군자들이 내버려둘 수 없는 것이로다!

---

81 왕표(王豹) : 전국시대 위(衛)나라 출신으로 동요를 잘 불렀다고 한다.

15.

강직한 성품을 소유한 거문고의 명인 김성기

김성기(金聖基)는 원래 상방궁인(尙方弓人)[82]이었는데, 얼마 후 활을 버리고 악공을 좇아 거문고를 배웠다. 그는 거문고로 이름이 났으며 또 통소와 비파에도 뛰어나 스스로 신성(新聲)을 지을 수 있었다. 교방(敎坊)의 자제들 중에 왕왕 그의 악보를 배워 이름을 떨친 자들이 많았지만 결국에는 모두 그의 밑에서 나왔다. 이에 성기는 뛰어난 재주에 자부심이 있었지만 처자식에 의해 먹고 사는 것을 부끄러워하였으며, 또 사람들이 재물을 가지고 와서 교유하고자 하여도 구차하게 취하지 않았기 때문에 집안이 날로 더욱 가난해졌다.

그는 작은 배를 하나 사서 서호(西湖) 위에 띄우고 손수 낚싯대를 드리운 채 물고기를 낚으며 왕래하였기에 '조은(釣隱)'이라 자호하였다. 강물이 맑고 달빛이 밝은 때면 노를 저어 중류로 나와 통소를 꺼내 서너 곡조 뽑았는데, 그 소리가 매우 비장하여 강가의 기러기떼가 날아오르며 갈대밭 사이에서 끼룩끼룩 소리를 내었다. 또 인근 배에서 그 소리를 듣는 자들은 모두 일어서서 배회하며 떠날 줄을 몰랐다.

---

82 상방궁인(尙方弓人) : 상의원(尙衣院) 소속의 활을 만드는 공인(工人)을 말한다.

당시에 서리(胥吏) 목호룡(睦虎龍)이 임금에게 고변(告變)을 해서 동성군(東城君)으로 훈봉(勳封)을 받았는데, 공경(公卿) 이하로는 감히 그의 뜻을 거역하지 못하였다. 하루는 호룡이 그 패거리들과 모여 술을 마실 적에 준마와 마부를 갖추어 성기를 청하여 말하기를 "오늘 술자리는 그대가 아니면 즐겁게 할 수 없으니, 원컨대 그대가 나를 좀 살펴주시오."라고 하였으나, 성기는 병을 핑계로 거절하고 가지 않았다. 심부름 온 자들이 여러 번 다녀갔지만 그는 완강하게 거절하고 가지 않았다. 이에 호룡이 모멸감에 그 패거리를 보내 겁박하며 말하기를 "오지 않으면 내가 너를 크게 욕보이겠노라!"고 하였는데, 성기는 마침 손님과 더불어 비파를 연주하다가 자리에서 일어나 수염을 떨치고 비파를 집어던지며 심부름 온 자에게 말하였다. "가서 호룡에게 전하거라! 내 나이 칠십인데, 어찌 너를 두려워하겠느냐. 네가 고변을 잘한다 하니 가서 나또한 고변을 해 죽여보아라!" 이에 호룡이 그 말을 듣고는 기가 죽어서 연회를 파하고 말았다. 이후로 성기는 도성에 발걸음을 딱 끊었다.

그를 좋아하는 자들이 간혹 술을 싣고 강가로 오면 그때마다 퉁소를 불어 즐기되 또한 몇 곡조에 그칠 뿐이었다. 2년 후에 호룡이 처형 당하니, 사람들이 그의 기개와 절조를 칭찬하였다.

외사씨는 말한다.

옛날 대안도(戴安道)[83]가 사자(使者)의 앞에서 즉시 거문고를 부숴 버리면서 왕문(王門)의 악사가 되지 않을 것이라 하였고, 뇌해청(雷海淸)[84]은 악

---

83 대안도(戴安道) : 진(晉)나라 때 은사로 거문고를 잘 탔다. 무릉왕(武陵王) 희(晞)가 그 소문을 듣고 사람을 시켜 부르자, 대안도가 사자(使者)의 앞에서 즉시 거문고를 부숴 버리면서 말하기를 "대안도는 왕문의 악사가 되지 않을 것이다."라고 한 고사가 전한다. *『晉書』「隱逸傳」참조.
84 뇌해청(雷海淸) : 당나라 현종(玄宗) 때 악공으로 안녹산 반군에 잡혀 낙양에 끌려가 연회에서 음악을 연주할 것을 강요당하였으나 악기를 땅에 던지고 서쪽을 향하여 통곡하다가 처참히 죽음을 당했다.

기를 집어던지며 안녹산(安祿山)을 통렬히 욕하였으니, 이는 김성기가 비파를 집어던진 것과 천고에 같은 일이다. 비록 그러하나 대안도 · 뇌해청 두 사람은 역사서에 모두 대서특필 되어 지금까지도 사람들의 이목을 끌고 있지만, 김성기의 경우에는 역사가들이 제대로 기록하였는지 모르겠다. 이에 우선 여기에 기록해 둔다.

16.

호사스런 성품을 지닌 양금의 명인 김억

　김억(金檍)은 영조(英祖) 때 사람이다. 우리나라에 양금(洋琴)이 들어왔을 적에 소리가 촉급하여 노래에 맞출 수 있는 자가 없었는데, 김억이 처음으로 양금의 음조를 궁구하여 화평(和平)하게 만들었다. 지금 양금을 조율할 수 있는 것은 김억으로부터 시작된 것이다. 그는 겸하여 과거(科擧)의 문장에도 뛰어나 성균관 진사가 되기도 하였다.

　김억은 집이 부유하고 성품이 호사스러워 성색(聲色)의 즐거움을 지극히 하였다. 우리나라 풍속에는 흰색 옷을 숭상하였으나 그는 홀로 채색 비단옷을 입었다. 또 칼에 대한 벽(癖)이 있어서 칼들을 모두 구슬과 자개로 장식을 해서 방 안 장롱에 줄지어 걸어놓고는 날마다 한 개씩 바꿔 차고 다녔는데 일 년이 돌아도 다함이 없었다.

　장악원(掌樂院)에 교습이 있는 날이면 기녀들이 구름처럼 모여 들었다. 김억이 교습 받는 기녀들을 구경하고 있는데, 여러 젊은 무리들이 서로 말하기를 "김억이 집 밖으로 나오지도 않고 우리들과 만나지도 않더니, 이제 나라 안의 여악(女樂)에 둘러싸여 있으니 참으로 가증스럽군. 우리가 그를 좀 혼내주세!" 하고, 그에게 말싸움을 걸었지만 김억은 대꾸조차 하지 않았다. 이에 젊은이들은 김억을 구타하고 옷을 찢어버렸다. 그

러자 김억은 한쪽 외진 곳에서 옷을 갈아입고 다시 기녀들을 구경하였
는데, 아까 입었던 옷과 모양새나 색깔이 다를 바가 없었다. 젊은이들은
더욱 화가 나서 또 옷을 찢어버렸다. 이렇게 한 것이 세 번이었으나 김
억은 세 번 옷을 갈아입고는 예전처럼 구경하면서 한마디도 싫은 내색
을 하지 않았다. 그러자 젊은이들은 부끄러워하며 그에게 사과하였다고
한다.

외사씨는 말한다.
김억 같은 자는 업적으로는 크게 일컬을 것이 없으나, 양금의 이치를
깊이 이해하였으니 또한 한 방면의 재주가 뛰어나다 할 것이기에 우선
그의 일을 기록해둔다.

17.

문장과 일처리에 뛰어난 재주를 보였던
함진숭, 박기연 등

함진숭(咸鎭嵩)의 자는 성중(性仲)으로 사람들은 판향선생(瓣香先生)이라 불렀다. 배우기를 좋아하였으나 집이 가난하여 밤에 불을 밝힐 수가 없어 눈을 감고 묵묵히 오경(五經)을 외우다가 날이 밝는 줄도 모를 지경이었다. 문장을 좋아하지는 않았지만 간혹 짓기도 하였다. 성리학에 특히 정밀하여 『경설존고(經說存稿)』 4권과 유집(遺集) 2권을 지었다.

그는 직접 압록강 북쪽으로 나간 적이 없었는데도 중국의 인사들이 우리나라 사람을 만나면 번번이 판향선생의 안부를 묻곤 했다. 만년에는 잇몸에서 진주 같은 사리(舍利) 몇 개가 나왔으니, 진숭은 비록 유자의 신분이었으나 승골(僧骨)이 있어 이런 기이한 일이 있었던 것인가 보다.

박기연(朴基淵)의 자는 우여(愚如)이다. 옥을 깎은 듯 외모가 아름다웠으며 연약하여 걸친 옷도 이기지 못할 듯하였지만 재능과 품성은 총명하였다. 그는 집이 가난하여 가진 책이라고는 없었는데 우연히 『한창려집(韓昌黎集)』 일부를 얻어서 읽으니 글을 지을 적에 한창려(韓昌黎)[85] 같은

---

85 한창려(韓昌黎) : 한유(韓愈). 당나라의 문인·사상가로, 유종원(柳宗元)과 함께 고문운동을 주도하였으며, 산문의 새로운 경지를 개척하여 당송팔대가(唐宋八大家)의 으뜸을 차지하였다. 저서

기세가 있었다.

그는 열다섯 살에 꿈속에서 인왕봉(仁王峰)을 오르는데 어떤 노인이 나타나 그에게 큰 도끼를 주었다. 그것으로 커다란 바위를 쪼개니 벼락 치는 소리가 나면서 큼직한 구슬이 쏟아져 나오는데 빛이 휘황찬란하여 눈이 부셨다. 구슬을 품고 집으로 돌아오는 도중에 꿈에서 깨었는데 오히려 황홀하였다. 이로 말미암아 기발한 생각이 더욱 발전하게 되었다. 그가 문장을 지을 적에 비록 한창려를 가슴에 두고 있었지만 안목은 선진(先秦)·양한(兩漢)의 문장에 있었다. 그렇지만 어느 한 사람에게 고착되지는 않았다. 그가 자신의 뜻을 가다듬으면서 다음과 같은 시를 지었다.

푸른 하늘이 위에 있어	昊天在上
아득히 먼 곳까지 덮어주네.	遠覆蒼蒼
나에게 뭔가 말을 하라 하지만	令我話言
내가 잘하지는 못한다네.	不我卽臧
배불리 먹고 우스갯소리나 하면서	飽食笑傲
편안히 누워 허송세월 하면	偃息翶翔
저 흘러가는 배와 같아	如彼舟流
종일토록 항심(恒心)이 없으리.	終日無恒
현명한 사람은 이것을 깨달아	哲人是覺
편안히 거처할 겨를이 없으니	啓處不遑
도는 산이 솟아오른 듯하고	道如山高
문장은 용이 꿈틀거리는 듯하네.	文如龍章
새들도 높은 나무에 모여드는데	鳥集喬木
사람으로서 어찌 방소가 없어서야.	人何無方

로 『한창려집』· 『외집(外集)』 등이 있다.

이를 알았으면 부지런히 힘써	旣識旣勤
덕음(德音)을 떨쳐야 하리.	德音鏘鏘
배고픔과 추위는	旣餒且寒
나에게 문제가 되지 않으니	非我之傷
공손히 행동하고 검소함을 지키는 것이	執恭守儉
너의 광영이 되리라.	爲女之光
너의 위의를 바르게 하고	整爾威儀
너의 마음을 가라앉히면	湛爾胸腸
아름다움을 보아 탄식이 없을 것이요	見休無嗟
선행이 알려져 잊히지 않으리라.	聞善非忘
현궁(玄宮)에서 침잠하고	宿此玄宮
높은 산등성이에도 오르며	登彼高崗
밤낮으로 나아가 이루면서도	夙夜進取
자만하지 말아야 한다.	莫或自張
내 재주를 다하면	吾才旣竭
즐거움이 끝없을 것이요	娛樂無疆
원대한 식견이 많아지면	遠明駪駪
큰 복이 흘러넘칠 것이다.	介福瀼瀼
어찌 그렇지 않겠는가	胡爲不然
진실로 신실할 것을 생각하라.	允懷其諒
온갖 근심을 슬퍼하지 말아야 하니	無悲百憂
근심이 바로 내 복록이로다.	百憂我祿
흰 눈이 녹아내리면	素雪日消
여러 풀이 무성하게 자라니	衆卉蓁蓁
팔 굽혀 잠을 자더라도[86]	曲肱者寢
떠오르는 해처럼 빛날 것이다.	如日之旭

이처럼 그의 문장은 고건(古健)하였다. 기연이 지은 글로는 〈비휘(飛
彙)〉·〈동표시(東表詩)〉·〈불각서존(佛閣書存)〉 등의 원고가 있다. 그는 나이
스물둘에 세상을 떠났다.

이양필(李陽祕)의 자는 백엽(伯燁)으로 사람됨이 명민하고 기억력이 좋
아 전고를 많이 알고 있었다. 예전에 양필이 정서보리(正書報吏)가 되었는
데, 정조(正祖) 정사년[1797]에 승정원(承政院)에 일이 생겨 승지들이 모두
견책·파면되고 아전들 또한 모두 쫓겨나 승정원 안에는 양필 한 사람
만 남게 되었다. 이에 다른 부서에 입직한 낭관에게 명하여 임시로 승정
원의 일을 대행하게 하였다. 낭관들은 모두 평소 승정원에서 해오던 일
에 어두워 서로 돌아보면서 어찌할 바를 몰랐다. 양필은 그들의 일을 대
신하여 입으로 일러주고 손으로 써주며 바람처럼 처리하였으며 출납이
합당하여 절도에 맞지 않는 것이 없었다. 비록 붓을 귓바퀴에 끼우고 일
하는 숙련자라도 그를 따를 수 없었으니, 여러 낭관들이 칭찬하고 감탄
하였다.

한번은 한강 북쪽을 유람하고 돌아오는 길에 여관에 들렀는데 누워서
일어나지 않았다. 동행한 사람들이 돌아가기를 재촉하자 양필이 말하기
를 "내 가슴 속에 시가 들었는데 아직 완성되지 않았으니 완성되면 돌아
가겠소. 이 연하(煙霞)의 기운이 아직 다 사라지지 않았는데, 지금 집에
돌아가면 처자에 의해 흩어지고 손상될까 염려되오."라고 하고는 하룻
밤을 머물면서 오언백운(五言百韻)을 완성하였다.

강산(薑山) 이서구(李書九)가 연천(淵泉) 김이양(金履陽)[87]과 더불어 여항

---

86 팔 굽혀 잠을 자더라도 : 안빈낙도하는 즐거움을 말한다. 『論語』「述而」에서 공자가 "거친 밥을
먹고 물을 마시며 팔 굽혀 베더라도 즐거움이 또한 그 가운데 있을 것이니 불의하게 부귀한 것
은 나에게는 뜬 구름과 같다.[飯疏食飮水, 曲肱而枕之, 樂亦在其中矣. 不義而富且貴, 於我如浮
雲.]"라고 한 말에서 유래한다.
87 김이양(金履陽) : 조선 후기 문신으로 자는 명여(命汝), 호는 연천(淵泉)이다. 1795년 문과에

시인들을 논할 때마다 번번이 양필이 뛰어난 재주를 지녔다고 칭찬하였다고 한다.

김완(金琬)의 자는 회장(晦章), 호는 동애(東厓)이다. 성명학(性命學)에 정밀하여 지은 글이 수천 자였다. 그의 학문은 대체로 육상산(陸象山)[88]·왕양명(王陽明)[89]에 근원하여 나온 것으로, 거기에 자신의 견해를 덧붙여서 새로운 학문의 경지를 개척하여 나아갔다.

외사씨는 말한다.

함진숭은 묵묵히 오경을 외웠으나 명성이 중국까지 퍼졌으니, 어찌 궁핍한 처지로 살아가면서도 그의 명성이 멀리까지 드러났단 말인가! 박기연은 뛰어난 재주를 지녔으며 그의 문장은 고색창연하여 전범이 될 만하였으나 애석하게도 싹을 틔웠지만 열매를 맺지는 못하였다. 이양필은 재주와 기회가 잘 들어맞았는데 끝내 곤궁하게만 지낸 것은 어째서인가? 김완의 학술은 애석하게도 그가 쓴 글이 전하지 않고 사라져서 알려지지 않으니 슬프도다!

급제하여 함경도관찰사·이조판서 등을 역임하였다. 민생고 해결에 노력하였으며, 국경지방의 군사제도를 개선하고자 하였다.

88 육상산(陸象山) : 남송(南宋) 유학자로 본명은 구연(九淵), 호는 상산(象山)이다. 어려서부터 재능이 뛰어나 관직에 올랐으나 곧 물러나고 후학 양성에 전념하였다. 이정(二程)의 학문을 계승하였으나 성즉리(性卽理)를 말한 주자와 달리 심즉리(心卽理)를 주장하였다.

89 왕양명(王陽明) : 명대 중기 철학자로 본명은 수인(守仁)이다. 당시 지배적이었던 주자학에 대해 독자적인 유학 사상을 내세우고 육상산의 사상을 계승하였다. 지행합일(知行合一)과 양지(良知)를 강조하여 주관적 관념론인 '심즉리'를 주장하였다.

18.

아전으로서 일의 원리원칙을 중시한 김수팽과 유세통

김수팽(金壽彭)은 영조(英祖) 때 사람이다. 호걸스러운 성격에 큰 절도를 보여준 일이 많아 옛 열장부(烈丈夫)의 풍도가 있었다. 그는 탁지부(度支部)[90] 서리가 되어 청렴결백으로 자신을 지켰다.

그의 동생은 혜국(惠局)의 서리였다. 한번은 동생의 집에 들렀는데 동이들이 마당에 줄지어 있고, 검푸른 흔적이 군데군데 있었다. 수팽이 "이것들이 무엇에 쓰는 것인가?" 하고 묻자 동생이 대답하였다. "아내가 염색업을 합니다." 그러자 수팽이 화를 내며 아우를 매질하면서 말하기를 "우리 형제가 모두 후한 녹을 받고 있는데도 이 같은 것을 업으로 한다면, 저 가난한 사람들은 장차 무엇으로 생업을 삼겠느냐!" 하며 모두 쏟아버리게 하니, 푸른 염료가 콸콸 흘러 도랑에 가득 찼다.

또 한번은 수팽이 공문서를 가지고 판서의 집에 가서 결재를 받으려 하였는데, 판서는 때마침 손님과 바둑을 두고 있었다. 판서는 고개만 끄덕이고 계속 바둑만 두었다. 이에 수팽이 계단으로 올라가서 손으로 바둑판을 뒤엎고 내려와 말하였다. "제가 죽을죄를 지었습니다만, 이 일은

---

90 탁지부(度支部) : 고종(高宗) 때 국가의 재정 업무를 총괄하던 관청이다.

나랏일이라 늦출 수가 없습니다. 이를 결재하여 다른 서리들에게 주시고 실행토록 해주십시오." 그러고는 즉시 사의를 표하고 나가니, 판서가 사과하고 그를 만류하였다.

당시에는 민간의 처녀로만 궁녀를 충당하였는데, 수팽은 자신의 딸이 그 명단에 포함되자 궁중의 문을 밀치고 들어가 등문고(登聞鼓)[91]를 울렸다. 이후로는 궁녀를 뽑을 적에 액정서(掖庭署)[92]에 속해 있는 여인들로서만 하고 민간의 처녀는 취할 수 없도록 규정으로 삼았으니, 이는 수팽의 청원을 따른 것이다.

수팽은 어린 시절 집이 가난하였다. 어느 날 그의 어머니가 밥을 짓다가 부뚜막 아래에서 묻힌 돈꿰미를 발견하였는데 그대로 묻어 두었다. 어머니가 그 집을 팔고 나서 사람들에게 말하기를 "갑자기 얻는 재물은 상서롭지 못하기에 취하지 않은 것이오."라고 하였다. 이런 어머니가 아니었다면 이런 아들이 날 수 있었겠는가!

예전에 임금이 환관에게 명하여 탁지부에서 십만 전을 꺼내려고 하였다. 이날 밤 수팽이 숙직을 서고 있었는데, 임금의 명을 거부하며 따르지 않았다. 환관이 다그치자 수팽은 느릿느릿 판서의 집까지 걸어가 결재를 받은 후에 돈을 내어주었으니 날이 이미 밝은 뒤였다. 임금이 이 소식을 듣고 수팽을 가상하게 여겼다.

탁지부의 금고에 기은(棋銀)이 있었는데 '봉부동(封不動)'[93]이라 표식이 되어 있었다. 이렇게 수백 년 전래되어 오던 것을 아무개가 판서가 되자 어린 딸에게 패물을 해준다고 칭탁하면서 상자를 열어 몰래 몇 개를 가져가려 하였다. 이때 수팽이 옆에 있다가 손으로 기은 여러 개를 움켜쥐

---

91 등문고(登聞鼓) : 신문고라고도 하며, 임금이 백성의 억울한 사정을 듣기 위하여 매달아 놓았던 북이다.

92 액정서(掖庭署) : 조선시대 왕과 왕족의 명령 전달·알현 안내·문방구 관리 등을 담당하던 부서이다.

93 봉부동(封不動) : 물건을 창고에 넣고 굳게 봉하여 쓰지 못하도록 하는 표지를 말한다.

고 "소인은 딸이 다섯이니 더 많이 가져가겠습니다."라고 하자, 판서가 부끄러워하며 기은을 금고에 되돌려 놓았다고 한다.

유세통(庾世通)의 자는 공원(公元)으로 중국어 역관이다. 부모를 효로써 섬겨서 아버지가 돌아가시자 3년 동안 시묘살이를 하고 애훼(哀毁)가 절도를 넘어섰다. 집이 가난하여 비변사(備邊司)의 아전이 되었는데 몸가짐이 검소하고 절도가 있었으며, 옛 장자(長者)의 기풍이 있어 곤궁한 친척과 가난한 친구 중에 혼인과 상장(喪葬)을 치루지 못하는 자는 반드시 주선해 주었다.

비변사의 아전은 팔도를 나누어 맡았는데, 도 하나에 아전 둘이 배속되었다. 세통이 평안도를 담당하여 업무를 보았을 때, 통문관(通文館)에서 연행길에 필요한 품목을 추가하자는 논의가 있어 영의정 홍봉한(洪鳳漢)[94]에게 요청하는 글을 올렸다. 홍공이 세통에게 허가 여부를 판단하게 하자 세통이 따르지 않으며 말하기를 "이는 중요한 문제이니 가벼이 허락할 수는 없습니다." 하였다. 홍공이 웃으면서 여러 역관들에게 말하였다. "어째서 담당 아전을 먼저 만나보지 않았느냐?" 그러자 여러 역관들이 세통을 찾아가서 품목을 추가할 수밖에 없는 실정을 자세히 알렸다. 세통이 "과연 정말로 그러하다면 내가 영상께 보고하고 허락하겠네." 하니, 여러 역관들이 그 뜻에 감사하여 백만 전을 주었다. 세통은 받지 않고 해마다 5만 전을 평안도 담당 아전에게 가져다주는 것으로 예(例)를 삼기로 약속하였다.

서리 중에 상을 당한 자들은, 집에서는 삼베옷을 입었지만 밖에서는 평상복을 입었다. 그런데 세통은 어머니가 돌아가시자 그 옷의 화려함

---

94 홍봉한(洪鳳漢) : 조선 후기 문신으로 자는 익여(翼汝), 호는 익익재(翼翼齋)이다. 1744년 문과에 급제하여 재상의 지위까지 올랐다. 장헌세자(莊獻世子)의 장인으로 당시 세손이던 정조(正祖)를 보호하는 역할을 하였다. 저서로『정사휘감(正史彙鑑)』・『익익재만록(翼翼齋漫錄)』등이 있다.

을 슬퍼하여 묘당(廟堂)에 아뢰기를 "저는 백립(白笠)을 쓰고 검은 외투를 걸치고서 안에 단령(團領)을 입어 그 화려한 빛을 감추고자 합니다."라고 하였으니, 이러한 전통은 세통으로부터 시작된 것이다. 그는 책을 읽을 적에 반드시 『주역』·『논어』·『중용』 등의 경서만을 보고 법도에 맞지 않는 책은 보지 않았다.

외사씨는 말한다.
이들의 신분은 일개 아전에 불과하였지만 고관의 부탁을 거절하며 그 뜻을 굽히지 않았으니 기개와 절의가 가상하도다. 안타깝게도 지위가 미천하여 도필리(刀筆吏)로 삶을 마쳤으니, 만일 김수팽·유세통으로 하여금 지위를 바꾸어 고관이 되게 하였다면 올곧아서 볼만한 점이 있지 않았겠는가!

19.

의협심이 강한 김완철, 성서시사를 창도한 김양원

김완철(金完喆)은 한성인(漢城人)으로 절개와 의협심이 있었다. 젊은 시절 첨재(瞻齋) 이상은(李相殷)[95]의 집안 청지기를 지냈는데, 그가 처음 온 날부터 계집종에게 "야, 너, 너!"하고 반말을 하자 계집종이 성내며 욕을 하였다. 완철이 계집종을 때리려 하자 계집종이 달아났고, 완철은 안뜰까지 쫓아가 머리채를 잡아채고 때렸다. 이에 부인이 크게 성내며 말하기를 "어찌 미천한 청지기놈이 감히 이런 짓을 한단 말이냐!"하니, 옆에 있던 이공이 웃으며 말하였다. "청지기는 자식과도 같으니, 자식이 어미가 있는 곳에 들어왔는데 뭐가 잘못이오?" 그러자 부인의 노여움이 비로소 풀렸고, 그를 자식처럼 대해주었다고 한다.

그 뒤 이공은 경상도관찰사가 되었는데, 완철이 그를 따라갔다. 이공이 문서들을 결재하고 판결하는 일이 있을 때면 완철이 반드시 등 뒤에 서 있었는데, 만약 그릇된 판결이 있으면 번번이 규계하고 판결이 끝난 뒤에야 물러나왔다. 간혹 하루 종일 서 있느라고 종아리가 부어올랐지

---

95 이상은(李相殷) : 조선 후기 문신으로 자는 치호(稚浩), 호는 첨재(瞻齋)이다. 1759년 문과에 급제하여 대사헌·이조판서를 거쳐 좌의정에 올랐다. 청나라에 사신으로 가서 『고금도서집성(古今圖書集成)』을 구득하여 오기도 하였다.

만 조금도 흐트러지지 않았다.

이공이 조정으로 들어와 재상이 되었을 때이다. 한번은 임금을 호종하여 창릉(昌陵)[96]에 갔다가 돌아와서 차를 마시고자 했으나 그러지 못하였다. 이에 이공이 노하여 혜국(惠局)의 음식담당 아전을 갈아치우고 완철로 대신하게 하였다. 참고로 혜국에는 '반과법(飯果法)'이라는 것이 있었다. 이는 재상이 밖으로 출타하면 반드시 음식을 올리고, 올리는 일이 끝나면 상을 물리는데, 상을 물린 후에는 비록 먹고 싶더라도 더 요구할 수 없는 것이었다. 완철이 혜국에 이르러 그 사정을 물어보고 돌아와 이공을 알현하고 사직을 청하였다. 이공이 그 까닭을 묻자 다음과 같이 대답하였다. "상을 물리라고 명한 뒤에 다시 차를 찾으셨다니, 이는 소인을 위한 까닭이었다고 여겨집니다. 공께서는 낭묘(廊廟) 위에서 국정을 총괄하는 처지이온데, 이번 일은 백성을 그물질하는 데[97] 가까우니 장차 공께 무엇을 더 바라겠습니까?" 이에 이공이 부끄러워하며 그 아전을 복직시켰다.

한번은 완철이 사람들과 함께 백운봉(白雲峰)에 올랐는데, 산허리 비탈길 아래로는 천 길의 낭떠러지였다. 열 사람이 가는데 제대로 지나는 자는 겨우 한두 명 정도였다. 그런데 한 사람이 더위잡고 기어서 건너다가 눈이 아찔하고 다리가 후들거려 쫓아 내려오지 못하였다. 이에 완철이 그를 업고 내려왔는데 마치 평지처럼 하였으니, 그의 정신력이 이와 같았다.

김양원(金亮元)은 자로 불려졌다. 젊은 시절 협기 있게 놀아 계집을 사서 술을 팔게 하기도 하였다. 그는 몸집이 크고 모습이 사나워서 기생집

---

96 창릉(昌陵) : 조선 제8대 왕 예종과 계비 안순왕후 한씨(安順王后韓氏)의 능으로, 경기도 고양시에 있다.

97 백성을 그물질하는 데 : 원문의 '망민(罔民)'은 무지한 백성이 죄망(罪網)에 걸려들기를 기다려 처벌하는 것을 말한다. *『孟子』「梁惠王 上」참조.

과 노름판을 떠돌아다녔는데 기세가 거칠고 등등하여 사람들이 감히 깔보지 못하였다. 그러나 시에 벽(癖)이 있어서 자기의 기세를 꺾고 시인들을 따라 노닐었다. 그는 시를 지을 적에 민첩하고 넉넉하여 남보다 뒤처지는 것을 수치로 여겼다. 또 경치 구경하며 노는 것을 좋아하여 사람들에게 늘 말하기를 "이 연하(煙霞)의 기운을 빌려다가 내 뱃속의 기름지고 비린내 나는 것들을 씻어버린 뒤에야 시의 격조가 맑고 담박해질 것이다."라고 하였다.

| 가랑비에 발을 드리워 풀빛을 바라보고 | 細雨垂簾看草色 |
| 사립문에 지팡이 짚고 새소리를 듣네. | 柴門倚杖聽禽言 |

| 세월을 어렵게 보내 산중의 나무 늙었고 | 歲月崢嶸山木老 |
| 안개구름 에워싼 가운데 석루(石樓)가 우뚝하구나. | 烟雲扶護石樓高 |

이와 같은 시구가 어찌 술자리에서 나올 수 있는 말이겠는가. 무릇 시사(詩社)에서 노닐 적에 하루라도 시가 없으면 그가 성내어 말하기를 "어찌하여 시사의 의미를 저버린단 말이냐!"라고 하였다. 성서시사(城西詩社)는 바로 김양원이 창도한 것이었다.

예전에 우봉(又峰) 조희룡(趙熙龍)과 학연(學淵) 김예원(金禮元)이 소당(少塘) 이재관(李在寬)[98]의 흔연관 화실(欣涓館畵室)로 찾아갈 때 서로 약속하기를 "김양원에게는 알리지 말자. 시를 지어 그림 그리는 흥취를 깰까 염려되네." 흔연관에 이르니 봉우리 그림자가 뜨락을 덮고 사람들의 발자취도 없는 듯 고요하였다. 문을 열고 들여다보니 소당이 인근 절의 중을 위

---

98 이재관(李在寬) : 조선 후기 화가로 자는 원강(元綱), 호는 소당(小塘)이다. 어려서 아버지를 여의고 집이 가난하여 그림을 팔아 어머니를 봉양하였다. 그림을 따로 배우지는 않았지만 뛰어난 재주로 자가(自家)를 이루었다. 태조(太祖)의 어진(御眞)을 그린 공으로 등산첨사(登山僉使)가 되기도 하였다.

해 한창 관음상을 그리고 있었는데 아직 다 끝내지 못하였다. 이내 서로 손을 잡고 인사하며 매우 기뻐하였다. 당시에 천장사(天藏寺)의 중 금파(錦波)·용해(龍海) 등도 마침 와 있었는데 모두 운치가 있는 중들이었다.

때마침 비바람이 몰아치더니 연기가 피어올랐다. 그런데 갑자기 구름과 안개 속에서 "고기 사려~"하는 소리가 들려오자, 서로 우스갯소리로 말하였다. "선재동자(善才童子)가 관음보살의 연못 안에 있는 잉어를 훔쳐 와서 인간세상에서 노닐고 있나 보군. 그렇지 않다면 비바람 몰아치는 빈 산속에 어찌 고기 파는 자가 있겠는가." 잠시 후 한 사람이 나타났는데 마치 세상 사람들이 그려놓은 철선(鐵仙)[99] 같았다. 어깨에 큰 물고기 한 마리를 둘러맨 채 구름을 헤치고 나타나서 수염을 떨치고 크게 웃으며 말하기를 "내가 은하수에서 물고기를 낚아왔다네."라고 하였다. 깜짝 놀라 바라보니 바로 양원이었다. 양원이 크게 소리치며 말하였다. "자네들이 차마 나와 함께 오지 못하겠다니, 누군들 참을 수 있겠나?" 그러고는 고기를 삶고 술을 데우더니 시를 지으라고 재촉하자, 학연이 시를 읊었다.

무가(無可)[100]의 옛 시에는 물가의 달이 차갑고,　　　無可舊詩汀月冷
거연(巨然)[101]의 새로운 그림에는 먼 산이 펀펀하구나. 巨然新畵遠山平

이에 조희룡도 시를 지었다.

---

99 철선(鐵仙) : 철괴리(鐵拐李). 도교 팔선 가운데 하나로, 본래의 성은 이씨(李氏), 이름은 홍수(洪水)이다. 다리가 불편하여 쇠지팡이를 짚고 다닌다 하여 철괴리라 불렸다. 술을 매우 좋아하였으며 걸인의 행색으로 다녔다 한다.
100 무가(無可) : 당나라 때의 승려로, 가도(賈島)의 종제(從弟)다. 시를 잘 지었으며 율조(律調)가 엄격하고 함축된 뜻이 깊어 시명(詩名)을 가도와 나란히 했다.
101 거연(巨然) : 중국 오대(五代) 때의 승려로, 산수화에 능하여 남종화(南宗畵)의 시조로 평가받고 있다. 산속의 길, 누정(樓亭) 같은 대상의 묘사에 뛰어났으며, 평담(平淡)하고 천진(天眞)한 화풍으로 후대에 많은 영향을 주었다.

안개와 노을 즐기던 사람은 늙어 나막신만 남았고 　　烟霞人老餘隻屐
문자를 아는 스님은 묘향산을 짊어지고 오셨네. 　　文字僧來帶妙香

이는 함께 모인 중들이 묘향산으로부터 왔기 때문이었다. 소당이 말하기를 "양원이 아니었다면 이렇게 좋은 구절이 나올 수 없었을 것이네."라고 하고는, 즐거움을 다하고 자리를 파하였다. 학연은 시도 잘 짓고 그림도 잘 그렸다고 한다.

외사씨는 말한다.
김완철과 김양원은 모두 기절(氣節)을 숭상하고 의협심이 강하였으나, 완철은 모시던 재상의 실수를 바로잡아 주었고 양원은 문사들을 따라 노닐기를 좋아하였다. 아, 기남자(奇男子)로다!

20.

지상의 신선이라 불렸던 김가기, 신두병 등

김가기(金可基)는 세상에서 신선이라 불렸던 자이다. 그는 혼인한 첫날 밤에 한 번 합방하여 아들 하나를 얻고는 평생 동안 홀로 기거하며 처자식과 더불어 이야기하는 것을 좋아하지 않았다. 그의 걸음걸이는 남들과 같았지만 세 번이나 금강산에 들어갔는데도 신발이 한 켤레도 떨어지지 않았다.

정양사(正陽寺)에 어떤 노승이 있었는데 오곡을 먹지 않고 문밖으로 나가지 않은 것이 이미 수십 년이었다. 김신선이 들어가 보니 노승이 가부좌를 튼 채 눈을 감고 앉아 있었다. 김신선은 그와 한 마디 말도 나누지 않고 무릎을 꿇고 마주앉아 있었는데, 어린 중이 노승에게 송화수(松花水)를 올리고 그 다음 김신선에게 올렸으나 그는 눈을 감은 채 응하지 않았다. 어린 중은 스승이 송화수를 마신 것을 부끄러워하여 김신선이 떠나가기를 기다렸는데, 이렇게 사흘을 그대로 앉아 있자 노승은 이에 부끄럽게 여기고 그에게 사과하였다.

집에 있을 때는 간혹 새벽에 일어나 시냇물에 가서 엉덩이를 드러내고 물에 앉았는데, 배에서 소리가 나더니 물이 입으로 나왔다. 조금 있다가 입으로 냇물을 들이마시면 물이 항문으로 쏟아지듯 나왔다. 이렇게 하기를 몇 번 하고서야 그쳤다. 그는 아무런 질병이 없이 세상을 떠났는데 이상한 향기가 방에 가득하여 며칠 동안 사라지지 않았으니, 사람들이 시해(尸解)[102]한 것으로 여겼다.

그가 죽은 뒤에 하루는 어떤 사람이 멋있는 모습을 하고 그의 영전 앞에 와서 곡을 하였다. 이때 아들 재현(載鉉)은 묘소에 가 있었고 손자 성윤(性潤)이 집에 있었는데, 그 사람이 성윤에게 말하기를 "나는 네 조부와 절친한 사이였다. 전에 빌려준 책이 있는데 상자 안에 있을 것이니 내게 돌려다오."라고 하였다. 성윤은 당시 어려서 상자를 열고 보니 과연 작은 책자 하나가 있었다. 집안사람들도 그 책을 본 적이 없었는데 꺼내어 보여주니, 그 사람은 그 책이 맞다고 하고는 소매에 넣고 문밖으로 나가더니 떠나간 곳을 알 수 없었다.

신두병(申斗柄)은 어떠한 사람인지 알 수 없다. 『참동계(參同契)』[103]를 즐겨 읽었으며, 승문원(承文院)의 산원(散員)이 되어 중국과의 외교문서는 모두 그가 살피고 관여하였다. 승문원에 일이 있으면 반드시 먼저 와서 남들이 그가 사는 곳을 알지 못하도록 하였다. 이렇게 몇 해를 지내다가 홀연 사직서를 내고 물러가겠다며 말하였다. "제게 과부 누이가 있었는데 부양할 길이 없어 녹봉을 구했던 것입니다. 이제 누이가 죽었으니 녹봉을 어디에 쓰겠습니까?" 그러고는 옷깃을 날리며 떠나가 버렸다.

두병은 예전에 한 사람과 친하게 사귀었는데 그 사람을 찾아가 작별하며 말하기를 "이제 나는 떠나가네. 훗날 아무 해에 금강산에서 서로 만나세."라고 하였다. 그 사람이 그해에 이르러 과연 금강산으로 놀러갔는데 단발령(斷髮嶺)에 이르니 두병이 패랭이를 쓰고 와서 길에 주저앉아

---

102 시해(尸解) : 혼백이 몸을 떠나서 신선이 되는 도가의 술법이다.
103 참동계(參同契) : 후한(後漢)의 위백양(魏伯陽)이 『주역』의 효상(爻象)을 차용하여 도가의 연단양생법(鍊丹養生法)을 논한 책이다.

술을 사다 마시고 한껏 기쁨을 다한 뒤에 돌아갔다. 그 사람이 함께 유람하자고 하니, 두병이 말하였다. "나는 갈 곳이 있어서 함께 유람할 수 없네. 아무 해, 어느 달, 어느 날에 자네의 선산에서 서로 만날 수 있을 걸세." 그 해가 되자 그 사람은 죽었다. 장사지내는 날 과연 두병이 선산으로 술 한 병을 가지고 와서 통곡을 하고 떠나갔다. 하지만 끝내 그의 종적을 알 수 없었다.

윤세평(尹世平)은 서울 사람이다. 젊은 시절 무예를 업으로 삼았는데, 어느 날 기이한 사람을 만나 『황정경(黃庭經)』[104]을 전해 받고 수련법을 이해하게 되었다. 그는 나이 여든 즈음에 죽었는데, 시체가 매우 가벼워 공중에 뜬 옷 같았으니 사람들이 시해(尸解)라고 하였다. 그의 아들 윤림(尹霖) 또한 방술(方術)에 통달하여 아흔의 나이로 죽었다.

남궁두(南宮斗)[105]는 함열인(咸悅人)이다. 을묘년[1555]에 진사가 되었는데, 젊은 시절 사람을 죽이고 목숨을 보전코자 달아났다가 기이한 사람을 만나 비결(秘訣)을 전수받았다. 이에 산수 사이를 떠돌아 다녔는데, 나이 아흔이 다 되도록 안색이 쇠하지 않으니 사람들이 지상의 신선이라 하였다.

외사씨는 말한다.
세상에는 본래 신선에 의탁하여 방외(方外)에서 노니는 자가 있었으니, 예컨대 갈홍(葛洪)[106] · 여동빈(呂洞賓)[107] 같은 부류가 그러한 경우이다. 그

---

104 황정경(黃庭經) : 도가의 경서로 양생과 수련의 원리를 담고 있어 선도(仙道) 수련의 주요 경전으로 여겨진다.
105 남궁두(南宮斗) : 남궁두에 대한 자세한 이야기는 허균(許筠)의 『성소부부고』에 실려 있는 〈남궁선생전(南宮先生傳)〉을 참조.
106 갈홍(葛洪) : 진(晉)나라 때의 도사 · 연단가(煉丹家)이다. 석빙(石氷)의 난 때 공을 세워 열후

러나 이들은 모두 세상을 비관하고 당시에 인정받지 못한 자들로 중용 (中庸)의 도를 갖춘 자들이 아니다. 비록 그러하지만 그들의 자취는 사라 졌으나 그들의 뜻은 마음껏 펼쳐졌으니, 이들은 세상과 더불어 부침을 겪다가 끝내 스스로 매몰된 자들로 그 득실이 어떠하였는가.

(列侯)에 버금가는 관내후(關內侯)가 되었으나 노령을 이유로 사퇴하고, 평소 신선의 술법을 좋아하여 나부산(羅浮山)에 들어가 저술과 연단에 전념하였다. 저서로 『포박자(抱朴子)』· 『신선전(神仙傳)』 등이 있다.
107 여동빈(呂洞賓) : 당나라 때 도사로 도교팔선(道敎八仙) 가운데 하나이다.

21.

신선의 풍골을 지니고 은둔한 남추

　남추(南趎)의 자는 계응(季應), 호는 서계(西溪)이며 또 선은(仙隱)이라 하니 곡성인(谷城人)이다. 어릴 적 글을 배웠으나 배우지 않아도 능하였다. 중종(中宗) 갑술년[1514]에 진사로 문과에 급제하여 호당(湖堂)에 뽑혀 들어갔으며, 문장에도 능하고 선도(仙道)의 풍골이 있었다. 남곤(南袞)이 그를 데려다 추천하고자 불러 말하기를, "듣자하니 그대의 문장이 남보다 뛰어나다 하던데, 시 한 수를 보기 원하네."라고 하고는 화분에 심은 소나무를 가리키며 시를 짓게 하였다. 남추가 곧바로 응하여 시를 읊었다.

화분에 꽂힌 한 줄기는 약하다마는	一朶盆莖弱
천추에 눈을 견딜 그 자태 씩씩하도다.	千秋雪態豪
누가 구부러진 네 몸을 능히 펴주어	誰能伸汝曲
높이 낀 저문 구름을 곧추 올라 헤치게 할까나.	直拂暮雲高

　남곤이 시를 보고 크게 노하여 그를 끊어버렸다. 이로 말미암아 남추는 벼슬하지 않고 곡성의 서계(西溪)로 물러나 살았는데, 그때 나이 스물여덟이었다. 그는 수련법을 익혔는데, 하루는 구름과 안개가 끼어 어두컴컴해

졌다. 얼마 후 안개가 걷혔는데 남추와 연장자 여러 명이 바위 위에 앉아 책을 읽고 있는 모습이 드러나자, 사람들이 모두 기이하게 여겼다.

한번은 손수 편지를 써서 가동(家僮)에게 주며 말하였다. "지금 곧 지리산(智異山) 청학동(靑鶴洞)으로 가면 필시 두 사람이 바둑을 두고 있을 터이니, 너는 반드시 이 편지를 전하고 답을 받아오너라." 가동이 그 말을 듣고 가서 보니, 과연 한 노인이 노승과 더불어 대국을 벌이고 있었다. 이에 편지를 올리자 노인이 웃으며 말하기를 "네가 온 이유를 알겠다." 라고 하고는 답서와 청옥(靑玉) 바둑알 하나를 주었다. 남추가 죽은 후에 그 바둑알은 사라졌다. 호사가들이 말하기를 '노인은 고운(孤雲) 최치원 (崔致遠)이요, 노승은 검단선사(黔丹禪師)[108]다.'라고 하였다.

남추의 누이 또한 시를 잘 지었다. 남추가 한번은 눈[雪]을 가지고 시를 짓게 하되 녹(綠)자와 홍(紅)자로 운을 맞추게 하니, 누이가 시를 지었다.

> 땅에 떨어지는 소리는 누에가 푸른 잎 갉아먹는 듯　　落地聲如蠶食綠
> 공중에 흩날리는 모양은 나비가 붉은 꽃 엿보는 듯.　　飄空狀似蝶窺紅

이처럼 누이 또한 뛰어난 재주를 지녔다. 그의 시는 『기아(箕雅)』[109]에 실려 있다.

외사씨는 말한다.

세상에는 정말로 신선이 있을 것이다. 신선이 없다면 삼교(三敎)라는

---

[108] 검단선사(黔丹禪師) : 백제 위덕왕(威德王) 때 활동했던 선사로, 자세한 행적은 전해지지 않는다. 인적이 끊긴 심산유곡의 동굴에서 홀로 초근목피와 흐르는 계곡 물로 허기를 달래며 수도에 정진하는 마흔 후반의 도승이 있다고 해서 사람들이 그의 검은 얼굴을 빗대어 검단선사라고 불렀다고 한다.

[109] 기아(箕雅) : 조선의 바른 시가(詩歌)라는 뜻으로, 남용익이 대제학의 자리에 있을 때에 간행한 책이다. 신라 말의 최치원(崔致遠)·최승우(崔承祐)에서부터 조선 현종 때의 김석주(金錫胄)·신정(申晸) 등에 이르기까지 497명의 각체시(各體詩)를 선집하였다.

이름이 어떻게 성립되겠는가. 비록 그러하나 남추는 혼란한 세상을 피하여 재앙에서 벗어남으로써 스스로 신선이라 칭탁한 것이다. 청옥 바둑알 이야기는 허황되어 믿을 것이 못 된다. 그 누이의 재주는 허난설헌(許蘭雪軒)[110]에 버금간다 하겠다.

---

110 허난설헌(許蘭雪軒) : 조선 중기 선조 때의 여류시인으로 별호는 경번(景樊), 본명 초희(楚姬)이다. 허균(許筠)의 누나이다. 불행한 자신의 처지를 시작(詩作)으로 달래어 섬세한 필치와 여인의 독특한 감상을 노래했다. 27세의 젊은 나이 요절하였으며 유고집에 『난설헌집』이 있다. * 본서 권6-14 항목 참조.

22.

물속에 빠져 죽어 신선이 된 박지화

　박지화(朴枝華)의 자는 군실(君實), 호는 수암(守菴)으로 정선인(旌善人)이다. 중종(中宗) 계유년[1513]에 태어나 수양(修養)에 뛰어나고 문장에도 발군의 실력을 지녀 세상에 명성이 높았다. 시의 격조가 맑고 드높았는데, 그가 고운 최치원을 읊은 시는 다음과 같다.

고운(孤雲)은 당나라 진사였으니	孤雲唐進士
애초에 신선을 배우지 않았네.	初不學神仙
만촉(蠻觸)¹¹¹ 같은 삼한의 세월	蠻觸三韓日
풍진이 온 누리에 가득찼었지.	風塵四海天
영웅을 어찌 가늠할 수 있으리	英雄那可測
진결(眞訣)은 본디 아니 전하는 것을.	眞訣本無傳
명산으로 한번 들어가 버린 후에도	一入名山去
맑은 향기 남아 오백 년을 전하네.	淸芬五百年

---

111 만촉(蠻觸) : 작은 이익이나 대단치 않은 일을 크게 여겨 서로 싸우는 것을 말한다. 『莊子』「則陽」에 "달팽이의 왼쪽 뿔 위에 있는 나라를 촉씨(觸氏)라 하고, 달팽이의 오른쪽 뿔 위에 있는 나라를 만씨(蠻氏)라 한다. 때때로 서로 영토를 다투어 전쟁을 하는데, 쓰러진 시신이 수만 명이었다."라고 하였다.

그는 늘 작은 방 하나에 거처하였는데 겨울과 여름에는 나가지 않았으며, 여든 살의 나이에도 정력이 쇠하지 않았다. 또 매양 15일 밤은 왼쪽으로 누워서 자고, 다시 15일 밤은 오른쪽으로 누워서 잤다고 한다.

임진왜란 때는 양근군(楊根郡)[112]의 백운산(白雲山)에 숨어 살았는데, 하루는 사람들에게 말하기를 "내가 이제껏 살아오면서 어찌 구차하게 살았겠는가."라고 하였다. 그러고는 집안사람들에게 의복을 정결하게 하라 명하고 자신은 산 아래로 내려와 깊은 연못가에 이르러 소나무 숲을 배회하였다. 해가 저물 무렵 사람들이 가서 찾아보니, 그는 연못 속에 들어가서 마치 석상처럼 단정히 앉아 있었다. 이에 사람들이 그를 끌어안아서 꺼내어 임시로 연못가에 두었는데, 세상에서는 그가 신선이 되어 떠나갔다고 여겼다. 그는 죽기 직전에 나무를 벗겨 하얗게 만들고는 거기에 두보(杜甫)의 시[113]를 써 두었다.

흰 갈매기는 원래 물에서 자니   白鷗元水宿
무슨 일로 남은 슬픔을 두리오.   何事有餘哀

이는 자신의 상황을 말한 것이었다. 지화는 본래 한미한 집안 출신으로 어린 시절 서화담(徐花潭)을 찾아가 배웠다. 그는 이문학관(吏文學官)[114]을 지낸 적도 있으나 곧바로 그만두고는 학업에 힘을 쓰고 예법으로 자신을 규율하였으며 폭넓게 많은 책들을 섭렵하여 소견이 정확하였다. 김구(金構)[115]가 용강군수(龍岡郡守)가 되었을 때 그의 시문집 2권을 간행

---

112 양근군(楊根郡) : 현 경기도 양평군 지역이다.
113 두보(杜甫)의 시 : 제목은 〈운산(雲山)〉이며, 원시는 다음과 같다. "쇠하고 병들어 강변에 누운 몸, 친지와 붕우도 해 저물자 돌아가네. 백구는 원래 물가에서 자니, 무슨 일로 남은 슬픔 두리오.[衰疾江邊臥, 親朋日暮廻. 白鷗元水宿, 何事有餘哀.]"라는 말이 나온다. 『杜少陵詩集』 卷9 참조.
114 이문학관(吏文學官) : 조선시대 승문원에 속하여 외교 문서를 처리하는 일을 맡아보던 벼슬.

하였다.

외사씨는 말한다.

세상 사람들은 박지화가 신선 수련술을 배운 자라고 일컫는다. 그러나 그가 고운 최치원을 읊은 시를 보면 어찌 신선을 배운 자라 하겠는가! 애석하게도 그는 지위가 미천하였기 때문에 세상 밖에 은둔하여 스스로 자취를 감추었고 결국에는 난세를 만나 물속에 몸을 던져 삶을 마쳤으니, 슬프도다!

---

115 김구(金構) : 조선 후기 문신으로 자는 사긍(士肯), 호는 관복재(觀復齋)이다. 1682년 문과에 장원급제하여 황해도·충청도·전라도·평안도의 4도 관찰사를 역임하고, 육조의 판서를 거쳐 우의정에 올랐다. 『육도(六韜)』 등 병서와 도가류(道家類)에 정통했으며, 문장이 뛰어나고 글씨가 힘찼다.

23.
걸출한 문장력을 지니고도 한미하게 살다 간 홍세태와 고시언

　홍세태(洪世泰)의 자는 도장(道長), 호는 유하(柳下) 또는 창랑(滄浪)이라고도 한다. 남양인(南陽人)으로 효종(孝宗) 계사년[1653]에 태어났다. 그는 한미한 집안 출신이었으나 어려서부터 총명하여 젖니를 갈 무렵부터 이미 글을 지어 사람들을 놀라게 하였다. 조금 자라서는 경서·역사서·제자백가서를 읽어 꿰뚫지 않은 것이 없었으며, 특히 시에 전념하여 정신이 이르는 곳마다 오묘한 깨달음이 스며들었다. 어떤 정경을 만나 문사를 펼칠 때면 천기(天氣)가 흘러나와 음조(音調)와 기격(氣格)이 성당(盛唐)[116] 때보다도 뛰어났다. 식암(息巖) 김석주(金錫胄)[117]가 그를 보고 감탄하여 칭하기를 "고적(高適)[118]·잠삼(岑參)[119]의 부류이다."라고 하였다. 매양

---

116 성당(盛唐) : 당나라는 시문학의 황금시대로 초당(初唐), 성당(盛唐), 중당(中唐), 만당(晚唐)의 넷으로 시기를 구분하는데, 성당은 시문학이 가장 융성했던 시기로서 현종(玄宗)의 개원(開元) 연간부터 숙종(肅宗)의 상원(上元) 연간에 이르는 50여 년의 기간을 말한다. 이 시기에는 이백·두보·맹호연·왕유·고적·왕창령 등의 시인들이 활약하였다.
117 김석주(金錫胄) : 조선 후기 문신으로 사백(斯百), 호는 식암(息庵)이다. 1662년 문과에 장원급제하여 제2차 예송논쟁 때 송시열·김수항 등의 산당을 숙청하고 도승지로 특진되었다. 이후 다시 송시열과 결탁하여 남인 세력을 꺾고 청성부원군(淸城府院君), 우의정에 올랐다. 저서로 『식암집』·『해동사부(海東辭賦)』 등이 있다.
118 고적(高適) : 당나라 때 시인으로 자는 달부(達夫)이다. 젊은 시절 이백·두보 등과 사귀었으며, 변경에서의 외로움과 전쟁·이별의 비참함을 읊은 변새시(邊塞詩)에 뛰어났다.

많은 사람들이 모이는 자리에서는 그를 추천하고 자랑함이 입에서 떠나지 않았다.

홍세태가 곤궁하여 죽을 지경에 이르자 사람들이 힘을 써서 구제해주니 그는 자신을 알아줌에 감격하였다. 이에 더욱 스스로 노력하여 고금에 널리 통하도록 힘썼으며 깊이 탐색하고 멀리까지 취하여 자기가 뜻한 바를 궁구하였다. 농암(農巖)·삼연(三淵)[120] 두 선생이 홍세태와 더불어 시를 주고받을 적에 그에게 경도되어 치켜세우기를 "그대는 말을 내뱉으면 글이 되는 사람이라 할 만하네!"라고 하였다.

숙종(肅宗) 임술년[1682]에 홍세태는 통신사를 따라 일본에 갔는데, 일본 사람들이 종이와 비단을 가지고 와서 시를 구하였다. 지나가는 곳마다 사람들이 담장처럼 늘어서 있었는데, 그는 말에 기대 선 채로 비바람 몰아치듯 붓을 휘둘렀다. 그의 글을 얻은 자들은 모두 깊이 간직하여 보배로 삼았다.

늘그막에는 백련봉(白蓮峯) 아래에 집을 짓고 '유하정(柳下亭)'이라 이름하고는 그 안에서 시를 짓고 읊조렸다. 집안에 살림살이라곤 아무것도 없어 썰렁하였으며 처자식이 굶주렸는데도 그는 개의치 않았다. 당시에 글을 잘하는 청나라 사신이 의주(義州)에 이르러 우리나라의 시인을 만나보고자 하였다. 이에 조정에서 홍세태를 추천하자, 임금이 시를 지으라고 명하며 그를 보내었다. 얼마 후 이문학관(吏文學官)에 선발되었다가 승문원(承文院) 제술관(製述官)으로 승진하였는데, 임기가 끝나기도 전에 모친상을 당하였다. 상을 마치고 다시 승문원으로 복직하여 통례원(通禮院) 인의(引儀), 서부주부(西部主簿) 겸 찬수랑(纂修郎)이 되어 우리나라의 시

---

119 잠삼(岑參) : 당나라 때 시인으로 가주자사(嘉州刺史)를 지냈기에 잠가주(岑嘉州)라 불린다. 북서변경 요새의 사막지대에 종군한 경험을 살려서 쓴 변새시에 능했다.
120 농암(農巖)·삼연(三淵) : 김창협(金昌協)과 그의 아우인 김창흡(金昌翕)을 가리킨다. 이들은 17세기 말부터 18세기 전반기에 걸쳐 백악산 일대를 창작의 근거지로 삼아 활동한 이른바 '백악시단(白岳詩壇)'의 중심인물이었다.

문 고르는 일을 담당하였다.

당시 임금이 화공에게 서호십경(西湖十景)을 그리라 명하고 국구(國舅) 경은부원군(慶恩府院君) 김주신(金柱臣)[121]에게 주며 말하기를 "홍세태가 시로써 세상에 이름이 났으니 여기에 열 편의 시를 지어 바치게 하는 게 좋겠소."라고 하였다. 그러자 홍세태는 붓을 들고 즉시 시를 완성하여 바쳤다. 얼마 후 그는 송라찰방(松羅察訪)에 임명되었는데 부임하기도 전에 의영고(義盈庫) 주부(主簿)에 제수되었으나 탄핵을 받고 파면되었다.

늘그막에는 더욱 가난하여 스스로 살아갈 수 없게 되자, 당시 재상이 불러 울산감목관(蔚山監牧官)으로 삼았다. 부임하여서는 공무의 여가를 이용하여 자유로이 산과 바다를 떠돌아다닐 수 있었으므로 그의 시가 더욱 호방하고 자유스러웠다. 벼슬을 마치고 돌아와서는 쇠약한데다가 병까지 심해져 모든 일이 귀찮아지고 즐겁지가 않았다. 이에 문을 닫아걸고 깊이 들어앉아서 세상과 왕래를 끊었다. 그러고는 상자속의 초고(草稿)를 찾아서 손수 편집을 하고 또 평생의 뜻을 서술하여 그의 아내 이씨에게 원고를 맡겼는데, 얼마 안 있어 죽으니 그의 나이 일흔셋이었다.

6년 뒤 경술년[1730]에 사위 조창회(趙昌會)와 문인 김정우(金鼎禹) 등이 그의 유고를 간행하니 모두 14권이었다. 또 『해동유주(海東遺珠)』 1권이 있으니, 이는 여항시인 박계강(朴繼姜) 이하 48명의 시문 230여 수를 모아서 편집하고 간행한 것으로 『소대풍요(昭代風謠)』의 모태가 되었다.

고시언(高時彦)의 자는 국미(國美)로 널찍한 미목(眉目)과 아름다운 용모를 지녔으며 총명함이 남보다 뛰어나 하루에 수천 자를 외울 수 있었다. 어린 시절에 아주 열심히 책을 읽었으나 집안이 몹시 가난하고 양친이

---

121 김주신(金柱臣) : 조선 후기 문신으로 자는 하경(廈卿), 호는 수곡(壽谷)으로 숙종의 장인이다. 1720년 딸이 숙종의 계비(繼妃)가 되자 경은부원군(慶恩府院君)에 봉해졌다. 효성이 지극하였으며, 문장은 깊고 무게가 있었다. 저서로 『거가기문(居家紀聞)』·『수곡집』 등이 있다.

모두 연로한 까닭에 나이 열일곱에 사역원 한학과(漢學科)에 급제하여 부모를 봉양하였다. 시언은 틈만 나면 고대의 경전(經典)을 살펴보고 연구하기를 조금도 게을리하지 않아서 박문강기(博聞强記)로써 세상에 이름이 알려지게 되었다. 이에 사역원의 생도들이 글의 뜻을 물어왔으며 그를 높여 사표(師表)로 삼았다.

벼슬은 2품까지 올라 비단옷에 금띠를 두를 수 있었으나 그는 평소 병이 많아 부모가 돌아가신 뒤로는 벼슬에서 물러나려는 뜻을 지녔다. 이에 작은 집을 짓고 '성재(省齋)'라 편액을 하고는 대문을 닫아걸고 단아하게 거처하며 시문을 읊조리고 유유자적하였다. 그는 갑인년[1794]에 사신을 따라 연경(燕京)에 가다가 압록강을 건너던 중 병이 도져 연경에서 죽었다. 임종을 앞두고도 정신과 안색이 편안하였으며 죽음을 슬퍼하지 않았다. 그러고는 손수 편지를 써 집안일을 잘 처리하도록 하고 자리를 바르게 한 채 세상을 떠났다.

그는 사람됨이 순후하고 조용하여 남들의 뜻을 거스르는 일이 없었으며 사역원에 벼슬하는 14년 동안 사람들이 그를 흠잡은 적이 없었다. 또 그가 지은 시문은 한 시대에 안목을 갖춘 사람들이 인정하는 바였다. 유하 홍세태가 자주 그를 칭찬하며 '기재(奇才)'라 하였고, 삼연 김창흡은 그의 시에 서문을 쓰면서 "말과 논리가 모두 갖추어져 문장 중에 최고의 경지에 이르렀다."고 하였다. 아울러 경전의 뜻에 특히 정밀하여 저술로 『주소차의(註疏箚義)』 2권과 『성재집(省齋集)』 2권, 『소대풍요』 3권이 세상에 전해진다.

외사씨는 말한다.

홍세태와 고시언은 모두 세상에서 보기 드문 뛰어난 인재이다. 내가 홍세태의 시를 읽으면 황홀하여 마치 성당(盛唐)의 풍격이 느껴졌으나 그는 끝내 곤궁함 속에서 죽고 말았다. 고시언 또한 고문(古文)을 좋아하였으나 사역원에서 일하느라 문장에 전력을 다하지 못하였다. 그렇지만 두 사람이 지은 시문은 모두 후대에 널리 전할 만하니, 어찌 그들이 한미하고 곤궁하였다 하여 슬퍼하겠는가!

24.
시문과 음률에 정통했던
정래교·정민교 형제와 정후교

정래교(鄭來僑)의 자는 윤경(潤卿), 호는 완암(浣巖)으로 영조 때 사람이다. 영특하고 책읽기를 좋아하여 박문강기(博聞强記)하였다. 특히 시문에 뛰어났는데 홍세태의 풍격을 배웠다. 그는 사람됨이 맑고 깨끗하여 마치 여윈 학 같아서, 그의 얼굴을 바라보면 시인·묵객(墨客)이라는 것을 알 수 있었다. 그러나 매우 가난하여 집에는 네 벽뿐이었다.

당시 학사·대부들이 그와 절친하게 지냈으며, 어떤 사람은 집으로 불러다가 자제들을 가르치게 하였다. 시사(詩社)에서 술자리를 마련하면 반드시 그를 불렀고, 그때마다 그는 자기 양에 차도록 실컷 마셔 거나하게 취한 연후에야 비로소 운자(韻字)를 내어 높이 앉아 먼저 시를 읊었다. 그의 시는 소탕하고 질편하여 풍인(風人)의 면모를 펼쳐 보였다. 또 이따금 성조(聲調)가 강개하여 마치 연(燕)·조(趙)의 축(筑)을 타는 선비들이 슬픈 노래를 부르며 혀를 차고 눈물을 흘리는 것 같았다.[122] 이는 그 연원이 홍세태에게서 나왔으나 스스로 천기(天機)에서 얻은 것이 많았기 때문이다. 또 그의 문장은 높이고 낮추고 꺾고 돌림[俯仰折旋]이 있어 자못 작자

---

122 연(燕)·조(趙)의……같았다 : 본서 권1 각주 46, 114 참조.

의 풍치가 있었다. 어떤 논자는 "산문이 시보다 낫다."고 하였지만, 그의 시와 산문은 모두 자연스러움에서 나왔을 뿐이다. 윤경은 금조(琴操)에 대한 이해가 깊고 아울러 장가(長歌) 부르기를 좋아하여 술이 얼큰해지면 거문고를 타면서 스스로 반주에 맞춰 노래를 불렀는데, 아득히 드넓은 느낌에 누가 거문고를 타고 누가 노래를 부르는지 거의 잊을 지경이었다.

윤경은 지위가 미천하고 집이 가난하여 이문학관(吏文學官) 및 승문원 제술관이 되었으나 눈병 때문에 사직하고자 하였다. 육화(六花) 이상공(李相公)[123]이 당시 승문원 제조(提調)를 지내고 있었는데 그를 만류하며 말하기를 "윤경은 오늘날의 장적(張籍)[124]이니, 마음은 눈멀지 않은 자이다. 눈을 감고 입으로만 불러도 충분히 원내의 일을 처리할 수 있을 것이다."라고 하고는, 끝내 그의 사직을 허락하지 않았다. 후에 공적인 일로 이상공을 찾아가면 상공은 하인들에게 명하여 그를 부축하여 마루에 오르게 하고 최근에 지은 시를 물어보았다. 그러면 윤경은 즉시 목청을 늘여 낭송하다가 마음에 드는 구절에 이르면 자기도 모르게 갓을 벗고 미친 듯이 외치곤 하였다. 비록 늙고 병까지 들었으나 이처럼 그의 기운은 조금도 쇠하지 않았다. 윤경이 죽은 후에 익익재(翼翼齋) 홍봉한(洪鳳漢)이 그의 시문집을 간행하여 세상에 전하였다. 그의 아우 민교(敏僑) 또한 시문으로 이름이 났다.

정민교(鄭敏僑)의 자는 계통(季通)이다. 얼굴이 희고 밝았으며 눈과 눈썹

---

123 육화(六花) 이상공(李相公) : 이천보(李天輔). 조선 후기 문신으로 자는 의숙(宜叔), 호는 진암(晉庵)이다. 1739년 문과에 급제하여 이조판서 · 병조판서 등의 요직을 거쳐 영의정에 올랐다. 문학에 힘써 당대에 이름이 높았다.

124 장적(張籍) : 당나라 때 시인으로 자는 문창(文昌)이다. 어릴 적 곤궁한 집안에서 자라다가 안질로 눈이 멀었으나, 뛰어난 시재를 인정받아 한유(韓愈)의 추천으로 태상시 태축(太常侍太祝)이라는 낮은 벼슬을 지냈다. 두보와 백거이의 시풍을 계승하여 전쟁의 비정함과 전란 속에 겪는 백성들의 고난을 사실적으로 잘 그렸다.

이 그린 듯 멋있었다. 그는 겨우 나이 열대여섯에 역사서와 제자서를 스스로 깨달을 수 있어 번거롭게 스승을 찾아 배우지 않았으며, 곧장 과거 공부를 시작하여 스물아홉에 진사가 되었다. 그런데 얼마 후 탄식하며 "이 정도로 어찌 부모님을 영예롭게 하고 나의 뜻을 펼쳤다고 하겠는가!"라고 하고는, 더욱 힘을 써서 크게 드러낼 계책을 세웠다. 그가 훌륭한 시문을 지으면 왕왕 안목을 갖춘 사람들에게 칭찬을 받게 되자, 사대부 자제들이 다투어 사귀기를 바랐으며 여항에 거처하는 재주 있고 뜻 있는 자들도 그를 사모하여 따랐으니 폐백을 들고 문하생이 된 자들 또한 수십 명이나 되었다.

그는 평안도 해세감(海稅監)이 된 적이 있는데, 마침 흉년이 들어 바닷가 사람들이 입을 헤벌리고 구걸하는 모습을 보고는 마음속으로 가엾게 여겨 한 마디도 묻지 않고 빈 자루만 가지고 돌아왔다. 어머니의 상을 당했을 적에는 형제들이 여막에 거처하며 푸성귀조차 충분치 않아 병이 깊이 들었다. 그러나 극심한 추위와 무더위에도 상복을 풀지 않았다. 상을 끝마치자 집이 더욱 가난해져 가족을 이끌고 충청도에 가서 살았는데, 그 풍토를 좋아하여 '한천자(寒泉子)'라 자호하였다.

풍원군(豊原君) 조현명(趙顯命)[125]이 경상도관찰사가 되었을 때 그를 맞이하여 관사에 머물게 하고 자신의 두 아들을 가르치게 하였다. 아울러 여가가 생길 때마다 서로 마주앉아 번갈아 수창하기도 하는 등 그의 능력을 알아줌이 날로 깊어져 거의 서로의 신분을 잊을 정도에 이르렀다. 그러나 민교는 평소 체증을 앓고 있었는데 남쪽 지방의 풍토에 익숙지 못해 결국 다시 일어나지 못했으니 그의 나이 겨우 서른다섯이었다.

그는 사람됨이 소탕하고 얽매이지 않았으며 몸가짐이 너그럽고 진솔

---

125 조현명(趙顯命) : 조선 후기 문신으로 자는 치회(稚晦), 호는 귀록(歸鹿)·녹옹(鹿翁)이다. 1719년 문과에 급제하여 경상도·전라도관찰사를 지내고 이조·병조·호조판서 등의 요직을 두루 거쳐 영의정에 올랐다. 영조 때 나라의 여러 폐단을 시정하는 일에 앞장섰다. 저서로 『귀록집』이 있고, 『해동가요』에 시조 1수가 전한다.

하여 어느 한쪽으로 치우치거나 아첨하려 하지 않았다. 그러한 까닭에 간혹 건방지고 거만하다고 비방을 당하기도 하였다. 그러나 효성과 우애의 지극한 행실은 천성에서 얻은 것이었다. 그는 고문(古文)에 비록 온 마음으로 힘을 쏟지는 않았지만 천기가 발현되어 문장과 논리가 모두 충족되어 있었다. 고시(古詩)와 근체시(近體詩)는 화려하고 유창하여 향산(香山)·검남(劍南)[126]의 사이에 깊이 젖어들어 스스로 일가(一家)를 이루었다. 그의 형 완암 정래교가 유고(遺稿)를 수습하였다.

정후교(鄭後僑)의 자는 혜경(惠卿)으로 완암 정래교와 동시대 사람이다. 어릴 적에 새벽녘이면 책을 끼고 밖으로 나갔다. 순라군이 그를 붙잡아 "너는 어찌 통금을 범하였느냐?" 하고 묻자, 그가 "지금 학교에 가다가 붙잡힌 거예요."라고 하였다. 순라군이 "네가 바로 사람들이 '외로운 배가 북두성 밝은 곳을 지나가네[孤舟北斗明]'라고 읊조리는 시를 지은 정아무개냐?" 하고 다시 묻자, 그가 그렇다고 대답하였다. 이에 순라군이 그를 보내주었다. 이는 정후교의 이 시가 당시에 사람들의 입에 회자되었기 때문이었다.

외사씨는 말한다.
정래교·정민교 형제는 시로써 홍세태의 뒤를 이을 정도였고 정후교 또한 동시대에 함께 이름이 났지만 그들의 재주를 마음껏 발휘할 수는 없었다. 오직 정래교만이 그런대로 형체를 갖추어 그의 시문이 세상에 전할 뿐이다.

---

126 향산(香山)·검남(劍南) : 향산은 당나라 때 시인 백거이(白居易)를 가리키고, 검남은 남송 제일의 시인 육유(陸游)를 가리킨다.

25.

협사에서 문인으로 환골탈태한 김만최

김만최(金萬最)의 자는 택보(澤甫)이다. 그의 가문은 예전에 벼슬하던 집안이었는데 후대에 쇠락하여 할아버지와 아버지는 의원 노릇을 하였다. 그는 어려서 아버지를 여의고 집안이 가난해져 가업을 이어 의학을 공부하였는데 마음에 내키지 않아 그만두었다. 그러고는 악소년(惡少年)들과 어울리며 개 잡는 일을 업으로 삼으며 맛있는 음식을 구하여 어머니를 봉양하였다. 그러나 그의 성품은 기분 내키는 대로 행동하고 구속받지 않았으며, 술을 좋아하고 객기를 부리며 이따금 사람을 때려 상처를 입히는 일이 많았으니 마을에서 그를 걱정거리로 여겼다.

한번은 만최가 도살장을 돌아다니는데 어떤 사람이 그를 넌지시 풍자하였다. "너는 의로운 사나이다. 다른 날 붙잡혀가더라도 부디 스스로에게 누가 되는 짓은 하지 말거라." 그는 곧 마음속으로 깨닫고 흐느껴 울며 악소년들과 사절해 버리고 태도를 바꾸어 독서하였는데, 날마다 수천 자를 외웠으며 베옷에 가죽 띠를 두른 채 온화하고 조용하게 처사다운 행동을 하였다. 그의 키는 8척으로 수염이 멋있었으며 말이 끊임없이 흘러나와, 한 번 보더라도 그가 호방한 인물이라는 것을 알 수 있었다. 이로부터 그의 문사(文詞)는 날로 진전되어 걸출하고 뛰어다는 명성을 얻게 되었다. 그러나 세상 사람들은 그를 아는 사람이나 모르는 사람이나 반드시 협사(俠士)로 지목하였다. 이는 그가 어릴 적 기질과 습관을 아직 모두 없애버리지 못하였고, 이야기와 노래를 할 적에 또한 연(燕)·조(趙)의 비분강개한 소리가 많이 있었기 때문이다.

그는 사십여 년 동안 떠돌이 생활을 하느라 곤궁함이 더욱 심해져 집안은 텅 비었고 처자식은 굶주리고 추위에 떨었다. 그러나 급한 일을 보면 뒤질세라 달려가기도 하고, 남과 사귈 때에는 청탁(淸濁)을 묻지 않았다. 또 마음에 들어맞는 바가 있으면 비록 비천한 사람이라도 공경하고 존중하였다. 이 때문에 그를 사모하는 자가 많았다.

늘그막에는 백련봉(白蓮峰) 아래에 집을 짓고 '남곡거사(嵐谷居士)'라 자호하였다. 그러고는 손수 온갖 화초와 버드나무를 심어두고 날마다 그 아래에서 소요하면서 유유자적하였다. 술병을 가지고 오는 자가 있으면 그를 붙잡고 함께 술을 마시며 매우 즐거워하였다. 술에 취하면 소나무 숲에서 머리를 풀어헤치고 넓적다리를 두드리며 노래하였다. 두어 말의 술을 마시도록 취하지 않으면 큰 사발로 들이켰는데, 꿀꺽꿀꺽 마치 고래가 들이마시듯 하였으니 보는 사람들이 장쾌하게 여겼다. 어느 날 갑자기 죽으니 그의 나이 일흔여섯이었다. 그가 지은 시는 충담고아(冲淡古雅)하여 한·위·육조(六朝)의 흥취를 얻었다. 삼연(三淵) 김창흡(金昌翕)과 창랑(滄浪) 홍세태(洪世泰)가 자주 칭찬하며, 그 같은 경지는 쉽게 얻지 못할 것이라고 하였다.

외사씨는 말한다.

말 가운데 발길질하고 무는 녀석을 잘 부리면 좋은 말이 되고, 사람 가운데 호협심이 강한 자를 잘 변화시키면 훌륭한 선비가 될 수 있다. 김만최는 강한 호협심을 스스로 꺾고 책을 읽어 끝내 문인·선사(善士)가 되었다. 하지만 그의 걸출한 재주와 남다른 기운이 술판에서만 펼쳐진 것은 아마도 자유분방하고 불평스런 기운이 빚어낸 듯하다.

26.

오랑캐의 곡식을 거절하고 고사리를 먹은 전만거

　전만거(田滿車)는 해주인(海州人)이다. 그는 수양산(首陽山)[127] 아래에 은거하고 있었는데, 나이 칠십에도 작은 일에 구애됨 없이 뜻이 크고 기개가 있었다. 아내와 함께 수양산 아래 들판에서 밭 갈고 이따금 밤에 책을 읽으며 궁핍한 가운데서도 자락(自樂)하였으나 그의 현명함을 아는 사람이 없었다.

　숙종 기묘년[1699]에 크게 기근이 들자, 조정에서 청나라로부터 곡식을 들여왔다. 산동(山東)에서 배에 싣고 바다를 건너와 각 지역을 진휼하였는데, 만거는 시를 지어 나누어 주는 곡식을 거절하였다. 그 시는 다음과 같다.

듣자하니 연경(燕京)의 곡식을	聞道燕山粟
우리나라로 이만 섬이나 들여왔다던데	東輸二萬斛
우리 지역 백성에겐 나누어주지 말라	莫貸海西民
수양산 고사리가 푸르고 살지거니.	首陽薇蕨綠

---

127 수양산(首陽山) : 황해도 벽성군과 해주시에 걸쳐있는 산이다. 해주의 진산(鎭山)으로 남쪽 기슭에는 문묘(文廟)·청성묘(淸聖廟) 등의 유서 깊은 사적들이 많다.

또 다음과 같은 시를 짓기도 하였다.

내 원래 한미하나 소 한 마리 있어	我本淸寒有一牛
밭 갈기 마치고 골짝의 가을을 만끽하였네.	輟耕閒放峽中秋
소를 타고 세상길로 향하지 않으리	騎來不向人間路
그 옛날 귀 씻은 물[128] 마실까 염려되기에.	恐飮當年洗耳流

그러고는 산속으로 들어가 고사리를 캐 먹으며 살았는데 이후로 그의
행적을 알 수 없었다. 세상 사람들은 그를 일러 일민(逸民)이라고 하였다.

외사씨는 말한다.

세상에는 전만거와 같은 숨어 사는 군자가 있었으니, 이들은 왕왕 밭
이랑 사이에서 숨어 살며 알려지기를 구하지 않고 그들의 뜻을 고상하
게 할 뿐이었다. 그의 시를 읽고 그의 사람됨을 생각해보건대, 그는 소보
(巢父)·허유(許由)·하조장인(荷篠丈人)[129]과 같은 부류일 것이다.

---

128 귀 씻은 물 : 중국 고대의 은자인 허유(許由)와 소보(巢父)의 고사이다. 요임금이 허유에게 나
라를 물려주려고 하자 허유가 귀가 더렵혀졌다고 하여 강물에 귀를 씻었는데, 이를 들은 소보
가 그런 더러운 물을 소에게 먹일 수 없다고 하여 상류로 갔다고 한다.
129 하조장인(荷篠丈人) : 공자의 제자 자로(子路)가 길을 가다가 만난 노인으로 혼란한 세상을
피해 산속에 은거하여 농업으로 자급자족의 삶을 살던 은자이다. *『論語』「微子」 참조.

27.

국량이 크고 의협심이 강한 정일흥과 정순태

정일흥(丁日興)의 자는 계숙(季叔), 호는 옥강(玉岡)이다. 어려서부터 총명하고 영특하며 효행이 있었다. 그는 책 읽기를 좋아하여 날마다 수만 자를 외웠으며 시부(詩賦)에 뛰어나 여러 학생들 가운데 으뜸이었다. 그는 예전에 "도학은 주자(朱子)를 배우고, 재물은 석숭(石崇)[130]과 같으며, 경륜은 관중(管仲)·제갈량(諸葛亮)과 같은 것이 내가 바라는 바이다."라고 말한 적이 있었다.

그의 성품은 어려움에 빠진 사람을 도와주기를 좋아하였다. 자기가 타던 말을 내어 어려움을 구제하면서도 인색하지 않았으며, 자기가 지닌 재산으로 가난한 자를 구휼한 것이 십수 번이었다. 고을 사람 중에 부모의 상을 당하여 장사를 지낼 수도 없고, 기일이 되어 제사를 지낼 수도 없는 자가 있었다. 그러자 그의 아내가 책망하며 말하였다. "사내라면 교분 맺기를 귀하게 여겨야 하거늘, 우리 고을에 정일흥이라는 자가 있는데 당신은 그와 면식도 없으니 빈곤함이 이와 같아도 싸구려!"

일흥은 일에 임하여 온갖 어려움에도 마음이 흔들리지 않아 비록 일

---

130 석숭(石崇) : 서진(西晉)의 문인이자 관리로서 항해와 무역으로 큰 부자가 된 인물이다.

이 잘못되어도 후회함이 없었다. 또 남들과 동고동락하며 공평하고 사사로움이 없었기 때문에 호협심으로 명성이 자자하였다. 매양 대문을 나서면 따르는 사람들이 구름처럼 많았으며, 모두가 옥강은 그릇이 크다고 칭송하였다.

일흥에게는 정순태(丁舜泰)라는 조카가 있었는데, 그의 자는 재화(再華), 호는 춘기(春沂)·학포(學圃)였다. 그는 작은 예절에 얽매이지 않고 부귀를 바라지 않았으며, 『맹자(孟子)』 '웅어장(熊魚章)'[131] 읽기를 좋아하여 가난한 사람들을 만나면 경계하고 깨우치기를 힘썼다. 이에 사람들이 모두 그를 꺼리고 피하였다. 간혹 자신의 말을 듣고도 굽히지 않는 자가 있으면 목침을 집어 던졌다. 그는 술 마시고 시 읊는 것을 좋아하여 스스로 완적(阮籍)·필탁(畢卓)[132]에 견주었다. 그는 다음과 같은 시를 지은 적이 있다.

산에 사는 사람들은 늘 들에 살고 싶다 하고	山人恒語野
들에 사는 사람들은 늘 산에 살고 싶다 하네.	野人恒語山
어찌 산과 들을 따질 필요 있으랴	山野何須語
나는 여기에서 마음이 편하거니.	安心只此間

송사(松沙) 기우만(奇宇萬)[133]이 체포당하여 서울로 끌려갈 적에 순사들

---

131 웅어장(熊魚章) : 구차하게 살아가기보다는 가난하더라도 의롭게 사는 것이 중요함을 피력한 내용이다. 『孟子』 「告子 上」에 "물고기도 내가 원하는 바요, 곰발바닥도 내가 원하는 바이지만, 이 두 가지를 겸하여 얻을 수 없다면 물고기를 버리고 곰발바닥을 취하겠다. 삶도 내가 원하는 바요, 의(義)도 내가 원하는 바이지만, 이 두 가지를 겸하여 얻을 수 없다면 삶을 버리고 의를 취하겠다.[魚我所欲也, 熊掌亦我所欲也, 二者不可得兼, 舍魚而取熊掌者也. 生亦我所欲也, 義亦我所欲也, 二者不可得兼, 舍生而取義者也.]"라고 하였다.

132 필탁(畢卓) : 동진(東晋) 때의 선비로 자는 무세(茂世)다. 술을 매우 좋아하여 직분을 돌보지 않을 정도였으며, 사곤(謝鯤)·완방(阮放) 등과 함께 문을 걸어 잠그고 며칠 내리 술을 마시기도 하였다.

133 기우만(奇宇萬) : 조선 말기의 의병장으로 자는 회일(會一), 호는 송사(松沙)이다. 1896년 유인석(柳麟錫)의 격문을 보고 의병을 일으켜 호남 의병의 총수가 되었다.

이 그를 압송하고 있었다. 순태가 배 안까지 쫓아가서 우만을 한 번만 뵙게 해달라고 간절하게 청하였는데, 순사들은 그의 언변이 정성스러운 것을 보고 허락해주었다. 두 사람이 만나자 경전을 논하고 시를 이야기하며 노잣돈까지 넉넉히 챙겨주었으니, 그는 이처럼 의협의 풍모가 있었다.

逸士遺事

01.

괴이한 행실로 세상을 희롱한 화가 최북, 임희지

최북(崔北)의 자는 칠칠(七七)로, 세상 사람들은 그의 가계를 알지 못하였다. 그는 이름을 파자(破字)하여 자로 삼아 행세하였다. 그는 그림을 잘 그렸지만 한쪽 눈이 보이지 않아서 항상 안경을 쓰고 화첩에 얼굴을 대고서 그림을 그렸는데 신취(神趣)를 얻었다.

그는 술을 좋아하고 놀러 다니기를 즐겼는데, 한번은 금강산 구룡연(九龍淵)¹에 들어가서 술을 잔뜩 마시고 몹시 취해서 울다가 웃다가 하였다. 그러다가 큰소리로 "천하 명인 최북이 천하 명산에서 죽음을 맞는다!"라고 외치고는 몸을 날려서 연못에 뛰어들었는데, 주위에 구해주는 사람들이 있어 죽음을 면할 수 있었다.

그는 항상 하루에 술을 대여섯 되씩 마셨는데, 저자거리의 술을 파는 아이들이 술병을 가지고 오면 그 자리에서 술병을 기울여 다 마셔버렸다. 이에 집안 살림살이가 더욱 가난해져서 평양과 동래(東萊) 같은 도회지를 떠돌아다녔다. 이때 그 지방의 부호와 문사들이 비단을 들고서 문지방이 닳도록 줄을 이었는데, 산수화를 구하는 자가 있으면 번번이 산

---

1 구룡연(九龍淵) : 금강산의 구룡폭포가 떨어져 이루어진 깊은 못으로, 크고 작은 아홉 개의 구혈(甌穴)이 화강암 위에 패어 있어 마치 용이 빠져 나간 듯한 모양을 이루고 있다.

만 그리고 물은 그리지 않았다. 사람들이 이를 따지면, 칠칠은 붓을 집어 던지고 일어나서 "거참, 종이 밖이 모두 물이잖소."라고 하였다. 매양 그림이 자기 마음에 들게 잘 그려졌는데도 돈을 적게 받으면 화를 내거나 욕을 하며 화폭을 찢어 이리저리 집어던졌다. 혹 그림이 평소 뜻대로 되지 않았는데도 그림값을 너무 많이 가져오면 껄껄 웃고 그 사람의 손을 붙잡고 돈을 돌려주며 문밖으로 내보내고는 손가락질하며 "저 따위 놈들은 그림값도 모른단말야!" 하고 비웃었다. 칠칠은 '호생자(毫生子)'라 자호하였는데, 당시에 호생자라는 이름이 온 나라를 떠들썩하게 하였으니, 이는 단지 그림 때문만은 아니었다.

그는 성질이 거칠고 오만하여 남을 잘 따르지 않았다. 한번은 서평공자(西平公子)[2]와 백금(百金)을 걸고 내기 바둑을 두었는데, 칠칠이 막 승기를 잡자 서평공자가 한 수만 물러달라고 청했다. 그러자 칠칠은 바둑돌을 흩어버리고 손을 떼고 물러나 앉아 말하기를 "바둑이란 본래 놀자고 하는 것인데, 만약 계속 물러준다면 죽을 때까지 한 판도 끝내지 못하겠소이다!" 하고, 다시는 서평공자와 바둑을 두지 않았다.

한번은 어떤 귀인의 집에 갔는데, 문지기가 그의 이름을 직접 부르는 것을 어색해하여 들어가 고하기를 "최직장이 왔습니다."라고 하였다. 그러자 칠칠이 화를 내며 말하기를 "왜 정승이라고 하지 않고 직장이라고 했느냐!"라고 하였다. 문지기가 웃으며 "언제 정승이 되셨습니까?" 하고 되물었다. 칠칠이 말하였다. "내가 직장은 언제 됐더냐. 없는 직함을 빌어서 나를 부르려고 하였다면 정승이나 직장이나 매한가지인데, 하필이면 큰 것을 내버리고 작은 것을 취한다는 말이냐!" 그러고는 귀인을 보지 않고 돌아가 버렸다.

---

2 서평공자(西平公子) : 조선 후기 거문고의 명수로, 이름은 이요(李橈)이다. 음악에 대해 애착이 매우 컸으며, 당대 가객인 송실솔(宋蟋蟀)과 이세춘(李世春)의 후원자였다. 당시 영조의 신임이 두터웠으며, 탕평책에도 크게 기여하였다.

어느 날 칠칠은 이단전(李亶佃)[3]을 통하여 상국 남공철(南公轍)을 뵙고 이야기를 나누던 중에 다음과 같이 말하였다. "나라에서 수군 수만 명을 둔 것은 장차 왜놈들을 막으려는 것인데, 왜놈들은 본래 수전에 익숙하지만 우리는 수전에 익숙하지 않습니다. 왜놈들이 쳐들어와도 우리가 응전하지 않으면 왜놈들은 저절로 물에 빠져 죽을 텐데, 어찌 이리도 삼남(三南)의 백성들을 괴롭게 들볶으십니까?" 그러고는 술을 가져와 잔뜩 마시다 보니 날이 밝았다.

세상 사람들은 칠칠을 술꾼이라고도 부르고 환쟁이라고도 부르고 미치광이라고도 하였으나, 그의 말은 대체로 일리가 있었고 풍자하는 뜻을 담고 있었다. 이단전은 "칠칠은 책 읽기를 좋아하였다."라고 하였다. 칠칠은 서울의 어느 여관에서 죽었는데 그의 나이가 얼마나 되는지는 기억이 나지 않는다. 그에 대한 기록은 『금릉집(金陵集)』[4]에도 대략 실려 있다.

임희지(林熙之)의 호는 수월도인(水月道人)이다. 사람됨이 강개하고 기개와 절조가 있었으며, 술을 좋아하여 며칠씩 깨지 못하기도 하였다. 그는 대나무와 난을 잘 그렸는데, 대나무는 표암(豹菴) 강세황(姜世晃)과 이름을 나란히 하였으며 난은 그보다 더 뛰어났다. 그는 그림을 그릴 때마다 '수월(水月)' 두 글자를 반드시 이어서 썼다. 간혹 화제(畫題)를 쓰는 경우에는 부적에 쓰인 글씨 같아서 알아보기 어려웠다. 또 글자의 획이 기이하고 옛스러워 인간 세상의 글씨 같지 않았다. 아울러 생황을 잘 불기도 했다. 그러나 집이 가난하여 값이 나갈 만한 물건이라고는 없었다. 한번은 계집종을 첩으로 들이고 다음과 같이 말하였다. "내게는 꽃을 기를 만한 뜨락이 없으니, 네 이름을 '꽃 한 송이'라고 부르는 게 좋겠다!"

그는 살고 있는 집이래야 서까래도 몇 개 되지 않았고 빈 땅이라고는 반 이랑도 안 되었지만, 반드시 사방 두어 자 되는 연못을 파놓곤 했다. 그러나 샘물을 얻지 못하여 쌀뜨물 같은 것을 쏟아 부어서 연못물이 흐릿했다. 그래도 매양 못가에서 휘파람을 불고 노래하며 "내가 '수월'의 뜻을 저버리지 않았으니, 달이 어찌 깨끗한 연못물만 골라서 비추겠는가!"라고 하였다. 그는 다른 책이라곤 없었고 오직 『진서(晉書)』한 권만을 지니고 있었다.

한번은 배를 타고 교동(喬桐)5에 가는데, 바다 한가운데 이르러 큰 비바람을 만나 건널 수 없는 지경이 되었다. 배를 탄 사람들은 모두 정신없이 부처와 보살을 외쳐댔는데, 희지는 갑자기 크게 웃으며 일어나 검은 구름과 흰 파도가 출렁거리는 가운데 춤을 추었다. 바람이 고요해져 바다를 건넌 뒤에 사람들이 그렇게 한 까닭을 묻자, 희지가 대답하였다. "죽음은 늘 있는 것이지만 바다 한가운데에서 비바람 치는 기이한 경치는 쉽게 만날 수 없으니, 내 어찌 춤추지 않을 수 있겠는가!" 그는 매양 달 밝은 밤이면 거위털을 엮어 짠 옷을 입고 쌍상투를 틀고 버선발로 생황을 비껴 불면서 돌아다녔는데, 보는 사람들이 귀신이라 여기고 모두 달아났다. 그의 세상을 희롱한 미친 짓거리가 대체로 이와 같았다.

외사씨는 말한다.

최북과 임희지가 실의에 빠지고 불우하였던 것은 옛날의 이른바 술에 빠져 지낸 자들과 같았으니, 일체의 답답하고 불평한 기운을 그림에 드러내었던 것이다. 사람들 중에는 간혹 '그들은 역량이 있으니 어찌 될지 알 수 없다'고 평하기도 하였다. 비록 그러나 세속이 당론(黨論)을 좋아

---

5 교동(喬桐) : 강화도 서북쪽에 있는 섬으로, 현재 인천광역시 강화군에 속한다.

하다보니 시인이나 화가 중에 당론이 없는 자들도 간혹 어느 한쪽에 붙어서 그 몸과 명예를 세운 경우가 있었다. 하지만 최북·임희지 두 사람은 당론을 쫓아 이름을 세우기는커녕 세상을 희롱하며 그 삶을 마쳤으니, 이는 그들에게 식견이 있었기 때문이다.

02.

드높은 기상으로 대명의리를 지킨 허격, 이만보, 허시

허격(許格)의 자는 춘장(春長), 호는 창해(滄海)로 양천인(陽川人)이다. 병자호란이 일어난 후로는 과거에 응시하지 않고 산수간을 방랑하며 시문과 술로 자오하며 스스로를 맹호연(孟浩然)[6]에 견주었다. 그는 어려서부터 강개하여 큰 절개가 있었다. 일찍이 동악(東岳) 이안눌(李安訥)[7]에게 배울 적에, 이안눌이 감탄하며 말하기를 "웅장한 문장과 뛰어난 재주를 지녔으니, 끝내 과거 시험의 문장에만 빠져 있을 사람이 아니로다!"라고 하였다.

그는 정축년[1637]에 남한산성에서 인조(仁祖)가 항복하였다는 소식을 듣고 소백산(小白山)에 올라 북쪽을 바라보며 통곡을 하였다. 이후로 그는 책상 위에 『춘추(春秋)』 1권만을 올려두고 읽었다. 또 숭정황제(崇禎皇

---

6 맹호연(孟浩然) : 당나라 때 시인으로, 젊은 시절 과거공부에 힘썼으나 연거푸 낙방하여 고향으로 돌아와 은둔생활을 하였다. 만년에 재상 장구령(張九齡)의 부탁으로 잠시 그 밑에서 일한 것 이외에는 관직에 오르지 못하고 불우한 일생을 마쳤다. 고독한 전원생활을 즐기고, 자연의 한적한 정취를 사랑한 작품을 많이 남겼다.

7 이안눌(李安訥) : 조선 중기 문신으로 자는 자민(子敏), 호는 동악(東岳)이다. 1599년 문과에 급제하여 예조 · 형조판서 등을 지냈다. 병자호란 당시 병든 몸으로 왕을 호종하여 남한산성으로 갔다가 전쟁이 끝난 후 병세가 악화되어 죽었다. 서예에 뛰어났으며 특히 시문에 뛰어나 4,379수라는 방대한 양의 시를 남겼다. 저서로 『동악집』이 있다.

帝)가 친히 쓴 글씨 '사무사(思無邪)'를 얻어 경기도 가평(加平) 조종암(朝宗巖)[8]에 새기고, 매년 3월 19일[9]에 향을 피우고 서쪽을 향하여 곡을 하였다. 그는 숙종(肅宗) 경인년[1710] 여든넷의 나이에 아침 일찍 일어나 의관을 가지런히 하고는 선조의 묘소를 참배하여 술잔을 올리고 자리에 앉아 다음과 같이 시를 지었다.

하늘과 땅은 언제나 다하리오	天地幾時盡
끝이 없는 듯 다시 끝이 있다네.	無涯還有涯
강성에서의 한 평생	江城一甲子
잠깐 동안 봄꽃을 피웠구나.	飄忽劇春花

그러고는 문득 세상을 떠났는데, 밝은 기운이 그의 집에까지 이어졌다. 현석(玄石) 박세채(朴世采)[10]는 그의 명정(銘旌)에 '대명처사(大明處士)'라고 써 주었다. 그는 예전에 연경(燕京)에 가는 사신에게 다음과 같은 시를 준 적이 있다.

천하에 산이 있어 나는 이미 숨었는데,	天下有山吾已遯
세상엔 황제가 없거늘 그대 누구에게 조회하려나.	域中無帝予誰朝
떠나는 길에 평안하라는 글을 써 주니	臨行持贈平安字
홍제교(洪濟橋) 곁에서 만 리 아득 멀어지네.	洪濟橋邊萬里遙

---

8 조종암(朝宗巖) : 경기도 가평군에 있는 숭명배청(崇明排清) 사상을 담은 바위로, 1684년 가평군수 이제두(李齊杜)와 허격·백해명(白海明) 등이 임진왜란 때 명나라가 베푼 은혜와 청나라에게 받은 수모를 잊지 말자는 뜻을 이 바위 위에 새겼다.
9 3월 19일 : 명나라 마지막 황제인 숭정제의 기일(忌日)이다.
10 박세채(朴世采) : 조선 중기 문신·학자로 자는 화숙(和叔), 호는 현석(玄石)·남계(南溪)이다. 김상헌(金尙憲) 문인으로 1683년 서인이 노론과 소론으로 분립되자 소론의 영수가 되었다. 성리학 이론에 밝았으며, 예학에도 해박하여 『남계예설(南溪禮說)』·『삼례의(三禮儀)』 등의 책을 저술하였다. 저서로 『남계집』 등이 있다.

동명(東溟) 정두경(鄭斗卿)이 "허격의 문장은 웅혼하고 맑아서 우리 조선 삼백 년의 누추한 습속을 씻어내었다."라고 말한 적이 있다.

외사씨는 말한다.
『미수기언』의 〈허격에게 답한 편지〉에는 다음과 같은 내용이 전한다. "자네가 보내 준 근체시(近體詩) 한 수를 읽어 보니, 사람으로 하여금 눈물을 떨구게 하였네. 어찌 이리도 운명이 기구하단 말인가. 수십 년 동안 품행을 바르게 하여 몸을 더럽히지 않았던 사람이 감옥에서 곤욕을 치른 지가 이미 오래되었다 하니, 뜻하지 않게 당한 재앙은 예로부터 있었다고 하지만, 또 감옥을 옮긴 것은 무슨 일이란 말인가! 자네가 평생토록 높은 기상을 좋아하고 불의를 행하지 않았던 것은 귀신도 아는 바이네. 하늘이 사람에게 이런 불행을 겪게 하는 것이 어찌 단지 그를 곤궁하게 만들기 위해서만 그런 것이겠는가." 아, 이 편지를 통해 허격의 한 평생을 알 수 있도다.

이만보(李晩保)의 자는 경난(慶難)으로 둔촌(遁村) 이집(李集)[11]의 후손이니, 그 또한 대명처사였다. 병자호란 이후에 과거를 폐하고는 간혹 팔에 송골매를 태우고 사냥개를 데리고 다니기도 하고, 또는 거문고를 지니고 술을 준비하여 허격과 더불어 서로 왕래하며 산수간을 방랑하였다.

허시(許是)의 자는 거비(去非)로 또한 창해 허격의 일가친척이다. 일찍이 현석 박세채의 문하에서 수학하고 진사시에 급제하였는데, 몇 달 후에 홀연 길게 인사를 하고 물러나왔다. 이후로는 이름과 자를 바꾸고 동

---

11 이집(李集) : 고려 말기 문인·학자로 자는 호연(浩然), 호는 둔촌(遁村)이다. 충목왕 때 과거에 급제하였으며 문장을 잘 짓고 지조가 굳기로 명성이 높았다. 1371년 신돈이 추살되자 전야(田野)에 묻혀 살면서 시를 지으며 일생을 마쳤다. 이색·정몽주·이숭인 등과 친분이 두터웠다. 저서로 『둔촌유고』가 있다.

쪽 깊은 골짜기에 은거하여 농사를 지으면서 생을 마감할 때까지 자급
자족하며 살았다.

03.

자유로운 영혼으로 학처럼 살다 간 시인 정홍조

정홍조(鄭弘祖)의 자는 사술(士述)로 동래인(東萊人)이니, 정세규(鄭世規)[12]의 현손이다. 희고 잘 생긴 얼굴에 눈이 빛나고 키가 컸으나 왼쪽 다리를 약간 절어 병든 학처럼 다녔기에 그가 저잣거리를 다닐 때면 아이들이 호들갑을 떨며 그를 구경하곤 하였다.

그의 집은 충청도 제천 의림지(義林池) 부근에 있었는데, 이곳은 우륵(于勒)[13]이 노닐던 곳으로 연못 주변의 장자에는 맑은 기운이 서려 있었다. 그는 날마다 그 안에서 노닐었는데, 한번은 낮잠을 자다가 일어나 보니 저녁 안개가 짙게 깔려 버드나무를 감싸고 있었다. 이에 크게 놀라 천지가 개벽하고 산하(山河)가 뒤바뀌었다고 착각하고는 급히 달려가 사람들에게 "내 넋이 있소, 없소?" 하고 물었으니, 그의 털털하고 거리낌 없는 모습이 이와 같았다.

그는 산사에 머물며 불서(佛書) 읽는 것을 좋아하였고, 또 꽃을 꺾는 것

---

12 정세규(鄭世規) : 조선 후기 문신으로 자는 군칙(君則), 호는 동리(東里)이다. 병자호란 때 왕이 남한산성에서 포위되자 근왕병을 이끌고 포위된 남한산성을 향하여 진격하다가 용인·험천(險川)에서 적의 기습으로 대패하였다. 그러나 충성심으로 패군의 죄를 면죄 받고 승직하여 전라도관찰사를 거쳐 공조·호조·이조판서에 이르렀다.
13 우륵(于勒) : 가야국 가실왕(嘉實王) 때와 신라 진흥왕 때 악사로 활약한 가야금의 명인이다.

을 좋아하였는데 소매에 가득 차지 않으면 돌아오지 않았다. 아울러 술 마시기를 즐기고 시를 잘 지어 늘 사람들에게 큰소리치기를 "사마천(司馬遷)이 열전(列傳)을 지을 적에 각각 그 사람에 걸맞게 하였으며, 관음보살이 중생을 제도할 적에 각각 중생의 몸으로 변화하였다. 내가 짓는 시 또한 그러하니, 한(漢)·위(魏)의 분위기를 내고자 하면 한·위의 시가 되고, 육조(六朝)·당나라 시인들 분위기를 내고자 하면 육조·당나라 시인들 시처럼 된다."라고 하였다. 그는 재주가 남보다 뛰어나고 정신이 만물 밖에 노니는 사람이었다.

이덕주(李德胄)[14]·권만(權萬)[15]은 시문으로 당시에 명성이 높았는데, 홍조의 시가 훌륭하다고 칭찬해 마지않았다. 그는 산택 사이에 숨어 살다가 마흔여덟의 나이로 죽었으니, 이는 추위와 굶주림으로 인해 병이 들었기 때문이다. 해좌(海左) 정범조(丁範祖)[16]가 애사(哀辭) 9수를 지었는데, 그 중 일부를 보이면 다음과 같다.

노련하고 힘찬 것이 그의 풍골이요   老健爲其骨

처량하고 차가운 것이 그의 빛깔이라네.   蒼寒爲其色

그에겐 소동파·황정견도 아이들이요,   蘇黃乃兒曹

진사도·육유는 하인 정도라네.   陳陸堪僕役

흐릿한 하늘의 별은   瞳曨天上星

---

14 이덕주(李德胄) : 조선 후기 학자로 자는 직심(直心), 호는 하정(卞亭)이다. 이수광(李睟光)의 후손으로 출사를 단념하고 문장사화(文章詞華)와 예제(禮制)에 관심을 기울였다. 저서로『하정집』이 있다.

15 권만(權萬) : 조선 후기 문신으로 자는 일보(一甫), 호는 강좌(江左)이다. 박학하고 문장에 능하여 이른 나이로 문과에 급제하고, 이인좌(李麟佐)의 난이 일어나자 의병을 일으켜 역도를 진압하기도 하였다. 저서로『강좌집』이 있다.

16 정범조(丁範祖) : 조선 후기 문신으로 자는 법세(法世), 호는 해좌(海左)이다. 1763년 문과에 급제하여 풍기군수·양양부사 등의 외직을 거쳐 형조판서를 지냈다. 시율과 문장에 뛰어나 당대 명성이 높았다. 저서로『해좌집』이 있다.

사술(士述)의 눈동자요,　　　　　　　是爲士述睛

절뚝이는 구름 밖의 학은　　　　　　偃蹇雲表鶴

사술의 모습이로다.　　　　　　　　是爲士述形

04.

졸박함으로 분수를 지키며 살았던 여항시인 최기남

 최기남(崔奇男)의 자는 영숙(英叔)으로 대대로 서울에 거주하였다. 어린 시절 집이 매우 가난하여 동양위(東陽尉) 신익성(申翊聖)[17]의 궁노(宮奴)가 되었는데, 그로 인해 현헌(玄軒) 신흠(申欽) 상공에게 인정을 받게 되었다. 현헌공이 그의 시를 보고 매우 칭찬을 했는데, 이로 말미암아 사대부들 사이에 그의 이름이 퍼졌다. 이름난 사람과 뛰어난 선비들이 그와 많이 사귀자, 시를 잘 짓는다는 명성이 세상 사람들의 입에 오르내렸다. 동양 위가 그의 시를 평하기를 "고체시는 육조(六朝)와 아주 비슷하고, 가행(歌 行)은 당나라 여러 시인의 경지를 넘나들며, 율시는 장경(長慶)[18] 이전의 말을 본받았다."라고 하였다. 또 그의 시집에 다음과 같이 서문을 쓰기 도 하였다. "학문을 행한 것은 선(禪)에 가깝고 시를 지은 것은 당(唐)에 가까웠으니, 반드시 오묘한 경지에 들어감으로써 신통한 이해를 할 수 있었던 것이다. 아, 이 사람의 시를 힘으로 빼앗을 수 있었다면 고귀하고

---

17 동양위(東陽尉) 신익성(申翊聖) : 조선 중기 문신으로 자는 군석(君奭), 호는 낙전당(樂全堂)이 다. 신흠(申欽)의 아들이자 선조의 부마(駙馬)로서 정숙옹주(貞淑翁主)와 혼인하여 동양위(東 陽尉)에 봉해졌다.

18 장경(長慶) : 당나라 목종(穆宗) 연간의 연호로, 본문에서는 이 시기에 서로 어울려 시를 지었 던 원진(元稹)과 백거이(白居易)의 시풍(詩風)을 말한다.

권세 있는 유력자들에게 빼앗긴 지가 벌써 오래전이었을 것이다. 아마
도 조물주가 그의 곤궁하고 미천함을 슬퍼하여 시로써 이름나게 한 것
인가."

예전에 백헌(白軒) 이경석(李景奭)[19]에게도 크게 인정을 받아, 백헌공이
그의 시집에 서문을 쓰기를 "그의 학문은 경전을 널리 종합하였는데 특
히 『주역』에 자득한 바가 있어 손으로 베껴 쓰며 즐겨 보았다. 시문에 대
해서도 근원을 찾고 오묘함을 탐구하였으니, 고체시는 『문선(文選)』을 따
르고 율시는 두보(杜甫)를 위주로 하여 바른 소리와 맑은 운이 낭랑하여
외울 만하였다."라고 하였으니, 당시 여러 문인들의 칭찬이 이와 같았다.

행명(涬溟) 윤순지(尹順之)[20]가 일본에 사신으로 갔을 때, 기남이 백의(白
衣)로 따라가서 주고받은 시가 매우 많았다. 사신 일행이 머무는 곳에는
일본인들이 시를 얻으려고 밀려들었는데, 기남은 그들을 맞아 사양하지
않고 시를 지어 주었으며, 선물을 가져온 것이 있으면 모두 물리치고 받
지 않았다. 당시 부사(副使)로 갔던 용주(龍洲) 조경(趙絅)[21] 또한 문장으로
일본인들에게 존경을 받았는데, 기남에게 다음과 같이 시를 지어 주었다.

그대의 시격이 매우 높음을 사랑하노니　　　　　　　愛君詩格極精華
당나라 고적·잠삼·왕유·맹호연의 경지를 넘나드네.　出入高岑王孟家

---

19 이경석(李景奭) : 조선 중기 문신으로 자는 상보(尙輔), 호는 백헌(白軒)이다. 김장생(金長生)
의 문인으로, 인조반정 이후 문과에 급제하여 이괄의 난, 정묘호란, 병자호란 등 혼란한 시절에
정치 일선에서 요직을 두루 거치며 영의정까지 올랐다. 문장과 글씨에 특히 뛰어나, 〈삼전도비
문(三田渡碑文)〉을 짓기도 하였다. 저서로『백헌집』등이 있다.

20 윤순지(尹順之) : 조선 후기 문신으로 자는 낙천(樂天), 호는 행명(涬溟)이다. 1620년 문과에
급제하여 도승지·대제학을 거쳐 공조판서 등을 역임하였다. 종조(從祖) 윤근수(尹根壽)에게
학문을 배웠으며, 시(詩)·서(書)·율(律)에도 뛰어났다. 겸손하고 근면하였으며 몸가짐이 단정
하였다. 저서로『행명집』이 있다.

21 조경(趙絅) : 조선 후기 문신으로 자는 일장(日章), 호는 용주(龍洲)이다. 윤근수의 문인으로 인
조반정 후 유일(遺逸)로 천거되어 목천현감 등을 지냈으며, 1626년 문과에 장원급제 하여 청요
직을 두루 거쳐 이조·형조판서에 올랐다. 병자호란 때 척화를 주장하였다. 저서로『용주집』·
『동사록(東槎錄)』이 있다.

213

그가 기남을 추켜 세워줌이 이와 같았다. 기남은 성품이 차분하고 명예와 이익을 좋아하지 않았으며 생업을 일삼지 않았다. 오직 경서와 역사서를 읽으면서 자오하였기 때문에 집안이 매우 가난하였다. 아내가 먼저 죽자 그는 다시 장가들지 않았다. 병자호란 때는 호서(湖西) 지방으로 피난 가 지내면서 산과 연못 사이로 떠돌아다니며 나그네로서의 답답한 심정을 시가(詩歌)로써 풀어내곤 했다. 그가 남긴 시집 몇 권이 있으니, 그 이름은 『구곡집(龜谷集)』이다. 그는 스스로 〈졸옹전(拙翁傳)〉을 지었으니, 그 내용은 다음과 같다.

세상에 졸옹(拙翁)이라는 자가 있는데, 어떤 사람인지는 알 수 없다. 그는 농사도 장사도 일삼지 않았으며 아무런 이름도 없었다. 옷은 단벌 갈옷뿐이요, 음식은 거친 현미뿐이요, 거처는 쑥대집이요, 외출할 때는 맨몸으로 걸어다닐 뿐이었다. 그를 보는 사람들은 비웃지 않는 이가 없었지만 오히려 그는 오만한 빛을 띠고 즐거워했으며, 외모와 말씨와 몸가짐도 남들과는 매우 달랐다. 저것에 통달하면 이것에 궁색해지고 저것이 형통하면 이것이 어려워지니, 이것은 재주와 덕이 부족해서 그런 것인가, 아니면 타고난 운명이 야박해서 그런 것인가.

이 사람은 시끄러운 것을 싫어하고 고요한 것을 좋아하는 성품이어서 깊숙한 곳에 홀로 거처하면서 책을 읽으며 스스로 즐기다가 마음에 드는 부분을 만나면 흡족해하며 걱정을 잊었다. 흥이 나면 그때마다 혼자 숲속으로 가서 시를 읊조리며 거닐었다. 간혹 사람들이 많이 모인 곳에 끼게 되면 마치 바보처럼 입을 꾹 다물고 남들과 더불어 시비를 따지지 않으려고 하였다. 또 사람들이 몰려드는 곳은 남부끄러워 다가가려 하지 않았으며, 사람들이 관심을 두지 않는 곳에서 분수를 지키며 편안히 지냈다.

같은 시대에 낙헌장인(樂軒丈人)이란 사람이 있었는데, 이 사람과 가깝게 사귀었다. 그는 세상 사람들을 따라다니며 놀지 않고 이 가난한 집만 찾아와서 마음속 깊이 겸손을 스스로 기를 뿐이었다. 그러나 얼마 안 되어 낙헌이 먼저 세상을 떠나니 함께 노닐 사람이 없어졌다. 이에 문을 닫아걸고 홀로 들어앉아 이따금 옛 사람들의 책을 펼쳐보고, 간혹 짧은 시구를 읊조리며 스스로 마음을 달래었다. 기남은 나이 예순셋에 병으로 누워 〈화도잠자만시(和陶潛自挽詩)〉 3장을 지었다.

1.

조화에 따라 죽음으로 돌아가니,	乘化會歸盡
육십 평생을 어찌 짧다 하랴.	六十敢言促
다만 한스러운 건, 스승과 벗을 잃고	但恨失師友
이름 남길 만한 일이 없다는 것이네.	無善可以錄
혼백은 흩어져 어디로 가나	游魂散何之
무덤 앞 나무에선 바람이 울부짖겠지.	風號墓前木
세상 사는 동안 아름다운 시 못 남겼으니	在世無賞音
누가 나를 조문하고 곡을 하랴.	吊我有誰哭
비록 아내와 자식들은 울겠지만	縱有妻兒啼
깊은 땅 속에서 내가 어찌 들으랴.	冥冥我何覺
귀한 자의 부귀영화도 돌아본 적 없거늘	不省貴者榮
천한 자의 치욕을 내 어찌 알랴.	焉知賤者辱
푸른 산 흰 구름 속으로	青山白雲中
돌아가 누우면 부족함이 없을 것이로다.	歸臥無不足

2.

살아서는 콩 국물도 배불리 못 먹었거늘	生不飽菽水
죽어서 어찌 제사상 차려주기를 바라리오.	死何羅豆觴
술 한 잔도 더 마시지 못했는데	一勺不復飮
고기 한 점을 어찌 맛보리오.	一臠那得嘗

이제 도성 문을 나가서 　　　　　　行出國都門

영영 서릉(西陵) 곁으로 돌아가리라. 　　永歸西陵傍

숲 바람도 목이 매여 슬피 울리고 　　林風咽悲響

산의 달에도 근심스런 빛이 엉겨 있구나. 　山月凝愁光

인간 세상은 애오라지 잠시 머물다 갈 뿐 　人間聊寄爾

저승이 참으로 내 고향이로다. 　　　九原眞我鄉

누가 죽음의 즐거움을 알리오, 　　　誰知髑髏樂

천지와 더불어 끝이 없으리니. 　　　天地同未央

3.

저 북망산 길을 돌아보니 　　　　　睠言北邙道

소나무 바람은 차고 스산하구나. 　　松風寒蕭蕭

까마귀 떼 모였다 다시 흩어지며 　　羣鴉集復散

황량한 들판을 울며 서성이누나. 　　飛鳴遠荒郊

해 저문 냇가는 멋대로 졸졸 흐르고 　暗泉自潺湲

여기저기 산만 부질없이 높다랗구나. 　亂山空岹嶢

외로운 무덤에 한줌 흙 쌓여 있고 　孤塚聚一坏

백양나무엔 가지만 무성하구나. 　　白楊攢衆條

처량한 저 황천길에는 　　　　　凄凉九泉下

아득히 멀어 밤과 낮도 없으리. 　　冥漠無昏朝

사지육신이 공허로 돌아가니 　　　四大返空虛

명예와 비방이 나와 무슨 상관이랴. 　毀譽於我何

이제부턴 해와 달을 구슬로 여기고 　日月爲璣璧

하늘과 땅을 집으로 삼으리라. 　　天地爲室家

누가 늙어빠진 나의 무덤을 알리오, 　誰知龜老藏

땔감 하고 소치는 아이들이나 올라 노래하겠지. 　樵牧來悲歌

| 천 년 만 년 지난 후에도 | 千秋萬歲後 |
| 쓸쓸히 산언덕에 기대어 있으려나. | 寂寞依山阿 |

그는 나이 일흔하나에 또 병이 더욱 심해져 스스로 제문(祭文)을 지었으니, 그 대략은 이렇다.

만물의 시초를 고찰하여 삶의 원리를 알고 만물의 끝을 궁구하여 죽음의 원리를 안다고 한 것은『주역(周易)』의 지극한 말이요, 만물은 삶에서 나왔다가 죽음으로 돌아가는 것이라 한 것은 현원(玄元)[22]의 오묘한 뜻이로다. 오는 것이 있으면 가는 것도 있음은 이승과 저승의 필연적인 이치요, 낮이 있고 밤이 있음은 어둠과 밝음의 항상된 이치이다. 그러니 이승으로 온다 해서 기쁠 것이 무엇이요, 저승으로 간다 해서 슬플 것이 무엇이랴! 아내와 자식들이 가슴 치고 통곡하는 것이 참으로 애달프기는 하나 유익함이 없고, 벗과 손님들이 와서 조문하는 것은 헛수고하며 울부짖을 뿐이니 따라하지 말지어다. 조화에 따라 죽음으로 돌아감에 천지를 객사(客舍)로 삼고, 세상을 벗어나 떠남에 육신을 풀강아지[芻狗]처럼 여기리로다. 아, 나무 관 하나에 몸을 맡긴 채 세상의 온갖 인연과 이별하려니, 나무들은 가을바람에 울부짖고 골짜기에서는 샘솟는 소리 울려 퍼지네. 단술을 따라 올리고 종이돈 태워 혼을 부르지만, 텅 빈 채 모든 것이 사라져 아득하기만 할 뿐 응답이 없구나. 오직 소나무 잣나무 가득한 산에 한 무더기 흙무덤만 새로 솟았구나.

그의 죽음을 슬퍼하는 시와 제문은 모두 늘그막에 자신의 신세를 애도하면서 나온 것이다. 이처럼 그는 하늘과 땅 사이에 홀로 서서 하늘을 우러르고 땅을 굽어보며 배회하였으나, 세상에 그를 알아주는 사람은 없었다. 그렇지만 그는

---

22 현원(玄元) : 노자(老子)를 가리킨다. 당나라 때 추호(追號)한 태상현원황제(太上玄元皇帝)의 준말이다.

초개(草芥) 같은 미물이었을지언정 여러 임금의 성스러운 교화에 한껏 젖어, 나이 일흔넷이 되도록 몸에 아무런 병도 없이 마음껏 노닐며 지내다가 스스로 삶을 마쳤다. 그러니 잔꾀를 부려 남보다 앞서려 하고 기회를 틈타 남들을 깔보다가 형벌에 빠져 죽은 자들과 견준다면 누구의 삶이 더 나은가? 이 사람은 평생동안 졸박함으로 스스로를 지켰으며, 분수를 넘어서는 것은 비록 터럭 하나라도 두려운 마음으로 피하였다. 이러한 까닭에 귀신의 꾸지람도 듣지 않고 사람들의 비난도 받지 않으며 맑은 세상의 한가로운 사람으로 살았다. 이처럼 졸박함을 때에 맞게 사용하는 것은 매우 중요한 것이다.

기남은 현종(顯宗) 초에 실록감인원(實錄監印員)이 되어 『효종실록(孝宗實錄)』 교정에 참여하였는데, 이때 나이가 이미 일흔을 넘었다. 그는 선조 병술년[1586]에 태어나 여든 살의 나이로 죽었는데, 집이 가난하여 염(殮)을 하거나 관을 마련할 수조차 없었다. 이에 여러 문하생들이 자금을 마련하여 염하고 장사지냈다. 또 그가 남긴 문집을 간행하여 세상에 전했다.

05.

섬돌 위에서 엿들으며 글을 배운 박돌몽

　박돌몽(朴突夢)은 공인(貢人)[23] 김씨 집의 종이었다. 말할 수 있을 때부터 문자에 뜻을 두었지만 처지가 미천하여 스승을 모셔 배울 수 없었다. 김씨 집의 아이는 항상 마루에 앉아 책을 읽었는데, 돌몽은 섬돌 위에서 그것을 엿들었다. 비록 뜻은 몰랐지만 아이가 읽는 소리를 따라 글자의 음을 모조리 외웠다. 아이가 간혹 음을 잊어버리면 도리어 돌몽에게 물어보기도 했다.

　이웃에 정선생(丁先生)이란 자가 있었는데 집에서 아이들을 가르쳤다. 돌몽이 상투를 틀고 나서 선생에게 나아가 배우길 원했더니 선생이 허락하였다. 돌몽은 새벽마다 일찍 일어나 책을 품고 문밖에서 기다리다가 문이 열린 뒤에야 들어가서는 선생의 침소 옆으로 다가가서 선생이 일어나기를 기다렸다. 선생이 그가 온 것을 알고 창문 너머로 "돌몽이 왔느냐?" 하고 물으면, "예!" 하고 대답했다. 여러 제자들이 나중에 와서 모두 마루로 오른 뒤에도 돌몽은 벙거지를 쓴 채로 좋은 옷과 띠를 두른

---

23 공인(貢人) : 조선 후기에 성행하던 공계(貢契)의 계원(契員). 광해군 이후 대동법의 실시로 모든 공물을 대동미로 바치게 되어 국가에서 여러 가지 수요품이 필요하게 되자, 국가로부터 대동미를 대가로 받고 물품을 납품하였다.

학생들 사이에 끼는 것을 스스로 꺼려 몸을 움츠리며 감히 마루에 오르지 못하였다. 그러면 선생은 임시로 갓을 쓰게 하고 올라오게 하였다. 수업이 끝나면 집으로 돌아와 예전처럼 일하니, 김씨 집에서는 그런 사실을 알지 못했다. 한 해가 지나자 『소학(小學)』·『논어(論語)』·『맹자(孟子)』를 모두 배우고 문식(文識)이 나날이 진보하니, 선생이 매우 기특하게 여겼다.

그가 하는 일은 횃불을 만들고 장작을 패는 것이었는데, 도끼질을 하거나 새끼를 꼬는 중에도 웅얼거리기를 그치지 않으니 집안사람들이 그를 미친놈이라고 손가락질 하였다. 한번은 학질에 걸려 괴로워하기에 김씨 집에서 일을 줄여주고 병을 치료하게 하였다. 그러자 돌몽은 자기 아내에게 은밀히 "이는 내가 독서할 기회요!" 하고는 방으로 들어가 꼿꼿이 앉아 책을 읽었다. 학질 기운으로 오한이 나고 이가 떨리는데도 더욱 굳게 앉아 입으로 외우기를 그치지 않으니 사흘 만에 학질이 저절로 떨어졌다.

후에 그가 아내와 함께 탕춘천(蕩春川)²⁴에 빨래를 하러 갔는데, 냇가에 편편한 바위가 많았다. 돌몽은 빨래를 그만두고 바윗돌 위로 올라가 갓도 없이 잠방이를 걷고 두 다리를 드러낸 채 앉았다. 그러고는 돌 웅덩이에 먹을 갈아 큰 붓을 손에 쥐고 〈소학제사(小學題辭)〉를 쓰자 바위가 온통 글씨로 얼룩졌다. 해가 서쪽으로 기울자 나무 그늘에 누워 소리 내어 길게 시를 읊조리니 유연히 자득한 모습이었다. 판서 조진관(趙鎭寬)²⁵ 댁 도령이 마침 탕춘천에 봄놀이 왔다가 돌몽이 하는 짓을 보고는 마음속으로 이상히 여겨 가까이 가서 물었다. "넌 뭐하는 놈이냐?" 돌몽이 천천히 일어나 대답했다. "남의 집 종이옵니다." 그러자 도령이 말했다.

---

24 탕춘천(蕩春川) : 탕춘대(蕩春臺)가 있던 냇가로, 지금의 서울 세검정 부근이다.
25 조진관(趙鎭寬) : 조선 후기 문신으로 자는 유숙(裕叔), 호는 가정(柯汀)이다. 영조 때 특별 구현시(求賢試)에 장원으로 뽑혀 전라도관찰사·병조판서·이조판서 등을 지냈다. 글씨에도 뛰어난 솜씨를 보였다.

"네 주인은 사람이 아니다. 어찌 경전을 배운 자를 종으로 삼을 수 있단 말이냐! 내 너를 위해 네 주인을 꾸짖고 너의 몸을 면천하게 하겠다." 그 말을 듣고 돌몽이 말했다. "쇤네는 종인 까닭에 늙은 주인을 편치 않게 하는 짓은 의리상 할 수 없습니다." 이에 도령이 더욱 그를 중히 여겼다.

김씨 집 아이는 자라면서 더욱 방탕하여 학문에 힘쓰지 않으니, 그의 아버지가 성내어 꾸짖기를 "네가 편하게 살고 멋대로 지내는 것이 마치 금수(禽獸)가 눈앞의 고기만 보는 것 같구나. 네놈은 돌몽이만도 못하다!" 하며, 여러 차례 나무랐다. 아이는 화를 풀 곳이 없어서 돌몽을 보면 번번이 몽둥이로 두들겨 패기 일쑤였다. 이에 돌몽은 '차라리 내가 피하여 주인댁 부자 사이를 편안케 하리라.' 하고 생각하고는, 병을 핑계로 일을 맡지 않고 아내의 주인집에 옮겨 살았다. 그러나 그 아이는 화가 풀리지 않아서 몰래 다른 일을 가지고 음모를 꾸며 해치려고 하였다. 그러자 주인집에서도 과연 돌몽 내외를 의심하였다. 돌몽이 탄식하며 "운명이구나. 감히 누구를 원망하랴!"라고 하고는, 아내를 데리고 떠돌다가 남양군(南陽郡)에 붙어살며 대그릇 짜는 일로 생계를 삼았다.

한 해 남짓 지나자 이정(里正)이 돌몽을 속오군(束伍軍)[26]에 편성시켰다. 이에 돌몽이 "대그릇을 짜는 것은 입에 풀칠이나 하자는 거였는데, 군조(軍租)를 어디에서 마련한단 말인가!"라고 하였다. 마침 고을에서 도시(都試)[27]로 향병(鄕兵)을 뽑았는데, 돌몽은 포(砲)로써 시험에 합격했으나 회시(會試)에는 붙지 못했다. 이로 인해 우울하게 서울을 그리워하다가 다시 김씨 집으로 돌아왔다. 얼마 후에 전옥서(典獄署)의 이속(吏屬)이 되었다가 마흔 즈음에 죽었다. 그가 이속이 될 적에 조상서 댁 도령의 도움이 있었다.

---

26 속오군(束伍軍) : 조선 후기 지방에서 양인·공사천인(公私賤人)으로 조직된 혼성 군대로, 평상 시에 훈련을 받고 유사시에 동원되도록 하였다.
27 도시(都試) : 조선시대 병조나 훈련원의 당상관, 관찰사가 무술에 뛰어난 사람을 뽑기 위하여 매년 봄·가을에 실시하던 무과 시험의 하나이다.

정선생의 이름은 치후(致厚)로 사람됨이 순박하고 학문에 독실하였다. 젊은 시절 교서관(校書館)의 하급 관리가 되었지만, 늙지도 않았는데 병을 핑계로 물러나 두문불출하며 제자들을 가르쳤다.

외사씨는 말한다.

지위가 천하면서도 배우기를 좋아한다는 것은 정말로 쉽지 않으며, 더욱이 배우면서 의리를 안다는 것은 더욱 어려운 일이다. 소가 몸이 순색으로 붉고 뿔도 곧게 났다면 누가 얼룩소라 하겠는가![28] 아, 돌몽 같은 자는 뛰어난 재주와 문식을 지녔으나 우울하게 살다가 죽었으니 슬프도다.

---

28 소가……하겠는가 : 출신과 달리 행실이 신실하고 뛰어남을 말한다. 『論語』「雍也」에 "얼룩소 새끼라도 털이 붉고 뿔이 바르면 비록 희생으로 쓰지 않으려 한다 해도 산천의 신들이 내버려 두겠는가.[犁牛之子, 騂且角, 雖欲勿用, 山川其舍諸.]"라고 하였다.

06.

유배로 인해 특출한 능력을 날려버린 이학규

이학규(李學逵)의 자는 형수(亨叟), 평창인(平昌人)으로 이응훈(李應薰)의
아들이다. 그는 낙하(洛下)라고 자호하였고, 또 문의당(文漪堂)·인수옥(因
樹屋)이라고도 하였다. 타고난 성품이 호매(豪邁)하고 재기가 영특하여 책
을 읽을 때 열 줄씩 읽었고, 한번 보면 그대로 외워버렸다. 정조 18년
[1794]에 백의(白衣)로 조정에 천거되어 『규장전운(奎章全韻)』[29]과 『홍재전
서(弘齋全書)』[30]를 교감하는 일에 참여하였는데, 교정 작업에 해박하고 재
주가 특출해서 사람들의 표본이 되었다. 이에 정조가 감탄하며 천재라
하고는 몹시 총애하여 관품(官品)에 관계없이 발탁하려 하였다. 그런데
당시 사람들이 이 때문에 그를 질시하여 기필코 함정에 빠뜨리려고 하
였다. 정조가 승하한 이듬해에 그의 외삼촌 금대(錦帶) 이가환(李家煥)[31]이
화를 입어 죽었는데, 학규도 여기에 연좌되어 김해(金海)로 유배를 가서

---

29 『규장전운(奎章全韻)』: 조선 후기 이덕무 등이 편찬한 한자 운서(韻書)이다.
30 『홍재전서(弘齋全書)』: 조선 후기 정조(正祖)의 시문집으로, 규장각에서 편찬하였다.
31 이가환(李家煥): 조선 후기 문신·학자로 자는 정조(廷藻), 호는 금대(錦帶)·정헌(貞軒)이다.
1777년 문과에 급제하여 성균관 대사성, 형조판서를 역임하였다. 1795년 주문모(周文謨) 신부
입국 사건에 연루되어 충주목사로 좌천되었고, 이후 다시 천주교를 연구하다가 적발되어 1801
년 이승훈(李承薰)·권철신(權哲身) 등과 옥사하였다.

이십오륙 년 동안 살다가 사면되어 돌아왔다. 약관의 나이에 유배를 갔는데 돌아올 적에는 백발이 희끗희끗하였다.

그는 박학다식하여 산천·도리(道里)·풍토·지리·천문·성력(星曆)·율려(律呂)·산수·의약·초목·금수 등의 명물도수(名物度數)를 널리 궁구하여 밝게 알지 못하는 것이 없었다. 또 시(詩)·사(詞)·문장이 특히 정밀하면서도 간결하였는데, 귀양살이하는 수십 년 동안 산과 바다와 궁벽한 곳을 두루 유람하여 이로 말미암아 문장이 더욱 크게 진전되었다. 그는 다음과 같은 시를 지었다.

예전엔 장양부(長楊賦)[32]를 올렸는데	舊獻長楊賦
요즘엔 이신(李紳)[33]의 시를 노래한다네.	新聲短李詩
시문 솜씨는 재자들이 물을 정도요	風騷才子問
임금을 웃게 만든 건 신하들도 아는 바라네.	天笑侍臣知
득의함이 이와 같았거늘	得意應如此
모함하는 말이 또한 여기에 있었다네.	訛言亦在玆
이에 노년의 호숫가 집에는	窮年湖上屋
초목 시드는 모습이 슬픔으로 바뀌는구나.	搖落轉成悲

또 다음과 같은 시를 지었다.

현궁(玄宮)[34]이 영영 굳게 닫히니	玄宮終永閟

---

32 장양부(長楊賦) : 한나라 양웅(揚雄)이 지은 부로, 임금이 사냥을 지나치게 즐기는 것을 풍간하였다.

33 이신(李紳) : 당나라 때의 시인으로 자는 공수(公垂)이다. 키가 작다고 하여 단리(短李)라고도 하였다. 그의 시는 예리한 풍자를 바탕으로 하여 백성들의 생활상을 사실적으로 묘사하였다. 재주가 뛰어나 벼슬에 등용되었으나 소인들의 모함으로 여러 차례 화란을 당할 뻔하였다.

34 현궁(玄宮) : 임금의 관을 묻던 광중(壙中)으로, 여기서는 정조의 죽음을 가리킨다.

늙은 처지로 부질없이 슬퍼만하네.　　　　　　白首謾餘哀

이리저리 떠도는 건 견책을 당해서인데　　　　流徙皆恩譴

죄인의 처지이나 어찌 죄명이 있으리오.　　　拘囚豈罪名

십 년 동안 산림에 묻혀 살다가　　　　　　　十年因樹屋

고개를 돌리니 놀랍기만 하네.　　　　　　　回首也驚心

이 작품들은 모두 당대를 슬퍼하고 스스로 상심한 말이었다. 그는 귀양살이할 때 자급자족할 수 없어서 종자에게 짚신을 엮어 팔게 하여 술값의 밑천을 마련하기도 하였다. 또 마을 사람 중에 돈을 빌려주며 자식과 어머니를 위해 이자놀이를 하라고 권하는 자가 있어 그 말대로 따랐는데, 서울에 사는 친구 중에 이 일을 문제 삼아 헐뜯는 자가 있었다. 그러자 그가 편지를 보내어 다음과 같이 해명하였다.

　내가 집이 몹시 가난하여 여러 경황없는 일을 두루 겪고 연이어 상례를 치르느라 땅과 노비를 모두 팔아치웠네. 어린아이와 아내는 아침에 저녁거리를 기약할 수 없으니, 단지 살아갈 방도가 없을 뿐만 아니라 또한 죽고 싶어도 길이 없다네. 하지만 내 어찌 얼마 되지 않는 베와 곡식을 바라며 그 늙은이에게 부탁을 한 것이겠는가?

　내가 이 마을에서 지낸 지도 이미 스물네 해가 되었네. 친하게 지내며 안부를 묻는 사람들이 어찌 열 명, 백 명 정도이겠는가. 그러다보니 그 중에는 내게 술을 가져다주는 사람도 있고 집기를 빌려 주는 사람도 있다네. 그러나 돈이나 곡식, 비단과 같은 것은 비록 단 하루만 빌려달라고 해도 기꺼이 승낙하는 자가 없다네.

　나는 모진 목숨 죽지도 못하여 근근이 살아가고 있네. 배고프면 먹을 것이 생각나고, 추우면 솜옷이 생각나며, 병들고 몸이 상하여 아프고 괴로우면 약 먹기를 생각한다네. 이 때문에 굽신거리는 치욕을 돌아보지 않고 비루하고 인색하다는 비판도 아랑곳하지 않네. 만약 그러한 행동이 의리를 해치지 않고 염치를 손상시키지 않으면, 모두 마음먹고 추구하며 눈 딱 감고 행동하네. 그러나 매일 밤 잠들지 못하고 마음속으로 중얼거리다가 나도 모르게 무안하여 스스로를 부끄러워하며 늘 통탄한다네.

　신유년[1801] 이래로 온 세상이 나를 더럽고 나쁜 사람으로 여기고 있네. 나를 가까이 하면 도리어 자신을 더럽힐까 염려하고 나를 도와주면 모함을 받을까 염려하였지. 아침저녁으로 가까이 지내던 친척과 친구들은 벽제(辟除) 소리 외치며 부절과 인장을 차고 다니지만, 명성과 지위가 높아질수록 돌아보고 꺼리는 것도 심해져서 남들이 옛날 일을 이야기하면 제 몸의 청화(淸華)를 해치게 될까 염려한다네. 이와 같은데도 사람들 사이에 껴서 세상과 함께하기를 바랄 수 있겠는가!

그는 사면되어 돌아온 뒤에 김면운(金冕運)[35]에게 보낸 편지에서 다음과 같이 말하였다.

　경성에 옛집이 있던 청니방(靑泥坊)은 빈터가 되어 풀만 무성해졌고, 손수 심은 나무들은 곧게 뻗기도 하고 곁가지만 무성하기도 합니다. 담장을 맞댄 집들은 주인의 얼굴이 한 번씩 바뀌었으며, 친척들과 친구들은 물론 집안의 노비들 중에도 일고여덟 사람을 제외하고는 모두 죽거나 행방을 모르니 나귀와 말이 일으키는 분진만 공연히 제 뜻을 어지럽게 합니다. 지금 비록 뇌우(雷雨)가 한번 쏟아져 흠점과 허물을 씻어냈으나 사람들은 저 보기를 늙은 까마귀나 나쁜 사람 보듯이 합니다. 제가 의관을 단정하게 하고 술잔을 들어 담론하는 것을 보면 "이 자는 예전 습속이 아직도 남아 있어 감히 스스로 평상시처럼 행동한

---

35 김면운(金冕運) : 조선 후기 학자로 자는 천찬(天贊), 호는 오연(梧淵)이다. 학식과 덕망이 높았으며, 관직에 나아가기보다는 후진 양성에 전념하였다. 저서로 『오연문집(梧淵文集)』이 있다.

다."라고 하거나, 그렇지 않으면 "이 자는 요즘 세상을 흘겨보니 그 마음을 헤아릴 수 없다."라고 합니다.

그가 지은 책으로는 『명물고(名物考)』·『광시칙(廣詩則)』·『영남악부(嶺南樂府)』·『인수만필(因樹漫筆)』·『문의당고(文漪堂稿)』·『낙하집(洛下集)』 등이 있다.

07.
낮은 신분임에도 시를 잘 썼던
이단전, 천수경, 정초부, 왕태

　이단전(李亶佃)의 자는 운기(耘歧)이다. 지위는 낮았으나 재주가 높았다. 시를 잘 짓고 글씨를 잘 썼기에 이름이 온 세상에 알려져 사대부들과 교유하였다. 그는 '필재(正齋)'라 자호하였는데, 반드시 서호(書號) 아래에 연이어 '從下[아래에서]' 또는 '從人[남을 따른다]'이라고 썼으니, 이는 상류(上流)로 자처하지 않고자 하였기 때문이다. 한번은 수성동(水聲洞)에서 놀다가 다음과 같은 시를 지었다.

지는 해는 남은 힘이 없어서	落日無餘力
뜬 구름이 스스로 모습을 바꾸네.	浮雲自幻容

　이에 사람들이 아름다운 구절이라 칭찬하였다. 그런데 얼마 안 되어 병으로 죽으니, 사람들이 시참(詩讖)이라고 하였다. 그는 『하사고(霞思稿)』[36]라는 시문집을 남겼다.

---

36 하사고(霞思稿) : 이단전의 시집으로, 현재는 전하지 않는다.

천수경(千壽慶)의 자는 군선(君善)이다. 집안이 가난하였으나 책 읽기를 좋아하였고 시를 잘 지었다. 그는 옥류천(玉流泉) 위 소나무와 바윗돌 아래에 띳집을 엮고는 송석도인(松石道人)이라 자호하였다. 그는 다섯 아들을 두었는데 첫째는 송(松), 둘째는 석(石), 셋째는 족(足), 넷째는 과(過), 다섯째는 하(何)였다. 첫째와 둘째는 자신의 호로 이름을 지은 것이니 자신의 좋은 점을 닮기 바란 것이고, 셋째 족은 세 아들로 족하다는 것이며, 넷째 과는 아들이 너무 많다는 뜻이고, 다섯째 하는 아들이 다섯이니 어찌 그리 심하냐는 뜻이다. 이에 사람들이 서로 전하여 웃음거리로 삼았다.

그는 『풍요속선(風謠續選)』을 편집하여 세상에 간행하였으니, 근래 정묘년[1857]에 나온 『풍요삼선(風謠三選)』은 이 선집의 영향을 계승한 것이다. 그가 죽자 제자 안시혁(安時爀)이 비석을 세워 '시인 천수경의 묘'라고 표하였다.

정초부(鄭樵夫)의 이름은 알 수 없으며 스스로 초부라 칭하였기에 이로 인해 호를 삼았다. 단지 호로써 칭하기만 한 것은 아니고 실제로 땔나무하는 것을 업으로 삼아 땔감을 등에 지고 동문(東門)으로 들어와 길거리에서 팔면서 낭랑하게 자신이 지은 시를 읊었다.

글로 명성 얻은 이 몸이 땔감하며 늙어가니	翰墨聲名老採樵
두 어깨 위로 가을빛은 쓸쓸도 하구나.	兩肩秋色動蕭蕭
산바람이 장안의 길로 불어주어	山風吹入長安路
새벽녘 성 동쪽 제이교에 이르렀네.	曉到東城第二橋

초부는 운포(雲浦) 여상국(呂相國)의 종이었다. 그러나 사실은 종이 아니라 그의 시골 집 행랑 아래 거처하였던 것이며, 상국의 봉사손(奉祀孫) 여

춘영(呂春永)과 함께 글을 배웠다. 춘영의 호는 헌적(軒適)으로 문장으로
세상에 이름이 났으나 은거하며 벼슬에 나아가지 않았다. 한번은 그가
초부의 시를 추천하고 전송(傳誦)하여 온 도성에 초부의 이름이 가득했
다. 당시 명사였던 남공철(南公轍)과 여러 정승·판서들의 모임을 기념하
는 〈속서원아집도(續西園雅集圖)〉[37]에 나무꾼의 복장으로 두 다리를 드러
낸 채 짚신을 신고 시를 쓴 종이를 올리는 이가 바로 초부이다. 그는 시
집 1권을 남겼는데 각 체의 시가 대략 갖추어져 있으니 놀랄 만한 작품
으로 세상에 이름이 났다. 그가 지은 칠언절구 1수를 보인다.

동호에 봄 물결은 쪽빛보다 푸르러	東湖春水碧於藍
두세 마리 흰 새가 또렷하게 보이네.	白鳥分明見兩三
어기여차 노 젓는 소리에 새들은 날아가고	柔櫓一聲歸去後
석양의 산빛만 빈 못에 가득하구나.	夕陽山色滿空潭

왕태(王太)의 자는 보경(步庚), 일명은 한상(漢相), 호는 수리(數里)로 고려
왕씨의 후예이다. 집이 가난하여 스스로 살아갈 수 없어 나이 스물넷에
술을 파는 김노파의 일꾼이 되었다. 그는 술 나르는 일을 하고 틈만 나
면 책을 읽었는데 노파가 꾸짖으며 그것을 제지하였다. 이에 책을 품고
다니면서 읽었는데, 혹 아궁이 불에 비추어 속으로 외우기도 하였다. 그
러자 노파가 그를 갸륵히 여겨 날마다 초를 한 자루씩 주고 밤에도 책을

---

37 속서원아집도(續西園雅集圖) : 서원아집도는 중국 북송대 영종(英宗)의 부마였던 왕선(王詵)
이 수도 개봉(開封)에 있던 자기 집 정원, 즉 서원(西園)에서 당시의 유명한 문인묵객들을 초청
하여 베풀었던 아회(雅會) 장면을 담은 그림이다. 우리나라에서는 김홍도가 그린 선면도와 6폭
병풍이 유명하다. 속서원아집도란 지금의 서울 동숭동에 있는 이유수(李惟秀)의 정원에서 윤
급과 남유용, 유언호 등이 포함된 13명의 정승·판서들이 시회를 벌인 것을 기념하기 위해 그
린 일명 〈동원아집도(東園雅集圖)〉를 말한다.

읽을 수 있게 하였다. 이로 말미암아 그의 문장이 크게 진전되었다.

그러나 그를 알아주는 사람이 없어서 군사(軍士)가 되어 금호문(金虎門)[38] 밖에서 돈을 받고 번을 섰다. 그러던 어느 날 달 밝은 밤에 흙구덩이 속에서 앉아 『상서(尙書)』를 외는데 그 소리가 금석(金石)의 악기에서 나오는 것 같았다. 이때 높은 관원 하나가 지나가다가 그 소리를 듣고는 기이하게 여겨 수레를 멈추고 왕태를 불러 보았는데, 헝클어진 머리에 지저분한 얼굴을 하고 옷은 남루하였다. 관원은 깜짝 놀라며 말하기를 "그대는 '강물 맑은 밤 물안개도 적구나.[淸江夜少煙]'라는 시를 지은 왕한상이 아닌가?" 하였다. 그러고는 궁으로 들어가 임금에게 아뢰니, 곧바로 그를 불러 시를 짓게 하였는데 몇 걸음을 걷는 사이에 지어냈다. 이로부터 시명(詩名)이 크게 떨쳐졌다. 아울러 특별히 무과에 급제케 하여 관직이 조령별장(鳥嶺別將)에 이르렀다.

외사씨는 말한다.

조선은 문벌과 신분에 대한 제한이 매우 심하여 여항 사이에 기이한 재주와 특이한 능력을 지녔거나 시사(詩詞)·문학에 뛰어난 자들이 있어도 그들을 발탁해서 쓰는 경우가 없었다. 게다가 하늘마저 버리니 재능이 지극한 자가 드물었다. 왕태의 경우처럼 면천(免賤)을 하고 관원으로 삼은 것은 아주 좋은 변화라 하겠다. 그러나 그 나머지 뛰어난 능력을 품은 선비들은 또한 끝내 사라져 전해짐이 없으니, 슬프도다!

---

38 금호문(金虎門) : 창덕궁 돈화문의 서쪽에 있는 문으로 대신들이 이곳으로 많이 드나들었다.

08.
불혹의 나이에 시를 공부하여
여든의 나이에 급제한 박문규

　박문규(朴文逵)는 개성(開城) 사람으로, 그의 선조는 관향이 순창(淳昌)이다. 그는 자를 재홍(齋鴻)이라 하였기에 운소자(雲巢子) 또는 천유자(天游子)라 자호하였다. 그는 어려서부터 총명과 슬기가 뛰어나 책을 읽을 때 눈길이 스쳐간 곳은 잊지 않았다. 당시 고을의 풍속 중에 선비들이 밀랍으로 시의 운자(韻字)를 가려두고 내기를 하여 많이 맞추는 사람이 돈을 차지하는 놀이가 있었는데, 이를 시운희(詩韻戱)라고 하였다. 문규는 매번 자기 차례가 될 때마다 운자를 모조리 제시하니, 노숙한 사람들도 그를 꺼리며 말하기를 "돈을 많이 가져와봐야 박생의 집만 넉넉하게 할 뿐이로군." 하였다.

　문규는 장성한 후에 채마밭을 경작하여 만금을 모았다. 이에 묵계(墨溪)[39] 주변에 별장을 크게 지어 그 안에 책과 악기를 쌓아두고 첩을 들여 별채에 두었다. 그러고는 김상기(金尙祺) 등 오랜 친구들과 함께 말을 타고 첩이 있는 별채를 지나며 밤새 술을 마셔대니 몇 년이 지나 만금을

---

39 묵계(墨溪) : 황해도 개성에 있는 골짜기 이름으로 수려한 경치로 유명하다. 석봉(石峯) 한호(韓濩)가 일찍이 이 개울에 임해 글씨를 배웠는데, 개울물이 모두 검어져서 묵계(墨溪)라 불렸다고 한다.

모두 탕진하였다. 나이 마흔이 되어서야 비로소 방탕한 생활을 그만두고 힘써 시를 공부하여 외우는 고시가 수만 편에 이르렀다. 그는 근체시(近體詩)를 잘 썼는데 특히 옛사람의 시구로 집구시(集句詩)를 잘 지었다. 이에 당세의 공경(公卿)들을 두루 찾아다녔는데, 추사(秋史) 김정희(金正喜)부터 그 이하로 그의 박람강기를 좋아하지 않는 사람이 없었다. 누대에서 빈객들과 풍월을 즐기는 모임에서 전고가 거의 없거나 대구를 맞추기 어려운 경우를 만나면 반드시 문규를 불러서 시를 지어 올리라고 할 정도였다.

하루는 문규가 해진 옷에 짚신 차림을 하고 초라한 모습으로 도성 저자거리를 돌아다녔는데, 판서 죽하(竹下) 최우형(崔遇亨)[40]이 초헌(軺軒)[41]을 타고 지나가다가 그를 보고 내려서 읍하니 저자 사람들이 다들 눈이 휘둥그레졌다. 학사 우전(雨田) 정현덕(鄭顯德)[42]이 서장관으로 연경에 갔을 때, 문규의 시를 가져다가 한림 동문환(董文煥)[43]에게 보여주었다. 문환은 성율(聲律) 연구에 심취하여 『성조사보(聲調四譜)』를 지었는데, 문규의 시를 보고서 거듭 훌륭하다 칭찬하고 또 편지를 보내 교분을 트고 겸하여 선물까지 보냈다. 이에 문규는 시인으로서 세상에 이름이 나게 되었다.

고종 24년 정해년[1887]에 특별히 개성에서 별시를 열고 선비들을 모았는데, 유수(留守) 김선근(金善根)이 문규가 이미 늙어서 거동하지 못한다는 소식을 듣고 안타까워 마지않으며 말하기를 "어찌하여 이 밝은 세상에 방간(方干)의 넋을 부르던 일[44]이 있게 하겠는가!" 하였다. 이에 먼저 권세

---

40 최우형(崔遇亨) : 조선 후기 문신으로 자는 예경(禮卿), 호는 죽하(竹下)이다. 1850년 문과에 급제하여 이조판서, 성균관 대사성 등을 역임하였다. 시문에 능하였으며, 저서로『죽하집』이 있다.

41 초헌(軺軒) : 조선시대 종2품 이상의 벼슬아치가 타던 수레. 긴 줏대에 외바퀴가 밑으로 달리고, 앉는 데는 의자 비슷하게 되어 있으며, 두 개의 긴 채가 달려 있다.

42 정현덕(鄭顯德) : 조선 후기 문신으로 자는 백순(伯純), 호는 우전(雨田)이다. 1850년 문과에 급제하여 벼슬이 이조참의에 올랐으나, 대원군이 실각할 때 유배되었고, 이후 사사되었다.

43 동문환(董文煥) : 청나라의 문신으로 자는 요장(堯章), 호는 연추(硏秋)이다. 시문과 서화에 뛰어났다. 저서로『연초산방시(硯樵山房詩)』·『성조사보도설(聲調四譜圖說)』·『추회창화시(秋懷倡和詩)』 등이 있다.

가들에게 추천을 구하고, 문규를 대신하여 과거 답안을 올려 4등으로 급제하였다. 방이 붙고 나서야 문규는 비로소 이 사실을 알았는데 이때 나이가 여든셋이었다. 이에 임금의 특은(特恩)으로 품계를 뛰어넘어 통정대부(通政大夫) 병조참지(兵曹參知)로 임명되었다. 이듬해 가선대부(嘉善大夫) 용양위호군(龍驤衛護軍)으로 승진하였는데, 얼마 뒤에 세상을 떠났다.

문규는 사람됨이 깨끗하고 욕심이 없어 입으로 가난을 말하지 않았다. 또 멀리 유람하는 것을 좋아하여 나라 안에 있는 이름난 산천의 승경지는 자취를 남기지 않은 곳이 없었다. 옛 사람들을 애도하며 시를 지을 적에는 강개하고 구슬프게 노래 부르기도 하고 이따금 해를 넘겨 집에 이르기도 하였다. 그는 비록 여러 사람들이 앉은 자리 가운데서도 항상 눈을 감고 벽에 기대어 목구멍으로 은은하게 생각한 것을 소리 내어 읊조렸는데, 멀리서 바라보면 마치 토인(土人)이나 목인(木人) 같았다. 그는 여러 사람들의 책을 보지 않은 것이 없었지만, 시에 친근하여 시만을 취하였으니 그의 전일하게 나아가는 것이 이와 같았다.

그는 시집 10권과 집구시 2권을 남겼다. 문규와 동시대의 사람들로 백응현(白應絢)은 『우남고(愚南稿)』를 지었고, 백기진(白岐鎭)은 『겸재고(兼齋稿)』를 지었으며, 전홍관(全弘琯)은 『송풍고(松風稿)』를 지었는데 점잖고 기품이 있어 일가를 이룬 측면에서는 모두 문규를 따르지 못하였다.

창강(滄江) 김택영(金澤榮)은 다음과 같이 말하였다. "천유자의 율시는 평담(平淡)·융수(融秀)하여 거듭 법도에 맞았으며 존귀하고 돈후한 품격은 패옥이 울리듯 찬란하게 울려 퍼졌으니 반드시 일대 거장의 반열에 올라야 할 것이다. 그러나 내가 천유자를 살펴보건대, 그는 늦은 나이에

---

44 방간(方干)의 넋을 부르던 일 : 살아있을 때 재능을 인정받지 못하는 것을 말한다. 방간은 당나라 때의 시인으로 시재가 출중하였으나, 언청이였던 탓에 과거에 급제하지 못하였고, 지인들이 여러 차례 조정에 추천했음에도 불구하고 끝내 등용되지 못하였다. 죽은 지 10년 뒤에 재상 장문위(張文蔚)가 명유(名儒)로서 급제하지 못한 사람들의 넋을 위로하기 위하여 5인을 추천할 때 포함되어 급제를 하사받았다.

공부에 뛰어들어 한 부분에만 힘을 쓰느라 원대한 부분에 대해서는 혹 의론할 겨를이 없었다. 그러므로 그 폐단이 남아 종종 무기력함에 빠져들었으며 남의 것을 베끼고 답습하는 병통이 있게 되었다. 아, 조물주조차 온전한 공이 없음이 오래되었도다."

외사씨는 말한다.

내가 어렸을 때에 선배들과 어른들이 고려의 옛 도읍지를 따라 노닐다 돌아와서 말하기를 "박문규는 개성의 시걸(詩傑)이다."라고 하며 그의 시 한두 구절을 익숙히 외워대는 것을 들은 적이 있다. 창강 김택영은 문규와 동향인으로 그를 위해 전을 짓고 논평하였으니 어찌 군더더기를 덧붙이겠는가.

09.

어려운 처지에서도 독학으로 학행을 이룬 김엄

김엄(金儼)의 자는 수유(守有)로 김해인(金海人)이다. 집안이 대대로 한미하였으며 또 일찍 부모를 여의고 아내와 함께 두 사람이 산속에 뗏집을 짓고 살며 남편은 밭을 갈고 아내는 베를 짜면서 어렵게 생활하였다. 김엄은 나이 스물에 처음으로 배움에 뜻을 두었으나 집이 가난하여 스승을 모실 수도 없었고 또 몸소 쟁기를 잡아야했기에 스승을 좇을 수도 없었다. 그래서 항상 저녁밥을 먹은 후에 바로 잠자리에 들지 않고, 어린아이들에게 『동몽선습(童蒙先習)』, 증선지(曾先之)의 『사략(史略)』, 강지(江贄)의 『통감절요(通鑑節要)』 등을 가르치는 이웃집 글방으로 갔다. 그러고는 그 곁에 앉아 가르치는 내용을 듣고 글자들을 보면서 익혔는데, 한번 귀로 듣고 눈으로 본 후에는 잊어버리지 않았다. 1~2년이 지나자 집안 살림살이가 조금씩 나아져 점차 재물을 저축하여 힘든 노역을 대신할 수 있었다. 이로부터 선비의 의복을 입고 갓을 쓰고 띠를 묶으니 어느덧 선비다워졌다.

그는 매양 선비들의 모임이나 글을 쓰는 자리가 있다는 소식을 들으면, 30리 안의 온 경내를 통틀어 반드시 가장 먼저 가서 보았다. 하지만 그 모임과 자리에 참석한 사람들은 모두 한 고을의 지체와 벼슬이 높은 자들이라 김엄의 집안이 대대로 한미한 것을 알고는 일개 농민 취급을 할 뿐 그를 물리치고 자리에 끼워주지 않았다. 김엄은 문밖에 선 채로 바라보면서도 종일토록 싫증내지 않았으며 자리를 파할 적에야 비로소 종종걸음으로 따라나갔다. 그러자 모임에 참여한 덕을 갖춘 연장자들이 간혹 감동하고 측은히 여겨 그에게 남은 술과 안주를 주기도 하였다. 그는 그때마다 두 손으로 공손하게 받았으나 그의 뜻이 음식물에 있는 것은 아니었다.

얼마 후 그가 탄식하며 말하기를 "학문이 어찌 이러한 데만 있겠는가!"하더니, 이웃한 사대부가에서 『효경(孝經)』·『논어(論語)』를 빌려다가 반년 동안 열심히 읽었다. 그는 줄글을 따라 글자를 세기도 하고 널리 찾고 서로 비교하며 깊이 뜻을 연구하여 자득하게 되었는데, 한참이 지나자 자세히 이해되고 이치를 분별할 수 있었다. 이에 크게 기뻐하며 말하기를 "도(道)가 여기에 있었구나!" 하였다. 그러고는 '立則見其參於前也, 在輿則見其倚於衡也.[일어서면 그것이 내 앞에 참여함을 볼 것이며, 수레에 있으면 그것이 멍에에 기댐을 볼 것이다.]'[45]라는 17자를 써서 늘 앉는 자리의 뒤편 벽에 붙여 놓았으며, 그의 집 처마 밑에는 '모유재(慕儒齋)'라 편액을 걸었다. 또 일 년 남짓한 기간 동안 글을 통해 배움을 깨달아 몸소 실천하고 행동하니, 집안사람들도 동화되어 아내는 남편을 공경하고 베 짜는 소리가 집안에 가득하였다. 또 일꾼들도 주인에게 감복하여 들판에서 〈격양가(擊壤歌)〉를 불렀다. 아들을 낳아 다섯 살, 세 살이 되었는데 모두 총명하고 영리하여 「천자문」·『효경』을 읽게 하였다.

예전에는 나라의 제도 상, 여러 대에 걸쳐 관직이 없는 사람들은 모두 군적(軍籍)에 편입시켜 군전(軍錢)을 납부하고 신역(身役)을 행해야 했다. 김엄의 집안도 대대로 군역에 해당되어 있었는데, 이때에 이르러 고을

---

45 立則見其參於前也 在輿則見其倚於衡也 : 『論語』「衛靈公」의 구절로, 말을 진실되게 하고 행실을 독실하게 해야 한다는 공자의 가르침을 드러낸 구절이다.

수령이 그의 학문과 행실을 공경하여 특별히 면제시켜 주었다. 그러자 김엄은 몸을 세워 도를 행하기를 생각하여 그가 배운 바를 시험해보고자 하였다가, 이내 불가하다 여기고는 "내 행실이 아직 지극하지 않다." 라고 하였다. 이에 집안일을 아내와 일꾼들에게 부탁하고 도보로 서울에 이르러 성균관(成均館) 아래 민가에 거처를 마련하고는 조정의 명령과 사대부들의 벼슬살이와 선비들의 학업과 저잣거리 상인들의 일을 살펴보고자 하였다.

당시 조정에서는 붕당간의 격론이 들끓었다가 한쪽 편이 졌는데, 승자 쪽은 모두들 승진하여 관직을 받고 사은숙배하며 축하객들이 문전성시를 이루는 반면, 패자 쪽은 관직에서 쫓겨나거나 유배를 당하여 어지러이 짐을 꾸린 채 절도(絶島)로 압송됨이 성화처럼 급하니 통곡하고 한숨 짓는 소리가 길에 끊이지 않았다. 더욱 두려운 것은 도포자락을 찢어 얼굴에 씌우고 삼목낭두(三木囊頭)[46]를 하고서 의금부(義禁府)로 붙잡혀 들어가 고문을 당하고 곤장을 맞는 것이었다. 이에 뇌물을 건네는 자도 있었으며 자복하여 참형(斬刑)이나 교형(絞刑)을 당하는 자도 있었는데, 큰 옥사가 한번 일어나면 열흘씩 한 달씩 슬프고 처참한 기색이 하늘까지 치솟았다.

김엄이 크게 놀라 집주인을 따라 자세한 내막을 들어보니, 갑·을 두 편에서 권세와 이익을 다투었는데 처음에는 사사로운 다툼이었다가 큰 싸움으로 번져 이러한 지경에 이른 것이었다. 그 근본 사건을 따져보니, 충역(忠逆)·선악(善惡)과는 관계가 없었으며 단지 같은 당끼리 상대 당을 공격하면서 세력을 얻으면 또다시 서로 보복하는 것이었다. 선비로서 글을 배우는 자들이나 상인으로서 이익을 추구하는 자들이나 모두 이 소요사태로 인하여 일을 제대로 할 수가 없었다.

---

46 삼목낭두(三木囊頭) : 죄인이 형구(刑具)를 착용한 모양을 형용한 말이다. 삼목은 목·손·발에 형틀을 채우는 것이고, 낭두는 물건으로 그 머리를 뒤집어씌우는 것이다.

김엄이 길게 탄식하며 말하였다. "내가 만약 관원이 되어 조정에 서면 마땅히 온 힘을 다해 임금께 아뢰어 이러한 다툼을 금하고 멈추게 하겠소!" 그러자 주인이 웃으며 말하였다. "객은 참으로 어리석군요. 객의 문벌과 지체로는 요행히 과거에 급제하더라도 저 당파싸움을 하는 집안의 인사들이 과거에 급제하는 것과는 다르오. 처음에는 직책을 주어 성균관에 분속시키지만[47] 몇 년이 지나도 객 같은 사람은 통청(通淸)[48]할 수 없을 게요. 명목상으로는 비록 과거라고는 하지만 어찌 언로(言路)에 처할 수 있겠소?" 이에 김엄은 "그게 또한 그렇겠구나!" 하고는, 급히 짐을 꾸려 자기 집으로 돌아가 버렸다.

---

47 성균관에 분속시키지만 : 조선시대에 새로 과거에 급제한 자들에게 실무를 습득시키기 위해 권지(權知)라는 이름으로 승문원(承文院) 또는 성균관(成均館)으로 나누어 소속시켰다. 대개 문벌 있는 집안의 자제는 승문원에 분속시키고, 나머지는 성균관에 분속시키는 것이 상례였다.
48 통청(通淸) : 청환직(淸宦職)에 후보자로 천거되는 것을 말한다. 일반적으로 홍문관 등의 청환직을 거쳐야 고관으로 오를 수 있었다.

10.
아버지를 신원시킨 한주악,
어머니를 효성으로 섬긴 안거즙

한주악(韓柱岳)의 자는 종보(宗甫)로 그 선조는 청주인(淸州人)이다. 아버지 한순(韓洵)과 한유(韓游)[49] · 한광(韓洸) 형제가 영조(英祖) 무신년[1728] 흉악한 역모로 무고를 당하여 고신(拷訊) 끝에 목숨을 잃었는데도 그들을 신원해 주는 사람이 없었다. 당시 주악의 나이는 겨우 스무 살이었는데, 아버지와 숙부 · 계부의 시신을 장사지내고는 어머니를 모시고 부평(富平)의 시골집으로 돌아가 힘써 농사를 지어 어머니를 봉양하였다. 이에 억울함을 품고 원통함을 참으며 이십여 년을 죄인이라 자처하며 지냈다.

계유년[1753] 여름 가뭄이 극심하여 억울한 옥사를 다시 심리하였는데, 주악이 임금의 어가 앞에서 억울함을 호소하였다. 마침 그 자리에 있던 억울한 사정을 지닌 다섯 사람도 일시에 하소연하였다. 그러자 영조는 크게 노하여 그들을 모두 변방으로 유배를 보냈다가 이듬해 죄를 용서하고 돌아오게 하였다. 그러나 주악은 집으로 돌아오지 않고 서울에 머물며 해진 옷과 짚신 차림으로 날마다 고관들의 집 앞에서 울부짖기

---

49 한유(韓游) : 조선 후기 문관으로 자는 자우(子優)이다. 1725년 문과에 급제하여 홍문관 정자 등을 역임하였다. 1727년 분관(分館)으로 회자(回刺:승문원에 새로 들어온 사람이 허름한 차림을 하고 밤에 선배들을 찾아다니며 동료로 인정받던 일)하지 않아 귀양 갔다 풀려났고, 이듬해에는 반역죄에 연루되어 그의 형제들이 모두 사사되었다.

도 하고 혹 길에서는 헌교(軒轎)[50] 앞에 엎드려 눈물로 하소연하기도 하니, 당시 재상들이 감동하여 그를 만나주고 동정하였다.

한번은 임금의 병세가 심해 조정의 신하들이 아침저녁으로 문안을 하였는데, 주악이 매일같이 반드시 먼저 대궐에 이르렀다가 대신들이 이르는 것을 기다려 그 앞에서 눈물로 하소연하였다. 혹한과 눈보라에도 변함이 없자, 여러 공들이 '한효자(韓孝子)'라고 칭찬하였다. 이에 대신들이 임금에게 아뢰어 한순 형제의 자손들을 금고(禁錮)[51]하지 말라고 분부하도록 하였다. 그런데 주악이 또 임금의 어가 앞에서 아버지를 신원해 달라 청하니, 임금이 노하여 고군산도(古群山島)[52]에 유배를 보냈다가 일 년쯤 지나 죄를 용서하고 돌아오게 하였다. 하지만 주악은 조금도 주눅들지 않고 예전처럼 목청을 높여 외치기를 상례로 하였다. 마침 임금이 신문고(申聞鼓)를 설치하여 백성들의 억울함을 듣고자 하였는데, 주악이 제일 먼저 북을 울리자 임금이 그 억울함을 살피고 부친 형제의 죄를 씻어주었다. 이에 주악이 즉시 머리를 조아리고는 울부짖고 통곡하며 네 번 절하고 물러났다가 다음날 아침 자신의 아들들을 데리고 또 네 번 절을 올렸다. 위졸과 각 사(司)의 예대(隸臺)들이 서로 하례하며 "수염 긴 한 옹이 오늘에야 억울함을 씻었네!"라고 하였으니, 이는 이 일을 장쾌하게 여긴 것이었다.

주악은 시골집으로 돌아가 거처하는 방에 '명은와(銘恩窩)'라 편액을 하고 날마다 사당을 배알하였는데 별도로 자리 하나를 만들어 동쪽으로 대궐을 향해 먼저 네 번 절을 올린 후 사당에 절을 올렸다. 또 매년 섣달 그믐밤에 도성으로 들어가 새해 아침 대궐에 이르러 절을 올렸는데, 노쇠하였다 해서 스스로 그만두지 않았다.

---

50 헌교(軒轎) : 조선시대 종일품 이상 및 기로소(耆老所)의 당상관이 타던 가마.
51 금고(禁錮) : 조선시대 죄과 혹은 신분의 허물이 있는 사람을 벼슬에 쓰지 않던 일.
52 고군산도(古群山島) : 전라북도 군산시 옥도면에 속하는 섬들로 무녀도(巫女島), 선유도(仙遊島), 신시도(新侍島) 등 63개의 섬으로 이루어져 있다.

그의 집안은 변고를 당한 나머지 살림 형편이 쪼그라들었지만 상황을 잘 수습하고 열심히 일을 하였다. 어린 동생 3명과 사촌 아우·누이 4명, 당숙 2명은 나이가 적었는데 그가 홀로 다섯 집안의 어른이 되어 모두 보살피고 돌보아 길러주었으며, 가족끼리 화목하게 지내고 가난을 구휼하여 은혜와 의리가 두루 이르게 하였다. 또 매년 봄가을에 가문 내 사람들과 선조들의 묘소 아래서 화수회(花樹會)[53]를 열기로 약속을 하는 등 여러 관례와 규율은 모두 주악이 마련한 것이었다. 그는 정조 병오년 [1786]에 죽었으니 나이가 일흔여덟이었다. 그의 아들 병겸(秉謙)은 진사가 되었다.

안거즙(安居楫)의 자는 대재(大哉), 본적은 광주(廣州)로 사간공(思簡公) 안성(安省)[54]의 후손이다. 그는 열 살의 나이에 아버지의 상을 당하여 가슴 치고 통곡하며 숨이 넘어갈 듯하였다. "부친께서는 열셋의 나이에 고아가 되었고 지금 내가 또 열 살에 상을 당하였으니 하늘이 어쩜 이리도 나에게 혹독하게 시련을 내리시는가!" 하고는 어른처럼 상례를 주관하였고 지극한 효성으로 어머니를 섬기니 인근 고을이 모두 감화되어 그가 사는 마을을 일러 '효자촌(孝子村)'이라고 하였다.

그의 어머니는 괴이한 질환을 앓은 적이 있었는데 의원이 "치료할 약이 없습니다."라고 하였다. 이에 거즙이 손가락을 잘라 피를 내어 목으로 넘기게 하니 다시 살아날 수 있었다. 또 어머니가 살아있는 물고기를 잡숫고자 하셨는데, 당시 극심한 가뭄이라 냇가와 연못이 거의 말라 있었다. 거즙이 눈물을 흘리며 시냇가를 따라 돌아다녔는데, 뜻하지 않게 도랑물 속에서 월척 잉어 다섯 마리를 잡아 집으로 돌아와 어머니께 올

---

53 화수회(花樹會) : 같은 성을 가진 사람들이 친목을 위하여 이룬 모임이나 잔치.
54 안성(安省) : 고려 말 조선 초 문신으로 자는 일삼(日三), 호는 설천(雪泉)·천곡(泉谷)이다. 우왕 연간 문과에 급제하여 관직에 올라 청백리로 이름을 떨쳤다. 조선 개국 후에 강원도관찰사를 지내고 평양백(平壤伯)에 봉해졌다.

렸다. 그러자 그의 당숙 안세겸(安世謙)이 감탄하며 "네가 우리 집안의 왕상(王祥)[55]이로구나!" 하였다.

모친이 또 독한 염병을 앓고 있었는데, 당시 양제(涼劑)[56]를 사용하다가 죽는 사람들이 많았기 때문에 함부로 사용할 수 없어서 슬피 울며 하늘에 기도하자 갑자기 온약(溫藥)을 쓰라는 말이 들리는 것 같았다. 이에 급히 온약을 올리자 곧바로 메아리처럼 효험이 나타나 마을 사람들이 경탄하였다. 어머니가 세상을 떠나자 애훼(哀毁)를 지나치게 하여 상을 마칠 수 없을 듯이 하였다. 그의 아들들이 때때로 병이 들까 염려하여 울며 간하였으나, 그는 "내가 이미 지천명의 나이이니 죽어도 여한이 없다."라고 하였다. 그 후에 천수를 누리다가 삶을 마쳤으니 그의 나이 쉰아홉이었다. 송도(松都) 금사동(金寺洞)에 장사지냈다.

외사씨는 말한다.

한주악은 홀몸으로 위태로운 처지에서 죽을 각오로 엎어지고 내쫓기면서도 끝내 뜻을 꺾지 않고 그 정성을 드러내보였으니 '지성이면 감천'이라는 것이 바로 이런 경우가 아니겠는가! 한겨울에 물고기를 잡고 신감채를 구한 일 등은 비록 정상적이지 않은 일이지만 효사(孝史)를 살펴보면 간혹 이런 일도 있으니, 안거즙도 마땅히 삼강행실(三綱行實)의 대열에 참여할 수 있을 것이다.

---

55 왕상(王祥) : 진(晉)나라 때 효자로 계모가 병이 들어 한겨울에 잉어(鯉魚)가 먹고 싶다고 하자, 강에 나가 옷을 벗고 얼음 위에 엎드리니 얼음이 스스로 녹으며 물속에서 잉어가 뛰어나왔다는 일화가 전해진다.
56 양제(涼劑) : 성질이 찬 약재로 만든 처방.

11.

수학과 보학에 뛰어났던 박사정

　박사정(朴思正)의 자는 자중(子中), 호는 농와(聾窩)로 그의 선조는 무안인(務安人)이다. 그의 5세조 박응선(朴應善)은 인조(仁祖) 초에 유일(遺逸)로 세상에 이름이 났으니 호가 초정(草亭)이었다. 아버지 박이문(朴履文)의 호는 고심재(古心齋)로 문장으로써 세상에 명성을 떨쳤다. 사정은 어려서부터 영특하고 문장에 재주가 있어 세상에서 기동(奇童)이라 일컬었다. 장성하여 세도(世道)가 위태로움을 보고는 세상에 나아갈 뜻이 없어 과거 공부에 힘쓰지 않았으니, 세상 사람들이 많이들 애석하게 여겼다.

　그의 나이 열셋에 부친이 지평현감(砥平縣監)으로 재임하던 중 갑자기 병에 걸려 관청의 일이 많이 밀려 있었다. 사정이 여러 아전들과 더불어 각방(各房)의 문서를 점검하였는데, 아전들은 나이가 어리다 하여 홀대하면서 은닉하고 이실직고하지 않는 것이 많았다. 그렇지만 사정은 아전들에게 장부를 가지고 제대로 계산을 하라고 명하며 비바람처럼 몰아쳤다. 계산을 할 적에 꼼꼼하게 살피고 정리하여 털끝만큼도 오차가 없자, 이에 아전들이 크게 놀라며 감히 속일 수 없었다. 그러고는 "이 아이는 육조(六曹)의 낭관을 겸하여 맡을 수 있겠다."라고 하였으니, 이로 말미암아 그의 이름이 온 세상에 알려졌다.

사정은 예전에 관혼상제(冠婚喪祭)의 사례(四禮)에 힘을 기울여 작게는 의식의 절도로부터 크게는 의심스러운 글의 깊은 뜻까지 명백하게 분변하고 해석하였다. 그는 특히 수학(數學)에 깊은 조예가 있어 곱셈·나눗셈·덧셈·뺄셈부터 시작하여 천원(天元)·개방(開方)[57]·정부(正負)[58]·구고(句股)[59]의 산술까지 환하게 살펴서 정확하게 계산해냈다. 또 보학(譜學)에도 뛰어나 우리나라의 크고 작은 성씨의 세계(世系)를 관통하여 모르는 것이 없었다. 비록 희귀한 성(姓)과 드문 파(派)까지도 또한 묻는 대로 답할 수 있어서 자신의 족적을 잃은 사람들이 많이들 자문을 구했으니, 세상에서 그를 '육보선생(肉譜先生)'이라고 불렀다.

그의 저서는 매우 다양하다. 『가례작통(家禮酌通)』 4권, 『산학지남(算學指南)』 2권, 『백씨보략(百氏譜略)』 수십 권 및 기타 저술이 또한 많은데, 모두 그의 집에 소장되어 있다. 그는 숙종 계사년[1713]에 태어나 정조 정미년[1787]에 죽었으니 나이가 일흔다섯이었다.

외사씨는 말한다.

내가 예전에 순암(順菴) 안정복(安鼎福)이 한 이야기를 들은 적이 있다. "공[박사정]은 남보다 뛰어난 행실과 세상에 드문 재능을 가졌으며 특히 경륜에 능하여 그의 담론하는 바가 옛날을 참작하고 지금에 의거하여 모두 조리에 들어맞아 근거가 있었다." 아, 여러 가지 재주를 지니고 걸출한 기예를 품고서도 때를 만나지 못해 끝내 초야에서 늙어 죽은 사람 중에 박사정 같은 자가 또 얼마이리오.

---

57 천원(天元)·개방(開方) : 수식의 근(根)을 구하는 방식인데, 평방근(平方根)을 구하는 산법이다.
58 정부(正負) : 정은 양의정수, 부는 음의정수를 말한다.
59 구고(句股) : 구장(九章) 산술의 한 종류. 삼각형의 직각에 짧은 변을 고(股), 긴 변을 구(句), 빗변을 현(弦)이라 하여 사물의 고심(高深)·광원(廣遠)을 계산하는 방식이다.

12.

부친을 사무치게 그리워한 처사 남하행

처사 남하행(南夏行)의 자는 성시(聖時)이다. 그의 선조는 의령인(宜寧人)으로 충경공(忠景公) 남재(南在)[60]의 후손이다. 그의 부친 남수교(南壽喬)가 죽은 지 6개월 후에 그가 태어났는데, 그는 부친의 얼굴을 모르기 때문에 세상이 끝나는 듯 지극히 애통해 하여 죄인으로 자처하고 자신의 몸을 가꾸지 않으며 연회 자리에도 나아가지 않았다. 간혹 책을 읽다가 '부모' 두 글자가 나오면 목이 메여 제대로 읽지 못하였고 선친의 묘소를 지날 적에는 반드시 통곡을 하였으며 길에서 효자비(孝子碑)를 보면 반드시 말에서 내려 경의를 표하고 지나갔다.

매양 기일이 되면 재계하고 목욕하여 엄숙하고 공경하게 제사를 봉행하였는데 조금도 게을리 한 적이 없었으며 육십 년을 하루처럼 하였다. 그러다가 선친이 세상을 떠난 주갑(周甲)이 되자 다시 상복을 입으려 하니, 성호(星湖) 이익(李瀷)이 예법에는 없는 일이라면서 만류하였다. 그는 생일날이 되면 하루 종일 슬픔에 잠겼기 때문에 집안사람들이 감히 술

---

60 남재(南在) : 고려 말 조선 초기 문신으로 자는 경지(敬之), 호는 구정(龜亭)이다. 공민왕 때 진사시에 합격하여 이성계(李成桂)의 세력에 가담하여 조선 개국에 공을 세웠다. 하륜(河崙)과 함께 태종이 왕위에 오르도록 힘을 썼다. 벼슬은 영의정까지 올랐다. 문장에 뛰어나고 산술에도 밝았다. 저서로 『구정유고』가 있다.

상을 차리지 못하였다. 그의 손자가 술을 올렸는데도 물리치며 다음과
같이 시를 지었다.

인간 세상에 불효하기로 내가 유독 심한데   人間不孝惟我獨
매년 오늘이면 눈물이 나는구나.   每年今日淚些兒
어린 손자가 심중의 한을 알지 못하여   小孫不識中心恨
손 씻고 은근히 한 잔 술을 권하는구나.   洗手慇懃勸一巵

그는 손수 『효경(孝經)』을 쓰고는 자신이 죽은 뒤에 관에 함께 넣으라
고 명하였으니, 여기에서 공의 돈독한 성품을 볼 수 있다. 하행은 옥동
(玉洞) 이서(李漵)에게 글씨를 배워 팔분체(八分體)를 잘 썼는데, 다음과 같
이 말한 적이 있다. "마음이 바르면 붓을 잡음이 견고하여 자획이 절로
바르게 된다. 단지 붓을 잡고 필획을 그을 때 뿐만 아니라 비록 허공에
그리고 땅에 그을 때도 진실로 그 마음을 전일하게 한다면 자획이 절로
얻어질 것이다." 그러므로 그의 필명이 온 세상에 떨쳐진 것이다. 그는
'잠옹(潛翁) · 돈암(遯菴)'이라 자호하였다. 그의 저서로는 『술선록(述先錄)』,
『와유록(臥遊錄)』 및 문집 약간 권이 있다. 그는 정조 신축년[1781]에 죽었
으니 그의 나이 여든다섯이었다.

외사씨는 말한다.
남하행은 고사(高士)라고 말할 만하다. 순암 안정복이 그를 기려 일컫
기를 "서주(西周) 때의 일사(逸士) 같고, 동한(東漢) 시절 문사들의 독행(篤
行)을 보여주었네."라고 하였으니, 이 말이 아마도 그를 여실히 드러낸다
하겠다. 그의 필법은 내가 『속천자문(續千字文)』에서 일부를 대략 살펴본
적이 있다.

13.

무속을 숭상하는 기풍 척결에 앞장선 김이도, 임대수

김이도(金履道)의 자는 군길(君吉)로 김해인(金海人)이다. 책 읽는 것을 좋아하였으며 뜻이 크고 기개가 높았다. 개성(開城)의 풍속은 무속을 숭상하고 귀신에게 제사지내기를 좋아하여 당시 개성 북쪽 송악산(松岳山)에 정사(正祀)[61] 외에 성황(城隍)·대왕(大王)·국사(國師)·고녀(姑女)·부녀(府女) 등 다섯 개의 신사(神祀)가 있었고, 이외에 덕적산(德積山)[62] 등지에도 각기 신을 모시고 있었다. 궁중의 여러 궁방(宮房)에서부터 여항의 부녀들에 이르기까지 모두 그곳에서 빌고 제사를 지내니, 무속이 어지러이 횡행하였으며 소모되는 비용도 막대하였다. 이도가 개연히 친구 박성림(朴成林)에게 말하기를 "저것들을 모두 불태워 없애버려야겠네. 사도(邪道)가 정도(正道)를 범하지 못하게 하는 것은 천하의 대의이니, 제사를 지내는 것이 사치스럽고 부정하다면 그런 제사를 어디에 쓰겠는가!" 하였다. 그러고는 성림과 함께 개성 한복판에서 소리치자 임대수(林大秀) 등 이백여 명의 유생들이 일시에 호응하였는데, 일은 얼추 준비되었으나 실제 결

---

61 정사(正祀) ; 유교적 의례에 입각한 제사를 말한다. 그 규모와 중요도에 따라 대사(大祀)·중사(中祀)·소사(小祀)로 나뉘며, 조선시대에 들어와 관련 규정이 정비되었다.

62 덕적산(德積山) : 경기도 개풍군에 있는 산으로, 고려시대에는 봄·가을마다 산신에게 제사를 지냈다고 한다.

행하지는 못했다.

이때 이런 소문이 궁중에까지 흘러들자 인성대비(仁聖大妃)는 궁인을 시켜 그들의 계획을 멈추게 하였는데, 이도는 꿈쩍하지 않은 채 먼저 송악산에 올라 대왕사(大王祠)의 신상을 불태워버렸다. 그러자 인성대비가 그 소식을 듣고 진노하여 "도깨비 같은 놈들이 필시 이 미망인에게 화란이 미치게 하려고 하는구나!" 하였다. 이에 명종(明宗)은 관련자 스무 명을 체포하도록 명하고 그 나머지는 의금부에 가두게 하였다. 이도 등이 형조에 끌려오자 명종은 거듭 명을 내려 '수괴 한 사람을 찾아내어 참하라.' 하였으니, 이도 등은 죽은 목숨이었다. 그러자 대수 등이 분연히 말하기를 "이러한 의거를 일으키면서 누가 죽기를 바라지 않았겠는가!" 하고는 앞다투어 자신이 수괴라 나서니 법관이 판결을 내릴 수가 없었다.

이때 사헌부·사간원에서는 먼저 '승정원이 후설(喉舌)의 역할을 맡고 있으면서 임금의 잘못된 명을 거두지 못하였다.' 하며 탄핵하였다. 의정부와 홍문관 및 성균관의 유생들도 뒤이어 또 연일 상소를 올려 모두 극언하기를 '여러 유생들이 한 일은 바른 기운에서 나온 것이니 격려를 해야지 죽여서는 안 됩니다.'라고 하였다. 임금이 이에 인성대비에게 고하고는 명을 내려 모두 풀어주라고 하였으니, 이때는 명종 21년[1566]이었다.

처사 남명(南溟) 조식(曺植)이 이 소식을 듣고 바람을 쐬고 후련해하며 말하기를 "이제 여러 유생들의 대의를 들어보니 참으로 내 마음을 시원하게 해주는구나." 하고는, 김이도·임대수 등을 모두 남산사(南山祠)[63]에 배향하였다. 대수는 순창인(淳昌人)으로 고려 유민 임선매(林先昧)[64]의 5대손이다.

성종조에 임금이 병을 앓은 적이 있었는데, 정희대비(貞熹大妃)가 궁인들에게 명하여 무당들을 데리고 성균관 앞에 굿판을 벌이라고 하였다.

---

63 남산사(南山祠) : 개성 동쪽 숭절사(崇節祠) 동쪽에 있다. 순조 18년[1818]에 창건되었다.
64 임선매(林先昧) : 고려 말기의 학자로 두문동에 칩거한 72명 중 한 사람이다.

그러나 성균관의 유생들이 이 소식을 듣고 무당들을 몰아내 쫓아버렸다. 대비가 크게 노하여 유생들에게 죄를 물으려 하자, 성종이 만류하며 말하기를 "지금 선비들의 기개가 이와 같아서 제 병이 씻은 듯이 나았습니다. 이는 오히려 상을 내려야지 벌을 주어서는 안 됩니다."라고 하였다.

외사씨는 말한다.

삼국시대 이래로 우리나라는 귀신을 믿고 숭상하였는데 그 중에서도 개성이 특히 심하였으니, 이는 고려의 유속(遺俗)이 그러했기 때문이다. 김처사가 발분한 것은 그만한 이유가 있었던 것이다. 저 처사의 무리들이 행한 것은 극히 어려운 것이었고, 또 이 때문에 임금의 분노를 샀으니 그들의 고혈(膏血)이 철월(鐵鉞)을 붉게 물들이기에 충분한 것이었다. 그러나 당시 조정과 재야의 많은 군자들이 번갈아 상소하고 힘써 구원하여, 결국에는 보잘 것 없는 포의(布衣)로서 백세에 걸쳐 대의를 펼칠 수 있었다. 성종조의 성균관 유생들은 더욱 행하기 어려운 일을 한 것인데, 임금의 한 마디 말이 그들의 기개를 장려하였다. 아, 여기에서 위대한 성세(盛世)의 다스림과 교화를 볼 수 있다.

14.

청나라 앞잡이를 모살하려다 주살 당한 강효원

강효원(姜孝元)은 진주인(晉州人)이다. 인조 정축년[1637] 소현세자(昭顯世子)와 봉림대군(鳳林大君)이 청나라에 인질로 잡혀갈 적에 시강원(侍講院) 관원 중에 피하기를 도모하는 자들이 많았는데, 이때 문학(文學) 정뇌경(鄭雷卿)이 개연히 몸소 가기를 청하자 효원도 시강원 서리로서 따라가게 되었다. 기묘년[1639] 봄에 정뇌경은 필선(弼善)으로 승차하였다.

당시 은산(殷山)⁶⁵의 관노 정명수(鄭命壽)가 무오년[1618] 건주(建州)의 전역(戰役)⁶⁶에서 본국 천예(賤隸) 김돌이(金乭伊)와 함께 청나라에 포로로 잡혔는데, 그는 성품이 교활하고 청나라 말을 할 수 있었기에 총애를 믿고 권세를 부리며 오랑캐의 앞잡이가 되어서 하고 싶은 대로 행하며 못하는 짓이 없었다. 이에 온 나라 사람들이 이를 부득부득 갈았으나 감히 아무런 말도 할 수 없었다. 때마침 청나라 사람들이 정명수 등의 잔학상

---

65 은산(殷山) : 평안남도 순천 지역의 옛 지명.
66 건주(建州)의 전역(戰役) : 명나라가 후금(後金)의 건주(建州)를 칠 때 응원하기 위하여 출정(出征)한 일을 말한다. 이때 강홍립(姜弘立)을 도원수(都元帥)로 삼아 2만 명을 거느리고 출정하게 하였는데, 전세가 불리하게 전개되자 강홍립이 청나라에 항복하였다. 정명수는 이때 포로로 잡혀 갔다가 청나라 말을 배워 우리나라의 사정을 밀고하였으며, 병자호란 때는 통역관으로 나와 갖은 행패를 다 부렸다.

을 드러내니 청나라 황제가 노하여 그를 죽이고자 하였다. 정뇌경이 그 소식을 듣고는 기회를 엿보아 그들을 제거하려고 하였다. 이때 심양(瀋陽) 관소(館所)의 요속(僚屬)과 빈객으로 있던 재상 박노(朴籌)와 신득연(申得淵)·박계영(朴啓榮)·신유(申濡)·김종일(金宗一)·정지화(鄭知和) 등도 모두 그 모의에 참여하였는데, 정뇌경은 이 모의를 홀로 주도하였다. 이 해 정월에 정뇌경이 김종일과 함께 상의하여 충성스럽고 신중하여 일을 맡길 만한 자를 수소문하였는데, 강효원보다 나은 자가 없다고 하였다. 이에 함께 앉은 자리에서 효원을 불러 말하였다. "정명수·김돌이 두 역적의 소행은 세상이 다 아는 바네. 청나라 역관 하사담(河士淡) 또한 그들을 죽이고자 하여 지금 그들의 소행을 고발하여 황제가 죽이려 하니, 이 기회를 놓칠 수 없네. 요즈음 두 역적이 제멋대로 구는 것이 더욱 심하여 진헌하는 배와 감을 각각 1천 개씩 훔쳐 먹었고, 최상국(崔相國)이 올 때 가지고 온 은자 2백 냥, 역관 최득남(崔得男)이 싸 가지고 온 은화 7바리를 전부 빼앗았는데, 그에 관한 문서가 모두 여기에 있네. 이것은 그들을 죽일 만한 죄안(罪案)이니, 그대는 심천로(沈天老) 등과 함께 고발장을 올려 그들의 간악한 실상을 드러내게. 청나라 관원이 캐물으면 '시강원 관원이 알고 있다.'고만 대답하게. 만약 조사하는 일이 벌어지면 우리 두 사람이 곧장 사실대로 말할 것이니, 그대는 조금도 염려하지 말게."

효원은 개연히 명을 따르겠다고 하고는 청나라 형부(刑部)에 고발장을 올렸다. 그러자 청나라 관원이 급히 시강원 관원 김종일을 불러 고발장에 대한 내용을 캐물었는데, 김종일은 "시강원 관원들은 관장하고 있는 일이 각각 다릅니다." 하고 답하였다. 이에 정뇌경을 불러 캐묻자, 정뇌경은 사실대로 답하였다. 또 강효원을 불러 캐묻자, 강효원 역시 정뇌경의 말과 같이 대답하였다. 그 뒤로도 청나라 관원이 여러 차례 불러 조사하면서 캐물었으나 대답은 한결같았다.

그 사실을 증명할 만한 문서가 정뇌경의 처소에 있었는데, 두 역적이 그 사실을 알고 박노에게 사주하여 그 문서를 불태우게 하였다. 이때 청나라 관원이 증명할 만한 문서가 있느냐고 물으니, 정뇌경이 불태워진 때의 상황을 말하면서 "재신 박노가 알고 있습니다."라고 답하였다. 이에 청나라 관원이 박노를 불러 캐물었는데, 박노는 "그런 일이 없었습니다. 그가 말한 것은 모두 망언입니다."라고 대답하였다. 청나라 관원은 즉시 박노를 석방하고 정뇌경과 강효원을 옥에 가둔 다음, 우리나라에 자문(咨文)⁶⁷을 보내어 그 일에 대해 캐물었다. 그런데 조정에서는 문제가 생길까 두려워 그런 일이 없다고 회자(回咨)하였다.

이에 청나라 관원은 정뇌경·강효원에게 사형을 언도하고 처형하려 하였다. 그러자 재신들이 보속(補贖)을 청하였는데, 정명수가 발끈 화를 내면서 "그러면 정뇌경과 강효원이 장차 살아 돌아갈 것이 아닌가!"라고 하였다. 소현세자가 친히 청나라 관부에 나아가 보속을 청하고자 수레를 타고 나서는데, 정명수가 뛰어와서는 길을 막고 소리치며 "내 목을 자른 뒤에나 갈 수 있습니다."라고 하였다. 이에 사서(司書) 정지화가 곁에 있다가 말하기를 "네가 어떤 놈이기에 감히 이와 같이 구느냐!" 하자, 정명수가 노하여 말하기를 "내가 뭐하는 놈이냐고 물었는가? 내가 바로 정명수다!" 하고는 정지화를 주먹으로 마구 때려 그의 갓끈이 끊어지고 옷고름이 풀어지기까지 하였다.

정뇌경과 강효원이 옥문을 나서 말에 오르자, 재자관(賫咨官) 이응징(李應徵)과 선전관(宣傳官) 정윤길(鄭胤吉)이 압송해 갔는데, 두 역적이 몰아치기를 몹시 급하게 하였다. 서문(西門) 밖으로 나가 형장에 도착하여 막 참수하려고 할 적에 이응징이 힘껏 다투면서 말하기를 "조선의 법령에 사대부는 교형(絞刑)에 처하게 되어 있으니, 마땅히 본국의 법을 써야 한다."라고 하여, 결국 그 말에 따라 교형에 처하였다.

---

67 자문(咨文) : 조선시대에 중국과 외교적인 교섭·통보·조회할 일이 있을 때에 주고받던 공식적인 외교 문서.

효원은 죽을 때 입으로 정명수를 두둔한 재신들을 꾸짖기만 할뿐 한 마디도 스스로 변명하지 않았으니, 참으로 어질었도다. 심천로도 결국 참형을 당하였는데, 그날은 4월 18일이었다. 이날 하늘엔 밝은 빛이 없었고 음산한 바람이 크게 일어나니, 이 광경을 본 청나라 사람들도 혀를 차고 눈물을 흘리지 않는 이가 없었다. 정뇌경은 처형에 임하여 종이와 붓을 가져오라고 하고는 다음과 같이 시를 지었다.

어진 세 분[68]이 지난날 요하 가에서 죽었으니	三良昔死遼河濱
변방에서 떠도는 영혼에게 이웃이 있으리라.	關塞浮雲鬼有隣
지금 나를 불러 새로 짝을 이뤘으니	今招阿震添新伴
우리 함께 정영위(丁令威)[69] 찾아 주인으로 정하세나.	共訪令威作主人

정뇌경은 이때 나이가 서른둘이었다. 효원은 처음 구금되었을 때 마음속으로 필시 죽게 될 것을 알고 머리털을 잘라 옷 속에 넣고 편지를 써서 어머니께 영결을 고하였다. 처형에 임하여 종자에게 말하기를 "내가 지금 나랏일로 죽으니 무엇이 한스럽겠는가! 돌아가 집안사람들에게 내가 있을 때처럼 늙으신 어머니를 잘 봉양해 달라고 전해다오."라고 하였다. 효원은 이때 나이가 서른일곱이었다. 인조는 좋은 땅을 골라 그들을 안장하라 명하고, 그의 어머니와 아내에게 매달 국고의 쌀 6말과 조기 3두름을 내려 남은 생애를 마치게 하였다. 그의 두 아들 후정(厚精)·이정(二精)은 유사에게 명하여 속신케 하였다. 정뇌경에게는 집에 정려를 세워주었다.

---

68 어진 세 분 : 병자호란 때 청나라와의 강화를 반대하다 척화신(斥和臣)으로 몰려 청나라에 끌려가 죽은 삼학사(三學士) 홍익한(洪翼漢)·윤집(尹集)·오달제(吳達濟)를 말한다.

69 정영위(丁令威) : 한나라 때 요동 사람으로 신선이 되고 나서 천 년 만에 학으로 변해 다시 고향을 찾아와서는 요동 성문의 화표주(華表柱) 위에 내려앉았다는데, 소년 하나가 활을 쏘려고 하자 허공으로 날아올라 배회하다가 탄식하면서 떠나갔다는 전설이 전한다.

고산 윤선도는 "고관들이 서리만도 못하였으니, 어찌 부끄럽지 않으랴!"라고 하였고, 우암 송시열은 "저 김 아무개처럼 마음을 쓰는 자는 개도 그가 먹다 남긴 것은 먹지 않을 것이다!"라고 하였으며, 동명 정두경은 "어떤 한 재신이 정명수의 심복이 되어 임금을 억누르고 역적을 도왔으니, 후세 사람들의 붓과 혀를 어떻게 가릴 수 있겠는가."라고 하였다.

15.

흥해군을 선비의 고향으로 만든 최천익

최천익(崔天翼)의 자는 진숙(晉叔)으로 흥해인(興海人)이다. 그의 집안은 대대로 흥해군의 아전을 지냈는데, 천익만 유독 분발하여 선비가 되었다. 진사에 합격하여 말하기를 "내 분수에 족하다."라고 하면서 더는 과거에 응하지 않았다. 그는 집에서 30년 동안 글을 가르치다가 정조 기해년[1779]에 세상을 떠났으니, 그의 나이 예순여덟이었다.

천익은 먼 변두리 미천한 데서 우뚝 일어나 사방으로 찾아다니며 배웠는데, 읽지 않은 책이 없었으며 문장과 학문이 뛰어나 한 도에서 명망있는 사람이 되었다. 그러나 늘 스스로를 부족하게 여겨 어질고 뛰어난 장자(長子)가 있다는 말을 들으면 반드시 찾아가 만나보았다. 그는 성품이 강직하고 기개가 있어 세상을 업신여겼으므로 자기 뜻에 맞는 사람이 거의 없었다. 그렇지만 겸손과 절제로 처신하면서 자기의 재능을 남에게 자랑하지 않았다. 평소 몸가짐이 매우 근엄한데다가 그가 하는 말도 언제나 사리에 맞아서 농지거리하며 버릇없이 구는 자는 그의 앞에 오지도 못하였다. 이러한 까닭에 그를 아는 사람은 먼저 그의 덕을 일컫고 그의 재주는 다음으로 여겼다.

청천(靑泉) 신유한(申維翰)[70]이 연일현감(延日縣監)이 되어서 오자, 천익은 자기가 지은 글을 예물로 가지고 가서 뵙고는 제자가 되기를 청하였다. 신유한은 그가 배운 것을 묻고는 놀라며 "그대는 나의 외우(畏友)일세. 내가 어찌 그대의 스승이 될 수 있겠는가!"하였다. 그러고는 임기를 마치고 돌아갈 때 자신의 서적을 주었다. 그 뒤 고을로 부임하는 수령들은 그를 만나보지 않는 자가 없었으며, 만나보면 그때마다 예를 갖춰 대하였다. 비록 교만하고 방자한 자라도 감히 지위나 신분을 따져 그를 업신 여기지 못하였다. 또 관부에 드나든 지 수십 년이 되도록 시비가 한 번도 자신에게 미치지 않았으니, 고을 사람들이 이 때문에 그를 더욱 어질게 여겼다.

그는 내행(內行)이 완전히 갖추어져 형제 다섯 사람이 한 이불을 덮고 잤으며, 식솔들이 항상 굶주려 지냈으나 걱정스런 기색을 보이지 않았다. 거처하는 집이 낡고 헐어서 고을 사또가 수리해주고자 하였으나 굳이 사양하였다. 그러나 손님이 오면 반드시 술상을 내오고 시를 지었으니 그의 풍류가 사람들을 감동시켰다. 어쩌다 자신과 뜻이 맞는 사람을 만나면 고금의 치란(治亂)·득실(得失)과 관방(關防)의 형편을 이야기했는데, 마치 손바닥을 들여다보듯 분명하여 듣는 사람들이 지루한 줄을 몰랐으니, 아마도 세상사에 뜻이 없지는 않았던 듯하다. 늙어서는 믿고 따르는 자가 더욱 많아져서 인근 고을에서 글방을 열어 그를 초청하기도 하였으며, 세상을 떠났을 때는 상복을 입은 자가 많았다. 흥해는 궁벽한 고을인데 지금 이름난 선비가 많은 것은 모두 그의 공로이다. 그는 『농수시집(農叟詩集)』 1권을 남겼는데, 여러 문인들이 그 책을 나누어 가졌다.

안동인 섭서(葉西) 권엄(權襹)[71]은 좀처럼 남들을 인정하지 않았는데 오

---

70 신유한(申維翰) : 조선 후기 문신·문장가로 자는 주백(周伯), 호는 청천(靑泉)이다. 숙종 때 문 과에 급제하여 1719년 제술관으로서 일본에 다녀왔다. 문장으로 이름이 났으며, 특히 시에 걸 작이 많고 사(詞)에도 능하였다. 저서로 『해유록(海遊錄)』·『청천집』 등이 있다.

71 권엄(權襹) : 조선 후기 문신으로 자는 공저(公著), 호는 섭서(葉西)이다. 1765년 문과에 급제 하여 충청도관찰사·대사간·공조판서·형조판서 등을 두루 역임하였다.

랫동안 흥해군수로 있으면서 그가 어떤 사람인지 깊이 알았기 때문에 '온 세상에 짝할 자가 드물다'고 여기며 늘 '용전옹(龍田翁)'이라 부르고 이름을 부르지 않았다. 또 관찰사에게 말하여 조정에 천거하려 하였지만 이루지는 못하였다. 원성(原城) 원중거(元重擧) 또한 그를 적극적으로 추천하여 영좌(嶺左)의 위인이라 지목하였다. 청성(靑城) 성대중(成大中)은 그를 익히 알고 있었는데, 그가 사는 고을에 방문했을 때 그는 이미 세상을 떠난 뒤였다. 매양 그의 무덤을 지날 때마다 한참동안 말을 멈추곤 하였으며, 그를 위해 묘지명을 지었다.

16.

호남에서 문장으로 명성을 떨친 왕씨 부자들

　왕석보(王錫輔)의 자는 윤국(胤國), 관향은 개성으로 고려 태조의 열다섯째 아들인 동양군(東陽君)[72]의 후예이다. 조선 초에 호조판서를 지낸 왕지덕(王地德)과 경상병사를 지낸 왕완인(王完仁)은 모두 조정에서 현달하였다. 완인의 아들 왕정(王淨)은 관직이 경력(經歷)[73]에 이르렀는데, 처음으로 호남에 내려가 구례현(求禮縣)에서 살았다. 그의 5대손 왕득인(王得仁)은 선조 연간 임진왜란 때 의병을 일으켰다가 순절하여 사헌부(司憲府) 지평(持平)에 추증되었고, 아들 왕의성(王義成)은 인조 병자년[1636]에 스스로 근왕병을 모아 좌승지(左承旨)에 추증되었다. 득인의 후손 중에 왕지익(王之翼)은 효행으로 호조좌랑(戶曹佐郎)에 추증되었는데 그가 바로 석보의 고조부이다.

　석보는 순조 병자년[1816]에 태어났다. 열두 살에 아버지를 여의고 스무 살에 장가를 갔는데, 여러 젊은이들이 그가 얼굴빛을 바르게 하고 단

---

72 동양군(東陽君) : 고려 태조 왕건의 아들인 효은태자(孝隱太子)로, 어머니는 개국공신인 유금필(庾黔弼)의 딸 동양원부인(東陽院夫人)이다. 성격이 거칠고 소인배들과 어울리며 반역을 획책했다 하여 광종(光宗)에게 죽임을 당하였는데, 아들들이 화란을 피해 도망쳤다가 후에 복권되어 종실의 적(籍)에 다시 올랐다.
73 경력(經歷) : 조선시대 각 부(府)에서 실제적인 사무를 맡아보던 종4품 벼슬.

정하게 앉아 있는 것을 보고는 서로 조심하고 물러나 감히 농지거리를 걸지 못하며 "왕랑은 천인(天人)일 것이다!"라고 하였다. 그는 어머니를 극진히 모셨고, 특히 제사에 정성을 다해 사흘 전에는 반드시 목욕재계를 하였다.

한번은 과거를 보러갔는데 수험생들이 청탁에만 분주한 것을 보고는 마음속으로 비루하게 여겨 과거 공부를 그만두고 산림 사이를 방랑하였다. 경치가 뛰어난 곳이 있다는 말을 들으면 지팡이와 짚신만 지닌 채 수백 리를 멀다 여기지 않았는데 그를 따르는 자들이 항상 십수 명이나 되었다.

그는 『주역(周易)』의 이치를 정밀하게 궁구하여 삼기(三奇)[74] · 태을(太乙)[75] · 상위(象緯)[76] · 구고(勾股)의 술법에까지 이르렀다. 그가 언젠가 한강의 노량진(露梁津)을 건너면서 동행하는 사람들과 천천히 건너기로 약속하였다. 그런데 그 중 한 사람이 약속을 어기고는 먼저 질러가 배에 올라 배가 강안에서 이미 멀리 떨어져 있었다. 석보가 뱃사공에게 후하게 뇌물을 얹어주면서 배를 돌려 다시 대도록 하였는데, 잠시 후 배가 중류에 이르러 뒤집혀버렸다. 그 뒤로는 스스로 방술이 정학(正學)을 해친다고 여겨 모두 그만두고, 오직 경서를 가지고 자오하였다. 또 제자백가서의 중요한 말들을 손수 베껴 써서 이를 수진본(袖珍本)으로 삼았다.

그는 어려서부터 시를 잘 읊었는데 만년에는 더욱 뜻을 두어 『천사집(川社集)』 몇 권을 저술하였다. 천사(川社)는 그의 자호이다. 호남은 옥봉(玉峯) 백광훈(白光勳), 백호(白湖) 임제(林悌) 이후로 시학(詩學)이 오랫동안 뜸했는데, 그가 시학을 닦아 밝힌 까닭에 근래 구례의 명사인 해학(海鶴) 이기(李沂), 매천(梅泉) 황현(黃玹) 같은 자들이 모두 한 목소리로 추천하였다.

---

74 삼기(三奇) : 역학에서 인간의 길흉을 결정하는 재(財) · 관(官) · 인(印)의 세 가지를 말한다.
75 태을(太乙) : 점성술의 하나인 태을법(太乙法)을 말한다.
76 상위(相緯) : 일월(日月) · 오성(五星)을 포함한 천체 현상을 말한다.

그가 세상을 떠나던 날 저녁에 집안사람들에게 말하기를 "내 명궁(命宮)의 별자리가 근래 보이지 않으니 내가 곧 죽으려나 보다." 하고 죽었으니, 무진년[1868]이었다. 슬하에 사각(師覺)·사천(師天)·사찬(師瓚)·사룡(師龍)의 네 아들을 두었는데 이들 또한 모두 시문으로 이름이 났다.

왕사각(王師覺)의 자는 임지(任之), 호는 봉주(鳳洲)이다. 그는 열두 살에 이미 과장(科場)에서 시명(詩名)을 떨쳐 둘째 사천, 넷째 사찬과 함께 왕씨 삼형제라 불렸다. 성품이 원만하고 인자하여 과장에서 답안을 쓰지 못하거나 제출하지 못하는 자를 보면 반드시 그를 위하여 슬쩍 일러주기도 하고 대신 작성해주기도 하였다. 혹 어려운 시제를 만나 사람들이 어지러이 몰려와서 물으면 상세히 일러주고 환하게 풀어내니 주변 사람들이 그의 말에 응하였다. 이에 매천 황현은 "과장의 돈후한 풍속은 내가 봉주 선생에게서 보았다."라고 하였다. 그는 어릴 적에 유산이 제법 넉넉하였으나 재산을 관리하는데 서툴러서 가산이 점점 줄어들었다. 그런데도 항상 두 동생의 곤궁함을 근심하여, 전장을 모두 팔아치워 동생들의 곤궁함을 덜어주면서도 끝내 아끼는 기색을 드러내지 않았다.

동생 왕사천(王師天)의 자는 칙지(則之), 호는 소금(素琴)이다. 그는 여덟아홉 살에 글방 선생에게 『사기(史記)』를 배웠는데, 매양 읽지 않고도 외울 수 있었다. 선생이 그를 시험하고자 이삼백 줄을 가르쳤는데도 이와 같았고, 사서삼경에 이르러서도 모두 그러하였다. 그러나 그가 장성하여 책 읽는 것은 좋아하지 않으면서 유독 백성들을 다스리는 데만 관심을 보이자, 부친이 말하기를 "유생도 못된 주제에 또한 어찌 나라 다스리는 것이 유쾌한 일이 아님을 알겠는가!" 하면서 집안일을 맡겼다. 그는 매양 멀리 사방 산천을 유람하여 이로 인해 당대 뛰어난 선비들과 두루 사귀었다. 또 우스갯소리를 잘하고 분란을 잘 해결하며 풍류가 질탕하였기 때문에 그와 더불어 교유한 자들은 한 번 보고 경도되지 않는 자가 없었다. 그는 살림살이는 얼마 되지 않으면서도 술 마시기를 좋아하였다. 집안은 가난했지만 번번이 술을 빚어 손님을 대접하며 말하기를 "아, 인생이 이 정도면 또한 괜찮으니, 어찌 반드시 부귀해야만 하겠는가!"라고 하였다. 황매천이 말하였다. "소금옹의 재주는 비록 이조·병조판서 자리도 잘 감당해낼 수 있었을 것이다. 애석하게도 재주는 있었으나 천명이 따르지 않았다."

동생 왕사찬(王師瓚)의 자는 찬지(贊之), 호는 소천(小川)으로 그 명성이 매천 황현에 버금갔으며 해학 이기, 이산(二山) 유제양(柳濟陽) 등과 나란하였다. 그가 진주(晉州)를 여행할 때 어떤 돈 많은 늙은 기생이 공의 시명을 듣고는 첩이 되고자 사람을 통해 자신의 뜻을 전달하였는데, 그는 "이는 장부의 수치이다." 하며 거절하였다.

지금 왕사각의 아들 운초(雲樵) 왕수환(王粹煥) 또한 시문으로 가업을 이어 호남 사람들의 기대를 받고 있는데, 왕씨 부자의 세고(世稿)를 엮어 『개성가고(開城家稿)』 4권을 간행하였다.

17.

삼대에 걸쳐 누명을 씻어낸 장석규 일가

장석규(張錫奎)의 자는 사운(師雲), 호는 연미정(戀美亭)으로 인동인(仁同人)이다. 그의 아버지인 처사 장시호(張時皞)는 성품이 강직하여 남들의 옳지 못한 일을 보면 대번에 꾸짖으며 물리쳤다.

경신년[1800] 6월에 정조(正祖)가 승하하자 장시호 부자·형제는 모두 고기를 먹지 않고, 음력 초하루와 보름마다 대궐을 향해 곡을 하였다. 이 때 군수 이갑회(李甲會)가 자기 아버지 생신을 맞아 잔치를 베풀고 손님을 초대하였는데 시호는 가지 않았다. 또 군수가 술과 고기를 보내자 "선왕의 시신이 아직 빈소에 계신데 잔치 음식을 받는 것은 예법이 아니오."라고 하였다. 군수는 부끄러워하면서도 분하게 여겨 8월 보름에 도리어 '시호가 사사로이 소를 잡아 금령(禁令)[77]을 어겼다.'라고 무고하고는 혐의를 드러내고자 하였다. 시호의 형이 분을 참지 못해 머슴 서넛을 데리고서 밤중에 관아 문간에서 죄가 없다고 소리쳤으나, 군수는 "어허, 증좌가 있는데 어떻게 벗어날 수 있겠는가!"라고 할 뿐이었다.

---

77 금령(禁令) : 조선시대에 시행되었던 삼금(三禁) 정책을 말한다. 이는 농사지을 소를 확보하고 곡물의 지나친 소비를 억제하며, 나라에서 사용할 목재의 원활한 조달을 위해 시행되었는데, 그 내용은 소를 잡지 말 것[禁牛], 술을 사사로이 빚지 말 것[禁酒], 소나무를 베지 말 것[禁松]이다.

이때 고을의 서리 박아무개 또한 시호의 가문에서 죄를 얻은 적이 있어 마음속으로 야속하게 여기고 있었다. 이에 관리들이 죄를 꾸며내어 관찰사에게 보고하자, 관찰사 신기(申耆)는 자세히 따져보지도 않고 이 사실을 조정에 아뢰었다. 당시 재상 또한 영남 사람들을 미워하여 큰 옥사를 만들어내니, 시호는 결국 화를 입게 되었고 처자식들은 뿔뿔이 유배를 갔다. 한편 정순왕후(貞純王后)는 그들을 불쌍히 여겨 특별히 명을 내려 시호의 가족들을 강진의 섬에 안치케 하였다.

이때 석규의 어머니 배씨는 임신을 하고 있었는데 옥중에서 아들을 낳았으니 그가 바로 석규였다. 석규는 태어난 지 한 달도 되지 않았는데 배씨가 그를 포대기에 업고 거칠고 궁벽한 남쪽 섬에 가서 온갖 고초를 겪었으니 그가 살아남으리라고 말할 수 없는 지경이었다. 그러니 그가 살아남은 것은 천행이 아니었겠는가!

그는 어려서부터 남다른 자질을 갖고 있었는데, 성장하면서 집안에 닥친 환란을 말할 때마다 이를 듣고 오열하며 원수들의 이름을 기억하였다. 섬의 풍속은 사납고 거칠어서 사람들이 석규 집안의 고아와 과부를 능멸하기도 하고, 난폭하게 욕보이며 겁간까지 하려고 하자 배씨는 큰 딸과 함께 바다에 투신하여 죽고 말았다. 석규는 이때 겨우 아홉 살로 혈혈단신 의지할 데가 없었으나, 마음속으로 맹세하기를 '내가 죽으면 이 원한을 누가 설욕해주겠는가! 글을 배우지 않으면 이러한 일을 밝히기 어려울 것이요, 재물을 모으지 않으면 뜻한 일을 이룰 수 없을 것이다.'라고 하였다.

그는 힘써 품을 팔면서도 틈나는 대로 마을 사람들을 따라다니며 글을 배우려 했는데, 사람들은 자신들에게 누를 끼칠까 염려하여 받아주지 않았다. 그러자 그는 문 밖에서 다른 집 아이들이 수업 받고 글 읽는 소리를 훔쳐듣거나, 또는 책을 들고 길거리를 오가며 행인들에게 글자를 물어서 결국에는 경사(經史)를 훤히 깨우칠 수 있었다. 또 마음속으로 주밀하게 계획하고 다방면으로 부지런히 일하여 재산도 차츰 늘어나게 되었다. 이웃에 한 청상과부가 석규의 사람됨을 흠모하여 중매를 보내 혼인할 뜻을 보였는데, 석규는 이를 거절하고 끝내 양반집 규수에게 장가를 갔다.

석규는 늘 태어나 아버지 얼굴을 보지 못한 것을 한스러워하였다. 그가 뒤늦게나마 삼년상을 지내자, 군자들이 "예법에는 없는 일이지만 또한 마음에서 우러나 행한 것이다."라고 칭하였다. 그는 평소 잠잘 적에 제대로 된 이부자리를 두지 않았고 밥을 먹을 적에도 많이 먹지 않았다. 그러면서 말하기를 "내가 가진 얼마간의 재산과 곡식은 장차 쓸 곳이 있으니 감히 내 입과 배를 채우는데 쓸 수 있겠는가!" 하였다. 그는 매일 밤 산골짜기에 들어가 목욕재계하고 하늘에 기도를 하였는데, 날씨와 계절에 관계없이 하루도 거르지 않았다. 현달한 관리가 유배를 오면 번번이 찾아가 뵙고 아버지와 할아버지의 원통한 사연을 이야기하며 엉엉 울기도 하였다. 그가 한번은 학질에 걸렸는데 의관을 바로 하고 단정히 앉은 채로 병을 떨쳐내었다. 또 부스럼을 앓았는데 손으로 긁지 않으니 석 달 만에 병이 저절로 없어졌다. 그의 마음가짐은 이처럼 견고하였다.

아들 기원(琪遠)이 태어나자 기뻐하며 "내 발이 묶인 채 이 섬을 떠날 수 없어 원통함을 알릴 방법이 없었는데, 이제 아들이 태어났으니 내 소원을 이룰 수 있겠구나."라고 하였다. 아들이 열다섯 살이 되자, 석규는 짐을 꾸려 아들을 서울로 보냈다. 석규의 아들 기원은 임금이 거둥하는 길에 여러 차례 엎드려 원통함을 호소하였다. 당시에 유배지에서 알고 지내던 현달한 관리가 해배되어 조정에 있었는데 그에게 많은 도움을 주었다. 국구(國舅) 김문근(金汶根)[78]이 기원을 보고 가엾게 여기고는 임금

---

78 김문근(金汶根) : 조선 후기의 문신으로 자는 노부(魯夫)이다. 음서로 가감역(假監役)이 되고, 1851년 딸이 철종의 비가 되어 영은부원군(永恩府院君)에 책봉되었다. 김좌근(金左根)·김병기(金炳冀) 등과 안동 김씨의 세도정치를 강화하는데 일조하였다. 시호는 충순(忠純)이다.

에게 사연을 아뢰어 마침내 원통함을 풀 수 있었다.

그러나 석규는 병세가 위독해진 상태였다. 석규는 고향 선영으로 돌아가 장사지내고자 글을 지어 어머니와 누이 무덤에 고하였는데, 그 글이 매우 비통하여 보는 사람들이 모두 눈물을 흘렸다. 석규의 병이 위독해지자 부인 차씨가 손가락에서 피를 내어 석규의 입에 흘려 넣으려 하였다. 그러자 그가 눈을 떠 부인을 보고 말하기를 "죽고 사는 것은 천명이오. 장부는 부인의 손가락을 베게 하지 않는 법이라오."라고 하며 그만두게 하고는 마침내 죽으니, 철종(哲宗) 신유년[1861] 3월이었다.

그는 "옛말에 '이 일을 이루지 않고는 내가 죽지 않으리라.'라고 하였는데, 바로 나를 두고 한 말이다. 만약 일이 이루어지면 내 마음과 힘이 소진되어 필시 죽게 될 것이다."라고 한 적이 있었는데, 정말 그렇게 되었다. 아내 차씨는 자식들과 겨우 상복만 갖추어 입고서 영구를 받들고 섬을 나와 고향 선산에 그를 장사지냈다.

외사씨는 말한다.

석규가 감옥에서 태어나던 날, 집안의 원통함을 풀어줄 사람이 바로 그였다는 것을 누가 알았겠는가! 석규가 태어나서 절치부심하며 온갖 방도를 고민하기를 60년 동안 한 연후에야 원통함이 명명백백해졌으니, 그 어려움은 알 만한 것이다. 그렇지 않고 석규가 이 같은 원통함이 없는 때에 태어나 강직하고 밝은 재주가 세상에 드러나 쓰였더라면 어찌 공을 세운 바가 없었겠는가.

18.

병을 앓는 중에도 손에서 책을 놓지 않은 정상점

정상점(鄭相點)의 자는 중여(仲輿)로 수양인(首陽人)이다. 고려 신종(神宗)
때 시중(侍中)을 지낸 정숙(鄭潚)의 후손으로, 연산군 난정기 때 허암(虛庵)
정희량(鄭希亮)과 어은(漁隱) 정희검(鄭希儉) 형제가 절행(節行)으로 일컬어
졌다. 그 후에 농포(農圃) 정문부(鄭文孚)는 문무를 겸비한 인재로 선조 임
진년[1592]에 북평사(北評事)가 되어 의병을 일으켜 토적을 주살하고 국난
을 평정하였으나, 인조 갑자년[1624]에 모함을 당하여 화를 입었다.[79] 뒤
에 비록 신원되어 좌찬성에 추증되고 충의(忠毅)라는 시호가 내려졌지만
사람들이 지금까지도 그를 슬퍼하고 있다. 정문부는 두 아들을 두었는
데 성품이 지극히 효성스러웠다. 집안이 화를 당한 후에 통탄을 품고 슬
픔을 머금은 채 남쪽 진주(晉州)로 달아나 세상과 더불어 소식을 끊었다.
이에 자손들이 그곳에 계속 머물러 살았는데, 상점은 정문부의 4세손이
었다.

상점은 숙종 계유년[1693] 진주 동쪽 용암리(龍巖里)에서 태어났다. 어
려서부터 총명하고 명민하여 기억과 암송을 잘하였으며 겨우 젖니를 갈

---

79 인조 …… 입었다 : 1624년 이괄의 난이 일어났을 당시 초회왕(楚懷王)에 대하여 지은 시가 왕
을 반대한다는 뜻이 있다고 하여 이괄의 난에 연루되어 체포, 투옥된 후 고문으로 옥사했다.

무렵에 시구를 지어 사람들을 놀라게 하는 말이 많았다. 열한 살 되던 동짓날에 그는 다음과 같은 시를 지었다.

북두성 자루가 임계(壬癸) 사이로 처음 돌아오고 　　斗柄初回壬癸間
천지의 한 양기가 땅 가운데 생겨나네. 　　　　　天陽一氣地中生

그러자 그의 부친이 기특하게 여겨 "이 아이는 분명 이치를 궁구하는 선비가 될 것이니, 필시 정씨 문중을 다시 일으켜 세울 수 있을 것이다." 하였다. 열두 살에는 경사(經史)에 통달하였는데, 얼마 후 모진 병에 걸려 거의 10년이 지난 후에야 병이 조금 나아지게 되었다. 이로 인해 출사를 마다하고 오직 글을 읽고 심성을 함양하는 것에만 힘썼으며 세상의 어지러운 명리에는 무지한 듯 담박하게 보았다.

임자년[1732]에 부친 노정공(露頂公) 정구(鄭構)가 감사에게 미움을 당하여 체포되어 대구감영에서 숨을 거두자, 상점은 원통함이 극심하여 평생 대구 땅을 밟지 않았다. 그는 자손이 많았는데 의로운 방도로 가르쳐 안색이나 언사에 조금도 느슨함이 없게 하자 모두 그 가르침을 따라 허물을 범하지 않았다. 이에 고을에서 자제들을 가르치는 자들이 반드시 그 집안의 가르침을 보고 준칙으로 삼았다.

왕래하는 빈객과 벗들이 백여 명에 이르렀는데도 사람을 대할 적에 정성으로 접하니 그들의 환심을 얻지 않음이 없었다. 또 곤궁한 사람들을 도와줌에 은혜와 의리가 아울러 지극하여 무릇 취할 만한 재주가 있는데도 스스로 펼치지 못하는 자가 있으면 혹 보살펴 기르기도 하고 혹 가르쳐 인도하기도 하여 성취시킨 이가 한둘이 아니었다.

그는 본래 성품이 청렴하고 개결하여 손으로는 돈을 만지지 않았으며 입으로는 이익을 말하지 않았다. 한번은 말을 사서 기르다가 몇 년 후 부인이 본전을 받고 다시 팔았는데 상점이 그 사실을 알고 부인을 불러 말하기를 "몇 년 동안 말을 부리고 탔는데 어찌 본전을 받고 팔 수 있는가!" 하였다. 그러고는 말을 산 사람을 쫓아가 감가(減價)를 돌려주자, 그 사람이 놀라서 사양하고 돌아갔다.

그는 평소 서적을 좋아하여 다른 사람이 새 책을 구하였다는 소식을 들으면 혹 사서 보관하기도 하고 혹 빌려서 베껴 쓰기도 하여 장서가 수천 권이었다. 부친 노정공은 본래 글씨를 잘 썼는데, 한번은 어떤 사람에게 조맹부(趙孟頫)[80]의 서첩(書帖)을 빌렸다가 미처 돌려주지 못하고 세상을 떠났다. 그 서첩의 주인도 후사가 없이 죽었는데, 상점은 서첩 주인의 먼 친척이 있다는 소식을 듣고는 서첩을 들고 가서 돌려주었다. 또 그의 집안에는 석봉(石峯) 한호(韓濩)의 서첩이 있었는데, 매제였던 송군(宋君)이 즐겨 감상하기를 마지않았다. 이에 그가 오래 전부터 선물로 주려고 했으나 송군이 먼저 죽자 그 뜻을 제문(祭文)에서 말하고 그에게 주었다. 이것들은 비록 작은 일이지만 누구나 그렇게 할 수 있는 것은 아니었다.

상점은 병을 다스리며 한가로이 지낼 적에 하루라도 책을 손에서 놓은 적이 없었다. 사람들과 담론을 주고받을 때에 고금을 원용하고 경사(經史)에 출입하였다. 게다가 여러 사람의 패승(稗乘)·잡설(雜說)까지도 모두 섭렵하여 사람들과 더불어 이야기할 적에 쉬지 않고 끊임없이 이야기를 해대니 문학을 즐기는 선비들이 그와 많이 교유하고자 하였다. 병이 위독해지자 자손들이 그를 모시고 둘러 앉아 눈물을 흘리니 공이 그치게 하면서 "울지 마라. 내가 계유년에 태어나 오늘까지 살았으니 죽고 사는 것은 떳떳한 이치인바, 슬퍼할 것이 없다."라고 하고는 세상을 떠났으니 그의 나이 일흔다섯이었다. 주변 사람들이 모두 그를 애도하며 "남쪽의 고사(高士)"라 하였다.

---

80 조맹부(趙孟頫) : 원나라 때의 관리이자 화가·서예가로 자는 자앙(子昻), 호는 송설(松雪)이다. 박학다식하고 시문과 서화에 능했는데, 특히 행서(行書)·해서(楷書)에 조예가 깊었다. 그는 구양순(歐陽詢), 안진경(顔眞卿), 유공권(柳公權)과 더불어 '해서사대가(楷書四大家)'로 일컬어진다.

그는 『불우헌고(不憂軒稿)』 2권을 남겼다. 또 『시송(詩誦)』 2권을 남겼는데, 이 책은 임자년[1732]에 부친의 죽음으로 경황이 없을 적에 자신의 정신과 체력을 시험하고자 고금의 시율(詩律)을 암기하고 간간이 평을 더하였다가 생애 말년에 책으로 엮은 것이니 모두 암송하고 외워서 완성한 것이었다. 여러 자제들이 본문을 검토해 보니 한 글자의 착오도 없었다. 이처럼 그는 총명함이 남들보다 뛰어났다.

19.

급인전을 쌓아 사람들을 돕고 구제한 최순성

최순성(崔舜星)의 자는 경협(景協), 호는 치암(癡菴)으로 양천인(陽川人)이다. 그는 대대로 내려온 가업으로 누만의 재산을 가진 개성(開城)의 부호였다. 순성은 부모가 세상을 떠나자 천금으로 장례를 치른 뒤 탄식하며 말하였다. "이제 부모님이 안 계시니, 내 누구를 위해 재물을 모을 것인가! 나는 본래 가난함보다 부유함이 더 낫다는 것을 알면서도 나눌 줄은 모르고 어찌 쌓기만 하였단 말인가!" 이에 전 재산을 모두 모아 1년 치 빈객을 접대할 옷과 음식 비용을 제외하고 수만 꿰미의 돈을 마련하여 별도로 쌓아두고는 '급인전(急人錢)'이라 이름하였다. 그러고는 가까이는 친척이나 친구로부터 멀리는 이웃 고을에 이르기까지 아는 사람이든 모르는 사람이든 곤궁한 사람이 있으면 이 돈을 꺼내어 보태주었다.

혹 논밭으로 도와주기도 하였고 혹 돈으로 도와주기도 하였으며 혹 쌀·곡식·포목·비단으로 도와주기도 하였다. 혼인에 부조할 적에는 비단이나 폐백을 주었으며, 상례에 부의를 보낼 때는 옷감이나 관을 주었다. 탈 것을 빌리러 오면 말을 빌려주었으며, 기물과 의복 등도 빌려주었는데 심의(深衣)나 관복 같은 것에서부터 도끼·자귀·괭이·삽 따위까지 망라되어 있었다. 흉년을 만나면 창고의 곡식을 풀어 구제하는 등 남에게 우환이나 상사가 있으면 마음이 허탈하여 마치 허기진 자가 아침나절을 넘기지 못할 것처럼 하였고, 그 마음을 견디지 못하는 것은 마치 눈에 가시가 날아든 듯이 여겼다. 남을 위해 시집 장가를 보내주고, 염(斂)하고 장사지내 준 것이 수십 집이었으니, 그가 아침저녁으로 솥을 씻어놓고 기다리고 있다는 것은 알 만한 일이다.

한편 그를 비웃는 자들은 "참 심하군, 그의 어리석음이여! 남이 달라고 하기를 기다리지 않고 먼저 베풀어 주기 때문에, 늘상 남을 급한 상황에서 건져주어도 이렇다 할 감사도 못 받고 칭찬도 못 듣고 마는 게 아닌가!"라고 하였다. 또 어떤 이는 "그걸 가지고 무얼 어리석다 하는가! 혹시라도 마땅치 않게 여기는 사람이 있을까 염려하여 늘상 자기 처자나 형제들에게 숨기고 몰래 베푸니, 이야말로 대단히 어리석은 자가 아니겠는가!"라고 하였다. 그래서 마침내 '어리석을 치[癡]'자로 순성에게 호를 붙이니, 순성 또한 그 호를 받아들여 늙어 죽을 때까지 바꾸지 않았다. 그러므로 잘난 이건 못난 이건 간에 순성에 대해 이야기할 때는 마치 옛일을 이야기하듯이 하였다.

그에게는 나이가 어리고 방탕한 종제(從弟)가 있었는데 그가 전택을 모두 잃게 되자 순성이 그를 위해 집을 사주고 제전(祭田)을 경영해주었다. 그러자 종족들이 모두 순성을 만류하며 말하기를 "한갓 돈만 쓰고 이로움은 없을 것입니다."라고 하였다. 이에 순성은 "제전(祭田)이 있으면 비록 제사를 지내지 않더라도 내 마음에는 오히려 제사를 지내는 것 같을 것이네." 하고는 종제가 가업을 세울 수 있도록 천금을 도와주었다. 그러나 몇 년도 못 되어 과연 그 돈을 모두 날려 먹었다. 순성이 또 천금을 보태주자, 종제는 결국 가업을 세우고 훌륭한 선비가 되었다. 순성의 지극한 정성이 아니었다면 종제를 이처럼 변화시킬 수 있었겠는가?

그의 벗 고경항(高敬恒)은 어진 사람이었는데 일찍 죽고 말았다. 순성은 "이런 사람을 흔적도 없이 사라지게 해서는 안 될 것이다."라고 하고는 돌을 사다가 그의 무덤에 비석을 세우고 그의 아이들을 데려다가 바깥채에서 키웠다. 얼마 후 아이들을 위해 재산을 떼어 그들을 양육하였다. 또 선친(先親)의 벗 중에 임두(林峀)라는 자는 임창택(林昌澤)[81]의 조카였다. 그는 집이 가난하여 어렵게 학업을 하면서도 반듯하고 강직하며 스스로를 잘 검속하였다. 이에 순성은 "어진 사람이 참으로 고생을 한다."라고 하고는 그를 위해 매달 먹을 양식을 보내주었다. 그런데 한번은 임두의 집에 객이 찾아와 먹을 양식이 모자랐다. 임두가 크게 탄식하고 아내에게 말하기를 "우리들이 어찌 살기를 탐하여 최군에게 누를 끼칠 수 있겠는가." 하고는 서로 자진(自盡)하기를 도모하였다. 그러고는 문을 잠그고 방에 누워서 여러날 동안 죽기를 기다렸다. 순성이 이 사실을 알고는 크게 놀라 쌀을 짊어지고 임두의 집에 찾아가서 담을 넘어 들어가 창문 너머로 임두에게 말하였다. "예로부터 군자 중에는 빈궁한 자가 많았거늘 선생께서는 어찌하여 홀로 이런 지경에 이르렀단 말입니까! 제가 사는 세상에서 현자가 굶어죽는다면 사람들이 저를 뭐라고 하겠습니까?" 그러자 임두가 웃으며 일어나 비로소 방문을 열었다. 순성은 즉시 종자에게 죽을 쑤게 하여 임두와 함께 밥상을 마주하여 먹은 뒤에 떠나왔다.

순성은 평소 예로써 스스로를 경계하였고 선을 좋아하고 간사함을 미워하여 말과 행동에 드러났다. 그는 어려서부터 멀리 놀러다니기를 좋아하여 말 한 마리 종 하나를 이끌고 팔도의 명산을 두루 다녔는데 그렇게 다닌 거리가 만 리를 넘었으며, 이르는 곳마다 술을 마시며 질탕하게 놀았다. 평생 구제하여 살려낸 사람이 매우 많았으며, 그에게 어려움을 호소하는 이가 항상 수십 수백이었다.

---

81 임창택(林昌澤) : 조선 후기 학자로 자는 대윤(大潤), 호는 숭악(崧嶽)이다. 1711년 사마시에 합격하였으나 관직에 나아가지 않고 송도의 백운동(白雲洞)에 서당을 짓고 후진양성에 힘썼다. 고체시(古體詩)를 비롯하여 각체의 문장에 능통하였고, 사마천(司馬遷)과 반고(班固)의 문장, 이백(李白)의 시를 좋아하였다. 저서로 『숭악집』이 있다.

한번은 오랜 친구가 열병에 걸려 곧 숨이 넘어간다는 소식을 듣자, 순성은 손수 약을 달여서는 곧 단번에 땀을 내어 낫게 한 일이 있으며, 그의 종이 병들었을 때에도 역시 이와 같이 하였으니, 순성이 보살펴 주기만 하면 늘 살아났다. 순성은 이럴 때면 매양 분을 내어 말하기를 "한 사람이 전염병에 걸리면 일족이 모두 달아나 피하는 바람에 병자가 제때 땀을 못 내게 되니, 병자가 죽지 않기를 바라지만 그렇게 되겠는가!" 하였다.

그는 선산의 나무 기르기를 어린아이 기르듯 하여, 열매 맺은 잣나무 수만 그루가 묘역을 빙 둘러 있었다. 그리고 객호(客戶)들을 두어 잘 지키게 하니 모두들 서로 타이르며 다짐하기를 "이는 효자가 손수 심은 것이니 차마 가지 하나라도 잘라 낼 수 있겠는가!"라고 하였다. 그는 정조(正祖) 연간에 병도 없었는데 죽었으니 그의 나이 일흔하나였다.

그의 아들 최진관(崔鎭觀) 또한 별도로 '급인전'을 쌓아두었다. 흉년을 만나면 아침저녁으로 밥을 지을 무렵 높은 곳에 올라 굴뚝 연기를 바라보면서 곤궁한 집을 발견하면 남몰래 돈과 곡식을 베풀어주면서 그것이 자기집에서 나온 것을 모르게 하였다. 그는 풍류가 한아(閑雅)하여 빈객을 잘 대접하였다. 당시 한양의 이름난 선비인 이충익(李忠翊)[82] · 민노행(閔魯行)[83] 등이 모두 그의 집에 빈객으로 머물기도 하였다.

그 뒤에 별제(別提) 백사일(白思日)이란 자도 남에게 베풀어 나누어주기를 좋아하여 재물 씀씀이를 잘하였다고 한다.

---

82 이충익(李忠翊) : 조선 후기 학자로 자는 우신(虞臣), 호는 초원(椒園) · 수관거사(水觀居士)이다. 정후일(鄭厚一) · 이긍익(李兢翊) 등 강화학파의 주요 인물과 친인척으로서 정제두(鄭齊斗)의 양명학을 계승, 연구하였다. 유학 이외에 노장 · 선불에 해박하였으며, 해서와 초서를 잘 썼다. 저서로 『초원유고』가 있다.

83 민노행(閔魯行) : 조선 후기 학자로 자는 아안(雅顏), 호는 기원(杞園)이다. 1822년 생원시에 합격하였고, 이후 음직으로 군수를 지냈다. 추사(秋史) 김정희(金正喜)와 교유하였으며, 김정희의 〈실사구시설(實事求是說)〉에 후서(後敍)를 쓰기도 했다. 저서로 『지문별집(咫聞別集)』이 있다.

외사씨는 말한다.

연암 박지원이 평하기를 "온후하신 치옹 어른, 효를 확대하면 충이 되니 벗들에게도 충실했네. 의로운 행실은 예법에 맞았으니 명성만이 드넓은 게 아니라네. 모두가 충심에서 우러난 것이었다네."라고 하였다. 또 창강 김택영이 평하기를 "최순성은 단지 재물을 쌓는 데만 능한 자가 아니라 재물을 베푸는 데도 능한 자였다. 그는 고결한 장자로서 음덕(陰德)을 베풀기를 좋아하였으니 귀신에게 해를 당하지 않을 자로다!"라고 하였다. 아, 이 말이 순성의 일생을 잘 드러내 준다 하겠다.

20.

애훼로 목숨을 잃은 김익춘

김익춘(金益春)의 자는 인수(仁叟)로 김해인(金海人)이다. 어려서부터 남다른 뜻이 있어 스스로 생각하기를 성현은 배워서 이를 수 있고 선을 행하는 데에는 귀천의 구별이 없다고 여겼다. 마침내 학문에 종사하여 독서를 좋아하게 되었는데 부형들은 모두 탐탁지 않게 여겼다.

익춘은 열여덟 살에 사재감(司宰監)[84] 서리가 되었다. 그는 매사에 공손하고 신중하여 사람들 속에 처할 때에는 처녀처럼 행동하였다. 그는 직접『논어장구(論語章句)』를 베껴서 늘 소매에 지니고 있었는데, 매번 입직하여 공무를 처리하는 틈틈이 조용히 앉아서 읽기를 잠시도 그치지 않았다. 동료 아전들이 모여서 그를 비웃기도 하였으며, 또 글을 읽을 적에 웅얼웅얼하는 소리를 싫어하여 간혹 욕설을 하기도 하였다. 그러나 그는 뜻을 꺾지 않고 태연하게 행동하였다.

그는 인달방(仁達坊)[85] 도가리(都嘉里)에서 살았는데, 그 동네에는 악소년(惡少年)들이 많았다. 이들이 항상 동네에서 행패를 부리자 동네 사람들

---

84 사재감(司宰監) : 조선시대 궁중에서 쓰는 생선·고기·소금·땔나무·숯 따위를 공급하던 관청.
85 인달방(仁達坊) : 한성부 서부 9방 가운데 하나로, 현재의 필운동·내자동·내수동·신문로1
가·당주동·봉래동1가의 일부의 지역이다.

이 또한 이들을 악당으로 대하였는데, 익춘은 악소년들을 보면 반드시 앞으로 나아가 절하였다. 악소년들이 처음에는 자기들을 조롱한다고 여겨 화를 내며 따졌는데, 익춘은 "여러분들이 모두 제 형님의 연배이니, 어찌 이렇게 하지 않겠습니까."라고 하였다. 그러자 악소년들은 곧 겸연쩍어하며 당치 않은 일이라고 하였다. 그 후로 멀리서 익춘을 보면 피하여 숨어버렸다.

그는 나이 스물한 살에 모친상을 당하였으나, 아버지의 깨우침과 타이름이 있어 예법에 지나치게 애훼(哀毁)하지 않았다. 그런데 그해 겨울에 아버지마저 돌아가시자 그는 울부짖고 가슴 치며 먹지도 않은 채 기절했다가 다시 깨어나기를 며칠 동안 하였다. 그의 형은 그가 목숨을 잃을까 걱정하여 빈소를 차리고는 임시로 마을에 거처를 마련하여 그곳으로 옮겨가 있게 하고 상례절차를 보거나 듣지 못하게 하였다. 익춘은 이를 거절하였으나 어쩔 수 없이 임시 거처로 옮겨갔다. 그곳에서도 봉두난발을 한 채 거적자리에 흙덩이를 베고 지냈다. 슬픔이 더욱 심해지자 기운이 쇠하고 병이 들었는데도 매일 새벽이면 반드시 상복 차림에 지팡이를 짚고 문 밖에 엎드려 통곡하다가 돌아왔으며, 아침저녁으로 상식(上食)을 차리면서 이와 같이 하였다.

그런데 그의 병이 날이 갈수록 더욱 심해지자 형이 말하기를 "본래 익춘이 병이 심해질까 염려하여 임시변통으로 거처를 옮겨두었는데 도리어 새로 병이 들었구나." 하고는 부축하여 집으로 돌아오게 했다. 그는 더욱 기운이 쇠하여 부모의 소상(小祥)[86]도 지내지 못하고 죽었다. 인근 마을에서 모두 그를 불쌍히 여겨 서로 상의하여 조정에 아뢰니 정조 갑인년[1794]에 정려문이 세워졌다.

익춘은 근재(近齋) 박윤원(朴胤源)[87]을 찾아가 그 집에서 머무르며 가르

---

86 소상(小祥) : 사람이 죽은 지 1년 만에 지내는 제사를 말한다.
87 박윤원(朴胤源) : 조선 후기 학자로 자는 영숙(永叔), 호는 근재(近齋)이다. 1792년 학행으로

침을 받고자 한 적이 있었다. 윤원은 그의 뜻이 독실한 것을 보고서 이를 허락하였다. 그는 이로부터 자주 윤원을 만나 뵙고 품속에서 책을 꺼내어 의문점을 물어보았는데, 제법 어려운 문제를 질의하기도 하였다. 이때 익춘은 관례는 치렀으나 아직 장가는 들지 않은 채 모친상을 치르고 있었다. 윤원이 『격몽요결(擊蒙要訣)』을 가져다가 읽게 하자, 익춘은 「사친장(事親章)」의 '세월이 물 흐르듯 빠르니 부모는 오래도록 모실 수 없도다.'라는 부분을 읽으며 눈물을 뚝뚝 흘렸다.

이의승(李義勝)은 익춘과 가장 친한 사이였다. 그는 익춘이 남의 집을 다니며 『근사록(近思錄)』을 빌려다가 해질녘부터 등불 앞에 꼿꼿이 앉아 읽고 또 읽으며 날이 새어 닭이 울 때까지 잠들지 않는 것을 본 적이 있다고 한다. 직장(直長) 황치온(黃稚溫)은 익춘을 칭찬하며 "아전 중의 이학자(理學者)로다."라고 하였다.

익춘은 스스로 '관청일이 독서를 몹시 방해하니, 차라리 배고픔을 견딜지언정 녹봉에 의해 뜻을 꺾지 않을 것이다.'라고 생각하였다. 그러고는 관청에 사직한다고 고하려 하였는데 부형들이 모두 질책하며 만류하니 그는 매우 답답해하였다.

호고재(好古齋) 김낙서(金洛瑞)가 말하였다. "부모를 잃고 과도한 슬픔에 빠져 목숨을 잃는 것은 예에 허용되지 않는 일이니, 김익춘과 같은 자는 과도한 슬픔에 빠져 목숨을 잃은 자일 것이다. 내가 듣기에 익춘은 경전을 좋아하고 효제(孝悌)가 독실하였다고 하니, 어찌 예법에 맞게 상례를 치를 줄을 몰라서 옛 사람들의 가르침을 어기는 일을 했겠는가. 그의 죽음은 아마도 '부모상은 진실로 스스로를 다하는 것이다.'라고 생각하였으나, 불행히도 기운이 의지를 따르지 못하여 그의 목숨이 끊어진 것이

천거되었으나 벼슬길에 나아가지 않은 채 학문 연구에만 전념하였다. 서학의 폐해를 경계하며 신응조(申應朝)·임헌회(任憲晦)·조병덕(趙秉德) 등으로 이어지는 조선 후기 성리학의 중요한 학파를 형성하였다. 저서로 『근재집』 등이 있다.

리라. 슬프도다."

21.

이역만리에서 제사를 올린 마두

옛날에 서로(西路)[88]의 역졸 가운데 사신을 호종하여 연경(燕京)에 들어 가는 자들을 마두(馬頭)라 하였다. 어느 해에 사행단이 요하(遼河)에 이르 러 숙소에 묵었다. 밥 때가 되었는데, 한 마두가 밥을 받아서 먹지 않고 는 은밀한 곳에 숨겨두고 팔짱을 낀 채 멍하니 근심거리가 있는 듯 서 있었다. 다른 역졸들이 이상하게 여겨 연유를 물었으나 끝내 대답해주 지 않았다.

한밤중이 되자 그는 조용히 일어나 울타리 밖 시냇가로 가서 대충 몸 을 씻고 숙소 점원에게 횃불 하나를 얻어, 정결하고 후미진 곳으로 가서 바위 위에다 횃불을 세워 두고 풀을 헤치고 그 위에 제사상을 차렸다. 그러고는 뒤로 물러나 재배하고 엎드린 채 몇 식경이 지난 뒤에 일어났 다. 숙소 점원이 그의 행동을 이상하게 여겨 몰래 엿보고는 주위의 역졸 들에게 말하였다. 역졸들이 그에게 따져 묻자 마두가 말하였다. "오늘은 내 부모님의 기일일세. 집안에 비록 처자식이 있지만 몹시 가난하여 제 사를 지낼 수 있을지는 알 수 없는 일이요, 제사를 지냈더라도 고하기만

---

88 서로(西路) : 황해도와 평안도를 통칭하는 말로서, 서관(西關)·서도(西道)라고도 한다.

하고 참여하지 않으면 지내지 않은 것과 마찬가지이니,[89] 이런 까닭에 내 마음을 간략하게나마 표시한 것일세."

　이에 일행들이 마두가 제사지낸 이야기를 퍼뜨렸는데, 정사(正使)가 이를 듣고 감탄하며 말하였다. "'길가에 흐르는 물이나 시냇가의 마름풀로도 모두 제사를 지낼 수 있다.'[90]라고 하였는데, 바로 이런 경우를 말한 것이로구나."

---

89 제사를 ……마찬가지이니 : 『論語』 「八佾」에서 제사를 지내는 태도에 대해 말하면서 '제사에 직접 참여하지 않으면 참여하지 않은 것과 같다.[子曰, 吾不與祭, 如不祭.]'라고 하였다.

90 길가에……있다 : 정성을 다하면 미천한 예물로도 제사를 올릴 수 있다는 뜻이다. 『詩經』 「召南」 〈采蘋〉에 "어디에서 마름을 뜯지? 저 남쪽 시냇가에서. 어디에서 마름을 뜯지? 저 흐르는 물에서. …… 어디에 올리지? 사당 들창 아래에. 누가 제사를 받들지? 목욕재계한 막내딸이.[于以采蘋, 南澗之濱. 于以采藻, 于彼行潦. …… 于以奠之, 宗室牖下, 誰其尸之, 有齊季女.]"라고 하였다.

22.
아버지를 찾아 유해를 수습한 한룡,
매일 어머니 묘소를 찾은 호귀복

한룡(韓龍)은 청주인(淸州人)이다. 그의 아버지는 전라도 운봉(雲峰)의 산덕촌(山德村)에 살았는데, 평소 명산에 가서 기도를 올리느라 종종 해를 넘겨서도 돌아오지 않곤 하였다. 고종(高宗) 병인년[1866] 봄에 정시(庭試)를 시행하자, 아버지가 집안사람들에게 말하기를 "내가 상경하여 과거에 응시하고 서북 지역을 유람하다가 겨울쯤에 돌아올 것이다."라고 하였다. 그런데 그해 겨울이 다 지나도록 돌아오지 않았다.

무진년[1868] 봄 한룡의 나이 열여섯에 어머니께 고하였다. "겨울이 이미 두 번이나 지났는데도 아버지께서 돌아오지 않으시니, 소자가 이제 아버지를 찾아 나서야겠습니다. 지금이 봄이니 섣달까지는 돌아오겠습니다. 제가 말한 바를 반드시 지킬 것이니, 어머니께서 부디 염려하지 마십시오. 또 소자에게는 형님 한 분과 아우 둘이 있으니 어머니께서 충분히 살아가실 수 있을 것입니다."

그는 그날로 보부상이 되어 영남으로 가다가 얼마 후 탄식하며 말하였다. "보부상은 시장만 돌아다니니 샅샅이 찾아볼 수가 없겠구나. 차라리 유기상을 하는 것이 낫겠다." 그러고는 유기로 만든 그릇과 수저 등으로 다시 행장을 꾸렸다. 그러고는 집집마다 돌아다니며 "유기 사려!

유기 사려!" 외치고 다녔는데, 작고 외진 마을부터 거친 숲 속, 너른 들판, 궁벽한 섬, 퇴락한 사찰은 물론 호랑이굴과 도깨비굴까지 돌아다니면서 언 밥을 먹고 한뎃잠을 자며 안 가 본 곳이 없었다. 동쪽으로는 동래(東萊) · 부산(釜山)까지 들어갔고, 남쪽으로는 남해와 탐라(耽羅)까지 이르렀으며, 서쪽으로는 압록강 · 대동강 · 청천강을 따라 거슬러 올라가기도 하고, 불함산(不咸山)—곧 백두산이다—일대까지 둘러보았으나 아버지의 행방은 묘연하기만 하였다.

갑술년[1874] 정월 초하루에 한룡은 다시 문을 나서면서 어머니에게 절을 올리고 눈물을 흘리며 이별을 고하였다. "그간 헛수고만 하고 아버지를 찾지는 못하였으니, 맹세코 이번에 가면 돌아오든 돌아오지 못하든 아버지와 함께 할 것입니다." 그러자 마을의 여러 노인들이 음식을 차려서 그를 전별해 주었다. 7월에 한룡은 금강산에 도착하여 표훈사(表訓寺)[91]에 들어갔다. 그곳에서 김씨 성을 쓰는 관서(關西) 사람을 만나 자신의 사정을 말하자, 김씨가 말하기를 "7년 전에 내가 묘향산(妙香山)에 있으면서 호남 출신의 한씨라는 사람을 알게 되었는데, 나이나 생김새모두 그대가 말한 그대로라네. 당시 그는 병이 위중하였는데, 훗날 어떤사람이 그가 죽었다고 전해주었네. 아마도 그대의 아버지인 듯하네."라고 하였다. 한룡이 울부짖으며 매우 슬퍼하자, 김씨가 그를 타이르며 말하였다. "여기에서 묘향산까지는 천 여리나 되는데, 자네가 자중자애하지 않으면 누가 자네의 아버지를 찾겠는가. 게다가 죽었다고 단정할 수도 없지 않은가. 예전에 내가 연봉(蓮峯)과 취봉(翠峯) 두 노인이 자네의아버지를 머무르게 하고 치료하던 것을 보았네. 자네는 내 편지를 가지고 가보도록 하게." 그러고는 편지를 써 주었다.

한룡이 묘향산에 도착했을 때는 8월 중순이었는데, 그의 아버지는 이

---

91 표훈사(表訓寺) : 강원도 금강군 내금강리에 있는 사찰로, 670년 신라의 승려 표훈이 창건하였다.

미 병인년[1866] 모월에 죽어서 보현사(普賢寺)[92] 동문(洞門) 밖에 가매장되어 있었다. 한룡이 가슴 치고 발을 구르며 구슬프게 통곡하자, 연봉이 그를 불쌍히 여겨 아버지의 유골을 수습하여 자루에 담아 주고 노자까지 주어 보냈다. 한룡은 자루를 짊어지고 20여 일을 걸어 집에 도착해서는 마침내 형제들과 뒤늦게나마 삼년상을 지냈다.

호귀복(胡貴福)은 천민이다. 그는 그림을 업으로 삼아 부모를 봉양하였는데, 봉양에 필요한 만큼만 그림 값을 받고 봉양하기에 충분하면 그리기를 그만두었다. 그러므로 그의 그림은 다른 화가의 그림보다 저렴하여 사람들이 또한 즐겨 찾아왔다.

고종(高宗) 초에 귀복은 어머니의 상을 당하여 개성(開城) 고남문(古南門) 밖에 장사를 지내고, 날마다 찾아가서 절하며 오랫동안 통곡하였다. 그러자 팔뚝·무릎·발이 닿는 자리에 완연하게 여섯 개의 자취가 났다. 그런데 봉분이 큰길가에 있어 지나가는 사람들이 놀라서 바라보며 탄식을 하기도 하고 심지어 제 몸을 대어본 뒤에 떠나가기도 하였다. 호사가들이 간혹 거기에 더하여 파놓기도 해서 그 자취는 더욱 깊어졌다.

그런 상황에서 귀복은 고려 왕릉에 그림 그리는 일에 동원되었다. 그곳에서 어머니 묘까지의 거리는 거의 십 리였는데도 매일 밤마다 찾아가서 절을 올렸다. 여러 달을 이와 같이 하면서도 그만두지 않았으니, 관리들이 모두 감탄하였다. 그 후에 아버지의 상을 치를 적에도 또한 이와 같이 하였다.

귀복의 사람됨은 매우 질박하여 말과 행동에 꾸밈이 없었다. 사람들이 간혹 "어떻게 이처럼 효성스러울 수 있소?" 하고 물으면, 그때마다 "사람이 부모를 잃으면 자연스레 슬퍼지니, 그래서 이렇게 했을 뿐이오."라

---

[92] 보현사(普賢寺) : 평안북도 영변군에 있는 사찰로, 광종 19년[968]에 창건되었다.

고 대답하였다.

외사씨는 말한다.

김해 김씨 가운데 전쟁에 나가 죽은 사람이 있었다. 그러자 그의 아들 김흠(金欽)이 이름난 전적지를 찾아다니다가 십여 일만에 비로소 아버지의 시신을 수습하여 집으로 돌아가 장사지냈으니, 이는 아마도 지극한 정성이 하늘에까지 이르렀기 때문이리라. 한룡의 경우는 김씨보다 더욱 어려웠을 것이다. 황해도 연안(延安)의 이창매(李昌梅)라는 자는 그 부모를 남대지(南大池)[93] 곁에 장사지내고 날마다 가서 절을 하였는데, 그의 팔뚝·무릎·발이 닿은 곳은 모두 풀도 자라지 않고 눈도 덮이지 않았다고 한다. 지금 보건대 효자 호귀복의 일이 이창매의 경우와 비슷하기 때문에 여기에 함께 기록해 놓는다.

---

93 남대지(南大池) : 황해도 연백군 연안에 있는 저수지로, 연백평야를 관개하던 큰 저수지였다.

逸士遺事

01.

대마도주의 야욕으로부터 울릉도를 지켜낸 안용복

안용복(安龍福)은 동래인(東萊人)이다. 경상좌수영의 선군(船軍)에 예속되어 있었는데, 왜관(倭館)에 출입하여 일본말을 잘하였다. 숙종 계유년[1693] 여름 용복이 바다에서 표류하다가 울릉도(鬱陵島)에 다다랐는데 그곳에 일본 선박 7척이 먼저 정박해 있었다. 당시 대마도주(對馬島主)는 울릉도를 점령하고자 하여 동래부사(東萊府使)와 다툼이 끊이지 않았다. 하지만 『지봉유설(芝峯類說)』 및 예조(禮曹)에 보낸 회답을 인용하여 증거를 삼으니 다툼의 실마리가 이미 알려져 있었다.ー『성호사설(星湖僿說)』에서 말하였다. "『지봉유설』에 이르기를 '울릉도는 임진왜란 때 왜인들의 방화와 약탈을 당하여 인적이 끊어졌는데, 요즘 왜인들이 의죽도(礒竹島)를 점거했다고 한다. 어떤 이는 의죽도가 곧 울릉도라고 한다.'라고 하였다."ー그러나 이는 대마도주가 제멋대로 속임수를 쓰고 농단을 부린 것일 뿐 실제로 일본 막부(幕府)는 모르는 바였다.

용복은 그 일을 분하게 여겨 일본 선인들과 다투고 논쟁하기를 그치지 않았는데, 일본 선인들이 노여워하며 용복을 붙잡아 가서 오랑도(五浪島)에 구금하였다. 그러자 용복이 오랑도주에게 말하였다. "울릉(鬱陵)·우산(芋山)은 본래 조선에 예속되어 있었으니 고대로부터 이미 그러하였소. 지리적으로 논하더라도 조선에서는 하루 거리요, 일본에서는 닷새 거리이니 우리 조선에 속한 것이 분명하오. 그리고 조선인이 스스로 조선 땅을 다니는데 어째서 붙잡아 두는 거요?" 이에 도주는 그를 굴복시킬 수 없음을 알고는 구금을 풀어 백기주(伯耆州)로 보냈다.

백기주 태수는 용복을 빈례(賓禮)로써 대우하고 많은 재물과 식량을 주었으나, 용복은 모두 사양하고 받지 않으며 말하였다. "바라건대 일본은 다시는 울릉도를 가지고 말썽을 부리지 말고 교린(交隣) 관계를 돈독히 하였으면 하오. 식량이나 폐물은 나의 뜻이 아니오." 태수는 그의 요청을 허락하고 에도막부에 아뢰어 서계(書契)를 작성하여 주면서 "울릉도는 일본의 경계가 아니다."라 하고는 용복을 조선으로 돌려보냈다.

돌아가는 길에 용복이 장기도(長崎島)에 도착하였는데, 이곳 도주는 대마도주와 같은 당여여서 그 서계를 빼앗고 그를 대마도로 보냈다. 대마도주는 용복을 가두고 거듭 에도막부에 문의를 하였다. 하지만 에도막부는 다시 서계를 만들어주고 울릉·우산 두 섬을 침범하지 말도록 명령을 내렸으며 또 용복을 본국으로 호송하도록 하였다. 그러나 대마도주는 그 말을 따르지 않고 다시 그 서계를 빼앗고 50일이 지나서야 동래 왜관으로 압송하였으며 또 40일을 구류한 연후에야 그를 동래부로 보내었다. 용복은 이 모든 사실을 갖추어 문서로 하소연하였으나 동래부사는 상부(上部)에 보고하지도 않고 도리어 함부로 국경을 넘었다 하여 형벌을 가하고는 감옥에 가두었다.

당시 왜관에서는 섬에 대한 다툼의 일로 조만간 변란이 발발할 수도 있다고 심하게 공갈을 쳤다. 이에 인근 고을에서는 이를 근심하였으나 실제로는 대마도주에게 속는 줄도 모르고 있었다. 이로 말미암아 용복은 죄인의 몸으로 갇혀 있으면서 풀려나지 못했는데, 특별히 은혜를 입고 방면되었으니 이때는 2년이 지난 을해년[1695]이었다.

용복은 분하고 억울함이 심하여 울산(蔚山) 바닷가로 달려갔는데, 거기에는 장사꾼 중[商僧] 뇌헌(雷憲) 등 5인과 뱃사공 4인이 있었다. 용복은 그들을 꾀어 말하기를 "울릉도에는 미역이 많은데 내가 그대들을 위해 그 길을 알려주겠소."라고 하였다. 중은 흔쾌히 따라나서며 곧 돛을 올려 사흘 밤낮으로 가서 울릉도에 배를 대었는데, 우리 상선 3척이 먼저 정박하여 고기를 잡고 해초를 따며 대나무를 베고 있었다.

때마침 일본의 배가 나타나자 용복은 사람들에게 왜인들을 결박하라고 하였는데, 사람들은 겁이 나서 감히 나서지 못하였다. 그러자 용복이 곧장 앞으로 나가 성을 내며 꾸짖기를 "무슨 까닭으로 우리 국경을 침범하느냐?"라고 하니, 왜인들이 답하였다. "우리들은 송도(松島)에서 고기를 잡고 해초를 따다가 이곳에 잘못 이른 것이오." 용복이 또 꾸짖기를 "송도는 곧 우산도이니, 너희들은 우산도가 우리 땅임을 듣지 못하였느냐!"라고 하며, 몽둥이를 휘둘러 그들의 가마솥을 깨부수자 왜인들은 크게 놀라서 달아났다.

다음 날 새벽 그들을 쫓아 우도(芋島)에 이르자, 왜인들은 돛을 올려 달아났다. 용복은 일기도(壹崎島)까지 쫓아갔다가 배를 돌려 백기주에 이르렀는데, 태수가 반갑게 맞이하였다. 용복은 거짓으로 자신을 울릉도 감세관이라 칭하고 태수와 더불어 예를 대등하게 차리며 전후의 일을 매우 소상히 이야기하였다. 용복이 이어서 말하였다. "대마도가 중간에 끼어서 왜곡하거나 속이는 일이 어찌 울릉도 사건 한 가지뿐이겠습니까. 우리 조선에서 해마다 쌀과 비단을 배에 실어 보낼 적에 대마도에서 농간을 많이 부립니다. 조선에서는 쌀 15말을 한 섬으로 해서 보내는데 대마도에서는 7말로 줄여서 한 섬을 만듭니다. 또 조선에서는 베 30자를 한 필로 해서 보내는데 대마도에서는 20자로 줄여서 한 필을 만듭니다. 종이의 경우 한 묶음이 본래 매우 긴데 대마도에서는 이걸 잘라서 세 묶음으로 만듭니다. 관백(關伯)이 어떻게 이러한 사실을 알겠습니까. 내가 장차 관백에게 직접 이런 사실을 전달하여 관백을 기만한 죄상을 낱낱

이 파헤치도록 하고자 합니다." 그러고는 함께 동행한 사람 중에 글을 아는 자에게 편지를 써서 태수에게 보여주며 에도막부에 전달해 주기를 청하였다.

당시 대마도주의 부친이 에도에 있다가 그 소식을 듣고 크게 두려워하여 백기주 태수에게 애걸하기를 "이 편지가 아침에 들어가면 우리 아이는 그날 저녁에 죽을 것입니다. 그대는 잘 헤아려 주십시오."라고 하였다. 이에 백기주 태수가 돌아와 용복에게 말하였다. "이번만은 편지를 올리지 말고 속히 돌아가 주시오. 만일 또다시 영토로 인한 다툼이 있거든 사람을 시켜 편지를 보내시오. 그러면 내가 그대를 위해 힘을 써주겠소." 용복은 어쩔 수 없이 그냥 돌아왔는데, 그해 가을 8월 양양(襄陽)에 배를 대었다. 이에 대마도주는 더 이상 속일 수 없음을 알고 동래부에 편지를 보내 사죄하며 "다시는 사람들을 울릉도에 보내지 않겠다." 하고는, 이어서 용복이 함부로 국경을 범한 일을 말하며 매우 엄히 치죄하기를 청하였다. 이것은 용복의 입에 재갈을 물리고 그들의 분노를 풀고자 한 것이었다.

이때 경상감사가 이 일을 장계로 조정에 보고하고 용복 등을 서울로 압송하여 신문을 하였다. 여러 사람의 공초(供招)가 한결같이 나오자, 조정의 의론은 함부로 국경을 넘어서 이웃나라와 분란을 야기하였으니 참형(斬刑)에 처해야 한다고 하였다. 그런데 영돈령부사(領敦寧府事) 윤지완(尹趾完)[1]만은 다르게 말하였다. "용복이 비록 죄가 있으나, 대마도가 예전부터 우리를 속여 온 것은 모두 우리 조정이 에도막부와 직접 소통하지 않았기 때문입니다. 지금 별도로 소통할 길을 알았으니 용복을 주벌하는 것은 나라에 좋은 계책이 아닙니다." 영중추부사(領中樞府事) 남구만

---

1 윤지완(尹趾完) : 조선 후기 문신으로 자는 숙린(叔麟), 호는 동산(東山)이다. 1662년 문과에 급제하여 예조·병조판서 등을 역임하였다. 기사환국으로 서인이 실각하자 관직을 잃고 유배되었으나, 폐비 민씨의 복위 운동으로 인해 소론이 등용되자 우의정을 지냈다.

(南九萬)[2]도 다음과 같이 말하였다. "대마도가 속여 온 일은 용복이 아니었다면 드러날 수 없었을 것입니다. 울릉도에 대한 일은 이번 기회를 통해 밝게 분변하고 끝까지 따져서 대마도로 하여금 스스로 자복케 해야합니다. 그런 연후에 용복에 대한 경중을 서서히 논의하더라도 늦지 않을 것입니다. 만약 용복을 먼저 치죄한다면 대마도의 속임수에 빠져서 그들의 마음을 통쾌하게 할 것입니다. 그리되면 저들은 반드시 이것을 구실로 삼아 우리에게 심히 공갈을 칠 것이니, 이 일을 장차 어떻게 감당하시렵니까? 이는 좋은 계책을 잃는 일입니다."

이에 조정에서 그 계책을 써서 먼저 대마도에 따져 물으니, 대마도주는 과연 자복하고 그 죄를 전임 도주에게 돌렸다. 그리고 이후로는 울릉도가 조선의 땅임을 확실히 인정하고 함부로 침입하거나 넘어오지 않았다. 아울러 조정에서는 용복의 형벌을 줄여 귀양을 보내는 선에서 사건을 마무리하였다.

석재(碩齋) 윤행임(尹行恁)[3]이 말하였다. "당시 조정에서는 울릉도를 떼어 주자는 논의도 있었다. 저 용복은 사직의 중책을 띠거나 엄한 명령을 받은 것도 아니었으나 만 번 죽을 힘을 내어서 수륙 만여 리를 건너다니며 교활한 왜인들을 어린아이 꾸짖듯이 하고 대마도주의 간사한 꾀를 꺾어 놓았다. 그리하여 울릉도 전체가 일본에 편입되지 않도록 하였으니 그 공이 장하다고 할 만하다."

성호 이익이 말하였다. "안용복은 실로 영웅호걸이다. 미천한 일개 군

2 남구만(南九萬) : 조선 후기 문신으로 자는 운로(雲路), 호는 약천(藥泉)이다. 1656년 문과에 급제하여 대사간·대제학, 전라도·함경도관찰사, 형조·병조판서를 거쳐 영의정까지 올랐다. 당시 정치 운영의 중심인물로서 정치·경제·군정·인재 등용·의례 등 국정 전반에 걸쳐 경륜을 폈을 뿐만 아니라 문장에도 뛰어났다. 저서로 『약천집』이 있다.

3 윤행임(尹行恁) : 조선 후기 문신으로 자는 성보(聖甫), 호는 석재(碩齋). 1782년 문과에 급제하여 초계문신(抄啓文臣)으로 규장각대교에 임명되었다. 이후 대사간·이조참의를 거쳐, 도승지·예조판서에 임명되는 등 요직을 겸하였으나 서학을 신봉했다는 이유로 탄핵을 받고 신지도(薪智島)에 유배되어 참형을 당하였다.

졸로서 만 번 죽을 계책을 드러내어 국가를 위하여 강적과 겨루며 간사한 마음을 꺾어버리고 여러 대를 끌어온 분쟁을 그치게 하였다. 그리하여 한 고을의 땅을 회복하였으니 부개자(傅介子)[4]·진탕(陳湯)[5]에게 견주더라도 그 일은 더욱 어려운 일이었다. 이는 영특한 자가 아니면 할 수 없는 것이었다. 그런데 조정에서는 상을 주기는커녕 도리어 전에는 형벌을 내리고 뒤에는 귀양을 보내어 그의 의지를 꺾어버리기에 겨를이 없었으니, 참으로 애통한 일이다. 고금에 장순왕(張循王)의 화원노졸(花園老卒)[6]을 호걸이라고 칭송하였으나, 그가 주관한 일은 장사나 무역에 지나지 않았으며, 국가를 위한 계책으로는 그다지 충분하지 않은 것이었다. 용복 같은 자가 국가의 위급한 때를 당하여 항오(行伍)에서 발탁되고 장수급으로 등용되어 그 뜻을 행하게 하였다면, 그가 이룩한 바가 어찌 이 정도에 그쳤겠는가!"

외사씨는 말한다.

안용복의 걸출하고 특별한 공로는 여러 문인들의 논의에 잘 갖추어져 있다. 당시 조정은 눈앞의 권세와 이익 다툼에만 급급했을 뿐이요, 강토의 일은 대수롭지 않게 치부하였다. 그러므로 울릉도를 떼어 주자고 하는 지경에까지 이르게 되었던 것이다. 아울러 용복의 뛰어난 공로는 몰

---

4 부개자(傅介子) : 한나라 소제(昭帝) 때의 무신으로 대완국(大宛國)에 사신으로 가서 조령(詔令)으로써 누란국(樓蘭國)과 구자국(龜玆國)을 책하니, 모두 복종하였다. 그 뒤에 누란과 구자가 배반하자, 누란에 가서 누란 왕의 목을 베어 가지고 돌아와 의양후(義陽侯)에 봉해졌다.

5 진탕(陳湯) : 한나라 원제(元帝) 때의 무신으로 서역 부교위(西域副校尉)로서 외국에 사신을 가서 조칙을 가칭하고 군사를 동원하여 질지선우(郅支單于)의 목을 베었다. 이에 공적을 포장하여 관내후(關內侯)에 봉해졌다.

6 장순왕(張循王)의 화원노졸(花園老卒) : 장순왕은 남송(南宋) 초기의 명장인 장준(張浚)을 가리킨다. 장준이 일찍이 후원에서 낮잠 자는 늙은 병졸을 보고 꾸짖자, 그는 할 일이 없어 낮잠이나 잔다고 대답하였다. 장준이 그의 재능을 묻자, 무역을 잘할 수 있다고 대답하였다. 이에 그에게 많은 돈을 주었더니, 큰 배를 만들어 중국에서 생산되는 온갖 보화와 비단, 과일 등을 가득 싣고 해외로 가서 무역을 하여 많은 명마와 귀중한 보물들을 사 가지고 왔다. 그리하여 장준의 군영에는 군마가 풍족하여 최고로 강성한 군대가 될 수 있었다.

라준 채 형벌을 가하고 유배를 보내 교린 관계의 미봉책을 제시할 뿐이었으니 개탄스러움을 이길 수 있겠는가. 이후에 안용복의 일은 민멸되어 오랫동안 알려지지 않았다. 지난 번 『증보문헌비고(增補文獻備考)』[7]를 편찬할 때에 내가 용복의 일을 제공들께 말씀 드렸는데, 제공들은 쯧쯧 혀를 차며 칭상(稱賞)하시고는 『증보문헌비고』 중에 상세하게 기록하여 관련 고사를 고증할 수 있도록 하였다. 이에 안용복의 공로가 200여 년이 지난 후 지금에 이르러 비로소 드러나게 되었다. 그러나 이전 시기 여항의 호걸들 중에 안용복의 경우처럼 억울함 속에서 사라진 자가 또 몇 명이리오. 아, 슬프도다.

---

7 증보문헌비고(增補文獻備考) : 1903년부터 1908년 사이에 칙명으로 편찬, 간행된 전례와 고사를 집성한 유서(類書). 본래는 영조 때 처음 간행되었던 것을 여러 차례 수정과 보완을 거듭해오다가, 대한제국 시기에 홍문관 안에 찬집소(纂輯所)를 두고 김택영·장지연 등 33인이 찬집을, 박제순(朴齊純) 등 17인이 교정을, 한창수(韓昌洙) 등 9인이 감인(監印)을, 김영한(金榮漢) 등 3인이 인쇄를 각각 맡아 완성시켰다.

02.

가난함 속에서도 태연자약 책만 읽은 이시선

이시선(李時善)의 자는 자수(子修), 호는 송월(松月)로 안동부(安東府) 사람이다. 어려서부터 총명하고 기억력이 뛰어났으며 독서를 좋아하여 책 한 권을 수만 번 읽은 경우도 많았다. 글을 잘 지었지만 과거문장은 좋아하지 않아서 여러 번 과거에 응시하였으나 합격하지는 못하였다. 결국에는 과거 공부를 그만두고 오로지 독서와 구도(求道)에만 뜻을 두었다. 그는 60여 년 동안 산림에 파묻혀 세상을 등지고 살다가 아흔 살에 죽었다. 저술한 글이 매우 많아 『송월재유고(松月集遺稿)』 십여 권을 남겼는데, 그 가운데 명명(名銘)과 행명(行銘)이 유명하다. 그의 명명은 다음과 같다.

실상이 없으면서 명성만 얻는 것은 마치 높은 나무에 올라가 사방을 바라보는 것과 같다. 비록 유쾌하기는 하나 질풍이 불어오면 두려워하지 않을 수 없으니, 환란이 몸에 이른 뒤에 그것을 근심한들 천리마로도 돌이킬 수 없을 것이다. 송나라 사람 중에 남의 잃어버린 어음을 줍고는 남몰래 그 물건을 헤아리고 기뻐하며 말하기를 "이제 곧 부자가 되겠구나."라고 한 자가 있었다. 이는 명성만 있고 실상은 없는 것이다. 남월왕(南越王)의 황옥(黃屋)[8]은 나의 즐거움이 될 수 없지만 집구석의 죽 한 그릇으로는 배부를 수 있다. 그러니 어찌 문밖에 음식을 차려 두고 "내가 밥을 먹는다." 하며 떠벌리겠는가!

그의 행명은 다음과 같다.

　내가 남쪽 바다에 갔다가 돌아오는데 해질 무렵 비가 내려 왔던 길을 헤매고 있었다. 행인에게 길을 묻자 대답하기를 "왼쪽으로 가시오."라고 하였다. 나는 행인의 말이 틀렸다고 의심하면서도 이를 따랐는데, 결국 그의 말이 옳았다. 나는 또 북쪽 지방을 갔다가 돌아오면서 길을 잃었다. 고개를 넘자 주변 산천을 아는 듯하여 묻지 않고 달려갔는데 결국 틀렸다. 이에 나는 슬퍼하며 생각했다. '내가 옳다고 여긴 것은 틀렸고, 남에게 물은 것은 옳았구나. 땅에는 정해진 방향이 있었는데 의혹이 나로부터 일어났으니 이는 땅의 잘못이 아니다.' 제나라 왕이 활쏘기를 좋아하여 사람들이 자기에게 활시위를 잘 당긴다고 말하는 것을 좋아하였다. 그렇지만 그가 당기는 활은 3석(石)짜리에 불과하였는데, 주변 사람들이 "이것은 9석짜리 활입니다."라고 하자 왕은 종신토록 스스로 강궁을 당긴다고 믿으면서 실제를 깨닫지 못하였다. 사람들 중에 스스로 잘한다고 믿는 자들은 모두 활시위를 당기는 제나라 왕의 부류이다. 사람들 중에는 성인을 독실하게 믿는 자가 많지만 그 도를 잘 살펴 알지는 못한다. 이는 음식을 먹고 마실 줄만 알지 그 맛을 모르는 것과 같으니, 결국에는 성인의 경지에 이르지 못할 것이다. 스스로 고명한 체하며 아랫사람에게 묻기를 부끄러워하면서도 늘 남을 이기려고 하는 자가 많으니, 어찌 그가 모르는 바를 다 알 수 있겠는가. 맹자는 영기(英氣)가 지나쳐서 만약 학문이 이루어지지 않았더라면 남을 이기기를 좋아하는 데 그쳤을 것이다. 어찌 잘하더라도 잘하지 못하는 자에게 묻고,

---

8 남월왕(南越王)의 황옥(黃屋) : 남월왕의 본명은 조타(趙佗)이다. 원래 진정(眞定) 지역의 세족이었으나 진(秦)나라를 피해 남월을 거점으로 세력을 키웠다. 황옥은 노란 비단으로 장식한 천자의 수레이다. 조타가 황제처럼 치장한 수레를 타고 다니자 효문제가 육가(陸賈)를 보내어 그 무도함을 책망하니, 조타가 "나는 황제노릇을 하려는 것이 아니라 단지 보기 좋아서 이렇게 치장하고 다닐 뿐이다."라고 해명하고는 한나라의 신하가 되었다.

많이 알더라도 많이 알지 못하는 자에게 묻는 도와 같을 수 있겠는가. 요·순은 남에게서 장점을 잘 취하였다. 그 사람들이 반드시 요·순보다 나은 것은 아니었지만 요·순은 그들의 장점을 취하여 남겨둠이 없었다. 위대하도다, 남에게서 장점을 취하는 도여. 강과 바다는 낮추기를 잘하여 백곡(百谷)의 왕이 될 수 있었다. 이러한 까닭에 지혜로운 자는 그가 못하는 것을 쓰지 않고 어리석은 사람이 잘하는 것을 쓰는 것이다. 옛날에 외적들이 난입하자 앉은뱅이가 소경에게 말하여 소경이 그를 업고 달아났으니 두 사람이 모두 살아난 것은 그들의 장점을 취하였기 때문이다.

외사씨는 말한다.

시선이 저술한 격언(格言)과 경론(警論)은 이러한 종류가 많아 세속에 귀감이 될 만하였지만, 당론이 치성하였던 때를 만나고 지위도 한미하였기 때문에 그를 발탁해주는 사람이 없었다. 그리하여 이기(利器)를 품고서도 끝내 팔지 못하고 초야에 은둔한 채 삶을 마쳤다. 그러나 그의 몸가짐은 매우 고상하여 띠풀로 얽은 집은 휑하여 비바람을 막지 못할 정도였고, 한 달에 아홉 끼니만 때우면서도 거친 쌀조차 충분하지 않았지만 늘 태연자약하였다. 그는 오히려 낮에는 책을 읽고 밤에는 컴컴한 방에 앉아 암송하며 새벽녘이 되도록 그치지 않았으니, 인근 마을 사람들이 모두 '서치선생(書癡先生)'이라고 부르며 백곡(栢谷) 김득신(金得臣)[9]과 견주었다. 그가 저술한 원고는 많이 흩어지고 사라져 세상에 전해지지 않는다. 오호라! 선비가 책을 읽고 입언(立言)하는 것은 후세에 전하기 위한 것인데, 끝내 그 자신이 곤궁하여 후세에 알려지지 않았으니 아, 슬프도다.

---

9 김득신(金得臣) : 조선 후기 문인으로 자는 자공(子公), 호는 백곡(栢谷)이다. 공부할 때 옛 선현과 문인들의 글을 많이 읽는데 주력하였는데, 특히 〈백이전(伯夷傳)〉을 1억 번이나 읽어 자신의 서재를 '억만재(億萬齋)'라 이름하였다.

03.

스승 없이 홀로 문장을 깨우친 이황중

이황중(李黄中)은 양주인(楊洲人)으로 자는 공일(公一)이다. 고려시대 평장사(平章事) 문순공(文順公) 이규보(李奎報)의 후손이다. 그의 어머니가 꿈에 신승(神僧)을 만나 그를 낳았는데, 손에 '문(文)'자가 있었다. 그는 두 살에 글자를 알아보았고, 일곱 살에 시를 지을 줄 알았다. 장성해서는 그의 입에서 나오는 시구가 자못 정밀하고 의미가 깊어 만당(晚唐)의 기풍이 있었다. 이에 추사 김정희가 그의 시를 보고서 감탄하며 "동방 천 년의 절향(絶響)이다."라고 하였다.

하루는 황중이 꿈에 도관(道館)에서 노닐었는데, 팻말에 '감산(甘山)'이라 쓰여 있었다. 한 도사가 비결을 주며 말하기를 "이것을 따르면 감(甘)이 되고, 이것을 거스르면 단(丹)이 될 것이네."라고 하였다. 황중은 여기에서 느낀 바가 있어 '감산자(甘山子)'라 자호하고 수련법으로 삼았다. 또 아내가 세상을 떠나자 다시 장가를 들지 않고 정욕을 끊은 채 『금단도설(金丹圖說)』을 지었다.

예전에 황중은 은구(銀鉤)라는 아들 하나를 두었었는데, 열 살 무렵 천연두를 앓다 죽었다. 그는 결코 후사를 끊을 수는 없다고 생각하고는 마침내 수련법을 그만두고 다시 장가를 갔다. 그러나 끝내 아들을 보지 못하였고, 집안에 종종 괴이한 일도 많이 일어났다. 이에 황중은 명산을 유랑하며 술을 잔뜩 마시기도 하고, 이삼 일씩 굶기도 하였다. 그는 철종(哲宗) 초에 과거를 보고 성균관 유생으로 발탁되기도 하였다. 몇 년 후 갑자기 병이 들어 죽으니 그의 나이 오십여 세였다.

황중은 사람됨이 깨끗하고 기이하여 세속에 영합함이 적었다. 문장은 스승 없이 스스로 깨우쳤다. 만년에는 시를 다듬는 데에만 공을 들였는데, 비단주머니를 만들어 거기에 시초(詩草)를 담아 팔에 걸고 다니다가, 이르는 곳마다 주머니를 열어 낭랑하게 시를 읊고서는 다시 담아서 팔에 걸고 다녔다. 그는 항상 사람들에게 말하기를 "단에는 내단과 외단이 있는데, 문장이 또한 내단이요 장생은 오히려 말단이다."라고 하였다.

그의 시는 청나라에 흘러들어가 『국조정아집(國朝正雅集)』[10]을 편집하는 사람이 이를 채록하여 전하였다. 김택영(金澤榮)이 평하기를 "황중의 시는 한벽(寒僻)한 데에 지나쳐 본받기에 부족하지만, 또한 한 시대의 기이한 재주로다."라고 하였다.

외사씨는 말한다.

황중은 기이한 재주를 지닌 선비라 문장에 대해서 마치 묵은 인연이 있는 듯 일거에 깨달았다. 그의 시는 청나라의 『국조정아집』에도 실렸는데, 우리나라의 풍요(風謠) 선집에 빠져 있는 것은 어째서인가. 그의 시가 민멸되어 전해지지 않는 것이 안타깝도다.

---

10 국조정아집(國朝正雅集) : 청나라 부보삼(符葆森)이 편찬한 시가 선집으로, 청나라의 역대 제왕들과 여러 문인들이 지은 작품이 수록되어 있다.

04.

세상을 조롱하며 거리낌 없이 행동한 김광석

　김광석(金光錫)은 어떤 사람인지는 알 수 없다. 단지 '만천자(蔓川子)'라 자호하였을 뿐이다. 그는 어린 시절 윤정현(尹定鉉)[11]의 문하에서 시를 배웠는데, 윤공은 그가 시에 능한 것을 좋아하였다. 윤공은 그가 우스갯소리로 세상을 조롱하는 것이 동방만천(東方曼倩)[12]과 비슷하다고 한 적이 있다. 이 때문에 세상 사람들이 그를 만천(曼倩)이라고 부르자, 이에 광석이 음만 따르고 글자는 바꾸어서 '만천(蔓川)'을 호로 삼은 것이다.

　그의 성품은 활달하여 얽매이지 않았으며 술 마시기를 좋아하였다. 술에 취하면 번번이 좌중에 있는 사람들에게 욕을 하고 미친 듯이 소리 지르며 주변에 사람이 없는 듯 거리낌 없이 행동하였다. 경대(經臺) 김상현(金尙鉉)[13]이 태학사(太學士)가 되었을 때 윤공을 방문하였는데, 광석이 갑자기 술에 취해 크게 소리 지르며 말하기를 "경대는 그 따위 말 집어치

---

11 윤정현(尹定鉉) : 조선 후기 문신으로 자는 계우(季愚), 호는 침계(梣溪)이다. 대사성·황해도관찰사·병조판서 등을 역임하였으며, 경사에 박식하고 문장으로 명성이 높았다. 저서로 『침계유고(梣溪遺稿)』가 있다.
12 동방만천(東方曼倩) : 한나라 무제(武帝) 때 사람인 동방삭(東方朔)으로, 만천(曼倩)은 그의 자이다.
13 김상현(金尙鉉) : 조선 후기 문신으로 자는 위사(渭師), 호는 경대(經臺)이다. 1859년 문과에 급제하여 대제학·경기도관찰사·이조판서 등을 역임하였다.

우라!" 하였다. 윤공이 민망하여 그를 꾸짖으려 하자, 경대가 급히 제지하며 말하기를 "그의 말이 옳다고 해 줍시다. 그의 말이 옳다고 해 줍시다." 하였다. 이것은 그의 가슴 속에 있는 쓸쓸하고 불평한 마음을 알았기 때문이다.

또 어떤 재상이 자리에 있었는데, 벽을 사이에 두고 크게 소리 지르며 말하기를 "대광보국숭록대부들, 너희들이 모두 죽은 연후라야 나라가 다스려질 것이다. 그리하면 나도 죽을 것이다."라고 하였다. 이 소리를 들은 사람들은 모두 입을 다물었으니, 세간에서는 그가 소리 지른 일로 인하여 '미치광이 만천[狂蔓川]'이라고 불렀다.

광석의 시는 고건(古健)하여 성당(盛唐)의 풍격이 있었으니, 당시 문단의 여러 문인들 중에 그를 추켜세우며 두보(杜甫)의 풍격이 느껴진다고 하는 자들이 많았다. 그러나 스스로 작품들을 수습하지 못하여 흩어지고 사라져 전해지지 않는 것이 많으니 안타깝다. 그는 나이 예순이 되던 어느 날 술을 잔뜩 마시다가 죽었다.

광석과 같은 시대에 또 이현식(李鉉軾)이라는 자가 있었다. 그도 한미한 가문 출신으로 시를 잘 지었으며 술을 마시다가 죽었다. 저서로『심전집(心筌集)』1권이 있다.

05.

열 가지 뛰어난 재주를 지닌 조수삼

조수삼(趙秀三)의 초명은 경유(景濰), 자는 지원(芝園), 호는 추재(秋齋) 또는 경원(經畹)으로 한양인(漢陽人)이다. 그는 풍채가 아름다웠으며 신선의 기골이 있어서 당시 사람들이 '선풍도골(仙風道骨)'이라 칭하였다. 어려서부터 재주가 많았으며 책 읽기를 좋아하여 글을 잘 짓고 문사(文詞)가 크고 넓었는데 특히 시에 뛰어났다. 그는 여섯 차례나 중국을 왕래하면서 당대 이름난 선비들과 사귀었으니, 그의 시가 퍼진 것은 압록강 동쪽에만 국한되지 않았다.

수삼이 처음에는 중국말을 이해하지 못했는데, 중국에 가다가 길에서 강남 사람들을 만나 수레를 함께 타고 가면서 그들의 말을 배워 곧 말이 트이게 되었다. 이로부터는 청나라 사람들과 이야기할 적에 필담을 주고받거나 통역을 두지 않고 자유자재로 이야기하면서도 막힘이 없었으니 그의 능통한 재주가 이와 같았다. 한번은 어떤 중국 사람과 교분이 두터웠는데 몇 년 뒤에 그 사람은 죽고 그의 아들이 떠돌다가 요동(遼東)과 계문(薊門)[14] 사이에서 수삼을 만나게 되었다. 이에 수삼은 그 아들이

---

14 계문(薊門) : 중국 북경의 덕승문(德勝門) 밖의 지역으로 요동과 함께 우리나라로 통하는 관문이다.

고아의 처지로 곤궁하게 유리걸식하는 것을 불쌍히 여겨 자신의 주머니를 털어 주었다. 이처럼 그는 옛 우의를 잊지 않았다.

수삼은 나이 여든셋에 진사시에 합격하였다. 운석(雲石) 조인영(趙寅永)[15]이 평소 수삼과 잘 알고 지냈는데, 그를 찾아가서 '신은(新恩)'이라 부르며―나라의 풍속에 새로 등제한 자가 있으면 그보다 먼저 등제한 자가 반드시 가서 '신은(新恩)'이라 부르며 장난삼아 하례한다―말머리에서 운자를 불러주고 시를 짓도록 하자, 수삼이 응하여 시를 지었다.

뱃속에 든 시와 책이 몇 백 짐이던가	腹裡詩書幾百擔
올해에야 가까스로 난삼(襴衫)을 걸쳤네.	今年方得一襴衫
구경꾼들아 몇 살인가 묻지를 마소	傍人莫問年多少
육십 년 전에는 스물셋이었다네.	六十年前二十三

이에 조공이 크게 칭찬하며 술자리를 베풀어 그를 위로해주었으니, 이때는 헌종(憲宗) 갑진년[1844]이었다. 합격 방이 붙던 날 특별히 오위장(五衛將)에 제수하여 그를 영화롭게 하였으며, 후에 다시 첨중추(僉中樞)에 제수하였다. 그는 여든여덟의 나이로 세상을 떠났다. 운석 조상공이 그를 위해 문집을 간행해 주었다.

세간에서는 추재가 지닌 재주가 모두 열 가지인데 일반 사람들은 그 가운데 하나만 지녀도 평생 만족할 만하다고 여겼다. 첫째는 풍도(風度), 둘째는 시문(詩文), 셋째는 과거문장, 넷째는 의학, 다섯째는 장기·바둑, 여섯째는 글씨, 일곱째는 뛰어난 기억력, 여덟째는 담론(談論), 아홉째는 복록(福祿), 열째는 장수(長壽)이다.

---

15 조인영(趙寅永) : 조선 후기 문신으로 자는 희경(羲卿), 호는 운석(雲石)이다. 1819년 문과에 장원급제하여 대제학, 호조·형조판서를 두루 역임하면서 형 조만영과 함께 풍양 조씨 세도의 기반을 구축하였다. 문장·글씨·그림에 모두 능했으며, 김정희와 함께 금석학 연구에 정진하였다. 저서로『운석유고』가 있다.

그가 지은 시 중에는 당대 사람들에게 회자되는 것이 많았다. 그 가운데 〈선죽교(善竹橋)〉는 다음과 같다.

물결에 부딪겨 우는 교각은 풀 속 깊이 묻혔는데	波咽橋根幽草沒
선생은 이곳에서 살신성인 이루었도다.	先生於此乃成仁
하늘과 땅이 모두 없어져도 단심은 남아 있고	乾坤弊盡丹心在
비바람에 다 닳아도 벽혈은 새롭기만 하구나.	風雨磨來碧血新
비록 무왕(武王)이 백이·숙제를 부축했다 하지만	縱道武王扶義士
문천상(文天祥)[16]이 유민 되었단 말은 듣지 못했네.	未聞文相作遺民
무정한 듯 한이 서린 거친 비석 젖어 있으니	無情有恨荒碑濕
귀두(龜頭)는 눈물 떨구는 이를 기다리지 않는구나.	不待龜頭墮淚人

또 〈심양잡영(瀋陽雜詠)〉은 다음과 같다.

삼을 담근 연못은 거위 기르는 연못과 접했는데	漚麻池接養鵝池
바야흐로 황량과 옥수수 철을 만났구나.	政值黃粱玉蜀時
길 가 밭이랑에선 실솔이 가을을 알리고	一路田間秋蟋蟀
마을의 개들은 하루 종일 높은 울타리에서 짖네.	村尨終日吠高籬

삼복더위로 무더운 중추의 날씨	三庚炎熱仲秋天
하얀 연뿌리와 시원한 참외[17]는 값을 묻지도 않네.	雪藕氷苽不問錢
과일 앞에 일군의 무리들 풀밭에 흩어지니	果下一群閒放草

---

16 문천상(文天祥) : 송나라 말기 충신으로 자는 송서(宋瑞), 호는 문산(文山)이다. 원(元)나라가 침입해 오자 근왕병 1만을 일으켜 분전하였으나 패하여 연옥(燕獄)에 수감되었다. 원나라의 세조가 그의 재능을 아껴 벼슬을 간절히 권하였으나 끝내 거절하고 죽음을 택하였다.

17 하얀 연뿌리와 시원한 참외 : 얼음 쟁반 위에 신선한 연뿌리·마름·참외·과일 따위를 올려둔 것을 말한다.

마두들도 앞다퉈 버드나무 그늘에서 졸고 있네.　　　馬頭爭趁柳陰眠

　　수삼이 지은 186운(韻)시와 칠언고시 〈흥천사고종가(興天寺古鍾歌)〉·〈병치행(病齒行)〉·〈석고가(石鼓歌)〉 등이 모두 장편의 거작(巨作)으로, 그의 명성은 우리나라는 물론 중국까지도 퍼져나갔다. 그의 형 경렴(景濂)의 자는 백익(伯翊), 호는 담화관(湛華館)으로 또한 시에 능하였다. 그의 조카 중묵(重黙)의 호는 자산(蔗山)으로 서화로써 당시에 이름을 날렸다.

　　외사씨는 말한다.

　　추재는 재주가 뛰어났지만 지위가 미천하였기에 권세가들의 막료가 되어 우울하게 지내며 실의에 빠져 있었다. 그러다가 나이 여든이 넘어 간신히 진사가 되어 쓸쓸하고 불평한 마음을 한 잔 술과 시가(詩歌)로 쏟아내었으나 끝내 사라지고 말았으니 애석하도다. 항간에 떠도는 말을 듣자하니, 어떤 사람이 추재에게 비단을 주었는데 그는 비단을 모두 쪽빛으로 물들여서 바지와 저고리를 만들어 입었다고 한다. 그를 남전추재(藍靛秋齋)라 부르는 것은 이것 때문이다. 그의 의중에는 권세가들이 추구(芻狗)·문희(紋犧)[18]를 기르듯 자신을 짐승처럼 여기고 사람답게 대우하지 않음을 스스로 드러내고자 함이 있던 듯하다.

---

18 추구(芻狗)·문희(紋犧) : 추구는 옛날 중국에서 제사를 지낼 때 사용하던 풀로 만든 강아지이며, 문희는 교제 때 희생으로 쓰기 위해 잘 키운 소를 가리킨다. 이것들은 모두 제사가 끝나면 내버리므로, 소용이 있을 때는 이용하고 소용이 없으면 내버리는 물건을 비유한다.

06.

전함사의 노비 시인 백대붕

백대붕(白大鵬)은 전함사(典艦司)[19]의 노비이다. 시서(詩書)에 뛰어났고 술을 잘 마셨으며, 재주가 뛰어나고 성품도 굳건하여 열협(烈俠)의 풍모가 있었다. 그는 유희경(劉希慶)과 함께 교유하면서 주고받은 시문이 책 한 질(帙)이나 되었으니, 두 사람 모두 시로써 세상에 이름이 났다. 이에 세간에서 그들을 '유(劉)·백(白)'이라 칭하였다. 그는 다음과 같은 시를 남겼다.

술 취해 산수유꽃 꽂고 혼자서 즐기다가	醉揷茱萸獨自娛
밝은 달빛 산에 가득하여 빈 술병 베고 누웠네.	滿山明月枕空壺
사람들아 무엇하는 놈인가 묻지 마소	旁人莫問何爲者
풍진에 머리 세어진 전함사의 종이라네.	白首風塵典艦奴

그는 이처럼 호방하고 굽히지 않으려는 성격을 지니고 있었다. 국법에 노비는 비록 기이한 재주를 지니고 글을 잘 짓는다 하더라도 과거에 응

---

19 전함사(典艦司) : 조선시대 선박관리 및 조선(造船)·운수(運輸)에 관한 일을 관장하기 위하여 설치되었던 관서.

시할 수 없었다. 그러므로 대붕은 그 재주를 지니고서도 천민에 머물 뿐이었으니, 이 시에서 그의 원통하고 답답한 기상을 볼 수 있다.

대붕은 사약(司鑰)²⁰을 지내기도 하였는데, 당시 사람들이 다투어 그의 시체(詩體)를 본받고자 하였다. 그의 시는 본래 맹교(孟郊)·가도(賈島)²¹의 차갑고 야윈 듯한 성향을 배웠기 때문에 석주 권필이 매양 만당풍의 시체를 배우는 사람들을 만나면 반드시 '사약체(司鑰體)'라고 하였으니, 이는 그의 시가 위약(萎弱)함을 조롱한 것이었다.

대붕은 선조 초에 통신사 악록(岳麓) 허성(許筬)²²을 따라 일본에 가서 시로써 이름을 떨쳤다. 임진왜란 때는 일본의 사정을 잘 알았기 때문에 순변사(巡邊使) 이일(李鎰)²³이 종사관으로 삼았는데, 상주(尙州)에 이르러 왜적과 싸우다가 죽었다. 당시 이일은 달아났지만 그의 종사관들은 모두 순국하였기에 조정에서 후하게 상을 내렸다. 하지만 유독 대붕만은 거기에 끼지 못하여 사람들이 모두 안타까워하였다.

어우(於于) 유몽인(柳夢寅)이 말하였다. "서기(徐起)·박인수(朴仁壽)·권천동(權千同)·허억건(許億健)이 모두 학행(學行)으로 일컬어졌고 유희경·백대붕은 시문으로 명성을 떨쳤지만 오직 서기·유희경만이 알려져 있고 나머지 사람들은 누구인지 알지도 못하니, 이처럼 인멸되고 전해지지 않는 것이 실로 애석하다!"

---

20 사약(司鑰) : 조선시대 궁궐 내 각 문의 자물쇠와 열쇠를 관리하던 잡직.
21 맹교(孟郊)·가도(賈島) : 당나라 때 시인으로 이들은 모두 여생을 불우하게 보냈기에 작품에 적막한 감이 깊어 '교한도수(郊寒島瘦)' 즉 '맹교의 시는 차갑고 가도의 시는 야위었다'라는 평을 받았다.
22 허성(許筬) : 조선 중기 문신으로 자는 공언(功彦), 호는 악록(岳麓)이다. 허균의 형이다. 선조 대에 학문과 덕망으로 사림의 촉망을 받았으며, 성리학에 조예가 깊었고 문장과 글씨에도 뛰어났다. 저서로 『악록집』이 있다.
23 이일(李鎰) : 조선 중기 무신으로 자는 중경(重卿)이다. 1558년 무과에 급제하여 함경도북병사로서 니탕개(尼湯介)의 난을 평정하고, 여진의 시전부락(時錢部落)을 소탕하는 등의 전과를 올렸다. 임진왜란 때 순변사로 상주·충주에서 왜군과 싸워 패배하였으나, 이후 다시 서용되어 여러 무관직을 거쳤다.

07.

상례에 밝았던 얼자 시인 유희경

유희경(劉希慶)의 자는 응길(應吉)이다. 열세 살에 부모를 잃고는 흙을 짊어져다가 장사를 지내고 묘를 지키며 떠나가지 않았다. 이에 이웃의 중이 그를 애도하며 무덤 옆에 토막을 지어주고 죽을 끓여 권하였다. 그는 어머니를 섬기는 것도 매우 효성스러웠는데 어머니의 병이 오래되자 자리를 깔고는 그 옆에서 밤낮으로 지키며 조금도 게을리하지 않았다. 이따금 깔고 앉은 자리를 걷어다가 동소문(東小門) 밖으로 나가 개울가에서 손수 빨고 바윗돌 위에 말리면서 그 곁에 앉아 책을 읽었다. 이에 보는 사람들이 모두 그를 기이하게 여겼다.

그는 동강(東岡) 남언경(南彦經)[24]을 따르면서 주문공(朱文公)의 『가례(家禮)』를 전수받았는데 특히 상제(喪制)에 밝았으며 널리 전례(典禮)를 고찰하여 고금의 변화상을 깊이 연구하여 상례를 잘 치른다고 이름이 났다. 한번은 국상(國喪)이 나서 질쇄(質殺)[25]를 논의하는데 그 제도를 아는 자가

---

24 남언경(南彦經) : 조선 전기 문신·학자로 자는 시보(時甫), 호는 동강(東岡)이다. 학행으로 천거되어 관직에 나가 현령·부윤 등 지방관을 지냈다. 조선 최초의 양명학자로 이황(李滉)을 비판하다가 양명학을 숭상한다는 빌미로 탄핵을 받고 사직, 경기도 양평에 은거하였다.

25 질쇄(質殺) : 시신을 싸는 두 개의 자루로, 상체에 씌우는 것을 질(質)이라 하고, 하체에 씌우는 것을 쇄(殺)라고 한다. 먼저 붉은 쇄로 발에서부터 씌워 올린 다음 검은 질로 머리에서부터 씌

없었으므로 이에 희경을 불러다가 처리하였다. 그러자 사대부가에서 상이 생기면 반드시 그를 불러다가 집례(執禮)를 부탁하였다.

임진왜란 때 임금의 수레가 북쪽으로 피난을 가자, 희경은 눈물을 흘리며 비분강개한 마음으로 의로운 선비들을 불러 모아서 관군을 도와 적을 토벌하였다. 이 일이 알려지자, 선조 임금이 교지를 내려 포상하며 이르기를 "희경, 그대는 의로움을 떨쳐 왜적을 토벌하기로 뜻을 삼았으니 내가 이를 가상히 여기노라!" 하였다.

당시 나라에는 어려운 일이 많아 중국에서 황제의 조서를 전달하는 사신들이 연이어 왔으므로 제 비용이 매우 많이 들었다. 그러나 호조의 국고는 텅 비어서 재상들이 이를 근심하였다. 희경이 청하기를 "백인호(白仁豪) 등 몇 사람을 불러 계책을 물어보면 일이 해결될 것입니다." 하였는데, 마침내 그들의 힘을 얻을 수 있었다. 이 때문에 상을 받아 통정대부(通政大夫)의 품계에 올랐다.

무오년[1618]에 이이첨(李爾瞻)이 인목대비(仁穆大妃)를 폐하려고 일을 꾸미면서 여러 부로(父老)들을 협박하여 상소하도록 하고 이것을 어기는 자에게는 형벌을 가하였는데, 희경은 홀로 따르지 않았다. 희경은 평소 이이첨과 친숙한 사이였으나 이때에 이르러 그와 절교하였다. 한번은 밖에 나갔다가 길에서 이이첨을 만났는데, 이첨이 노하여 그를 책망하자 희경이 대답하기를 "소인에게는 어머니가 계신데 봉양하는 일에 급하여 공의 문전에 갈 겨를이 없었소이다." 하였다. 이것은 이이첨을 풍자한 것이었다. 인조반정 이후에 대신들은 그의 절개를 보고했던바, 임금이 특별히 명하여 품계를 올려주었다. 처음에 희경은 예법으로 사대부들 사이에서 일컬어졌는데, 이때에 이르러서는 사대부들이 그의 절개를 높이 사서 더욱 그를 공경하고 중하게 여겼다.

위 내리는데, 그 질의 끝이 손의 위치와 가지런하게 한다. 질과 쇄를 다 씌운 뒤에는 바늘로 꿰매어 상하를 연결한다.

박엽(朴燁)이 의주부윤(義州府尹)이 되었을 때 사나움이 심하여 사람 죽이기를 풀 베듯 하였다. 희경의 아들이 박엽에게 미움을 받아 박엽이 장차 그를 죽이려고 하였는데, 희경의 아들이라는 것을 알고는 풀어주었다. 이에 사람들이 이르기를 "희경의 어진 인품이 혹리(酷吏)로 하여금 그 사나움을 누그러뜨리게 하였다."라고 하였다.

희경은 사람됨이 조용하고도 욕심이 적었으며 천성이 산수(山水)를 좋아하였다. 그의 집은 정업원(淨業院)²⁶ 아래에 있었는데, 그 시냇가에 나아가 돌을 쌓고 대(臺)를 만들어 '침류대(枕流臺)'라고 하였다. 그 주변에는 복숭아나무와 버드나무 수십 그루를 심었는데, 매양 봄여름이면 붉은 꽃과 푸른 잎이 시내와 계곡을 밝게 비추었다. 희경은 당시(唐詩) 한 권을 손에 들고 동자 하나와 술병 하나로 그 가운데 앉았다 누웠다 하며 휘파람 불고 시를 읊조리면서 종일토록 즐겼다. 그러고는 스스로 호를 '촌은 거사(村隱居士)'라 하였다. 그가 지은 시는 한가로우면서도 맑아 당풍(唐風)에 가까웠다. 이에 사암(思菴) 박순(朴淳)²⁷이 매우 칭찬하였으며, 공경대부들이 모두 침류대 위에 나아가 시와 노래를 지어 주고받으면서 다투어 서로 돌려보았다. 세상에서 이른바 『침류대시첩(枕流臺詩帖)』이라는 것이 바로 이것이다.

영안위(永安尉) 홍주원(洪柱元)²⁸은 날마다 희경을 찾아왔다. 인목왕후(仁穆王后)는 영안위가 자주 외출한다는 소문을 듣고 사람을 시켜 따라가 보

---

26 정업원(淨業院) : 고려와 조선시대 도성 내에 있었던 여승방(女僧房). 본래 개경에 있던 것을 조선 초 한양에 옮겨 건립하였다. 정업원의 비구니들은 대부분 사족들이었고, 주지는 왕족이었다. 척불정책과 유생들의 주장으로 여러 차례 혁파와 복구를 거듭하다가 선조 때 완전히 폐지되었다.

27 박순(朴淳) : 조선 중기 문신으로 자는 화숙(和叔), 호는 사암(思菴)이다. 서경덕의 문인이다. 1553년 문과에 장원급제하여 요직을 두루 거쳐 영의정까지 올랐다. 성리학에 정통했으며, 특히 『주역』에 대한 연구가 깊었다. 문장이 뛰어나고 특히 시에 능하여 당시풍의 정통을 이었으며, 글씨도 잘 썼다. 저서로 『사암집』이 있다.

28 홍주원(洪柱元) : 조선 후기 문신으로 자는 건중(建中), 호는 무하당(無何堂)이다. 선조의 딸 정명공주(貞明公主)에게 장가들어 영안위(永安尉)에 봉하여졌다. 문학을 즐기고 선비들과 명승지를 찾아 놀기를 좋아하였다. 저서로 『무하당집』이 있다.

게 하였더니, 한 노인과 큰 소나무 아래 마주앉아 시율(詩律)을 이야기하고 있었다. 그 이후로 영안위가 희경을 만나러 간다는 소식을 들을 때마다 궁중의 고기산적을 하사하였다. 나중에 그 땅은 궁중에 편입되었다가 도총부(都摠府) 자리가 되었으나 소나무는 아직도 남아 있어서 사람들이 그것을 알아보고는 "이 나무는 유 아무개가 심은 것이다."라고 하였다.

희경은 나이가 많았으나 정신과 기골은 매우 강건해서 사대부 중에 금강산을 유람하려는 자가 길을 안내해줄 것을 요청하면 대번에 흔쾌히 나섰으며 연로함을 핑계로 거절하지 않았다. 그는 정암(靜庵) 조광조(趙光祖)의 어진 인품을 사모하였는데, 도봉서원(道峯書院)이 창건될 때 그 실무를 담당하였다. 그는 나이 여든에 가의대부(嘉義大夫)에 올랐으며, 후에 그의 아들 일민(逸民)이 원종공신(原從功臣)이 되어 자헌대부(資憲大夫) 한성부판윤(漢城府判尹)에 추증되었다. 그의 관직은 실제로는 동지중추부사(同知中樞府事)였다. 후에 인조 병자년[1636]에 죽었으니 그의 나이 아흔둘이었다. 유하 홍세태가 그의 행장(行狀)을 지었다.

그가 지은 시 〈양양(襄陽) 도중에서[襄陽途中]〉는 다음과 같다.

산은 비 기운 머금고 물은 연기 머금었는데	山含雨氣水含煙
청초호 가엔 흰 해오라기 졸고 있네.	靑草湖邊白鷺眠
해당화 밑으로 길을 들어서니	路入海棠花下去
호수 가득 꽃잎이 채찍에 걸려 떨어지네.	滿池香雪落揮鞭

농암 김창협은 『촌은집(村隱集)』 서문에서 다음과 같이 말하였다. "유희경은 얼자 출신이지만 시를 배우고 예를 익혀 그득히 사군자의 기풍이 있었으며, 그가 거처하던 침류대는 궁성과의 거리가 지척에 불과했지만 산림 속의 사람처럼 초탈하여 고요하게 지냈다."

희경이 지은 시 〈산중의 가을밤[山中秋夜]〉은 다음과 같다.

가을 하늘에선 흰 이슬이 내려	白露下秋空
산속에 계수나무 꽃이 활짝 피었네.	山中桂花發
가장 높은 가지를 꺾어 들고서	折得最高枝
밝은 달을 벗 삼아 돌아왔다네.	歸來伴明月

이처럼 그의 시는 충담(沖淡)하였기 때문에 당시 석주 권필, 동악 이안 눌 같은 여러 공들이 모두 그를 칭찬하였다.

외사씨는 말한다.

유희경은 비록 그 지위는 지극히 미천하였으나 그의 자질은 매우 뛰어났으며 그의 학문도 매우 해박하였다. 오묘한 문사의 격조를 얻지는 못하였으나 예법에 익숙하고 공손하였으며 충효가 모두 온전하였다. 그러므로 당시 사대부들이 그의 신분 지위를 잊고 그와 동류처럼 교유하였다. 아, 그 사람을 아끼면서도 발탁할 줄은 몰랐으며 한갓 그의 문예만을 서로 높인 것은 어째서인가. 그가 인목대비의 폐모론에 서명하지 않은 것에서 또한 그의 지조를 알 수 있다. 그와 교유하던 사람 중에는 백대붕, 귀곡 최기남, 국담 김효일, 창애 최대립 등이 가장 걸출한 자들이지만, 문학과 행실은 유희경을 최고로 친다.

08.

살아서는 취향백, 죽어서는 수문랑이 되겠다던 차좌일

차좌일(車佐一)의 자는 숙장(叔章), 호는 사명자(四名子)로 그의 선조는 연안인(延安人)이다. 고려 초 그의 선조 차효전(車孝全)은 수레를 마련하고 군량을 실어 날라 병사들 먹이는 일을 도왔기 때문에 연안군(延安君)에 봉해지고 식읍 천 호를 하사받았다. 이후 차원부(車原頫)는 간의대부(諫議大夫)로서 평산(平山) 수운암동(水雲巖洞)에 물러나 은거하였는데, 도덕과 문장으로 포은 정몽주, 야은 길재와 이름을 나란히 하여 세상에서 그를 운암선생(雲巖先生)이라고 불렀다. 그 당시 함부림(咸傅霖)[29]·조영규(趙英珪)[30] 등 여러 권력가들이 그에게 묵은 감정이 있어서 죄를 꾸며 죽이니 온 집안이 화를 당하였다. 세종(世宗) 대에 그 억울함이 신원되고 '문절(文節)'이라는 시호를 하사받았으며, 단종(端宗)은 유신 박팽년, 성삼문 등에게 명하여 〈차씨설원기(車氏雪冤記)〉를 짓게 하였다.

그 후손 차광운(車廣運)의 호는 백운거사(白雲居士), 아들 식(軾)의 호는

---

29 함부림(咸傅霖) : 여말선초 문신으로 자는 윤물(潤物), 호는 난계(蘭溪)이다. 조선 개국에 공을 세워 개국공신에 책록되고, 예조의랑·대사헌 등을 역임하였다. 하지만 정도전과 함께 왕자 방석을 옹립하였다는 혐의로 탄핵을 받았다.

30 조영규(趙英珪) : 여말선초의 무신이다. 이성계의 사병으로 있다가 조정에 천거되어 왜적 토벌에 공을 세웠다. 1392년 이방원과 모의하여 정몽주를 살해하는데 주동적 역할을 하였다.

이재(頤齋)로 문과에 급제하여 부사를 지냈으며 부자가 모두 문학으로 이름이 났다. 차식은 세 아들을 두었는데 맏이 은로(殷輅)는 총명하고 글을 잘 지었으나 일찍 죽었다. 둘째 천로(天輅)의 호는 오산(五山)으로 문과에 급제하여 관직이 봉상정(奉常正)에 이르렀다. 막내 운로(雲輅)의 호는 창주(滄洲)로 문과에 급제하여 관직이 필선(弼善)에 이르렀다. 선조대에 오산공 형제는 서격(書檄)·노포(露布)와 시문으로 온 천하에 이름이 났으며, 정조대에는 임금이 『오산집(五山集)』을 간행할 것을 명하고 어필로 권두에 '3대에 걸친 다섯 문장가[三世五文章]'라고 썼다. 오산공의 아들 전곤(轉坤)의 호는 단구(丹邱)로 문과에 급제하여 관직이 군수(郡守)에 이르렀으며, 동생 서곤(瑞坤)도 시와 그림에 뛰어나 모두 가업을 이어나갈 수 있었다. 좌일은 서곤의 5대손이었다.

좌일의 어머니 최씨가 노고산(老姑山)에 기도를 하여 그를 임신을 하였는데, 꿈에 당나라 하지장(賀知章)[31]을 보고 그를 낳은 까닭에 하지장의 자인 사명광객(四名狂客)을 본 따 호를 삼았다고 한다. 그는 영조 계유년[1753]에 태어나 겨우 열 살의 나이에 총명하고 영리함이 남보다 뛰어났다. 장성하여서는 경사(經史)에 통달하고, 서화·음률·사예(射藝)에 뛰어났으며, 구류백가(九流百家)를 널리 섭렵하지 않은 것이 없었다. 특히 시를 잘 지었는데 붓을 들었다 하면 열편이고 백편이고 지었으며, 대략 머릿속으로 생각하지 않고도 물이 흘러넘치듯 거침없이 써냈다. 그래서 그가 시 한 편을 지어낼 때마다 사람들이 다투어 베껴 쓰고 전해가며 외웠다. 당시 문단의 거장인 이계 홍양호, 석재 윤행임, 직암(直庵) 윤사국(尹師國),[32] 다산 정약용 등 여러 사람들이 자리를 마련하여 그와 함께하

---

31 하지장(賀知章) : 초당(初唐)의 시인으로 자는 계진(季眞), 호는 사명광객(四明狂客)이다. 예부 시랑·비서감 등을 지냈으며, 만년에는 벼슬을 버리고 절강성의 사명산(四明山)에 들어가 신선의 도를 닦았다. 초서와 예서 등 글씨에도 능하였다.
32 윤사국(尹師國) : 조선 후기 문신으로 자는 빈경(賓卿), 호는 직암(直庵)이다. 1759년 문과에 급제하여 대사헌, 형조판서 등을 역임하였다. 서예에 뛰어나 사찰·누관의 편액을 많이 썼다.

지 않은 적이 없었다.

그는 스스로 학식이 뛰어나지만 벼슬이 낮다고 여겨서 세상에 대해서 불평하였다. 그래서 가슴 속에 있는 활달하고도 얽매이지 않으며 답답하고 실망스런 생각들을 모두 시에 담았다. 그는 또 술을 즐기는 습성이 있었는데, 어떤 사람이 그만 마실 것을 권하자 시를 지어 답하였다.

살아서는 취향백(醉鄕伯),	生爲醉鄕伯
죽어서는 수문랑(修文郎)이 되리라.	死作修文郎

그는 문장과 식견을 갖추고도 때를 만나지 못하다가, 늘그막에야 무과에 합격하여 지세포(知世浦)·겸이포(兼二浦) 만호(萬戶)를 지냈다. 이계 홍양호가 평안도관찰사가 되어 진(鎭)을 지나다가 그를 불러 위로하며 말하였다. "그대가 살아서는 취향백이 되고 죽어서는 수문랑이 되겠다던 사명자인가? 내가 임금의 명을 받들어 그대의 선조 오산공(五山公)의 문집을 교정하였는데 차씨 집안의 문장가가 어찌 그리도 많은가! 문장을 숭상하는 시대에 태어나 흰머리로 변방을 지키니 이것이 어찌 그대의 본뜻이겠는가. 그대의 능력을 알고도 천거할 수 없으니, 내 부끄럽지 않을 수 없네."

좌일은 이후 일이 생겨 교체되어 돌아와서 이때부터는 벼슬길에 뜻을 접었다. 그러고는 최북·천수경·장혼·왕태 등 여러 이름난 선비들과 한양 서쪽에 있는 송석원(松石園)에서 시사(詩社)를 결성하고 한가롭게 노닐며 시를 지었다. 여기저기 떠돌며 살다 보니 쌀독이 자주 비고 떨어진 옷을 꿰매어 입기도 하였으나 그는 대수롭지 않게 여겼다. 이름난 산과 큰 도회지에 두루 다니면서 달밤이 되면 호수에 배를 띄웠는데, 술이 거나해져 흥이 오르면 왼손으로는 술병을 두드리고 오른손으로는 뱃전을 치면서 노래를 불렀다. 그 노랫소리가 구름 끝까지 꿰뚫듯 하였는데도 마치 옆에 아무도 없는 것처럼 행동하였다. 그러고는 통곡하면서 "다시 태어나더라도 이 나라 사람이 되지는 않으리라."라고 하였다. 후손 차상학(車相鶴)이 『사명자시집(四名子詩集)』 일부를 간행하여 세상에 전하였다.

외사씨는 말한다.

사명자는 그 가슴속이 답답하고 우울하여 술을 많이 마시고 말하는데 거리낌이 없었다. 그러나 그의 시는 평담하고 순수하여 조금도 근심하거나 우울해하는 면모가 없었으니 이상하도다. 문아한 한사(寒士)로서 무관으로 입신하였으니 이것이 어찌 그의 뜻이었겠는가! 그가 지세포만호 시절 지은 시를 보고 내 서글퍼하지 않은 적이 없었다. 그 시는 다음과 같다.

병영의 명령서에 내 간담도 떨어지니	營關吾膽落
진중의 매질에는 관리들 혼이 녹아나겠지.	鎭棍吏魂消
부끄러운 건, 남들에게 부림 받으며	所愧爲人役
고개 숙이고 허리까지 굽혀야 한다는 것.	低頭更折要

09.

서리 출신으로 당대의 명유들과 어울린 홍유손

    홍유손(洪裕孫)의 자는 여경(餘慶), 호는 소총자(篠叢子)로 남양인(南陽人)
이다. 서리의 아들로 태어났으나 광적인 행동을 일삼았다. 그는 다섯 살
때 서울로 이사를 갔는데 여러 공경대부들이 모두 기동(奇童)이라 칭하
였다. 열두 살 때는 세조(世祖)가 그를 별전(別殿)으로 불러 만나보고 시를
짓게 하기도 하였다. 그는 글을 쓸 적에 초안을 잡지 않을 정도로 글을
잘 썼으나, 또한 과거 시험에 뜻을 두지 않았다. 그는 열경(悅卿) 김시습
(金時習)을 따라 노닐었는데, 함께 어울리던 친구들은 한훤당 김굉필, 추
강 남효온, 무풍부정(茂豊副正) 백원(百源) 이총(李摠),[33] 수천부정(秀泉副正)
이정은(李貞恩),[34] 자정(子挺) 안응세(安應世) 등으로 모두 시로서 크게 이름
난 사람들이었다.

    유손은 집이 가난하여 해진 옷차림으로 걸어서 영남에 들어가 점필재

---

33 이총(李摠) : 조선 전기 문인으로 자는 백원(百源), 호는 서호주인(西湖主人)이다. 김종직의 문
    인이다. 남효온·홍유손 등과 함께 청담파의 중심인물로 시문·음률·서예에 뛰어났다. 갑자사
    화(甲子士禍) 때 처형되었다.

34 이정은(李貞恩) : 조선 전기 문인으로 자는 정중(正中), 호는 월호(月湖)이다. 김굉필·남효온
    등 사림파 학자들과 교유하였는데, 이후 이들과 교유를 끊어 사화 때 화를 면하였다. 음률에도
    심취하여 일가를 이루었다.

김종직을 뵈었다. 선생은 시를 지어 주고 매우 기대를 하면서 두류산(頭流山, 지리산)에 보내어 글을 읽게 하였다. 그 후에 서울로 돌아왔는데, 당시 김종직은 조정에 벼슬하여 현달해 있었다. 이에 김종직에게 나아가 시정(時政)을 바로잡지 못함을 보고서 말하기를 "지금 세속에서 모두 노(老)·불(佛)을 배척하는데 둥근 것을 좋아하고 모난 것을 싫어하는 것은 노자의 교리요, 홀로 행하여 세상일을 잊는 것은 불교의 교리이니 실상은 그 테두리에서 벗어나지 못합니다." 하였다. 이에 김종직이 그의 말을 언짢아하였다.

당시에는 유자광(柳子光)이 권세를 잡고 있었는데, 유자광이 홍유손에게 만나자고 요청을 했으나 만나볼 수 없었다. 그러자 도리어 정치를 비방했다고 청탁하여 제주로 유배를 보냈다. 그는 중종반정 후에 사면되어 돌아와 진사에 올랐다가 중종 기축년[1529]에 세상을 떠나니 그의 나이 일흔여덟이었다. 문인(門人) 김헌윤(金憲胤)·윤진(尹珍)·김홍윤(金弘胤)·이장길(李長吉) 등이 재물을 모아서 그를 양주(楊州) 불암산(弗巖山)에 장사지냈다. 아들 지성(至誠)이 그의 학문을 이으니 배우는 자들이 팔십여 명이나 되었다.

창해(滄海) 허격(許格)[35]이 말하였다. "내 부친께서는 홍선생에게 배웠다. 부친은 정유재란 때 의병 수십여 명을 모아 금오평(金烏坪)에서 싸우다가 왜적에게 살해되었다. 문인들이 시신을 수습하였는데 얼굴빛이 조금도 변하지 않았다고 한다."

성호 이익이 말하였다. "내가 지봉 이수광과 미수 허목의 기록을 보았는데, 전해오는 말에 잘못된 내용이 많으므로 다른 사람들에게 부탁하여 그의 일고(逸稿)를 구하고 그 기록을 대략 채록하였다. 그는 평생 동안 김시습·남효온과 출처를 함께 하였다. 내가 그의 행적을 찾아보니 김시

---

35 허격(許格) : 조선 중기 문인으로 자는 춘장(春長)이다. 병자호란 당시 의병을 일으켰으며, 단양(丹陽)의 둔산(遯山)에 은거하여 스스로 창해처사(滄海處士)라 칭하였다.

습·남효온·조려·원호·이맹전·성담수[36]의 여섯 현인은 함안(咸安) 고을에 함께 배향되었는데 유독 홍유손만 빠졌으니 이는 아마도 그가 미천하였기 때문일 것이다. 이미 그가 의열(義烈)이 있다고 한다면 문벌이 무슨 상관이겠는가!"

외사씨는 말한다.

세상에서 홍유손에 대해 평하기를 "문장은 장자(莊子)와 같고, 시는 황정견과 같으며, 재주는 제갈량과 나란하고, 행적은 동방삭과 같다."라고 하는데, 어찌 그가 그 정도였겠는가! 그의 지위가 미천한 까닭에 끝내 민멸되고 사라졌으니 애석하도다. 그와 같은 시대에 또 일사 김계금, 구영안, 나안세 같은 이들이 있었다.

---

36 김시습·남효온·조려·원호·이맹전·성담수 : 단종이 왕위를 빼앗기자 한평생 벼슬하지 않고 단종을 위하여 절의를 지킨 여섯 신하[생육신]이다.

10.
혼란한 시절 관직을 버리고 은거한
김계금, 구영안, 나안세

김계금(金係錦)은 김해인(金海人)으로 서강(西岡)이라 자호하였다. 문종대에 의성현령(義城縣令)이 되었는데, 병자년[1456]에 관직을 버리고 은거하여 종신토록 출사하지 않았다. 죽을 무렵 집안사람들에게 "내가 죽은 뒤에 반드시 기이한 일이 있을 것이다."라고 하였는데, 장사를 지내자 한 떨기 장미가 무덤 위에 자라났다. 사람들은 그가 세조에게 자신의 뜻을 밝힌 것이라고들 하였다. 박치복이 다음과 같은 사(詞)를 지었다.

장릉(莊陵)[37]엔 푸른 풀만 무성히 자라는데　　　　莊陵碧草萋萋長
외로운 신하는 금관성에서 죽지 못했네.　　　　　孤臣不死金官城
금관성 밖엔 바닷물이 하얀데　　　　　　　　　金官城外海水白
밤마다 긴 무지개 견우성에 걸쳐있네.　　　　　　夜夜長虹牛斗橫

구영안(丘永安)의 자는 중인(仲仁), 호는 호은(壺隱)으로 평해인(平海人)이다. 시문에 뛰어나 이름이 알려졌으나 벼슬하지 않았다. 또 음양·추보

---

37 장릉(莊陵) : 강원도 영월군에 있는 조선 제6대 왕 단종의 무덤이다.

(推步) · 의약 · 풍수 · 선록(仙錄) · 석경(釋經) · 바둑 · 방술에 두루 통달하였다. 추강 남효온과 친하였다.

나안세(羅安世)의 자는 덕여(德輿), 호는 달계(達溪)로 나주인(羅州人)이다. 중종 정묘년[1507]에 진사가 되었으나 남곤(南袞)을 미워하여 은거하고 벼슬하지 않았다. 수련법과 신선술을 배웠으며 〈촉영부(燭影賦)〉 · 〈장문부(長門賦)〉를 지었다. 또 효행으로 일컬어졌는데, 한 집안에서 3대에 걸쳐 여덟 명의 효자가 있었던 까닭에 김제군(金堤郡)에 이를 기리는 팔효사(八孝祠)가 있다.

11.

거침없는 대담함을 갖춘 유협 장오복, 천흥철

　장오복(張五福)은 영조(英祖) 때 사람인데, 유협(游俠)으로 이름이 났다. 그는 이조의 아전이 되었는데 젊고 예쁘장하게 생긴 한 관리가 있었다. 오복이 그의 등을 어루만지며 "아들을 낳으려면 이쯤은 되어야지!"라고 했다. 이에 관리가 노하여 그를 쫓아내려고 하다가 얼마 후 그만두었다.

　오복은 길을 가다가 서로 다투는 사람을 만나면 그때마다 곁에서 지켜보았다. 혹 강자가 약자를 능멸하거나 이치에 어긋나는 말로 진실을 억누르는 자가 있으면 반드시 강자를 억누르고 이치를 따져서 사과를 받아낸 연후에야 그만두었다. 이 때문에 그를 두려워하여 간혹 싸움이 붙었는데 옆 사람들이 말릴 수 없으면 "장오복이 온다!" 하고 을러대기도 하였다.

　한번은 취해서 광통교(廣通橋)를 지나가는데 가마 한 채가 가고 있었다. 따르는 계집종도 매우 많았다. 오복이 취해서 가마에 부딪치고 가는 모습을 보고, 가마꾼이 손으로 오복을 쳤다. 이에 오복이 노하여 "어느 미천한 종놈이 감히 이따위로 구는 게냐. 오냐, 이는 가마 속에 있는 사람 때문이렷다?" 하였다. 그러고는 칼로 가마 밑바닥을 찔렀는데, 공교롭게도 요강을 맞춰 쨍그랑 소리가 나자 저잣거리 사람들이 모두 놀랐다. 이 여자는 원수(元帥) 장지항(張志恒)[38]의 애첩이었다.

원수는 훈련대장으로서 포장(捕將)들을 거느리고 포졸들을 풀어 그를 잡아들이고는 장차 죽이려 하였다. 그러나 오복은 전혀 무서워하는 기색이 없었으며 너털웃음을 그치지 않았다. 원수가 노하여 묻자 오복이 대답하였다. "장군이 윗자리에 있어 도적들이 자취를 감추고, 소인이 아랫자리에 있어 시끄러운 다툼이 그치게 되었으니, 일세의 장부는 오직 장군과 소인뿐이오. 그런데도 천한 계집 하나 때문에 장부를 죽이려 하니, 한 번 죽는 거야 두려울 게 없지만 장군이 장부답지 못함을 홀로 웃는 게요!" 그러자 원수가 웃으며 그를 풀어주었다.

오복의 이웃에 갓바치가 있었는데 달마다 가죽신 한 켤레를 오복에게 바쳤다. 오복이 궁금해서 그 까닭을 물었더니 갓바치가 대답하였다. "쇤네가 도움 받을 일이 하나 있는데 감히 말씀을 못 드렸습니다." 오복이 "말해 보게."라고 하자, 갓바치가 말하였다. "아무개 기생을 제가 늘 염모하고 있는데 뜻을 이룰 힘이 없습니다. 소인을 위해 계책을 일러주셨으면 합니다." 오복이 답하였다. "그거 참 어렵군. 일단 생각을 좀 해 보세나." 얼마 후 갓바치를 불러 계책을 일러주며 말하였다. "대담하게 행동하게. 그렇지 않으면 일이 어그러질 걸세."

이튿날 오복은 갓바치가 마음속으로 연모하는 기생의 집에 가서 앉아 있었다. 여러 젊은 패거리들도 기생집에 가득하였다. 갓바치는 부랑패의 행색을 하고 나타나 옷을 걷어붙이고 어깨에 힘을 준 채 젊은 패거리들에게 물었다. "여기 장오복이 있느냐?" 오복은 그 말을 듣고는 뒷문으로 달아났다. 젊은 패거리들이 "장오복을 만나면 어떻게 하려고 했소?" 하고 묻자, 갓바치가 답하였다. "저놈은 마을의 근심거리이니 내가 마을사

---

38 장지항(張志恒) : 조선 후기 무신으로 자는 월여(月如)이다. 무과에 등과하여 경상우병사·북병사·어영대장·금위대장 등 여러 무관직을 역임하였으며, 정조가 즉위하면서 훈련대장이 되고, 이어 한성부판윤·형조판서를 지냈다.

람들을 위해 없애버리려고 했소." 그러자 젊은 패거리들이 서로 돌아보며 서로 수군거리기를 "이 자는 장오복이도 무서워하는 사람인데, 하물며 우리들 쯤이야!" 하고는, 모두 흩어져 떠나버렸다.

갖바치가 기생에게 말하였다. "내 오늘 여기서 유숙하며 오복을 기다리겠소!" 그러자 기생은 더할 나위 없이 그를 정성껏 모셨다. 갖바치는 하룻밤의 즐거움을 마음껏 누리고 돌아와 오복에게 감사를 표했다. 오복이 말하였다. "빨리 집으로 돌아가 일을 하고 절대로 아무에게도 말하지 말게나!"

천흥철(千興喆)은 재상 김익(金熤)[39]의 청지기였다. 얼굴이 잘 생긴데다가 협기를 부리며 놀기 좋아하였다. 나이 열다섯에 초립을 쓰고 기생집에 찾아갔는데, 기생이 그를 놀리며 "너무 이르구나." 하였다. 흥철이 대답하기를 "해가 벌써 기울었는데 무엇이 이르단 말이냐!" 하였다. 그의 재빠른 말솜씨가 이와 같았다.

흥철은 평생 화류계에서 노닐었지만 한 번도 기생을 깔보지 않았으며 그들의 기절을 높이 살 뿐이었다. 그는 눈흘김을 당하는 정도의 원한이라도 반드시 갚아주는 등 옛 유협의 풍모가 있었으므로 남들이 감히 그를 업신여기지 못하였다. 또 비록 가난하였지만 남의 물건에 일절 손을 댄 적이 없었다.

한번은 밤에 기생 가패(佳貝)의 집에 갔었는데, 가패는 홍국영(洪國榮)이 이끼는 기생이었다. 가패가 흥철을 쫓아내자니 목숨을 해칠 것만 같았고 잘 달래서 돌려보내자니 후환이 있을까 두려웠다. 이에 술상을 올리고 잠자리를 모시려 하였다. 그러자 흥철이 노하여 말하였다. "네가 비

---

39 김익(金熤) : 조선 후기 문신으로 자는 광중(光仲), 호는 죽하(竹下)이다. 1763년 문과에 급제하여 홍문관에 재직하던 중 영조가 인원왕후(仁元王后)의 제삿날을 맞아 불공을 드리는 것을 반대하다가 갑산(甲山)으로 유배되기도 하였다. 이후 복직하여 대사헌, 강화유수 등을 거쳐 영의정까지 올랐다.

록 천한 창기라지만 한 사람의 사랑을 받고 있으니 응당 그 사람만을 따르는 것이 의리이거늘, 이것이 어찌 대장부를 대접하는 뜻이겠느냐. 내 너를 못 본 지 하도 오래 되어 옛 정이나 한번 풀어보려고 온 것이다. 어찌 다른 뜻이 있었겠느냐!" 홍철은 멋쩍은 웃음을 보이며 대문을 나와 떠나가 버렸다.

외사씨는 말한다.

세간에서 말하는 유협이란 단지 술집이나 찻집에서 노니는 부랑자들일 뿐이라 군자가 어울릴 상대가 아니다. 그러나 그들이 분란을 해결하는 데에는 또한 의리가 깃들어 있으니, 장오복·천홍철이 아마도 그런 사람일 것이다.

12.

나이를 알 수 없는 책장수 조생

조생(曺生)은 어떠한 사람인지 알지 못한다. 책을 파는 것을 업으로 삼아 해가 뜨면 저잣거리로 골목으로 서당으로 관부로 다녔다. 위로는 높은 벼슬아치로부터 아래로는 글 배우는 아이들에 이르기까지 찾아다니지 않은 이가 없었다. 그런데 그가 다니는 모습은 나는 듯하였고 그의 가슴과 소매에 가득한 것은 모두 서적이었다. 조생은 책이 팔리면 그 이문을 가지고 주막으로 달려가 술을 사서 마시다가 날이 저물면 집으로 돌아갔다. 사람들은 그가 사는 곳을 알지 못하였으며 또 그가 밥을 먹는 모습도 본 적이 없었다. 그는 베옷 한 벌과 짚신 한 켤레로 다니면서 계절과 해가 바뀌어도 변함이 없었다.

영조 신묘년[1771]에 주린(朱璘)이 지은 『명기집략(明紀緝略)』에 조선의 태조(太祖)와 인조(仁祖)를 모독한 말이 있었기에,[40] 이를 중국에 알리고 전국의 책을 모두 거두어 불태웠으며 그 책을 파는 자를 죽이기도 하였

---

40 주린(朱璘)이……있었기에 : 청나라 주린(朱璘)이 쓴 『명기집략』에 태조의 종계와 태조의 선대인 목조(穆祖)의 사적에 대하여 잘못 기록된 부분이 있었으며, 인조의 즉위와 병자호란 당시 항복 과정에 대한 불손한 내용이 포함되어 있었다. 주린의 책은 사찬(私撰)에 불과하지만, 이후 이 기록에 의거하여 따르는 자들이 있을까 우려하여 1771년 우의정 김상철(金尙喆) 등을 사신으로 보내어 잘못 기록된 부분을 삭제해 달라고 요청하였다.

다. 이에 도성 안의 책장수가 모두 죽임을 당하였는데, 조생은 낌새를 눈치채고 먼 지방으로 달아났기에 홀로 죽음을 면하였다.

한 해 남짓 지나 조생은 다시 돌아와 예전처럼 돌아다녔다. 사람들이 자못 이상히 여겨 그 까닭을 따져물으면 조생은 웃으며 대답하였다. "내가 지금 여기 있는데 어디로 달아났단 말인가!" 혹 누가 나이를 물으면 조생은 웃으며 "잊었다오."라고 답하기도 하고, 어떤 때에는 "내 나이는 서른다섯이오."라고 하였다. 올해 물은 사람이 이듬해 다시 물어도 서른다섯이라고만 답하였다. 어떤 사람이 이를 따지자, 조생은 웃으며 "인생은 서른다섯일 때가 좋다기에 서른다섯의 나이로 내 삶을 마치고 싶어서 나이를 더 세지 않았다오." 하였다. 어떤 호사가가 말하기를 "조생은 나이가 수백 살이다." 하니, 조생이 눈을 둥그렇게 뜨고 "그대는 어떻게 수백 년 전의 일까지 훤히 아는가?" 하자, 사람들이 그를 힐난할 수 없었다. 그러나 술 마신 후에 왕왕 자신의 견문을 말하였는데, 그 시기를 따져보면 백수십 년 전의 옛일이었다.

어떤 사람이 "고생스럽게 책을 팔아서 무엇 하오?" 묻자, 조생은 "책을 팔아 술을 사서 마시잖소." 하고 답하였다. 다시 "책은 모두 당신 것이오? 또 그 내용을 아시오?" 묻자, 조생이 답하였다. "내 비록 책은 없지만 아무개가 어떤 책을 몇 년 소장하고 있는데 그 책은 내가 판 것이오. 그러므로 비록 그 내용은 모르지만 어떤 책은 누가 지었고 누가 주석을 달았는지는 알 수 있다오. 그런즉 세상의 책은 다 내 책이오. 세상에 책을 아는 사람도 나만한 사람이 없을 것이오. 만일 세상에 책이 없어진다면 나는 다니지 않을 것이오. 세상 사람들이 책을 사지 않는다면 나는 날마다 마시고 취할 수 없을 것이오. 이는 하늘이 세상의 책으로 나에게 명한 바이니, 나는 세상의 책으로 내 삶을 마치려 하오. 또 예전에 아무개의 할아버지와 아버지가 책을 사들이고 몸도 현달하더니, 지금 그 자손들은 책을 팔아먹고 집안이 궁색해졌소. 나는 책으로써 사람을 많이 겪었는데, 세상에는 지혜롭고 어리석고 잘나고 못난 자들이 유유상종으로 쉼 없이 생겨납디다. 그러니 내 어찌 다만 세상의 책에 대해서만 훤하리오? 세상의 인간사도 꿰뚫어 볼 수 있다오."

경원 조수삼이 말하였다. "예전에 나는 일고여덟 살 때부터 조생 만나보기를 즐겨했으며, 조생 또한 나를 매우 아껴서 자주 우리집에 들렀다. 나는 이제 머리가 희끗희끗하고 이미 손자들을 안은 지도 여러 해가 되었다. 그런데 조생은 장대한 체구에 불그스레한 뺨, 푸른 눈동자, 검은 수염이 여전하다. 지난날의 조생을 돌이켜보니, 아! 기이하도다. 한번은 나에게 말하기를 '사람들이 오래 살고 싶어하나, 이는 약으로 되는 게 아니라 돈독한 행실로 되는 것일세. 효성과 우애는 양덕(陽德)이니, 세상 사람들이 나에게 묻지 않도록 세상 사람들에게 일깨워주시게.'라고 하였다. 아, 조생은 참으로 도를 지니고도 스스로 숨어 세상을 조롱하던 사람이었다. 그가 내게 들려준 말이 노자·장자가 말할 수 있던 것이겠는가."

호산 조희룡이 말하였다. "조생은 세상에서 조신선이라 일컫던 자이니, 그의 나이를 물으면 늘 예순 살이라 하였다. 어떤 일흔 살 노인이 말하기를 자신이 어릴 적 조생을 보았는데 그 당시에도 예순 살이라 하였다고 한다. 이 말을 가지고 추정해 보면, 조생은 백삼사십 세쯤 된다. 그러나 얼굴과 외모는 마흔 살 정도에 불과하였기에 사람들이 신선이라 일컬은 것이다. 옛날 계극(季克)은 복생(伏生)[41]에게 경전을 전하였고, 종능(宗能)은 난숨에 오천 글자를 외웠으며, 도홍경(陶弘景)[42]은 다른 사람의

---

41 복생(伏生) : 한나라 초엽의 학자 복승(伏勝)을 말한다. 그는 옛 진(秦)나라 때의 박사(博士)로 불에 타서 없어진 『서경(書經)』 28편을 세상에 전하였다.
42 도홍경(陶弘景) : 남조 양(梁)나라 단릉(丹陵) 사람으로 자는 통명(通明)이다. 많은 책을 읽었고, 금기(琴棋)에서 서예까지 능숙했으며, 역산(曆算)과 지리, 의약 등에도 조예가 깊었다. 일찍이 관직을 사퇴하고 구곡산(句曲山)에 은거하였으나, 조정에 대사가 있을 때마다 그에게 자문을 구해 당시 산중재상(山中宰相)으로 불렸다.

책을 빌려 잘못된 곳을 바르게 고쳤다고 하는데, 이들은 모두 신선으로서 문자에서 노닌 자들이다. 조생이 과연 신선이라면 책을 팔며 스스로 즐긴 모습은 문자선(文字仙)의 한 측면을 채울 수 있을 것이다.

13.

육십 년을 기다려 시묘살이를 행한 효자 박태성

효자 박태성(朴泰星)의 자는 경숙(景淑)으로 그 선조는 밀양인(密陽人)이다. 젊은 시절 서울에 살았는데 서울 사람들은 그를 '박효자'라고 불렀다. 늙어서는 고양(高陽)의 청담(靑潭)에 살았는데 청담 사람들은 그가 사는 곳을 '효자동(孝子洞)'이라고 불렀다.

태성은 태어난 지 삼 년 만에 부친이 죽었다. 조금 장성한 뒤에 어머니께 꿇어앉아 고하였다. "저는 아버지께서 살아계실 때엔 얼굴도 뵙지 못하였고 돌아가셨을 때엔 상주노릇도 못하였으니 뒤늦게나마 상복을 입게 해주시기를 청합니다." 그러자 어머니가 난색하며 말하였다. "네 아버지가 불행하게도 일찍 죽었지만, 내가 참고 살아온 것은 너를 위해서였다. 그러니 네가 죽은 사람을 위해서 죽는 것보다는 산 사람을 위해서 사는 것이 너 낫지 않겠느냐! 네가 다행히 잘 장성하여 어른이 되면 살아있는 사람에게는 할 말이 있게 되고 죽은 사람도 죽지 않음이 되는 것이다." 태성은 눈물을 흘리며 공경히 어머니의 명을 받들어 결국 상복을 입지는 않았으나, 마늘과 고기를 멀리하고 죽만 마시면서 삼 년을 지냈다. 어머니 또한 더는 억지로 만류하지 못하였다.

태성은 어머니를 효성으로 섬겨 명성이 알려지자 음직으로 내의원(內

醫院)에 임명되었으나, 이내 탄식하며 "아버지의 얼굴도 모르는 자가 어찌 띠를 묶고 세상에 나서겠는가!" 하고는 극구 사양하였다. 어머니를 모신 지 마흔여섯 해 만에 어머니가 죽었는데, 어머니가 죽은 지 17년 되는 해가 바로 아버지가 죽은 지 60년째 되는 해였다. 이에 아버지 묘소에 가서 곡용(哭踊)하고 단(袒)을 하고,[43] 상복을 입고 지팡이를 짚고는 처음 당하는 초상 같이 행하였다. 또 산 아래 여막을 짓고 하루 두 번씩 무덤에 올라가 슬프게 곡을 하였는데, 바람 불고 눈비가 내려도 그만둔 일이 없었다. 당시 그의 나이는 예순셋이었다.

산의 좁은 길과 위태로운 암벽에는 급류와 빽빽한 숲이 많았으며 인가가 멀리 떨어져 있어서 사나운 짐승들이 길에 다녔지만 그는 침착하고 차분하게 거처하였다. 매양 서리 내린 새벽이나 달빛이 어둑한 가운데 홀로 걸어가면 자기 그림자뿐인데도 자세가 숙연하여 잡귀나 도깨비들이 감히 범접하지 못하였다. 어떤 새가 태성과 함께 울면서 늘 그 자리에 있었는데, 태성이 곡을 하면 새도 따라 울었고 곡이 끝나면 새도 그쳤다. 그 새는 메추리 몸에 비둘기 빛깔을 지니고 있었는데 사람들이 그 이름을 짓지 못하였다. 사천(槎川) 이병연(李秉淵)[44]이 그를 위해 〈이조(異鳥)〉 시를 지었다.

여막생활을 마칠 무렵 여러 아들에게 이르기를 "나는 돌아가지 않겠다. 묘소 곁에서 삶을 마쳐야 좋을 듯하다."라고 하였다. 이에 집을 이사하자, 따라오는 이들이 있어 4년 만에 촌락을 이루었다. 관찰사가 그를 막료(幕僚)로 부르려 하였으나 태성은 굳이 사양하였다. 관찰사는 그를 의롭다 여겨 허락하였다. 영조 21년[1745] 팔도의 군현에 명을 내려 초야

---

43 곡용(哭踊)하고 단(袒)을 하고 : 곡용은 죽음을 슬퍼하여 통곡하며 펄쩍 뛰는 것이고, 단은 상중의 복식으로 왼쪽 소매를 벗는 것을 말한다.

44 이병연(李秉淵) : 조선 후기 시인으로 자는 일원(一源). 호는 사천(槎川)이다. 부모를 비롯한 그의 출신배경은 알 수 없다. 김창흡의 문인이며, 벼슬은 음보(蔭補)로 부사(府使)에 이르렀다. 시에 뛰어나 영조시대 최고의 시인으로 일컬어졌다. 저서로 『사천시초(槎川詩抄)』가 있다.

에 묻혀 절행(節行)이 뛰어난 자를 찾아내도록 하였다. 이에 군수가 태성을 아뢰자, 임금은 그 마을에 정려문을 세우라고 명하였다. 하지만 태성은 분에 넘친 듯 감히 받아들일 수 없다고 하였다. 어떤 객이 타일러 말하기를 "임금의 명령이니 어길 수가 없다!" 하였고, 고을의 자제들이 함께 일을 성사시켰다. 정려문에는 '효자박태성지문(孝子朴泰星之門)'이라 하였다.

신재(新齋) 홍낙명(洪樂命),[45] 좌랑 이맹휴(李孟休),[46] 호산 조희룡이 각각 그의 전을 지었는데, 이맹휴가 지은 글은 다음과 같다. "내가 이인익(李寅翊) 군에게 들으니 태성의 처가는 가산이 부유하였으며 송사를 잘하는 자가 있어 관아에서 그 재산을 공평하게 분배해 주었는데, 태성도 거기에 한몫 끼어 있었지만 의롭지 않게 받는 것을 부끄럽게 여겨 사양하고 받지 않았다고 한다. 태성은 가난함이 심하여 해진 베옷으로도 허리를 가리지 못하였으나 그는 몸을 깨끗이 하고 지조에 힘쓰는 것이 이와 같았다. 선비는 반드시 청렴한 연후에야 모든 일을 할 수 있다고 하였으니, 이 사람이 어찌 명예를 탐할 자이겠는가! 주자(朱子)는 '추복하는 뜻이 후덕에 가깝다'고 하였는데, 예에 합당하다고 하지 않고 후덕에 가깝다고 한 것은 그것이 후세 사람들에게 가르칠 수 있는 것이 아니기 때문이었다. 그러니 태성 같은 자는 어려운 일을 한 것이다."

외사씨는 말한다.

박태성은 지극한 효자이다. 우리나라 사람 중에 효자의 정려문을 하사

---

45 홍낙명(洪樂命) : 조선 후기 문신으로 자는 자순(子順), 호는 신재(新齋)이다. 1754년 문과에 급제하여 대사헌을 거쳐 형조·이조판서를 지냈다. 경사(經史)와 문장에 밝고 특히 『소학』을 애독하였다. 저서로 『신재집』·『소학초록(小學抄錄)』 등이 있다.

46 이맹휴(李孟休) : 조선 후기 문신으로 자는 순수(醇叟)이다. 실학자 이익의 아들이다. 1742년 춘당대(春塘臺) 정시에서 책문(策問)을 지어 수석으로 합격, 영조의 특명으로 한성부주부에 제수되고 예조정랑, 만경현령 등을 지냈다. 저서로 『접왜고(接倭考)』·『예경설경(禮經說經)』 등이 있다.

받은 자는 동악 이안눌, 박태성 등 몇 사람뿐이니 참으로 훌륭하며 후세에 전하는 것이 마땅하다. 또 내가 듣자하니 태성의 아들 박수천(朴受天)과 증손 박윤묵(朴允默) 또한 효우(孝友)·학행(學行)으로 명성이 높았다고 한다. '효자의 효성은 다함이 없으니, 영원히 너 같은 무리를 주리라.[孝子不匱, 永錫爾類.]'고 하는 말이 박태성의 가문에서 증명이 된다 하겠다.

14.

그 아버지에 그 아들, 박수천

박수천(朴受天)의 자는 성수(聖守)로 효자 박태성의 아들이다. 집이 가난하여 병조의 서리가 되었는데 아버지를 잘 섬겨서 효자로 이름이 났다. 그의 아버지는 여막살이를 끝낸 후에 청담(靑潭)에 살았는데, 청담은 도성에서 30리 거리였다. 수천은 날마다 유시(酉時, 오후 5시~7시)에 퇴근해서 아버지를 찾아가 살펴드리고 집으로 돌아왔다가 다음날 묘시(卯時, 오전 5시~7시)에 출근을 하였으니, 이와 같이 하기를 30년 동안이나 그만두지 않았다.

예조에서 그의 일을 아뢰자, 임금이 비답을 내기리를 "부자(父子) 모두에게 정려를 내린다는 것은 효자의 실정에 맞지 않는다." 하고는 대신 부역과 조세를 면제해 주라고 명하였다. 후에 수천은 아버지의 상을 당히여 애훼(哀毀)가 지나쳐 몸을 상하여 끝내 일어나지 못하였으니, 부자가 모두 효로써 이름이 났다

15.

소탈하게 생활하며 학문을 실천한 박윤묵

　박윤묵(朴允默)의 자는 사집(士執), 호는 존재(存齋)로 효자 박태성의 증
손자이며 박수천의 손자이다. 영조 신묘년[1771]에 태어났는데 어려서부
터 영특하고 총명하였다. 한번은 글방에서 담 너머로 풍악소리가 들려
오니 여러 아이들은 앞다투어 달려갔는데 윤묵은 책을 읽으며 태연자약
하였다. 윤묵은 어산(漁山) 정이조(丁彝祚)[47]에게 수업하였는데, 스승이 전
염병에 걸리자 학도들은 모두 피하여 떠나갔으나 그는 홀로 곁을 지키
며 병이 나을 때까지 간병을 하였다.

　윤묵은 봉록으로 받은 것이 있으면 모두 형제들에게 나누어주고 사사
로이 갖는 것이 없었다. 늘 여러 아들에게 훈계하여 말하기를 "성품은
누구나 선한 것이지만 기질의 경우에는 독서로써 도야할 수 있는 것이
다. 여조겸(呂祖謙)[48]이 『논어(論語)』를 읽어 소견이 좁고 성미가 급한 것을
극복한 것에서 고인이 기질을 변화시킨 공부를 볼 수 있다."라고 하였다.
그는 여든의 나이가 되어서도 아침 일찍 일어나고 의관을 단정히 하기를

---

47 정이조(丁彝祚) : 조선 후기 문인으로 자는 무륜(茂倫), 호는 어산(漁山)이다. 시부에 능하였으
　며 『풍요속선(風謠續選)』을 편집하였다.

48 여조겸(呂祖謙) : 중국 남송(南宋)의 학자로 주자·장남헌·육상산 등과 더불어 강학에 힘써 대
　성하였다. 주자와 함께 북송 도학자의 어록을 편집하여 『근사록(近思錄)』을 편찬하였다.

그치지 않았다. 국상이나 집안 제사 때는 거친 밥을 먹고 재계를 하였으며, 제사에 참여하고 물러나서도 단정히 앉아 잠자리에 들지 않으며 "공경하는 마음이 여전히 남아 있다."라고 하였으니, 이는 실로 학문의 힘 때문이었다.

그는 책 읽기를 좋아하고 시에 뛰어났으며 아울러 글씨로도 이름이 났다. 정조 때 규장각을 설치하면서 교정보는 일을 담당하였는데, 특별히 왕에게 능력을 인정받아 총애가 넘쳤으나 더욱 공손히 처신하였다. 이에 훗날 정조의 기일(忌日)이면 그의 친구 왕태(王太)와 함께 북악산 꼭대기에 올라 남쪽으로 건릉(健陵)[49]을 바라보며 통곡하고 돌아왔다. 왕태 또한 정조에게 알아줌을 입은 자였다.

윤묵은 헌종(憲宗) 을미년[1835]에 평신첨사(平薪僉使)에 제수되었는데 당시 큰 흉년을 만나자 자신의 봉록을 희사하여 기근을 진휼하니 경내의 사람들이 이에 힘입어 살아났다. 그밖에도 선정이 사람들에게 젖어들어 그가 돌아올 때에 군민(軍民)이 비석을 세워 그를 칭송하였다. 그는 평생 재물을 가벼이 여기고 베풀기를 좋아하여 쌓았다 흩었다 한 것이 수만 냥을 헤아렸다. 이로 인하여 집은 점점 곤궁해졌으나 조금도 개의치 않았다.

그의 친구 중에 가난하여 먹고살 길이 막막한 사람이 하나 있었는데, 윤묵은 매양 그에게 양식을 보태주었고 병이 심해지자 몸소 약을 달여주었으며 친구가 죽자 물품을 갖추어 장사를 지내주었다. 그 친구에게는 첩이 하나 있었는데 아름다운네나가 자식노 없었다. 첩이 사람을 시켜 윤묵에게 말하기를 "군자의 덕에 깊이 감사드립니다. 원컨대 기추(箕帚)를 받들며[50] 은혜를 갚고자 합니다." 하였다. 이에 윤묵이 정색을 하고

---

49 건릉(健陵) : 경기도 화성에 있는 조선 제22대왕 정조와 효의왕후 김씨(孝懿王后金氏)의 능.
50 기추(箕帚)를 받들며 : 빗자루와 쓰레받기를 들고 청소 같은 허드렛일을 일을 맡는다는 말로, 남의 아내나 첩이 됨을 뜻하는 말이다.

물리치며 말하기를 "친구가 죽었는데 그의 첩을 취하는 것은 옳지 못한 일이오!"라고 하였다.

윤묵은 품계가 자헌대부(資憲大夫)에 이르렀으며 여든의 나이로 세상을 마쳤다. 시문집 수십 권이 있으며 아들 셋을 두었다. 학사 권응기(權應夔)[51]는 만사(挽詞)에서 "글씨는 순화자(淳化字)[52]를 능가하였고, 시문은 소흥편(紹興篇)[53]보다 뛰어났다."라고 하였으니, 이는 그의 재능을 칭찬한 말이다. 영야(寧野) 서준보(徐俊輔)[54]가 그의 전을 지었다.

외사씨는 말한다.

내가 『일섭원유상록(日涉園留賞錄)』[55]을 읽은 적이 있는데 박윤묵의 나이가 가장 많았다. 그가 지은 시 중에 다음과 같은 작품이 있다.

술값 들고 맑은 유람 떠나니	淸游自信杖頭錢
매우(梅雨) 갓 갠 사월의 하늘이라네.	梅雨初晴四月天
세상일의 영고성쇠를 초목에서 보니	世事榮枯看草木
덧없는 생애의 만남과 이별은 풍연에 맡기네.	浮生聚散任風煙
장차 흰 머리로 남들 뒤를 좇으려는데	肯將白首從人後
여전히 청산은 내 앞에 있구나 .	賸得靑山在我前

---

51 권응기(權應夔) : 조선 후기 문신으로 자는 요장(堯章), 호는 소진(所珍)이다. 1815년 문과에 급제하여 의주부윤·대사성 등을 지냈다.

52 순화자(淳化字) : 송나라 순화 연간에 중국 역대의 묵적(墨跡)을 모으고 판각하여 서첩으로 간행한 것을 말한다.

53 소흥편(紹興篇) : 송나라 때 유행한 사(詞)의 시문을 말한다.

54 서준보(徐俊輔) : 조선 후기 문신으로 자는 치수(穉秀), 호는 죽파(竹坡)이다. 1794년 문과에 급제하여 이조·공조·형조판서 등을 지냈다. 글씨에 조예가 있었다.

55 일섭원유상록(日涉園留賞錄) : 일섭원은 인왕산의 자락에 위치한 김희령(金羲齡)의 정원으로 서원시사(西園詩社)의 주된 모임 장소였다. 참가 동인으로는 김희령·지석관(池錫觀)·박기열(朴基說)·김영면(金泳冕)·유정주(劉定柱)·조경식(曺景軾) 등이 있었으며, 박윤묵은 이들을 격려, 고무하는 위치에 있었다. 이들은 시연(詩筵)을 베풀면서 그 정경을 묘사한 작품집 남기기도 하였다.

| 오늘 만난 선배들은 더 적어졌으니 | 今日相逢先輩少 |
| 난간에 올라 나도 모르게 세월에 흐느껴 우네. | 登臨不覺感流年 |

　그의 시는 청아하고 온화하여 만명(晚明)의 풍치가 있었다. 그의 필적
은 규장각에 비단 두루마리로 보존된 것이 많다. 하지만 그의 글씨는 여
기(餘技)였을 뿐이다.

16.

반촌의 습속을 일신한 안광수

　안광수(安光洙)의 자는 성로(聖魯), 호는 죽헌(竹軒)이다. 그는 아버지 때부터 성균관 주변 반촌(泮村)[56]에 들어와 살게 되었다. 반촌의 습속은 기질이 강한 자는 바둑·장기로 세월을 보내거나 협객을 자처하였고, 인색한 자는 말단의 이익에 급급하여 예교를 따를 수 있는 자가 드물었다. 이에 광수가 탄식하며 "성균관은 나라의 인재를 길러내는 곳이니 습속이 이래서야 되겠는가!" 하고는 반촌의 자제들 가운데 총명하고 준걸스러운 자 70여 명을 뽑아 학계(學契)를 만들고 '제업문회(齊業文會)'라 이름하였다. 그는 재주의 높고 낮음에 따라 경사자전(經史子傳)을 가르치고, 어버이를 섬기고 어른을 공경하는 도리를 밤낮으로 배우고 따르게 하였다. 관혼상제에 대해서는 손수 그림을 그려 사람들이 쉽게 알 수 있도록 하였다. 매달 초하루에는 생도들을 전부 모아 과업이 잘되었는지 못되었는지 시험하여 상벌로써 권장하였다. 이에 반촌의 자제들이 분발하여 따르는 자가 많았다.

　광수는 또한 "학업이란 여유 있게 익히고 노니는 것이 중요하다. 그렇

---

56 반촌(泮村) : 조선시대 성균관의 사역인들이 거주하던 동네로 성균관 동·서편에 있었다.

지 않으면 기상에 여유가 없어서, 무우(舞雩)에서 바람 쐬고 시를 읊으며 돌아오는[57] 멋스러움이 되지 못한다."라고 하면서, 날씨 좋은 날에는 경치 좋은 곳을 찾아 제자들과 함께 술을 즐기고 시를 지었다. 그렇게 지은 시를 합하면 수백 편이나 되었고, 거기에 담긴 뜻도 또한 심원하였다. 이로 말미암아 재주를 이룬 자들이 많았는데, 그들이 장성하여 성년이 되자 서리(胥吏)도 되고 전복(典僕)도 되어 모두 성균관을 중하게 여길 줄 알았다.

광수가 죽자 반촌 사람들은 남녀노소 할 것 없이 모두들 슬피 울었으며, 함께 장례를 지냈다. 또 그의 기일과 생일은 물론, 사시의 절기마다 제물을 갖추어 제사를 지냈다. 이렇게 하기를 십여 년 동안 한결같이 행하였다. 이에 마을의 부로들이 서로 모여 의논하였다. "우리 반촌의 젊은이들이 노인을 공경할 줄 알게 되어 노인들이 무거운 짐을 이고 지지 않게 된 것은 안선생의 힘이다. 옛날 시골 선생이 죽으면 향사에서 제사를 지내는 것이 예였으니, 어찌 안선생에게 글 배운 사람들만 제사를 지내도록 하겠는가." 이에 재물을 거두어 광수의 제사를 지내었다. 이 일은 서명응(徐命膺)[58]의 『보만재집(保晚齋集)』에 실려 있다.

외사씨는 말한다.

인조 때 병자호란이 일어나자 성균관의 여러 관원·유생들은 모두 성균관을 비우고 피난을 갔는데, 오직 수복(守僕)을 맡은 반촌 사람 몇 명만

---

57 무우(舞雩)에서……돌아오는 : 공자의 제자 증점(曾點)이 "늦은 봄에 봄옷이 만들어지면 관을 쓴 벗 대여섯 명과 아이들 예닐곱 명을 데리고 기수에 가서 목욕을 하고 기우제 드리는 곳에서 바람을 쐰 뒤에 노래하며 돌아오겠다.[暮春者, 春服旣成, 冠者五六人, 童子六七人, 浴乎沂, 風乎舞雩, 詠而歸.]"라고 자신의 뜻을 밝히자, 공자가 감탄하며 허여한 고사에서 나온 것이다.

58 서명응(徐命膺) : 조선 후기 문신으로 자는 군수(君受), 호는 보만재(保晚齋)이다. 이조판서·대제학 등을 역임하였고 규장각 운영에 많은 영향을 끼쳤다. 북학파의 비조로서 이용후생을 추구하였으며, 이는 아들 서호수(徐浩修), 손자 서유구(徐有榘)로 이어졌다. 저서로 『보만재집』이 있다.

이 성인의 위패를 짊어지고 도망을 갔다. 이 때문에 환란을 면하여 지금 사당을 세워 제사를 지낼 수 있으니, 그들이 유생·진사보다 훨씬 낫다고 하겠다.

17.

차가운 구들장 위에서 거적을 깔고 지낸 박영석

박영석(朴永錫)의 자는 이극(爾極), 호는 만취정(晩翠亭)으로 관향은 전주
(全州)이다. 순화방(順化坊) 누각동(樓閣洞)[59]에 살았는데, 항상 방에서 무릎
을 꿇고 앉아『논어』를 쉬지 않고 읽었다. 성묘를 가거나 문상을 가는 날
이 아니면 문밖을 나서지 않았고, 제삿날이 아니면 안채에 들어가지 않
았다. 그는 관보(官報)를 베껴 써주고 품삯을 받았으며, 그의 아내는 남이
쓰던 묵은 솜을 틀어 호구책을 마련하였다. 그러나 서로 대할 때는 빈객
을 대하듯 예를 갖추고 원망하는 일이 없어서, 사람들이 모두 군자답다
고 칭하였다.

영석은 사람됨이 온화하고 단정하여 기쁨과 슬픔을 드러내지 않았으
며 말 한 마디, 행동 하나까지도 남들의 모범이 되었다. 마을의 젊은이들
이 산혹 다투다가도 멈추며 말하기를 "박군자는 모르게 하라."라고 하였
으며, 많은 사람들이 고집을 꺾고 그에게 나아가 배워 학도가 수십 명이
나 되었다. 해가 바뀔 때마다 학생들이 새해선물을 가지고 왔지만 그는
모두 받지 않았다. 이따금 영석이 깃털을 구할 때면 학생들이 꿩과 닭을

---

59 누각동(樓閣洞) : 현재의 종로구 누상동이다. 인경궁의 누각이 있었다고 전하는 데서 마을 이
　름이 유래되었다.

다투어 가져와 쌓일 정도였는데, 그는 번번이 그 털만 뽑고 고기는 돌려주었다. 그것들을 방구들 위에 깔아두자 두께가 몇 촌이나 되었다.

평소 영석은 거적을 깔고 앉아 방바닥에 불을 때지 않았으니, 이렇게 하기를 거의 이십 년 동안이나 하였다. 그의 아버지가 병이 들어 죽을 적에도, 가난하여 땔감을 이을 수가 없어 끝내 차가운 구들장 위에서 죽고 말았다. 그는 이를 한스러워하여 차마 따뜻한 구들에서 지낼 수 없었던 것이다. 그는 자력으로 품을 팔며 남에게 물건 하나라도 빌리지 않았다. 그랬던 그가 갑자기 하루는 친구에게 돈을 빌려 아버지와 할아버지의 무덤을 이장하였다. 그런데 그 해에 큰 비가 내려 옛 무덤터가 불어난 골짜기 물에 휩쓸려 내려갔다. 이는 천문과 풍수에 정통한 자가 아니었다면 할 수 없는 일이었다. 하지만 그는 이에 대해 한 마디도 한 적이 없었다.

영석은 순조 신유년[1801]에 세상을 떠났으니 그의 나이 예순일곱이었다. 문집 1권을 남겼다. 송희정(宋喜鼎)이라는 자가 글을 지어 그의 죽음을 애도하였다. "그를 두고 부인네나 어린아이들은 부처라 하였고 선비들은 군자라 하였으니, 어진 자에게는 어짊이 보이고 지혜로운 자에게는 지혜로움이 보인 것이다. 내가 보기에 그는 효자이다."

외사씨는 말한다.

박영석은 독실하게 행동한 고사(高士)이다. 내가 『소은고(素隱稿)』[60]와 『호산외기(壺山外記)』를 읽고 그의 대략적인 생애를 알았는데, 또 『만취정집(晚翠亭集)』을 읽고 그의 문학을 알 수 있었다. 아, 군자답도다!

---

60 소은고(素隱稿) : 규장각 서리 정수혁(鄭守赫)이 지은 책으로, 여항의 다양한 이야기를 수록하였다.

18.
청나라에 당한 치욕을 씻고자 거사를 도모한 최효일과 차예량

　최효일(崔孝一)은 의주(義州) 사람이다. 8척 신장에 기상이 웅건하였으며 힘이 아주 세어서 맨손으로 호랑이를 때려잡을 수 있을 정도였다. 또 말타기와 활쏘기를 잘하였으며 호협심이 강하였다. 그는 열일곱 살에 무과에 급제하고 스물두 살에는 중시(重試)에서 장원을 하였다.

　광해군 무오년[1618] 겨울에 여진족이 준동하자 효일은 장사(壯士)로서 도원수 강홍립(姜弘立)의 비장(裨將)으로 천거되었는데, 전투에서 패배하여 중곤(重棍)⁶¹을 맞고 병이 들어 제대로 거동하지 못하였다. 당시 삭주부사(朔州府使) 이명립(李名立) 또한 명사수라 불렸는데, 효일과 우열을 가리고자 하였다. 명립은 효일이 병이 들었다는 소식을 듣고 안타깝게 여겨 청총마를 타고 백마산성(白馬山城)으로 달려갔다. 의주부윤(義州府尹) 임경업(林慶業)은 과녁을 걸어두고 활을 쏘라고 권하였는데, 효일은 병이 있다고 하며 사양하였다. 이에 경업이 직접 가서 그를 부축하고 함께 수레를 타고서 돌아왔는데, 과연 상처가 중하여 제대로 설 수도 없었다. 그러자 경업이 사람을 시켜 효일을 부축하게 하고 활을 쏘게 하였다. 효일은 정

___
61 중곤(重棍) : 조선시대에 사용하였던 곤장 가운데 가장 큰 것으로, 죽을죄를 지은 중죄인에게만 사용하였다.

신을 집중하여 과녁 하단의 한 모퉁이를 표적으로 삼아 다섯 발을 연달아 쏘았는데 명중하지 않는 화살이 없었다. 반면 명립은 매 순(巡)마다 한두 발씩 빗나가 결국 패배를 인정하고 자신의 청총마를 양보하였다. 그러자 경업은 명립에게 면포 열 동(同)을 청총마 값으로 주었다. 이 청총마는 이후 왕족들이 청나라에 볼모로 끌려갈 때 세자에게 바쳐졌다.

효일은 선천(宣川) 사람 차예량(車禮亮)과 친하였다. 그는 정축년[1637] 삼전도(三田渡)의 굴욕 이후로 항상 울분을 토하고 한숨을 내쉬며 나라를 위해 치욕을 설욕하고자 생업을 제쳐두고 준걸들을 모았다. 하루는 예량에게 "내 용력은 이웃 나라에까지 소문이 났으니 지금 만일 내가 내부(來附)한다면 반드시 장수로 삼아줄 것이네. 내가 명나라 장수들과 함께 수군을 이끌고 곧바로 심양(瀋陽)을 공격하면 청나라는 반드시 조선에 구원을 요청할 것이니, 조선은 황해도 이북의 군사들을 파견할 것이네. 이때 그대와 동지들이 스스로 모병에 응하여 우리를 위해 내응한다면 뜻을 이룰 수 있을 것이네. 그리하면 한편으로는 병자년의 치욕을 설욕하고 한편으로는 명나라의 은혜에 보답할 수 있을 터이니, 이는 사내대장부로서 한 번 해볼 만한 일이 아니겠나. 그대의 뜻은 어떠한가?" 하고 물었다. 그러자 예량이 탄식하며 말하였다. "이는 나도 생각하던 바라네."

효일은 아무런 말도 없이 명나라로 망명하였기 때문에 임경업에게 중죄를 얻게 되었다. 그는 사람들에게 말하기를 "이러한 중죄를 얻고 무슨 면목으로 고향에 서겠는가! 차라리 처자를 데리고 바다를 건너 도주공(陶朱公)[62]처럼 하리라." 하고, 등주(登州)로 들어가 진홍범(陳弘範)[63]을 설득

---

62 도주공(陶朱公) : 춘추시대 월나라의 공신인 범려(范蠡)를 가리킨다. 범려는 월왕 구천(句踐)을 섬기며 오나라를 격파하고 부국강병을 이루었으나, 명성을 얻은 뒤에는 오래 머물기 어렵다고 여겨 월나라를 떠난 뒤 도(陶) 땅에서 은거하며 호를 도주공이라 하였다.

63 진홍범(陳弘範) : 명나라 말기의 무장으로 병자호란 당시 등주총병으로서 수군을 동원하여 조선을 구원하려 하였으나 기상 조건 때문에 뜻을 이루지 못하였다. 명나라가 멸망한 뒤 청나라에 항복하였다.

하였으나 등용되지 못하였다. 이에 영원성(寧遠城)으로 가서 오삼계(吳三桂)[64]에게 벼슬을 구하였는데, 삼계는 평소 그의 명성을 들었기에 중군장(中軍將)으로 삼아 휘하에 머물게 하고 함께 대사를 도모하였다.

청나라에서 이러한 사실을 듣고 크게 놀라 거짓으로 효일 이름의 편지를 써서 사자를 보내 장후건(張厚健)을 속이며 말하였다. "우리 쪽에서 수군을 이끌고 올 것이니, 너는 내응하는데 실수가 없어야 할 것이다." 후건은 효일의 조카였는데, 편지를 보고는 진짜라고 믿어 답서를 보내 사정을 상세하게 보고하니 마침내 모의가 새어나가 버렸다. 그러자 청나라에서 정명수(鄭命壽)[65]를 파견하여 먼저 효일의 족당, 차예량과 그의 동생 충량(忠亮), 예량의 일족 원철(元轍) · 맹윤(孟胤) 및 안광성(安光誠), 장후건 등을 잡아들여 모두 죽이니 이른바 신사(辛巳) 관서(關西)의 화[66]가 바로 이것이다. 의주부윤 황일호(黃一皓)[67] 또한 그 모의에 참여하였다가 죽임을 당하였다.

갑신년[1644]에 청나라 태자 사하렌[薩哈廉]―곧 청나라 세조(世祖)이다―이 연경(燕京)을 점령하고 무영전(武英殿)에서 백관의 하례를 받았다.[68] 또 천하 사람들에게 변발을 하게 하였다. 그러나 효일은 홀로 하례도 하지

---

64 오삼계(吳三桂) : 명나라 말기의 무장이다. 명나라의 요동총병으로서 산해관(山海關)에서 청나라의 진출을 막고 있었는데, 이자성(李自成)의 반란으로 명나라가 멸망하자 청나라에 항복하였다.
65 정명수(鄭命壽) : 조선 후기 반역자로, 강홍립을 따라 출정하였다가 청나라의 포로가 되었는데 청나라에 조선의 사정을 밀고하여 청나라 힘께이 쥔임을 읜았다. 병자호란 때 통역관으로 들어 와 청군의 앞잡이 노릇을 하였다.
66 신사(辛巳) 관서(關西)의 화 : 1641년 관서지방의 의사(義士) 최효일 · 차예량 등 7명이 명나라의 회복을 꾀하다가 발각되어 청나라에 죽임을 당한 사건을 말한다.
67 황일호(黃一皓) : 조선 후기 문신으로 자는 익취(益就), 호는 지소(芝所)이다. 병자호란 때 남한산성에서 인조를 호종하여 통정대부에 올랐다. 의주부윤으로 있을 때 청나라를 치고자 최효일 등과 모의하다 발각되어 피살되었다.
68 청나라……받았다 : 본문의 기술 내용에 오류가 있다. 사하렌은 청나라의 종친 영친왕(穎親王)이다. 당시에는 세조 순치제가 일곱 살의 나이로 등극해 있었으며, 연경에 들어가 백관의 하례를 받은 것은 섭정을 맡았던 예친왕(睿親王) 도르곤[多爾袞]이다. 관련된 내용은 박지원의 『열하일기(熱河日記)』「황도기략(黃圖紀略)」에 보인다.

않고 변발도 하지 않고는 천수산(天壽山)[69]에 들어가 숭정제(崇禎帝)의 빈소 쪽으로 통곡하며 열흘 동안 음식을 먹지 않다가 숲속에서 죽었다. 오삼계가 이를 가엾게 여겨 시신을 거두어 장사지내고 글을 지어 제사를 지내니 이때가 5월 19일이었다. 세자를 호종하던 박사명(朴士命)이 이러한 사실을 보고서 돌아가 효일의 유족들에게 전해주었다. 효일은 숙종 때 병조판서에 추증되고 충장공(忠壯公)이라는 시호를 받았으며 현충사(顯忠祠)[70]에 배향되었다.

외사씨는 말한다.

효일은 필부로서 천하의 대사를 도모하였으니 그 뜻이 장대하다. 당시에 명나라 장수들은 모두 나약하고 겁만 많았으며 심원한 계책이 없어 거사를 함께할 만한 자가 없었다. 조선 사람들도 두려워하여 마음을 돌린 자들이 많아 끝내 계책은 실행되지 못하였고 가족들은 죽임을 당하고 말았으니, 안타깝도다. 그러니 효일은 천추 이후에도 늠름하게 그 기개가 남아있을 것이다. 당시 화를 입은 차예량 등 여러 사람들은 칠의사(七義士)라고 불렸다. 그밖에 또 의주 사람 백대호(白大豪) 등 21명도 임경업이 죽을 때 함께 화를 입었던 까닭에 정조가 직접 제문을 짓고 제사를 지내주었다.

---

69 천수산(天壽山) : 중국 하북성(河北省) 창평현(昌平縣)의 북쪽에 있는 산이다. 북경의 주산(主山)으로 근처에 명십삼릉(明十三陵)이 있다.
70 현충사(顯忠祠) : 의주 백마산성 안에 있는 사당으로, 임경업 등 장수 15명의 위패를 봉안한 곳이다.

19.
뛰어난 재주로 사람들을 감동시킨
이지화, 이재관, 김영면, 전기

　이지화(李至和)의 자는 군협(君協)이다. 서울 서부학당(西部學堂)의 서쪽에 살았으므로 사람들이 학서선생(學西先生)이라 불렀다. 그는 어려서 아버지를 여의고는 술을 즐기고 제멋대로 굴었으나, 나이 서른에 비로소 고집을 꺾고 준수한 선비가 되었다. 그는 두 형과 함께 살았는데, 그 중 맏이는 이복형이었다. 그의 어머니는 성격이 까탈스러워 자식들의 잘 감싸주지 않았다. 그런데도 지화는 화목하고 즐거운 태도를 다하여 어린아이처럼 재롱을 부리며 어머니를 웃게 만들었다. 동서 사이의 관계도 화목하여 너, 나의 구분이 없었으며 아이들에게도 정해진 엄마가 없을 정도였다.

　지화는 항상 『근사록(近思錄)』 등 여러 성리학 서적을 읽었으며, 날마다 『중용(中庸)』·『주역(周易)』을 암송하였다. 시는 도연명(陶淵明)과 위응물(韋應物)의 충담(沖澹)을 숭상하였다. 특히 글씨를 잘 썼는데 해서·행서·초서는 모두 왕희지·왕헌지 부자에 가까웠다. 사람을 대할 적에는 마음이 따뜻하고 행동거지가 반듯하였으며, 의젓하니 예가 아닌 것은 감히 범하지 않았다. 입으로는 인물에 대해 품평을 한 적이 없었으며, 비록 역사책 속의 인물이라 하더라도 또한 가부(可否)를 변별하지 않았으니 사람들이 이를 단점으로 여겼다.

늘그막에는 충청도 영춘군(永春郡)[71]에서 살았는데 마을 사람들이 사모하고 감화되어 한목소리로 군자라고 일컬었다. 충청도의 풍속은 매양 천섬(薦剡)[72]이 있을 때면 서로 다투는 것이 마치 시장바닥 같았다. 참판(參判) 김정균(金鼎均)[73]이 관찰사가 되어 "뛰어난 문학 실력과 검소한 행실이 이지화보다 나은 자가 있다면 응당 첫 번째 자리를 넘겨줄 것이다." 하니, 사람들은 감히 무어라 말을 하지 못하였고, 결국 이지화가 조정에 천거되었다. 사람들은 김정균의 공정한 말에 감복하고 지화의 신실한 행동을 더욱 신뢰하게 되었다.

이재관(李在寬)의 자는 원강(元剛), 호는 소당(小塘)이다. 어려서 아버지를 여의고는 집이 가난하여 그림을 팔아 어머니를 봉양하였다. 그의 그림은 스승에게 배운 적이 없었는데도 저절로 옛 법도에 합치되었으니, 이것은 아마도 하늘이 재주를 내려주었기 때문일 것이다. 연기, 구름, 풀, 나무, 새, 짐승, 벌레, 물고기 그림이 모두 정묘한 경지에 들었으며, 특히 초상화를 잘 그려 상하 백년 사이에 이런 필치는 없다고 하겠다. 이에 일본 사람들이 동래(東萊) 왜관을 통해 그의 영모도(翎毛圖)를 사들이지 않은 해가 없었다.

태조의 어진(御眞)이 영흥부(永興府) 준원전(濬源殿)에 봉안되어 있었는데, 병신년[1836] 겨울에 도적에게 훼손되었다. 이에 정유년[1837] 봄에 재관에게 다시 베껴 그릴 것을 명하여 다시 준원전에 어진을 안치하였다. 그러고는 재관을 특별히 등산첨사(登山僉使)에 제수하였다. 그는 벼슬살이를 마치고 집에서 병으로 죽으니 나이 쉰다섯이었다.

---

71 영춘군(永春郡) : 지금의 충청북도 단양군 영춘면이다.
72 천섬(薦剡) : 과거에 응시하지 않은 사람에게 지방관이 특별 추천하여 벼슬을 주는 제도이다.
73 김정균(金鼎均) : 조선 후기의 문신으로 자는 태수(台叟), 호는 서어(鋤漁)이다. 대사간·충청도 관찰사 등을 역임하였다. 저서로『서어유고』가 있다.

호산 조희룡이 찬하여 말하였다. "평민의 신분으로 임금의 알아줌을 입는 것은 천년에 드물게 보는 일이다. 사백 년 뒤에 임금의 초상을 모사하였으니 아마도 그는 시대의 필요에 응해서 태어난 자일 것이다. 꽃과 새를 그리는 화파(畵派)는 또 일본에 전해져 있기도 하다."

김영면(金永冕)의 자는 주경(周卿), 호는 단계(丹溪)이다. 용모가 부녀자와 같았고 숨결은 난처럼 향기로웠다. 시에 뛰어나고 서화에 능하였으며 또 거문고에 정밀하여 이 네 가지 기예로 한 시대에 이름이 났다. 서른 살에 죽었다.

전기(田琦)의 자는 위공(瑋公), 호는 고람(古藍)이다. 키가 헌칠하고 용모가 수려하였으며, 그윽한 정취와 옛스런 운치가 그의 모습에서 배어나와 진(晉)·당(唐) 시대 그림 속 인물 같았다. 그는 산수연운(山水煙雲)을 잘 그렸는데 쓸쓸하고 담박한 분위기가 원대(元代) 화가의 묘경에 들어간 듯하였다. 이것은 그의 필의(筆意)가 독자적으로 도달한 것이지, 원대의 화풍을 배워 원대 그림의 경지에 이른 것은 아니었다. 그의 시는 기이하고 오묘하였으며 남이 말한 것은 말하지 않아서 안목과 필력이 압록강 동쪽에 국한되지 않았다. 서른 살에 죽었다. 『호산외기』에 다음과 같이 말하였다. "고람의 시와 그림은 당세에 견줄 만한 것이 적은 정도가 아니니, 상하 백년을 통하여야 논할 만하다."

외사씨는 말한다.
내가 『벽오당고(碧梧堂稿)』를 읽은 적이 있었는데, 전기의 화권(畵卷)과 시를 살펴보니 그 사람을 상상할 만하였다. 애석하게도 김영면과 전기는 모두 뛰어난 재주를 지녔으나 끝내 수명이 짧았으니 어째서인가! 이지화와 이재관은 비록 현달한 자들은 아니었지만 사람들에게 감동을 준다.

20.

홀로 진체를 이룬 이수장

이수장(李壽長)의 자는 인수(仁叟), 호는 정곡(貞谷)이다. 젊을 때부터 글
씨를 배워서 종요(鍾繇)·왕희지(王羲之)를 마음에 새겨두고는 늘어갈수록
더욱 독실히 하여 오십 년 동안 하루도 붓을 놓은 적이 없었다. 이와 같
이 글씨를 연습하는 즐거움으로 침식을 잊었다. 또 명성과 이익을 도외
시하여 빈궁과 기한(飢寒)의 걱정이 그의 마음속을 동요시킬 수 없었다.
그는 공력을 들이는 것이 전일하였고 조예가 지극하여 대전(大篆)·소전
(小篆)·해서·행서가 왕희지의 필법에 핍진하였다. 그가 임모한 〈난정첩
(蘭亭帖)〉, 〈성교서(聖敎序)〉[74] 등의 필법은 진본과 비교하여 터럭만큼도 부
족함이 없었으니, 보는 이들이 거의 그 진위 여부를 분별할 수 없을 정
도였다.

그는 승문원에 벼슬하여 공문서를 서사(書寫)하고 있었기 때문에 한석
봉의 글씨를 본떠서 당시의 수요에 응하지 않을 수 없었다. 한석봉의 필
법이 실은 왕희지체의 골격에서 변화해 온 것이었다. 그런데 수장은 왕

---

[74] 성교서(聖敎序) : 당태종이 서역에 가는 현장법사(玄奘法師)에게 명하여 불경을 구해다가 중국
에 반포하라는 내용을 기술한 글로, 이를 왕희지의 글씨를 집자하여 석각(石刻)하도록 하였다.
여기서는 그 필체를 말한 것이다.

희지체에 체득한 바가 깊었기 때문에 그의 글씨가 한석봉을 닮은 것이 더욱 흡사하였다.

필법에 있어서의 진(晉)은 시에 있어서의 당(唐)과 같아서 단연 천고의 절조(絶調)이다. 이는 진실로 하늘이 그 고금을 나눈 것이기에 사람의 능력으로 도달할 수 있는 경지가 아니다. 우리나라에서는 신라·고려 이래로 수천 년 동안 이름난 서예가가 시대마다 나와서 각기 행촌(杏村), 비해(匪懈), 청송(聽松), 고산(孤山), 봉래(蓬萊), 석봉(石峯)[75]이 되었으나 홀로 진체(晉體)를 이룬 자는 극히 적다. 이것은 아마도 어려움을 꺼려서 노력하지 않았기 때문이 아니겠는가! 간혹 글씨를 배운다고 하던 자들이 몇 명 있기는 하였으나 유독 김생(金生)만이 그 굳센 필치를 얻었을 뿐이다. 그 나머지는 모두 스스로 좋아한 것일 뿐 뭐라 논할 만한 자가 없다. 이처럼 진체를 배우는 것은 어려운 일이었다.

숙종 연간에 수장을 궁중으로 불러들여 어제시(御製詩) 8장을 쓰게 하고, 또 이금(泥金)으로 종요·왕희지의 서첩을 임서(臨書)하도록 하였는데, 매양 글씨를 올릴 때마다 임금이 그것을 보고 칭찬하기를 마지않았으며 술을 내려주고 후하게 상을 주었다. 기축년[1709]에 청나라 사신 연갱요(年羹堯)[76]가 조선의 명필가를 만나보기를 원하자, 조정에서는 수장으로 하여금 응접케 하였다. 갱요가 그의 글씨를 보고는 크게 기뻐하며 "그대의 서법은 가지런하면서도 힘이 있으니 조선 제일의 고수로다!" 하고는, 자신이 지은 〈양심론(養心論)〉을 써서 주었다. 그 내용은 '글씨는 마음을 근산으로 삼는다.'는 것이었다.

---

75 행촌(杏村)……석봉(石峯) : 우리나라의 이름난 서예가들로서, 행촌은 이암(李嚴), 비해는 안평대군(安平大君), 청송은 성수침(成守琛), 고산은 황기로(黃耆老), 봉래는 양사언(楊士彦), 석봉은 한호(韓濩)를 가리킨다.

76 연갱요(年羹堯) : 청나라 초기 무장으로 강희제 때 벼슬길에 올라 사천총독(四川總督)·정서장군(定西將軍)을 역임했으며, 서장(西藏)의 반란을 진압하고 청해(靑海) 나복장단진(羅卜藏丹津)을 평정하는 등의 전공을 올렸다.

신묘년[1711]에 수장은 통신사를 따라 일본에 들어갔는데, 일본 사람들이 비단과 돈을 가지고 와서 수장의 빼어난 글씨를 얻고자 하였다. 날마다 수천 명의 사람들이 모여들자, 수장은 해서로 초서로 손이 가는 대로 써 내려갔는데 책상 앞에 쌓인 글씨들이 삽시간에 모두 사라졌다. 이에 일본의 글씨에 능하다는 자들이 일제히 칭찬하며 말하였다. "정곡의 서법은 종요·왕희지·장욱(張旭)·회소(懷素)[77]의 필법을 체득하여 큰 글씨는 매우 기이하고 작은 글씨는 오묘하다. 게다가 그의 초서는 필치가 굳세서 더욱 미칠 수가 없으니, 서체마다 온갖 아름다움을 겸한 자로다!"

만년에는 서학(書學)의 연원을 찾아 이를 모으고 분류하여 『묵지간금(墨池揀金)』이라 이름하였으니, 이는 분명하고 상세하여 실로 후학들에게 훌륭한 지침서가 되었다. 성재(省齋) 고시언(高時彦)은 그를 다음과 같이 평하였다. "지금 수장은 홀로 옛사람들도 어려워한 바에 힘을 쏟아서 결국에는 그 공을 이루었으니 이 세상의 뛰어난 인재이자 왕희지의 서체를 보좌한 자라고 할 만하다." 그의 아들 인석(寅錫) 또한 글씨를 잘 썼다.

외사씨는 말한다.

우리나라에서 글씨를 잘 쓴 자는 김생 이래로 시대마다 적지 않았으나 진체를 배운 자는 드물었으니, 옥동(玉洞) 이서(李漵)와 이수장이 진체로써 가장 이름이 났다. 그중에서도 수장은 한석봉 이후에 일인자라 하겠다. 당시에 또 엄한붕(嚴漢朋)이라는 자가 글씨를 잘 쓰기로 유명하였다.

---

77 장욱(張旭)·회소(懷素) : 장욱은 당나라 때 초서의 명필로 술에.취하면 머리를 먹물에 적시어 휘둘러 글씨를 쓴 것으로 유명하며, 회소는 당나라 때의 승려로 초서가 신경(神境)에 들었다고 일컬어지던 자이다.

21.
청나라 옹정제를 감탄케 한 엄한붕과
그의 아들 엄계흥

　엄한붕(嚴漢朋)의 자는 도경(道卿), 호는 만향재(晩香齋)로 글씨를 잘 쓰기로 유명하였다. 청나라 옹정제(雍正帝)가 조선에서 보내온 자문(咨文)을 보고는 그 해서의 필법이 정묘함에 감탄하였다. 이에 뒷날 칙사가 조선으로 떠날 때에 붉은 비단 한 필을 보내어 글씨값으로 주고는 분향하고 조서를 전한 후에 한붕을 불러 '경화문(景化門)' 석 자를 쓰게 하였다. 그러고는 글씨를 가지고 돌아와 태화전(太和殿)[78] 동쪽의 경화문에 걸어두었다. 그의 아들 계응(啓應)이 지은 〈금금기(錦衾記)〉에 이상의 내용이 전한다.

　표암 강세황이 말하였다. "내가 어린 시절부터 만향재의 서법을 보고 심취하지 않은 적이 없었다. 다만 연배 차이가 커서 서로 이야기를 주고받을 수 없는 것이 아쉬웠다. 새로 간행한 『초천자문(草千字文)』은 실로 왕희지·왕헌지의 오묘함을 얻었으니 근래 우리나라에서 체득할 수 있는 바가 아니었다."

　송하(松下) 조윤형(曹允亨)이 말하였다. "엄계흥(嚴啓興)이 내게 와서 그의 집에 보관중인 여러 서첩을 서체별로 보여주었는데, 마치 무기고 안

---

78 태화전(太和殿) : 자금성 안에 있는 가장 큰 목조 건물로 황제가 관료들을 접견하던 정전(正殿)이다.

에 들어와 있는 것처럼 창칼 같은 삼엄한 기운이 엄습해 와서 범접할 수 없는 굳센 기세가 느껴졌다. 어찌 그리도 장엄하단 말인가! 단아한 운치는 비록 여러 명필가보다 부족하였으나 그의 웅건하고 굳센 기운은 응당 한석봉 이후 일인자라 하겠다. 하늘이 내려준 재주와 사람의 노력을 겸하여 이룩한 바가 아니라면 그가 그렇게 능할 수 있었겠는가! 다만 붓끝이 안으로 온축되어 있고 멋을 부리는 것을 달갑게 여기지 않았기에 실질보다 명성이 덜하였던 것이다."

엄계흥의 자는 숙일(叔一), 호는 국산(菊山)으로 한붕의 아들이다. 그는 책을 읽고 옛 도를 행하였는데, 진암(晉庵) 이천보(李天輔)와 글로써 교유하였다. 이천보가 이르기를 "계흥은 스승으로 삼을 수는 있을지언정 벗으로 사귈 수는 없다." 하고는, 그의 아들 문원(文源)으로 하여금 수업하게 하였다. 문원은 지위가 판서에 이르렀으나 공손히 제자로서의 예를 행하였다. 계흥은 예순여섯의 나이로 죽었으며, 『국산집(菊山集)』을 남겼다.

외사씨는 말한다.

엄씨 부자는 아름다움을 잘 이어서 혹은 시로써 혹은 글씨로써 모두 세상에 이름이 드러났으니, 어찌 그리도 엄씨 가문에는 재능이 많았던가. 그 후에 또 평양 사람 조광진(曺匡振)과 상원(祥原) 사람 이희수(李喜秀)가 아울러 글씨로 이름이 났다.

22.

손가락으로 글씨를 쓴 명필 조광진

　조광진(曺匡振)의 자는 정보(正甫)이다. 그의 선조는 경주 용담(龍潭) 사람이었는데, 11대조 중서(重敍) 때부터 평양에 거처하였다. 그는 말이 어눌하여 '눌인(訥人)'이라 자호하였다. 처음에는 집이 가난하여 사방을 떠돌며 배웠는데 원교(圓嶠) 이광사(李匡師)의 글씨를 익히고 만년에는 크게 깨달아 안진경(顏眞卿) 필법의 정수를 깊이 터득하였다. 이에 전서와 예서에 금석(金石)의 기운이 있었으며 옛 글씨를 본뜨는 데 더욱 특장이 있었다. 행서와 초서는 유석암(劉石庵)[79] 같았고 지서(指書)[80]와 예서는 장수옥(張水屋)[81]에게 비길 만하였다. 그의 글씨는 쇠를 굽히고 금을 녹인 듯하여 여느 세상 사람들의 글씨 같지 않았으니 천전(天篆)·운뢰(雲雷)[82]도 이보다 낫지는 못하였다.

　지금 괘재정(快哉亭)[83]에 걸려 있는 편액은 그가 손가락으로 쓴 예서인

---

79 유석암(劉石庵) : 유용(劉墉). 청나라 때 정치가·서예가로 시문과 서법에 능했고 소해(小楷)·행서·초서에 뛰어났으며 풍려한 기골과 고상한 정취를 가진 독특한 서풍으로 유명했다.

80 지서(指書) : 손가락에 먹을 묻혀서 그림을 그리거나 글씨를 쓰는 것을 말한다.

81 장수옥(張水屋) : 장도악(張道握). 청나라 때 서예가·화가로 글씨와 그림에 뛰어났으며 특히 산수화가 훌륭했다.

82 천전(天篆)·운뢰(雲雷) : 천전은 해독할 수 없는 고대의 문자를, 운뢰는 청동기에 들어간 문양을 말하는 것으로 알아보기 힘든 문자를 말한다.

데, 청나라 사신이 그것을 보고 크게 놀라며 "조선에도 이런 대가가 있구나!" 하고는 한번 만나보기를 요청하였다. 이에 어떤 사람이 "그의 집은 천 리 밖에 있는데다 그는 벌써 죽었습니다." 하고 평계를 대자, 청나라 사신은 몹시 서운해 하다가 백 장이나 탁본을 해 가지고 갔다.

자하(紫霞) 신위(申緯)[84]와 추사 김정희는 모두 한 시대의 종장(宗匠)이었는데 광진의 글씨를 높이 인정하였다. 추사는 다음과 같이 평한 적이 있다. "이처럼 옛스럽고도 기발하며 빼어나면서도 뛰어난 글씨를 압록강 동쪽 땅에서는 아직까지 본 적이 없다. 박명(博明)[85]의 글씨를 모방한 것은 원본과 견주어보더라도 더 나은 것 같으며, 동기창(董其昌)[86]의 글씨를 베껴 쓴 것도 또한 진체와 매우 닮아 있다. 우리나라 사람들의 글씨를 보고 연습하여 투박한 풍기에 젖은 자들은 들어가는 문부터가 크게 달라 삐침 하나 파임 하나도 동기창의 글씨를 흉내낼 수 없었다. 그런데 광진은 온갖 변화를 따라 쓰지 못하는 바가 없으니, 큰 신통력을 갖추지 않았다면 어떻게 이와 같이 할 수 있겠는가." 또 자하 신위는 다음과 같은 시를 남겼다.

조생의 손가락 예서 오묘하여 비길 데 없으니   曹生指隷妙難雙

힘차고 뛰어난 정자 편액 솥도 들 만하다네.   雄傑亭扁鼎可扛

지역 한정하여 재주 논하니 끝내 좁은 식견 탓에   限地論才終陋見

---

83 쾌재정(快哉亭) : 평양 대동강변에 있는 정자이다.

84 신위(申緯) : 조선 후기 문신·서화가로 자는 한수(漢叟), 호는 자하(紫霞)·경수당(警修堂)이다. 정조 때 문과에 급제하고 사신으로 청나라를 오가며 옹방강(翁方綱) 등 중국의 학자·문인과 교유를 하였다. 문예 방면에서 글씨·그림·시에 많은 업적을 남겼다. 저서로『경수당전고』등이 있다.

85 박명(博明) : 청나라 중기 문신·서화가이다. 몽골인으로 옹방강(翁方綱)과 동향이자 동문으로 절친한 사이였다. 장고(掌故)에 밝았으며 글씨를 잘 썼다. 저서로『봉성쇄록(鳳城鎖錄)』등이 있다.

86 동기창(董其昌) : 명나라 말기 문신·서화가 문학에도 능통하였고, 서가로서도 명대 제일이라고 불렀다. 저서로『용태집(容台集)』등이 있다.

최치원의 시와 한석봉 글씨만 동방에서 제일인줄.　　崔詩韓筆跨東邦

의석(宜石) 김응근(金應根)[87]이 평안도관찰사로 있을 때, 광진의 글씨 쓰는 실력을 시험해 보고자 하여 연광정(練光亭)에다가 정자의 크기만큼 두어 묶음의 종이를 이어 붙였다. 그 정자는 능히 서른 칸쯤 되었다. 또 큰 붓을 만들었는데 절굿공이를 붓대로 삼아 그것을 먹물에 적시니 굵기가 소의 허리만 하였다. 광진은 두루마기를 벗고 굵은 끈을 가져다 붓을 어깨 위에 메었다. 성큼성큼 발을 옮기며 붓을 놀리는 것이 마치 개미가 쟁반 위를 다니는 것 같았다. 그는 '날개 익[翼]'자를 쓰고, 이어 '싸움 전 [戰]'자를 썼다. 구경하는 사람들이 자리를 피해 난간의 목책 위에서 내려다보고 있었는데, 글씨가 한눈에 들어오지 않아서 잘 쓰고 못 쓴 것을 분별할 수가 없었다. 이에 오십여 보 밖에 걸어놓자 비로소 글씨의 오묘한 짜임새에 놀라고 말았다. 김응근이 감탄하며 "전자는 짧고, 익자는 길어서 성글고 조밀함이 서로 균형을 이루었으니, 손재주와 눈썰미만으로 도달할 수 있는 경지가 아니다." 하고는 크게 상을 주었다. 취미(翠微) 신재식(申在植)[88]이 그 글씨를 가지고 중국에 들어갔는데, 촉(蜀) 지방의 한 선비가 그것을 얻고는 편지를 써서 광진에게 사의를 표하고 후하게 선물을 보내왔다.

광진은 영조 임진년[1772]에 태어나 경자년[1840]에 예순아홉의 나이로 죽었다. 그의 부친 윤철(允喆)은 문장으로 이름이 났으며, 그는 슬하에 석신(錫臣)·식춘(錫春) 두 아들을 두었다.

조광진의 필적은 평양에 초서로 쓴 큰 글씨 '연광정' 석 자, 예서로 쓴

---

87 김응근(金應根) : 조선 후기 문신으로 자는 계경(溪卿), 호는 의석(宜石)이다. 개인적인 능력보다는 안동김씨의 세도에 힘입어 공조·형조판서를 역임하였다. 글씨를 잘 써서 평양의 의열사비(義烈祠碑)를 썼다.

88 신재식(申在植) : 조선 후기 문신으로 자는 중립(仲立), 호는 취미(翠微)이다. 1805년 문과에 급제하여 대사헌·이조판서·공조판서 등을 지냈다. 저서로 『취미집』이 있다.

부벽루(浮碧樓) 석 자, 산수정(山水亭) 편액, 쾌재정의 손가락으로 쓴 예서 글씨와 '강산여화(江山如畵)' 등이 남아 있다. 옹방강(翁方綱)[89]이 이에 대해 평하여 말하였다. "왕희지가 세상을 떠난 후에 그의 진적(眞跡)을 보지 못하였는데, 지금 왕희지가 조선에 다시 태어난 듯하구나!" 정가현(程嘉賢)[90]은 "손가락 하나의 강함이 구정(九鼎)보다도 강하였다."라고 하였고, 섭지선(葉志詵)[91]은 "눌인의 서법은 강하여 당나라 때 현인의 풍도(風度)가 있으니, 그의 행서·초서는 유석암의 필치와 비슷하다."라고 하였다.

---

89 옹방강(翁方綱) : 청나라 중기 학자·서예가로 사고전서(四庫全書)의 찬수관을 지냈다. 금석학, 서화, 시문에 이르기까지 두루 통달하였다. 저서로 『양한금석기(兩漢金石記)』·『한석경잔자고(漢石經殘字考)』 등이 있다.

90 정가현(程嘉賢) : 청나라 때 학자로 정명도(程明道)의 23세손이다. 시를 잘 짓고 글씨에도 뛰어났다.

91 섭지선(葉志詵) : 청나라 때 학자·장서가로 글씨와 서화에 뛰어났고 금석학 분야에도 많은 업적을 남겼으며, 추사 김정희와도 교유를 하였다. 저서로 『식자록(識字錄)』·『평안관시문집(平安館詩文集)』 등이 있다.

23.

오십 년 동안 손에서 붓을 놓지 않은 이희수

　이희수(李喜秀)의 자는 상옥(尙玉), 호는 소남(少南)으로 후에 이름을 유황(裕璜)으로 고쳤다. 본관은 경주(慶州)이며 상원(祥原)[92] 사람이다. 그는 하늘이 내린 뛰어난 재주로 다섯 살에 붓을 쥐고 아홉 살에 글씨로 이름이 나니, 세상 사람들이 왕일소(王逸少, 왕희지) · 우세남(虞世南)[93]이 다시 태어났다고들 칭하였다. 이에 그의 아버지가 '소남(少南)'이라 호를 지어 주었다.

　그는 조광진의 수제자 석계(石溪) 차규헌(車奎憲)과 함께 글씨를 연습하여 중봉(中鋒) 필법의 정수를 깊이 체득하였다. 또 오십 년 동안 손에서 붓을 놓지 않아서 손가락 끝에 굳은살이 박여 혹처럼 되기도 하였다. 그는 어두운 방안에서도 글씨를 쓸 수 있었는데 조금도 어긋남이 없었으니, 만닐 배움의 노력이 철저하지 않았다면 이와 같을 수 있었겠는가! 이에 세상 사람들이 그를 일러 신필(神筆)이라 하였다. 그가 쓰는 전서 · 예서 · 해서 · 행서는 네 서체가 자유자재로 변화하여 본뜨거나 흉내낼 수

---

92 상원(祥原) : 현재 평안남도 중화군(中和郡)에 속해 있는 지명이다.

93 우세남(虞世南) : 당나라 때의 서예가로 왕희지의 서법을 익혀 당나라 초의 3대가로 일컬어지며, 특히 해서의 1인자로 알려져 있다. 시문에도 뛰어났다.

가 없었다.

희수는 성품이 지극히 맑고 고고하였다. 일찍이 수양술(修養術)을 배우려고 영동의 태백산(太白山) 속에 들어가 마음을 쏟아 공부하였다. 후에 호남의 천마산(天磨山)으로 옮겨가서 거문고와 책으로 스스로 즐기다가 삶을 마쳤으니, 사람들은 "그가 참선을 한다."고 하였다. 그의 나이 쉰아홉이었다. 그의 외조카 해강(海岡) 김규진(金奎鎭)[94]이 『경산당유묵(景山堂遺墨)』을 간행하여 세상에 전하였다.

---

94 김규진(金奎鎭) : 조선 말기 서화가로 자는 용삼(容三), 호는 해강(海岡)이다. 외숙인 이희수로부터 서화의 기초를 배우고 중국으로 건너가 공부하며 대륙적 필력과 호방한 의기(意氣)를 키워 서화에 독자적인 경지를 이룩하였다. 서화교본으로 『서법진결(書法眞訣)』·『육체필론(六體筆論)』 등을 만들기도 했다.

24.

배 한 척 분량의 종이에다 글씨 연습을 한 차규헌

차규헌(車奎憲)의 호는 석계(石溪)로 눌인 조광진의 문인이다. 대대로 평양에 살았는데 어려서부터 뛰어난 재주가 있었다. 그의 아버지는 돈 많은 장사꾼이었는데 호남에 가서 지물(紙物)을 사고 바다를 건너오다가 큰 바람을 만나 지물이 모두 못쓰게 되었다. 이에 아들 규헌에게 명하여 배 한 척에 실었던 젖은 종이에다가 큰 글씨를 연습하라고 시켰다. 그 많던 종이가 다 없어지자 규헌의 필력이 굳건해졌다. 그러므로 세상 사람들이 그를 '차거함(車巨艦)'이라 불렀다.

그는 사람됨이 순진하고 스스로 몸가짐을 잘 지켰다. 어려서부터 귀가 먹었기 때문에 또 '차롱(車聾)'이라고도 불렀는데, 눌인[말더듬이]의 제자 중에 차롱[귀머거리]이 있었으니 흡사 특별한 의미가 있는 것도 같았다.

규헌의 필적으로는 평양 청류벽(淸流壁)에 새긴 글씨와 기린굴(麒麟窟) 석 자를 바위에 새긴 것이 남아 있다. 특히 예서를 잘 썼는데 유석암의 서법을 배워서 이희수와 나란히 이름을 날렸다. 그는 일흔다섯의 나이에 죽었다.

逸士遺事

권5

01.

정성으로 옥에 갇힌 아버지를 구한 김취매

김성달(金聖達)은 공주(公州)의 아전이었다. 그는 공산성(公山城)의 창고 지기를 하며 장부를 조작하여 쌀 400석을 훔쳤다가 일이 발각되고 말았다. 이에 관찰사 홍공이 법에 의거하여 처벌하려고 하였다. 홍공은 기일을 정하여 조정에 아뢰려고 하였는데, 밤에 한 여인이 막부(幕府)에 와서 문을 두드리며 매우 애처롭게 목 놓아 울었다. 그 여인은 바로 성달의 딸 취매(翠梅)였다. 취매는 한 손에 소장을 들고 억울함을 호소하였으나, 아전들은 그를 달래어 돌려보냈다.

이튿날 관찰사가 관청 앞을 바라보니, 수백 명의 남녀 백성들이 문전 가득 들어와 시끌벅적 뜰을 메우고 있었다. 그때 한 여인이 머리를 풀어 헤치고 곧장 들어와 섬돌 위로 올라서서 크게 울부짖으며 "제 아버지를 살려주십시오."라고 하였다. 관찰사가 "저 백성들은 어찌된 것이냐?" 하고 묻자, 백성들이 대답하였다. "성달이 나라의 곡식을 훔쳤으니 그 죄는 죽어 마땅합니다. 그러나 저희들은 그 딸의 사정이 너무도 불쌍하기 때문에 사람마다 곡식 한 섬씩 내었는데 모두 수백 석이 되었습니다. 바라건대 이것으로써 성달의 목숨을 살려주십시오." 관찰사는 한참동안 잠자코 있다가 "내 장차 생각해보고 처리하겠다."라고 하였다. 백성들은 그제서야 물러갔으나 취매는 엎드려 울면서 가려고 하지 않았다. 곁에 있던 아전들이 또한 지난밤에 있었던 일을 아뢰니, 관찰사는 측은하게 여겨 장계를 중지시키고 조정에 아뢰지 않았다.

취매는 아버지가 옥에 갇히게 되자 아침저녁으로 음식을 싸 가지고 옥으로 가서 아버지에게 드렸다. 몇 년 동안 그렇게 하기를 하루같이 행하였다. 그런데 죽게 되었다는 소식을 들은 아버지가 음식을 먹지 않자, 취매는 갑자기 옥문에 머리를 부딪쳐 피를 흘리며 "만일 아버지께서 음식을 드시지 않겠다면 저부터 먼저 죽겠습니다."라고 하였다. 또 온갖 말로 위로해드리며 아버지가 그 음식을 다 먹는 것을 보고서야 돌아갔다.

취매는 사람들에게 곡식을 얻으려고 밤낮으로 미친 듯이 뛰어다니며 수백 집을 돌아다녔다. 집집마다 애절하게 울부짖으며 구걸하였으니 사람들이 이 일로 크게 감동을 받았다고 한다. 당시 취매의 나이는 열일곱이었다.

외사씨는 말한다.

옛날 제영(緹縈)[1]과 양희(楊姬)[2]는 모두 여인의 몸으로 아버지를 형벌에서 구해내었으며, 목란(木蘭)[3]은 아버지를 대신하여 수자리를 섰다. 아, 옛 시에 이르기를 '심지 굳은 여인이 집안을 보전하니, 딸이 있는 것이 없는 것보다는 낫다.'[4]고 한 것이 어찌 옳은 말이 아니겠는가!

---

1 제영(緹縈) : 전한 문제(文帝) 때의 효녀이다. 부친 순우의(淳于意)가 죄를 지어 사형을 선고받자 황제에게 상소를 올려 아버지의 무죄를 아뢰고 스스로 관노가 되기를 청하여 사면을 받아내었다.

2 양희(楊姬) : 전한 때의 효녀로 아버지가 옥에 갇히자 상서랑(尙書郎) 양환(楊渙)의 말고삐를 잡아 억울함을 호소하였다. 양환은 양희의 재주를 알아보고 그 아버지를 풀어주게 하는 한편, 아들 문방(文方)과 혼인시켰다.

3 목란(木蘭) : 북위(北魏)의 효녀로 부친 대신 남장한 채 종군하여 여러 차례 전공을 세웠다. 조정에서 상서랑(尙書郎)에 임명하였으나 완곡하게 거절하였다.

4 심지……낫다 : 『古樂府』〈隴西行〉의 구절로, 원문은 '심지 굳은 여인이 집안을 보전하니, 오히려 한낱 장부보다 낫다.[健婦持門戶, 亦勝一丈夫.]'이다.

02.

불길을 무릅쓰고 효를 실천하고자 한 우효부, 오부인

김유정(金惟貞)의 아내 우씨(禹氏)는 담양(潭陽) 사람이다. 나이 스물에 유정에게 시집가서 마흔 살에 죽었다. 우씨는 시어머니 전씨(田氏)를 섬기는 것이 매우 효성스러웠다. 한번은 밤중에 실수로 불이 났는데, 전씨는 늙고 병들어 일어날 수가 없었다. 그러자 우씨는 불길을 무릅쓰고 시어머니를 들쳐 업고 뛰쳐나왔다.

남편이 죽고 삼년상을 마치자, 친정 부모는 우씨의 뜻을 빼앗아 재가시키려고 하였다. 그러자 우씨는 "제게는 두 아들이 있으니 아이들에게 의지하여 살 수 있습니다. 게다가 남편이 죽을 때 노모를 봉양할 것을 부탁하여 이미 허락하였으니, 이제 와서 그 말을 어긴다면 상서롭지 못할 것입니다." 하였다. 우씨가 죽기로 맹세하니 부모도 억지로 어쩌지 못하였다.

오씨(吳氏) 부인은 한양 종로 부근에 살았다. 일찍 과부가 되어 두 딸과 함께 살았는데, 정결하고 정성스럽게 제사를 받들어 이웃과 마을 사람들이 부녀자의 행실이 있다고 칭찬하였다.

하루는 큰 바람이 불었는데, 이웃집에서 실수로 불을 내어 불길이 오씨의 집까지 번져왔다. 오씨가 발을 구르고 소리 내어 울면서 "남편과 시아버지의 신주가 집안에 있으니, 어찌 차마 불 속에 내버려두고 내 몸만 온전하기를 구하리오." 하고는 불길을 무릅쓰고 들어가려 하였다. 두 딸이 울며 만류하였으나 오씨는 끝내 불타는 집안으로 뛰어 들어갔다. 그런데 신주를 안고 나오다가 불길이 몸을 덮쳐 큰 비명을 지르며 아래 층으로 떨어졌는데, 온 몸에 화상을 입어 얼마 버티지 못하고 세상을 떠났다. 이에 일가친척들이 부인을 불쌍히 여겨 관곽을 갖추어 장사를 지내주었다.

외사씨는 말한다.

우씨가 불길을 무릅쓰고 시어머니를 업고 나온 것은 효에 진실로 마땅한 바이지만, 오씨가 스스로 불길에 타 죽은 것은 나무 신주 때문이니, 그 경중에는 진실로 차이가 있을 것이다.

03.

시부모를 효성으로서 봉양한 임효부, 박효부

    안동인(安東人) 권영(權泳)의 아내 임씨(林氏)는 성품이 온화하고 어질었으며 예법을 간직하여 승려와 무당을 좋아하지 않았다. 처음 권영에게 시집갔을 때 집안이 매우 가난하였는데, 임씨는 각고의 노력으로 재산을 모았다. 낮에는 국수 면발을 뽑고 밤에는 삯바느질을 하며 시어머니 윤씨(尹氏)를 봉양하였는데 지극히 효성스러웠다. 시어머니는 만두를 좋아하여 임씨는 매양 평소 올리는 반찬 외에 따로 만두를 갖추어 올렸다. 또 임씨는 남에게 베풀기를 좋아하였는데, 반드시 음식을 여유 있게 준비하여 사람들에게 대접하곤 하였다. 이처럼 하기를 30여 년 동안 하루도 빠뜨린 적이 없었다. 고을 사람들이 이 일을 알리자, 나라에서 정려를 내려주었다.

    진사 조경온(趙絅溫)[5]의 아내 박씨(朴氏)의 본관은 고성(固城)이다. 시아버지 조유선(趙有善)[6]은 경전을 연구하고 사람들을 가르쳐, 배우는 자들

---

5 조경온(趙絅溫) : 조선 후기 문인으로 자는 공리(公理), 호는 성암(星巖)이다. 참봉을 지냈으며, 성품이 맑고 깨끗하여 경전 연구에 침잠하였다.
6 조유선(趙有善) : 조선 후기 문인으로 자는 자순(子淳), 호는 나산(蘿山)이다. 익산군수 등을 역임하였으나 곧 사직하고 학문 연구에 몰두하였다.

이 나산선생(蘿山先生)이라 칭하였다. 경온은 아버지의 뒤를 이어 수업하였는데 집안이 대대로 빈한하였다.

박씨는 시집와서 밤낮으로 힘써 일하며, 늘 없는 살림 속에서도 무엇인가를 일구어내어 시부모를 정성껏 봉양하였다. 당시 사방의 선비들이 경온 부자와 교유하며 어려운 것을 묻고 오래도록 그 집에서 머물기도 하였는데, 돌아갈 적에는 모두들 손님을 잘 대접한다고 칭찬하였으니 이것은 모두 박씨의 노력 덕분이었다.

시어머니 김씨는 몇 년째 손발이 마비되는 증상을 앓고 있었다. 박씨가 곁에서 부축하고 돌보느라 옷도 벗지 못하고 선잠 자기를 여러 달 동안 하니, 시어머니가 탄식하며 "비록 내가 나은 자식이라 하더라도 어찌 이렇게까지 하겠는가!" 하였다.

경온은 중년의 나이로 세상을 떠났는데, 임종할 때 박씨에게 부탁하기를 "우리 부모님을 잘 봉양해주시오." 하였다. 박씨는 눈물을 흘리며 승낙하고 시아버지 봉양에 더욱 정성을 다했다. 시아버지의 병세가 위독해지자 칼로 자신의 손가락을 잘라 그 피를 드시도록 하여 며칠 더 연명하게 하였다. 박씨는 상을 치르는 전후로 3년 동안 소반(素飯)을 먹었다. 시아버지에게는 일찍 과부가 된 여동생이 있었는데 수십 년 동안 함께 살면서 아끼고 공경하기를 한결같이 하였다. 시고모가 죽자 기일마다 반드시 제사를 지내주었다.

04.

개가를 거절하고 시어머니를 섬긴 안협 효부

안협(安峽)[7] 민가에 한 여인이 나이 열일곱에 이천(伊川)의 농부에게 시집갔는데, 몇 달 만에 남편이 병들어 죽었다. 여인의 시어머니는 달리 자식도 없이 늙고 앞을 보지 못하는 처지였는데, 여인은 바느질과 길쌈을 하거나 품을 팔아 시어머니를 봉양하였다. 시어머니가 몸을 움직이거나 음식을 먹을 때에는 늘 며느리를 필요로 하였는데, 그럴 때면 반드시 곁에서 모시면서 남편이 살아 있을 때보다 더욱 정성껏 하였다.

친정 부모가 개가할 것을 넌지시 권하자 여인이 말하였다. "사람마다 각기 뜻이 있는 법이니, 어찌 억지로 다그칠 수 있습니까. 제가 떠난다면 시어머니는 어디에 모시겠어요?" 어느 날 친정어머니가 병을 칭탁하여 급히 부르자, 여인은 부득이 시어머니에게 거짓으로 "이웃집에서 저를 부르네요."라고 하였다. 그러고는 시어머니의 손을 붙잡고 하나하나 가리키며 "배가 고프시거든 밥은 여기에 있고, 목이 마르시면 물은 저기에 있습니다." 하고 일러두었다.

허겁지겁 친정에 도착해 보니 어머니는 무탈하였다. 어머니가 여인을

---

7 안협(安峽) : 현재의 강원도 철원 일부 지역이다.

꾸짖으며 "너는 시어머니가 있는 줄만 알고 너를 낳아준 어머니는 생각지도 않는구나."라고 하였다. 그러자 여인이 대답하였다. "어찌 감히 그러하겠어요. 어머니께는 좋은 자식과 며느리가 있어 슬하에서 받들어모시고 있지만, 시어머니는 제가 아니면 천수를 누릴 수가 없습니다." 그러고는 작별하고 일어나려 하였는데, 어머니가 말하였다. "어찌 그리도 네 어미에게 박하게 군단 말이냐. 여기 닭을 삶고 개를 잡아두었으니맛이라도 보려무나." 여인은 수저를 들어 몇 술 뜨다가 고기를 남겼다. 어머니가 웃으며 "돌아가서 시어머니께 드리려고 그러느냐? 따로 음식을 보내드리겠다."라고 하였다. 여인은 어머니에게 붙잡아두려는 뜻이있음을 눈치채고 바깥을 내다보면서 "고향을 떠난 지 오래되어 마을 모습을 분간하기 어렵군요. 제가 어릴 적에 찬합이 갖추어져 있었는데 지금도 남아 있나요?"하고는 몰래 고기 몇 덩어리를 쌌다.

마침내 여인은 친정집을 빠져나와 급히 집으로 돌아가려는데, 해는 이미 산 너머로 지고 있었다. 이때 짐승 한 마리가 앞에서 서성거려 살펴보니 평소 집에서 기르던 삽살개였다. 여인이 기뻐하며 말하였다. "네가나를 인도해줄 수 있겠구나." 그러고는 개를 따라 길을 가는데 걸음마다바늘 같은 가시덤불, 뾰족한 바위덩어리였다. 별빛을 받고 달빛을 인 채여인은 한밤중에야 집에 도착했다. 시어머니는 "왜 이렇게 늦었느냐?"하고 물었다.

여인은 품속의 고기를 꺼내 시어머니 앞에 놓고서, 등잔에 불을 붙이고 솥에 물을 데웠다. 문득 사나운 소리가 들려 내다보니 조금 전의 짐승은 삽살개가 아니라 호랑이였으며 밖으로 뛰쳐나가고 있었다. 이웃사람들이 이 일을 기이하게 여겨 관청에 보고하니, 관청에서 그 집의 세금을 면제해 주었다.

05.
아버지의 신원과 봉양을 위해
시집가기를 마다한 이효녀

　이효녀(李孝女)는 평양 사람 이화지(李華之)의 딸이다. 순조 갑신년[1824] 봄에 화지는 토포영(討捕營)의 장교가 되어 도둑을 잡고 있었는데, 죄도 없이 옥에 갇혀 죽을 지경에 처하였다. 효녀는 당시 열두 살이었는데 울부짖으며 관아에 억울함을 호소하였다. 효녀는 집이 가난하여 먹을 것을 구걸해 아버지를 봉양하였는데 8년 동안 조금도 거른 적이 없었다. 아버지의 식사를 가지고 옥에 들어갈 때면 효녀는 의기양양 기쁜 기색을 보였다. 간혹 화지가 걱정하고 분해하며 먹지 않으면 효녀는 일부러 말하길 "아무개 공께서 힘을 써서 도와주신다고 하니 근심하지 마세요." 라고 하였다. 화지는 그 허망함을 알면서도 자기도 모르게 실소를 하고 억지로 딸을 위해 배를 채웠다. 효녀는 매일 아침부터 낮까지 구걸을 하고 또 해질녘부디 날이 이두워질 때까지 구걸을 하였는데, 반드시 신선한 음식을 구해다 드리고 먹다 남은 밥은 올리지 않았다.

　이해 가을 효녀는 발이 부르터가며 서울로 올라가 임금이 거둥하는 길에서 징을 울렸다. 이에 서리배들이 모두 그 정성에 감동하여 곡진하게 도와주기는 하였으나, 조사를 다시 해도 억울함을 풀지는 못하였다. 이와 같이 하기를 두 번 세 번 하여 신묘년[1831]에 이르러 화지는 마침내 옥에서 풀려나 무산(茂山)으로 귀양을 가게 되었다.

무산은 북쪽의 후미지고 고립된 지역이었으나, 효녀는 도보로 따라가서 힘을 다해 아버지를 봉양하였다. 무산 사람들이 효녀의 소문을 듣고는 아끼고 흠모하지 않는 이가 없었다. 이에 다투어 부인과 여식으로 하여금 효녀와 어울리게 하니, 효녀도 은혜와 의리로 그들을 대하였다. 그래서 사람들이 봉양에 편리한 물건들을 먼 곳에서도 보내주었다. 무산에 거처한 지 5년 만에 화지가 사면되어 풀려나게 되자, 무산 사람들은 눈물을 흘리면서 효녀를 전송해주었다. 효녀도 남은 재물을 모두 흩어 고을에 두루 나누어 주었다.

부녀는 이상의 전후 30년 동안 육천여 리를 돌아다니다가 돌아와 대동관(大同館) 아래에 거처하였다. 살림살이가 매우 보잘것없었지만 효녀는 정성으로 일을 주관하였다. 그리하여 몇 년 사이에 재물도 조금 넉넉해지고 몸가짐에도 법도가 있어, 이에 혼인을 바라는 사람이 대문에 모여들었다. 화지가 장차 사윗감을 골라 딸을 시집보내려 하자 효녀가 말하였다. "아버지는 아들이 없고 오직 저 하나 뿐인데, 만약 제가 남에게 시집가면 누가 우리 아버지를 봉양하겠어요. 또 제가 저잣거리에서 구걸할 적에 처음에는 가까운 사람들을 찾아다니다가 끝에 가서는 구걸하러 다니지 않은 곳이 없었습니다. 처음 구걸할 때는 기꺼이 맞아 순순히 주더라도 다시 찾아가면 얼굴을 찌푸리며 주었으니, 즐거울 적에는 형제같이 지내다가도 곤궁해지면 원수처럼 변하는 것을 질리도록 보아왔어요. 지금 하늘의 도우심을 입어 기나긴 세월을 지나 하루아침에 신선처럼 되었는데, 만약 다시 남에게 몸을 맡겨 지아비를 따른다면 효를 상하게 될 것이요, 아버지를 따른다면 부인의 도를 어기게 될 것이니, 이두 가지 일에 모두 온전할 수가 없습니다. 게다가 천하에 아내의 아비를 제 아비처럼 여기는 남자가 있겠어요?" 그러고는 끝내 시집을 가지 않았다.

임인년[1842] 가을에 암행어사 김익문(金益文)[8]이 이 일을 조정에 보고하자, 예조에서 아뢰었다. "이효녀는 네 차례나 원통함을 호소하고 수천 리 길을 따라다니며 아비를 봉양했으니, 진실로 지극한 정성이 아니라면 어찌 이와 같을 수 있겠습니까? 그러니 복호(復戶)의 은전을 베푸시는 것이 합당할 것입니다. 그러나 아비를 편히 봉양하고자 시집가지 않겠다는 것은 비록 지극한 정성에서 나왔다 하더라도 폐륜을 면하지 못할 일입니다. 무릇 시집가고 장가가는 데 때를 넘긴 자들을 엄중히 타이르고 가려내는 것은 본래부터 법전에 있으니, 관찰사에게 임금의 분부로써 효유하는 것이 어떻겠습니까?" 이에 평안도관찰사가 임금의 분부를 일러주었으나, 효녀는 앞서 했던 말을 거듭하며 받아들이지 않았다.

효녀는 품성과 자질이 부드럽고 약하였으며 말과 행동거지도 남들과 다를 바 없었다. 또 성격이 얌전하고 조용하였으며 화초 가꾸는 것을 좋아하여 늘상 물을 주었다. 생업에 부지런하였으나 자신에게 쓰는 것은 매우 소박하였고 아버지를 봉양하는 데는 자못 풍성하게 하였다.

외사씨는 말한다.

옛날 효자 중에 부모를 위해 종신토록 장가들지 않은 자도 있으며 또한 아비의 신원을 위해 노력한 자도 있으나, 여자로서 이런 일을 잘 행한 사람은 드물다. 훗날 훌륭한 여인들의 이야기를 책으로 엮을 적에 마땅히 제영(緹縈)·조아(曹娥)[9]와 더불어 오래오래 함께 전해야 할 것이다.

---

8 김익문(金益文) : 조선 후기 문신으로 자는 공회(公晦)이다. 문과에 급제하여 1842년 평안도 암행어사가 되어 탐관오리들을 숙청하여 민심을 안정시켰으며, 조정에 돌아와 형조·예조·공조판서를 차례로 역임하였다.

9 조아(曹娥) : 후한 순제(順帝) 때의 효녀로 부친 조우(曹旰)가 강물에 빠져 죽었는데 시신을 찾지 못하자, 밤낮으로 통곡을 하다가 부친의 시신을 찾으러 강물로 뛰어 들었다.

06.
시부모를 극진히 모신 현가부,
뜻을 꺾지 않고 수절한 하절부

현석기(玄錫祺)의 아내 김씨의 본관은 김해(金海)이다. 석기가 호남에서 객사하여 주검으로 돌아오자, 김씨는 주검을 감싼 천을 손수 풀어 일일이 자세히 살피고는 죽기를 맹세하고 음식을 먹지 않았다. 시부모가 눈물로 타이르기를 "네가 죽으면 우리들과 네 자식들은 모두 장차 추위에 떨고 굶주리다가 죽게 될 것이니, 이것이 어찌 네 남편이 뜻이겠느냐."라고 하자, 김씨는 깨닫고 느낀 바가 있어 즉시 음식을 먹었다.

이로부터 김씨는 더욱 살림살이에 힘을 썼는데, 낮에는 갖은 일들을 하고 밤에는 베를 짜며 날마다 시부모에게 맛있는 음식을 올리면서도 자신이 먹는 것은 술지게미와 보릿겨뿐이었다. 몇 년의 세월이 지나 시어머니는 죽고 시아버지는 중풍에 걸려 오른쪽이 마비되었다. 그러자 매양 식사할 때 김씨는 시아버지를 위해 숟가락으로 떠 먹여 주었으니 이렇게 하기를 여러 해 동안 하였다. 시아버지가 죽자 수의를 입히고 염하기를 모두 지극히 정결하게 행하였다. 삼년상을 끝마치고 나자, 이때는 남편이 세상을 떠난 지 16년이나 되었다.

김씨가 크게 탄식하며 말하였다. "아, 나는 남의 집 며느리가 되어 그런대로 열심히 살아왔다. 먼저 죽은 남편을 돌아보건대 그 혼기(魂氣)가 아득히 멀어 뒤쫓기도 어려울까 염려되는구나." 그러고는 목욕재계하고 사당에서 이별을 고하고는 남몰래 자진하였다. 이튿날이 되어서야 집안 사람들이 비로소 김씨를 발견하고는 급히 살려내고자 하였으나 약가루만 베갯머리에 남아있고 몸은 벌써 차갑게 식은 뒤였다. 고을 사람들이 이 일을 알리자, 나라에서 정려를 내려주었다. 이때는 정조 연간이었다.

하절부(河節婦)는 평안도 덕천(德川)에 살았다. 그의 조부는 본래 개성(開城) 사람이었는데, 그의 부친 하천일(河千一)이 가산군(嘉山郡)으로 이주하여 살았다. 순조 신미년[1811] 겨울 토적 홍경래(洪景來)가 가산군을 함락시키자, 천일은 전란을 피해 떠돌다가 덕천으로 들어왔다. 전란이 평정되자 천일은 다시 가산으로 돌아가서, 자신의 딸을 덕천의 선비인 김여황(金麗璜)에게 시집보냈다. 여황은 본디 외롭고 가난하였는데 아들 하나를 낳고는 얼마 후 세상을 떠났다. 이에 부모는 딸의 뜻을 꺾고 개가시키려 하였지만, 하씨는 따르지 않고 시아버지를 정성껏 봉양하였다. 이에 시아버지는 천수를 누리고 죽었다.

예전에 남편이 죽자 가세가 급격히 기울어 절부는 남편을 심곡리(深谷里)에다 장사지냈다. 덕천은 본래 깊은 산골인데다가 심곡리는 또 공동묘지여서 무덤들이 즐비하고 여우와 살쾡이가 낮에도 흘겨보았지만, 하씨는 어린 아들을 데리고 나무로 움막을 얽어 무덤 옆에서 살았다. 그러고는 바느질을 하여 그 품삯으로 제수용품을 마련하고 남은 돈을 차곡차곡 모아서 남편의 옷을 지었다. 남편의 생일이 되면 무덤에서 그 옷을 해매다 태웠으니, 이는 평소에 가난하여 남편의 의관을 제대로 갖추어주지 못했기 때문이었다. 그러자 덕천 사람들이 하씨의 고생과 절개를 불쌍히 여겨서, 지관에게 부탁하여 풍수가 불길하다고 핑계를 대고는 한적하고 넓은 곳으로 무덤을 옮겨주었다. 아울러 무덤 곁에 따뜻한 집도 한 채 지어 살게 하였다. 그러나 얼마 안 되어 어린 아들마저 죽자 더욱 의지할 곳이 없게 되었다.

이에 하씨의 부모가 또 억지로 개가시키려 하자, 하씨는 독약을 마셨으나 뜻을 이루지는 못하였다. 하씨는 무덤 곁에서 30년을 살면서 꾀죄죄한 얼굴과 다 떨어진 옷차림으로 문밖을 나가지 않았다. 바느질감 때문에 남의 집에 다녀오는 것도 반드시 깊은 밤중에만 행하였는데, 승냥이나 호랑이 따위가 감히 다가오지 못했으며 길 가는 사람들도 모두 길을 피해 주었다.

기해년[1839]에 심한 흉년이 들었는데, 어떤 사람이 하씨의 이름으로 문서를 위조하여 구휼미를 청하였다. 군수 정헌용(鄭憲容)[10]은 하씨의 절개를 높이 사서 쌀과 콩 열댓 자루를 주었다. 그러나 하씨는 이런 사실을 모르고 있었다. 나중에야 소문을 듣고 매우 놀라 관가에 가서 그 문서가 거짓임을 밝혔다. 이에 군수가 "참인지 거짓인지를 따지지 않고 우선 그대에게 먹을거리를 보태주겠노라."라고 하였지만, 하씨는 "아닙니다. 죽지 못해 사는 실낱같은 목숨이 뭐 그리 대단하다고 관가에 누를 끼치겠습니까!"라고 하며 굳게 사양하고 받지 않았다. 하씨는 철종 연간에 세상을 떠났다.

외사씨는 말한다.

효성스럽고 장렬하도다, 두 집안의 아낙네들이여! 남편이 죽었을 무렵에 어느 누가 목숨을 던져 따라죽고 싶지 않았겠는가. 하지만 시부모가 살아계시기 때문에 꾹 참고 봉양을 하다가 시부모가 돌아가시자 한 사람은 목숨을 끊고 한 사람은 삶을 이어갔으니 그 궤적은 비록 같지 않으나 그 의리는 똑같았도다. 효성스럽고 장렬하도다, 두 집안의 아낙네들이여!

---

10 정헌용(鄭憲容) : 조선 후기 문신으로 자는 익지(翼之), 호는 동리(東里)이다. 1819년 진사가 되어 벼슬은 음관으로 강화유수 등의 지방관과 공조판서를 지냈다.

07.

죽은 남편의 복수를 감행한 김열부, 황열부, 송열부

김열부(金烈婦)의 본적은 화개현(花開縣)으로 차상민(車尚敏)에게 시집가서 딸 셋을 낳았다. 상민은 장사를 업으로 하였는데 안동부(安東府)에 장사하러 갔다가 도적떼에게 죽임을 당하였다. 당시 김씨는 방안에서 바느질을 하고 있었는데, 문득 파랑새 한 마리가 날아와 팔뚝 위에 앉았다. 쫓아내도 다시 날아왔다. 이렇게 사흘을 거듭하더니, 남편이 죽었다는 소식이 전해졌다. 김씨는 애통하여 스스로 목숨을 끊으려다가 그만두면서 "남편의 원수를 갚지 못하면 비록 내가 죽은들 헛일일 뿐이다." 하고 생각하였다.

김씨에게는 김섬(金暹)이라는 아우가 있었는데, 용감하고 과단성이 강하였다. 김씨가 아우에게 "네가 나와 함께 도적을 죽일 수 있겠느냐?" 하고 물었더니, 아우는 그렇게 하겠노라 승낙하였다. 김씨는 곧 칼 한 자루를 아우에게 주고 또 한 자루는 자신이 지니고는 남자 옷차림을 하고 아우와 함께 안동부로 갔다.

한 주막에 이르렀을 때 어떤 사람이 죽은 남편의 옷을 입고 있었다. 이는 남편을 죽이고 옷을 빼앗아 입은 자였다. 김씨는 옷을 증거로 하여 도적을 잡아 관아에 소송을 하였다. 관아에서는 일곱 달만에 그 도당 일곱 명을 모조리 잡아들였다. 형을 집행하는 날 김씨와 아우는 제 손으로 직접 도적들을 죽이고 그 살을 씹어 먹었다. 처음 김씨가 안동부로 떠날 때 파랑새가 앞서거니 뒤서거니 하였는데, 이때 이르러 떠나가고 더는 보이지 않았다.

김씨는 남편의 주검을 고향으로 옮겨 장사를 지냈다. 그러고는 7년 동안 거적자리만 깔고 지냈다. 이후 큰딸을 시집보내고는 스스로 탄식하며 "어린 두 딸은 맡길 만한 곳이 있으니, 이제 내가 그 애들이 장성하는 걸 기다리지 않아도 되겠구나!"라고 하더니, 마침내 스스로 목을 매었다. 고을 사람들이 이 일을 알리자, 나라에서 정려를 내려주었다. 김씨는 숙종 연간 사람이었다.

황열부(黃烈婦)는 박석주(朴石柱)의 아내이다. 석주가 평강(平康)에 갔다가 도적에게 죽임을 당하자, 황씨는 원수를 갚겠노라며 발상(發喪)도 하지 않은 채 아들을 데리고 평강을 떠돌며 동냥질을 했다. 이렇게 하기를 3년, 어느 날 한 주점에 이르러 남편이 평소 가지고 다니던 됫박을 보고는 도적 여섯 명을 붙잡았다. 관아에서 심리하여 자복을 받으니 그 자리에서 참형에 처하였다. 황씨는 하늘을 우러러 남편의 이름을 세 번 부르더니 칼을 가져다가 한 명 한 명 도적들의 배를 갈라 간을 꺼내 남편의 제사를 지냈다. 이후 남편의 시신을 수습하였다.

처음 도적들이 남편을 죽였을 때 도적들은 시신을 냇가 모래밭 속에 묻어 흔적을 없앴다. 황씨는 손으로 직접 위아래 몇 리의 모래밭을 파헤쳐 마침내 시신을 찾고 돌아와 장사를 지냈다. 이후 황씨는 아무것도 먹지 않다가 죽었다. 고을 사람들이 이 일을 알리자, 나라에서 정려를 내려주었다.

송열부(宋烈婦)는 고준실(高俊實)의 아내이다. 준실이 의주(義州)에서 장사를 하다가 그곳 사람 박춘건(朴春建)의 집에 묵고 있었는데, 춘건은 그 재화가 탐이 나서 빼앗고자 하였다. 때마침 준실은 일 때문에 압록강 부근에 있었는데, 춘건은 사람들이 없는 때를 틈타서 준실과 그가 타던 말을 죽여 강물 속에 던져버리고는 그의 재화를 모두 가로챘다.

송씨는 남편이 죽었다는 소식을 듣자, 남자의 옷차림을 하고 의주로 가서 구걸을 하고 다니며 사정을 몰래 캐물었다. 얼마 후 과연 박춘건의 집에서 남편이 가지고 다니던 등나무 채찍에 피가 묻어 있는 것을 발견하고, 의주부윤에게 달려가 고발하였다. 그런데 부윤은 미심쩍어하면서 사건을 제대로 살피지 않았다.

이에 송씨가 강가를 서성이며 밤낮으로 소리 내어 울부짖었더니, 별안간 강물 소리가 크게 나며 파도가 일더니 사람과 말의 시신이 동시에 떠올랐다. 송씨는 그 시신을 건져내어 강가에 늘어놓고는 부윤에게 아뢰어 사실을 밝히려다가, 춘건이 이미 부윤에게 뇌물을 먹였을 것이라 생각하고는 서둘러 평양으로 달려가 관찰사에게 하소연하고 하늘을 가리키며 크게 곡을 하였다. 관찰사는 그의 무례함에 노여워하며 장차 벌을 내리려 하였는데, 갑자기 파랑새 한 마리가 송씨의 머리에 내려앉더니 날개를 부딪쳐 소리를 내었다. 관찰사가 이를 보고 크게 놀라 깨닫고는 용천부(龍川府)로 공문을 보내 춘건을 잡아들이고 치죄하여 실토를 얻어내었다. 형을 집행하려 할 적에 송씨는 관아에 청하여 자신의 손으로 직접 춘건의 배를 갈라 간을 꺼내 남편의 제사를 지냈다. 그러고는 시신을 수습하여 집으로 돌아왔다.

외사씨는 말한다.

김씨·황씨·송씨 세 열부의 일은 어찌 그리도 서로 흡사하였던가. 남편을 위해 복수하려는 분기로 머리카락이 삐쭉삐쭉 솟아올랐으니, 여자로서 대장부도 행하기 어려운 일을 잘 행하였도다. 그 얼마나 장렬한가!

파랑새가 나타난 일은 군자가 입에 담을 바는 아니지만, 그 원혼이 감응하여 나타난 사례는 예부터 간혹 있었으니 그러므로 우선 적어둔다.

08.

간숫병을 기울여 남편을 살린 엄열부

엄열부(嚴烈婦)는 박씨이니, 그의 남편 엄재희(嚴載禧)는 만행재(晚香齋) 엄한붕(嚴漢朋)[11]의 증손이다. 재희가 일찍이 병으로 눕자 열부는 남편 돌보기를 조금도 게을리하지 않았다. 시어머니가 점쟁이에게 병든 아들의 명을 헤아려 보게 하였는데, "부인에게 나쁜 살(煞)이 끼어서 그 영향이 남편에게 미치는 것이니, 부인이 죽어야 남편이 살아날 수 있습니다."라고 하였다. 열부의 어머니가 이러한 사실을 듣고는 그 점괘가 싫어서 다른 점쟁이에게 다시 시험해 보았는데 점괘가 또한 같았다. 열부가 어머니에게 "제가 죽는 것은 얼마든지 할 수 있으나 남편이 살아나는 것은 기약할 수 없습니다." 하니, 어머니가 위로하기를 "네가 죽어서 남편이 반드시 살아난다면 네가 죽는 것을 허락할 수 있으나 이는 기약할 수 없다. 게다가 점쟁이들의 망령되고 허탄한 말을 어찌 믿을 수 있단 말이냐!" 하였다.

남편의 병이 날로 더욱 위독해지자 열부는 밤낮으로 노력하여 초췌해졌다. 시부모는 열부가 힘들어 장차 병이 날까 염려하여 친정에 돌아가

---

11 엄한붕(嚴漢朋) : 본서 권4-21 항목 참조.

며칠 동안 쉬게 하였다. 그런데 친정으로 돌아오자 열부는 힘든 기색 없이 평상시처럼 웃고 이야기하였다. 잠자리에 눕자 열부는 어머니에게 "제가 어머니의 품을 떠난 지 지금 몇 년이나 되었죠?" 하고는 옷을 벗고 어머니 이불 속으로 들어가 어린아이처럼 젖을 물고 빨고 하였다.

밤이 깊어지자 열부는 홀연 옷을 걸치고 일어나더니 배가 편치 않아 측간에 간다고 하였다. 한참이 지나도 돌아오지 않자 어머니가 이상히 여겨 촛불을 켜들고 자취를 따라가니 열부는 동쪽 행랑 아래 누워 있었는데 이미 죽어 있었다. 그 곁에는 사발이 있었는데 간수 방울이 남아 있었고, 목숨을 구하려 했으나 어찌할 수는 없었다. 당시 열부의 나이는 열일곱으로, 순조 임신년[1812]의 일이었다. 남편 재희의 병은 곧 나았다고 한다.

외사씨는 말한다.

누추한 습속에 망령되이 점쟁이의 요망하고 허무맹랑한 말을 잘 믿어서, 병이 들었는데 약을 써보지도 않고 무당에게 낫기를 구하니 탄식할 만하도다. 아, 박씨는 의로운 마음에 자신의 목숨을 버리고 남편을 살리지 않을 수 없었을 것이다. 그러나 정말로 이것 때문에 남편의 목숨을 살렸는지는 알 수 없는 일이다. 나는 믿지 않는다.

09.

조용히 집안일을 처리하고 남편 뒤를 따른 고절부

고절부(高節婦)의 성은 박씨로 한양의 양갓집 여인이었다. 남편의 병이 심했는데, 혹자가 사람의 피를 마시면 살아날 수 있을 것이라고 하니, 절부가 즉시 자신의 팔을 베어 한 사발 남짓 피를 내어 먹였으나 효험을 보지 못하고 결국 남편이 죽고 말았다.

절부는 자녀도 없었으며 남편의 친족 또한 단출하여 후사로 세울 사람이 없어 조용히 빈소를 차리고 염을 하여 조부의 묘소 곁에 장사를 지냈다. 이후 절부는 가산을 모두 팔아 돈 오천 냥을 남편의 고모 아들 안시철(安時喆)에게 맡겼다. 시철이 그 까닭을 묻자, 열부는 "내게는 돈이 소용이 없으니 일단 받아 두세요."라고 하였다. 이에 열부는 시댁 선산으로 가서 묘지기에게 돈을 주고 묘를 모두 조부의 묘소 주변으로 옮겨 한 산에 모이도록 하였다. 그 일을 끝마치자 시철에게 말하였다. "남편에게 자식도 없고 또 친족도 없으니 이 일을 누가 다시 주관하겠어요. 그러니 묘를 옮겨 골육끼리 한곳에 모이게 하는 게 좋지 않겠어요." 그러고는 남편이 죽은 지 백일 째 되던 날 묘에 가서 통곡을 하고 제를 올리고 돌아와 그날 밤 칼로 스스로 목을 베어 자결하였다. 당시 열부의 나이는 겨우 스물여덟이었다.

그러자 온 고을이 놀라고 탄식하였다. 그 집에 모여든 자들은 모두 감동하여 눈물을 흘리고 크게 한숨을 내쉬며 "열녀로다!" 하였다. 시철은 이에 열부가 남긴 돈으로 후하게 염을 하고 장사를 지내주었으며, 묘지기를 두어 나무를 베거나 풀을 베지 못하도록 하였다. 영안부원군(永安府院君) 김조순(金祖淳)[12]이 절부를 위해 묘갈(墓碣)을 써서 '고절부지묘(高節婦之墓)'라고 하였다.

외사씨는 말한다.

옛사람이 이르기를 '어려움에 임하여 자결하는 것은 쉬우나 조용히 의를 따르기는 어렵다.'라고 하였으니, 고씨 가문의 절부는 집안일을 주관하면서도 어찌 그리도 조용하였으며 훌쩍 세상을 떠나면서도 어찌 그리도 조용하였단 말인가. 아, 책을 읽은 군자로서도 능하기 어려운 바를 나이 어린 여인의 몸으로 행하였으니, 더욱 그 일이 어려웠을 것이로다.

---

12 김조순(金祖淳) : 조선 후기 문신으로 자는 사원(士源), 호는 풍고(楓皐)이다. 순조의 장인이다. 1785년 문과에 급제하여 병조·이조판서, 선혜청제조 등 여러 요직에 제수되었으나 사양하였다. 문장이 뛰어나 많은 저술을 남겼으며 죽화(竹畵)를 잘 그렸다. 저서로 『풍고집』이 있다.

10.

정절을 지키고자 파도에 몸을 던진 배절부, 장낭자

배절부(裵節婦)은 본관이 김해(金海)로 사족 배동환(裵東煥)의 딸이다. 나이 열일곱에 인동인(仁同人) 장시호(張時皥)[13]에게 시집을 갔다. 배씨는 자질이 순박하고 신실하였으며, 행실이 바르고 예의가 있었다. 일가의 어른을 섬김에 효를 다하였고, 동서들과도 잘 어울리고 공손하였으며, 노복들을 대할 적에 엄하면서도 은혜로워 온 집안이 화목하였다.

순조 경신년[1800]에 고을 수령 이갑회(李甲會)가 장씨 집안과 불화가 있었는데, 무고하여 큰 옥사를 일으켰다. 이에 남편은 죄를 뒤집어쓴 채로 죽었고, 배씨는 멀리 강진(康津)의 섬으로 유배를 갔다. 배씨가 자녀들의 손을 붙잡고 궁벽한 절해고도에 도착하니 주변에 친척이라고는 단한 명도 없었다. 배씨는 쑥대머리에 꼬질꼬질한 얼굴을 하고서 품을 팔고 삯바느질을 하여 아버지를 여읜 자식들을 보살폈다. 밤에도 등을 밝힌 채 지새우기가 일쑤였으며 9년 동안 몸에서 상복을 벗지 않았다.

배씨는 항상 아들들에게 이르기를 "화를 당하던 날에 내가 자결하지 않고서 구차하게 살아남아 오늘까지 이른 것은 너희 형제가 있었기 때

---

13 장시호(張時皥) : 본서 권3-17 항목 참조.

문이다. 너희가 장성하였을 때 요행히 하늘이 도와 아버지와 할아버지의 억울함을 설욕하게 된다면 내가 편안히 눈을 감을 수 있을 것이다." 라고 하며 이어서 눈물을 주르륵 흘렸다.

배씨는 언해본 『소학(小學)』 한 권을 지니고 있었는데, 비록 환란이 닥치고 곤경에 빠지더라도 항상 스스로 살펴보았으며, 몸가짐은 하후영녀(夏候令女)[14]를 본받았다. 옛 사람들의 충효로써 아들들을 가르쳤으며, 봉천 두씨(奉天竇氏)[15]의 행실로써 딸들을 가르쳤다.

섬의 풍속은 무지하고 포악하기 짝이 없어 의지할 곳 없는 과부와 고아를 멸시하였다. 한번은 군영의 이속 김덕순(金德順)·신한림(申漢林) 등이 한밤중에 침입하여 겁탈하려 하였다. 이에 배씨는 큰딸과 함께 집을 뛰쳐나와 해안가 절벽으로 달아나 하늘을 향해 울부짖으며 대성통곡하였다. 딸이 먼저 바다에 뛰어들려고 하자, 배씨가 "내 차마 볼 수가 없구나." 하고는 먼저 뛰어들었다. 그러자 딸도 뒤따라 뛰어들었다. 다음날 마을 사람들이 "어젯밤에 별똥별이 앞바다에 떨어졌으니 필시 절부가 바다에 빠져 죽었을 때일 것이다."라고 하며 수군거렸다. 사흘이 지나서 모녀의 시신이 서로 부둥켜 끌어안은 채 물 위로 떠올랐다. 이에 마을 사람들이 슬퍼하며 장사를 지내주었다.

이로부터 모녀가 바다에 뛰어든 날에는 반드시 폭풍우가 크게 일고, 매년 곡식이 제대로 여물지 않으니 섬사람들이 이를 '처자풍(處子風)'이라 불렀다. 다산 정약용이 강진으로 유배 왔다가 이 일을 기록하였다. 장시호는 60년이 지나고서야 신원되어 고향 선영으로 돌아와 묻혔다. 시

---

14 하후영녀(夏候令女) : 삼국시대 위나라 사람으로 당시 실권자였던 조상(曹爽)의 인척 조문숙(曹文叔)에게 시집을 갔는데 얼마 후 남편이 죽었다. 슬하에 자식도 없어 주변에서 개가를 권하였으나 자신의 코를 베어가며 거절했다.

15 봉천 두씨(奉天竇氏) : 당나라 때의 자매로 도적들이 마을에 침입하여 이들을 욕보이려 하자, 자매가 모두 정절을 지켜 벼랑 아래로 몸을 던졌다. 비록 죽지는 않았으나 피투성이가 되어 용모가 형편없어지자 도적들은 자매를 두고 가버렸다.

호의 큰딸이 죽었을 때 나이는 겨우 열일곱이었다.

외사씨는 말한다.

예부터 여인의 몸으로 맑은 물결에 몸을 던져 정절을 지킨 자들이 무슨 한이 있었겠는가. 추호(秋胡)[16] · 기식(杞殖)[17]의 아내와 조우(曹旴)[18] · 숙선니화(叔先泥和)[19]의 딸이 바로 이러한 사람들이다. 배씨는 이 여인들과 같아 고인에게 부끄럽지 않은데, 저들의 일은 역사책에 기록되고 비석에 새겨졌으나 배씨의 일은 유독 쓸쓸히 민멸되었으니, 이 점이 슬프도다.

---

16 추호(秋胡): 춘추시대 노나라 사람으로 결혼하고 얼마 되지 않아 지방으로 발령을 받았다. 몇 년 뒤 고향으로 돌아오는 길에 아리따운 처자를 만나 황금으로 유혹하였는데, 알고 보니 자신의 아내였다. 아내는 부끄러워한 끝에 기수(沂水)에 몸을 던지고 말았다.

17 기식(杞殖) : 진(秦)나라 때 사람으로 장성의 축조에 동원되었다가 죽었다. 그의 아내 맹강(孟姜)이 남편의 옷을 지어 찾아갔다가 죽었다는 말을 듣고 그가 묻힌 성벽 밑에서 통곡을 하였는데, 성벽이 무너지며 그의 시신이 나타났다.

18 조우(曹旴) : 동한 때의 사람으로 강을 건너다가 익사하였다. 그러자 그의 딸인 조아(曹娥)가 여러 날을 통곡하다가 물에 뛰어들어 역시 익사하였는데, 며칠 뒤에 아버지의 시신과 함께 떠올랐다.

19 숙선니화(叔先泥和) : 동한 때의 사람으로 임지인 건위군(犍爲郡)에서 강물에 빠져 죽었다. 그러자 그의 딸인 숙선웅(叔先雄)이 대성통곡하며 몇 달을 기다렸는데 아버지의 시신을 찾지 못하였다. 이에 작은 배를 타고 가서 아버지가 빠진 장소에 뛰어들었다.

11.

왜란 중 정절을 지키고자
스스로 목숨을 끊은 한씨, 정낭자

임진왜란이 일어나자, 영남의 사족 정영준(鄭榮浚)의 아내 한씨(韓氏)와 시누이 정낭자(鄭娘子)는 집 북쪽에 있는 강가 바위 절벽으로 피란을 갔다. 이들은 서로 부둥켜안고 말하기를 "불행히도 이곳이 우리 두 사람의 목숨이 다하는 곳인가 봅니다."라고 하였다.

얼마 후 왜적들이 들이닥치려 하자 집안사람들은 모두 다른 곳으로 도망쳤으나, 한씨와 정낭자는 눈물을 흘리며 따라가지 않았다. 왜적들이 이르자 이들은 마침내 서로를 끌어안고 강물에 몸을 던져 죽었다.

그러자 그 집안의 노비 명춘(命春)이 울면서 강가를 서성이며 시체라도 찾고자 하였다. 정낭자는 머리카락이 길었는데 아직 계례(笄禮)를 치르지 않아 머리카락이 나뭇가지에 걸린 채 매달려 있었고, 한씨는 적삼에 얼굴이 가려진 채로 나무 위에 떨어져 있었다.

명춘은 왜적에게 붙잡히자 도망치는 마을 사람들에게 소리치며 말하였다. "제가 이레 동안 온 힘을 다하여 두 시신은 찾았으나 저는 오늘 죽게 되었습니다. 돌아가 제 주인께 말을 전해주십시오. 두 분은 왜적에게 굴욕을 당하지 않고 죽었다고 말입니다!"

외사씨는 말한다.

경흥(慶興)의 사족 정인덕(鄭仁德)의 아내 이씨(李氏)는 일찍 과부가 되어 수절하였는데 여진족의 침략을 당하여 강물에 뛰어들어 죽었고, 그 아들 백란(伯鸞)은 포로가 된 지 10년 만에 도망쳐 고국으로 돌아왔다. 또 병자호란 때 북변(北邊)의 한 처녀가 도망쳐 은밀한 곳에 숨었는데 몇날 며칠을 굶다가 죽을 지경에 이르렀다. 한 노승이 처녀를 발견하고 가엾게 여겨 먹을 것을 주었으나 먹지 않았고, 절로 돌아와 밥을 차려 주었으나 또한 먹으려고 하지 않았다. 노승이 처녀의 곁에 밥상을 두고 나갔는데, 며칠 뒤에 가서 보니 밥상은 그대로 있고 처녀는 죽어 있었다. 아, 경흥의 이씨와 북변의 처녀는 그 일이 한씨·정낭자와 서로 비슷한 까닭에 여기에 함께 기록하여 그들의 감추어진 행적을 드러내고자 한다.

12.

지성이면 감천 박효부, 최열부, 주절부, 서절부 등

　박효부(朴孝婦)는 밀양인(密陽人)이다. 울산군(蔚山郡)의 장세량(張世良)에게 시집가서 아내가 되었는데, 시부모를 잘 섬겨 효행으로 이름이 났다. 어느 날 시아버지가 소를 타고 가다가 떨어져 다쳤는데 백약이 무효하였다. 의원은 토끼의 간이 가장 좋은 약이라고 하였으나 이는 구하기가 어려웠다. 박씨가 근심해 마지않으며 부엌에 들어가 죽을 끓이려고 하였는데, 갑자기 산토끼 한 마리가 부엌으로 뛰어 들어왔다. 박씨가 이 토끼를 잡아 약으로 쓰니 과연 신통하게도 효험이 있었다. 후에 어사 이도재(李道宰)[20]가 이 일을 조정에 보고하였다.

　최열부(崔烈婦)는 울산(蔚山) 사람 김익수(金益秀)의 아내이다. 최씨는 임신하고 해산이 가까워지자 친정집으로 돌아가던 중, 남편과 함께 내황진(內隍津)[21]을 건너다가 남편이 쇠뿔에 받혀 강물에 빠졌다. 이에 최씨가 놀라 가마에서 뛰쳐나와 함께 강물 속으로 뛰어들었다. 마침 주위에 수

---

20 이도재(李道宰) : 조선 말기 문신으로 자는 성일(聖一), 호는 심재(心齋)이다. 1882년 문과에 급제하여 이듬해 6월 경상좌도 암행어사로 파견되었다. 우리나라 최초의 서양의학 교육기관을 세우는 데 기여하였으며, 내부대신(內部大臣), 경상도·평안도관찰사 등을 역임하였다.
21 내황진(內隍津) : 지금의 울산 동천강 하류에 있었던 나루터이다.

영을 잘하는 사람이 있어 물속에 뛰어들어 이들을 구하였는데, 부부는 서로를 꼭 끌어안은 채 죽은 듯 보였다. 예닐곱 시진이 지나 해가 지려고 하자 사람들은 모두 부부가 죽었다 생각하고 응급처치만 한 채 나룻가에 내버려 두었다. 잠시 후 익수가 물을 토하더니 다시 살아났고 최씨도 몇 되나 되는 물을 토하고서 살아났는데 뱃속의 아이 또한 무탈하였다. 후에 아들을 낳자 진헌(振憲)이라 이름하였다. 최씨 부부가 천수를 누리다가 세상을 떠나니, 사람들이 최열부라 칭하였다.

주절부(朱節婦)는 웅천(熊川)[22] 사람으로, 사족 김응범(金應凡)의 아내이다. 나이 스물셋에도 계례만 올린 채 시집을 가지 않다가, 시집을 간 후 어느 날 뜻하지 않게 강간을 당하였다. 이에 주씨는 자신이 몸이 더럽혀졌다 여기고 목을 매어 자결하였다. 응범이 이 사실을 알고는 곧바로 강간을 저지른 자의 집으로 달려가 몽둥이로 때려죽이고 관가에 자수하였다. 응범은 오랫동안 감옥에 갇혀있었는데 관청에서는 처결을 내리지 못하였다. 그러자 주씨의 원혼이 밤마다 옥문에서 울부짖었다. 이에 원근에서 이 소리를 들은 자들 중에 원통해하지 않는 이가 없었다. 관찰사 이기연(李紀淵)[23]이 관련 내용을 보고받고 부인의 정절을 가엾게 여겨 남편을 석방하고 조정에 보고하여 정려를 내려주도록 하였다.

서절부(徐節婦)는 낭장(郎將) 서사달(徐思達)의 딸로 군위현(軍威縣) 사람이다. 도운봉(都雲峰)에게 시집가서 아내가 되었는데, 일 년도 되지 않아 남편이 죽었다. 그러자 과도하게 애훼(哀毁)하며, 항상 사당 뒤편의 대나무 숲속으로 가 대나무를 끌어안고 통곡하였다. 그러던 어느 날 흰 대나

---

22 웅천(熊川) : 지금의 경상남도 진해 지역이다.
23 이기연(李紀淵) : 조선 후기 문신으로 자는 경국(京國)이다. 1805년 문과에 급제하여 대사성·이조판서·경상도관찰사 등을 역임하였다.

무 세 그루가 자라났는데, 몇 해가 지나자 일고여덟 그루가 되었다. 임금이 그 이야기를 듣고 흰 대나무를 그려서 올리라 명하고 그 집에 정려를 내려 '서절부지문(徐節婦之門)'이라 하였다.

13.

남편을 따라 운명을 함께 한 황열부

　황열부(黃烈婦)는 웅천(熊川) 사람이다. 김광식(金光寔)에게 시집가서 아내가 되었는데, 어느날 광식이 병에 걸려 거의 다 죽을 지경에 이르렀다. 황씨는 천신에게 기도하며 자신이 남편을 대신하기를 원하였는데, 남편의 병세가 조금 차도가 있는 듯하더니 끝내 세상을 떠나고 말았다. 이에 황씨는 자진하려 하였지만, 시누이가 삼가 만류하여 죽지 못하게 하고 그 아들을 양자로 주어 후사를 잇게 하였다. 황씨는 가까스로 일어나 상례를 치르고자 바깥에 빈소를 마련하고는 매일 아침저녁으로 그곳으로 가 통곡하였는데, 비바람이 쳐도 게을리하지 않았다.

　장사지내는 날이 되자 황씨는 상여꾼들을 조심시키며 상여를 내가게 하였다. 상여가 몇 리쯤 갔는데 운구에서 갑자기 소리가 나더니 중도에 멈추어 나아가지 않았다. 사람들이 더욱 힘써 들었으나 상여는 꿈쩍도 하지 않았다. 잠시 후 집안사람이 급히 와서 고하기를 "황씨 부인이 문을 닫아걸고 이미 자진하였습니다."라고 하였다. 이에 상여를 빈소로 되돌리고 다시 택일하여 함께 장사지냈다.

　이후 정사년[1797]에 날씨가 매우 가물었는데, 갑자기 파란 무지개가 열부의 무덤에서 솟아올라 황씨의 집에 걸쳐졌다. 마을 사람들이 이를 기이하게 여겨 정성을 다하여 제사를 지내자 하늘에서 갑자기 빗방울이 떨어져 일대가 모두 해갈되었다. 이로부터 가뭄이나 재앙이 있으면 반드시 그 무덤을 가리키며 "이는 열부가 정려를 받지 못하였기 때문이다."라고들 하였다.

외사씨는 말한다.

여항의 아낙네 가운데 천성에 근본하여 정절과 열행을 숭상한 자들은 조정에서 마땅히 기리고 칭찬해야 하지만, 혹 민멸되어 드러나지 못하는 경우가 있으니 진실로 유감스럽다. 비록 그러하나 황씨는 부인으로서 그 떳떳한 도를 행하였을 뿐이니 어찌 꼭 정려가 있어야만 하겠는가!

14.
아녀자로서 문장과 글씨에도 뛰어난
정부인 장씨, 윤지당 임씨

정부인(貞夫人) 장씨(張氏)는 안동부 금계리(今溪里) 사람으로 고려 초기 태사(太師) 장정필(張貞弼)²⁴의 후손이요, 경당(敬堂) 장흥효(張興孝)²⁵의 딸이다. 장씨는 선조 무술년[1598]에 태어났는데, 성품이 총명하고 자애롭고 효성스러웠다. 흥효가 외동딸을 몹시 사랑하여 『소학(小學)』·『십구사(十九史)』 등을 가르치자, 문의(文義)에 저절로 통달했다. 열 살 무렵 원회운세(元會運世)²⁶의 이치를 모두 궁구하였으며, 성현의 격언을 굳게 믿고 삼가 지키면서 반드시 몸소 실천하고자 하였다. 시문과 글씨는 따로 배우지 않았는데도 능하였다. 청풍자(清風子) 정윤목(鄭允穆)²⁷이 그가 쓴 〈적벽부(赤壁賦)〉를 보고 놀라며 "필치가 호방하고 굳세니 우리나라 사람의 서법 같지가 않다."라고 하였다. 장씨는 다음과 같은 시를 남겼다.

---

24 장정필(張貞弼) : 후삼국 때 안동의 호족으로, 안동 장씨의 시조이다. 고려군과 후백제군 사이에 전투가 벌어졌을 때 왕건을 도와 승리에 일조하였다. 그 공으로 태상(大相)에 임명되었다.

25 장흥효(張興孝) : 조선 중기 학자로 자는 행원(行源), 호는 경당(敬堂)이다. 관직에 진출하지 않고 후진 양성에 힘써 이휘일(李徽逸)·이현일(李玄逸) 등 수백 명의 제자를 배출하였다.

26 원회운세(元會運世) : 송대의 학자 소옹(邵雍)이 구분한 세상의 변화주기이다. 1세(世)는 30년, 1운(運)은 360년, 1회(會)는 1,800년, 1원(元)은 129,600년으로 가장 기본이 되는 주기는 1세인 30년이다.

27 정윤목(鄭允穆) : 조선 중기 학자로 자는 목여(穆如), 호는 청풍자(清風子)이다. 정구(鄭逑)·유성룡(柳成龍)에게 수학하였으며, 시문과 글씨에 뛰어나 일가를 이루었다.

창 밖에 비가 부슬부슬 내리니	窓外雨蕭蕭
부슬부슬 빗소리 자연스럽도다.	蕭蕭聲自然
내 자연스러운 소리 들었으니	我聞自然聲
내 마음 또한 자연스러워지네.	我心亦自然

또 다음과 같은 시를 지었다.

내 몸은 곧 부모님의 몸이니	身是父母身
감히 내 몸을 공경하지 않으랴.	敢不敬此身
내 몸을 만약 욕되게 한다면	此身如可辱
이는 곧 부모님 몸을 욕되게 하는 것.	乃是辱親身

이상은 열 살 때 지은 작품이다. 장씨는 계례를 치를 무렵에 시를 짓고 글씨를 쓰는 일은 모두 여자에게 적합하지 않다고 여겨서 일절 행하지 않았다. 그러므로 훌륭한 시구와 뛰어난 필적이 대부분 전해지지 않는다.

장씨는 열아홉 살에 시집가서 이시명(李時明)의 후처가 되었다. 장씨는 전처 소생을 제 자식처럼 아끼고 사랑하였으며, 그들이 시집가고 장가갈 때 재물을 후하게 챙겨주었다. 마을에 환갑잔치가 벌어지면 기악(妓樂)이 함께 펼쳐졌는데, 부인은 고개를 숙인 채 바라보지 않고 또 종일토록 눈을 들지 않았다. 그의 아버지가 이를 듣고 감탄하며 "배운 바를 저버리지 않았다고 할 만하다."라고 하였다. 장씨가 지은 〈학발시(鶴髮詩)〉 3장은 다음과 같다.

| 백발 늙은이가 병져 누웠는데 | 鶴髮臥病 |
| 아들은 만 리 변방으로 떠난다네. | 行子萬里 |

| 만 리 변방으로 떠나는 아들 | 行子萬里 |
| 언제나 돌아오려나. | 曷月歸矣 |

백발 늙은이 병들어 있으니	鶴髮抱病
서산에 지는 해 같다네.	西山日迫
하늘에 손 모아 빌어보건만	祝手于天
하늘은 어찌 저리도 고요한가.	天何漠漠

백발 늙은이 병 딛고 일어나려다	鶴髮扶病
서기도 하고 넘어지기도 하네.	或起或踣
지금도 오히려 이와 같거늘	今尙如斯
옷자락 끊고 떠날 땐 어쩌나.	絶裾何若

또 〈손자 신급(新及)에게 주다[贈孫新及]〉는 다음과 같다.

네가 벗과 작별한 시를 보니	見爾別友詩
성인 말씀을 배운다는 구절이 있더구나.	中有學聖語
내 마음 기쁘고 가상하여	余心喜復嘉
시 한 수 지어 네게 주노라.	一筆持贈汝

또 〈드물고 드문 경사[稀又詩]〉는 다음과 같다.

사람이 일흔 사는 것 예부터 드문 일인데	人生七十古來稀
일흔에 세 살을 더했으니 드물고도 드문 일이로다.	七十加三稀又稀
드물고도 드문데 아들까지 많으니	稀又稀中多男子
드물고도 드문 가운데서도 더더욱 드문 일이로다.	稀又稀中稀又稀

장씨는 숙종 경신년[1680]에 영해(寧海)[28] 석보촌(石保村)에서 여든셋의 나이로 세상을 떠났다. 슬하에 아들 일곱과 딸 셋을 두었는데 참봉 이상일(李尙逸), 참봉 존재(存齋) 이휘일(李徽逸), 이조판서 갈암(葛菴) 이현일(李玄逸), 현감 항재(恒齋) 이숭일(李嵩逸) 등이다. 손자는 주부(主簿) 밀암(密菴) 이재(李栽), 참봉 난재(蘭齋) 이능(李楞)이 있었고, 외증손은 참의(參議) 대산(大山) 이상정(李象靖), 별제(別提) 소산(小山) 이광정(李光靖)이 있었는데 모두 문학과 독행으로 세상에 알려졌다. 현손 우태(宇泰)는 장씨의 필적들을 모아 서첩을 만들고 묶었으며, 후손 수병(壽炳)은 장씨의 글을 모으고 부록을 덧붙여『정부인안동장씨실기(貞夫人安東張氏實紀)』1권을 간행하였다.

윤지당(允摯堂) 임씨(任氏)는 풍천인(豊川人) 노은(老隱) 임적(任適)[29]의 딸로 녹문(鹿門) 임성주(任聖周)[30]의 누이동생이다. 경종(景宗) 신축년[1721]에 태어나 시집가서 신광유(申光裕)의 아내가 되었다. 임씨는 본성이 총명하고 영특하여, 어릴 적 오빠 임성주에게 배우고는 재예(才藝)가 날로 진보하였다. 임씨의 성리(性理)·인의(仁義)에 대한 논의[31]는 고금 규방의 글 가운데 가장 뛰어난 문장이라고 한다. 문집으로『윤지당유고(允摯堂遺稿)』를 남겼는데, 정조 병진년[1793]에 넷째 동생 운호(雲湖) 임정주(任靖周)와 시동생 신광우(申光祐) 등이 모아서 간행하였다. 부자·형제들은 모두 시문으로 세상에 이름이 났다.

---

28 영해(寧海) : 경상북도 영덕의 옛 지명이다.
29 임적(任適) : 조선 후기 문신으로 자는 도언(道彦), 호는 노은(老隱)이다. 함흥판관을 역임하였으나 탄핵을 받아 관직을 떠난 이후로는 관직에 뜻을 버리고 학문에 몰두하였다. 저서로『노은집』이 있다.
30 임성주(任聖周) : 조선 후기 학자로 자는 중사(仲思), 호는 녹문(鹿門)이다. 1733년 문과에 합격하여 관직 생활을 하였으나, 이후 사직하고 공주의 녹문(鹿門)에 은거하여 학문연구로 여생을 보냈다.
31 성리(性理)·인의(仁義)에 대한 논의 :『윤지당유고』에 수록되어 있는 〈이기심성론(理氣心性論)〉, 〈극기복례위인설(克己復禮爲仁說)〉, 〈인심도심사단칠정론(人心道心四端七情論)〉 등을 가리킨다.

외사씨는 말한다.

명종(明宗) 때 사임당(師任堂) 신부인(申夫人)은 문학과 곤범(閫範)[32]으로 대현 율곡(栗谷)을 길러내었으며 또 포도 그림을 잘 그리는 등 천고의 뛰어난 재주를 지녔으나 그 시는 들어본 적이 없다. 빙호당(氷壺堂)[33]·허난설헌(許蘭雪軒) 같은 자들은 그 시문이 모두 세상에 알려졌으나 현명한 자손들이 번성하지는 못하였다. 장부인의 경우에는 그 안팎의 자손들이 모두 대유(大儒)로 명성이 높았으며, 또 그 시문과 필적이 지금까지 가보로 전해지고 있어 논자들이 후부인(侯夫人)[34]의 한묵에 견주니 그 미덕(美德)이 엇비슷하다고 하겠다. 『윤지당유고』는 내가 아직 보지는 못하였으나, 그의 성리와 인의에 대한 논의는 규방 제일이라고 칭해지니 그 현숙한 덕과 고명한 견해를 또한 짐작할 수 있다.

---

32 곤범(閫範) : 부녀자가 지켜야 할 범절이라는 뜻이다.

33 빙호당(氷壺堂) : 본서 권6-13 항목 참조.

34 후부인(侯夫人) : 송나라의 대유 정호(程顥), 정이(程頤) 형제의 어머니이다. 행실이 매우 단정하였으며, 시와 문장에 뛰어났으나, 이것이 부녀자에게 어울리는 것이 아니라고 생각하여 일절 짓지 않았다.

15.

헛된 탐욕을 끊고 두 아들을 길러낸 김학성 모친

김학성(金鶴聲)은 서울 사람이다. 그의 모친은 일찍 과부가 되어 학성과 아우가 어릴 적부터 삯바느질을 하며 생계를 유지하고 또 두 아들을 스승에게 보내 공부까지 시켰다. 하루는 처마의 낙숫물이 땅에 떨어지는데 그 소리가 쨍그랑하였다. 밑을 내려다보니 땅속에 커다란 솥이 묻혀 있었고 그 속에는 백금이 가득 차 있었다. 모친은 재빨리 그것을 파묻어 사람들이 모르도록 하였다. 얼마 후 모친은 친정 오라버니에게 부탁하여 그 집을 팔고 궁벽한 마을의 작은 집으로 옮겨가서 살았다.

후에 남편 제삿날을 맞이하여 술을 마련하고 오라버니를 오도록 청하였는데 두 아들도 함께 있었다. 이에 모친이 한숨을 내쉬며 말하였다. "죽은 남편이 아이들을 내게 맡기고 떠나가서, 나는 늘 아이들이 뜻을 이루지 못하여 선조들의 혼령을 굶주리게 할까 염려했습니다. 지금 내 머리는 이미 희어졌으나 두 아들은 아버지의 뜻을 잘 이어가고 있습니다. 이제 곧 죽는다 하더라도 황천에서 남편에게 할 말이 있을 것입니다." 그러고는 땅에 묻힌 솥 이야기를 꺼냈다.

오라버니가 "어째서 백금을 그처럼 더럽게 여겼는가?" 하고 묻자, 모친이 대답하였다. "재물이란 것은 재앙입니다. 까닭 없이 큰 금덩이를 얻는 것은 상서롭지 못한 일이니, 필시 커다란 재앙이 생길 것입니다. 게다가 사람은 살면서 마땅히 궁핍함을 알아야 하니, 두 아들이 아직 어린데 그들을 의식의 편안함에 젖게 한다면 학업에 오로지 정진하지 않을 것입니다. 만약 빈곤한 처지에서 자라지 않는다면 어찌 재물이 쉽게 모이지 않는다는 것을 알겠습니까. 그러므로 나는 거처를 옮겨 백금에 대한 욕심을 끊은 것입니다. 지금 지닌 약간의 재산은 모두 내 열 손가락으로 마련해 낸 것이니, 갑자기 내 앞에 나타났던 금덩이와는 견줄 수 없는 것입니다."

모친은 천수를 누리고 삶을 마쳤으며 자손들이 한 마을을 이루다시피 번성하였다. 사람들이 이는 어진 모친에 대한 하늘의 보답이라고들 하였다.

외사씨는 말한다.

옛날 어진 모친 중에 땅을 파다가 금덩어리를 보고 도로 묻어둔 사람이 있었다고 하더니, 지금 김학성의 모친 또한 횡재를 탐하지 않고 끝내 두 아들을 잘 키워냈도다. 그러니 하늘이 그 집안에 많은 후손들을 내려 준 것이 마땅하도다.

16.

아들의 부족한 점을 밝혀 가업을 보전한 최수 모친

　최수(崔戍)는 귀계(歸溪) 김좌명(金佐明)[35]의 하인이다. 그의 모친은 일찍 과부가 되었으나 현명하여 아들을 의로운 행동으로 가르쳤다.

　김좌명이 호조판서가 되었을 때 최수를 서리로 삼아 중요한 임무를 맡기려고 하였다. 그런데 모친이 문 앞에 이르러 고하기를 "제 아들에게 서리를 시킬 수 없으니 다른 사람으로 교체해 주십시오."라고 하였다. 좌명이 "어째서 그런 부탁을 하는가?" 하자, 모친이 답하였다. "천한 제가 청상과부의 처지로 가난하지만, 아들과 함께 목숨을 부지하는 데는 술지게미나 쌀겨로도 충분합니다. 지금 제 아들이 요행히 글씨를 잘 쓴다 하여 대감께 칭찬을 받고 월급을 얻어 이로부터 저희 모자는 밥을 먹으며 살고 있습니다. 그런데 어떤 부자가 제 아들이 재상의 문하에서 일을 돕고 있는 모습을 보고는 자신의 딸로 사위를 삼았습니다. 제 아들은 처가살이를 하면서 사람들에게 '부자들만 먹는다는 뱅어국 반찬도 맛이 심심하여 못 먹겠다.'고 한다니, 열흘 사이에 사치스런 마음이 이와 같아

---

35 김좌명(金佐明) : 조선 후기 문신으로 자는 일정(一正), 호는 귀계(歸溪)이다. 김육(金堉)의 아들이다. 1644년 문과에 급제하여 공조·예조·병조·호조판서 등 여러 관직을 두루 맡았다. 저서로『귀계유고』가 있다.

졌습니다. 만일 제 아들이 오랫동안 재물창고에서 일을 한다면 그 마음이 날로 달로 더욱 사치스러워져 결국에는 필시 죄를 범하고서야 그칠 것이니, 저는 차마 제 아들이 죽임을 당하는 것을 볼 수 없습니다. 대감께서 만일 제 아들에게 글재주가 있어 끝내 내치지 못하시겠다면 굶어 죽지 않게만 해주셔도 좋겠습니다."

그러자 좌명이 크게 기이하게 여겨 모두 모친의 말대로 해주었다. 그러고는 매달 쌀과 포목을 넉넉하게 내려주고 "조괄(趙括)[36]의 어머니가 어찌 이보다 더하겠는가?"라고 하며 칭찬하기를 마지않았다.

외사씨는 말한다.
최수의 모친은 촌가의 한갓 아낙네로서 자기 아들의 부족한 점을 미리 알아보고 끝내 그 가업을 보전하였으니, 명철한 자가 아니라면 누가 이렇게 할 수 있었겠는가!

---

36 조괄(趙括) : 전국시대 조나라의 장군으로 명장 조사(趙奢)의 아들이다. 병법에 뛰어났으나 장평(長平) 전투에서 진나라 백기(白起)에게 패해 전사했다. 조괄의 어머니는 남편으로부터 "사람의 목숨을 가볍게 여기는 조괄을 장군으로 쓴다면 전투에서 패배할 것이다."라는 유언을 들었기에, 아들을 장군으로 기용하려는 왕에게 이런 사실을 말했지만 왕은 듣지 않았다.

17.

영남루에서 죽음으로 정절을 지킨 아랑

　아랑(阿娘)은 서울 사족의 딸이다. 아버지가 밀양부사(密陽府使)가 되어 가족들을 데리고 부임하였는데 아랑 또한 아버지를 따라갔다. 당시 아랑의 나이는 열다섯으로 자태가 아름답고 성품이 정숙하였으며, 『소학(小學)』·『여사서(女四書)』 등을 제법 많이 읽었다.

　밀양부의 한 통인(通引)이 아랑을 엿보고는 사모하여 은밀히 후한 재물을 써서 그 유모에게 주고는 아랑을 꾀어 누대에 올라 달구경을 하게 하였다. 이에 유모가 밤을 틈타 아랑을 인도하여 영남루(嶺南樓)[37] 위에 이르렀다. 영남루는 응천강(凝川江) 기슭에 있는데 주변에는 대나무 숲이 빽빽하였다. 그날 밤은 마침 둥근 보름달이 떠 있었다. 통인은 대나무 숲에 숨어 있다가 갑자기 뛰쳐나와 난간을 붙잡고 누대 위로 올라왔다. 이때 유모는 소변이 급하다며 자리를 피해 있었고 아랑은 다급하여 어찌할 줄 몰랐다. 통인은 아랑을 끌어안고 겁탈하고자 하였는데, 아랑은 죽음을 각오하고 거절하였다. 통인은 일이 뜻대로 되지 않자 칼로 아랑의 팔을 베었다. 아랑은 한쪽 팔이 떨어져 나갔음에도 계속 굳게 저항하였

---

37 영남루(嶺南樓) : 경상남도 밀양시 내일동에 있는 조선시대의 누각. 조선시대 밀양도호부의 객사 부속 건물로, 손님을 접대하거나 주변 경치를 보면서 휴식을 취하던 건물이다.

다. 그러자 통인은 아랑의 목을 베어 죽이고 시체를 대나무 숲에 던져버렸다. 아랑의 가족들은 이런 사실을 전혀 모르고 있었다.

다음날 아침 아랑이 사라진 것을 알고 사방을 두루 찾아보았으나 아무런 소용이 없었다. 어떤 사람이 '아랑이 바람나서 달아났다.'고 하자, 부사는 부끄러워하며 벼슬을 버리고 서울로 돌아가 버렸다. 이로부터 밀양을 지나는 나그네들이 영남루에서 유숙하다가 왕왕 갑자기 죽는 일이 생겼으며, 부사로 부임하는 자도 죽는 경우가 많았다. 이에 영남루를 폐쇄하여 더는 나그네들이 머물지 못하도록 하였다.

그러던 어느 날 이진사(李進士)라는 자가 밀양을 지나다가 사람들이 죽어 나간다는 소문을 듣고는 일부러 영남루에서 유숙하였다. 밤중이 되자 갑자기 스산한 바람이 불어와 촛불을 끄더니 통곡하는 소리가 대나무 숲속에서 들려왔다. 그러더니 한 여인이 목에 칼이 박힌 채로 앞에 서 있었다. 이진사가 꾸짖어 말하기를 "너는 무슨 귀신이냐?" 하자, 여인이 눈물을 흘리며 자신의 사정을 하소연하고는 목메어 말하였다. "오랫동안 제 억울함을 드러내고 싶었으나 그렇게 하지 못하였습니다. 오늘 요행히 공을 만났으니 제 억울함을 풀 수 있겠습니다. 저를 죽인 놈은 아직 고을에 있는 아무개 아전입니다." 그리고는 사라져 보이지 않았다.

이튿날 아침 이진사는 부사에게 아랑의 일을 소상히 아뢰었다. 이에 부사가 즉시 사실을 따져묻자, 아전은 머리를 조아리며 자신의 죄를 자복하였고 결국 법에 따라 사형에 처하였다. 그러고는 아랑의 시체를 수습하였는데, 얼굴은 살아있는 듯하였고 칼날이 목에 박힌 채 피가 아직도 생생하였다. 아랑의 부모는 시신을 거두어 서울로 돌아와 장사를 지냈다. 고을 사람들은 아랑의 일을 슬퍼하며 사당을 세우고 제사를 지내주었다. 지금도 영남루 아래 대나무 숲속에 아랑사(阿娘祠)가 있다.

외사씨는 말한다.

내가 어린 시절 〈영남루 아랑시(嶺南樓阿娘詩)〉 1편을 읽은 적이 있는데, 처량하고 구슬픈 것이 완연히 죽지사(竹枝詞)[38]의 유음(遺音)이었다. 아, 아름다운 꽃이 막 피려다가 광풍에 의해 갑자기 꺾여버렸으니 아랑의 일이 얼마나 슬픈가!

---

38 죽지사(竹枝詞) : 악부(樂府)의 한 형식으로, 주로 남녀의 정사(情事) 또는 지방의 풍속 등을 읊은 것이 많다.

18.

귀신이 되어 자신의 억울함을 하소연한 정읍의 원녀

　조판서(趙判書) 아무개가 전라도관찰사를 지내고 있던 어느 날, 옷을
벗고 잠자리에 들려고 하는데 갑자기 서늘한 바람이 불어와 촛불을 끄
더니 여인 하나가 앞에 나타나 서 있었다. 그 여인은 분홍 치마에 초록
저고리 차림으로 나이는 대략 열예닐곱 정도였는데 자세히 보니 기녀는
아니었다. 조판서가 의아하여 누구냐고 묻자, 다음과 같이 대답하였다.
"소첩은 귀신이온데, 10년 전에 억울하게 죽었습니다. 정읍(井邑)의 도리
(都吏)[39]가 제 아비이온데, 아비의 이복 아우가 소첩을 무고하여 죽였습니
다. 지금 그 이복 아우는 창고지기를 하고 있으니, 제 억울함을 풀어주십
시오." 조판서가 묻기를 "사실이 그러하다면 어찌하여 일찍 도모하지 않
았는가?" 하니, 여인이 답하기를 "이 일은 때가 있으니 지금이라야 가능
합니다. 만약 억울함을 풀어주시지 않으면 저는 공을 원망할 것입니다."
하고는 목메어 흐느껴 울다가 사라졌다.
　이튿날 아침에 조판서가 판관(判官)을 시켜 조사하도록 하였는데, 여인
의 무덤을 파자 여인은 살아있는 듯하였고 조금도 썩지 않았다. 시신을

---

39 도리(都吏) : 각 관아 아전들의 우두머리.

자세히 조사하고 살피니 등에 푸른 흉터 하나가 있었다. 이에 창고지기를 심문하자, 사실대로 자복하였다. "스스로 중한 죄임을 알고 있으니 감히 도망하기를 바라겠습니까. 제가 형의 재물을 탐하여 모두 차지하고 싶었습니다. 그러나 제 형은 딸 하나에 의지하여 살기에 만약 어진 사위를 보게 되면 이를 도모할 겨를이 없어지기 때문에 형이 외출한 때를 틈타 물레방아 돌로 때려서 죽게 하였습니다. 그러고는 '형의 딸이 간음을 하여 부끄러워 내가 직접 죽였다.'라고 속인 것입니다."

그러자 형이 통곡하며 고하기를 "제가 실로 어리석고 미혹되어 아우의 그릇됨을 제대로 살피지 못했습니다."라고 하였다. 이에 소장을 갖추어 사또에게 아뢰자, 사또는 장살(杖殺)하라고 판결을 내렸다.

외사씨는 말한다.

백주대낮 도심에서 표독한 관리가 남의 돈을 빼앗으면서, 돈만 보고 자신이 관리라는 사실은 알지 못했으니, 이런 자는 이익에만 마음을 두었을 뿐 성명(性命)에는 무심한 자라 하겠다. 그러므로 죽을죄를 범하고도 아랑곳하지 않는 것이니, 슬프도다!

19.

뒤늦게 죽은 남편에 대한 의리를 지킨 영동 의부

    영동(嶺東) 민가의 부부가 서울의 어느 권세 높은 양반가에서 고용살이를 하였다. 어느 날 주인집 아들이 『사기(史記)』를 읽는데, 왕촉(王蠋)의 '충신은 두 임금을 섬기지 않고, 열녀는 두 지아비를 바꾸지 않는다.[忠臣不事二君, 烈女不更二夫.]'고 한 대목에 이르러 글방 선생이 관련 내용을 설명하고 있었다. 여인이 그 말을 듣고 선생에게 "조금 전에 설명하신 내용을 다시 상세하게 배우고 싶습니다." 하였다. 이에 선생이 다시 말해 주자, 여인은 밖으로 나가서 남편에게 "나는 오늘 처음으로 사람답게 되는 방법을 들었으니, 이제부터 우리 헤어집시다."라고 하였다. 이는 여인이 개가하여 남편을 만났기 때문이었다. 여인에게는 젖먹이 아들까지 있었다.

    남편은 눈이 휘둥그레져 그 까닭을 물었다. 그러자 여인이 답하였다. "예전에 당신에게 시집온 것은 내가 남들에게 모두 남편이 있다는 사실만 알았기 때문입니다. 그런데 오늘에야 남편을 바꾸지 않는 의리가 있음을 알았으니, 이제부터는 마땅히 몸을 깨끗이 하고 죽은 남편에게 뒤늦게나마 보답하겠습니다. 당신 아들은 어려서 떼어놓을 수가 없으니 내가 몇 년 더 데리고 키우다가 당신이 데려간다면, 이것이 당신에 대한 보답이 될 수 있을 것입니다."

남편은 노하여 아내를 때리고 욕하였다. 하지만 여인은 굳게 사양하며 마음을 돌리지 않고 주인집으로 달려가 숨었다. 그 뒤부터는 드나들 때 반드시 길을 피하였는데 차갑기가 얼음장 같았다. 남편 역시 어찌할 수 없어 아내를 버리고 떠나갔다.

20.

혼인을 기약한 사람을 위해 수절한 분 파는 할미, 성가

서울에 분 파는 할미가 있었다. 젊었을 때 얼굴이 예뻤는데 이웃집 아들이 좋아하여 찝쩍거리자 정중히 말하였다. "담을 넘고 구멍을 뚫고 사사로이 만나는 짓은 내가 하지 않을 것이오. 부모님께서 계시니 만약 나를 버리지 않겠다면 내 부모님께 구하시오. 부모님께서 허락하시면 일이 잘 될 수 있소." 그러자 이웃집 아들이 물러나서 폐백을 갖추어 여인의 부모를 찾아갔는데 부모는 청을 듣지 않았다. 이에 마음속이 우울하고 답답하여 병이 나서 죽었다.

여인이 이 소식을 듣고 눈물을 흘리며 말하였다. "나로 말미암아 사람이 죽었구나. 내가 비록 저 사람에게 몸을 팔지는 않았지만 본래 그에게 마음을 허락하였으니, 죽었다고 해서 내가 마음을 고쳐먹을 수 있으랴! 무릇 사람이 나를 사모하다가 죽음에 이르렀는데, 내가 그 사람의 즐거움을 저버리고 다른 사람의 즐거움을 꾀하려 한다면 이는 개돼지나 다름없다." 그러고는 스스로 시집가지 않겠다고 맹세하고 분 파는 일을 업으로 삼아 늙어 죽을 때까지 바꾸지 않았다.

『명재잡기(明齋雜記)』에 다음은 이야기가 있다.

성가(聖哥)라는 시골 여인이 있었다. 혼인을 하기로 기약하였는데 남편될 사람이 죽자 다른 곳으로 시집가지 않았다. 그러고는 종신토록 소주 만드는 것을 업으로 삼아 살면서, 흰 병풍에 남편의 모습을 그려 발에 걸어두고 아침저녁으로 제사를 지냈다. 이에 교관(敎官) 권득기(權得己)[40]가 〈성열녀전(聖烈女傳)〉[41]을 지었다.

외사씨는 말한다.

내가 기녀 황진(黃眞)의 일을 들은 적이 있다. 황진은 개성부 황진사(黃進士)의 서녀였는데, 진사의 첩인 진현금(陳玄琴)이 병부교(兵部橋) 아래에서 물을 마시다가 눈이 맞아 황진을 잉태하였다. 태어날 때는 기이한 향기가 3일 동안 감돌았다. 황진이 장성하자 자색이 빼어나고 글씨와 역사에 통달하였다. 나이 열대여섯 즈음에 이웃집 서생이 황진을 엿보고는 흠모하여 사통하고자 하였으나 뜻을 이루지 못하였다. 이로 인하여 서생은 상사병이 나서 죽었는데, 상여가 나가다가 황진의 집 대문 앞에 이르러 말이 슬피 울며 나아가지 않았다. 이보다 앞서 이웃집 서생의 병이 위중해지자 그 집에서는 황진에 대한 이야기를 누차 들어왔던 터라 이에 사람을 시켜 황진에게 간청하여 그의 속곳을 얻어다가 관을 덮어주자 말이 비로소 나아갔다.

그러자 황진은 크게 울적하고 슬퍼져 이에 점차 기녀로 행동하다가 마침내 전국의 이름난 산과 경치가 빼어난 곳의 누대와 산수를 주유하면서 삶의 애환과 세월의 덧없음을 모두 시와 노래로써 드러내었으니, 그의 시문 중에 세상에 전하는 것이 여러 편 있다. 죽을 무렵 집안사람에게 부탁하기를 "나는 천하의 남자들을 위해 스스로 몸을 아끼지 않다

---

40 권득기(權得己) : 조선 중기 문신으로 자는 중지(重之), 호는 만회(晩悔)이다. 1610년 문과에 장원급제하여 예조좌랑이 되었으나 광해군의 혼정기를 겪자 관직을 버리고 야인생활을 하였다. 저서로 『만회집』 등이 있다.
41 성열녀전(聖烈女傳) : 이 글은 권득기의 『연송잡록(然松雜錄)』에 수록되어 있다.

가 이런 지경에 이르렀으니, 내가 죽거든 염하여 관에 넣지 말고 옛 동문 밖 사수(沙水) 어름에 시체를 내다버려 땅강아지·개미·까마귀·솔개가 내 살을 먹게 하여 천하의 여자들로 하여금 나를 통해 경계로 삼도록 하라." 하였다.

아, 황진은 분 파는 할미나 성가와 비교할 때 그 득실이 어떠한가. 죽음에 임하여 과거를 뉘우쳤으니 어찌 여기에 미치겠는가. 당시에 한 남자가 황진의 시신을 거두어 묻어주었기 때문에 지금 장단(長湍) 입구 정현(井峴) 남쪽에 황진의 무덤이 남아 있으니, 호구(虎邱)에 있는 진랑(眞娘)의 무덤과 함께 일컬어진다.

21.

만릿길을 걸어 남편을 찾아간 강남덕 모친

강남덕(江南德) 모친은 서울 서강(西江)[42] 뱃사공 강황봉(江黃鳳)의 아내이다. 황봉의 집은 마포에 있었는데 해산물 매매를 업으로 삼아 살아갔다. 광해군 연간에 황봉이 배를 타고 나갔다가 폭풍을 만나 돌아오지 못하자, 아내는 남편이 죽었다고 생각하여 소복을 입고서 상례를 치렀으며 삼년상을 마치고 과부로 몇 년을 살았다.

어느 날 명나라에서 돌아온 사람이 황봉의 편지를 전해주었는데, 그 내용은 다음과 같았다. '나는 바다에서 표류하다가 중국 절강(浙江)의 모처에 도착하여 민가에서 품팔이를 하며 살고 있소.' 아내는 편지를 받고서 오열하고 울부짖으며 말하였다. "처음에는 남편을 물고기 뱃속에 장사지낸 줄로 여겼는데, 아직 목숨을 보전하여 지금 중국에 있다는 소식을 들었으니 내 표주박을 들고 구걸하다가 비록 길가에 쓰러져 죽는 한이 있더라도 반드시 찾아갈 것이다."

그러자 친척들이 만류하며 말하였다. "우리나라와 중국은 국경으로 가로막혀 있고 관문을 세워 통행을 금하고 있으니, 말이 다르고 복식이

다른 자는 감히 월경할 수가 없다. 하물며 아녀자의 몸으로 산하 만릿길을 떠돌며 걸어간다면 필시 그 곳에 도달하지도 못할 뿐만 아니라 단지 길가의 해골이 되고 말 것이니 가지 않는 것이 나을 것이다." 아내는 그럼에도 이를 듣지 않고 가족들을 등지고서 홀로 길을 떠났다.

아내는 몰래 압록강을 건너고 요동(遼東)에서 연경(燕京)으로 들어갔으며, 북에서 남으로 조금씩 나아갔다. 떠돌이 중의 행색을 하고 저잣거리에서 걸식해 가며 일 년여 만에 강남에 도착하여 편지에서 가리킨 곳으로 찾아가 마침내 황봉과 만났다. 황봉의 주인집에서 이 소식을 듣고 경탄하며 "이는 우리 중국 사람들도 할 수 없는 일이다." 하고는, 그들에게 노잣돈과 행장을 주어 조선으로 돌아가게 하였다. 결국 부부는 함께 고국으로 돌아올 수 있었다.

오는 길에 아내는 임신을 하였는데, 전에 살던 마포집으로 돌아와 딸을 낳고 '강남덕(江南德)'이라 이름하니 동네 사람들이 모두 아내를 '강남덕 어미'라 불렀다. 부부는 해로하다가 딸이 장성하자 집안에 데릴사위를 들여 가업을 전수하고 여든 남짓의 나이에 세상을 떠났다. 어우(於于) 유몽인(柳夢寅)이 그 일을 기록하였다.[43]

---

43 어우(於于)……기록하였다 : 이 이야기는 유몽인의 『於于野談』 「人倫篇」에 수록되어 있다.

22.
전란 속에서 해외를 떠돌며 남편을 찾아다닌
정생의 아내 홍도

정생(鄭生)은 남원(南原) 사람으로 그 이름은 기억이 나지 않는다. 어릴
적에 통소를 잘 불고 노래를 잘하였으며, 의기가 호탕하고 얽매이지 않
아 유협으로 소문이 났다. 같은 고을 사람 장씨(張氏)에게 홍도(紅桃)라는
딸이 있었는데 자색이 매우 뛰어났고 재덕(才德)이 현숙하였다. 정생이
장씨의 딸과 혼인하기를 청하자 장씨는 허락을 하였는데, 혼인 날짜가
임박해서 갑자기 혼인을 물리며 "정생은 제대로 배우지도 못했으며 유
협을 좋아하고 방탕하니 혼인시킬 수 없다."라고 하였다. 그러자 홍도가
이를 듣고 그 부모에게 말하였다. "혼인은 하늘이 정해주는 것입니다.
이미 날을 정해두고 이를 뒤집는 것은 상서롭지 못합니다. 원컨대 처음
정혼하였던 분께 시집가고자 합니다." 이에 아버지가 홍도의 말에 감동
하여 마침내 정생과 혼인시켰다. 그렇게 몇 년을 함께 살면서 아들 하나
를 얻어 이름을 몽석(夢錫)이라 하였다.

얼마 후 임진왜란이 터지자 정생은 무관으로 선발되어 방수군관(防守
軍官)이 되었다. 당시에는 명나라 총병(摠兵) 양원(楊元)[44]이 남원성을 지키

---

[44] 양원(楊元) : 명나라의 무장으로, 임진왜란 때 명나라의 부총병으로서 참전하였다. 전라도 남원
성의 방비를 맡았으나 패전하여 그 책임을 지고 처형당하였다.

고 있었다. 정생이 성 안에 있자 홍도는 남자 복장을 하고 남편을 따라 노역을 하였는데, 군중에서는 아무도 이런 사실을 몰랐다. 정생의 아들 몽석은 할아버지를 따라 지리산에 들어가 화를 피하였다. 성이 함락될 적에 정생은 총병 양원을 따라 탈출하였지만 아내 홍도와는 서로 헤어지고 말았다. 그는 아내가 필시 명나라 군사들을 따라 갔을 것이라 여기고는, 명나라 군사들을 따라 중국 절강(浙江)에 들어가 저잣거리에서 구걸하며 이리저리 홍도를 찾아다녔다.

정생이 하루는 어떤 명나라 병사와 함께 강가에 이르러 달빛 아래에서 배를 띄웠다. 밤중이 되어 술판이 무르익자 품속에서 퉁소를 꺼내어 〈임을 그리워하는 노래[思君調]〉 한 곡을 연주하였다. 그러자 인근 배에서 어떤 사람이 "이 퉁소 소리는 전날 듣던 조선 사람의 곡조와 비슷하군." 하고 말하였다. 정생이 이 말을 듣고 마음속으로 의아해하며 "어쩜 이리도 홍도의 목소리와 비슷할까. 또 홍도가 아니라면 어찌 내 퉁소 소리를 알겠는가?" 하였다. 그러고는 지난날 홍도와 서로 화답하며 부른 노래를 불렀는데, 노랫소리가 울려 퍼지자 물고기들이 모두 뛰어 올랐다. 그러자 조금 전 그 사람이 갑자기 손뼉을 치고 크게 소리치며 "이 사람이 내 남편 정랑이구나. 어떻게 여기까지 왔단 말인가!" 하였다. 정생이 크게 놀라 그 배를 따라가고자 하였는데, 명나라 병사가 그를 제지하며 말하였다. "저 배는 남만(南蠻)의 상선이오. 다가가면 필시 해를 당할 것이니, 날이 밝기를 기다리면 우리가 조처를 해드리리다."

이튿날 날이 밝자 명나라 병사가 은자 수십 냥과 집안의 일꾼 몇 사람을 주고 남만 상인을 잘 구슬려 그 사람을 찾으니 과연 홍도였다. 부부가 서로 손을 부여잡고 통곡하자, 배 안의 사람들 가운데 놀라고 탄식하지 않는 이가 없었다. 정생이 자초지종을 물으니 홍도가 울면서 대답하였다. "남원성이 함락될 때 저는 왜놈들에게 포로가 되어 일본으로 끌려갔습니다. 왜놈들은 남자 복장을 보고서 제가 여자인 줄 알지 못하고 노예로 충당하여 대만(臺灣)의 상선에 팔아넘겼습니다. 남정네들이 하던 일은 할 수 없는 것이 많았는데, 그나마 잘하는 것은 노를 젓는 일을 돕는 것이었습니다. 저는 대만에서부터 절강으로 와서 몰래 조선으로 돌아가려 하였는데, 어찌 당신과 여기서 만날 줄 알았겠습니까?" 그러고는 비 오듯 눈물을 흘리자, 정생도 함께 울었다.

정생은 홍도와 절강에서 살았는데, 절강 사람들이 모두 가엾게 여겨 은전과 미곡·비단을 내어 도와주었다. 부부는 절강에서 몇 년 동안 거처하며 아들을 낳고 이름을 몽진(夢眞)이라 하였다. 몽진의 나이 열일곱이 되자 사람들에게 혼처를 구하였는데, 사람들이 모두 조선인이라 하며 거절하였다. 그런데 어떤 여인 하나가 몽진에게 혼인하기를 청하며 말하였다. "제 아버지께서는 동쪽으로 조선에 가셨다가 돌아오지 못하셨습니다. 원컨대 저는 조선 사람에게 시집가서 조선으로 돌아가 아버지께서 돌아가신 장소를 찾아뵙고 초혼제를 지내고자 합니다. 아버지께서 요행히 죽지 않아 만일 다시 뵙게 된다면 마땅히 그대의 아버지와 함께 섬기도록 하겠습니다." 그러고는 마침내 혼인을 하고 함께 살았다.

무오년[1618]에 요하(遼河)에서 명나라와 후금 사이에 전쟁이 일어났다.[45] 정생은 제독(提督) 유정(劉綎)[46]의 군대에 모병되어 북쪽으로 정벌을 떠났는데, 유정은 전투에서 패배하여 기세가 꺾여 있었다. 후금의 군대가 명나라 군대를 크게 섬멸하자, 정생이 "나는 조선 사람이다. 명나라 사람들을 잘못 따라와 여기에 이르렀다!"라고 크게 소리쳤다. 그러자 후금 사람들은 그를 죽이지 않고 풀어주어 조선으로 돌아가게 하였다.

정생은 전장을 탈출하여 조선으로 돌아가 남원의 고향 마을로 가고자 하였는데, 중도에 다리가 퉁퉁 부었다. 충청도(忠淸道) 노성군(魯城郡)[47]에

---

45 무오년에……일어났다 : 1618년 명나라와 후금 사이에 벌어진 사르후[薩爾滸] 전투를 말한다. 명나라는 이 전투에서 크게 패하여 만리장성 이북의 패권을 완전히 후금에게 넘겨주게 되었다.
46 유정(劉綎) : 명나라의 무장으로 임진왜란과 정유재란 때 참전하였다. 전투마다 용맹한 모습을 보였으나, 후금과 싸운 사르후 전투에서 전사하였다.

이르러 어떤 의원이 부종을 치료하는 침을 잘 놓는다는 말을 듣고 찾아
갔는데, 그는 종군하였다가 조선에 머물게 된 명나라 사람이었다. 며칠
머무르면서 그들은 각자 이국에서 생활한 정황을 이야기하며 성명과 사
는 곳을 물어보니, 의원은 아들 몽진의 장인이었다. 그들은 서로 부여잡
고 목 놓아 통곡하며 남원으로 함께 돌아갔다.

　당시 정생의 아버지는 이미 죽었고 장자 몽석은 장가가서 아들을 하
나 낳았으며 집안의 사업은 예전 그대로였다. 정생은 아들과 해후하고
또 몽진의 장인과 만나 아침저녁으로 함께 하며 조금씩 회포를 풀 수 있
었다. 그러나 홍도의 행방은 알지 못하여 자나 깨나 생각하며 잊은 적이
없었다. 매양 바람 불고 달 뜬 밤에는 술 마시고 통소를 불며 슬픈 마음
을 위로하였다.

　이때 홍도는 절강의 한 농가에 있었는데, 요양(遼陽)으로 정벌 간 남편
을 그리워하였으나 살았는지 죽었는지 행적이 묘연하여 알 길이 없었
다. 어떤 패잔병이 요양에서 이르러 "정생은 죽지 않았소."라고 말하자,
홍도는 그가 살아서 필시 조선으로 돌아갔다고 생각하고 몽진과 며느리
와 함께 의논하며 말하였다. "나와 네 아비는 본래 조선 사람이다. 며늘
아기는 비록 이곳 사람이지만 사돈께서도 조선으로 갔다가 돌아오지 않
으셨다. 우리들이 여기에 있어도 딱히 갈 곳이 없는 처지이다. 혹여 네
아버지가 살아계시면 필시 고향으로 돌아올 것이니 차라리 함께 조선으
로 돌아가는 것이 어떻겠느냐?" 그러고는 자식과 며느리를 데리고 모두
남장을 한 채 조선·일본·중국 세 나라의 복식을 준비하였다. 홍도는 절
강에서 출발하여 배를 타고 바다를 건너 동쪽으로 갔는데, 명나라 사람
을 만나면 명나라 사람이라 하고, 일본 사람을 만나면 일본 사람이라 하
였다.

---

47 노성군(魯城郡) : 현재의 충청남도 논산시 부근의 지역을 말한다.

이렇게 바다 위에서 50여 일을 지낸 끝에 어떤 섬에 정박하였다. 이 섬은 제주도 서북쪽 먼 바다의 가가도(佳可島)였다. 섬에는 인적이 없었다. 양식도 떨어지려 하자 홍도가 말하였다. "우리들이 굶어 죽어 물고기 밥이 되기보다는 차라리 섬에 내려 의리를 지켜 편안하게 죽는 것이 더 나을 것이다." 그러나 며느리가 굳게 만류하며 "우리들이 매일 한 홉의 쌀로 죽을 끓이면 엿새를 충분히 지탱할 수 있습니다. 저 안개 너머에 흐릿하게 비치는 것은 산인 듯하니, 밤낮으로 간다면 아마도 큰 섬이 나올 것입니다. 이때도 양식을 얻지 못한다면 그때 가서 죽어도 늦지 않을 것입니다."

이에 그 말대로 돛을 올리고 계속 배를 몰았는데 갑자기 회오리바람이 크게 일어 바다를 표류하다 한 섬에 도착하였다. 이 섬에도 인적이 없었다. 홍도는 닻을 내리고 뭍으로 올라가 물고기와 조개를 잡고 땔감을 해서 밥을 지어 먹었다. 또 섬 이곳저곳을 돌아다니다 오래된 굴속에서 밥을 해먹던 냄비·그릇 등을 발견하였다. 홍도는 그곳에 숨겨져 있던 활과 창을 꺼내어 짐승들을 사냥하여 잡아먹으며 며칠을 지냈는데, 바다 한가운데로 배가 지나갔다. 양식이 거의 떨어져갈 무렵에 마침 큰 배 한 척이 지나가니, 이는 통제영의 순시선이었다. 홍도가 울면서 자신들의 사정을 하소연하자 선원들이 그들을 불쌍히 여겨 그들의 음식을 내어주고, 작은 배를 선미에 매달아 빠르게 항해하여 하루 만에 순천(順天)에 도착하였다.

홍도가 아들과 며느리를 데리고 남원의 옛 집을 찾아가니, 남편과 아들 몽석이 모두 놀라고 기뻐하며 마치 꿈속에서 만난 듯 여겼다. 몽진의 며느리 또한 자신의 아버지와 다시 만나게 되자 천고의 기이한 인연으로 온 집안이 즐거워하며 슬픔과 기쁨이 교차하였다. 이때 정생의 나이는 팔십여 세였다. 조정에서 이 일을 보고받고 그를 불러 만나보고는 첨중추(僉中樞)의 작위를 내려주었다.

외사씨는 말한다.

아, 정생과 홍도의 일은 과연 기이한 인연이니, 소설가에게 한 가지 미담이 되기에 충분할 것이다.

23.

남편의 시신 곁에서 정절을 지킨 관북열녀

관북열녀(關北烈女)의 성(姓)은 알지 못한다. 천민 출신이었지만 용모가 준수하여 사대부가 여성다운 기상이 있었다. 한번은 흉년을 맞아 남편과 함께 호서(湖西) 지방으로 가서 먹고 살고자 하였다. 이에 단양현(丹陽縣)에 이르러 열녀는 굴속에 거처를 마련하고 품을 팔아 스스로 생계를 꾸렸으며, 남편은 다른 사람 밑으로 들어가 살았다. 그런데 그 마을의 많은 젊은이들이 열녀의 미색을 좋아하였다.

그러던 어느 날 남편이 전염병에 걸려 죽었는데 가난하여 장사지낼 밑천도 없었으며 찾아오려는 사람도 없었다. 마을의 젊은이들 가운데 장씨(張氏)라는 부자가 있었는데, 열녀를 위해 상례를 치러주면서 한결같이 열녀의 뜻대로 하였다. 열녀는 사양하지 않으면서도 부장품을 마련하는 것을 간단하게 하였고, 관곽을 마련하는 것도 한층 낮추어 소박하게 하였다. 장씨는 모두 열녀가 말하는 대로 해주었다.

상례 준비가 끝나자 장씨가 가서 살펴보며 "장례를 치를까요?" 하고 물으니, 열녀는 "아닙니다."라고 하였다. 장씨가 "빈소는 차려야하지 않겠소?" 하고 묻자, 열녀는 거듭 "아닙니다."라고 하였다. 장씨가 다시 "아니, 그대는 남편의 장례를 치르지 않을 셈이오?" 하고 묻자, 열녀는

"치를 수 없습니다. 일단 기다리시고, 너무 애쓰지 마세요."라고 하였다.

열녀는 이날부터 낮에는 장씨 집으로 나가 품을 팔고, 저녁이면 굴방으로 돌아와 관을 베고서 잠을 잤다. 매양 먹을거리를 얻으면 굴방으로 돌아와 관 옆에 제사상을 차리고 그 아래에 앉아 매우 슬피 통곡하면서 가슴을 치고 오열하기를 한동안 한 이후에야 그 음식을 먹었다. 비록 이웃 마을 사람이라도 이러한 이야기를 들은 자들은 안색을 고치며 슬퍼하지 않는 사람이 없었다.

바야흐로 한여름이 되자 오랫동안 장사를 지내지 않아 시체가 부패하기 시작했고, 관이 얇아 냄새가 사방으로 퍼져나갔다. 사람들은 그 냄새를 견디지 못하였는데, 열녀는 홀로 동굴 안에 처하면서 관 주위를 떠나지 않았다. 비록 열녀를 범하고자 하는 자도 있었으나 감히 한 순간도 다가갈 수 없었으며, 마을의 부자 장씨 또한 멍하니 처음 먹었던 뜻을 잃어버렸다.

가을이 되어 품팔이를 하며 모은 돈을 헤아려보니 길을 떠날 만한 비용이 되었다. 이에 열녀가 고향으로 돌아가 남편을 장사지내겠다고 하자, 온 마을 사람들이 모두 비웃으며 미쳤다고 하였다. 그런데 어느 날 아침 행장을 꾸리고 일어나 마을 사람들에게 작별을 고하자 마을 사람들이 크게 놀랐다.

열녀는 마침내 관을 싣고 고향으로 출발하였는데 하루에 60리 씩 걸으면서 쉬었다. 밤에는 들판에서 노숙하며 잠시라도 관 주위를 떠나지 않았다. 양식이 떨어지면 구걸하러 다녔으며 혹 며칠 동안 먹지 못하기도 하였다. 열녀는 발이 부르터 터지는 고통 속에서도 결국에는 수천리 길을 걸어 고향 마을로 돌아가 남편을 장사지냈다.

외사씨는 말한다.

천민 출신으로 지조와 절개를 지닌 자는 실로 드무니, 이 열녀는 이른

바 특출하여 남들 같지 않은 자라 할 만하다. 또 그 일을 시작하면서 끝마칠 것을 생각하고 강포함을 거절하고 말과 낯빛을 허비하지 않았으니, 옛날의 지혜로운 선비라 하더라도 이러하였겠는가. 힘을 다해 사람들의 은혜에 보답하고 그 악함은 드러나지 않게 하였으니, 옛날의 의로운 선비라 하더라도 이러하였겠는가. 몸소 수고로운 일을 하면서도 시종일관 흐트러지지 않았으며 죽고 사는 것을 돌아보지 않은 채 결국에는 그 정성을 이루었으니, 옛날의 강하고 힘이 있는 선비라 하더라도 이러하였겠는가. 또 옛날의 학문하던 선비라 하더라도 이러하였겠는가. 이러한 일은 남자로서도 능히 행하기 어려운 바인데 여자로서 잘 행하였으니, 오대시대(五代時代) 왕씨(王氏)의 아내[48]와 견줄 만하도다.

---

48 왕씨(王氏)의 아내 : 오대시대 주(周)나라 왕응(王凝)의 아내 이씨(李氏)를 말한다. 남편이 죽자 이씨는 아들과 함께 고향 마을로 돌아가고 있었는데, 도중에 묵었던 여관 주인에게 손목을 잡히자 수절을 제대로 하지 못했다고 하여 도끼로 자신의 손을 잘라버렸다.

24.

고집과 투기를 꺾고 정승댁 현모양처가 된 송씨 부인

　재상 송질(宋軼)[49]의 부인은 투기가 심하였다. 하루는 송질이 세수를 하다가 계집종의 손이 예쁜 것을 보고는 잠시 장난삼아 손을 매만졌다. 이후 조정에 들어가자 아침밥이 대궐로 당도하였는데, 밥그릇 뚜껑을 열고 보니 그 안에 붉은 피가 흥건한 계집종의 손이 담겨 있었다. 송질은 부인의 소행임을 알아차리고 이를 바로잡으려 하였다.

　부인은 세 딸을 두었는데, 딸들은 모두 어미를 본받아 투기가 심했다. 당시 큰딸·둘째딸은 시집을 갔고 막내딸은 아직 시집을 가지 않은 상태였다. 송질이 하루는 은밀히 물에 먹을 타서 세 그릇에 담아두고 세 딸을 불러 마시도록 하며 말하였다. "너희들은 투기가 심하고 또 네 어미의 행실을 본받았으니 이는 남의 집안을 망치기에 충분하다. 그러니 이 약을 마시고 자결하도록 하라!" 그러자 큰딸과 둘째딸은 마시지 않고 "저희 죄를 인정하며 행실을 고쳐서 맹세컨대 다시는 투기하지 않겠습니다."라고 하였다. 하지만 막내딸은 그릇을 들고 마시려고 하였다. 이에

---

49 송질(宋軼) : 조선 중기 문신으로 자는 가중(可仲)이다. 1477년 문과에 급제하여 민생, 외교, 국방 부문에서 뛰어난 능력을 보이며 황해도·평안도·경기도·함경도관찰사, 형조·예조·이조판서 등의 요직을 거쳐 영의정까지 올랐다.

송질은 크게 걱정하며 막내딸을 잘 제어할 수 있는 자를 골라 사위로 삼고자 하였다.

하루는 송질이 퇴청하여 집으로 돌아오는데 머리를 길게 땋은 어떤 키 큰 총각 하나가 자기집 사랑채에서 뛰어나왔다. 송질이 그 무례함을 꾸짖자 총각이 대답하였다. "저 또한 사대부가의 자제로서 마침 계집종 하나를 쫓다가 잠시 방에 들어가서 좋은 일을 벌였사온데 어찌 그리도 심하게 꾸짖으십니까? 어찌 연장자로서의 모습은 보이지 않으십니까?" 송질이 그를 기이하게 여겨 물으니, 총각은 이웃에 사는 홍승지(洪承旨)의 자제로 이름은 홍언필(洪彦弼)[50]이었다.

송질이 "네가 익힌 책은 얼마나 되는가?" 하고 묻자, 언필은 "고작 『통감(通鑑)』과 사서(四書)를 읽었을 뿐입니다."라고 하였다. 그러자 송질이 말하였다. "너는 훗날 어린 나이에 재상이 될 만한데, 어찌하여 스스로를 아끼지 않고 무례를 범하며 앞날의 출세를 돌아보지 않는가! 나에게 딸이 하나 있는데 너를 내 사위로 삼고 싶구나. 이런 나의 뜻을 다른 사람에게는 알리지 말고 며칠 뒤에 면포 1동과 비단 수십 필을 보내고 혼수를 장만해 두게." 또 언필을 다시 불러 만나보고 주위에 사람들을 물리치며 말하였다. "내 딸의 성격이 강하고 사나워 투기를 잘하니 모름지기 내가 일러주는 대로 행하여야 훗날 제어하기 어려운 근심을 없앨 수 있을 걸세." 이에 언필은 "삼가 분부를 받들겠습니다."라고 하였다.

장가가던 날 전안례(奠雁禮)[51]를 행하는데 재상댁 계집종들이 은밀히 서로 말하기를 "이 사람은 아무개 계집종의 남편이 아니냐."라고 하였

---

50 홍언필(洪彦弼) : 조선 중기 문신으로 자는 자미(子美), 호는 묵재(默齋)이다. 1504년 문과에 급제했으나, 갑자사화에 연루되어 진도로 귀양갔다가 중종반정으로 사면되었다. 이후 형조·병조·호조판서 등의 요직을 두루 거치면서 영의정에 올랐다. 몸가짐이 바르고 청빈하였으며 학문에도 힘썼다. 저서로 『묵재집』이 있다.

51 전안례(奠雁禮) : 전통혼례에서 결혼 당일 신랑이 대례를 치르러 신부집에 갈 때 기러기를 가지고 가서 초례상(醮禮床) 위에 놓고 절을 하는 절차.

다. 이에 부인이 급히 송질에게 청하였다. "어찌 계집종의 남편을 사위로 삼을 수 있단 말입니까. 마땅히 폐백을 물리고 내쫓아야 합니다." 그러나 이때는 이미 전안례를 마치고 신방으로 들어간 상태였다. 부인은 밖으로 나와 송질 앞에 앉아 엉엉 목 놓아 울며 말하였다. "당신이 어찌 계집종의 남편에게 딸을 버린단 말입니까! 내 딸이 비록 죽더라도 맹세코 이런 놈에게는 시집보내지 않을 것입니다."

이 말을 듣고 언필은 겉으로 화를 내면서 노복을 불러 집으로 돌아가겠다며 말을 끌고 오라고 소리쳤다. 송질이 온갖 방법으로 힘써 만류하자 언필은 결국 마지못해 머물러 묵기로 하였다. 그러나 부인이 밤에 딸을 방으로 들여보내지 않아 언필은 결국 혼자 잠을 자고 날이 밝기를 기다려 집으로 돌아가기를 청하였다. 송질이 "일단 기다렸다가 요기라도 하고 가게." 하니, 언필은 "첫날밤을 혼자 보낸 신랑이 아침밥은 먹어 무엇합니까?"라고 하면서 계속 말을 내달라고 하였다. 이에 송질은 어찌할 수 없어 말과 안장을 준비하여 돌려보냈다. 이후 몇 달 동안 소식조차 끊겨버렸다.

한편 부인은 노여움이 조금 누그러지자 송질에게 권하여 말을 보내 다시 사위를 맞이하자고 하였다. 그러나 언필은 말을 끌고 간 노복을 흠씬 두들겨 패서 돌려보냈다. 또 몇 달 뒤에 부인이 직접 말을 보내 사위를 맞이하고자 하였는데, 언필은 또 예전처럼 노복을 쫓아내었다. 기실 이것은 모두 송질이 일러준 것이었다. 이로부터 부인 모녀는 눈물이 마를 날이 없었다. 송질은 이따금 사위를 만나보았는데 부인은 이런 사실을 까맣게 몰랐다.

이와 같이 하여 어느덧 3년의 세월이 흘렀는데, 언필은 학문에 힘써 알성시(謁聖試)[52]에서 장원급제를 하였다. 이에 송질이 자기도 모르게 탄식

---

52 알성시(謁聖試): 조선 시대 임금이 문묘에 참배한 뒤 실시하던 비정규적인 과거 시험.

하며 말하였다. "홍서방이 지금 장원급제를 하였네. 합격자의 방이 붙을 때 풍채를 보니 한층 더 준수해졌던데, 훗날 필시 재상이 될 재목감이로다. 허나 부인 문제로 인하여 노숙자 신세와 같으니 애석하도다!" 그러자 부인은 더더욱 크게 뉘우치고 안타까워하며 눈물을 주르륵 흘렸다.

이튿날 언필이 유가(遊街)[53]를 할 적에 짐짓 송질의 대문 앞을 지나갔다. 노복들이 화동(花童)들의 성대한 음악소리가 들리고 길거리가 시끌벅적 하여 밖으로 나가 바라보니, 이 집 사위 홍언필이었다. 노복들은 언필의 풍채를 보고는 혀를 내두르며 칭찬하고 부러워하였으며, 전날 눈이 맞았던 계집종은 남몰래 눈물을 훔쳤다.

부인은 간절히 애걸하며 언필을 불러오라고 하였으나 송질은 거듭 물리치고 사양하다가 결국에는 마지못해 언필에게 소리쳐 들어오라고 하였다. 언필이 집으로 들어와 마루 위로 올라오자 부인이 나와 앉아서 말하였다. "늙은 내가 잘못한 것은 실로 뭐라 할 말이 없네. 그러나 대장부가 어찌 이리도 크게 노여워한단 말인가!" 이에 언필이 옷깃을 떨치고 일어나려 하자, 부인은 소매를 부여잡고 울며불며 사죄하면서 놓아주지 않았고, 송질 또한 여러 번 간청하였다. 부인은 또 저녁밥을 내오라고 재촉하고 언필에게 방으로 들어가기를 청하였다. 이어 딸에게 방으로 들게 하고 며칠간 묵게 한 후에 비로소 아내를 맞이하는 예를 행하였다. 언필의 아내는 시부모를 효성으로 섬기고 남편을 순종으로 섬겨 마침내 현숙함으로 일컬어졌으니 이는 모두 송질의 가르침 때문이었다.

홍언필의 호는 묵재(默齋)로 관직이 영의정에 이르렀으며 기로소(耆老所)[54]에 들고 임금에게 궤장(机杖)[55]을 하사받았으며 일흔넷의 나이로 세상을 떠났다. 그의 아들 홍섬(洪暹)의 호는 인재(忍齋)로 또한 기로소에 들

---

53 유가(遊街) : 과거 급제자가 광대를 데리고 풍악을 울리면서 시가행진을 벌이고 시험관, 선배 급제자, 친척 등을 찾아보던 일. 보통 사흘에 걸쳐 행하였다.
54 기로소(耆老所) : 조선시대 연로한 고위 문신들의 친목 및 예우를 위해 설치한 관서.
55 궤장(几杖) : 임금이 70세 이상의 연로한 대신들에게 하사한 안석(案席)과 지팡이.

고 임금에게 궤장을 하사받았으며 여든둘의 나이로 세상을 떠났다. 이
처럼 이들 부자의 수명과 작록과 공명은 당대에 견줄 곳이 없었다. 언필
의 부인 송씨는 영의정의 딸로서 영의정의 아내가 되고 또 영의정의 모
친이 되어 양대에 걸쳐 임금에게 안석을 하사받는 영예로운 연회를 벌
였으며 아무런 탈 없이 천수를 누렸으니 이는 고금에 유례없는 성대한
일이었다. 소재(蘇齋) 노수신(盧守愼)[56]이 연회자리에서 시를 지어 송씨 부
인에게 하례하였다.

삼종(三從)이 정승댁 문턱을 벗어나지 않았으니	三從不出相門闌
이 같은 영화는 오늘 처음 보았네.	此事於今始見之
조정에선 영수장(靈壽杖) 짚고 다니다가	更拄省中靈壽杖
집안에선 노래자(老萊子)의 옷을 입었구나.	却被堂上老萊衣
우로와 같은 은혜 천년에 참으로 드문 일이요	恩霑雨露眞千載
기쁘게 맞이한 대관들은 한 시대를 아울렀네.	歡接冠紳盡一時
어디라고 내가 한 자리 차지하고 앉았건만	何處得來叨席次
좋은 시로 정승댁 빛내지 못함이 부끄럽도다.	愧無佳句賁黃扉

여성위(礪城尉) 송인(宋寅)[57]은 송씨 부인의 조카인데, 이 일을 기록하고
그림으로 그려서 집안에 보관하여 가문의 보물로서 전하고 있다고 한
다. 송씨 부인은 아흔넷의 삶을 누리고 죽었다. 그 자손들 중에 높은 지
위로 현달한 사람이 많았다.

---

56 노수신(盧守愼) : 조선 중기 문신·학자로 자는 과회(寡悔), 호는 소재(蘇齋)이다. 1543년 문과
　에 장원급제하여 이조판서·대제학 등을 지내고 영의정에 올랐다. 시문·서예에 능했으며, 양명
　학을 깊이 연구하기도 하였다. 저서로『소재집』이 있다.
57 송인(宋寅) : 조선 중기 학자로 자는 명중(明仲), 호는 이암(頤庵)이다. 10세에 중종의 셋째서
　녀인 정순옹주(貞順翁主)와 결혼하여 여성위(礪城尉)가 되었다. 시문과 글씨에 능하였으며
　『청구영언』에 시조 4수가 전한다. 저서로『이암유고』가 있다.

25.

비구니가 되려다 마음을 고쳐먹은 김효성의 부인

　판중추부사(判中樞府事) 김효성(金孝誠)[58]은 첩이 많았다. 하루는 효성이 밖에 나갔다가 집에 들어오는데, 부인이 마루 모퉁이에 앉아 검은 베 한 필을 물들이고 있는 모습을 보았다. 이에 효성이 "이 베를 물들여 어디에 쓰려 하시오?" 하니, 부인이 정색하며 "당신이 여러 첩들에게 미혹되어 나를 원수처럼 여기기에 출가하여 비구니가 되기로 결심하였어요. 그래서 이 베를 물들이고 있는 것입니다."

　효성이 웃으며 말하기를 "내 평소에 여색을 좋아하여 기녀·무녀·양인·천녀(賤女) 중에 외모가 뛰어나면 사통하지 않은 자가 없었는데, 유독 비구니만은 가까이한 적이 없었소. 부인이 출가하여 비구니가 되겠다면 이는 내가 바라던 바요." 그러자 부인은 입을 꾹 다문 채 더 이상 아무 말도 못하고 즉시 베를 가져다 땅바닥에 던져버렸다.

---

58 김효성(金孝誠) : 조선 전기 무신으로 본관은 연안(延安)이다. 무과에 급제하여 육진 지역에서 오랑캐의 침입에 대비하였고, 1433년 파저강(婆猪江)의 야인 정벌에 공을 세워 중추원부사에 임명되고 병조판서에 올랐다. 계유정난 때 정난공신에 봉해졌다.

26.

귀신의 몸으로 하소연하여 원한을 풀어낸 염열부

염열부(廉烈婦)는 경상도 초계군(草溪郡)의 양갓집 딸이다. 나이 열일곱에 시집가서 같은 고을 아무개의 아내가 되었다. 염씨는 자색이 빼어났는데, 이웃에 사는 부호 윤씨라는 자가 염씨를 보고 좋아하여 사통하고자 하였으나 어찌할 방도가 없었다. 이에 돈 수천 냥을 염씨의 남편에게 밑천으로 주고는 서울에서 장사를 주관하게 하였으며, 자주 먹을거리를 염씨에게 보내주었다. 염씨는 윤씨의 은덕을 입게 되어 그를 친족처럼 여겼다.

하루는 윤씨가 한밤중에 인적이 드문 때를 틈타 염씨의 방으로 찾아와서 겁탈하고자 하였다. 염씨는 굳게 저항하였으나 윤씨의 온갖 회유와 협박을 당하고 또 그 은혜를 생각하다보니 어쩔 수 없이 마음을 누그러뜨리게 되었다. 이로부터 윤씨가 간혹 밤중에 한두 번씩 염씨의 방에 이르게 되었다.

그러던 중 남편이 집으로 돌아오자, 염씨는 그 일을 남편에게 이야기하고 잘 처리해 주기를 청하였다. 남편이 말하였다. "아, 내가 가난한 혈혈단신의 처지로 윤씨에게 의지하여 살아가고 있으니, 어찌 그 은혜를 저버릴 수 있겠소? 게다가 그는 양반으로서 부유하고 강성하니 어찌하겠소? 한갓 스스로를 하찮게 만들 뿐이니, 차라리 참고 견디는 것이 좋을 듯하오." 몇 년 후 이번에는 윤씨가 염씨를 빼앗아 자기 소유로 만들고자, 남편에게 넌지시 고하여 새장가를 들게 하고 그 아내는 양보하기를 청하였다. 남편이 염씨에게 이런 뜻을 전달하자, 염씨는 맹세컨대 다른 지아비를 따를 수 없다고 하며 진심으로 사양하였다.

그러자 윤씨가 사람들에게 떠벌이기를 "나와 염씨는 오랫동안 마음속으로 사랑하는 사이였는데, 이제 염씨가 나를 따르고자 한다."라고 하였다. 염씨는 분하고 자기 뜻을 굽힐 수 없어 관아에 고소를 하였다. 이에 윤씨와 대질심문까지 하였으나, 관아에서는 패소 판결을 내렸다. 그런데 염씨가 관아를 나가려 할 적에 한 관노가 염씨의 가슴을 만지며 희롱을 하자, 염씨는 자신의 젖가슴을 잘라 스스로 목숨을 끊었다. 이 소식을 들은 자들은 모두 코끝이 찡해졌다.

김천우승(金泉郵丞)[59]이 밤에 꿈을 꾸는데, 한 여인이 와서 이야기하기를 "억울함이 있어 서울로 올라가 하소연하려 하니 말 한 마리와 노복 한 사람을 빌려 주십시오."라고 하였다. 우승이 잠을 깨어 괴이하게 여겼는데, 이튿날 또 같은 꿈을 꾸었다. 이에 병졸에게 명하여 말 한 마리를 골라 서울로 달려가게 하였는데, 도중에 병졸과 말이 갑자기 모두 죽었다가 며칠 뒤에 다시 소생하였다.

이때 영조(英祖)가 이 사건을 한창 살피고 있었는데, 한 여인이 제 손으로 가슴을 잘라 피가 홍건한 채로 울부짖으며 책상 앞에 무릎을 꿇어앉았다. 영조는 크게 놀라 누구냐고 물었다. 이때 동부승지(同副承旨)가 꾸짖으며 말하기를 "어느 안전이라고 미천한 귀신이 감히 추악함으로 지존을 엄습하는가!" 하였다. 여인은 눈물을 흘리며 원통한 사정을 하소연하고 가슴에 맺힌 원한을 설욕하기를 원하였다. 이에 영조가 즉시 경상

---

59 김천우승(金泉郵丞) : 김천은 현재 경상북도의 지명이고, 우승은 역참(驛站)의 장(長)을 가리킨다.

도관찰사에게 명하여 사실관계를 조사하게 하니, 과연 여인의 말과 같았다. 왕은 급히 명을 내려 윤씨를 잡아들이고 그 죄를 엄히 다스리게 하였다. 아울러 작설(綽楔)[60]을 세워 정려를 내려주고, 비석에 그 일을 기록하게 하였다. 지금도 초계군 약면리(藥面里)에 염열부의 정려비각이 남아 있다.

이후로 윤씨 집안에는 기괴한 일들이 많이 생겨 결국 멸문지화를 당하였다. 마을의 부녀자들이 염씨의 절개를 불쌍히 여겨 매년 비각에서 제사를 지내고 있다. 어떤 사람이 염씨의 정려를 지나가다가 헐뜯고 욕하고 비석에 방뇨를 하며 욕보였는데, 갑자기 땅바닥에 쓰러져 중풍 증세를 보이다가 잠시 후에 소생하였다. 이에 자신의 망동을 뉘우치고는 자금을 내어 비각을 중수하였다고 한다.

외사씨는 말한다.

군자는 괴이한 일을 말하지 않지만, 염열부의 일은 과연 기이하도다. 왕이 은혜로이 포양하고 아울러 그 일을 비석에 기록하였으니, 어찌 여항의 자질구레한 이야기에 견줄 수가 있겠는가.

---

60 작설(綽楔) : 효자나 의사(義士) 등을 정표하기 위하여 문 옆에 세운 대(臺).

27.

주인을 위해 복수를 감행한 유씨 가문의 계집종

문정공(文貞公) 유인숙(柳仁淑)[61]은 명종 때의 현명한 인재였다. 성품이 본래 강직하고 반듯하여 나쁜 무리들을 원수처럼 미워하였기 때문에 을사사화(乙巳士禍)[62]에서 군소배들의 무고로 죽임을 당하였다. 이때 세 아들도 모두 죽었고 아내와 며느리는 관노가 되었으며 가산은 몰수당하였다. 그 노비와 전택은 공신들에게 나누어 하사되었다. 당시 정순붕(鄭順朋)[63]이 가장 큰 공을 세워 유씨 가문의 노비를 가장 많이 차지하였다.

여러 노비들은 자기 주인이 죄도 없이 억울하게 죽는 것을 보고, 자신들이 처음에는 유씨 가문에서 지내다가 정씨 가문으로 들어가게 되자 눈물을 뿌리고 목메어 울지 않는 자가 없었다. 그런데 유독 자색이 빼어

---

61 유인숙(柳仁淑) : 조선 중기 문신으로 자는 원명(原明), 호는 정수(靜叟)이다. 1519년 기묘사화에 연좌 투옥되었다가 석방되었으나, 1521년 또다시 신사무옥에 연루되어 관직을 삭탈당했다. 1537년 복직되어 여러 관직을 지냈으나, 1545년(명종 즉위) 을사사화에 휩쓸려 사사되고, 이듬해 역모죄로 부관참시 효수되었다.

62 을사사화(乙巳士禍) : 명종 즉위년(1545)에 일어난 사화. 새로 즉위한 명종의 외숙인 소윤(小尹)의 거두 윤원형(尹元衡)이 인종의 외숙인 대윤(大尹)의 거두 윤임(尹任) 일파를 몰아내는 과정에서 대윤파에 가담했던 사림(士林)이 크게 화를 입은 정치적인 탄압이다.

63 정순붕(鄭順朋) : 조선 중기 문신으로 자는 이령(耳齡), 호는 성재(省齋)이다. 1545년 명종이 즉위하자 소윤으로서 윤원형·이기(李芑) 등과 함께 윤임·유관(柳灌) 등 대윤을 제거하는 데 적극 활약, 을사사화의 중심인물이 되었다.

나게 고운 계집종 하나가 얼굴에 아무런 낌새를 드러내지 않은 채 의기양양 자득한 모습을 하고서 여러 계집종들을 돌아보며 말하였다. "우리들이 옛 주인을 잃은 것은 하늘이 그런 것이니 어찌하겠는가. 누군들 너희 주인이 되지 않으랴? 그러니 너희가 맡은 일이나 감당하면서 편안히 지낼 일이지 뭘 그리도 슬퍼한단 말이냐!" 그러고는 상전 받들어 모시는 일을 유독 정성껏 부지런히 행하였다. 이에 순붕이 그를 신임하여 잠자리에서 수청을 들게 하고 아침저녁으로 떼어놓지 않았다. 그렇게 몇 년이 지나도록 그는 한 번도 꾸지람을 듣거나 회초리를 맞을 만한 실수가 없었다.

하루는 순붕이 잠결에 가위가 눌려 소리치다가 놀라 깨었다. 이후로 순붕은 매일 밤 가위에 시달리다가 결국 병에 걸려 일어나지 못하였다. 이에 온 집안이 두려워하자 부인이 용하다는 무당을 불러 점을 쳤는데, 무당이 "요망한 귀신이 베개 속에 들었다!" 하여 그 베개를 까뒤집어보니 과연 머리뼈 조각이 들어있었다. 이에 그 계집종을 의심하고 장차 캐물고자 하였는데, 계집종이 당당하게 앞으로 나와 자수하며 말하였다. "이것은 내가 한 일이오. 우리의 옛 주인에게 무슨 죄가 있었기에 너희 집 영감탱이가 무고하여 죽이고 멸문지화를 당하게 하였단 말인가! 내 비록 천한 계집종이지만 어찌 순순히 원수놈을 좇아 섬길 수 있었겠소? 그래서 내가 복수를 기약하고 절치부심하며 고통을 참아온 세월이 여러 해였는데, 요행히 영감탱이의 몸종과 모의하여 정의(情誼)를 두텁게 만들고는 은밀히 죽은 사람의 뼛조각을 구하여 베갯속에 넣고 날마다 원수 영감탱이가 죽기를 빌었던 것이오. 지금 내 주인을 위해 복수를 감행하였으니 죽은들 무슨 한이 있겠소? 속히 나를 죽이시오!" 계집종의 목소리와 숨소리는 매우 거칠고 사나웠다.

이에 순붕의 자제들이 빈소 옆에서 계집종을 때려죽이고 그 죽음을 은닉하여 끝까지 발설하지 않았다. 그리하여 당시에 이런 사실을 아는 이가 없었는데, 순붕의 아들 정작(鄭碏)[64]이 나이 일흔이 넘어 죽을 무렵에 사람들에게 다음과 같이 말하였다. "지금껏 계집종의 죽음에 대해 우리 가문에서 감추고 사람들에게 말하지 않았으나, 내가 평생토록 계집종의 의열(義烈)을 가상히 여겼기에 차마 그대로 묻어둘 수 없어 지금에야 말하는 것이다."

순붕의 아들 정렴(鄭磏)[65]의 호는 북창(北窓)으로 을사사화가 한창일 때 울며불며 부친에게 간하였으나, 그의 아우 정작은 "아버지와 처숙(妻叔) 중에 누가 더 중요합니까?"라고 하였다. 이는 정렴이 유인숙의 조카사위였기 때문이다. 그러나 정렴은 "아버지에게 잘못이 있는데도 간하지 않고 아버지를 따라 그 죄를 이룬다면 어찌 이것을 효라 하겠는가!"라고 하며 더더욱 울며불며 간하기를 마지않았다. 결국 사화를 입게 되자, 정렴과 정작은 벼슬에 나아가려는 뜻을 거두고 도가·불가의 무리에 의탁하여 자신의 능력을 감춘 채 삶을 마쳤다.

외사씨는 말한다.

유씨 가문 계집종의 의열은 비록 예양(豫讓)[66]이라 하더라도 더할 수 없을 것이다. 그러나 유독 이 일이 무당의 요망한 주술에 가깝다는 점이 아쉽다. 만일 정당한 방법으로 복수를 하여 순붕이 자기 죄를 깨우치고 죽게 하였다면, 계집종의 의열이 더욱 세상에 드러나게 되었을 것이다. 비록 그러하나 순붕에게 정렴·정작 같은 현명한 아들이 있었기에 끝내

---

64 정작(鄭碏) : 조선 중기 문신으로 자는 군경(君敬), 호는 고옥(古玉)이다. 학문에 정진하여 선조 때 벼슬이 이조좌랑에 이르렀으나 아버지의 과거 전력이 세인의 지탄을 받게 되자 술로 세월을 보냈다.

65 정렴(鄭磏) : 조선 중기의 유의(儒醫)로 자는 사결(士潔), 호는 북창(北窓)이다. 어려서부터 천문·지리·의서·복서(卜筮) 등에 두루 능통하였다. 그 중에서도 특히 약의 이치에 밝았다. 저서로 자신이 경험한 처방을 모아 편찬한 『정북창방(鄭北窓方)』이 있다.

66 예양(豫讓) : 전국시대 진(晉)나라 의사(義士). 지백(智伯)의 신하로서 지백을 죽인 조양자(趙襄子)에게 보복을 하고자 나환자·벙어리·거지의 행세를 하며 살해를 기도하였으나 실패하여 자결하였다.

계집종의 의열이 민멸되지 않았으니, 이것으로나마 계집종의 원혼을 조금 달랠 수 있으리라.

28.

계모와 남편에게 버림받고 꽃잎처럼 져버린 향랑

　향랑(香娘)은 그 성씨를 알지 못한다. 선산군(善山郡)[67] 상형곡(上荊谷) 양 갓집의 딸로 태어나 어려서부터 성품과 자태가 곧고 맑았으며 계모를 섬김에도 매우 효순하였다. 하지만 계모가 자애롭지 않아 모질게 부리 고 걸핏하면 매질을 하며 제때 먹이고 입히지 않았다. 향랑은 그럴수록 더욱 계모의 뜻에 순종하였다.

　향랑이 시집을 갔는데 남편도 어질지 못하여 향랑을 원수처럼 구박하 였고, 시어머니 또한 아껴주지 않았다. 향랑은 계모에게서 사랑을 받지 못하고 남편에게서도 버림을 받아 홀로 외로이 돌아갈 곳이 없었다. 남 편의 숙부와 시아버지가 향랑을 가엾게 여겨 다른 곳으로 시집갈 것을 권하였다. 그러자 향랑은 울면서 "제가 약가(藥哥)－또한 선산 사람이다. 남편 이 전란 중에 왜구에게 사로잡히자 정절을 지켜 재가하지 않고서 8년 동안 혼자 살았다. 훗 날 남편이 살아 돌아와 다시 결합하였는데 금슬이 처음과 같았다. 정려가 지금 선산군 봉계 촌(鳳溪村)에 있다.－의 정절을 듣고 항상 그 사람됨을 흠모하였으니 맹세컨 대 죽어도 개가하지 않겠습니다. 원컨대 시댁 근처에 몸을 의탁하고서

---

67 선산군(善山郡) : 지금의 경상북도 구미 지역이다.

일생을 마치고자 합니다."라고 하였다. 그러나 시아버지가 허락하지 않고 억지로 떠나게 하였다. 향랑은 어쩔 수 없이 친정집으로 돌아갔는데 계모 또한 핍박하여 내쫓았다.

향랑은 자신을 받아주는 곳이 없자 이에 죽기를 결심하고 오태강(吳泰江)[68] 주변의 지주비(砥柱碑)—지주비는 야은 길재 선생을 모신 오산서원(吳山書院) 근처에 있으며 '지주중류(砥柱中流)' 네 글자가 크게 새겨져 있다.—아래로 갔다. 그곳에서 고사리를 꺾는 소녀를 만나 다리머리를 풀고 치마를 벗어주며 "이것들을 가져다가 내 부모님께 전해주어 내가 죽은 증거로 삼아다오."라고 하였다. 그러고는 꽃을 꺾어 머리에 꽂고 〈산유화가(山有花歌)〉한 곡을 불러주며 그 소녀에게 부르게 하였다. 그 노래는 다음과 같다.

하늘은 어찌 저리 높고도 멀며	天何高遠
땅은 어찌 저리 넓고도 아득한가.	地何曠邈
하늘과 땅이 비록 크다지만	天地雖大
내 한 몸 맡길 곳 어디에도 없구나.	一身靡托
차라리 강물에 뛰어들어	寧投江水
물고기 뱃속에 장사지내리.	葬於魚腹

노래가 끝나자 향랑은 길게 한숨을 내쉰 뒤에 강물에 뛰어들어 죽으니 이때 나이 겨우 스물이었다. 후세 사람들이 강 옆에 있는 연못을 이름하여 향랑연(香娘淵)이라 하였다.

이때 부사 조귀상(趙龜祥)이 이 이야기를 듣고 향랑의 전(傳)을 지어 그일을 기록하였다. 또 조정에 보고하고 정려를 내려 포상하니 이때는 숙종 연간이었다. 귀상은 다음과 같은 시를 지어 향랑을 찬탄하였다.

---

68 오태강(吳泰江) : 구미를 지나는 낙동강의 지류이다.

삼월 동풍에 풀이 나부끼니	東風三月草離離
오태강변에서 향랑이 몸을 던진 때라네.	吳泰江邊脫履時
영혼은 무양(巫陽)[69]을 좇아 상제께 돌아가고	魂逐巫陽歸上帝
이름은 약가(藥哥)와 같아 큰 비석에 기록되었네.	名同老女紀穹碑
평생토록 봉비(葑菲)[70]를 다하지 못한 원한에	百年不盡葑菲怨
천고의 슬픔은 공작시(孔雀詩)[71]보다도 깊도다.	千古悲深孔雀詩
노래는 신사(新詞)에 이르러 구슬픈 대목인데	唱到新詞聲咽處
산화는 여전히 아련한 가지에 피어나도다.	山花猶發可憐枝

당시의 여러 사람들이 향랑의 이야기를 듣고 슬퍼하며 시를 짓거나 그 일을 기록한 자들이 매우 많았다. 또 신유한(申維翰)의 『영남악부(嶺南樂府)』에 수록된 〈산유화곡(山有花曲)〉은 다음과 같다.

산 위엔 꽃이 피고 꽃 아래엔 산 있는데	山上有花花下山
노래 한 곡조 애 끊는 듯 눈물 줄줄 흐르네.	一腔欲斷淚潸潸
낙동강 물은 끊임없이 흘러가건만	洛東江水無時盡
시퍼런 원한 아득히 흘러가 돌아오지 않누나.	碧恨悠悠去不還

---

69 무양(巫陽) : 옛날 신무(神巫)의 이름으로, 상제(上帝)의 명을 받들어 재능 있는 사람들의 혼백을 모아오는 임무를 맡았다. *『楚辭』「招魂」참조.

70 봉비(葑菲) : 부부 사이의 애정관계를 뜻한다. 순무[葑菲]는 잎도 뿌리도 먹을 수 있는데, 뿌리는 맛이 있을 때도 있고 맛이 없을 때도 있다. 이에 순무 캐는 사람이 뿌리만을 보고 캐서는 안되듯, 부부 사이도 좋을 때도 있고 나쁠 때도 있는데 부부 사이가 나쁘다 하여 상대에 대한 신의를 저버려서는 안 된다는 말이다. *『詩經』「邶風」〈谷風〉참조.

71 공작시(孔雀詩) : 고부간의 불화로 빚어진 가정 비극을 다룬 서사시. 한나라 말기 건안(建安)연간에 여강(廬江)의 하급관리 초중경(焦仲卿)의 처 유씨(劉氏)가 시어머니에게 쫓겨나자, 재가하지 않겠다고 스스로 맹세하였다. 그런데 친정 식구들이 핍박하자 마침내 물에 몸을 던져죽어 버렸다. 중경도 이 소식을 듣고 역시 뜰에 있는 나무에 목을 매어 죽었다. 당시의 어떤 사람이 이 일을 서글프게 여겨 이 시를 지었다.

외사씨는 말한다.

지금 향랑연은 묻혀서 모래밭이 되었으나 마을 사람들은 여전히 그 땅을 가리키며 향랑의 일을 이야기한다. 지금 땔감하고 소치는 아이들이 〈산유화가(山有花歌)〉를 부르는데 상수(湘水)가의 〈죽지사(竹枝詞)〉처럼 그 음색이 쓸쓸하다. 아, 한낱 시골 여인으로서 그 이름이 전기에도 실려 전하고 노래로도 울려 퍼지니, 이와 같이 성대한 것은 그 고결한 정절이 옛 정녀들처럼 슬프고 원통하기 때문이 아니겠는가!

29.

당대의 명인을 만나 평생 정절을 지킨 춘절

춘절(春節)은 서원(西原)—지금의 청주(淸州)이다.—의 이름난 기생이다. 자색이 빼어나고 가무에도 능하여 재주와 외모가 모두 뛰어났다. 당시 동주소선(東洲笑仙) 성제원(成悌元)[72]이 전국의 명산을 두루 유람하다가 청주에 이르렀는데, 목사(牧使)는 그가 적적하리라 생각하여 춘절에게 그를 수행할 것을 명하고 다음과 같은 주의를 주었다. "동주공은 이 시대 문장의 호걸로서 기개와 뜻이 커서 재물과 여색을 가까이 하지 않는다. 이번에 동주공을 수행하면서 만약 네가 잠자리를 모신다면, 내 너에게 후한 상을 내리겠다."

이에 춘절은 제원을 수행하여 몇 달 동안 원근을 두루 돌아다녔다. 산수경치가 깨끗하고 뛰어나 마음에 드는 곳을 만나면 제원은 그때마다 기뻐하며 술을 따르게 하였다. 술이 거나해지면 반드시 종이를 펼치고 붓을 뽑아 경물을 그려냈는데, 그 위에 시제(詩題)를 짓고 화폭을 만들어 춘절에게 주며 보관하게 하였다. 또 매양 달빛 밝고 바람 맑은 날이면

---

72 성제원(成悌元) : 조선 전기 문인으로 자는 자경(子敬), 호는 동주(東洲)·동주소선(東洲笑仙)
이다. 일찍이 학문에 뜻을 두어 당시의 유명한 유학자들을 두루 방문하고 견문을 넓혔다. 산경
(山經)·지지(地誌)·의학·복술 등에도 상당한 경지에 이르렀다. 저서로 『동주일고』가 있다.

춘절에게 노래를 시키고는 그 노래에 맞추어 화답하였다. 잠자리를 함께 하는 등 은혜와 사랑이 극진하였으나 시종일관 범접하지는 않았다.

유람에서 돌아오는 날 제원이 춘절에게 말하였다. "내가 너를 범하지는 않았지만 사람들은 필시 네가 나의 애첩이라고 할 것이다. 이후로 더는 너를 돌아보지 않을 것이니, 네 생계는 이 화첩에 달려 있다." 그러자 춘절이 비로소 목사가 자신에게 분부했던 말을 모두 이야기하고 울며불며 이별하였다.

춘절은 이로부터 정절을 지키고 변치 않으며 "비록 단 한 번도 사랑을 나누지는 못하였지만 어찌 차마 그 분을 저버리겠는가!" 하였다. 그러고는 시화로 화첩을 만들었는데, 사람들에게 유람하였던 여러 명승지 그림을 보여주면 모두들 후한 값을 쳐주었으니 이것을 바탕으로 생활을 영위할 수 있었다.

훗날 제원의 조카뻘 손자인 아무개 감찰이 청주를 지나가는데, 목사가 제원의 일을 이야기하고는 춘절을 불러 오게 하였다. 춘절의 나이는 이미 여든을 넘었는데, 감찰이 제원의 조카뻘 손자임을 알고는 자신도 모르게 눈물을 흘리며 말하였다. "오늘 다시 동주 선생의 조카뻘 손자를 만나게 될 줄은 생각지도 못하였습니다." 그러고는 화첩을 꺼내 보여주었는데 좌객들이 모두 감탄하고 칭찬하며 후하게 대접하였다. 그러나 그 화첩은 훗날 난리 중에 잃어버렸다고 한다.

외사씨는 말한다.

성제원은 그 문장과 풍채 모두 사람들을 감동시키기에 충분한 자였다. 그렇지만 구구하게 치장한 여인의 무리들이 어쩜 이리도 감화되어 사모하였다는 말인가. 아, 가난한 처지에 부귀영화를 그리워하여 오래된 친구를 버리는 자들은 춘절의 풍모를 보고 느끼는 바가 없는가?

逸士遺事

권6

01.

부친 대신 입대하여 뛰어난 지략을 펼친 여장부 부랑

부랑(夫娘)은 평안도 자성군(慈城郡)의 여인이다. 그 선조는 본래 부여씨 (扶餘氏)의 후손으로 명나라 말기에 건주위(建州衛)[1]에서 자성군으로 이주 하여 대대로 목축·수렵을 업으로 살아왔다. 이 때문에 부랑 또한 말타 기와 활쏘기에 익숙하였다.

부랑은 어려서부터 전쟁놀이를 좋아하여 매양 목장에 가서 아이들과 더불어 대열을 갖추고 전진(戰陣)을 만들며 스스로 말에 올라 대장이 되 었다. 나뭇가지를 꺾어 활과 화살, 창칼 등의 기물을 만들어 여러 아이들 에게 나누어주었는데 호령이 엄격하고 기율이 가지런하였다. 날마다 이 런 일을 상례로 하니, 부모가 꾸짖기를 "이는 남자들이 하는 일이다. 어 찌 네 본분을 잊는단 말이냐! 이런 것을 배워 어디에 쓰겠느냐?"라고 하 였다. 그러자 부랑이 답하기를 "훗날 나라에 큰 변고가 생기면 제가 아 버지를 대신하여 군대에 가려고 합니다."라고 하였다. 이로부터 또 종종 서당 아이들과 어울려 문자를 배웠는데, 낮에는 말을 기르고 밤에는 책 을 읽었다.

---

1 건주위(建州衛): 명나라 영락제(永樂帝) 때 만주의 남쪽에 살고 있는 여진족을 누르기 위하여 설치한 위(衛).

당시 평안병사(平安兵使) 이괄(李适)[2]이 영변(寧邊)에 진을 치고 은밀히 다른 뜻을 품었는데, 오랑캐를 방비한다고 칭탁하며 각 군현에 명을 내려 속오군(束伍軍)을 뽑고 또 별도로 건장한 사냥꾼 포수를 모집하였다. 이에 부랑이 부친에게 청하기를 "아버지는 건장한 아들이 없고 저는 이미 장성하였으니 아버지를 대신하여 군대에 가고 싶습니다."라고 하였다. 부친은 처음에는 허락지 않았으나, 굳게 청하자 결국 허락하였다.

부랑이 이에 남자옷으로 변복하고 속오군에 편성되어 이괄의 군영에 이르렀는데, 이괄이 여러 날 동안 병사들을 조련하다가 부랑이 기예에 정통한 것을 알고는 매우 좋게 여겨서 승진시켜 초장(哨將)으로 삼았다. 그런데 얼마 후 이괄이 조정에 반기를 들고는 군사들에게 명을 내려 떠날 채비를 서두르라 하고, 이튿날 새벽 군사들을 거느리고 도성으로 출병하였다. 부랑은 비로소 사태를 깨닫고 밤에 마구간의 말을 훔쳐 급히 이백 리 길을 달려 안주성(安州城)에 당도하였다. 당시 정충신(鄭忠信)[3]이 안주목사로 있었다.

부랑은 급히 명함을 내밀고 뵙기를 청하며 촌각을 다투는 일이라고 하였다. 충신이 주위를 물리고 부랑을 불러 만나보니, 부랑은 반군의 상황을 소상히 아뢰었다. 충신이 크게 놀라 말했다. "이 일을 장차 어찌하면 좋은가! 내 진실로 그놈이 반역할 줄을 알았건만, 너무도 급작스러워 방비도 없으니 어떻게 그 예봉을 막으리오? 성 안에 있는 군사는 천 명도 되지 않으니, 지키기에 역부족인데. 청컨대 그대가 나를 좀 도와주게

---

2 이괄(李适) : 조선 중기 무신·반란자로 자는 백규(白圭)이다. 인조반정을 성공하게 했고 후금과의 국경 분쟁이 잦자 성책을 쌓고 국경을 경비했다. 아들 전이 공신들의 횡포로 인한 시정의 문란을 개탄해 반역의 무고를 받자 공신들에 대한 적개심이 폭발, 반란을 일으켰으나 서울 입성 이틀 뒤 관군에 참패해 평정되었다.

3 정충신(鄭忠信) : 조선 중기 무신으로 자는 가행(可行), 호는 만운(晩雲)이다. 임진왜란 때 권율 휘하에서 종군했으며, 이괄의 난 때는 황주·서울에서 싸워 이겼고 정묘호란 때 부원수가 되었다. 천문·지리·복서·의술 등 다방면에 걸쳐서 정통했으며, 청렴하기로 이름이 높았다. 저서로 『만운집』 등이 있다.

나. 어떤 계책을 써야 하겠는가?" 부랑이 말하였다. "생각건대 반군은 오늘 저녁 쯤 필시 성 아래로 들이닥칠 것이니, 목사께서는 헛되이 죽기만 할 뿐 아무런 이득이 없을 것입니다. 이 사실을 빨리 조정에 보고하고, 목사께서는 급히 평양(平壤)으로 달려가 도원수(都元帥)와 함께 일을 도모하십시오." 그러자 충신은 "좋다." 하고, 부랑을 데리고 함께 평양으로 달려갔다.

이보다 앞서 도원수 장만(張晩)[4]은 군사들을 거느리고 평양에 진주하여 관서(關西)의 주요 길목을 막고 있었다. 혹자가 도원수에게 "충신은 평소 이괄과 친하였으니, 적을 추종함이 없겠습니까?" 하니, 도원수가 말하기를 "정목사가 어찌 임금을 배반하고 반군을 추종하겠는가! 지금 이곳으로 오고 있을 것이네."라고 하였다. 말이 끝나기도 전에 과연 충신이 이르렀다. 도원수가 종사관에게 명하여 충신을 심문하기를 "안주는 중요한 진영이다. 굳게 성을 지키며 반군이 내려오지 못하게 하는 것이 직분이거늘 어찌 제멋대로 성을 버리고 왔는가? 이는 큰 죄에 해당되네!" 하니, 충신이 대답하기를 "반군이 빠르게 내려오려고 하니 반드시 안주를 경유하지 않을 것이요, 가령 안주를 경유한다 하더라도 군사가 없는데 지킬 수 있겠습니까? 헛되이 죽기만 할 뿐 아무런 이득이 없을 것입니다. 그러므로 지금 이곳으로 달려와 도원수 휘하에서 명을 받들고자 한 것이니, 떠나고 머무르는 일은 오직 명을 따르겠습니다."

이때 부랑이 이야기를 엿듣고 있다가 몰래 계책을 충신에게 일러주기를 "도원수께서 목사를 만나면 필시 계책을 물으실 것이니 반드시 이리이리 대답하십시오." 하니, 충신이 "알았다."고 하였다. 잠시 후 도원수가 충신을 부르자, 충신이 들어가 도원수를 뵈었다. 도원수가 충신을 맞

---

4 장만(張晩) : 조선 후기 문신으로 자는 호고(好古), 호는 낙서(洛西)이다. 1607년 함경도 관찰사로 누르하치의 침입을 경고하여 그 방어책을 세우도록 상소하여 방비대책의 시급성을 역설하였다. 인조반정 후 도원수에 임명되어 원수부를 평양에 두고 후금의 침입에 대비하였으며, 이괄의 난이 일어나자 각지의 관군과 의병을 모집해 이를 진압하였다. 저서로 『낙서집』이 있다.

아 함께 자리에 앉아 "지금 반군이 어떤 계책을 쓰리라 보오?"하고 묻자, 충신이 다음과 같이 대답하였다. "반군에게는 세 가지 계책이 있을 것입니다. 반군들이 새로 기병한 예봉을 타고 직접 한강을 건너서 임금의 어가(御駕)까지 진격해 들어간다면 임금의 안위를 알 수 없으니, 이것이 상책입니다. 관서 지역에 웅거하여 가도(椵島)에 있는 명나라 모문룡(毛文龍)[5]과 결탁하고 큰소리를 친다면 조정 또한 쉽게 제어하지 못할 것이니, 이것이 중책입니다. 지름길로 빠르게 도성으로 들어가 빈 성을 지키고 앉아 있으면 조정에서도 어쩔 수 없으리니, 이것이 하책입니다. 하지만 이괄은 날래기는 하나 지모가 없는 자이니 반드시 하책을 쓸 것입니다." 그러자 도원수가 "훌륭하도다. 지금 보고를 듣자하니, 반군이 지름길로 곧장 도성을 향해 가고 있다 하오."라고 하였다.

부랑이 충신에게 권하기를 "지금 반군이 지름길을 따라 도성으로 들이닥치면 임금의 어가가 필시 남쪽으로 몽진할 것입니다. 이제 안주는 지킬 일이 없으니 마땅히 스스로 선봉에 나서시어 적이 아직 안정되지 않았을 때 공격하면 반군을 반드시 격파할 수 있을 것입니다. 대장부가 적개심으로 공을 세울 수 있는 것은 바로 지금입니다." 하였다. 충신이 그 말을 옳게 여겨 도원수에게 출전을 청하며 "기회를 잃어서는 안 됩니다!" 하니, 도원수가 이를 허락하고 충신을 선봉대장으로 삼고 남이흥(南以興)[6]을 계원장(繼援將)으로 삼아 군사를 거느리고 급히 떠나게 하였다. 충신은 부랑을 참모로 기용하고 군사 1천을 거느리고 반군의 후방을

---

5 모문룡(毛文龍) : 명나라 말기 무장으로 1621년 누르하치[奴兒哈赤]가 요동을 공략하자, 왕화정(王化貞)의 휘하로 들어갔다. 그러고는 조선과 교묘하게 손잡고 청(淸)나라를 위협할 태세를 취하자, 좌도독(左都督)에 임명되었다. 그 뒤 전횡을 일삼다가 산해관군문 원숭환(袁崇煥)에게 참살되었다.

6 남이흥(南以興) : 조선 중기 무신으로 자는 사호(士豪), 호는 성은(城隱)이다. 정유재란 때 노량해전에서 아버지가 전사하자 글공부를 포기하고, 활쏘기·말타기에 전념해 1602년 무과에 급제했다. 이괄의 난 당시에 장만의 지휘 아래 중군을 이끌고 많은 무공을 세웠다. 이 공으로 진무공신(振武功臣) 1등에 책록되었다.

추격하였다. 그리하여 황주(黃州) 신교(薪橋)에 이르러 반군과 조우하였는데, 반군은 충신이 도원수를 좇아 선봉대장이 된 것을 알고는 풀이 죽어 근심하는 기색으로 "이는 가볍게 여길 일이 아니다." 하고는, 싸우지 않고 지름길로 돌아 곧장 도성으로 들이닥쳤다.

당시 인조(仁祖)는 이미 남쪽으로 몽진하였고, 이괄은 도성으로 들어와 경복궁(景福宮)에 주둔하고 흥안군(興安君) 이제(李瑅)[7]를 추대하여 참람되이 왕이라 칭하였다. 충신은 반군을 추격하여 파주(坡州)까지 이르렀는데, 이때 도원수가 이르러 여러 장수들을 불러 계책을 논하였다. 충신이 큰소리치며 "역적들이 도성을 범하여 임금께서 파천하셨으니, 우리들은 응당 죽을 각오로 승패를 따지지 말고 일전을 치러야 합니다!"라고 하자, 도원수가 그 말을 따라 진격하여 도성을 공격하였다. 충신이 계책을 아뢰었다. "먼저 북산(北山)을 점거하는 쪽이 이길 것이니, 지금 길마재[8]를 점거하여 진을 펼치면 도성을 내리누르는 형세가 되어 반군은 싸우지 않을 수 없을 것입니다. 그리되면 반군은 산을 오르며 공격하게 되고 우리는 높은 곳에 처하여 편함을 얻으리니, 반군을 반드시 격파할 수 있을 것입니다." 도원수가 "좋다." 하자, 충신이 이에 채찍을 휘두르며 빠르게 진격해 들어갔다. 부랑은 기병 몇 명을 데리고 먼저 몰래 고개 위로 올라가 반군의 봉졸(烽卒)들을 사로잡고 아무일도 없다는 듯이 예전처럼 봉화를 올렸다. 여러 군대가 차례대로 이르자, 길마재를 점거하여 진을 펼치고는 별도로 정예병사 수백을 보내 치마바위[9]에 매복하여 창

---

7 흥안군(興安君) 이제(李瑅) : 조선 중기 왕자로 선조의 열째아들이다. 성품이 활달·호협하여 엉뚱한 짓을 잘하였다. 이괄의 난 때, 인조와 함께 공주로 가던 중 도망하여 이괄의 진영으로 들어가 왕으로 추대되었으나, 관군의 승전으로 패하게 되자 살해되었다.

8 길마재 : 서대문구 현저동에 있는 산으로서, 산의 생김새가 말이나 소의 등에 짐을 싣기 위해 사용한 길마와 같이 생겼다 하여 붙여진 이름이다.

9 치마바위 : 종로구 사직동 서쪽에 있는 넓고 평평하게 생긴 바위이다. 중종반정 직후 중종의 비 단경왕후 신씨가 인왕산 아래 사직골로 쫓겨났는데, 중종이 부인을 잊을 수 없어 경회루에 올라 인왕산 기슭을 바라보곤 하자, 신씨가 자기가 입던 치마를 경회루가 보이는 이 바위에 걸쳐 놓음으로써 간절한 뜻을 보인 데서 유래한다.

의문(彰義門)[10]을 방비하게 하였다.

이튿날 아침 반군이 이러한 사실을 깨닫자, 즉시 성문을 열고 군사를 출동시켜 길을 두 갈래로 나누어 산을 포위하며 올라갔다. 한명련(韓明璉)[11]이 곧장 전방 부대로 들이닥쳤는데, 이때 동풍이 급히 불어오자 반군이 바람을 타고 질풍처럼 공격하여 화살과 탄환이 비 오듯 쏟아졌다. 관군은 산 정상에 처해 있으면서 죽음을 무릅쓰고 싸웠는데, 갑자기 바람이 변하더니 서북풍이 크게 일어났다. 반군은 바람 아래 놓이게 되어 먼지와 모래가 얼굴을 때려 눈을 제대로 뜰 수 없었다. 이에 관군은 기세를 더욱 떨치며 묘시부터 사시까지 크게 싸워 반군의 장수 이양(李壤)이 탄환에 맞아 죽고 한명련도 팔과 다리에 화살을 맞으니 이괄의 군대가 허둥지둥 동요되었다.

남이흥이 멀리 바라보고는 "이괄이 패하였다!" 하고 크게 소리치자, 반군이 달아나면서 서로 넘어지고 짓밟는 통에 바위에서 떨어져 죽은 자가 헤아릴 수 없었다. 혹 마포(麻浦) 쪽으로 흩어져 달아나기도 하였으나 관군이 승기를 타고 추격하니 반군은 마침내 크게 패하였다. 이괄이 달아나 도성 안으로 들어가자, 충신이 뒤쫓고자 하였는데 남이흥이 굳게 제지하였다. 반군은 밤에 몰래 병사들을 수구문(水口門)으로 내보내 남쪽으로 달아났다. 충신이 유효걸(柳孝傑) 등을 거느리고 경안역(慶安驛)[12]까지 추격해 가니, 반군은 그 소문만 듣고도 궤멸되었다. 이튿날 이괄의 휘하 이수백(李守白)[13] 등이 이괄의 목을 베어 항복하니, 이에 반군

---

10 창의문(彰義門) : 종로구 창의동에 있는 조선시대 서울 성곽의 4소문(四小門) 가운데 하나로 일명 '자하문(紫霞門)'이라고 한다.

11 한명련(韓明璉) : 조선 중기 무신으로 임진왜란 당시 역전의 명장으로 능통한 전략과 능숙한 지휘자로서의 명성이 높았다. 그러나 정치적으로 무고를 당하면서 이괄의 난 때 반란군에 가담하여 선봉장으로서 관군을 패주시키고 서울을 점령했으나, 길마재 싸움에서 패배하고 도주하던 중 부하 장수의 배반으로 살해당하였다.

12 경안역(慶安驛) : 조선시대 경기도 광주(廣州)에 소재한 역원.

13 이수백(李守白) : 조선 중기 무신으로 이괄이 변을 일으키자 그의 부하로 난에 가담하였으나 조정에서 이괄의 목에 현상을 붙이자 기익헌(奇益獻)과 함께 이괄, 이괄의 아우 이수, 이괄의

이 모두 평정되었다.

반군이 평정되자 여러 장수들은 임금의 어가를 맞이하여 모두 도성에 머물렀는데, 유독 충신만은 자신의 임지인 안주로 돌아가면서 말하였다. "내가 변읍(邊邑)의 장신(將臣)으로서 반역의 무리들을 빨리 주살하지 못하여 임금의 수레로 하여금 몽진케 하였으니 그 죄는 실로 용서받을 수 없다. 마땅히 임지로 돌아가 임금의 명을 기다리겠다." 그러자 임금은 파발로 불러 충신을 인견하고 후하게 상을 내리고는 진무공신(振武功臣) 1등에 책록하여 금남군(錦南君)에 봉하고 정헌대부(正憲大夫)로 승급하여 평안병사에 제수하였다. 충신이 이괄의 난을 평정한 데에는 실로 부랑이 돕고 계획한 공로가 컸다.

충신은 자신이 받은 돈과 비단을 부랑에게 주며 감사 인사를 하였다. "오늘 이 같은 공을 이룬 것은 모두 그대의 덕택이니 청컨대 이것을 받아주게나. 앞으로도 그대가 막하에 머물면서 시종일관 함께하기를 바라네." 그러자 부랑이 부끄러워하며 말하였다. "공께서 제 능력을 알아주신 은혜에 감격하여 진실로 죽고 사는 것을 명에 따르는 것이 합당하나, 다만 부모께서 연로하시고 부모를 봉양할 다른 자식이 없기에 이대로 돌아가고자 합니다." 충신이 거듭 만류하며 말하였다. "지금 국가에는 변고가 많고 변방의 우환이 염려되는데, 그대의 재주는 나라를 지키기에 합당하네. 내가 조정에 천거하여 우선적으로 등용케 하리니 그대는 돌아가지 말게. 노친은 이곳에서 봉양할 수도 있으니 그대는 걱정하지 말게." 부랑이 한숨을 내쉬고 잠시 후 말하였다. "공의 분부가 이러하시니 일단 생각을 더 해보겠습니다."

밤이 되자 부랑은 기회를 보아 다시 충신에게 아뢰었다. "사실 저는 남자가 아닙니다. 연로한 아버지를 군대에 보낼 수 없어 감히 목란(木蘭)

아들 이전, 한명련 등 9명의 목을 베어 원수부(元帥府)에 전하였다.

처럼 행동한 것인데, 요행히 공께 등용되어 항오(行伍)에서 이리저리 일하다가 공의 용맹에 힘입어 오늘 같은 날을 맞이하였습니다. 만일 저를 버리지 않고 거두어주신다면 공의 휘하에서 명을 받들겠습니다." 충신이 놀라고 감탄하며 말하였다. "여러 달을 함께 지내면서도 여인의 몸을 알아보지 못하였으니, 내가 실로 눈뜬장님이었구나!"

다음 날 충신은 여러 비장들을 불러 성대하게 연회를 베풀고는 마음껏 즐겼다. 술이 거나해지자 충신이 술잔을 들고 부랑에게 권하고는 이어서 비장들에게 부랑이 여인임을 밝혔다. "오늘은 참으로 나에게 좋은 날이네. 제장들은 수놓은 치마와 비단 저고리를 가지고 와서 부랑이 치장을 하고 어서 화촉을 밝힐 수 있도록 준비를 해주게!" 이에 좌우에서 비로소 부랑이 여인임을 알고 혀를 내두르며 칭찬해 마지않았다. 며칠 뒤에 부랑은 집으로 돌아가 부모에게 문안을 여쭙고 이사하여 병영 아래에 살았다.

인조 5년[1627] 후금의 군대가 갑자기 쳐들어오자, 충신은 별장(別將)이 되어 도원수 장만의 병영으로 달려갔다. 이에 임금은 즉시 충신을 부원수에 제수하였다. 이때 후금은 조선과 강화를 맺고 물러갔다. 처음 전란이 발발하였을 때 충신이 부랑에게 계책을 물었는데, 부랑이 말하기를 "후금이 쳐들어온 것은 근심할 바가 못 됩니다. 저들은 강화를 맺으면 필시 물러갈 것입니다."라고 하였는데, 과연 그러하였다.

부랑은 충신에게 다음과 같이 말한 적도 있다. "지금 후금이 강성하여 천하를 석권하는 형세인데, 조정에서 강경론에 이끌려 후금의 심기를 상하게 하면 강화가 필시 어그러질 것이니, 그리되면 화를 장차 예측할 수 없을 것입니다." 그런데 조정에서 김대건(金大乾)을 파견하여 세폐(歲幣)를 그만두고 후금과의 국교를 끊으려 하자, 충신이 탄식하며 말하였다. "이는 화를 재촉하는 방편이다. 어찌 적들에게 쳐들어오려는 뜻이 없겠는가. 이는 우리가 그들을 불러들이는 격이다!" 이에 김대건을 국경에 붙잡아두고는, 체찰사(體察使) 김시양(金時讓)[14]과 함께 상소를 올려 국서를 고쳐서 변란을 유발하지 않기를 청하였다. 그러자 임금이 크게 노하여 충신의 목을 베어 사람들에게 경종을 울리고자 하였으나, 대신들 중에 극구 간언하는 자가 있어 충신을 하옥시켰다가 당진(唐津)으로 유배를 보냈다.

부랑은 충신과 함께 유배지에서 지내다가 얼마 지나지 않아 사면되어 고향으로 돌아와 충주(忠州)에 기거하였다. 얼마 후 충신은 포도대장(捕盜大將), 경상우병사(慶尙右兵使)에 제수되었으나 모두 병환으로 사양하였다. 부랑이 충신에게 조용히 말하였다. "몇 년이 지나지 않아 후금의 군대가 필시 크게 쳐들어올 것입니다. 조정에서는 오로지 척화(斥和)만을 일삼고 아무런 방비도 하지 않으니, 공께서 비록 출사하더라도 어찌할 수 없을 것입니다. 게다가 공은 몸이 쇠약하니 변란을 보지도 못할까 염려됩니다." 과연 병자년[1635] 여름에 충신이 죽고 겨울에 후금의 군대가 크게 쳐들어왔으니 모두 부랑의 말과 같았다. 부랑은 삼년상을 마치고는 머리를 깎고 비구니가 되어 묘향산(妙香山)으로 들어갔으니, 이후에는 어찌 살다 죽었는지 알지 못한다.

외사씨는 말한다.

내가 이미 부랑의 이야기 한 편을 기록하였다. 어떤 사람이 패사소설(稗史小說)을 가지고 와서 보여주었는데, 그 이야기가 약간 다른 부분이 있어서 이어서 다음과 같이 기록한다.

금남군 정충신이 예전에 창주첨사(昌洲僉使)에 제수되어 여러 재상들을 찾아다니며 인사를 하는데, 한 연로한 재상이 은근히 아끼는 뜻을 보이

---

14 김시양(金時讓) : 조선 중기 문신으로 자는 자중(子中), 호는 하담(荷潭)이다. 문과에 급제하여 요직을 두루 거쳐 이괄의 난 때는 이원익(李元翼)의 종사관으로 활약하였으며 정묘호란이 일어날 징후가 보이자 도원수 겸 사도도체찰사(四道都體察使)를 지냈다. 전적과 경사에 밝았으며, 저서로 『하담파적록(荷潭破寂錄)』·『하담집』 등이 있다.

며 말하였다. "나는 자네가 큰 그릇이라는 걸 아네. 자네의 앞길이 어찌 될지 예측할 수도 없는데 자네는 아직 부인도 없는 걸로 아네. 내게 측실의 딸이 하나 있는데 외모는 비록 못생겼으나 그대의 첩으로 삼아 건즐(巾櫛)을 받들도록 하고자 하는데 어떨지 모르겠네." 충신이 그 뜻에 감사하며 허락하자, 재상이 말하였다. "그렇다면 남들의 이목을 신경 쓸 필요 없이 자네가 출발하는 날 내가 떠날 차비를 시켜 홍제교(弘濟橋) 앞에서 자네와 함께 떠날 수 있도록 하면 어떻겠나?" 충신은 이를 허락하였다.

떠나는 날 과연 홍제교 앞에서 만나 그 여인을 보니, 체구가 매우 크고 말하는 것도 무미건조하여 매우 마음에 들지 않아 재상에게 속았다고 한탄하였다. 그러나 이미 허락한 일이기에 하는 수 없이 여인을 데리고 갔다. 진영에 이르자, 여인에게 밥하는 일을 맡기고는 전혀 돌아볼 뜻이 없었다.

하루는 순영(巡營)의 은밀한 공문이 당도하였는데, 펼쳐보니 군무로 급히 의논할 일이 있으니 속히 달려오라는 내용이었다. 충신이 행장을 꾸려서 떠나고자 소실에게 들어가 인사를 하는데 소실이 말하였다. "공께서 생각하시기에 지금 가는 것이 무슨 중요한 일이라 여기시는지요?" 충신이 모르겠다고 하자, 소실이 말하였다. "이처럼 어렵고 위태로운 때를 당하여 미리 일의 조짐을 헤아릴 수 없다면 장차 어떻게 임기응변하면서 국사를 처리하시렵니까?" 충신이 소실의 말을 기특하게 여겨 재차 묻자, 소실이 말하였다. "필시 이러이러한 일이 있을 것이니, 모름지기 이리이리 처리하신다면 무사할 것입니다." 그러고는 붉은 비단으로 새로 지은 철릭을 꺼내어 입혔는데, 옷의 기장과 품이 몸에 딱 맞았다. 이에 충신이 마음속으로 놀라고 기이하게 여겼다.

충신이 순영에 도착하자, 순찰사가 은밀히 말하였다. "지금 황제의 사신이 돌아가는 길에 성 안에 머무르며 은자 50냥을 토색질하는데, 일이 너무도 창망하여 어찌할 바를 모르겠네. 그대는 지략이 뛰어나니 임기 응변할 수 있을 터이기에 급히 부른 것이네." 충신이 그 말을 들어보니, 과연 소실의 말과 같았다. 마침내 소실의 말에 의거하여 스스로 처리하겠다고 하였다.

이에 연광정(練光亭)으로 나와 앉아서 영리한 순영의 장교 한 명을 불러 귓속말로 한참을 이야기하고, 예쁘고 똑똑한 순영의 기녀 대여섯 명을 뽑아 사신을 곁에서 모시고 앉아 술시중을 들게 하였다. 또 장교들을 불러 명령하기를 "지금 은자를 바치지 않으면 순찰사께서 화를 입을 것은 물론이요, 성 안은 온통 도탄에 빠지게 되어 죽는 것과 다름없을 것이다. 어찌 가만히 앉아 죽기를 기다리겠는가. 너희들은 즉시 성 안으로 가서 집집마다 화약을 쟁겨놓고 연광정 위에서 세 발의 방포소리가 들리기를 기다려 일제히 불을 댕기거라!" 장교들은 명을 듣고 물러갔다. 이내 장교가 들어와 화약을 쟁겨놓았다고 보고하였다.

잠시 후 충신이 대포 한 발을 쏘라고 명하자, 여러 기녀들이 사신의 곁에 있다가 그 소리를 듣고는 크게 두려워하며 소변을 보러 간다 청탁하고 조금씩 밖으로 빠져나가 각자 집으로 돌아갔다. 잠시 후에 성 안에서는 통곡소리가 들끓고 백성들이 아버지 어머니를 외치며 처자식을 이끌고 어지러이 성 밖으로 나오자 시끌벅적한 소리가 천지를 뒤흔들었다. 사신이 방포소리를 듣고 의아해하다가 온 성 안이 시끄러운 소리를 듣고는 급히 일어나 탐문해 보니, 성 안의 상황을 사실대로 고하는 자가 있었다. 말이 채 끝나기도 전에 방포소리가 또 울렸는데, 만약 한 발을 더 쏘면 성 전체가 잿더미가 될 것이라 하였다.

이에 사신이 당황하여 허둥지둥 달려가다 연광정에 이르러 충신의 손을 부여잡고 목숨을 구걸하자, 충신이 이치를 들어 꾸짖었다. "사신께서 조선에 와서 황제의 명을 선포할 적에 배신(陪臣)들이 삼가 정성껏 접대하였거늘 어찌 갑자기 의례에도 없는 은자를 요구한단 말이오. 이제 온 도성 사람들이 죽는 것 외에는 달리 대책이 없어 차라리 스스로 불태워 죽이고자 하오이다." 그러자 사신이 말하였다. "내가 지금 즉시 출발하면 밤이 되기 전에 압록강을 건널 수 있을 터이니, 원컨대 방포를 멈춰 주시오." 충신이 정색하며 말하였다. "나는 그 말을 믿을 수 없소이다." 그러고는 급히 포수를 재차 부르니, 사신이 손을 부여잡고 애걸복걸하여 마지못해 허락하였다. 사신은 짐을 꾸려 급히 길을 떠났다.

이에 순찰사가 크게 기뻐하며 연회를 베풀어 충신에게 감사를 표하였다. 이로부터 충신의 명성이 세상에 떨쳐졌다. 이후로 충신은 매양 어려운 일을 당하면 반드시 소실에게 묻고 결정하였다. 이로 인하여 결국에는 큰 공을 이루게 되었으니, 이는 대체로 소실에게 힘입은 바였다.

02.

신묘한 지혜로 남편을 도와 왜적을 물리친 양부인

양부인(梁婦人)은 문열공(文烈公) 김천일(金千鎰)[15]의 아내이다. 부인은 시집간 이후로 날마다 하는 일 없이 빈둥거리며 낮잠만 잘 뿐이었다. 시아버지가 "집안 살림을 다스려야지." 하며 나무라자, 부인은 "비록 살림을 하고자 하여도 재물이 없는데 어찌합니까?"라고 대답하였다. 그러자 시아버지가 곡식 30석과 노비 네댓 명, 소 몇 마리를 나누어주었는데, 부인은 감사하다는 인사도 없이 물러나 노비들을 불러놓고 명하였다. "너희들은 소에 곡식을 싣고 전라도 무주(茂朱) 모처의 깊은 골짜기로 가거라. 그곳에서 나무를 베어 살 집을 만들고, 이 곡식을 먹으며 부지런히 화전을 개간하여라. 매해 가을마다 소출된 곡식의 양을 와서 고하고, 벼는 도정하여 쌀로 만들어 비축하거라. 매년 이렇게 해야 할 것이다."

그러고는 부인이 며칠 후에 천일에게 가서 말하였다. "남자의 수중에 재물이 없으면 아무런 일도 이룰 수 없습니다. 제가 듣기에 마을의 아무개 갑부가 누만금의 재물을 쌓아두었는데, 성품이 도박을 좋아한다고 합니다. 그에게 한번 찾아가 내기 바둑을 두어 그가 쌓아둔 천석의 곡식

---

15 김천일(金千鎰) : 조선 중기 의병장으로 자는 사중(士重), 호는 건재(健齋)이다. 임진왜란이 일어나자 의병을 일으켜 각지에서 승리를 거두었으나, 2차 진주성 전투에서 전사하였다.

을 가져오는 것이 어떻겠습니까?" 천일이 "이 사람은 국수로 이름이 났는데 내가 어찌 상대할 수 있겠소?"하자, 부인은 "이는 어렵지 않습니다."하고 답하며 바둑판을 끌어다가 여러 묘수들을 가르쳐 주었다. 천일은 본성이 지혜롭고 영특하여 하루도 지나지 않아 바둑의 묘수를 모두 깨우쳤다. 부인이 말하였다. "이제 되었습니다. 내일 갑부를 찾아가 대국을 청하시되, 삼판양승으로 내기를 정하십시오. 첫째 판은 져주고 둘째 판과 셋째 판은 아슬아슬하게 이기십시오. 곡식을 얻게 되면 그 사람은 필시 발끈하여 한 판 더 두자고 할 것이니, 이때 신묘한 수를 두어 그 사람이 감히 대항하려는 생각을 하지 못하게 해야 할 것입니다."

천일이 부인의 말대로 내기 바둑을 청하자 갑부가 비웃으며 말하였다. "그대는 내 적수가 못 되오. 내기를 하여 무엇 하려 하시오?" 그러고는 눈을 내리깔고 대국하려 하지 않았는데, 천일이 재삼 간절히 청한 연후에야 비로소 허락하였다. 이에 문전에 쌓아둔 곡식 천 석을 걸기로 하고, 삼판양승으로 바둑을 두었다. 천일이 거짓으로 한 판을 져주자 갑부가 웃으며 말하였다. "그럼 그렇지, 그대가 어찌 내 적수가 되겠는가! 일찌감치 스스로 물러가 많은 재물을 허비하지 않는 것이 좋을 텐데." 천일이 다시 청하여 대국을 하였는데 연달아 두 판을 이겼다. 갑부가 놀라며 "어찌 이럴 수가 있다는 말인가! 이미 약속한 곡식은 응당 그대에게 내어줄 것이니, 다시 한 판 더 두는 것이 어떻겠소?"하였다. 그러자 천일이 묘수를 내어 두니 신묘하고 예측할 수 없어 반도 두지 않아 갑부는 크게 패하고 감히 더는 두려 하지 않았다.

천일이 집으로 돌아가 부인에게 물었다. "과연 부인의 말대로였소. 이 곡식은 장차 어디에 쓰려 하시오?" 부인이 말하였다. "당신이 평소 알고 지내던 친구들 가운데 빈궁하여 생계를 꾸릴 수 없는 자들은 구휼해주고, 혼례와 상례를 치를 수 없는 자들은 예를 갖출 수 있도록 도와주십시오. 원근과 귀천을 따지지 말고 알맞게 헤아려 도와주시되, 지혜와 용맹을 갖춘 호걸이 있다면 반드시 그와 더불어 깊이 교분을 맺으십시오. 매일 부르셔도 제공할 술과 밥은 제가 마땅히 조치하여 준비할 것입니다." 천일은 부인의 말대로 호남의 호걸들과 모두 교분을 맺었다.

부인이 하루는 시아버지에게 고하여 울타리 바깥에 닷새갈이 밭—소 한 마리가 닷새 동안 갈 만한 넓이의 밭이다.—을 청하여 얻고는, 두루 호리병박을 심었다. 호리병박이 익기를 기다려 가장 큰 것은 따다가 옻칠하여 창고 대여섯 칸에 가득 쌓아두었다. 또 대장장이에게 명하여 쇠로 만든 호리병박 서너 개를 주조하였는데 무게가 각기 백 근 남짓 되었다. 그러나 사람들 가운데 부인의 뜻을 알아채는 자가 없었다.

임진왜란이 일어나자 부인이 천일에게 말하였다. "평소 당신이 곤궁한 자들을 구휼하고 가난한 자들을 도와주며 영걸스런 사내들과 교분을 맺게 한 것은 이러한 때에 힘을 쓰려고 했기 때문입니다. 시부모님이 병화를 피할 장소는 제가 무주 땅에 이미 마련해 두었으니 걱정하지 않으셔도 됩니다. 저는 이곳에 남아 군량과 물자를 마련할 것이니, 원컨대 당신은 속히 의병을 일으켜 적개심을 불태워 나라에 보답하십시오." 천일은 흔연히 부인의 말을 따랐다. 마침내 의병을 일으키자 원근에서 사람들이 다투어 몰려들어 달포 사이에 사오천 명의 병사를 모았다.

천일은 병사들에게 각자 옻칠한 호리병박을 가지고 전투에 나아가고, 본진으로 돌아올 때는 길에 쇠로 만든 호리병박을 버리고 오게 하였다. 왜적들이 쇠로 만든 호리병박을 취하여 들어보려고 하였는데 역부족이었다. 이에 크게 놀라며 조선의 병사들이 신력(神力)을 지니고 있다고 여기고는 감히 더는 전진하지 못하였다. 천일이 큰 공을 많이 세운 것은 부인의 조력 덕분이었다.

03.

뛰어난 감식안과 정확한 사세 판단력을 갖춘 유부인

유부인(柳夫人)은 고흥(高興) 사람 유당(柳樘)¹⁶의 딸이고, 율정(栗亭) 홍천민(洪天民)¹⁷의 후처이며, 학곡(鶴谷) 홍서봉(洪瑞鳳)의 모친이고, 어우 유몽인의 누이이다. 경술년[1610]에 태어나 여든여덟까지 살았다. 어린 시절 아우 몽인이 수업하는 것을 보고는 아우를 따라 곁에서 몰래 기억하고 암송하였는데, 널리 경서와 역사에 통달하고 문장이 뛰어났다. 그러나 스스로 부녀자의 몸으로 시를 지어 읊조리는 것이 마땅하지 않다여겨 작품을 짓지 않아 전해지는 작품이 없다. 오직 이 한 구절만이 세상에 전해진다.

골짜기로 들어서니 봄빛을 두른 듯   入洞穿春色
다리를 건너니 시냇물소리 밟는 듯.   行橋踏水聲

홍천민이 세상을 떠나자, 부인은 매월 음력 초하루와 보름에 제문을

---

16 유당(柳樘) : 조선 중기 문신으로 자는 대지(大支)이다. 찰방(察訪)·제용감주부(濟用監主簿) 등의 관직을 지냈다.
17 홍천민(洪天民) : 조선 중기 문신으로 자는 달가(達可), 호는 율정(栗亭)이다. 1553년 문과에 급제하여 형조참의·대사성·대사간 등을 역임하였다. 문장이 뛰어나 당시에 명성을 떨쳤다.

가지고 낭독하며 제사를 지내고는 곧바로 불태워버렸다. 천민의 동생 졸옹(拙翁) 홍성민(洪聖民)이 곁에서 제문을 들었는데, 글이 애절하면서도 엄정하여 감히 보자고 청하지는 못하였다.

홍서봉은 일찍 아버지를 여의어 부인이 직접 가르쳤는데, 과업을 권면하는 것이 매우 엄격하여 조금이라도 소홀하면 피가 나도록 회초리로 때렸다. 부인은 비단 보자기에 회초리를 싸서 보관하며 말하였다. "집안이 흥하고 망하는 것은 물론 너의 부지런함과 게으름이 모두 여기에 달려있으니 엄중하지 않을 수 있겠느냐!" 부인은 서봉이 암송한 것을 확인할 때 반드시 장막을 치고 들었다. 이것은 '혹시라도 암송을 잘하면 내게 필시 기쁜 기색이 있을 것이니, 아들이 만약 이런 모습을 본다면 교만하고 게으른 마음이 생기기 쉬울 것이다.'라고 여겼기에 장막으로 가린 것이었다.

만년에 부인이 호당(湖堂)을 지나다가 언덕에 올라 둘러보았는데, 건물을 지키던 한 노파가 호당에 전해 내려오는 옥잔을 꺼내어 보여주며 "선생[18]이 아니면 이 술잔으로 마실 수 없습니다."라고 하자, 부인이 웃으며 말하였다. "내가 비록 부녀자이긴 하나 시아버지, 서방님, 도련님, 아들, 조카가 모두 호당에 선발되었거늘, 나만 유독 이 잔으로 마실 수 없다는 말이오?" 이 일을 들은 사람들이 미담으로 전하였다.

인조 경오년[1630]에 좌참찬 홍서봉, 형조판서 장유(張維), 호조판서 김기종(金起宗), 호조참의 안응형(安應亨) 및 당상관 18명이 부인의 수연(壽宴)을 베풀어 주었다. 임금도 특별히 부인에게 풀솜 3근을 하사하였다.

부인은 시를 보는 감식안이 있어 집안의 어린아이들이 지은 시를 보고 그들의 궁달(窮達)을 미리 점치기도 하였다. 이웃집 아이 하나가 '수탉이 담장 위로 올라가 우네.[雄鷄上墻鳴]'라고 시를 지었고, 또 한 아이는

---

18 선생 : 풍부한 성리학적 학식과 덕망을 갖춘 인물들을 높여 부르는 말.

'수탉이 울며 담장 위로 오르네.[雄鷄鳴上墻]'라고 시를 지었다. 그러자 부인이 "'담장 위로 올라가 우네.'라고 한 아이는 필시 지위가 병조판서에 이를 것이요, '울면서 담장 위로 오르네.'라고 한 아이는 필시 요절할 것이다."라고 하였는데, 훗날 과연 그렇게 되었다. 또 종손(從孫)이 어릴 적 시를 지어 '꽃이 떨어지니 천지가 온통 붉구나.[花落天地紅]' 하였는데, 부인이 그 시를 보더니 다음과 같이 말하였다. "이 아이는 필시 귀하게 될 것이나 요절할 듯하다. 만약 '꽃이 피자 천지가 온통 붉구나.[花發天地紅]'라고 하였다면 복록이 끝이 없었을 것이거늘, '낙(落)'자가 있어 큰 복을 누릴 기상이 없으니 애석하도다."

당시 선비들을 모아 성균관에서 시험을 보았는데, 시제로 '정중(鄭衆)이 군사마(軍司馬)에 제수되어 사례하다[鄭衆拜謝軍司馬]'가 출제되었다. 시험에 응시한 만여 명 가운데 태반은 환관 정중[19]으로 잘못 이해하였다. 부인의 조카 유광(柳洸)이 부인을 찾아뵙고 인사를 드렸는데, 부인이 과제를 묻더니 이윽고 말하였다. "후한(後漢) 때에 두 명의 정중이 있는데, 과제가 유학자 정중[20]인지 환관 정중인지 모르겠구나. 이는 필시 유학자 정중일 것이다." 유광이 깜짝 놀라며 말하였다. "아주머니께서도 알고 계시는 것을 시험장에 가득 찬 응시생들은 오히려 알지 못하였군요."

광해군 때 임해군(臨海君)이 죽자 사친묘(私親廟)[21]를 봉할 곳이 없었다. 이에 효경전(孝敬殿)[22] 행랑에 붙어 있는 조그마한 방에 위패를 봉안하자 예관이 따를 수 없다고 여겼다. 부인의 친정조카 유역(柳湙)이 예조정랑(禮曹正郎)으로서 여러 대신의 의견을 두루 모으고 있었는데, 부인을 찾아

---

19 환관 정중 : 후한의 환관으로 자는 계산(季産)이다. 장제(章帝) 당시 중상시(中常侍)로서 외척인 두씨(竇氏) 집안과의 권력투쟁에서 승리하고 정치에 관여하였다.
20 유학자 정중 : 후한의 문신으로 자는 중사(仲師)이다. 흉노에 사신으로 갔다가 포로가 되었는데, 협박에 굴하지 않고서 생환하였다. 이후 군사마(軍司馬)의 직위를 받았다.
21 사친묘(私親廟) : 임금의 생모가 된 빈의 사당을 말한다.
22 효경전(孝敬殿) : 선조의 비 의인왕후(懿仁王后) 박씨(朴氏)의 혼전(魂殿)이 있던 별궁이다.

뵙고 그 일을 이야기하자 부인이 말하였다. "예로부터 임금 중에 자신의 친어머니를 추봉하여 정실의 지위에 올려놓지 않은 자가 없었다. 한나라 문제(文帝)는 박태후(薄太后)에 봉하였고, 한나라 소제(昭帝)는 구익부인(鉤弋夫人)에 봉하였으며, 한나라 애제(哀帝)는 공황후(恭皇后)에 봉하였고, 송나라 인종(仁宗)은 신비(宸妃)에 봉하였으니, 추봉하여 현호(顯號)를 내리지 않은 자가 없었다. 오직 한나라 장제(章帝)만이 사친묘를 봉하지 않아 사관들이 이를 칭찬하였다. 이제 만약 친어머니의 위패를 봉하는 것이 옳다고 한다면 아첨에 가까운 일이 될 것이요, 물리치며 그르다고 한다면 필시 사단(師丹)의 화[23]가 있을 것이다. 효경전의 행랑에 위패를 봉하겠다는 임금의 결정도 예관들이 오히려 불가하다고 하지만, 어찌 끝내 그렇게 할 수 있겠는가. 너는 신중하게 행하여라."

그 뒤에 사친묘를 추봉하여 성릉(成陵)[24]이라 하고 대비의 호를 주청하였으니 모두가 한결같이 부인의 말대로였다. 부인의 박학과 선견지명이 이와 같았다. 다만 부인이 시집을 가기 전 부인의 아버지가 글 짓는 것을 엄격하게 금하였기 때문에 짤막한 글과 시구조차도 세상에 전해지는 것이 없으니 안타깝도다.

---

23 사단(師丹)의 화 : 사단은 전한의 문신으로 자는 중공(仲公)이다. 애제가 외척 정씨(丁氏)와 부씨(傅氏)를 봉하여 공왕(共王)으로 추존하자 이를 반대하다가 서인으로 강등되었다.
24 성릉(成陵) : 광해군의 생모 공빈 김씨(恭嬪金氏)의 능이다. 광해군 2년 공빈 김씨가 왕후로 추존되어 능역 공사를 하였으나, 인조반정 이후 존호는 삭제되었고 성릉이라는 능호 역시 폐지되었다.

04.

문장으로 명성을 떨친 여섯 아들의 어머니 나부인

나부인(羅夫人)은 문곡(文谷) 김수항(金壽恒)[25]의 부인이요, 명촌(明村) 나양좌(羅良佐)[26]의 누이동생이다. 문장에도 능하고 감식안도 있었다. 부인은 6남1녀를 낳았는데, 몽와(夢窩) 김창집(金昌集), 농암(農巖) 김창협(金昌協), 삼연(三淵) 김창흡(金昌翕), 노가재(老稼齋) 김창업(金昌業), 택재(澤齋) 김창립(金昌立), 포음(圃陰) 김창즙(金昌緝)이 모두 문장으로 명성이 자자하였다.

부인의 딸은 어린 시절 여양 민씨(驪陽閔氏) 집안의 단암(丹巖) 민진원(閔鎭遠)[27]과 혼담이 오고갔다. 그런데 후에 혼담을 깨고 이섭(李涉)을 사위로 삼았으니, 이는 기실 김창흡이 극력 반대하였기 때문이다. 얼마 후 민진

---

25 김수항(金壽恒) : 조선 후기 문신으로 자는 구지(久之), 호는 문곡(文谷)이다. 효종·현종 때 여러 관직을 지내고 남인과 예송논쟁을 벌이며 숙종 때 영의정에 올랐으나, 기사환국으로 남인이 재집권하게 되자 진도에 유배되었다가 사사되었다. 시문에 뛰어나고 전서(篆書)를 잘 썼으며, 저서로 『문곡집』 등이 있다.

26 나양좌(羅良佐) : 조선 후기 문신으로 자는 현도(顯道), 호는 명촌(明村)이다. 과거에 뜻을 두지 않고 오직 학문과 수양에만 전념하였다. 송준길의 추천으로 음직에 제수되었으나 사퇴하고, 이후 평강현감, 장령을 잠시 지내었으나 그만두었다. 저서로 『명촌잡록』이 있다.

27 민진원(閔鎭遠) : 조선 후기 문신으로 자는 성유(聖猷), 호는 단암(丹巖)이다. 인현왕후의 오빠로 노론의 영수로서 활약하며 국정을 주도하고 『숙종실록』·『경종실록』 등의 편찬에 참여했다. 벼슬은 좌의정에 이르렀다. 글씨를 잘 쓰고 문장에 능하였으며, 저서로 『단암만록』·『민문충공주의(閔文忠公奏議)』 등이 있다.

원이 집 앞을 지나가는데 나부인이 문틈으로 몰래 엿보고는 창흡을 불러 꾸짖으며 말하였다. "민진원은 귀한 신분으로 훗날 필시 태평성대를 이끌어낼 재상감인데, 너는 무슨 마음으로 그를 멀리하고 물리치는 것이냐? 내가 주안상을 마련할 터이니 잠시 머물러 조금 쉬었다 가라고 하는 게 좋겠다." 그러고는 하룻밤을 머물게 하고 즐거움을 극진히 한 연후에 자리를 파하였다.

농암 김창협은 일찍 과거에 급제하여 명망이 매우 높았다. 창협이 당상관(堂上官)에 올랐는데 부인은 아들이 공복(公服)을 갖춰 입은 모습을 보고는 기뻐하지 않으며 "네 지위가 지금보다 높아질 수 없을 듯하구나!" 하였다. 그런데 농와 김창집이 당상관에 올라 공복을 갖춰 입고 들어와 알현하자, 부인이 크게 기뻐하며 "내가 평소에 네가 창협이만 못하다고 여겼는데, 오늘 보니 실로 재상감이로구나!" 하였다. 훗날 두 아들의 지위는 과연 부인의 말대로였다.

외사씨는 말한다.

나부인이 낳은 여섯 아들은 모두 문장으로 세상에 명성을 떨쳤으니, 그 훌륭한 가정교육을 이를 통해 알 수 있다. 아, 집안에 어진 자손이 있는 것은 현명한 어머니에게서 말미암지 않는 것이 없으리라!

05.

엄격한 법도로 집안을 다스린 최부인

최부인(崔夫人)은 배천군수(白川郡守) 최사립(崔斯立)[28]의 딸이다. 연안(延安) 김정(金禎)에게 시집을 갔는데, 집안을 다스림에 규범이 있었다. 최부인은 인조 병인년[1626]에 남편을 잃고 늘그막까지 청상과부로 지냈다.

노복들을 부릴 적에도 법도가 있어서 계집종 중에 남편의 바지저고리를 집안 뜨락에서 빨고 말리는 자가 있으면 반드시 곤장을 쳤다. 부인은 선대부터 간직해온 서화 및 서책을 정성껏 거두어 보관을 하여 매양 여름철이면 이따금 꺼내어 햇볕에 말렸다. 또 아이들에게 함부로 펼쳐 보거나 가지고 놀지 못하게 하며 말하였다. "이것들은 모두 집안의 오래된 물건들이니, 너희들이 삼가 잘 지키면서 대대로 전해야 할 것이다."

아울러 집안에 전해지는 옷, 신발, 모자, 기물 등을 반드시 나무상자에 담아 보관해 두었다가, 그것들을 꺼내어 말릴 때면 매양 눈물을 흘리며 제대로 먹지도 못하였다. 조상들의 기일이 되면 제수용품을 준비하는데 정성과 정결함을 극진히 하였으며, 자손들에게 재계하는 날에는 고기를

---

28 최사립(崔斯立) : 조선 중기 효자·문신으로 자는 입지(立之)이다. 어려서부터 효성이 지극하고, 부지런히 학문을 수행하여 『소학』을 행동 강령으로 삼고 부모를 섬겼다. 벼슬은 음직으로 배천군수(白川郡守)를 역임하였다. 최사립의 효행은 『삼강행실록(三綱行實錄)』에도 기록되어 있다.

먹지 못하게 하였다. 집안 뜨락에 과일나무가 있었으나 제대로 익지 않으면 아이들이 함부로 따는 것을 금하였다. 과일은 먼저 조상의 사당에 올린 연후에야 따도록 하였다. 이와 같이 하기를 30년 동안이나 하였다.

훗날 나라의 변란이 일어났을 때 그 아우 최덕순(崔德峋)[29]이 가평군수(加平郡守)를 맡고 있었는데, 사람을 보내 부인을 모시고는 백운산(白雲山)으로 병란을 피하기를 청하였다. 그러자 부인이 웃으며 말하였다. "내 나이가 이미 여든이 넘었으며, 또 내가 문밖에 나서지 않은 것이 30년이나 되었다. 죽을 날이 멀지 않았으니 어찌 산속으로 달아나 구차하게 살고자 하겠는가." 그러고는 자기 남편의 묘소로 가서 스스로 목숨을 끊었다. 변란이 끝나고 집안사람들이 비로소 시신을 수습하여 장사를 지냈다.

외사씨는 말한다.
최부인의 규범(閨範)과 아름다운 행실은 여사(女史)의 법도가 될 만하도다!

---

29 최덕순(崔德峋) : 조선 중기 효자·문신으로 자는 탁경(卓卿)이다. 어려서부터 효성이 지극하여 왕의 특지로 양천군수, 충주판관, 가평군수 등을 역임하였다.

06.

고명한 식견으로 두 아우를 참화에서 구해낸 허부인

　　허부인(許夫人)은 충정공(忠貞公) 허종(許琮)[30]의 큰누이로, 감찰(監察) 벼슬의 고암(孤菴) 신영석(申永錫)에게 시집을 갔다. 부인은 널리 경사(經史)에 능통하고 사리에도 훤히 통달하였으며, 지인지감이 있었고 식견이 고명하였다. 이에 허종 형제가 45년 동안 조정에서 벼슬을 하였는데, 무릇 크게 의논할 일이 있으면 반드시 부인에게 자문을 구하였다.

　　그 무렵 성종(成宗)이 왕비 윤씨(尹氏)를 폐하고 장차 사약을 내리고자 하였는데, 이때 허종은 지의금부사(知義禁府事)[31]였고 동생 허침(許琛)[32]은 형방승지(刑房承旨)[33]였기에 모두 임금의 명을 전달하는 임무를 담당하고

---

30 허종(許琮) : 조선 전기 문신으로 자는 종지(宗之), 호는 상우당(尙友堂)이다. 문무에 모두 뛰어나 내직으로는 예조·이조판서를 거쳐 우의정에 이르렀으며, 외직으로는 함길도경차관·북정도원수 등을 지냈다. 천문·역법에도 조예가 깊었으며, 의학에도 밝아 서거정 등과 함께 『향약집성방』을 편찬하였다.

31 지의금부사(知義禁府事) : 조선시대 의금부의 차관으로서 형옥을 처리하고 추국(推鞠) 때 심판관을 맡았다.

32 허침(許琛) : 조선 전기 문신으로 자는 헌지(獻之), 호는 이헌(頤軒)이다. 문과에 급제하여 『삼강행실도』를 산정(刪定)하였고, 전라도·경상도관찰사 등의 지방관과 이조판서 등 중앙의 요직을 거쳐 좌의정에 올랐다. 성종이 윤씨를 폐하려 할 때 이를 반대하여 갑자사화를 면했다. 학문이 깊고 문장이 뛰어났으며, 청백리에 녹선되었다.

33 형방승지(刑房承旨) : 조선 시대 승정원에서 형방을 담당하던 승지. 우부승지(右副承旨)로서 정3품 당상관이었다.

있었다. 두 사람의 집은 사직동(社稷洞)에 있었는데, 모두 임금의 명령서를 받고 대궐로 들어가고 있었다.

부인은 '폐비의 아들이 세자로 책봉되어 있으니, 오늘 임금의 명을 전달하는 신하들은 훗날 반드시 큰 화를 받을 것이다.'라고 생각하여, 급히 사람들을 시켜 조정으로 들어가는 길목을 막고 형제들을 불렀다. 형제가 부인을 찾아오자, 부인은 두 아우들에게 거짓으로 다리에서 떨어져 옷을 버리고 몸을 다친 체하며 대궐로 들어가지 말라고 하였다. 형제는 그 말에 따라 다리를 지나가다가 일부러 떨어져 몸을 다쳤다 핑계대고 조정에 들어가지 않았다. 이에 이극균(李克均)·이세좌(李世佐) 숙질이 그 직책을 대신하게 되었다.

훗날 연산군(燕山君)이 즉위하자 이씨 숙질은 모두 참화를 입었는데, 허씨 형제는 끝내 아무런 탈이 없었다. 사직동에서 색문동(塞門洞)[34]으로 가는 길에 돌다리가 놓여 있었는데, 이때부터 그 다리의 이름을 '종침교 (琮琛橋)'라고 하였다.

---

34 색문동(塞門洞) : 종로구 신문로2가동에 있던 마을로서, 세종 때 새로 세운 돈의문(敦義門)이 그 이전 태조 때의 서대문인 서전문(西箭門)을 폐하고 막았기에 색문동이라는 이름이 지어졌다.

07.

혜안으로 남편을 반정공신으로 만든 정씨

정씨(鄭氏)는 이기축(李起軸)의 부인이다. 기축의 어린 시절 이름은 '기축(己丑)'으로 사람됨이 노둔하였으나 용력이 매우 뛰어나고 한번 밥을 먹을 적에 몇 되의 곡식을 먹어치웠다. 언젠가 정씨 집안에서 품팔이를 한 적이 있는데, 정씨 집안 노비들이 그를 부리기를 소나 짐승처럼 대하였다.

정씨 집안에는 계례(笄禮)를 치른 딸이 있었는데 제법 문자를 이해할 줄 알았으며 천성이 영특하고 명민하였다. 부모가 딸을 총애하여 사위를 골라 시집보내려 하였는데, 정씨가 부모에게 청하기를 "소녀의 남편은 제가 직접 고르기를 원하니, 이기축을 제 남편으로 삼고자 합니다."라고 하였다. 이에 부모가 크게 놀라 질책하며 다시는 그런 말을 입에 담지 말라고 하였으나, 정씨는 죽음으로 맹세하고 다른 곳으로 시집가지 않았다. 부모는 어찌할 수 없어 허락하고 기축을 들여 사위로 삼았는데, 정씨가 또 청하기를 "남편과 함께 서울에 가서 살기를 원합니다."라고 하였다. 부모는 또한 기축을 자기 집에 데리고 사는 것을 부끄러워하여 밑천을 주어 서울로 보내었다. 정씨는 서울에 당도하자 장동(壯洞)[35]에 집을 사서 거처하며 술을 파는 일을 업으로 삼았다.

하루는 정씨가 증선지(曾先之)의 『사략(史略)』 1권을 가져다 남편에게 주면서 '이윤(伊尹)이 태갑(太甲)을 폐하고 동궁(桐宮)으로 추방한 부분'[36]에 표시를 하고 말하였다. "당신이 신무문(神武門) 밖으로 나가면 나무 아래에 필시 여러 건장한 나그네들이 모여 앉아있을 것이니, 이들에게 배움을 청할 만합니다." 이에 기축이 아내 말을 따라 신무문 밖으로 가서 찾아보니, 과연 일고여덟 사람이 모여 앉아있었다. 그들은 기축이 배움을 청하러 왔음을 알고는 서로 돌아보고 뜨악하며 "누가 시킨 것이오?" 하고 물었다. 기축이 사실대로 대답하자, 사람들은 기축을 따라 그 집으로 이르렀다.

정씨는 그들을 맞이하여 상석에 앉히고 술과 안주를 갖추어 대접하며 말하였다. "여러분들께서 의논하고 계신 바를 제가 이미 알고 있습니다. 제 남편은 어리석고 멍청하지만 힘은 아주 세니, 혹 쓸 곳이 있을 것입니다. 일이 이루어진 후에 훈공의 끄트머리에라도 낄 수 있다면 다행이겠습니다. 저희 집에는 술이 많으니 원컨대 여러분들께서 일을 논의하실 때에는 반드시 저희 집에서 모이십시오. 저희 집은 아주 조용하고 후미져 남들이 알지 못합니다." 그러자 사람들이 모두 놀라고 기이하게 여기며 허락하였다. 이들은 김류(金瑬)·이귀(李貴) 등[37]이었다.

그 후 반정을 일으켜 창의문(彰義門)으로 들어갈 때에, 기축은 선봉에 서서 장군목(將軍木)[38]을 꺾어버리고 들어갔다. 반정이 마무리되자 정사공신(靖社功臣) 3등에 책록되고, 많은 전택(田宅)을 하사받았다.

---

35 장동(壯洞) : 인왕산의 남쪽 기슭에서 북악산의 계곡에 이르는 지역으로 지금의 효자동, 청운동에 속하는 곳이다. 이 지역은 한양의 권문세가들이 거주하던 한양 최고의 주거지였다.

36 이윤(伊尹)이······부분 : 태갑은 은나라 3대 임금으로 탕(湯)의 손자, 태정(太丁)의 아들이다. 태갑이 왕위에 오른 후에 포악하게 정사를 펼치며 법도를 지키지 않고 덕을 어지럽히자, 이윤이 그를 동궁(桐宮)으로 내쫓았다. 태갑이 3년 동안 동궁에 머무르며 자신의 잘못을 뉘우치자 이윤이 다시 태갑을 맞이해 정권을 돌려주었다.

37 김류(金瑬)·이귀(李貴) 등 : 광해군을 폐위시키고 능양군을 추대한 인조반정의 1등 공신들이다.

38 장군목(將軍木) : 궁문이나 성문 따위의 큰 문을 잠글 때에, 빗장처럼 가로지르는 굵고 긴 나무.

우리 조선의 부인들 중에 문자와 학술로 세상에 일컬어진 자들이 있으니, 예컨대 율정(栗亭) 홍천민(洪天民)의 부인 유씨(柳氏), 수찬(修撰) 이수정(李守貞)의 부인 신씨(申氏), 퇴우당(退憂堂) 김수흥(金壽興)의 부인 윤씨(尹氏), 병사(兵使) 유준(柳濬)의 부인 이씨(李氏), 교리(校理) 이영부(李英符)의 부인 이씨(李氏), 찬성(贊成) 이계맹(李繼孟)의 부인 채씨(蔡氏), 봉원부인(蓬原夫人) 정씨(鄭氏), 신광유(申光裕)의 부인 윤지당(允摯堂) 임씨(任氏), 노촌(老村) 임상덕(林象德)의 부인 박씨(朴氏), 오리(梧里) 이원익(李元翼)의 부인 정씨(鄭氏) 등의 여러 부인들은 모두 현숙하고 문식이 있었다. 그러나 후세에 전해지는 문장과 시문이 없기에, 우선 작품이 전해지는 사람들을 다음과 같이 기록한다.

08.

시문을 지어 남편의 제사를 지낸 최부인

사직(司直) 안귀손(安貴孫)의 부인 최씨는 참판(參判) 최치운(崔致雲)[39]의 딸로서 문경군(聞慶郡) 사람이다. 남편이 세상을 떠나자 〈죽은 남편을 애도하며[悼亡夫詞]〉를 지어 제사를 지냈다.

봉새 황새 함께 날며	鳳凰于飛
봉새와 어울려 즐겼는데	和鳳樂只
봉새 가고 아니 오니	鳳飛不下
황새 홀로 울고 있네.	凰獨哭只
머리 들어 하늘에 물어도	搖首問天
하늘은 묵묵히 말이 없네.	天黙黙只
하늘은 길고 바다는 넓고	天長海濶
내 한도 끝이 없다네.	恨無極只

---

39 최치운(崔致雲) : 본서 권2 각주 14 참조.

09.

임종을 앞두고 시를 지어 읊은 윤부인

윤부인(尹夫人)은 장씨(張氏) 가문의 며느리였는데, 일찍 과부 신세가 되었다. 부인은 시문을 남들에게 보인 적이 없었는데, 병으로 몸져누워 임종할 무렵 절구 1수를 읊었다.

부용성 안에는 옥피리소리 울리고	芙蓉城裏玉簫聲
열두 난간엔 고운 아지랑이 피어나네.	十二欄干瑞靄生
돌아갈 꿈 바쁜데 하늘은 밝아오고	歸夢忽忽天欲曙
들창에 지는 달이 꽃에 비춰 환하구나.	半窓殘月映花明

10.

유배를 간 부친에게 시를 지어 보낸 심부인

군수(郡守) 이즙(李楫)의 부인 심씨(沈氏)는 응교(應教) 심광세(沈光世)[40]의 딸이자 추포(秋浦) 황신(黃愼)의 외손녀이다. 황신이 여러 자손들을 가르칠 적에 심씨도 곁에 앉아 들었는데, 기억과 암송을 잘하고 들은 내용을 잊어버리지 않았다. 이에 황신이 기특하게 여기고 아끼며 책 읽는 법을 가르치자, 열 살에 『사략(史略)』·『소학(小學)』·『내훈(內訓)』·『시전(詩傳)』 등의 책을 통달하였으며 그 시가 또한 맑고 빼어났다.

부친 심광세가 고성(固城)으로 유배를 간 적이 있는데, 심씨가 절구 1 수를 지어 보냈다.

옥돌 계단에 서리 바람 일어나고	玉砌霜風起
사창에는 달빛이 차구나.	紗窓月影寒
홀연 기러기 돌아가는 소리 들리니	忽聞歸雁響
천리 남관에 계신 아버지가 생각나네.	千里憶南關

---

40 심광세(沈光世) : 조선 중기 문신으로 자는 덕현(德顯), 호는 휴옹(休翁)이다. 1601년 문과에 급제하여 정언·수찬·교리를 역임하였다. 계축옥사 때 일어나자 무고를 입고 고성(固城)으로 유배되었다. 인조반정으로 인하여 복직되고, 이괄(李适)의 난이 일어나자 왕의 행재소로 가던 중 병으로 죽었다.

11.

뛰어난 시재를 감추고 드러내지 않았던 정부인

　군수(郡守) 정찬우(鄭纘禹)의 부인 정씨(鄭氏)는 동래(東萊) 사람 정자순(鄭子順)의 딸로서 문장에 뛰어나고 시를 잘 지었다. 비록 스스로 재능을 감추고 드러내지 않았지만 한번 시를 지으면 반드시 뛰어나고 절묘하였다.

　부인의 조카 목사(牧使) 정결(鄭潔)[41]이 시를 지어주기를 청한 적이 있는데, 부인이 "비록 부녀자가 할 일은 아니지만 너를 위해 한번 지어보겠다." 하고는 벽에 걸린 '태공조어도(太公釣魚圖)'를 제목으로 시를 지었다.

낚싯대 드리운 백발의 나그네	鶴髮投竿客
초연함이 이 세상 노인이 아니구나.	超然不世翁
만일 서백(西伯)이 찾지 않았다면[42]	若非西伯獵
오가는 기러기와 길이 벗하며 지냈겠지.	長伴往來鴻

---

41 정결(鄭潔) : 조선 초기의 문신이다. 사헌부감찰·단양군사 등을 역임하였으며, 세조 즉위 후 좌익원종공신 2등에 책록되었다.

42 만일……않았다면 : 강태공이 위수(渭水)에서 낚시를 하고 있는데, 인재를 찾아 떠돌던 주나라 서백(西伯, 훗날 주나라 문왕)이 노인의 범상치 않은 모습을 보고 그와 문답을 통해 인물됨을 알아보고 주나라 재상으로 등용하였다고 전해진다.

후에 명나라 사신이 와서 조선의 시편을 구하였는데, 이 시를 보여주
자 오랫동안 깊이 읊조리고는 "규방 아녀자의 면모가 담겨 있는 듯하
다."라고 하였다고 한다.

12.

풍류 넘치는 시를 지은 성부인

진사 최당(崔塘)의 부인 성씨(成氏)는 인재(仁齋) 성희(成熺)[43]의 딸이다. 문장에 뛰어나 시집(詩集)이 있었으며, 그의 시는 『열조시산(列朝詩刪)』·『대동시림(大東詩林)』·『명시종(明詩綜)』에 실려 있다. 그가 지은 〈증인(贈人)〉은 다음과 같다.

이웃집 찾아가 서너 번 부르니	步出隣家三四呼
어린 동자가 나와 주인이 없다고 하네.	小童來報主人無
만일 지팡이 짚고 꽃 찾아간 것 아니라면	若不杖策尋花去
분명 거문고 들고 술친구 찾아갔겠지.	定是携琴訪酒徒

---

43 성희(成熺) : 조선 전기 문신으로 자는 용회(用晦), 호는 인재(仁齋)이다. 학식과 덕망으로 천거되고, 1450년 문과에 급제하여 『세종실록』·『문종실록』의 편찬에 참여하였다. 5촌 조카 성삼문 등 사육신이 단종의 복위를 꾀하다가 처형당할 때 연루되어 김해로 귀양갔다가 풀려났으나 비분한 마음에 병이 되어 죽었다. 저서로『인재집』이 있다.

13.

왕실 여성으로서 시문에 능했던 빙호당

　　종실(宗室) 숙천령(肅川令)의 부인 빙호당(氷壺堂)은 시에도 능하고 글을 잘 지었다. 자신의 호를 노래한 〈자호인 '빙호'를 노래하다[詠氷壺]〉는 다음과 같다.

상머리에 차려야 좋을 법한 맛난 술을	最合牀頭盛美酒
어찌하여 작은 시냇가에 옮겨놓았나.	何如移置小溪邊
꽃 사이 밝은 해가 빗방울 날리니	花間白日能飛雨
병 속에 별천지가 있음을 비로소 알겠네.	始信壺中別有天

　　또 〈비를 노래하다[詠雨]〉는 다음과 같다.

처마에 연이어 내리는 옥 줄	玉索連簷直
은방울 되어 땅에 동그라미 그리네.	銀鈴落地圓

　　또 〈선조 임금의 행차를 보며[觀宣祖幸行]〉는 다음과 같다.

하늘엔 해와 달이 새로운데   天中新日月

임금의 수레 아래엔 옛 신민이 따르네.   輦下舊臣民

그와 같은 시대에 집의(執義) 박유년(朴有年)의 부인 이씨(李氏)는 대헌 (大憲) 이중경(李重慶)의 딸로서, 경서와 역사에 통달하고 시율(詩律)에도 뛰어났다. 봉사(奉事) 김호섭(金虎燮)의 부인 김씨(金氏)는 삼족재(三足齋) 김 준(金浚)의 딸로서, 또한 문사(文詞)로써 명성이 있었다. 남씨(南氏)는 남추 (南趎)[44]의 누이동생으로서 또한 시에 능하였다. 남추가 눈[雪]으로 시를 짓게 하며 운자를 불러주자, 다음과 같이 시를 지었다.

땅에 떨어지는 소리는 누에가 푸른 잎 갉아먹는 듯   落地聲如蠶食綠

공중에 흩날리는 모양은 나비가 붉은 꽃 엿보는 듯.   飄空狀似蝶窺紅

---

44 남추(南趎) : 본서 권2-21 항목 참조.

14.

개인 문집을 남긴 조선 최고의 여류시인 허난설헌

허난설헌(許蘭雪軒)은 개인 문집이 있으니 지금 작품들을 실을 필요는 없을 듯하다. 다만 그가 지은 시 〈꿈에 광상산(廣桑山)[45]에서 노닐다[夢遊廣桑山]〉를 하나 선보인다.

벽옥바다는 요옥바다에 맞물려 있고	碧海侵瑤海
푸른 난새는 아롱진 난새와 다정도 하네.	靑鸞依彩鸞
연꽃 스물일곱 송이가	芙蓉三九朶
붉게 떨어지니 가을 달빛 차갑다.	紅墮月霜寒

허난설헌은 스물일곱의 나이로 요절하였으니 '연꽃 스물일곱 송이 붉게 떨어지다[三九紅墮]'라고 한 시구가 곧 시참(詩讖)이라고 한다. 조선 부녀자의 시문 가운데 중국의 시선집에 수록된 것은 허난설헌 한 사람 뿐이다.

---

45 광상산(廣桑山) : 중국의 동해 바다 한가운데 있는 신선들이 산다고 전하는 신비의 섬에 있는 산이다.

15.

시서로 대궐에까지 명성이 전해진 이부인

부사(府使) 신순일(申純一)의 부인 이씨(李氏)는 연안(延安) 사람 이정현(李廷顯)의 딸이다. 어릴 적부터 글을 짓는 데 능하였고 또 시가 뛰어났는데, 다음과 같은 절구 한 수를 지은 적이 있다.

구름이 걷히자 하늘은 강물처럼 파랗고	雲斂天如水
누대는 높이 솟아 날아가는 듯 보이네.	樓高望似飛
무단히 내리는 밤비 속에	無端長夜雨
꽃다운 십 년 전을 생각하네.	芳草十年思

부인은 타고난 자질이 유한(幽閑)하고 정숙하였다. 시문 외에도 서법에 뛰어났는데, 항상 『주역(周易)』과 『이백집(李白集)』을 손수 필사하여 누각 위에 두고 완상하기를 좋아하였다. 매양 자제들이 과장에서 집으로 돌아오면 그들의 초고(草稿)를 살펴보고는 높고 낮음을 미리 정하였다. 우연히 합격방에 이름이 오른 자가 있으면 탄식하며 "세상에 글에 능한 자가 없어 이러한 놈들도 과거에 붙었구나!" 하였다.

부인이 남편을 대신해 편지의 답을 하면 보는 사람들이 부인의 필적임을 눈치 채지 못하였다. 부인의 명성이 대궐에까지 전해지자 임금이 비단 여덟 폭을 내려 부인의 필적을 구하였으니, 이로부터 부인이 글씨를 잘 쓴다는 명성은 더욱 높아졌다.

부인은 시집 한 권을 남겼는데 병화에 소실되었고, 현재 남아서 전하는 것은 20여 수쯤 된다.

16.

딸을 잃은 참담한 슬픔을 제문에 담아낸 심정순

춘소(春沼) 신최(申最)[46]의 부인 심정순(沈貞純)은 교리(校理) 심희세(沈熙世)의 딸이다. 시의 풍격이 청아하고 아름다웠으며, 문장 또한 매우 공교로웠다. 그가 지은 〈제망녀문(祭亡女文)〉은 다음과 같다.

내리쬐는 햇볕 참담하고	慘憺烈日
구슬픈 바람 소슬히 불어오는데	蕭瑟悲風
옥 같은 모습, 깨끗한 마음	玉貌氷心
안개처럼 허공에 흩어졌구나.	烟散雲空
늙으신 부모님 고당에 계시니	鶴髮高堂
홀로 앉아 피눈물 흘리네.	獨坐泣血
사랑해도 만날 수 없으니	愛而不見
마음 속 응어리 만 구비에 맺히네.	心曲萬結
묻노라, 푸른 하늘아	借問蒼天

---

46 신최(申最) : 조선 후기 문신으로 자는 계량(季良), 호는 춘소(春沼)이다. 1648년 문과에 급제
하여 춘추관기사관을 겸임하며 『인조실록(仁祖實錄)』 편찬에 참여하였다. 저서로 『예가부설
(禮家附說)』·『춘소자집(春沼子集)』이 있다.

내가 무슨 몹쓸 죄를 지었기에	我何罪孼
옥비녀·금노리개 같은 내 딸을	玉釵金珮
덧없이 묻어버렸는가.	空埋空室
산은 텅 비고 나뭇잎 지니	山空木落
강 물결도 오열하는구나.	江波嗚咽
백양나무 쓸쓸하고	凄凄白楊
찬 달은 밝게 빛나는데	皎皎寒月
이 내 한은 아득하여	有恨悠悠
만고에 사라지지 않으리.	萬古不滅

외사씨는 말한다.
그 말이 슬프고 처연하여 차마 읽기 어렵도다.

17.

배꽃 핀 달밤의 풍경을 노래한 신정의 며느리

분애(汾厓) 신정(申晸)[47]의 며느리도 시에 능하였다. 그가 지은 〈달빛 아래 핀 배꽃[月下梨花]〉은 다음과 같다.

백낙천의 노래에선 양귀비의 원한이라 하였고[48]	樂天歌說楊妃怨
이백의 시에선 흰 눈의 향기라 칭하였네.[49]	李白詩稱白雪香
이러한 풍광 가운데 가장 그려내기 어려운 건	最是風光難畫處
한밤중의 푸른 하늘과 밝은 달이라네.	碧空明月夜中央

---

47 신정(申晸) : 조선 후기 문신으로 자는 백동(伯東), 호는 분애(汾厓)이다. 1648년 문과에 급제하여 대사성·대사간·평안도관찰사 등을 역임하였다. 시문과 글씨에 뛰어나 관각의 전책(典冊) 등을 많이 찬술하였다. 저서로 『분애집』·『임진록촬요(壬辰錄撮要)』 등이 있다.

48 백낙천의……하였고 : 백낙천의 〈장한가(長恨歌)〉에서 수심에 젖은 양귀비를 배꽃에 비유하여 '배꽃이 활짝 핀 나뭇가지가 봄비에 젖은 듯하도다[梨花一枝春帶雨]'라고 하였다.

49 이태백의……하였네. : 이태백의 〈궁중행락사(宮中行樂詞)〉에서 양귀비의 자태를 흰 눈에 비유하여 '향기로운 흰 눈 같은 배꽃이로다[梨花白雪香]'라고 하였다.

18.

우암이 호를 지어줄 만큼 시문에 뛰어난 곽청창

절우당(節友堂) 김철근(金鐵根)의 부인 곽씨(郭氏)는 왕자사부(王子師傅) 곽시징(郭始徵)[50]의 딸로 호는 청창(晴窓)이다. 청창은 일곱 살에 책읽기와 글짓기에 능하여 마치 신들린 듯하였다. 당시 재상이 청창을 보고 운자를 불러주며 시를 지어보라 명하자, 청창이 그 말에 따라 시를 지었다.

해가 저물어가는 저녁 바다	海涵天日晚
꽃은 일 년 내내 붉구나.	花續一年紅
강에 가득한 어부들	滿江漁舟子
돛을 내리고 저녁 바람 향해 있네.	停帆向晚風

또 〈어선을 보고 짓다[賦漁船]〉는 다음과 같다.

---

50 곽시징(郭始徵) : 조선 후기 학자로 자는 경숙(敬叔), 호는 경한재(景寒齋)이다. 송시열의 천거로 참봉을 지냈으나, 기사환국(己巳換局)이 일어나자 사직하고 태안(泰安)에 기거하면서 학문에 전념하였다. 퇴계의 〈도산십이곡〉과 율곡의 〈고산구곡가〉를 계승하면서도 창의적 형식의 시가를 지어 문학적 성과를 거두기도 하였다.

돌아오는 길에 해우(海雨) 만난 줄 알겠거니　　　　知是來時逢海雨

뱃머리에 도롱이가 비스듬히 걸려 있으니.　　　　船頭斜掛綠蓑衣

　이처럼 그의 시는 구절마다 모두 절조(絶調)였다. 이에 우암 송시열이 '청창(晴窓)'이라는 두 글자를 써서 보내주었다. 계례를 치를 무렵에는 문장이 더욱 진보하여 사장(詞章)에 뛰어났고, 특히 경술과 성리학에 힘을 써서 조예가 깊고 정밀하였다. 남편이 죽자 유하혜(柳下惠)의 부인이 남편의 시호를 '혜(惠)'라고 한 사례[51]를 들어 행장을 지었는데, 그 글이 매우 전아하여 여성이 지은 자취라고는 찾아볼 수 없었다.

　청창이 한번은 도암(陶菴) 이재(李縡)[52]에게 자신이 지은 글을 살펴봐달라고 하였다. 이재는 남편 김철근의 인척으로 동생뻘이었다. 청창과는 수숙(嫂叔) 간이라 서로 교류가 없어 가타부타 할 것이 없었다. 그러나 이재는 청창의 글을 매우 칭찬하였다.

　청창이 지은 시문 또한 매우 뛰어나 사율(詞律)이 한 시대에 두루 회자되었다. '술은 정인 같아 이별하면 그리워지고, 근심은 흰머리 같아 떨어지면 다시 생겨나네[酒似情人離則戀, 愁如白髮落還生.]' 등의 구절은 후세까지 전해진다. 청창은 문집 6권을 남겼다.

---

51 유하혜(柳下惠)의……사례 : 유하혜가 죽자 문인들이 조문을 지으려 하였는데, 그 부인이 이를 거절하고 직접 조문을 쓰고 시호를 '혜(惠)'라고 하였다.

52 이재(李縡) : 조선 후기 문신으로 자는 희경(熙卿), 호는 도암(陶菴)이다. 1702년 문과에 급제하여 대사헌·대제학·공조판서 등을 역임하였다. 예학에 밝아 많은 저술을 편찬하였으며, 저서로 『도암집』·『사례편람(四禮便覽)』·『어류초절(語類抄節)』 등이 있다.

19.

그림과 시문에 두루 뛰어난 신사임당

신사임당(申師任堂)은 진사(進士) 신명화(申命和)의 딸이요, 율곡 이이의 어머니이다. 매우 총명하고 영특하여 어릴 적에 경사에 통달하였고 글씨와 그림에도 뛰어났으며, 바느질 또한 잘하였다. 일곱 살에는 안견(安堅)[53]의 산수도(山水圖)를 모방하여 그리기도 하였다. 또 포도 그림은 세상 사람들로부터 가장 칭찬을 받았다.

신사임당은 친정을 떠나오면서 〈대관령을 넘으며 친정을 바라보다[踰大關嶺望親庭]〉라는 시를 지었다.

백발 늙은 어머니 강릉에 계시는데	慈親鶴髮在臨瀛
서울을 향해 홀로 떠나가는 이 마음	身向長安獨去情
고개 돌려 때때로 북쪽 마을 바라보니	回首北村時一望
흰 구름 떠가는데 저무는 산 푸르구나.	白雲飛下暮山青

---

53 안견(安堅) : 조선 전기 화가로 자는 가도(可度), 호는 주경(朱耕)이다. 안평대군(安平大君)을 가까이서 섬기며 그가 소장하고 있던 고화(古畵)들을 섭렵하여 자양분으로 삼았다. 산수화에 뛰어났으며, 그 밖에도 화훼·매죽·누각 등 다양한 소재를 그렸다. 그의 화풍은 이후 '안견파 (安堅派)'를 이루어 조선 중기까지 많은 영향을 주었다.

또 어머니를 그리워하며 지은 낙구 한 구절은 다음과 같다.

밤마다 달을 향해 비나니	夜夜祈向月
생전에 한 번 더 만나 뵙기 바라네.	願得見生前

부인은 연산군 갑자년[1504]에 태어나 명종 신해년[1551]에 죽었다. 부인의 병풍과 족자가 세상에 많이 전해진다.

20.

시를 지어 손녀의 죽음을 애도한 남부인

　동지(同知) 이필운(李必運)의 부인 남씨(南氏)는 지사(知事) 남취명(南就明)[54]의 딸로 문사에 능하였다. 〈아들의 죽음을 애도하다[悼殤兒]〉라는 시를 지었는데 그 내용은 다음과 같다.

팔 년을 살면서 칠 년을 병마에 시달리다가	八年七歲病
이제 청산에 누웠으니 네 응당 편안하련만.	歸臥爾應安
다만 이 밤 눈 내려 맘 아프니	只憐今夜雪
어미 품을 떠나 춥지는 않느냐.	離母不知寒

---

54 남취명(南就明) : 조선 후기 문신으로 자는 계량(季良), 호는 약파(藥坡)이다. 1694년 문과에 급제하여 예조참판, 대사간, 병조참판 등을 역임하였다.

21.

여성끼리 지음을 맺은 이매헌과 조옥잠

이매헌(李梅軒)은 사인 한(韓) 아무개의 부인이다. 홀어머니 슬하에서 자랐는데, 오빠들이 책 읽는 소리를 듣고는 기억하고 암송하여 잊어버리지 않아 문사가 크게 진전되었다. 시를 지을 적마다 번번이 사람들을 놀라게 하였는데, 계례를 치르고는 일절 부귀영화를 생각지 않고 조용히 방 안에 거처하였다. 그는 매화나무를 심어 스스로를 이에 비기고 매헌이라 자호하였다.

당시 여항에서 현포(玄圃) 조옥잠(趙玉簪)이라고 하는 여인이 매헌의 명성을 듣고 찾아왔다가 한번 만나보고는 서로 뜻이 합치되었다. 이에 함께 문답을 주고받으며 고금의 일을 논의하고 경사를 토론하였는데, 매헌이 다음과 같은 시를 지었다.

쌍 해오라기 무슨 마음으로 날았다 다시 앉았는가   雙鷺何心飛復坐
조각구름은 자취도 없이 흘러갔다 돌아오누나.   片雲無跡去還來

그러자 현포가 말하였다. "부인의 시의(詩意)는 맑고도 아름답지만 유원(悠遠)한 기상이 없는 것이 아쉽습니다." 얼마 후 매헌은 과연 뱃속의 아이가 유산되면서 죽었다. 이에 현포는 매헌을 애도하며 글을 지어 제사지내고 이로부터 더 이상 살아가려는 뜻이 없었다. 꽃 피는 새벽과 달 뜨는 저녁마다 눈물을 흘리며 한탄하기를 "매헌의 아리따운 용모와 지혜로운 언사를 다시 보고 들을 수 없구나."라고 하였다. 그러고는 식음을 전폐하다가 병이 들어 죽었다.

22.

소박한 삶을 살며 자연을 노래한 봉원부인 정씨

봉원부인(蓬原夫人) 정씨(鄭氏)는 문양부원군(文陽府院君) 유자신(柳自新)[55]의 부인으로, 임당(林塘) 정유길(鄭惟吉)[56]의 딸이다. 딸이 광해군(光海君)의 정비가 되었기 때문에 부부인(府夫人)에 봉해졌는데, 부인은 탄식하며 다음과 같이 말하였다. "왕실과 인척이 되자 자식들이 부귀를 누리는 데만 혈안이 되었으니 제 명에 못살겠구나." 그러고는 일생 동안 소박한 이부자리를 펴고 지냈다.

부인은 시에 능하였는데, 서빙고(西氷庫) 강가 집에 기거하며 다음과 같은 시를 지었다.

갈매기와 약속하고 찾아와보니	來訪沙鷗約
강 언덕엔 나뭇잎만 날리네.	江皐木葉飛
동산에서 거둔 토란과 밤 가득하고	園收芋栗富

---

55 유자신(柳自新) : 조선 중기 문신으로 자는 지언(止彦)이다. 형조정랑·광주목사 등을 역임하였으며, 임진왜란 중에 어가를 호종한 공으로 동지돈령부사에 제수되었다.

56 정유길(鄭惟吉) : 조선 중기 문신으로 자는 길원(吉元), 호는 임당(林塘)이다. 대사간·예조판서·우의정 등을 역임하였다. 시문에 뛰어났으며, 특히 서예에 능하여 '임당체(林塘體)'라는 평을 받았다.

그물 걷자 게와 물고기 살졌네.   網擧蟹鮮肥

발을 걷어 올려 푸른 산 바라보고   褰箔看山翠

술동이 열어 달빛을 마주한다네.   開樽對月輝

밤공기 차고 맑아 잠 못 이루는데   夜涼淸不寐

소나무 이슬이 비단옷 적시네.   松露滴羅衣

23.

남편을 대신하여 시를 지어 준 정문영의 아내

　사인(士人) 정문영(鄭文榮)의 부인 모씨(某氏)는 〈남편을 대신하여 다른
사람에게 주다[代良人贈人]〉라는 시를 지었다.

바람 불고 이슬 맺힌 아름다운 십이 층 누대	風露瑤臺十二層
신선 발자국 소리 그치더니 비단구름 피어오르네.	步虛聲斷綵雲稜
소나무 사이로 그립다는 편지 부치려 하나	松間欲寄相思字
병이 많아 장경(長卿)처럼 무릉(茂陵)에 누워 있다네.[57]	多病長卿臥茂陵

---

57 병이……누워 있다네. : 장경은 전한의 문인 사마상여(司馬相如)로, 병이 들자 벼슬을 그만두고
　무릉에서 살았다.

24.

시를 지어 남구만의 행실을 조롱한 유씨

유씨(柳氏)는 동지(同知) 남종만(南從萬)의 어머니이다. 남종만은 약천(藥泉) 남구만(南九萬)의 서종제(庶從弟)이다. 남구만이 나이 일흔셋에 그 첩실이 임신을 하자, 직접 첩실의 약을 달이고 맛을 보았다. 이에 유씨가 이를 조롱하며 다음과 같은 시를 지었다.

약천 늙은 재상	藥泉老相國
누가 근력이 다했다 하는가.	誰云筋力盡
일흔셋의 나이에	行年七十三
직접 불수산(佛手散)[58]을 달이건만.	親煎佛手散

남구만이 이 시를 보고는 부인에게 후한 상을 내렸다.

---

[58] 불수산(佛手散) : 본서 권1 각주 91 참조.

25.

중국 문헌에도 시가 수록된 임벽당 김씨

현량(賢良) 유여주(兪汝舟)[59]의 후처 김씨(金氏)는 별좌(別坐) 김수천(金壽千)의 딸로 호는 임벽당(林碧堂)이다. 문장을 잘 지었으며 서법에도 뛰어났다. 그가 지은 시는 『열조시집(列朝詩集)』[60]·『명원시귀(名媛詩歸)』[61] 등에도 실려 있으며, 문집 한 권을 남겼다. 그가 지은 〈가난한 여인의 노래[貧女吟]〉은 다음과 같다.

땅이 후미져 오가는 사람이 적고	地僻人來少
산이 깊어 세속의 일이 드물도다.	山深俗事稀
집이 가난해 말술이 없기에	家貧無斗酒
자고 갈 손님마저 밤중에 돌아가네.	宿客夜還歸

---

59 유여주(兪汝舟) : 조선 전기 문신으로 자는 사성(師聖), 호는 임벽당(林碧堂)이다. 1519년 현량과에 추천되었으나, 기묘사화가 일어나자 고향 한산(韓山)으로 돌아가 임벽당(林碧堂)을 짓고 독서와 서예를 일삼으며 일생을 마쳤다.

60 열조시집(列朝詩集) : 명대 시인들의 시선집으로 청나라 전겸익(錢謙益)이 편찬하였다. 모두 81권이다.

61 명원시귀(名媛詩歸) : 역대 여성 시인들의 시를 모은 시집으로 명대 경릉파(竟陵派) 시인 종성(鍾惺)이 편찬하였다. 모두 30권이다.

이 밖에도 그의 작품들은 모두 널리 전해지며 사람들에게 암송되었다
고 한다.

26.

남편과 시를 주고받은 유희춘의 부인 송씨

　미암(眉巖) 유희춘(柳希春)[62]의 부인 송씨(宋氏)는 호가 덕봉(德峰)으로 신평(新平) 송준(宋駿)[63]의 딸이다. 문장에 능하고 시에도 뛰어났다. 시집온 지 얼마 지나지 않아 새 집을 짓고 살게 되자, 그 기쁨을 이기지 못하고 다음과 같은 시를 지었다.

하늘은 긴 수명을 내려주시고	天公爲送三山壽
신령한 까치는 백세의 영화로움을 알려주네.	靈鵲來通百世榮
만경의 좋은 전답은 내 바라는 바 아니니	萬頃良田非我願
원앙새처럼 화락하게 평생을 지내고자 하네.	鴛鴦和樂過平生.

　유희춘이 전라도관찰사로 재직할 적에 송씨는 다음과 같은 시를 지어 보냈다.

---

62 유희춘(柳希春) : 조선 중기 문신으로 자는 인중(仁仲), 호는 미암(眉巖)이다. 대사성·전라도관찰사 등을 역임하였다. 경전과 제자백가, 역사에 능하였으며, 만년에는 경서의 구결언해(口訣諺解)에 참여하였다. 저서로『미암일기』·『속몽구(續蒙求)』·『역대요록(歷代要錄)』등이 있다.
63 송준(宋駿) : 조선 중기 문신으로 자는 진보(晉甫), 호는 성암(省菴)이다. 대사성·부제학 등을 역임하였으며, 시문에 뛰어났다. 저서로『성암유고』가 있다.

월나라 여인 한번 웃음에 3년을 머무른다던데[64] 越女一笑三年留

그대 물러나 돌아옴을 어찌 생각할 수 있으리. 君之辭歸豈圖乎

그러자 공이 웃으며 답장을 보냈다.

월나라 여인 한번 웃음에 3년을 머무른다함은 越女一笑三年留

한창려가 방심한 후희(侯喜)을 풍자한 것이네. 昌黎曾刺放心侯

나는 평생 정주(程朱)의 문호에 들기를 원하였으니 平生願入程朱戶

어찌 동문(東門)을 향하여 곁눈질하겠는가. 肯向東門錯轉頭

또 남편의 생일날 임금이 하사하는 술을 받은 뒤에 부인이 남편에게 다음과 같은 시를 지어 주었다.

눈 내려 막걸리도 오히려 구하기 어렵거늘 雪中白酒猶難得

하물며 임금이 하사한 술 올 줄 알았으랴. 何況黃封殿上來

스스로 한 잔 따라 마시자 얼굴 가득 붉어지니 自酌一杯紅滿面

그대와 함께 태평세월 돌아옴을 서로 경하하네. 與君相賀太平廻

---

64 월나라……머무른다던데 : 당나라 시인 후희(侯喜)가 월(越) 지방에 가서는 여인에게 미혹되어 3년 동안 돌아오지 않자, 한유가 이를 기롱하며 지은 시구절이다.

27.

애사를 지어 청상과부의 처지를 슬퍼한 영향당 한씨

한씨(韓氏)의 호는 영향당(影響堂)이다. 일찍 청상과부가 되었는데, 시를 잘 지었다. 그가 지은 〈강가의 신부를 애도하며[哀江上新婦詞]〉는 다음과 같다.

묻노니, 너 강물 위에 떠 있는 배야	問爾江上水水上船
예부터 젊은 신랑 신부들 얼마나 실었는가.	古往今來載得幾個成親少年嫁娘
난 듣지 못했네, 붉은 명정(銘旌) 앞세우고	從未聞丹旌在前
상여 뒤따르는 홍안 신부, 백골 신랑을.	素轎隨後紅顏新婦白骨郎
강물 위의 배야, 돌아가기를 더디 하지 마라.	江上船歸莫遲
들으니 십년 청상으로 고생하며 고아 기른 모친 있다네.	
	聞有十年孀閨辛苦養孤兒之萱堂
강물 위의 배야, 돌아가기를 더디 하지 마라.	江上船歸莫遲
어린 신랑 혼령은 오히려 신방에 스스로 기대 있다네.	
	小郎兒魂靈猶自倚東床
계집종은 뱃머리에서 울며 말하네.	侍婢船頭哭且語
저쪽 모래톱에도 원앙새가 있고	彼洲渚有鴛鴦

503

이쪽 모래톱에도 원앙새가 있는데　　　此洲渚有鴛鴦

안개비 속 쌍쌍이 짝지어 날아 오가네　　烟雨裏兩兩飛去飛來

산의 북쪽으로 물의 북쪽으로.　　　　山之北水之陽

28.

친정아버지와 남편에게 그리움의 시를 전한 김씨

김씨(金氏)는 함경도 영흥(永興)의 선비 김민(金旻)의 딸로 덕원(德源)의 선비 박제장(朴悌章)에게 시집을 갔다. 그는 성품이 총명하고 지혜로워 한번 보면 곧바로 외워버렸다. 하루는 친정아버지에게 다음과 같은 시를 지어 드렸다.

여인은 의당 시집가서 살아야 하건만   之子于歸室家宜
부모님 그리운 생각은 견디기 어렵습니다.   思親一念自難持
쌍성으로 가는 길은 방아 찧어 가야 할 거리니   雙城此去舂粮地
거마와 노복을 누가 갖추어 주겠어요.   車馬僕從孰備之

또 남편에게도 다음과 같은 시를 지어 주었다.

섣달 초사흘 밤에   臘月初三夜
잔등 돋우며 두 일을 슬퍼하노니,   殘燈挑兩悲
탁문군(卓文君)은 병든 날이 많았고[65]   文君多病日
이백(李白)은 늘 멀리 떠나 있었네.[66]   李白遠行時

북쪽 길은 구름이 천리요	北路雲千里
남쪽 하늘은 바다와 맞닿아있네.	南天海一湄
돌아올 날이 멀지 않았건만	歸期應不遠
하필 이리도 괴롭게 그리워한단 말인가.	何必苦相思

65 탁문군(卓文君)은……많았고 : 탁문군이 남편 사마상여의 뒷바라지를 하며 많은 고생을 하였음을 말한다.
66 이백(李白)은……떠나 있었네 : 이백이 그 생애의 대부분을 방랑길 위에서 보낸 것을 말한다.

506 일사유사 권6

29.

글자만 깨우치고도 훌륭한 시를 지은 황해도 사인의 처

　황해도 사인의 처 아무개는 글자만 겨우 깨우친 수준이었다. 황해도관찰사가 백일장을 열자 그의 남편이 응시하였는데, 관찰사가 남편의 시험지를 뽑아 장원으로 삼고 이름을 불러 면전에서 시 한 수를 지어보게 하였다. 그러나 남편은 망연히 한 구절도 짓지를 못하였다. 관찰사가 누구의 시를 가져다 썼는지 다그치자, 남편이 대답하였다. "제 아내는 글자만 겨우 깨우친 수준인데, 손수 지은 시가 아름답다 여겨서 가져다 썼습니다."

　이에 관찰사가 크게 기이하게 여기고는 운자를 불러주며 그 아내로 하여금 시를 지어 바치게 하였는데, '콩[太]'을 시제로 삼았다. 그러자 아내가 다음과 같이 시를 지었다.

'태'자는 천황씨 제일장에 있으니[67]	字在天皇第一章
크기도 곡식 가운데 왕이로다.	穀中此物大如王
알알이 누런 빛깔 벌이 꿀을 채워놓은 듯	個個全黃蜂轉蜜

---

67 천황씨 제일장에 있으니 : 증선지(曾先之)의 『십팔사략(十八史略)』 첫 번째 장인 태고장(太古章)에서 천황씨에 대해 서술하고 있음을 말하는 것이다.

둥글둥글 검은 알 쥐가 눈을 부릅뜬 듯.　　　　　團團或黑鼠瞋眶

시루에 걸러 싹틔우면 밥상의 콩나물 되고　　　新抽臘甑盤增茱

불려서 부엌에 들이면 솥의 양식 절감되네.　　潤入晨廚鼎減粮

당시 주나라 시절에도 콩이 있었더라면　　　　當時若漏周家粟

백이·숙제 수양산에서 굶어 죽지 않았으리.　　不使夷齊餓首陽

관찰사가 그 아내를 크게 상찬하고 후하게 재물을 내렸다.

30.

남편의 안위를 염려하는 시를 지은 김부인

감사(監司) 서원리(徐元履)[68]의 부인 김씨(金氏)는 잠곡(潛谷) 김육(金堉)의 딸로서 문장으로 유명하였다. 그가 다음과 같은 시를 지었다.

요즈음 우리 임은 어떻게 지내시는지	向來消息問如何
밤새 그리움에 머리가 세려 하네.	一夜相思鬢欲華
홀로 난간에 기대어 잠 못 이루는데	獨倚雕欄眠不得
발 너머 대숲에선 비오는 소리 들리네.	隔簾踈竹雨聲多

---

68 서원리(徐元履) : 조선 후기 문신으로 자는 덕기(德基), 호는 화곡(華谷)이다. 병자호란으로 봉림대군이 청나라의 볼모로 가서 심양에 머물 때 옆에서 모시며 신임을 얻었다. 효종이 즉위한 후 승지·호조참의 등의 내직과 경상도·함경도관찰사 등의 외직을 역임하며 효종의 북벌계획을 도왔다.

31.

시문집을 남긴 현모양처 서영수합

승지(承旨) 홍인모(洪仁謨)[69]의 부인 서영수합(徐令壽閤)은 감사(監司) 서형수(徐逈修)의 딸이다. 어려서부터 경사(經史)에 통하고 시문에 능하였으며 『영수합고(令壽閤稿)』를 남겼는데 모두 36편의 시와 〈화귀거래사(和歸去來辭)〉 1편이 수록되어 있다. 그가 지은 〈이백(李白)의 추하형문시에 차운하다[次李白秋下荊門]〉는 다음과 같다.

서리 내린 하늘 적막하고 구름도 공허한데	霜天寥落淡雲空
홀로 외로운 배에 오르니 만리풍 불어오네.	獨上孤舟萬里風
어부의 피리소리 몇 가락에 가을 포구 저물어가고	漁笛數聲秋浦晚
오산(吳山)·초수(楚水)는 석양에 잠겨 있네.	吳山楚水夕陽中

또 〈당나라 가도(賈島)의 방은자불우시에 차운하다[次唐人訪隱者不遇]〉는 다음과 같다.

---

69 홍인모(洪仁謨) : 조선 후기 문신으로 자는 이수(而壽), 호는 족수거사(足睡居士)이다. 문음으로 벼슬길에 나가 호조참의·우부승지 등을 역임하였다. 경사(經史)·제자백가서·음양·의약·복서 및 병법서, 노불(老佛)의 서적까지 박통하였다. 저서로 『족수당집』·『황명사략(皇明史略)』·『당명신언행록(唐名臣言行錄)』 등이 있다.

대나무 마을 소나무 길에 찾는 사람 드문데　　　竹巷松蹊客到稀

원숭이 울어대는 저녁에 싸리문 닫네.　　　　　猿啼日暮掩荊扉

뜬 구름 속 종적을 찾을 데 없어　　　　　　　浮雲蹤迹無尋處

홀로 청산을 지나니 바람만 옷에 가득하네.　　獨過靑山風滿衣

또 〈연경(燕京)으로 사신가는 아들을 전송하며[送子赴燕]〉는 다음과 같다.

어둑어둑한 새벽녘에 먼 길 떠나는데　　　　　蒼蒼曉色暗行塵

누대에서 슬피 바라보니 이별의 한 새로워라.　悵望樓頭別恨新

다정한 것은 바로 농산(隴山)의 달이니　　　　多情最是隴山月

오늘밤엔 분명 멀리 사람들 따라가겠지.　　　今夜分明遠趁人

또 〈막내아들의 동가십영시에 차운하다[次季兒東嘉十詠]〉는 다음과 같다.

구름 흩어지자 하늘은 닦아 놓은 듯　　　　　雲散天如拭

깊은 밤 달빛만 뜰에 가득하네.　　　　　　　中宵月滿庭

늦도록 송림 좋아 앉아 있는 건　　　　　　　坐愛松林晚

맑은 그늘이 작은 정자에 드리워서라네.　　　清陰翳小亭

또 다음과 같은 시를 짓기도 하였다.

맑게 갠 창가 저녁 경치 머금으니　　　　　　晴窓含暮景

그윽한 흥취를 짧은 시구에 부치려네.　　　　幽興付殘篇

늙은 매미 찬 나뭇잎에서 울어대니　　　　　老蟬吟冷葉

가을날이 가까워짐을 알겠네.　　　　　　　知是近秋天

부인은 세 아들을 두었는데, 첫째는 재상을 지낸 연천(淵泉) 홍석주(洪
奭周)요, 둘째는 항해(沆瀣) 홍길주(洪吉周)요, 셋째는 영명위(永明尉) 홍현주
(洪顯周)이니 모두 시문으로 당대에 이름을 떨쳤다. 부인은 매양 직접 아
들들이 읽을 책을 정하였으며, 전에 배운 것을 모두 암송하게 하여 책
한 권을 다 마쳐야 그쳤다. 잠자리에서도 구두로 경전과 시문 및 고인의
격언과 아름다운 행실을 일러주었다. 자녀교육에도 매우 엄격하여 아들
들에게 작은 잘못이라도 있으면 크게 꾸짖어 아들들이 울며불며 다시는
그렇게 하지 않겠다는 맹세를 한 후에야 그쳤다.

부인은 어릴 적부터 『시경(詩經)』의 〈겸가(蒹葭)〉·〈형문(衡門)〉[70]과 도연
명(陶淵明)의 〈귀원전거(歸園田居)〉[71]를 즐겨 읽었다. 이에 매양 남편이 과
거공부를 그만두는 것을 결심하도록 도왔으니, 이로 인해 그 남편 홍인
모는 과거에 응시하지 않았다. 그런데 맏아들 홍석주가 과거에 급제하
여 명성을 떨치고 막내아들 홍현주가 숙선옹주(淑善翁主)[72]에게 장가들어
부마(駙馬)가 되자, 부인은 늘 이마를 찌푸리며 마치 깊은 근심이 있는 듯
하였다. 둘째아들 홍길주가 문장을 구사함이 매우 뛰어나 장차 과거에
급제할 듯하자, 부인이 말하기를 "우리 가문이 이미 융성하거늘 너 또한
영달을 구하려고 하느냐?" 하니, 홍길주는 이로부터 과거에 응시하지 않
고 문음(門蔭)으로 벼슬을 지내다가 삶을 마쳤다. 부인은 일흔하나의 나
이로 세상을 떠났다.

---

70 겸가(蒹葭)·형문(衡門) : 〈겸가〉는 보고 싶은 이를 끝내 만나보지 못함을 슬퍼하는 시이고, 〈형
문〉은 안분지족하는 은자의 형상을 노래한 시이다.
71 귀원전거(歸園田居) : 도연명이 42세 때 팽택령(彭澤令)을 그만두고 고향으로 돌아와 전원생
활의 즐거움을 노래한 시이다.
72 숙선옹주(淑善翁主) : 정조와 수빈 박씨(綏嬪朴氏) 사이에서 태어난 서녀로, 순조의 동복누이
이다.

32.

가문의 슬픔을 시로 읊고 선계를 지향한 정경순

정경순(鄭敬順)은 김래(金珠)[73]의 부인으로 그의 부친은 예천군수(醴泉郡守) 지낸 정묵(鄭黙)이다. 어숙권(魚叔權)의 『패관잡기(稗官雜記)』에 다음과 같은 기록이 있다. "본조에 정씨(鄭氏)·성씨(成氏)·김씨(金氏)가 있는데, 모두 양반집 규수로서 시에 능하여 세상에 이름이 전한다. 하지만 성씨·김씨의 작품은 힘이 너무 약하여 기운이 적고, 정씨 작품은 이보다 조금 낫다."

하루는 진달래꽃이 가득 피어 남편이 시 짓기를 청하자 정씨가 즉시 시를 지었다.

어젯밤 봄바람이 동방에 들더니	昨夜春風入洞房
구름 비단 펼쳐놓은 듯 붉고 향기로움 난만하네.	一張雲錦爛紅芳
진달래꽃 가득 핀 곳에서 새소리 듣노라니	此花開處聞啼鳥
그윽한 자태 노래하는 듯, 애를 끊는 듯.	一詠幽姿一斷腸

---

73 김래(金珠) : 조선 중기 문신으로 자는 자옥(子玉)이다. 연흥부원군(延興府院君) 김제남(金悌男)의 장남으로 인목대비(仁穆大妃)의 오빠이다. 계축옥사 때 영창대군을 왕으로 옹립하려 하자 역모를 꾀하였다는 누명으로 부친과 서소문 밖 자택에서 사사되었다.

또 〈학을 읊다[詠鶴]〉는 다음과 같다.

한 쌍의 선학이 맑은 밤 하늘에 울부짖으니	一雙仙鶴叫淸宵
단구(丹丘)[74]에서 농옥(弄玉)[75]의 퉁소소린가.	疑是丹丘弄玉簫
삼도(三島)·십주(十洲)[77]로 돌아갈 생각이 트인 듯	三島十洲歸思闊
하늘 가득한 바람과 이슬로 찬 깃털 깨끗하구나.	滿天風露刷寒毛

정씨의 시를 보고 당시 시에 능하다는 자들이 모두 한 수를 양보하였다고 한다.

---

75 단구(丹丘) : 밤이나 낮이나 항상 밝은 땅으로, 선인(仙人)이 산다는 전설적인 지명이다.

75 농옥(弄玉) : 춘추시대 진 목공(秦穆公)의 딸로 피리를 잘 부는 소사(簫史)를 좋아하여 그에게 시집 가 피리를 배워 봉황새를 오도록 한 뒤 부부가 그 봉황을 타고 하늘에 올라 신선이 되었다 한다.

76 삼도(三島)·십주(十洲) : 삼도는 봉래산(蓬萊山)·방장산(方丈山)·영주산(瀛洲山)을 가리키고, 십주는 조주(祖洲)·영주(瀛洲)·현주(玄洲)·염주(炎洲)·장주(長洲)·원주(元洲)·유주(流洲)·생주(生洲)·봉린주(鳳麟洲)·취굴주(聚窟洲)를 가리키는데, 이곳은 모두 경치가 좋거나 신선들이 사는 곳이다.

33.

남편을 따라 죽으며 시문을 남긴 정부인

이희지(李喜之)[77]의 부인 정씨(鄭氏)는 연일(延日) 사람 정만격(鄭萬格)의 딸이다. 경종(景宗) 임인년[1722]에 희지가 화를 입자, 정씨가 남편을 따라 죽으려고 〈절명사(絶命詞)〉를 지었다.

어진 재상과 명예로운 선비는 원통한 죽음 많으니	賢相譽士多寃死
위태로움과 죽음이 아침저녁으로 있는 듯하다네.	危亡若在朝與夕
남편이 화를 만났으나 또한 그의 죄가 아니니	君子逢禍亦非罪
누가 옥사 일으키는 시를 지어 보냈단 말인가.	誰送一詩作媒蘗
이 한 목숨 죽는 건 실로 아깝지 않으나	一命之絶固不惜
그대의 외로운 영혼은 오히려 주인도 없구나.	惟君孤魂尙無主

그러고는 마침내 물에 몸을 던져 죽으니, 후에 조정에서 정려를 내려 주었다.

---

77 이희지(李喜之) : 조선 후기 학자로 자는 사복(士復), 호는 응재(凝齋)이다. 경종에게 세자가 없어 노론 4대신이 연잉군(延礽君)을 세제(世弟)로 책봉하여 대리청정을 할 적에, 소론에서 '이희지 등이 경종에게 약물을 먹여 시해할 목적으로 궁녀에게 금전을 주었으며 왕을 비방하는 노래를 지었다'고 무고하여 큰 옥사를 일으켜 장살되었다.

34.

소실로서 뛰어난 시재를 선보인 이옥봉

이옥봉(李玉峯)은 군수(郡守) 이봉(李逢)의 서녀이며, 운강(雲江) 조원(趙
瑗)[78]의 소실이다. 당시 만죽(萬竹) 서익(徐益)[79]의 소실 모씨(某氏)가 글씨를
잘 썼는데, 큰 글씨를 써서 옥봉에게 선물로 주자 옥봉이 시로써 사례하
였다.

약한 힘으로 굳세게 기상천외한 작품 써 내니	瘦勁寫成天外態
원화각(元和脚)[80]의 자취를 다시 보여주네.	元和脚迹見遺蹤
진서는 날아오르는 봉새처럼 나부끼고	眞書翥鳳飄揚裏
큰 글씨는 뭉게구름처럼 응집되었네.	大字崩雲結密中
시험삼아 산헌에 걸고 보니 호랑이가 뛰는 듯	試掛山軒疑躍虎

---

78 조원(趙瑗) : 조선 중기 문신으로 자는 백옥(伯玉), 호는 운강(雲江)이다. 조식(曺植)의 문인으
로, 1572년 문과에 급제하여 정언·삼척부사·승지 등을 지냈다. 효성이 지극하였으며, 자손의
교육에도 단엄하였다. 저서로『독서강의(讀書講疑)』·『가림세고(嘉林世稿)』등이 있다.
79 서익(徐益) : 조선 중기 문신으로 자는 군수(君受), 호는 만죽(萬竹)이다. 1569년 문과에 급제하
여 병조·이조좌랑을 역임하고, 외직으로 서천군수·안동부사·의주목사 등을 지냈다. 문장과 기
절이 뛰어나 이이·정철로부터 지우(志友)로 인정받았다. 저서로『만죽헌집(萬竹軒集)』이 있다.
80 원화각(元和脚) : 당나라 유공권(柳公權)의 글씨를 가리킨다. 당나라 헌종(憲宗) 원화(元和) 연
간에 유공권의 글씨가 가장 유명하였기 때문에 유우석(劉禹錫)의 시에 "유씨 집 새 양식은 원
화각일레.[柳家新樣元和脚]" 하였다.

문득 강각에 거니 용이 솟아오르는 양.　　　　乍臨江閣訝騰龍

위부인(衛夫人)[81] 필력이 건장한 줄 알거니와　　　衛夫人筆方知健

소야란(蘇惹蘭)[82] 재주로 어찌 공교함을 뽐내리오.　蘇惹蘭才豈擅工

몸은 혜초가지 같아도 생각은 장대하며　　　　　體若蕙枝思則壯

가녀린 손 파대궁 같건만 글씨 쓰면 웅장하네.　手纖葱玉掃能雄

정신적인 사귐이 만 리를 문묵으로 통하니　　　神交萬里通文墨

여의주 백옥동자[83]에게 보답하고자 하네.　　　爲報驪珠白玉童

또 그의 〈영월(寧越) 도중에서[寧越道中]〉는 다음과 같다.

닷새는 강을 끼고 사흘은 산을 넘으며　　　　五日長干三日越

슬픈 노래 부르다 노릉(魯陵)[84] 구름 끊어졌네.　哀歌唱斷魯陵雲

이 몸 또한 왕손의 딸이라　　　　　　　　　妾身亦是王孫女

이곳의 두견새 소리 차마 듣지 못할레라.　　此地鵑聲不忍聞

그의 〈규정(閨情)〉은 다음과 같다.

약속 해 놓고 임은 어찌 이리 늦나　　　　　有約郎何晚

뜰의 매화는 이미 많이 졌는데.　　　　　　庭梅落已多

---

81 위부인(衛夫人) : 진(晉)나라 위관(衛瓘)의 딸로 이구(李矩)의 아내이다. 위부인은 종요(鍾繇)
　의 서법에 정통하여 예서(隷書)에 뛰어났던바, 왕희지(王羲之)가 일찍이 그를 사사하였다.
82 소야란(蘇惹蘭) : 전진(前秦) 두도(竇滔)의 아내로 문장을 잘 지었다. 남편이 진주자사가 되어
　사막으로 옮겨가자 소씨가 남편을 그리워하며 비단을 짜고 회문시를 지어 수를 놓아 보냈다.
83 여의주 백옥동자 : 여의주는 검은 용의 턱 밑에 있다는 보주(寶珠)를 이르는데, 이것은 구하기
　가 매우 어려운 것이므로 전하여 뛰어난 시문이나 글씨를 비유하는 말로 쓰인다. 백낙천(白樂
　天), 유우석(劉禹錫) 등 여러 사람이 모여서 금릉회고(金陵懷古) 시를 짓다가 유우석이 먼저
　아름다운 시를 지으니, 다른 이들이 "동자(童子)가 '용의 여의주[驪龍珠]'를 얻었는데 나머지
　의 조개껍질을 무엇에 쓰랴." 하며 붓을 놓았다고 한다.
84 노릉(魯陵) : 노산군(魯山君)으로 강등된 단종의 무덤을 말한다.

갑자기 가지 위에서 까치소리 들리니   忽聞枝上鵲

헛되이 거울 보며 눈썹 그리네.   虛畵鏡中蛾

옥봉의 남편 조원이 지방 수령을 지낼 적에 공사(公事)로 인해 서울에 갔는데, 당시 북쪽의 여진족이 변경을 침입하자 옥봉이 남편에게 시를 지어 보냈다.

싸우는 것은 비록 서생의 일과 다르지만 干戈縱異書生事

나라 근심에 응당 머리가 세야 하리.   憂國唯應鬢髮蒼

적을 제압할 이때 곽거병(霍去病)[85]을 생각하고 制敵此時思去病

계책을 세우는 지금 장량(張良)[86]을 떠올려야 하네. 運籌今日憶張良

경원성(慶源城)의 싸움 피가 산하를 붉게 물들이고 源城戰血山河赤

아산보(阿山堡)의 요망한 기운이 일월을 흐리건만. 阿堡迷氛日月黃

서울에선 소식이 아직도 오질 않으니 京洛音徽尙不達

창호의 봄빛은 처량하기만 하네.   滄湖春色亦悽涼

또 〈남편에게 주다[贈雲江]〉는 다음과 같다.

버드나무 너머 강 머리에 오마가 울어대니 柳外江頭五馬嘶

반쯤 깨고 반쯤 취해 누대에서 내릴 때라. 半醒半醉下樓時

아리따운 얼굴 야위어져 경대 앞에 앉아 春紅欲瘦臨鏡粧

시험삼아 매창 향해 반달 눈썹 그려보네. 試畵梅窓半月眉

---

85 곽거병(霍去病) : 한나라 무제(武帝) 때의 명장으로 흉노(匈奴)를 쳐서 공을 세웠다.
86 장량(張良) : 한나라 고조 유방(劉邦)의 창업 공신이다. 유방이 장량에 대해 평하기를, "장막 가운데서 산가지[籌]를 놀려서 천 리 밖에 승산(勝算)을 결정하는 것은 장자방(張子房)이다." 하였다.

예전에 조원이 풍의(風儀)가 아름답고 문장이 뛰어나 옥봉이 그의 문채(文采)를 사모하여 스스로 첩이 되기를 원하였지만 조원은 이를 허락하지 않았다. 그런데 조원의 장인인 신암(新菴) 이준민(李俊民)[87]이 조원에게 옥봉을 받아들일 것을 권하자 마침내 조원의 소실이 되었다. 옥봉은 여공(女工)을 일삼지 않고 오로지 시문만을 숭상하였다.

이웃에 소를 훔치다가 붙잡힌 자가 있었는데, 그의 아내가 옥봉에게 소장을 청하여 풀려나기를 구하였다. 이에 옥봉이 소장에 절구 한 수를 써서 법관에게 올렸다.

세숫대야로 거울을 삼고	洗面盆爲鏡
물을 기름 삼아 머리를 빗네.	梳頭水作油
첩의 몸이 직녀(織女)가 아닌데	妾身非織女
임이 어찌 견우(牽牛)이리오.	郎豈是牽牛

그러자 법관이 이 시를 보고 크게 놀라며 죄수를 풀어주었다. 조원이 이 소식을 듣고는 시를 지어 분란을 해결하는 것은 부녀자로서 행할 바가 아니라 여겨 옥봉을 불러 크게 꾸짖고 집으로 돌아가라고 했다. 후에 옥봉은 시를 지어 조원에게 보내었다.

요즈음 안부가 어떠하신지 묻습니다.	近來安否問如何
달 밝은 창가에서 소첩은 한이 많습니다.	月白紗窓妾恨多
만일 꿈속의 영혼에도 자취가 있다면	若使夢魂行有跡
문 앞의 돌길은 이미 모래가 되었을 거예요.	門前石路已成沙

---

87 이준민(李俊民) : 조선 중기 문신으로 자는 자수(子修), 호는 신암(新菴). 남명 조식의 외조카로서 1549년 문과에 급제하여 경기도·평안도관찰사 등의 외직과 병조판서·의정부좌참찬 등의 내직을 지냈다. 몸가짐이 검소했으며, 자제 교육에도 매우 엄하였다 한다.

하지만 조원은 끝내 옥봉을 돌아보지 않았다. 이에 옥봉은 여도사(女道士)로 자칭하고 산수간에서 노닐며 시를 지어 자오하였는데, 훗날 임진왜란을 만나 어떻게 삶을 마쳤는지는 알지 못한다.

그가 지은 〈죽서루(竹西樓)〉는 다음과 같다.

강물에 몸 담근 갈매기처럼 꿈은 드넓고	江涵鷗夢濶
하늘로 올라간 기러기처럼 근심은 길기도 하구나.	天入雁愁長

상촌(象村) 신흠(申欽)이 이 시를 보고 평하기를 "고금의 시인 가운데 이렇게 표현한 자는 아직 없었다."라고 하였다.

또 그가 지은 〈여강(驪江)〉은 다음과 같다.

신륵사(神勒寺)는 안개 물결 가득한 절	神勒烟波寺
청심루(淸心樓)는 설월의 기풍 담긴 누대.	淸心雪月樓

이런 작품들은 모두 청신함이 당시(唐詩)에 가까우니, 실로 천고의 절창이라 하겠다. 또 〈시관(試官)으로 도성을 나서는 남편에게 주다[贈雲江以試官出京]〉는 다음과 같다.

연산(燕山) 저녁 비에 행장이 젖고	燕山暮雨行裝濕
밤에 청풍(靑楓) 금수진(錦水津)에 배를 대겠지요.	夜泊靑楓錦水津
시문을 주변 영향으로 선발하지 마세요	詞章莫以餘波選
뛰어난 능력 품은 채 눈물 흘리는 사람 있으리니.	懷玉纇疑有泣人

옥봉과 같은 시대에 봉래(蓬萊) 양사언(楊士彦)의 첩 모씨(某氏) 또한 시문에 능하다 일컬어졌다.

일사유사(逸士遺事) 발문

　선군께서 예전에 우리나라 일사(逸士)들의 남겨진 기록들을 손수 엮은 적이 있다. 그 안에는 초택과 산속에서 재주를 품고 있으면서도 쓰이지 않아 영원히 떠나가서 돌아오지 못하는 자들, 침체되어 답답해하면서도 지극한 행실과 기이한 말로서 사람들에게 감동을 선사했던 자들, 천한 신분이나 시골뜨기로서 쓸쓸히 빛을 보지 못한 자들을 한 사람도 빼놓지 않았다. 이는 일사들을 슬퍼하고 더욱이 그들의 자취가 사라짐을 슬퍼하였기 때문이다. 비록 그러하나 때때로 혹 일사들에 대한 기록을 남기지 않을 수 없었던 것은 선군의 의도 때문만이 아니라 그들에 대한 슬픔이 너무도 심했기 때문이다.

　아, 일사들이 스스로 자신의 뜻을 행한 것은 그럴 수밖에 없는 것이었으리라. 그런데 그 성과 이름까지도 모두 아울러 스스로 없애버리고 사람들이 알지 못하도록 하였으니, 어찌 일사들의 남겨진 행적을 반드시 전할 수 있겠는가. 대저 일사들의 행적이 감추어진 경우에도 비록 성과 이름만큼은 사라지게 할 수 없었던 것이 바로 선군의 마음이었다. 이런 마음이 사라지지 않아 이름이 또한 뒤따르게 되었으니, 이는 곧 일사들에 대해서 전해짐을 기약하지 않아도 자연스레 전해지지 않을 수 없었던 것이다.

이 『일사유사』를 엮은 것은 예전에 선군께서 책으로 간행하여 널리 전하고자 하였으나 그 뜻을 이루지 못하셨기에, 내가 감히 선군의 유지를 잇고자 하는 것이다. 이에 출판하는 이에게 부탁하여 동호인들의 열람을 넓히노라.

임술년[1922] 5월 하순 불초고(不肖孤)[1] 장재식(張在軾)이 피눈물을 흘리며 삼가 쓰다.

---

1 불초고(不肖孤) : 부모가 죽은 뒤 졸곡(卒哭)까지 바깥상제가 자기를 지칭하는 말.

표제 인명 색인

찾아보기